KB016932

제로(달 포발사점) 무렵의 이지 IZZY

(지구를 기준으로) 위쪽, 하늘 쪽

우현 →

소행성 아말테아 AMALTHEA

← 앞쪽

다이나의 작업장

↓ 좌현

토러스 TORUS

뱃고물

← 아래쪽

아클릿 ARKLET

트라이어드 TRIAD
(아클릿 3개의 결합체)

헵티드 HEPTAD
(아클릿 7개의 결합체)

세븐이브스 2

세븐이브스 화이트스카이 2

SEVENEVES

닐 스티븐슨 성귀수·송경아 옮김　　　　　북레시피

클라우드아크

700일

700일째 되는 날, 또는 A+1,335(달이 파괴된 지 1년하고 335일이 지난 시점)로 알려진 바로 그날 지구에서 바라보이는 클라우드 아크는 은사슬로 꿴 밝은 구슬처럼 보였다. A+1.0로 돌아가 아클렛 2호에 탑승한 닥터 뒤부아가 혼자 떠들어대면서 분명히 짚어두고자 한 이유들은 여전히 유효했다. 다름 아닌 추진제와 관련해 이지를 중심으로 지금과 같은 밀집대형 또는 스웜을 고수하기란 너무 많은 비용이 든다는 사실 말이다. 보다 저렴하면서 더 안전한 방법은 우주정거장의 앞뒤로 길게 늘어져 동일한 궤도를 그리는 것이었다. 마치 가운데 어미오리가 있고 그 앞뒤로 새끼오리들이 줄지어 행진하는 것처럼 말이다. 일단 아클렛 하나가 그 열에서 자리를 잡으면, 그때부터 위치를 옮기는 일은 이른바 '일반그룹(General Population)'이라 불릴 새로 도착한 구성원들에게 끊임없는 놀라움과 경악을 선사하는 난해한 기술이었다.

물론 제비뽑기를 통해 선발되어 꼬박 2년이란 시간을 훈련에 매진하고 나서야 아클렛에 올라온 사람들은 그 정도쯤 암암리에 이해하고 있었다. 700일째 되는 시점에 그런 인원이 1,276명에 이르렀고, 최종 발사대열이 우주로 날아오르는 동안 매일 20여 명의 새로운 인원이 그에 가세했다. 새로 도착하는 인원은 열의 머리와 꼬리에서 자신들을 기다리는 텅 빈 아클렛에 배정되었다. 이들은 하루에 네 차례 정도씩 초중량 로켓에 나뉘어 발사되었다. 아클렛은 대부분 빈 공간이기 때문에 대형로켓의 부력용량에 비해 그 자체 중량은 거의 고려할 정도가 못 되었다. 따라서 항상 보일러룸에서 프런트도어까지 바이타민들로 가득 채워졌다. 물론 그것들은 아클렛을 이용하기 전에 모두 끄집어내 따로 갈무리해두어야 한다. 각각의 아클렛은 그 고유의 화물목록이 정해져 있었다. 그중 몇몇은 질소와 같은 압축가스만 가득 들어찬 상태인데, 나중에 농작물을 재배하는 데 활용될 것이었다. 그런가 하면 우주바자를 열어도 될 만큼 잡다한 물건들로 채워진 아클렛들도 있었다. 예컨대 약품들, 공예품들, 각종 영양제들, 연장들, 집적회로들, 스털링엔진의 예비부품들, 아커들의 개인 생필품들 그리고 한번은 놀랍게도 밀항자 한 명이 도착 즉시 사망한 상태로 발견된 적도 있다. 그 밀항자만 예외로 하고 — 물론 다른 사망자들과 마찬가지로 발견 즉시 시체안치실에서 관리된다 — 모든 물건은 우주정거장 도착 즉시 아클렛에서 끄집어내 기록되고, 적절하게 나뉘어 저장된다. 아클렛마다 일정 수준의 선내 저장 공간을 확보하고 있는데, 이는 스윔 형태를 근간으로 한 전체 구조에 부합하도록 저장을 분산시키는 효과가 있었다. 가스와 같은 대량자재는 외부탱크 또는 일종의 포낭들 속으로 주입시킬 수 있었다. 작은 포낭들은 아클렛에 매달려 있고 큰 포낭들은 이지의 둘레를 따라 분산 배치되어 있는데, 그렇게 해서 방사선이나 미소유성체들로부터 선체를 보호하는 역할까지 하고 있었다. 소위 건제품이라 불리는 것들은 그물포대에 넣어져 필요할 때까지 '실외보관용'으로 분류된다. 늘 부족하고 붐비는 실내저장 공간은 유기물이랄지 당장 산소와 온기가 필요한 물품들 차지다. 그래서인지 1년 전 모습에 비해 이지는 그나마 내부가 여유롭고 깨끗한 편이었다.

제비뽑기로 선발되어 아커로서 훈련을 이수하지 않은 사람은 '일반그룹'으로 분류되었다. 그런 인원은 172명이었다. 자격을 갖춘 꼭 필요한 사람들 대부분이 이미 오래전에 이곳으로 올라왔어야 했기에, 그 수는 천천히 늘어난 것에 불과했다. 새로운 인원을 추가하는 일은 지구에서 항상 정치적 반대에 직면해왔다. 크레이터레이크 협정에서 비준한 일반적인 원칙은 제비뽑기로 선발된 이들로 클라우드아크의 이주민 집단을 구성하는 것이었다. 하지만 경험 많은 전문가들 또한 필요하다는 점은 이론의 여지없이 명백한 사실이었으므로, 스카우트와 파이오니어를 올려 보내는 것에 이의를 제기하는 사람은 없었다. '일반그룹'이라는 개념은 바로 그걸 허용하기 위한 의도로 크레이터레이크 협정서에 기입해 넣은 것이었다. 요컨대 리스 에잇켄, 루이사 소터, 뒤부아 해리스, 모이라 크루, 마쿠스 로이커 같은 사람들은 뭔가를 할 줄 안다는 이유로, 이른바 'GPop(-General Population) 조항'에 따라 이곳까지 올라온 인원이었다. 하지만 그 한 명 한 명이 우주로 쏘아 올려질 때마다 비슷한 자격을 가진 사람들 백 명이 지구에 발이 묶인 처지였다. 그들 중 몇몇은 자국의 국회의원, 수상, 대통령 혹은 독재자들에게까지 노골적인 요청을 하고 있었다. 이미 정치가 깊이 관여하여 사정없이 유입되는 인력을 강제로 조절하는 추세였고, GPop의 남은 자리는 각국 정부들이 나서서 점유해두는 중이었다. 그 자리가 채워지기까지는 온갖 복잡 미묘한 계산과 무리수가 동원되고 있었다.

아커나 GPop이나 궤도상으로 전방 또는 후방 수 킬로미터에 불과한 이지와 아클렛 사이의 거리를 과소평가하기란 쉬운 일이었다.

하나의 아클렛에서 다른 아클렛으로 이동하는 데 따르는 어려움은 견고한 편대비행을 하게끔 공통구조를 이루어 물리적으로 아클렛들을 도킹시킨다면 조금 완화될 수 있을지 모른다. 아니, 적어도 궤도공학의 원리에 관한 지식이 일천한 사람들에게는 그렇게 보일 수도 있겠다. 하지만 이지의 날개 맨 좌측이나 우측 끝 트러스 구조에 도킹한 아클렛은 안정된 궤도상에 위치하지 않는 것이 현실이다. 각자 자기만의 장치에 의존하여 — 다시 말해서 트러스를 통한 어떤 구속력 없이 — 이지와 만났다가 그 궤도를 가로지르고, 그로부터 벌어지다가, 선회하여 다시금 만나는 궤적을, 93분당 한 바퀴로 이루어지는 이지의 지구공전 궤도와 동일한 주기로 이어가게 된다. 천정 쪽에서 이지 위에 착지한 아클렛의 경우는 속도를 늦추고 싶어 할 것이고, 뒤로 처지는 느낌을 바랄 것이다. 반대로 천저 쪽에서 착지한 아클렛의 경우는 좀 더 앞으로 나아가기를 바랄 것이다. 트러스 구조가 그런 일이 일어나는 것을 방지하고 있는 한, 다시 말해 모든 모듈과 아클렛을 고정된 형태로 붙들고 있는 기본기능을 성공적으로 수행하는 한, 그에 따른 스트레스는 온전히 트러스 구조가 떠안는 셈이었다. 결국 이들 아클렛 안에 있는 사람들은, 아이작 뉴턴 경께서 말씀하신 대로, 그 자연스러운 운동궤적이 이지의 구조로 인해 방해받을 때마다 마구 휘둘리면서 벽으로 돌진하는 자신들의 몸을 느끼게 될 것이다. 이지가 이런 식으로 계속 확대될 경우 즉, 더 많은 아클렛과 더 많은 모듈이 이지와 연결되면, 저런 상황은 더 격렬해질 것이고 그만큼 더 이지의 파괴가능성은 커질 것이다.

이지가 제멋대로 확대되는 것을 막아야 할 또 다른 절박한 이유가 있다. 그것이 현재 아말테아를 엄폐물로 사용하고 있다는 점이다.

우주정거장의 궤도는 신중한 판단을 거쳐 결정된 것이다. 궤도를 더 낮춰 공기층이 더 두터워지면 궤도붕괴가 너무 빨리 진행될 것이다. 반대로 궤도가 조금이라도 상승하면 미세유성들로 인한 위험이 증가할 것이다. 우주공간을 빠르게 가르고 지나가는 바위들이 이지와 마찬가지로 서서히 궤도붕괴를 일으키는 이유도 바로 거기에 있다. 그러다 보면 결국에는 우주공간을 떠돌던 바위들이 대기권으로 내려가 스스로 자멸함으로써 이지가 편안하게 항해할 깨끗한 공간이 확보되는 셈이니,

나쁠 것이 전혀 없다. 해발 4백 킬로미터라는 높이는 '이지에게는 궤도붕괴의 위험성이 크지 않은 반면' '위험한 바위들에게는 궤도붕괴가 충분히 일어날 수 있는', 그야말로 적당한 타협 궤도인 셈이다.

몇 년 전 이지의 선수 쪽 끝에 아말테아를 부착함으로써 상황은 좀 더 나아졌다. 우선 운석의 높은 탄도계수로 인해 궤도붕괴는 이제 큰 문제가 아니었다. 아울러 미세유성들의 준동 또한 니켈과 철로 이루어진 일종의 배장기(排障器) 앞에서는 그 위력을 잃을 수밖에 없는 것이다.

그러나 화이트스카이는 지금보다 훨씬 더 많은 바윗덩이들을 뿌려놓을 것이다. 덩치가 큰 놈들이야 멀리서도 식별이 가능해 얼마든지 피할 수 있을 것이지만, 작은 녀석들은 제법 피해를 줄 것이다. 따라서 이지의 가장 중요한 부분들은 아말테아의 뒤쪽에 밀집해서 보호받을 수 있도록 해야 한다. 그러고도 물론 바위 몇 개는 예기치 못한 방향에서 파고들 것이나, 대개는 달 파편들의 유영에도 이른바 '탁월풍'이 존재할 터다.

그렇더라도 아말테아가 자신의 윤곽선 밖으로 돌출한 이지의 부분들까지 보호해줄 수는 없는 노릇이다. 다이나와 아르주나 탐사회사의 나머지 승무원들은 소행성의 '확대작업'에 상당한 진전을 거둔 상태다. 소행성에서 철판조각들을 잘라내 마치 비행기 날개의 플랩(flap)들처럼 이어 붙여 보호면적을 최대한 넓힌 것이었다. 하지만 그러다가는 크기만 한없이 늘어날 따름이다. 적절한 시점에 가서는 보호면 확장에 종지부를 찍고 선체를 확정하는 것이 관건일 수밖에 없다. 다시 말해서, 이지가 일정한 모양과 크기를 갖도록 결정지어야만 한다는 뜻이다. 그 일은 A+1,233에 이루어졌다. 그러고 나서부터는 더 많은 모듈을 보호면 안쪽으로 욱여넣는 방법을 찾아냈고, 그것이 불가능한 지점에 이르자 저장물품을 자루에다 바리바리 싸서 틈새에 끼워 넣었다. 보호면은 선미 방향으로 더 이상 나아갈 수 없었다. 아말테아의 엄폐능력이 미치는 범위가 현재 수준을 넘지 못하기 때문이다. 유성은 궤도가 평행하지 않기에 어느 방향에서든 휘감아 들어올지 모른다. 어차피 그쪽은 부스터엔진이 있어야 할 곳이다. 로켓 배기구가 지나는 곳에 무언가 걸리적거렸다가는 뜨거운 맛을 좀 봐야 할 터였다.

이제 아말테아는 니켈과 철로 이루어진 표면에 다이나의 로봇들이 달라붙어 드릴로 구멍을 뚫거나 직접 용접을 하여 설치한 각종 비계들로 뒤덮인 상태다. 그 복잡한 트러스 구조뭉치로부터 앞쪽으로 하나의 관이 비어져 나와 소규모의 레이더와 통신용 안테나 무리를 지탱하고 있는 것이다. 그 앞쪽으로 가장 가까운 아클렛들은 — 모두 합해 일곱 개인데, 6각형의 프레임에 도킹한 구조 — 정거장 선체와 약 1킬로미터의 거리를 유지한다. 그 정도 거리면 추력기에서 내뿜는 고열 가스분사로 인해 안테나가 망가지는 일이 일어나지 않는다. 그런 식으로 밀집한 일곱 개의 아클렛 단위를 헵타드(heptad)라 부르는데, 다른 헵타드들도 그와 동일한 간격으로 뻗어 나간다. 그러다가 일정한 지점을 넘어서면 점점 수가 줄어, 트리아드(triad) 구조로 — 삼각형 프레임에 도킹한 세 개의 아클렛 — 대체되고 그 또한 넘어서면 싱글톤(singleton, 단독구성)이 자리한다.

이처럼 말단으로 갈수록 점점 가늘어지는 구조는 이지의 선미 쪽에서도 확인할 수 있는데, 이지의 꽁무니에 달린 부스터엔진의 위험성을 고려할 때 첫 번째 헵타드와의 거리는 보다커질 수 있다. 이들 헵타드와 트리아드들은 별다른 무리수 없이 아클렛들을 밀집대형으로 구조화할 수 있다는 점에서 레고나 팅커토이와도 유사하다. 햄스터튜브는 트러스 구조 전체를통해 레이스처럼 짜여 있어, 도킹상태의 어느 한 아클렛에서사람과 물자가 같은 프레임에 속한 다른 아클렛들로 이동하는것은 그다지 어려운 일이 아니다. 어댑터들은 여전히 둥둥 떠다니면서 일대일 짝짓기를 유지하고 있으나, 헵타드와 트리아드 프레임 구조에서는 그 효용성이 별로였다.

행렬의 끄트머리로 나아갈수록 볼로를 구경하는 일이 드물지 않았다. 중력중심을 유지하며 회전하는 그것들은 각기 이지와 궤도를 공유하면서 움직이고 있었다. 다만 지금 당장은 그런 짝짓기 방식 대부분이 훈련을 목적으로 하는 것이었다. 이제 화이트스카이까지 남은 시간은 겨우 3주 정도. 그 시간은 무중력 상태에서 얼마든지 생활해나갈 수 있다. 결국 볼로라는형식과 지구 정상중력의 시뮬레이션은 평생을 아클렛 안에서생활하여 신체 각 부분의 기능유지에 중력이 절실해지는 장기적 상황을 대비한 일종의 실습인 셈이다.

클라우드아크는 93분에 한 번꼴로 완전한 하루 밤낮의 주기를 통과했다. 우주공간에서 시간은 자의적이라, ISS는 휴스턴과 바이코누르 사이의 적절한 타협점으로 그리니치 표준시(UTC로도 알려졌다)를 설정한 지 오래다. 클라우드아크는 바로 그 시스템을 물려받았고, 700일은 그리니치 천문대의 자정 또는 아크타임 A+1,335.0에 시작했다. 전체 3분의 1의 아커들이 열여섯 시간 교대근무를 시작하기 위해 잠에서 깨어났고, 그밖의 사람들은 A+1,335.8 또는 도트(dot) 8 그리고 도트 16에 깨어 일어날 것이다. 그 시스템에 의하면 인구 3분의 2가량이 일정한 시각에 늘 깨어 있다는 얘기가 된다. 잠에서 깨어 활동하는 사람은 잠자는 사람보다 더 많은 산소를 필요로 하고, 더 많은 열량을 생산하기 마련이다. 따라서 수면과 기상의 주기에 시차를 두는 것만으로도 생명유지장치에 가는 무리를 그만큼 줄이고, 클라우드아크로 하여금 더 많은 사람을 지탱할 수 있도록 할 수 있다. 트리아드가 인기인 이유는 단 하나, 세 개가 하나로 뭉친 아클렛들이 각자 인위적으로 부과된 어둠과 정적의 주기에 따라 서로 다른 교대근무를 수행할 수 있다는 점이다. 헵타드로 말하자면 동일한 기본 구도가 활용될 수 있는데, 두 개의 아클렛이 주어진 시각에 항상 수면상태인 가운데 6각형 프레임의 중앙을 차지하는 아클렛이 가동상태를 유지함으로써 그렇다.

두브는 제3교대조에 배속받기를 요청했고, 요청은 받아들여졌다. 이는 곧 미국 웨스트코스트에 있는 아멜리아와 헨리, 해들리와 원칙상 같은 시간대에 근무할 수 있다는 뜻이다. 그가 기상한 시각은 전날 도트 16이거나 런던에서 오후 4시, 다시 말해 패서디나의 오전 8시인 셈이다. 그러니까 그날 첫 번째 교대근무가 시작되는 정각 A+1,335.0, 이미 여덟 시간을 내리 깨어 있었던 그는 잠깐 눈을 붙이면 좋겠다는 생각을 하고 있었다. 하지만 그래봤자 도트 8에 잠을 청하기만 더 힘들어질 것을 알기에, 그는 보통 때와 마찬가지로 그런 생각을 깨끗이 털어냈다.

달 파편의 기하급수적 증가양상에 관해서 칼텍이 제출한 최신자료들을 검토하기에는 머릿속이 너무 어지러운 터라, 그는 곧바로 체육관을 찾았다. 그곳은 러닝머신을 몇 대 구비하고 있는 모듈이다. 러닝머신들은 무중력 상태에서 사용자 몸이 기계 밖으로 퉁겨나는 일이 없도록 허리벨트와 번지코드가 장착되어 있어, 신체동작을 안정시켜주었다. 추정상 그 정도면 뼈와 근육에 좋은 효과가 있을 법도 했다. 아멜리아는 매일같이 두브에게 오늘 운동은 잘 했냐고 묻는 메일을 보내왔고, 두브는 그렇다는 답변으로 그녀를 기쁘게 해주고 싶었다.

운동을 시작하고 몇 분 지나지 않아, 1차 근무교대조에 속해 방금 기상한 루이사 소터와 마주쳤다. 그녀는 매일 아침 가장 먼저 조깅을 하길 원하기 때문에, 이런 식으로 두 사람이 마주치는 일이 처음은 아니다. 원통형의 모듈이라 여섯 대의 러닝머신은 모두 벽면에 설치되어 있다. 따라서 발은 바깥쪽을 향하고 머리는 안쪽을 향해, 마치 바큇살이 중앙으로 모이듯 러닝머신을 사용하는 사람들은 서로 머리가 접근하면서 대화가 용이할 수밖에 없었다. 두브와 루이사처럼 성향 자체가 외향적이면서 사교적인 사람들에게 이는 매우 훌륭한 환경이라고 할 수 있었다. 그보다 조금은 고독한 타입은 아예 헤드폰을 착용하거나 태블릿 또는 책을 들여다보며 운동한다.

"아커들을 모집하면서 베네수엘라도 가보셨나요?"

루이사가 두브에게 물었다.

'가보셨나요'에 강한 억양을 싣는 걸로 봐서, 베네수엘라가 대화의 주제임을 느낄 수 있었다. 대개 정보에 밝은 사람들이 아침에 제일 처음 화제로 삼는 그런 정도의 일 말이다. 하지만 두브는 영문을 모르는 상태였다. 최근에 몇몇 사람들이 쿠루에 관해 이야기하는 걸 듣기는 했다. 유럽인들과 때로는 러시아인들이 대형 로켓들을 궤도로 쏘아 올린다는 바로 그 프랑스령 기아나의 지명. 지난 2년 동안 그곳은 아클렛들과 보급우주선들의 가장 중요한 발사기지 중 하나로 급부상했다. 그러지 않아도 두브는 그곳에서 무언가 진행 중이며, 사람들이 관련된 모종의 일이 추진되고 있다는 막연한 느낌을 가지고 있었다.

사실 그는 조금 다른 방향 즉, '피치피트'와 철 성분 풍부한 그 '아이들'에 관심을 집중시킨 상태였다. 날로 두터워지는 암석파편들의 구름 너머로 그것들은 여전히 눈에 보였다. 화이트스카이가 발발하면 모두 먼지구름 속으로 사라질 것이고, 한동안 시야에서 완전히 자취를 감출 터였다. 하여 그는 시야가 확보되는 동안만이라도 PP1, PP2, PP3를 집요하게 들여다보고 있었고, 고해상도 사진들을 찍어가며 그들의 정확한 궤도 변수를 계측해오고 있었다. 그중 PP3가 특별히 흥미로웠다. 그것은 철성분이 대부분인 응고된 덩어리로, 구성성분이 아말테아와 비슷했다. 지름은 50킬로미터 정도. 한쪽에 깊이 갈라진 틈은 크기만으로 볼 때 그랜드캐니언에 비할 수 있으며, 응고과정에서 표피에 일어난 충돌의 결과물일 가능성이 컸다. 두브는 여기에 이미 PP3 클레프트(Cleft)라는 이름을 붙였다.

"두브, 내 말 듣고 있어요?"

루이사가 성화다.

"방금 '지구로 돌아와요, 두브'라고 말하려다가 말았어요. 더이상 그건 말이 안 되는 소리니까……."

"미안합니다."

그러고 보니 그 엄청난 크기의 계곡을 머릿속에서 한참 더듬고 있었다. 안쪽에서 보면 어떤 모양일까를 생각하면서 말이다.

"질문이 뭐였죠?"

"베네수엘라요."

여자의 말이었다.

"혹시 그곳에서도 당신의 그 '유괴임무'를 수행하셨나 해서요."

"아뇨. 제일 가까이 간 곳이 우루과이입니다. 따지고 보면 그리 가깝지도 않군요. 당시에는 워낙 지친 상태라서."

"지친 상태라니, 왜죠?"

루이사, 참 특이한 친구다!

계속해서 파고든다.

"과도한 스케줄 때문인가요? 그러니까, 육체적으로 지쳤다는 뜻인가요, 아니면 정신적, 감정적으로 그랬다는 건가요?"

"그냥 그랬다는 겁니다. 힘든 일이었어요. 아직 어린 사람들을, 그것도 가장 싱싱하고 총명한 친구들만 골라 가족으로부터 떼어놓아야 하는 일이니."

"하지만 좋은 목적에서였잖아요?"

"루이사, 근데 이런 질문은 왜 하는 거죠?"

"혹시 쿠루 연안에서 무슨 일이 진행되고 있는지 아세요?"

그녀는 대답 대신 또 다른 질문을 던졌다.

"아뇨."

두브가 심드렁하니 대답하자, 그녀가 덧붙였다.

"확인해보셨을 텐데요."

"매일 가족의 안부는 묻고 있습니다만, 그 말고 또 달리 확인할 게 있나요? 그래요, 루이사. 지구라는 행성을 체크는 해보았죠. 아주 좋은 곳이더군요. 사랑스러운 사람들이 살고. 하지만 나로서는 그다음 무엇이 올까에 초점을 맞추어야 합니다."

"그건 우리 모두가 마찬가지예요. 그럼에도 불구하고 옛날 지구에서 마지막 3주 동안 일어난 일들이 새로운 지구에 악영향을 미칠 수 있다는 주장은 얼마든지 가능할 거예요."

"당신도 알다시피 전체적인 비율로 따지자면 거의 20분의 1 언저리에 지나지 않습니다."

두브는 세계 전체를 돌며 제비뽑기로 선발해 훈련캠프까지 수료한 인원이 스무 명이라면 그중 단 한 명만 이곳 클라우드 아크로 올라올 수 있다는 얘기를 하는 거였다. 자랑할 만한 수치는 결코 아니다. 그러나 지금으로선 그것이 최선이며, 앞으로 마지막 로켓발사가 급등하는 기간까지 그 수치를 열다섯 명 중에 한 명 아니 열 명 중에 한 명 수준으로 만들어갈 수 있기를 바랄 뿐이었다.

"그래요. 베네수엘라 사람들도 그 점을 잘 알고 있죠. 그래서 일흔다섯에 달하는 그들 나라 사람 중 서너 명은 지금쯤 이곳에 올라와 있어야 한다고 말하는 거고요."

"통계적으로는 그런데, 먹혀들 얘기가 아닙니다."

"글쎄요, 그곳 사람들이 통계전문가들 같지는 않군요."

"정치 문제예요."

순간 루이사가 히죽 웃었다.

"그런가요. 아주 틀린 말이라고는 하지 않겠어요. 하지만 한 가지 짚고 넘어가죠. 그 정치라는 단어 말예요, 인간이 조직적인 양상을 보이는 현실 앞에서 너드(nerd)들이 툭하면 입에 올리는 단어가 바로 그거랍니다."

"당신 얘기가 신빙성 있다는 것쯤 알 만큼 나도 칼텍의 교수 회의에 질리도록 참석해본 사람입니다. 그런데 내가 그 단어를 사용하는 의미는 조금 달라요. 베네수엘라 사람들이 선발프로그램을 운용하는 방식이 정치과잉석이었던 건 사실입니다 대부분의 국가에서는 제비뽑기라는 개념을 적당히 가감해서 시행했어요. 물론 임의성이 작용합니다. 그러나 능력 필터링도 도입했지요. 베네수엘라에선 그러지 않기로 한 겁니다. 그 결과 실제로 아무렇게나 제비를 뽑아, 노숙자 가족의 아이들을 보냈던 것이죠. 그들 중 많은 수는 인간적으로 훌륭한 자질을 가지고 있긴 했습니다. 내 맘대로 했다면, 그들 일부는 지금 이곳에 와 있을지도 몰라요. 하지만 나는 결정권자가 아닙니다. 결정권을 가진 사람들이 수학능력 같은 인간적 자질과는 조금 다른 장점을 기준으로 사람을 추리고 있는 거예요. 그러다 보니 다른 나라 사람들이 베네수엘라 사람들보다 매번 한 발 앞서갈 수밖에 없고, 그래서 나도 슬픕니다. 어쩔 수 없는 일이죠."

"3주 전 보트피플이 악마의 섬을 무단점유하기 시작했어요.

꿈쩍하지 않으려고 합니다."

루이사의 말에 두브가 반문했다.

"거긴 유형지 아닌가요?"

"네, 프랑스령 죄수들을 가두는 곳이었죠. 오래전 일이에요. 지금은 거기 사는 사람이 거의 없다고 봐야죠. 문제는 쿠루에서 발사된 로켓이 바로 그 섬 상공을 지나간다는 점이에요. 그래서 발사가 있으면 그곳을 완전히 비워두어야 하죠."

"그렇다면 현재 발사상황으로 봤을 때, 거의 항상 그곳은 텅 빈 섬으로 놔두어야만 하겠군요."

"지난 2년 동안은 그래왔다고 할 수 있어요. 그러다가 그만한 무리의 사람들이 그곳에 나타나 야영을 하면서 움직이려고 하질 않는 겁니다."

"내가 보기엔 프랑스와 러시아가 조만간 로켓발사에 착수할 것 같던데."

사실 두브는 그 정도쯤 명확히 파악하고 있었다. 쿠루에서 올라오는 아클렛과 보급선 상황을 항시 체크해오고 있었던 것이다.

"맞아요. 바로 그 점에서 섬의 무단점유가 갖는 상징적 의미가 더 큰 거죠."

"바로 그 무단점유자들이 베네수엘라 사람들이군요."

"네. 해안선을 따라 베네수엘라에서 프랑스령 기아나로 가는 식은 죽 먹기죠. 몇백 킬로미터만 가면 되니까요."

순간 두브의 기억 속에서 뭔가가 꿈틀거렸다.

"혹시 어제 올라오기로 되어 있다 문제가 생긴 보급선이 이 문제와 관련 있나요?"

"그 전날 일정에 문제 생긴 것도 관련 있지요. 쿠루에 예정된 발사 일정이 이미 이틀치 중단됐고, 이제 곧 사흘째가 될 겁니다."

"악마의 섬을 무단점유한 사람들만으로는 충분한 설명이 안 됩니다."

두브는 그렇게 말한 뒤, 농담처럼 덧붙였다.

"그 사람들이 지대공 미사일을 보유한 것도 아닐 테고."

루이사는 아무 대꾸도 하지 않았다.

"내 말이 틀린가요?"

두브는 정색을 하고 물었다.

"그 사람들은 악마의 섬에 있다기보다 어느 한 곳에 갇혀 있는 사람들이라고 해야 합니다."

그렇게 말하며 루이사는 자신의 태블릿을 두브에게 건넸다. 그리고 헬리콥터 창문을 통해 찍은 것처럼 보이는 항공사진 하나를 화면에 띄웠다. 앞쪽에는 그도 전에 본 적 있는 유럽우주국의 발사시설이었다. 그곳은 나지막한 해안 잡목림을 낀 2킬로미터 정도의 평지를 사이에 두고 대서양을 면하고 있었다. 해안에서 수마일쯤 떨어진 곳에 작은 섬 세 개가 보였다. 두브는 그중 하나가 악마의 섬일 것으로 추측했다.

해변과 섬들 사이 수면은 각종 선박들로 빼곡했다. 대부분은 작은 배들이었지만, 몇몇은 녹슨 화물선이랄지, 더 이상 쓸 수 없을 정도로 낡은 대형 유조선도 있었다. 그런가 하면 장담컨대 군함으로 보이는 배들도 몇 척 있었다.

"언제 찍은 사진이죠?"

두브가 물었다.

"불과 몇 시간 전 사진이에요."

"저것들은 해군함정입니까?"

"베네수엘라 해군이 질서유지를 위해 나섰죠."

루이사의 대답이었다.

"그럼 지대공 미사일에 관해서는 정말 신빙성이 있다는 얘깁니까?"

"저 유조선에 있는 해적들은 자신들이 스팅어 미사일을 보유하고 있으며, 다음에 쿠루에서 발사되는 로켓이 있을 경우 즉각 사용하겠다고 주장했어요."

"제정신이 아니로군."

두브의 말에 루이스가 대꾸했다.

"정치적인 거죠. 하지만 이런 사태쯤 다 예상한 것 아닌가요?"

순간, 새로운 목소리가 끼어들었다.

"좋은 아침입니다, 박사님들!"

아이비 샤오가 아침운동을 시작하려고 모듈로 들어오고 있었다.

"좋은 아침." 루이사와 두브가 동시에 인사를 받았다. 사실 두브에게는 다소 늦은 아침인사였지만 말이다.

"두 사람 혹시 나 흉보고 있었나요?"

"그래요," 루이사가 말했다. "안 그래도 한창 씹던 중인데 들어오네."

두브가 황당해했지만, 아이비는 가볍게 웃어넘겼다.

대략 여덟 달 전, 아이비는 스위스 출신 전투기조종사이자 암벽등반가이며 우주비행사인 마쿠스 로이커에게 자리를 내어준 상태였다. 아니 좀 더 정확히 말하자면, 새로운 직위가 창설되어 아이비의 기존 직책과 겹치게 된 것이다. 이지는 더 이상 그냥 이지가 아니었다. 그것은 이지를 광범하게 확장한 복합시설과 클라우드아크 선단을 합체시킨 구조물이었다. 그런 만큼 새로운 지휘체계가 필요했다. 그 정점에 위치한 사람은 살아 있는 사람 모두가 한 명도 빠짐없이 그 권위에 복속해야만 한다는 점에서, 인류역사상 가장 강력한 권력을 가진 자가 되는 셈이었다. 2년 전 국제우주정거장에서 일하던 동등한 열두 명의 대표자 노릇을 하는 것과는 질적으로 달랐다.

그렇긴 하나 아이비는 그런 직무까지도 충분히 해낼 수 있는 사람이었다. 그녀를 아는 사람이라면 누구나 그 점에 동의할 터였다.

어쨌든 현재 그녀는 이전 직위에서 물러난 상태다. 부분적으로는 국제정치와 관련한 문제였다. 클라우드아크의 총괄 지휘권을 미국이나 러시아 또는 중국의 대표자에게 일임하는 것은 나머지 두 국가에게 일종의 도발로 여겨질 수 있다. 따라서 세 나라를 제외한 보다 작은 나라의 대표자가 그 직위를 차지하는 것이 맞다. 정치적으로 어느 강대국의 영향도 받지 않는 독립적인 나라라면 더 좋다. 이런 고려사항들이 후보명단을 좁혀갔고, 결국 한 명을 추려내기에 이른 것이다. 다름 아닌 마쿠스 로이커로 말이다. 다크호스로는 스웨덴 건축가이자 프로젝트

매니저인 울리카 에크가 물망에 오르고 있었다. 그녀는 마쿠스와 같은 시기에 이지로 올라왔는데, 혹시나 있을 사고에 대비해 서로 다른 우주선을 이용했었다. 그렇더라도 울리카가 선택받으리라고 생각한 사람은 사실 없었다. 마쿠스가 선출된 것은 그가 가진 카리스마와 역동적인 리더십 등 모두가 이해할 만한 버즈워드로 해명되었지만, 역시 핵심은 그가 남자라는 사실이었다.

또한 아이비가 낙마한 것은 러시아와 나사의 관료집단 눈에 숀 프롭스트와 좀 더 견고한 유대관계를 맺지 않은 것으로 보였기 때문이다. 그것이 유일한 문제는 아니어도, 다른 모든 사안이 바로 그 점을 중심으로 모이는 형국이었다. 일단 모두가 그녀를 책 많이 읽어 박식하면서 순수하지만 과단성이 부족한 전문기술가로 보기 시작하자, 그녀가 하는 모든 일이 그런 시각으로 걸러져 보이는 것이었다. 다이나가 테클라를 구조한 것 역시 학자들이 흔히 말하는 '추후해석관점(retrospectoscope)'에 전적으로 의거하여 조사를 받았고, 필요한 훈련을 강화하지 않았다는 이유로 아이비의 실책으로 결론 났다. 인터넷 댓글이나 텔레비전 패널들을 통해 아이비를 나약한 리더로 보는 데 익숙해진 클라우드아크의 새 입주자들은 이미 그것을 자기충족예언(self-fulfilling prophecy)으로 만들어가고 있었다. 다른 상황에서라면 그녀의 위상을 드높여주었을 볼로 원의 성공도 아이비에게서 마쿠스에게로 주도권이 넘어가는 하나의 사례처럼 인식되었다. 울리카는 아이비를 위해 도움이 될 만한 사례를 증언할 기회가 있었지만 그냥 단념했다. 그것이 그저 무심함 때문이었는지, 이 기회에 자기 위치를 넘버2로 고정하려는 시도였는지는 불분명하다.

아무튼 모든 일이 정치의 영역에서 이루어졌던 것만은 분명하다. 두브는 이런 문제를 아이비 앞에서 거론하여 분위기를 어색하게 만들고 싶지 않았다. 그래서 루이사가 직설적으로 내뱉는 말에 기겁을 했고, 그걸 또 웃어넘기는 아이비의 모습이 그만큼 대견했던 거다.

"오늘은 뭐 할 거예요?"

루이사가 물었다.

"스프레드시트나 들여다보면서, 쿠루를 잃고 나서의 사태가 어찌 될지 생각해봐야죠."

아이비의 대답에 두브가 말했다.

"필요 없어진 공구 하나 잃었다고 생각합시다."

"그래야죠," 아이비가 말을 받았다. "근데 이상하리만치 내 기분이⋯⋯" 그러고는 말끝을 흐렸다.

"홀가분? 안도감?"

루이사가 넘겨짚었다.

"출발신호를 알리는 총성이 드디어 터졌다는 기분. 우린 지금까지 거의 2년을 이런 사태에 대비해왔어요. 재앙이 일어나기를 기다리면서 말이죠. 진짜 지옥이 펼쳐질 것을 각오한 채로 말이에요. 지금 그런 상황이 오긴 왔는데, 예상한 것과는 방식이 달라요."

"어떤 걸 예상했는데요?"

루이사가 물었다.

"유성이 충돌해서 사망자가 많이 발생할 걸로 생각했어요. 근데 전혀 예상치 못한 일이 일어난 거죠. 이 또한 좋은 단련이 되겠죠."

"그나저나 남자친구는 잘 있죠?"

루이사가 물었다.

두브는 러닝머신을 끄고 번지코드와 연결된 벨트의 버클을 풀었다. 여자 두 명이서 애인 얘기를 하기 시작하는 방에 남자는 그 혼자였다. 그는 언제 어떻게 처신하는 것이 적절한지를 누구보다 잘 파악하고 있었다.

"이틀 전에 잠적해버렸어요. 아마도 수면 아래에 있단 뜻이겠죠."

아이비의 대답이었다.

"조만간 공기 때문에 올라올 거예요," 루이사가 말했다. "잠수함이 잠수 중일 때는 이메일을 보낼 수 없나요? 그런 분야는 도통 아는 게 없어서."

"방법이야 많죠." 아이비가 말했다. 마침 그때 두브는 모듈 밖으로 부유해 빠져나가고 있었다.

그는 스택을 따라 선미 쪽 H2로 이동했고, 이어서 스포크를 통해 회전 중인 토러스 T2로 기어 올라갔다. 바로 리스 에잇켄이 축조를 맡아 진행한 시설 말이다. 그곳의 중력은 지구 중력의 8분의 1 수준이었다. 원래는 관광객을 위한 우주호텔로 디자인된 것이지만, 클라우드아크 프로젝트에서 지정한 요건을 여태 충족시키지 못한 터라, 이를 보다 큰 규모의 토러스 즉, T2와 중심을 공유함으로써 T3라 부를 수밖에 없는 시설로

축조하는 책임이 리스에게 돌아간 것이었다. 기존에 이룬 성과에 안주하지 않는 타입인 리스는 토러스를 축조하는 완전히 새로운 시스템을 창안해냈다. 다이나에겐 별로 놀랄 일도 아니지만, 첨단 체인으로 이루어진 긴 루프를 T2를 따라 움직이는 구조물로 조립한 다음, 거기에 시설을 첨가하는 방법이다. 그것은 동일한 허브 주위를 동일한 RPM으로 회전하지만, 규모가 더 크기 때문에 중력도 더 강할 수밖에 없고, 대략 달의 중력에 육박하는 정도였다. 클라우드아크에서 함교(艦橋)라 할 만한 시설이 바로 그 안에 있었다. T3의 한 부분인 그곳은 길이가 10미터 정도이며, 마쿠스가 일종의 지휘본부로 활용하는 공간이다. 이를 '사령부' 같은 그럴듯한 명칭으로 폼 나게 만들려는 온갖 시도가 있었으나, 결국에는 바나나의 업그레이드 버전 정도로 낙찰되고 말았다. 즉, TV 모니터 몇 개와 태블릿 PC용 전송장치를 구비한 회의실 정도로 말이다.

이지에는 모든 걸 하나로 일괄하는 키가 없었다. 우주공간에서 방향을 주도할 커다란 운전대라든가 연료공급을 조절하는 스로틀 같은 기관이 없다는 뜻이다. 어느 태블릿에서도 올바른 패스워드만 입력하면 전체 인터페이스를 통해 조종이 가능한 복잡한 추력기 장치들이 있을 뿐이다. 따라서 사방 어디든 통제실이라든가 함교, 지휘본부가 될 수 있었다. 결국 사람들은 마쿠스가 고른 방을 '탱크(Tank)'라 부르고 만다. 그곳 한쪽 끄트머리에는 마쿠스에게는 지성소나 다름없는 보다 작은 방이 하나 붙어 있다. 그 반대편 끝에는 칸막이들로 칸칸이 공간을 나눈 좀 더 큰 방이 있는데, 마쿠스를 보좌하는 인력이 그곳에 앉아 일을 한다. 처음 잠깐 동안은 그곳을 큐브팜(Cube Farm)이라 불렀는데, 이제는 편하게 그냥 팜이라 부른다. 그 팜의 다른쪽에 인접한 공간은 다닥다닥 붙은 방들의 미로인데, 음식물 저장고와 화장실이 포함되어 있다.

두브는 팜이야말로 이지 전체에서 가장 한산한 구역임을 간파했다. 딱히 그곳에 갈 일이 없는 것이었다. 중력이 뼈에 좋은 건 분명하고, 커피와 화장실을 마음껏 누릴 수 있다는 것 역시 플러스 요인이다. 하여 그는 하루에 두어 번 정도 짬을 내서 그곳을 찾아가 맥주도 마시고, 주변 돌아가는 상황을 둘러보기도 했다. 그러다가 분위기가 조용하면 빈 좌석을 하나 골라 앉아 몇 가지 일을 처리하는 것이었다.

그는 대략 도트 2쯤 되어 그곳을 찾았다. 팜과 그에 인접한 탱크의 벽면을 따라 나사 용어로 일명 '상황인식모니터'라고 하는 프로젝션 스크린들이 자리하고 있었다. 그것은 클라우드 아크와 그 주변의 다양한 지점들을 조망할 수 있는 창문과도 같은 기능을 했다. 하나는 저 아래의 지구를 보여주고 있었고, 다른 것은 전에 달이었던 파편의 구름을, 또 다른 것은 도킹준비를 갖춘 채 접근해오는 케이프커내버럴 발 보급선 모듈의 모습을, 어떤 것은 선미 쪽 수 킬로미터 지점에 새로 도착한 아커들이 주도하는 볼로 커플링 훈련광경을 포착하고 있었다. 그런가 하면 여러 통계수치와 막대도표를 제시하고 있는 것들도 몇개 있었다. 가장 큰 스크린은 팜의 맨 끝에서 어두운 지구의 어느 지점을 거친 화면에 담아내고 있었다. 아래에 뜨는 프랑스령 기아나, 쿠루라는 문자가 그곳이 어디인지를 말해주고 있었다. 일단 그 정보를 접하자 두브는 전체장면을 그려볼 수 있었다. 일단 '인민정의사수대'에 합류한 수많은 보트의 조명이 눈부시게 빛나는 배경에는, 우주공항의 훨씬 정제된 구역들이 자리하는데, 거기엔 아리안이 한쪽 발사대에, 소유스가 다른 쪽 발사대에 대기 중이다. 발사준비를 마친 상태이나 저들의 스팅어 미사일 위협 때문에 거동을 못하고 있다.

군용헬기의 실루엣이 카메라와 발사기지의 조명등 사이를 지나다녔다.

일종의 24시간 뉴스 네트워크인 셈이다. 화면 아래를 지나가는 크롤자막은 현재시각 BFR 즉, 유성파편화율을 가리키며 수분에 한 번씩 업데이트되고 있었다. 그것은 A+0에 제로에서 시작해 계속하여 오르고 있었다. 그 수치가 지수곡선의 변곡점을 지나는 순간이 화이트스카이의 개시를 가리킬 것이다. 많은 네트워크가 그 순간을 악착같이 추적하고 있었다. 그 일만을 위한 앱도 있었다. 보스턴의 한 술집은 BFR이 일련의 중요한 단계를 넘어설 때마다 세계종말 스페셜 드링크를 제공하기 시작했고, 이런 광고행사는 널리 모방되었다.

크롤자막 바로 위에는 작은 삽입화면이 백악관 브리핑룸의 텅 빈 연단을 담고 있었다. 분명 모종의 성명이 나오기를 기다리는 모양이었다.

두브는 독서좌석에 자리를 잡고 앉아 몇 분 동안 이메일부터 체크한 다음 자신의 본업에 매진하려고 애썼다. 금속함량 풍부한 달 파편들의 배분작업에 관한 보고서 작성 말이다. 그것들을 어떻게 거두어서 활용하느냐의 문제, 클라우드아크의 운영에 그것이 어떤 점에서 유용한지를 규명하는 문제가 눈앞에 있다. 이제 겨우 몇 문장을 나아갔을 뿐이다. 문득 어떤 움직임이 '상황인식모니터'에 비치는가 싶더니, 그의 시선은 화면 속 미합중국 대통령의 그것과 맞닥뜨렸다.

그녀는 카메라이거나 그 앞에 있을 프롬프터를 들여다보면서 지극히 간단한 성명을 발표하고 있었다. 뭔가 잔뜩 약이 오른 눈치였다.

옷깃에는 고리 모양의 리본이 달려 있었다. 요즘 중요인사는 모두가 그걸 달고 있었는데, 점점 일반대중에게까지 퍼져나가 클라우드아크 미션에 대한 연대의 제스처로서 유행 중이었다. 컬러스킴을 선택하는 문제만으로도 중간 규모의 국가 전체 GDP와 맞먹는 재원을 고갈시켰을 것 같았다. 인류 혈통을 상징하는 중앙의 가늘고 붉은 선, 그 옆으로 별빛을 상징하는 하얀 띠들이 있고, 그 옆으로 줄지은 녹색 띠들은 아커들의 생존을 보장할 에코시스템을 상징하는가 하면, 다시 물을 상징하는 푸른 띠들이 늘어서고, 마지막 제일 가장자리 검정 띠들은 우주를 상징하는 것으로 결정되었다. 결과물이 복잡한 만큼 토론과정도 열띤 공방의 연속이었다. 검정은 서양인에게 죽음을 상징한다느니, 중국인에게는 흰색이 그렇다느니 하는 식으로 말이다. 지금의 디자인은 보는 사람마다 별로였다. 그것은 이미 누군가의 손에 의해 '공식' 리본으로 인터넷에 공개된 상태였다. 실제로 디자인 선정을 책임진 위원회가 완전히 교착상태인데다, 지구촌 각지에서 학생들이 보내온 서로 다른 디자인 지원작 열두 건이 아직 계류 중임에도 불구하고 말이다. 아무튼

저 물건을 킬로미터 단위로 뽑아내느라 방글라데시 공장들은 죄다 그에 맞게 개조되어 돌아갔고, 타임스퀘어에서 톈안먼 광장에 이르는 모든 가판대와 기념품점에 그 이미지가 등장하는가 하면, 세계지도자들은 너도나도 앞다퉈 그것을 패용했다. 대통령은 백금 테를 두른 터키석 라펠핀으로 된 것을 옷깃에 달고 있었다. 라펠핀 자체가 흰색 바탕에 푸른색 디스크 모양으로, 11월의 눈 속 크레이터레이크를 떠올리게 만들었다. 말하자면 크레이터레이크 협정의 시각적 상징인 셈이며, 클라우드아크가 고유의 깃발을 갖게 된다면 아마도 그런 이미지를 취할 것 같았다.

볼륨이 낮게 조정되어 있어서 두브는 J.B.F.가 무슨 말을 하는지 알아들을 수가 없었다. 하지만 내용을 충분히 짐작은 하고 있었고, 얼마 안 있어 그 골자가 크롤자막으로 제시되었다. 이른바 '인민정의수대'는 풀뿌리 운동이 아니었고, 베네수엘라 정부가 주도하는 잘 계획된 작전이었다. 그야말로 비난받을 만한 정치적 쇼로서, 클라우드아크의 지극히 중요한 축조과정에 현저한 지장을 초래하고 있었다. 일부 사람들의 수군거림이나 베네수엘라 대통령의 공개발언처럼, 화이트스카이가 조작된 낭설이라는 얘기는 사실이 아니었다. 마찬가지로 '정의수대' 역시, 그에 동조하는 사람들이 은근히 조장하듯이, 평화적인 시민 불복종운동이 결코 아니었다. 몇 시간 전 프랑스령 기아나의 해변에 상륙을 감행한 무장 침입자들은 이제 미국과 러시아 해병을 포함한 다국적군의 지원을 받는 프랑스 외인부대에 의해 궁지에 몰린 상태다. 두브는 일부러 무시하려고 애를 쓰면서도 지금 J.B.F.가 자신을 뚫어져라 노려보고 있다는 말도 안 되는 기분을 좀처럼 떨쳐낼 수 없었다. 그가 이곳까지 올라온 이유도 일부는 그런 기분에서 벗어나고자 한 것인데 말이다.

휴스턴의 홍보담당자 중 한 명이 화상채팅 링크를 통해 접근해왔는데, 두브는 얼떨결에 응하고 말았다. 채팅을 걸어온 용건인즉, 너무나도 중요한 클라우드아크 미션의 기치 아래 지구인들 모두가 단합할 필요성과 더불어 현재 일어나고 있는 쿠루의 소요사태가 그에 미치는 악영향에 관한 멘트를 좀 부탁한다는 것이었다. 두브는 내심 매몰차게 거절하고픈 마음이었지만, 앞으로 살날이 3주에 불과한 사람들을 상대로 마음이 약해지는 것은 어쩔 수 없었다.

두브는 즉각 아이비를 호출했다. 현재 이지에는 자체 휴대폰 시스템이 갖춰져 있었다. 그는 일단 인용할 만한 잡지 몇 부를 아이비에게 부탁했고, 그 내용을 적당히 다듬어 타이핑했다. 그러고는 딱 뒤부아의 페르소나를 취하고자 잠시 정신을 집중했다. 예전에는 첫 번째 결혼실패와 생계의 토대, 클라우드아크행 티켓을 의미하기도 했으나, 이제 딱 뒤부아는 그가 더 이상 상기할 필요가 없는 이름이었다. 그 사나이는 1970년대 TV시리즈에 등장하는 캐릭터만큼이나 시대에 뒤처져 있었다. 페르소나 속으로 들어가는 일은 우주복을 착용하는 일만큼이나 힘겨웠다. 그 때문에 설탕 탄 커피를 따로 한 잔 더 마셔야 할 정도로 말이다. 준비가 됐다고 느낀 그는 우선 태블릿 비디오카메라를 켰고, 자신을 딱 뒤부아로 소개하면서 지구인들에게 인사를 한 뒤, 미리 작성한 원고를 읽어나갔다.

마무리를 한 다음에는 휴스턴으로 파일을 전송했다. 이제 자신의 보고서로 되돌아가려는 찰라, '상황인식모니터'에 별안간 붉은빛의 속보 광고와 함께, 어둠을 배경으로 희미한 섬광을 담은 화면이 뜨는 것이었다. 프랑스령 기아나의 우주기지와 해변 사이 어느 지점에서 일종의 교전상황이 전개되는 것처럼 보였다. 프랑스 외인부대는 어쩌면 마지막 전투가 될지도 모를 상황에 참여하는 셈이었다. 텔레비전 뉴스 카메라는 현장 근처에 접근할 수가 없었고, 보도는 어쩔 수 없이 알고 있는 게 별로 없는 기자들 간의 인터뷰로만 구성되고 있었다.

그런 와중에 휴스턴의 홍보담당자가 다시 나타나, 미안하지만 무중력 상태가 유지되는 이지의 시설로 자리를 옮겨 격려연설을 다시 한 번 해줄 수 없겠느냐고 부탁해왔다. 음모론자들이 지금 클라우드아크가 실재하지 않으며, 글자 그대로 네바다 사막에 만들어놓은 영화촬영장에 불과하다는 주장을 펴고 있다는 것이다. 그래서 중력 시뮬레이션이 작동하는 우주정거장 내부를 비디오로 접할 때마다 그들은 그 모두를 음모의 증거로 내세우면서, 수백만에 달하는 친구와 팔로워들을 모으는 중이라고 했다.

두브는 자기가 할 수 있는 일을 알아보겠다고 하고는 서둘러 큐브팜을 벗어났다. 마침 이곳은 현재 별다른 상황이 없다. 마쿠스는 잠시 자리를 뜬 모양이다. 두브는 스포크를 따라 H2로 이동해 무중력 상태로 진입했다.

H2는 쿠루에서 발사된 카부스(Caboose)가 선미 쪽에 도킹한 몇 주 전까지만 해도 스택의 맨 마지막 자리를 차지하고 있었

다. 카부스의 주목적은 수소와 산소를 태워 이지의 궤도를 부스팅하는 대형 로켓엔진의 안전한 보관이다. 이지의 뒷부분을 더 길게 확장하기란 이제 불가능했다. 지금 수준을 넘어서 어떤 시설이 첨가될 경우, 아말테아의 보호막 안에 더는 안전하게 거할 수 없기 때문이다. 만에 하나 카부스가 타격을 입어 엔진이 파괴될 경우의 긴급대책을 두고는 그야말로 엄청 방대한 토론이 있어왔다.

두브는 바로 그 카부스를 등진 채 스택을 따라 부유하기 시작했다. H2는 H1으로 이어지고, H1은 다시 낡은 즈베즈다 모듈로 이어졌다. 예전 즈베즈다 모듈은 좌우현 모두에 자그마한 광전지 패널들을 보란 듯 과시하고 있었는데, 지금은 이지의 태양전지판과 마찬가지로, 다른 구조물의 공간마련을 위해 죄다 접혀 제거된 상태다. 아키텍트들이 설정한 공정의 중간단계에서는, 아클렛에서와 마찬가지로, 광전지가 아닌 소형 핵연료기가 동력의 공급원이었다. 이들 역시 우주정거장 전체에 걸쳐 돌출한 형태를 취하는데, 우주 유영자나 조종사들에게 경고하기 위해 붉은색 LED가 빛나고 있다. 그것들이 아직도 동력의 상당분량을 생산하면서 의미 있는 백업기능을 담당하고 있는 것이다. 그렇지만 현재 우주정거장의 동력 대부분은 잠수함에서 사용하던 것을 발전시킨 핵원자로 완전체로부터 공급되고 있다. 그것은 카부스에서 천정 쪽으로 뻗은 긴 봉에 장착되어 있다. 대용량 동력발전기가 필요한 데에는 수많은 이유가 있지만, 그중 가장 중요한 이유는 수소와 산소에 물을 분사함으로써 로켓 추진제를 만들어내기 위함이다. 이는 현재의 원자로 위치에 대한 설명도 된다. 카부스는 이지의 가장 큰 추진제 연소장치인 대형 부스터엔진의 보관소임과 동시에, 일종의 조선소에 해당하는 중앙복합체이기도 하여, 부속들을 조립해 작은 기체(機體)들을 생산할 수도 있다. 그렇게 조립 생산된 기체들 역시 추진제를 필요로 할 것이다.

즈베즈다의 전방 말단은 천정과 천저 쪽 포트를 갖춘 도킹 스테이션 시설인데, 제로 이전부터 과학실험실들과 연결되어 있었다. 도킹장소를 지구유산 보존이라는 클라우드아크의 첫째 기능과 관련한 일종의 작업본부로 전환함으로써 전통이 그대로 유지되는 셈이었다. 두브가 천정 방향으로 계속 '올라가면' 하나의 긴 모듈로 들어가게 되는데, 그곳의 기능은 다른 우주선들이 접속할 수 있는 여러 도킹포트를 지원하는 것이었다. 보통 그런 곳은 값을 매길 수 없는 문화재들로 가득한데, 그중 일부는 디지털 기록물들이 저장된 서버팜(server farm)을 지원하기도 한다. 어떤 문화재는 다른 것보다 우주로 쏘아 올리기가 훨씬 쉽다. 가령 마그나카르타는 이미 이곳에 올라와 있지만, 미켈란젤로의 다비드상은 여전히 지구에 머물러 있다. 무거운 문화재들을 완전밀폐박스에 밀봉한 다음 해저 바닥 또는 깊은 수직갱도 속에 위치시키는 일에 어마어마한 노력이 쏟아부어졌지만, 그 작업이 어디까지 진전되었는지에 대해서는 두브도 이미 오래전에 정보추적을 포기한 상태다.

만약 두브가 위가 아닌 아래 즉, 천저 방향으로 내려간다면 여러 모듈들이 3차원 미로처럼 뒤얽힌 공간으로 들어갈 것이다. 그 대부분은 씨, 정액샘플, 난자, 배아세포 등, 유전물질의 보관 장소로 이용되고 있다. 당연히 전체적으로 냉장기능이 가동되어야 하는데, 우주에서 그것은 별로 어려운 일이 아니다. 우선 저장함에서 태양광선을 차단하는 문제는 깃털처럼 가벼운 금속가공 마일라 필름을 싸 바르는 것으로 간단히 해결된다. 그다음 해결해야 할 문제는 주위의 물체에서 발생하는 열기가 샘플들로 스며들지 않게끔 막는 일이다. 그곳 해치를 통과할 때마다 두브는 잠깐 이동을 멈추고 생각에 잠긴다. 그는 결코 영적인 타입이 아니지만, 아멜리아와 함께 만들어낸 배아세포 즉, 그의 네 번째 자식이 될 어떤 존재가 그곳 어딘가에 있다는 사실을 인간적으로 무시하고 넘어갈 수 없는 것이었다. 해동되어 인간의 자궁 속에 이식될 날만을 기다리는 수많은 배아들.

그는 스택 안에서 바로 앞쪽에 위치한 모듈인 자리야(Zarya)로 이동했다. 배아들을 생각하느라 살짝 몽롱해진 그는 이제 비디오를 재촬영하러 우우팟(Woo-Woo Pod)[1]으로 들어갈 생각을 막연히 하고 있었다. 그곳은 지름 10미터에 큼직한 돔형 창을 몇 개 갖춘, 구형(求刑)의 시설물이었다. 자리야에서 그리로 건너가려면 천저 쪽으로 난 햄스터튜브를 통해야 하는데, 말하자면 시설물 자체가 지구를 향하고 있는 셈이다. 울리카 에크는 클라우드아크 안에 종교시설을 각 종교마다 개별적으로 만들지 않기로 함으로써 지구에 머물고 있는 해당 종교인 집단의 강한 반발을 불렀다. 교회 시설, 시나고그 시설, 모스크 시설 등

---

1 Woo-Woo는 초자연적, 비현실적 성향 또는 그런 성향을 가진 사람을 일컫는 속어. Pod은 우주선의 분리 가능한 개별기체로서, 아이팟(iPod)의 팟과 동일한 뉘앙스다.

등을 각기 따로 설치하는 대신, 하나의 구조물로 종파를 초월한 단일채플을 형성해 모든 종교집단이 그것을 공유하게 만든 것이다. 그때그때 현장에서 어떤 의식이 거행되느냐에 따라 시설 내부의 프로젝터들은 십자가라든가 다윗의 별 같은 상징들을 일제히 벽에 투사한다. 원래는 길고 거추장스러우면서 정치적으로 정확한 명칭을 가지고 있지만, 누군가 우우팟으로 부르면서부터 아예 그렇게 이름이 굳어졌다.

바로 그 누군가가 지금 그곳으로 통하는 햄스터튜브 입구에 잠시 멈춰 웅웅거리는 무슬림 기도 소리에 맞닥뜨린 것이다. 이럴 수가! 지금 이 시각에 팟이야말로 그가 만들어 보내려고 하는 메시지의 기막힌 배경화면이 되어주리라 생각했건만. 이제 다른 장소를 찾아야 할 판이다. 바로 맞은편 해치가 이지의 병동 역할을 하는 모듈들로 통한다. 그곳은 전에 좌현의 태양전지판들이 점유했던 공간 대부분을 차지하고 있다. 그 끄트머리는 절연처리가 된 해치로 막혀 있는데, 그 너머 공간이 바로 A+0.29 첫 번째 스카우트 발사가 이루어진 시점부터 이지의 영안실 및 묘소로 이용되어온 모듈이다. 러시아 우주인 두 명이 사망한 채로 도착했던 바로 그때부터 말이다. 처음 몇 주 동안의 끔찍한 사망률이 그곳 반 이상을 동결건조 처리된 시신들로 채웠다. 그 이후 열네 명이 다양한 원인들로 추가 사망했다. 필시 지구에서 발병했을 것으로 보이는 지주막하출혈로 인해 한 명, 심장마비 한 명, 자살 두 명, 장비고장으로 두 명, 불과 며칠 전 유성에 부닥친 아클렛의 갑작스러운 감압사고로 네 명이 사망했다. 이들은 밀항하다 사망한 사람과 함께 모두 시체안치실에 보관 중이다. 나머지 사망자들의 행방은 그저 추측할 수 있을 뿐이다. 한 명은 우주 유영 중에 사라져버렸다. 나머지 셋은 햄스터튜브 끝에 도킹한 우주선 선저우 호에서 취침 중에 커피탁자만 한 크기의 유성에 부닥쳐 산산조각 나버렸다. 동결건조 처리된 시신들이 제멋대로 떠다니는 속에서 비디오 촬영을 한다면 분명 음모론자들 입을 다물게 할 수 있을 터. 그렇지 않다면 무엇 하러 이런 짓을 하겠는가.

반대편 '날개'는 우현의 태양전지판들이 있던 자리인데, 지금은 '일반그룹'에 의해 이것저것 잡다한 생활 및 작업 공간으로 활용되는 각종 모듈들이 대강의 대칭형으로 배열되어 있다. 이들은 유니티(Unity), 데스티니(Destiny), 하모니(Harmony) 등 낡은 아메리칸 모듈들을 통해 스택에 연결되어 있다. 결과적으로 그곳은 우주정거장의 이곳에서 저곳으로 이동하기 위하여 경유하거나, 음료수 한잔 마셔가며 잡담을 나누기 위해 모여드는 장소로서, 모듈 내부를 자유로이 부유하는 사람들로 북적대는 공간이라고 보면 된다.

하모니 건너에 자리한 모듈은 노드X다. 나사는 초등학생들을 위한 이름 짓기 경연대회를 열어 모듈들 명칭을 부여하길 좋아했다. 한데 하모니라는 이름은 그렇게 해서 결정되었지만, 노드X의 경우는 결과에 이르기 전에 이름 짓기 프로젝트 자체가 자금결핍으로 중단되었고, 그래서 노드X라는[2] 이름에 머문 것이었다. 그곳에는 특별한 목적이 부여되지 않아, 그냥 생명

2 노드X의 노드(Node)는 교점, 갈래의 뜻.

과학 장비들을 보관하는 장소랄지, 또는 생명과학 모듈들이 쏘아 올려질 때마다 하나하나 그곳에 도킹할 수 있는 일종의 중앙연결부로서 기능을 담당했다. 스택에서도 이쪽 구역은 아말테아와 매우 가까워, 그만큼 안전을 보장받고 있었다. 말하자면 사용 전까지 대기 중인 대체 불가한 설비들을 안전하게 보관할 만한 장소가 되어주고 있었다. 두브는 그곳 모듈들을 몇 군데 기웃거리면서 혹시 모이라를 만나지 않을까 기대했다. 그러다가 문득 그 런던 아가씨가 3번째 교대조 소속이고 앞으로 세 시간은 잠에서 깨어나지 않을 거라는 사실을 상기했다. 지금 시각은 대략 도트 5. 동트기 전 런던과 같을 것이다.

노드X를 지나면 훨씬 덩치가 큰 스크럼(SCRUM)이 자리하고 있다. 말 그대로 대가리 부분이 아말테아에 볼트로 고정되어 있는 구조물이다. 다시 말해서 스택의 최전방 시설인 셈이다. 제로 이전에 그곳은 거의 버려졌다시피 했다. 그러다가 점점 승승장구해, 아르주나 탐사회사의 우주거점 본부로 성장한 상태다. 사람들은 그곳을 '마이닝 콜로니(탄광촌)'이라 불렀다. 그곳의 모든 포트들이 다 들어찰 때까지 모듈들을 꽂아 넣었는가 하면, 그 뒤부터는 아말테아의 뒷면에 직접적으로 비계 및 공기주입식 추가모듈들을 설치했다.

두브는 휴스턴의 홍보담당자가 의뢰한 업무는 까마득히 잊은 채, 잠시 이곳을 둘러보기로 했다. 세상이 정상적이라면 바로 이 구역이야말로 클라우드아크에서 그가 가장 좋아할 만한 장소였을 것이다. 그런데도 이곳을 한번 찾아와본 적이 없었다. 이곳 자체가 그에게 정치적 문제를 떠올리게 만들어, 자꾸

스트레스를 주고 정신을 차릴 수 없게 만들었던 것이다. 하지만 루이사와 나눈 대화는 그런 그에게, 정치 문제를 무시하는 것만이 능사가 아니라는 깨달음을 주었다. 그가 정치에 관심을 두지 않더라도, 정치가 그에게 관심을 기울이기 때문이다. 뿐만 아니라 이곳에서 일을 하는 사람들, 예컨대 다이나 같은 이들은 얼마나 훌륭한가. 개인적으로 그들과 지내는 것에 전혀 문제가 없다. 그리고 그들과 더불어 지내야 할 더 많은 시간들이 있다. 지금 취침시간 전까지 그에게는 세 시간이 남은 상태다. 지구로 따지자면 대략 저녁 무렵인 셈이다. 이제 긴장을 풀고 맥주나 한잔 들이켤 때다. 그런 자리를 함께하기에 광부들만큼 좋은 사람들이 또 없다.

'마이닝 콜로니'는 두 가지 이유에서 정치적인 곳이었다. 무엇보다도 그곳이 민관파트너십에서 비롯된 곳이며, 그중 민에 해당하는 절반이 아르주나 탐사회사 즉, 숀 프롭스트의 회사였기 때문이다. 회사는 숀 프롭스트가 H2로 들이닥쳐, 사방을 들쑤시기까지는 아무 문제없이 잘나갔다. 두 번째는 보다 우울한 이유인데, 클라우드아크가 지향하는 바랄까, 화이트스카이 이후 수년 동안 그것을 어떻게 발전시켜나갈 것이냐의 문제를 두고 근본적인 차원의 불협화음이 지금 이곳에 존재하고 있다는 사실이다. 과연 클라우드아크는 지금 이 자리에 이대로 머물 것인가? 즉, 동일한 궤도상에 위치할 것인가? 아니면 다른 궤도로 전환할 것인가? 응집된 스웜 형태를 유지할 것인가, 산개한 형태로 나아갈 것인가? 그것도 아니면 둘 이상의 개별 스웜으로 쪼개져 다른 무언가를 시도할 것인가? 하드레인 상황 속에서 실제로 어떤 상황이 벌어지느냐에 따라 이상 제시된 내용을 포함해 더 많은 시나리오를 두고 열띤 논의가 필요할 터였다.

지금껏 이처럼 어마어마한 달의 파편세례를 받아본 적이 없는 지구이기에, 앞날을 제대로 예측할 수 있는 방도가 없다. 두브는 대부분의 시간을 통계학적 모델들을 가지고 씨름했는데, 아무래도 어떤 시나리오를 대비할 것인가의 문제에 그것이 가장 큰 영향을 미치기 때문이다. 가장 간단한 예를 들어보자. 만약에 달이 완두콩 크기로 균일하게 분해된다고 가정할 수만 있다면, 지금 위치를 그대로 유지하면서 크게 걱정하지 않는 것이 가장 좋은 전략일 수 있다. 어차피 완두콩 크기의 유성은 아주 가까이 접근하기 전에는 탐지해내기가 어려울뿐더러 그때 가서는 회피기동을 하기에 너무 늦을 것이다. 그런 정도 크기의 암석이 충돌할 경우 아클렛이나 모듈에 구멍은 나도 파괴되지는 않는다. 사람들이 그로 인해 다치고 물건이 망가지는 일은 있을 수 있어도, 모듈 전체 또는 아클렛이 통째로 파괴되면서 상당수 인명이 희생되는 최악의 상황은 일어나지 않을 것이다. 그런가 하면, 보다 가능성이 큰 시나리오로 하드레인이 자동차나 집 또는 산만 한 크기의 바윗덩이들을 포함할 경우, 원거리에서부터 탐지하기는 훨씬 쉬워진다. 그때의 회피기동은 실현가능 여부를 따질 일이기보다 반드시 성공해야만 할 과제가 될 것이다.

특히나 이지에게 그건 절대적이다. 아클렛 하나로 볼 때, 야구공 크기의 바위에 얻어맞느냐 야구장 크기의 바위에 얻어맞느냐는 별로 중요한 문제가 아니다. 둘 중 어떤 경우에도 아클렛은 죽음을 맞게 될 테니까. 하지만 이지는 첫 번째 경우 모듈 일부는 손상되겠지만 전체적으로 생존이 가능하다. 그러나 두 번째 경우라면 우주정거장 전체가 산산조각 날 것이고, 어쩌면 클라우드아크마저 서서히 죽음을 맞이하는 단계로 빠져들지 모른다. 이지만큼은 어떻게 해서든 거대유성이 지나는 길목에서 벗어날 수 있어야만 한다.

'기동(機動, maneuvering)'이란 단어는 비전문적인 사람들에게, 탁 트인 운동장에서 상대 수비수들을 뚫고 드리블 묘기를 부리는 축구선수의 이미지를 떠올리게 한다. 반면 아키텍트들이 마음속에 가지고 있는 이 단어의 이미지는 훨씬 안정되어 있다. 이지가 기민하게 움직일 일은 없을 것이다. 설사 그래야 할 경우일지라도, 축구선수의 드리블처럼 기동을 한다면 엄청난 연료소비를 감당해야만 한다. 이지를 파괴할 만큼 거대한 암석이 접근해오는 것을 충분히 먼 거리에서 탐지할 경우, 이지는 단하나의 추력기만 작동시킴으로써 암석의 진로에서 간단히 벗어날 것이며, 이지의 탑승인원들은 무슨 일이 일어났는지 미처 감지도 못할 것이다. 따라서 향후 기동현상과 관련한 낙관적 전망은, 이지가 현재 궤도에 근접한 상태를 유지하면서 때에 따라 추력기의 가벼운 작동만으로도 위험한 유성과의 충돌을 수시간 내지 수일 앞서 모면하게 될 거라는 점이었다. 이를테면 빙해를 가르고 순항하는 여객선이 지극히 유연한 방향전환을 통해 떠다니는 빙산을 피할 때, 식당칸의 승객들이 크리스털 잔 속 와인이 살짝 움직이는 것조차 전혀 눈치채지 못하는 경우와 같다고 할 수 있다.

물론 아주 많이 비관적인 전망 또한 존재한다. 가령 이지가 자칫 잘못해 차가 쌩쌩 달리는 8차선 고속도로로 뛰어든 황소처럼 움직일 경우다. 누가 전망하느냐에 따라, 그 황소는 눈가리개를 하거나 다리를 절 수도 있고, 그렇지 않아 멀쩡할 수도 있다.

이들 중 어떤 전망이 실제에 근접한 것이냐의 문제가 결국 통계학적 논의의 핵심인 셈이다. 그 논의 과정에서 유성의 크기와 그 궤적의 편차, 원격레이더의 작동수준, 다양한 위험요소를 탐지하고 처리하는 알고리듬의 기능과 관련한 모든 추정들이 서로 연계되어 다루어지는 것이다.

해양 여객선과 눈 가린 황소 사이 어디쯤 외바퀴손수레를 밀고 가는 축구선수가 있다.

헬멧을 착용하고 뛰는 미식축구 선수라도 달라질 건 없다. 그 선수가 거친 수비수들 사이를 뚫고 경기장을 달리기만 하면 된다. 웬만한 선수라면 홀가분한 몸으로 달릴 경우 골 지점까지 충분히 가 닿겠지만, 바위를 실은 외바퀴손수레를 밀어야 한다면 실패할 가능성이 크다. 여기서 바위는 물론 아말테아다. 그리고 외바퀴손수레는 그 주위를 따라 잔뜩 설치된 소행성 채굴시설물이다. 정녕 이런 이미지가 사실에 부합한다면, 외바퀴손수레는 의당 폐기되어야 마땅할 것이다.

이 이미지를 충분히 선명하고 위험스럽게 받아들인 일부 사람들은 이미 30일째로 접어든 시점에 아말테아를 버리자는 주장을 폈었다. 조금은 더 온건한 분석가들은 만약 여객선 이미지를 채택할 경우 그런 극단적인 조치를 취할 필요는 없으며,

이지가 눈이 안 보이고 다리를 절면서 고속도로를 질주하는 황소라 칠 경우엔 이것저것 고려해봤자 아무 소용없을 거라는 의견을 냈다.

두브도 나름의 강고한 입장, 솔직히 말해 어떤 특정 냉동배아세포에 깊이 연루된 입장을 견지하고 있었다. 즉, 광부들의 생존과 직결되는 '마이닝 콜로니'는 어떤 대가를 치러서라도 보존해야 한다는 것. 그가 자신의 그런 입장을 한 겹 걸러내 예상 이미지들과 데이터들을 객관적인 눈으로 보려고 할 경우, 결론은 모든 걸 미결상태로 놔두자는 것일 수밖에 없었다. 그런 식으로 전문적인 토론은, 토론자들이 각기 자기 나름의 입장을 버리지 않는 한, 아무 소득 없이 끝나기 마련이었다. 그리고 바로 이곳이 그로서는 개인적으로 힘겹다는 생각이 들기 시작하는 지점이었다. 사람들이 자신의 입장과 어떻게 다른 입장을 견지할 수 있는지 도저히 이해가 되지 않아서다. '마이닝 콜로니'를 유지하지 않겠다니 도대체 무슨 생각들인가? 대관절 어쩌자는 건가? 이 시설들과 그에 따른 역량을 포기하고서 어떻게 클라우드아크와 인류가 미래를 도모하겠다는 건가?

어쨌든 논란은 클라우드아크 프로그램의 지루하게만 보이는 양상들 속으로 적잖은 파급효과를 일으켰다. 이지가 아말테아를 매단 채 기동할 거라면 우주정거장에 바위를 부착한 구조물부터 보강되어야 할 것이다. 달리 말해서, 구조물이 강할수록 더욱 과감한 기동까지도 무리 없이 이루어질 수 있다는 얘기다. 그러한 기동수행능력은 이지의 생존에 보다 큰 가능성을 부여할 것이며, 따라서 부가적 구조물에 대한 요청에는 그만큼 자기정당성을 확보하는 셈이다. 반대로 허약한 구조물은 기동 능력을 제한할 것이고, 그러다 보면 생존을 위해 유사시 '마이닝 콜로니'를 희생시킬 공산이 커진다. 그러니 언제 내버릴지 모를 하위시설물을 보강하느라 왜 소중한 자원을 허투루 쓰겠는가? 추진제에 작용하는 동력도 마찬가지다. 커다란 바윗덩이를 부착한 이지를 기동함에 더 많은 동력을 요한다는 얘기는, 곧 아클렛들의 경우 그 작동범위와 자율성을 제한함으로써 더 적은 동력이 소모된다는 의미이기도 하다. 이렇듯 물리학은 정치를 '당장 바위를 떼어 내버려라'와 '어떻게든 바위를 사수하라'의 양극단으로 내모는 중이다.

'마이닝 콜로니'는 현재 여덟 개의 모듈과 함께 소행성에 직접 부착되는 공기주입식 돔 시설이 추가되어 있다. 로봇들이 아말테아의 표면에 미리 조성해둔 원형 홈을 따라 지름 3미터짜리 고리를 용접하는 데만 몇 주가 걸렸다. 그걸 기초로 대략 100일 전에 설치한 공기주입식 돔은 호흡할 수 있는 공기로 가득 채워진 상태다. 소행성이 워낙 차가워서 돔 안의 공기를 식히기 때문에, 이른바 와이셔츠 바람으로 나다닐 환경은 아니다. 게다가 많은 로봇들이 정상 작동하다 보면 어쩔 수 없이 가스가 배출되는데, 독성이 있거나 최소한 피부에 좋지 않은 자극을 유발한다. 하지만 돔을 설치함에 있어 중요한 점은 그것이 아니었다. 로봇의 플라스마토치가 사용한 가스를 다시 잡아들여 재사용함으로써, 가스가 우주공간으로 새어나가기 일쑤였던 이전 방식보다 훨씬 빠르게 소행성에 구멍을 뚫거나 모양을 다듬는 것이 관건이었다. 이런 연유로 다이나의 로봇군단은 지구로부터 운송되어온 동일 모델의 개량버전들로 엄청나게 보강되었다. 그리고 다이나 자신도 지금은 24시간 교대근무를 하는 열두 명의 크루를 운영하고 있었다. 이들은 다이나가 오래전 회로판들을 우주선(線)에서 보호하고자 소행성에 파놓은 터널을 보다 넓게 확장했다. 그렇게 소행성의 채굴작업을 완만하게 진전시키면서, 작은 금속조각들을 더 크고 성능 좋은 용광로로 부지런히 운반해 나와 질 좋은 강철로 만들어나갔다. 그것은 이지의 기본설계에는 포함되지 않는 작업으로, 정치적 논란의 재점화를 무릅쓴 채, 아말테아를 이지와 구조적으로 연결하는 보강시설에 그 강철이 동원되어왔다.

두브는 '마이닝 콜로니'의 몇몇 모듈들을 관통해 미끄러져가면서 다이나가 어디 있는지 물었으나, 돌아오는 대답은 신통치 않았다. 그녀의 작업실 방향으로 다가가면서 그는 신경이 살짝 예민해지는 것을 느꼈는데, 마쿠스 로이커가 불쑥 나타나 살갑게 인사를 던지면서 실없이 친근한 태도로 잡담을 시도하기까지 그 이유를 몰랐다. 지금 이 친구가 다이나에게 몸 추스를 시간을 벌어주고 있는 것일 터.

다이나와 마쿠스가 서로 섹스를 즐기는 사이라는 건 이미 몇 달 전부터 알려진 사실. 그건 이지 전체에서 '다우벤호른 암벽등반'으로 불리는 이벤트다. 마쿠스가 이지에 도착한 지 그리 오래 되지 않아 두 명의 다른 여자가 그 '암벽등반'에 성공한 것으로 알려졌으나, 그 이후로는 줄곧 다이나 혼자서 그를 독차지했다. 지구에 터를 잡은 조직일 경우, 기업이든 군대든, 상사가 부하와 잠자리를 같이하는 것은 눈살 찌푸릴 만한 윤리기

47

준 위반일 것이다. 그러나 앞으로 한 달 후면 모든 인간이 엄밀히 따져 마쿠스의 부하가 되는 셈이라, 그의 입장에서 법칙을 깨지 않고서는 남은 평생 독신으로 살아야 하게 생긴 것이다. 그를 잘 아는 사람으로서 그것이 현실성 있는 일이라고 보는 사람은 단 한 명도 없었다. 그가 자신의 고환을 외과적으로 제거하지 않는다면 말이다(물론 이지의 상당수 탑승원은 은근히 그걸 바라는지도 모를 일이긴 하지만). 사정이 그러하기에, 그가 일찌감치 다이나에게 정착한 것은 그 나름 일리 있는 행위였다. 다소 비윤리적일지언정, 정말 중요한 문제가 무엇인지 알 만한 사람은 다 안다. 다이나는 그 누가 봐도 쉬운 여자가 아니다. 정신이 제대로 박힌 사람이라면 어느 누구도 그녀가 어떤 식으로든 압박감을 느끼거나 지쳐 있을까봐 걱정할 리 없다. 뒤집어 말해, 사람들은 다이나가 남자를 찾아 두리번거리는 타입이 결코 아님을 잘 알기에 좀 더 마음을 놓는 것 같았다. 한때 이지 안에 떠도는 가십의 진부한 수준으로 인해, 다이나가 리스 에잇켄과 잠시 놀았다는 건 대단한 뉴스거리였고, 결국 파국으로 관계가 끝났다는 것 역시 런던 타블로이드판을 장식할 만큼 엄청난 스토리였다. 그때 이후 그녀가 남자 승무원과 커피 한잔만 마셔도 주변에서 수군대는 소리가 들리곤 했다. 차라리 모호하지 않고 누가 봐도 분명하게 마쿠스와 함께한다면 훨씬 문제가 간명해질 것이다. 그럼에도 불구하고 아직 기정사실화할 단계는 아닌지, 마쿠스와 두브 모두 이런 위장놀이에 동참하지 않을 수 없는 것이었다.

두브가 말했다. "혹시 들었는지 모르겠군요. 지상에서 분쟁

48

이 벌어졌다고 하네요. 우주공항과 해변 간에 말입니다."

마쿠스가 그 소식을 들었을 리는 없었다. 우선 그 자체가 그의 관심사가 아니었고, 게다가 한창 바쁘지 않았던가. 당연한 얘기지만 그는 순간적으로 멍한 상태였고, 놀라운 집중력을 발휘해 당면 문제가 무언지 간파하기까지 잠깐 시간여유가 필요했다.

"그런 식으로 계속할 거라고는 생각하지 않습니다." 그가 말했다.

"대통령이 성명을 발표하던데, 마치 돌이라도 씹어 먹는 듯한 표정이더군요."

"볼 장 다 본 사람들이 운영하는 정부는 결코 우습게 볼 상대가 아니지요."

마쿠스가 계속 말을 이었다. "하지만 현재 베네수엘라 사람들에 대해서도 같은 얘기를 할 수 있을 것 같습니다." 그러고는 한숨을 내쉬며 말했다. "우리가 베네수엘라 아커들을 일부 수용해야만 하는 것 아닌가 싶어요. 거기도 영리한 사람이 조금은 있겠죠."

"며칠 전이라면 효과가 있었겠지만," 두브가 말했다. "지금은 '우린 테러리스트랑은 협상 안 해' 식으로 분위기가 전환되었어요."

순간 마쿠스의 입가로 건조한 미소가 스쳤다. 그는 공용 물수건으로 얼굴을 닦았다. 그런 수건에 배어 있는 공업용 인공 향내가 두브의 후각을 자극했다. 마쿠스가 말을 받았다.

"그렇겠죠. 향후 3주간에 걸쳐 악용될지도 모를 전례를 이제

와서 만들 턱이 없겠죠."

공개장소이거나, 심지어 소규모 미팅에서라면 받아들여지기 어려운 농담조 표현방식을 두브는 누군가와 내밀한 얘기를 나눌 때 즐겨 활용했다. 두브 자신은 리더가 아니지만, 그는 리더인 사람들과 그들이 일해나가는 모습에 관심이 많은 타입이었다.

"아이비가 그 아클렛들과 보급선들을 받지 않아서 일어날 파문에 대해 파악 중입니다."

"아이비한테 참 고마워할 일이네요." 마쿠스는 클라우드아크의 지휘권을 획득한 이후부터 아이비를 좋게 이야기할 기회만 있으면 절대 놓치지 않았다. 두브는 이 또한 정체를 알 수 없는 리더 아카데미에서 주입식으로 가르친 또 다른 스킬이 아닐까 싶었다. 아니, 그보다는 본능일 가능성이 컸다.

"자, 이제 저도 근무할 시간이군요. 브리핑 고맙습니다."

마쿠스는 대다수 유럽인들과 마찬가지로 제3교대조에서 근무했는데, 이는 곧 그의 실제 근무시간이 이미 두어 시간 전에 시작되었음을 의미했다.

"저는 슬슬 끝나갑니다," 두브가 말했다. "채굴팀 사람들과 한잔 걸칠까 생각 중이었죠."

"그런 자리를 함께하기에 그 이상 좋은 사람들이 없죠."

마쿠스가 윙크하며 말을 받았다.

"다이나도 잠시 바람 좀 쏘일 겸, 선생님 얼굴 보면 반가워하겠군요."

그 말과 함께 마쿠스는 오버롤 작업복 호주머니에서 전화기를 꺼내 화면을 들여다보면서, 또 다른 한 손으로는 벽을 짚으면서 모듈 밖으로 나가 스택을 따라 내려갔다.

두브는 스크럼 안에 혼자 둥둥 떠 있었다. 이제 그와 다이나 사이에 가로놓인 것은 칸막이용 커튼 하나가 전부였다. 금방이라도 입으로 '똑똑' 하고 소리를 내려던 찰라, 커튼 반대편 스피커에서 '삐삐' 하는 전자음이 연달아 들려왔다. 모스 부호가 전송되어오는 소리인데, 두브는 그걸 해독할 만한 기술이 없었다. 한동안 조용하던 다이나의 움직임이 느껴졌다. 침낭을 열고 나오는 소리였다. 두브는 당장 귀찮게 하기보다는 생각을 바꿔 이메일이나 한번 열어보기로 했다.

그녀는 첫 번째 교대근무조였다. 그러니까 지금은 그녀에게 벌건 대낮이나 마찬가지란 뜻이다. 비록 마쿠스 때문에 딱히 나른한 시간을 보내는 중이었다고는 할 수 없으나, 보통 때라면 슬슬 눈이 감길 만한 시간이었다. 그녀는 이럴 때 깊은 잠에 곯아떨어지는 것은 그리 좋은 생각이 아니라고 느꼈다. 일단 할 일도 많지만, 이미 경험한 이상으로 구설수를 만들어낼 가능성이 그만큼 커지기 때문이었다. 커튼 너머에서 마쿠스가 뒤부아 해리스와 나누는 대화를 그녀는 다 듣고 있었다. 그는 그녀가 몸을 추스를 시간을 벌어주고 있었다. 그 시간을 그녀는 최대한 이용했고, 전자음이 울릴 때까지 비몽사몽 나른한 상태를 즐기고 있었다. 전자음의 주인공이 루퍼스가 아님은 직감으로 알 수 있었다. 전송 스타일을 통해 그 정도는 알 수 있다. 뭐랄까, 맥이 없는 것이, 경험 많은 무선통신자의 솜씨는 아님이 분명했다.

어떤 생각과 더불어 그녀는 눈을 떴다. 이른바 '스페이스트롤(Space Troll)'이라 알려진 진원지에서 날아오는 신호일지도 모른다. 루퍼스가 만들어낸 용어인데, 며칠 전 그가 처음으로 언급한 워딩은 다음과 같다. "스페이스트롤의 송신음을 들어보셨나요?" 이는 최근 그가 조사를 시작한 송신기에 그 스스로 갖다 붙인 이름인데, 지금 다이나가 듣고 있는 소리에 정확히 부합했다.

그녀는 침낭에서 벗어나 수신기의 볼륨부터 높였다. 그리고 계속해서 소리에 귀를 기울인 채 티셔츠와 끈으로 묶는 바지를 입었다. 신호음은 마치 집에서 제작한 송신기 소리처럼 들렸다. 소유자는 필시 CW(모스 부호 사용) 무선통신세계의 에티켓과 활용법에 관해서 개략적인 이해도를 가졌을 터다. 그의 도트와 대시는 완벽한 형태를 갖추고서 빠른 속도로 전송되고 있었다. 컴퓨터 키보드와 그것을 모스 부호로 자동전환시켜주는 앱을 사용하고 있는 것이 분명했다. 그는 QRK와 QRN을 수도 없이 보내오고 있었다. 그것은 각기 신호의 선명도를 묻는 표현과 신호에 간섭하는 주변 소음의 정도를 묻는 표현이다. 그런 걸 보면, 자기 장비의 품질에 대하여 확신이 부족한 상태 같았다.

루퍼스의 말에 의하면, 누구든 스페이스트롤로 회신을 해주기 시작하면 그쪽은 곧바로 QRS를 즉, "조금 천천히 전송해주십시오"를 남발해올 것이고, 그건 다시 말해 어떤 답신을 보내도 해독에 어려움을 겪을 뿐인 왕초보가 지금 무선통신 상대자로 앉아 있다는 뜻이다. 그자는 오로지 하나의 주파수만을 사용하는데, 공교롭게도 그것은 1년 전부터 루퍼스가 보통 다이나와 교신할 때 사용하는 바로 그 주파수였다. 해당 주파수가 인터넷을 통해 알려진 것은 매쿼리 가족에 관한 인생극장식의 언론보도가 나고부터인데, 결국 이후 몇 주에 걸쳐 지구촌의 모든 CW 무선통신자들이 다이나와 접촉하기 위해 그 주파수로 몰려들어 거의 사용불가 상태에 빠져버렸다. 이어서 매쿼리 부녀가 그 주파수를 더 이상 사용하지 않는다는 소문이 나돈 다음에야 주파수가 조용해졌는데, 스페이스트롤처럼 정보에 둔한 일부 사람들은 그나마도 예외인 셈이었다. 어쨌든 루퍼스는 다시금 해당 주파수를 모니터링하게 되었고 다이나가 지금 수신음에 귀 기울이는 것도 바로 그런 맥락에서였다. 그녀는 스페이스트롤로부터 지금껏 개인적으로 무선전신을 교환해본 적이 없었다. 놀랄 일은 아니었다. 그녀의 안테나는 루퍼스가 자기 탄광 위에다 설치한 것에 비하면 아무것도 아니었으며, 그녀가 사용하는 무선통신 수신기는 학습용 수준에서 벗어나지 못하는 기기였다. 이지가 루퍼스의 머리 꼭대기를 지나갈 때만이 비로소 다이나와 그가 서로의 신호를 자연스럽게 청취할 수 있었다.

언젠가 루퍼스는 말했다, 스페이스트롤과의 대화를 이어가려면 인내심과 유머감각이 필요하다고. 몇 년 전 루퍼스로 하여금 열불 터지게 만든 왕초보 무선통신자들의 난립상은 이제 일종의 시대의 징표에 가까웠다. 당연히 아마추어 무선통신에 대한 사람들의 관심은 늘어나는 추세다. 하드레인이 시작되는 순간부터 인터넷은 다운될 테니 말이다. 그러니 늘어나는 무선 통신자들 대다수가 왕초보일 것은 불 보듯 뻔한 일이다.

마침내 그들이 소통 가능한 대화를 시작하게 되면, 루퍼스는 QTH 즉, "어디입니까?"를 전송할 것이고, 그에 대한 답으로 QET를 수신할 터였다. 이는 비공식적인 Q코드인데, "지구행성은 아님"을 뜻하는 일종의 싸구려 조크다.

스페이스트롤은 그래서 붙은 별명이었다. 어차피 다른 괴짜들과 마찬가지로, 이자에게는 콜사인도 없을뿐더러 설사 있어도 사용하지 않기 때문이다. 지금 다이나가 몇 초마다 한 번씩 반복해서 듣고 있는 신호음은 QRA QET. 기본적으로 "안녕, 여기는 E.T., 거기 누구 듣는 사람?"이란 뜻이다.

다이나는 보통 전송장치 쪽 작업대는 사용하지 않는 동안 전원을 꺼놓기 일쑤였다. 지금은 전원을 켠 상태이나, 황동으로 된 전건(電鍵)에는 손끝 하나 갖다 대지 않은 상태였다. 가만 주시하고 듣는 것은 아무 해가 되지 않으나, 조금이라도 손을 대는 즉시 스페이스트롤은 답신음을 접할 것이고 그때부터 다이나는 결코 그를 떼어낼 수 없을 것이다. 한데 보아하니 조금만 지나면 스페이스트롤이 제풀에 지쳐 나자빠질 것 같았다. 그럼 다이나는 곧바로 루퍼스와 교신을 시도할 것이고, 그 수수께끼 같은 '그놈의 외계생물체'로부터 그녀 역시 송신음을 들었다고 얘기할 것이다. 모처럼 그로써 웃을 일이 생기는 셈이랄까, 잠시나마 마음의 여유를 즐길 수가 있는 거다. 그러잖아도 아버지로서는 반가운 모양이었다.

그가 탄광 동료들과 함께 지하공간에서의 장기체류를 위한 준비에 진지하게 임한 것은 이미 오래전 일이다. 그런 방도를 모색하는 사람들이 그들만도 아니다. 세계 방방곡곡에서 사람들이 땅에 구멍을 파고 있다. 그 대부분은 하드레인이 시작되고 몇 시간 내지 며칠 사이 죽음에 이르고 말 것이다. 수천 년의 세월을 지탱할 수 있는 지하시설물을 건축하는 것은, 만약 그게 가능하다면, 정부나 군대라는 특별한 조직이 아니고서는 도모하기 어려운 작업이다. 그럼에도 만약 사적인 집단이 그런 일을 시도할 수 있다면 그건 아마도 루퍼스와 그가 만든 네트워크가 될 것이다. 하긴 지난 2년 내내 그가 다이나를 상대로 던진 수많은 질문들을 돌아보건대 의문의 여지가 없다. 인공생태계의 장기적 생명유지기능에 관하여 적어도 이지의 전문가들이 알고 있는 범위까지는 루퍼스 역시 안다고 보면 된다.

루퍼스와 그의 광산에 잠깐 정신을 파는 사이, 다이나는 스페이스트롤의 무선전신에 약간의 변화가 생겼음을 눈치챘다. 친숙한 QRA QET 대신에 QSO로 시작하는 것이었다. 이런 맥락에서 그것은 "~와 교신 가능합니까?"라는 의미다. 그러고 나서 따라 나오는 콜사인이 낯설었는데, 너무 길어서 도무지 알아들을 수가 없는 것이었다. 무선전신 콜사인으로서는 일반적 기준에 전혀 부합하지 않는 숫자와 문자가 꼬리를 물고 이어졌다.

세 차례 같은 내용이 반복되고 나서야 그녀는 내용을 받아 적기 시작했다. 다 합해 열두 개의 철자였는데, 기본적으로 임의적인 숫자와 문자의 배열이었다. 그럼에도 그녀가 의미심장하게 간파한 것은 모든 문자가 A에서 F까지의 범위 안에 속해 있다는 사실이었다. 이는 곧 16진법으로 표기된 숫자일 가능성이 크다는 강력한 힌트다. 다시 말해 컴퓨터 프로그래머들이 주로 사용하는 체계 말이다.

열두 개의 숫자를 포함하고 있다는 사실도 하나의 단서였다. 거의 모든 컴퓨터 시스템에서 사용하는 네트워크칩은 바로 그런 포맷으로 고유의 어드레스를 갖고 있다. 12자리의 16진수로 말이다.

순간 다이나는 목덜미로 섬뜩한 느낌이 치미는 것을 느꼈다. 처음 몇 개의 숫자가 왠지 낯익었기 때문이다. 네트워크 인터페이스 칩은 대단위로 만들어지며, 그 각각에 순서대로 고유의 어드레스가 부여된다. 결국 주어진 시일 안에 조립라인을 통과해 생산된 모든 포드 승용차에 동일한 철자들로 시작되는 일련 번호가 부여되는 것과 마찬가지로, 주어진 단위로 산출된 모든 네트워크칩은 동일한 몇 개의 16진수로 시작되기 마련이다. 다이나의 칩 중 일부는 저가의 규격품으로 지상에서 사용하도록 만들어진 것이지만, 개중에 우주항공용으로 특수제작된 것들은 차폐박스로 잘 정리해 워크스테이션의 아래 서랍 속에 보관해두고 있었다.

바로 그 서랍을 열고 박스를 꺼낸 다음, 다이나는 일정단위의 칩들이 조립된 껌 하나 크기의 초록색 PC보드를 끄집어냈다. 그 보드 위에 흰색 대문자로 직접 프린트된 것이 바로 맥어드레스였다. 그리고 거기 첫 여섯 숫자가 스페이스트롤에서 보내오는 무선전신의 그것과 일치하고 있었다.

다이나는 전건으로 손을 뻗어 QSO를 두드렸다. 이 문맥에서 그것은 "그렇다. 나는 ~와 교신 가능하다"를 의미했다. 그러면서 손에 쥔 작은 PC보드의 맥 어드레스를 그대로 입력해 넣었다. 물론 그것은 원래 전송된 내용 속의 정보와는 차이가 있었다. 결국 종합해보면, "아니다. 나는 당신이 알려준 자와는 교신할 수 없고, 지금 이 사람과 교신할 수 있다"는 뜻이 된다.

QSB라는 대답이 돌아왔다. "당신의 신호에 페이딩[3]이 발생하고 있다." 그러고 나서 날아든 QTX 46이라는 신호는 짐작건대, "46분 후에 다시 이 주파수로 교신 가능한가?"라는 의미였다. 이지에 있는 사람이라면 그것이 다음과 같은 의미라는 것을 모를 리 없었다. "당신이 궤도를 돌아 행성 반대편으로 이동했을 때 내가 다시 교신을 시도하겠다."

다이나가 대답했다. QTX 46, 다시 말해서 "예스"라고.

그들은 지금 태평양을 낮과 밤으로 나누고 있는 명암경계선을 넘고 있는 셈이었다.

너 지금 도대체 누구랑 이야기하고 있는 거야?

이건 보나마나 루퍼스에게서 날아온 전신내용이다. 다이나는 창문 밖을 내다본다. 지평선을 기어 넘듯 시야에 들어서고 있는 북아메리카 웨스트코스트가 한눈에 보인다. 프레이저델타와 퓨젓사운드 광역도시권, 컬럼비아 강과 샌프란시스코 만을 그려내는 불빛의 패턴으로 충분히 알 수 있다. 이는 곧 알래

---

3 fading. 매질의 변화에 따라 그걸 통과해온 수신전파의 강도가 급격하게 변하는 현상.

스카가 현재 이지의 가시선상에 위치해 있다는 뜻이다.

"똑똑!"

커튼 너머로 뒤부아 해리스의 목소리가 들려왔다. 얼마나 오래 기다린 걸까.

"들어오세요."

그렇게 말한 뒤, 다이나는 스페이스트롤에 관한 조크와 함께 나중에 다시 교신하자는 말을 짧게 전송했다. 그리고 컴퓨터 화면상의 세계시간을 체크했다. 도트 7, 그러니까 런던에선 AM 7시가 조금 못된 시각이고 알래스카에 있는 루퍼스에게는 밤 10시가 되는 셈이다.

약간의 방심 속에서, 지리멸렬한 대화가 오가는 동안 다이나는 두브와 나누는 생각의 실마리를 놓치지 않으려 애쓰면서도 한편으로는 산발적으로 파고드는 루퍼스의 메시지를 처리했다.

"한잔하실래요? 선생님한테는 지금이 저녁시간 맞죠?"

다이나의 제안에 두브가 대답했다.

"저야 항상 좋지만, 지금은 그보다…… 무슨 일입니까?"

다이나가 사정을 설명했다. 무선전신 고유의 은어들 때문인지 처음에는 무슨 소린지 어리둥절해하던 두브가 맥 어드레스를 보자 정신을 집중하기 시작했다.

마침내 그가 말했다.

"가장 간단히 설명하자면, 어떤 찌질이가 당신한테 집적대는 거라고 볼 수 있군요."

"그렇지만 한낱 찌질이가 어떻게 이런 맥 어드레스를 알겠어요? 우리가 유출시킬 리는 없고, 지구에서 우리 로봇들을 해킹하는 것도 용납하기 어렵거든요."

"나사 홍보팀에서 이곳을 훑고 간 적이 있지 않나요? 당신과 로봇작업실 내부 사진을 찍으면서 말입니다. 당신이 그 상자를 열어둔 채로 놔둬서 PC보드들이 보였을 때 스냅으로 사진이 찍혔을지 모르지 않겠어요?"

"이곳엔 중력이 없습니다, 두브. 책상 위에 물건들을 그냥 놔둘 수가 없어요."

"아무튼 지금 상황으로는 누군가 당신과 사적인 채널로 이야기를 나누고 싶어하는 건 분명해 보입니다."

"그리고 극히 일부 사람밖에는 알 수가 없는 숫자들을 언급함으로써 자신의 신분을 증명하고 있고요. 잘 알겠습니다."

"내 말은, 정말 지적인 찌질이는 바로 그런 세부적인 것을 찾아다닌다는 겁니다. 나사 홍보용 사진 뒷면 같은 데서 쓸 만한 정보를 찾아내 사람 괴롭히길 즐기는 거죠."

"접수," 그러고 나서 다이나는 이렇게 덧붙였다. "하지만 짐작 가는 사람이 있긴 해요."

"누구죠?"

"숀 프롭스트. 아무래도 이미르 원정대인 것 같아요."

다이나의 말에 두브는 멍한 표정으로 대꾸했다.

"맙소사, 그러고 보니 그 친구들 생각을 안 하고 산 지 한참 됐군요."

이미르의 우주항해처럼 장대하고 드라마틱한 이야기가 완전히 잊힐 수 있다는 건 분명 기이한 일이긴 하나, 그간 살아온 시간이 좀 다사다난했던가.

　교신을 중단한 우주선은 126일 즈음 지구저궤도(LEO)를 벗어나고 한 달가량 지나 태양을 배경으로 모습을 감추었다. 광학망원경을 들여다보아서 확인한 사실은 그것이 태양주회궤도로 이행했다는 건데, 우연히 그렇게 된 것인지 점화제어의 계획된 결과인지는 알 수가 없다. 원래 예상한 대로 움직이고 있다는 가정 하에 이미르는 현재 태양 주위로 거의 두 차례 완전한 루프를 그린 상태일 것이다. 그 궤도가 지구궤도의 안쪽이기 때문에 — 근일점이 금성과 수성 궤도 사이의 중간 — 약 2백여 일 전 그레그 스켈레톤의 — 즉, 그릭 스크젤러럼 혜성의 — 궤도를 스치면서 그 그림을 그려내는 데만 1년 조금 더 걸렸을 터다. 하지만 지구에서 볼 때 태양 너머에서 벌어진 일이기에 실제로 관측하기는 어려웠을 것이다. 다음 이벤트는 스틱 끝에 고정한 핵원자로를 사용해 혜성의 코어를 포화시킨 다음, 그걸 점화해 구멍으로 증기를 배출하여 추력을 발생시키는 작업이었을 것이다. 원자로 제어날개를 뻗고, 동력장치를 가동시켜 증기를 배출함으로써, 적어도 수백일이 지나 지구 내지는 L1과의 충돌침로에 진입하는 수준으로, 초당 1킬로미터씩 혜성의 궤도를 수정해나갔을 것이다. 타이밍 맞추기가 곤란했기에 많은 이가 불만을 토로했고, 손이 왜 다른 혜성을 추적하지 않고, 왜 좀 더 일찍 문제를 해결할 다른 궤적을 구상하지 않았을까 의문을 제기해온 것이 사실이다. 하지만 태양계 안에서의 이동경로를 아는 사람이라면 누구든, 그 어떤 혜성의 코어가 그렇게 짧은 시간 안에 포착 가능한 위치에 진입하는 것이 얼마나 기적 같은 일인지 잘 이해하고 있었다. 온갖 반론을 들쑤셔가며 번갯불에 콩 구워먹듯 진행된 이미르 원정은 사실 천체역학의 필연적인 시간표에 따른 것이었다. 시간과 조류, 혜성의 움직임은 그 누구도 기다려주지 않는다. 설사 혜성 하나를 좀 더 일찍 끌어들이는 게 가능했다 쳐도, 그것은 무모한 일이거니와 일단 정치적으로 불가능했을 터다. 만에 하나 계산에 착오가 있다거나 혜성이 지구와 충돌하면 어떻게 하는가? 따라서 이미르 원정은 실현 가능한 유일한 계획이었다고 봐야 한다.

그러니 계획이 잘 들어맞아간다고 보잔 말이다. 혜성과의 랑데부라든지 핵추진 엔진 점화 같은 과정 대부분이 태양 건너편에서 벌어지기 때문에, 천문관측상 그릭 스크젤러럼 혜성이 경로를 바꾸었다고 결론내린 몇 달 전까지도 이 모든 것은 의문에 휩싸여 있었다. 그런 식으로 혜성이 경로를 바꾸는 일은 오직 인간의 개입이 있어야 가능한 일인데 말이다. 요컨대, 혜성의 진로는 그때 이미 그들을 향했다. 지구가 어차피 파멸을 앞둔 상황만 아니었어도, 이는 지구인 모두에게 엄청난 패닉을 초래할 만한 상황이다. 그때부터 혜성의 궤도가 지구궤도에 서서히 수렴하는 것이 관측되었고, 그것이 L1에 도달하면서 언제 다시 태양을 배경으로 모습을 감출지도 예측되었다. 그때 원자로는 다시 가동되어야 할 것이다. 이미르의 궤도와 지구의 궤도를 일치시켜 L1을 따라 긴 타원을 그려나가기 위해서는 대규모 점화가 필요할 테니 말이다.

　　　　◆　◆　◆

"저는 매일 그 사람들 생각을 해요."

다이나가 대꾸했다.

"저들이 언제쯤 L1에 도달할 것 같나요?"

"언제든 도달하겠죠…… 하지만 단 한 차례 출력을 시도하기보다는 며칠에 걸쳐, 뭐랄까요, 서서히 달구는 방법을 쓸 거예요."

"그럴듯한 말이네요," 두브가 말했다. "한번 고강도 기동에 나섰다가는 얼음이 쪼개질 수가 있으니까. 마지막으로 교신한 게 언제죠?"

"X밴드로요? 진짜 무선전신이요? 떠나고 몇 주 지나서죠. 거의 2년 전이네요. 하지만 분명히 아직 살아 있는 건 맞아요. 아마도 통신고장이 틀림없을 거예요."

"좋아요, 그렇게 생각합시다," 두브가 말을 받았다. "그 정도 거리를 커버하는 무선전신기를 급조하기란 기대할 수 없는 일이겠죠. 그나마 거리가 가까워질 때 작동할 수 있는 무언가를 만들어보는 게 최선일 텐데…… 더 낮은 대역폭에서 말이죠."

"저의 아버지가 스파크 갭(spark-gap) 송신기에 관해 말씀하시곤 했어요. 옛날에 사용하던 기술이라면서……."

"트랜지스터와 진공관 이전 시대 기술이죠. 바로 그거예요!" 두브가 말했다.

다이나는 즉각 전신기를 두드렸다.

QET라고 하면 아빠한텐 구닥다리 조크처럼 들리죠?

루퍼스의 답변이 돌아왔다.

그래 생각난다.

"그 사람들이 제 로봇을 몇 개 가지고 갔어요," 다이나가 말을 이었다. "필시 저들은 그 유닛들의 인터페이스 보드에 새겨진 맥 어드레스를 적어서 되는대로 신분증명을 했을 거예요. 그런데 말이죠……" 그녀는 거의 2년 전 숀과 그 크루에게 발급된 로봇과 부품번호들에 대한 기록들을 추려내기 시작했다. 그리고 몇 분이 채 되지 않아, 모스 부호를 통해 조금 전 수신된 맥 어드레스가 이미르에 실린 로봇의 그것과 일치함을 확인했다.

"방금 당신이 조사한 파일에 접근할 수 있는 사람이 누굽니까?"

두브는 여전히 '악마의 변호인' 모드로 물었다.

"농담하세요? 숀이 문서보안에 얼마나 철저한지 아시잖아요? 이런 건 죄다 잠금 처리 대상입니다. 글쎄요, NSA라면 모를까, 이도저도 아닌 뜨내기가 눈독들일 만한 대상은 아니죠."

"혹시나 해서 짚어본 겁니다," 두브가 말했다. "엄청 우회적인 방법을 쓰는 것 같아서요. 아예 브로드캐스팅 방식으로 이렇게 말하는 게 더 쉽지 않겠어요? '안녕, 다이나, 나 숀입니다. 내 무선전신기가 고장이에요.'"

"손이 어떤 사람인지 알아야 해요," 다이나가 대답했다. "지금 저 채널로 그가 보내는 메시지는 기본적으로 지구 전체에 브로드캐스팅되고 있어요. 인터넷에도 뜰 거고요…… 모든 이가 그의 사업을 알게 될 겁니다. 그럼에도 그 자신은 상황이 어떻게 돌아가는지 전혀 모르고 있어요. 인터넷도 안 되고 무선전신기는 거덜 난 지 이미 오래니까요. 심지어 지금 이곳에 사람이 생존하고 있는지조차 그는 모를 겁니다. 아니면 어떤 군사행동이 있었는지 어떤지. 아마 우리가 갑작스레 클링온 제국[4]으로 변해 있으면 그는 돌아오기 싫어할지도 몰라요."

"당신 말이 맞는 것 같군요," 두브가 말했다. "서서히 상황을 보아가며 파악해나가는 타입이로군요."

45분이 지난 다음, 다이나는 QET로부터 새로운 메시지를 받아 적고 있었다. 그것은 처음 RTFM5로 시작하면서 숫자 00001이 이어지고, 얼른 봐서는 아무 의미 없어 보이는 문자들이 무작위로 배열되는 식이었다.

"내가 이해하는 건 RTFM이 '빌어먹을 매뉴얼 좀 읽어라'라는 뜻이라는 것밖에 없네. 그런 다음 숫자가 연달아 다섯 개 나오고."

다이나의 말에 두브가 물었다.

"그 사람이 매뉴얼을 좀 가지고 왔나요?"

"시애틀 기술자들에게서 한 무더기 받아 가지고 와서는 여기 몇 개 놔두고 갔어요……."

---

4 SF소설 『스타트렉(Star Trek)』에 나오는 외계제국.

"다이나, 당신 눈을 보니 지금 다른 생각에 빠져 있군요……."

"숀에게 했던 질문이 생각나서요. '왜 그걸 다 프린트하는 거죠? 다른 사람들처럼 썸드라이브를 사용하지 않고.' 그랬더니 이러더라고요, '자기 소유의 우주회사를 한번 가져봐요, 이런 게 다 특혜니까.'"

그녀는 수납박스를 몇 분이나 뒤진 끝에 그 특혜의 물증들을 찾아냈다. 3공 바인더로 두툼하게 철한 아르주나 탐사회사 직원매뉴얼 총 여섯 권을 말이다. 전체를 쌓아놓으면 1피트 두께는 족히 된다.

두브가 휘파람을 불며 말했다.

"무게당 비용으로 따지면, 지난주 우주로 반입한 구텐베르크 성경을 능가하겠는걸."

두 사람은 곧장 제5권을 펼쳤다. 그 대부분은 여타 회사의 평범한 직원매뉴얼과 다르지 않은 형식이었다. 다만 성희롱 정책과 드레스코드 사이에 도무지 판독할 수 없을 것 같은 내용이 약 반 인치 두께로 자리하고 있었다. 일련의 대문자들이 다섯 개씩 그룹을 이루어 가로세로 빽빽하게 들어차 있는데, 그 각 페이지 상단마다 00001부터 시작해 각기 다른 숫자들이 일렬로 늘어서 있었다.

"라스가 늘 사용하던 아동용 어드벤처 비밀코드 같은 느낌이네," 다이나가 한숨을 쉬며 말했다. "이런 걸 내가 알 리 없지."

"말하기 창피하지만, 나는 이게 뭔지 정확하게 알고 있어요," 두브가 말했다. "1회용 암호표입니다. 세상에서 제일 간단하면서, 제대로만 사용하면 가장 풀기 어려운 암호죠. 하지만 이걸 꼭 가져야 합니다."

그러면서 두브는 00001이 적힌 페이지를 손에 쥐고 펄럭거렸다.

두브가 암호표의 작동원리를 한번 설명하자, 다이나는 필기를 통해 메시지를 해독하기 시작했다. 그럼에도 잠시 후 두브가 파이썬 스크립트를 적어주어, 일을 보다 쉽게 끝낼 수 있었다. 그가 말했다. "실은, 술 한잔하면서 소행성 채굴작업 얘기나 나눌까 싶어 여기 온 겁니다."

"오, 아무려면 어때요. 저는 이게 더 재밌는걸요."

다이나가 말을 받아넘겼다.

메시지의 내용은 이랬다.

두 명 생존. 전력가속 중. 시트렙(SITREP)[5] 전송.

"오리지널 크루가 여섯이죠?"

두브가 묻자 다이나가 대답했다.

"무슨 일이 벌어진 모양이에요. 암석 같은 거에 충돌했거나, 안테나가 훼손되었거나, 사람이 실종되었거나…… 어쩌면 방사능에 노출된 걸지도 몰라요."

"그러고 보니, 귀환 중이라는 얘기로 들리네요."

두브가 말했다.

"그러게요, 그렇지 않으면……."

---

5 situation report. 상황보고.

"그렇지 않으면 뭐죠?"

"그저 L1에 머물고 싶어할지도 몰라요. 우선 그 편이 훨씬 더 안전할 테니까요. 내 생각에는 달의 파편들이 그 정도로 멀리 날아가지는 않을 것 같거든요."

두브는 메시지를 다시 읽어보고는 말했다.

"당신 말이 일리가 있군요. 결국 현재 가속 중이라는 말뿐이네요. 지구저궤도로 재진입하는 것에 대한 얘기가 없어요. 그러고는 바로 상황보고를 요구하고 있어요."

두브는 두 손으로 얼굴을 한차례 문지르고는 말했다.

"난 이제 물러갑니다. 가족이랑 화상통화나 해야겠어요."

그러자 다이나가 대꾸했다.

"그러세요. 저는 상황보고를 하면 되겠네요. 어떻게 작동하는지 보여주셨으니, 제가 직접 암호화할 수 있겠어요."

두브는 몸의 반동을 이용해 출구 쪽으로 떠가다가, 문득 제동을 걸고 뒤돌아보며 말했다.

"내가 혼자서 그걸 터득할 순 있었지만, 속도가 느려요. 아마 당신은 별 고생 없이 금방 이해할 겁니다. 손이 L1에서 이곳에 이르는 이행궤도로 진입한다면, 언제쯤 모습을 드러낼까요?"

"37일은 지나야 해요."

다이나의 말에 두브가 덧붙였다.

"하드레인에 돌입하고서 17일쯤 지나겠군요. 타이밍 한번 고약한걸."

그를 쳐다보는 다이나의 입에서 한마디 말도 나오지 않았다. 그러나 두브는 그녀가 무슨 생각을 하고 있는지 짐작이 갔

다. '우리가 걱정할 게 고약한 타이밍뿐이라면 얼마나 좋을까요⋯⋯.'

"OK, 고마웠어요, 다이나."

"다음에 꼭 한잔해요."

다이나는 손가락을 살랑살랑 흔들어 술 마시는 제스처를 취했다.

"다음에 좋죠."

남자가 고개를 끄덕하고는 커튼 밖으로 사라졌다.

다이나는 시간을 체크했다. 이미르의 현재 위치를 대강이나마 파악하고서야, 그녀는 무선송신의 타이밍을 이해했다. 공전주기 93분에 해당하는 궤도의 일부구간을 지나는 동안, 이지는 지구의 열악한 쪽에 위치하기 때문에 숀이 보내는 신호를 수신할 수가 없었던 거다. 블랙아웃 주기에 이어서 전송창이 열리는 동안 서로 대화가 오갈 수 있었지만, 전신을 받아 적고 암호해석을 하는 사이 이제 또다시 블랙아웃 구간으로 진입하려는 참이다. 그 시간 동안 다이나는 짧은 메시지라도 작성하고, 다른 1회용 암호표를 사용해서 그 내용을 암호화할 수 있어야 한다.

무엇을 쓸지는 확실치 않았다. 현재 궤도상에 있는 아클렛의 수라든가 사람 머릿수, 그녀가 굴리고 있는 로봇수와 같이 명백한 데이터를 제공할 수도 있을 것이다. 하지만 왠지 숀이 원하는 것은 다른 종류의 정보라는 생각이 들었다. 그는 앞으로 37일이 지난 시점, 자신이 거대한 얼음덩이와 함께 나타났을 때 어떤 상황이 벌어지고 있을지가 궁금한 것이다. 분명한 것은 그 얼음덩이를 사용할 당사자는 클라우드아크의 주민일 거라는 사실. 마찬가지로 숀에게 역시 클라우드아크의 존재는 필요할 것이다. 달랑 두 사내가 탑승한 우주선이 거대한 얼음덩어리를 달고 있는 것만으로는 지속가능한 문명이라고 볼 수 없을 테니 말이다. 하지만 숀은 비밀스럽게 일을 추진하려 들 것이다. 분명 무언가 바라는 것이 있을 테고, 그는 일종의 거래를 하고자 할 것이다.

다이나의 남자친구와의 거래를 말이다.

그래, 한 번에 한 걸음씩이다. 기초적인 통계수치 몇 개만 보내도 다음 전송창은 다 잡아먹을 터. 다이나는 연장전 걱정으로 골치 썩기보다는, 다음 블랙아웃 주기 동안 되도록 간략한 메시지를 작성하고 두브가 건네준 파이썬 스크립트를 사용해 암호화하는 작업에 집중했다.

지구-태양 시스템의 라그랑주 포인트 L1은 그 두 전체를 잇는 직선상에 위치한다. 이미르는 사실상 L1에 위치한 것이 분명했다. 따라서 일반적으로 말하면, 이지가 지구의 어두운 쪽을 돌아 햇살 속으로 진입할 때는 L1이 시야에 들어온다는 뜻이고, 이미르와의 교신이 가능해진다는 의미다. 다음에 이 현상이 일어나는 시점은 그리니치 표준시로 AM 7:30이며, 이는 런던의 일출과 맞아떨어진다. 다이나는 작업실의 작은 창문 너머로 밖을 내려다보았다. 지구의 밤과 낮을 가르는 선인 명암경계선이 저 아래 템스 강 하구를 거슬러 오르다가, 런던의 금융가에 높이 선 첨탑들을 비추고 있다. 그녀는 전신기 키 쪽으로 몸을 돌려 이미르와의 교신을 시도하고 방금 작성한 메시지를 두드렀다. 예상했던 대로 전송창 전체를 소비하면서 전송이 마무리됐다. 다이나는 철자를 매우 천천히 보내야 했는데, 손의 모스 부호 판독기술이 그다지 좋은 편이 아니었기 때문이었다. 게다가 메시지가 암호화되어 있기에, 문맥에서 빠진 철자가 있는지 그로서는 알아낼 방법이 없었다. 따라서 모든 철자가 분명하게 판독되어야만 했다. 전송이 끝날 즈음, 이지는 지구를 거의 반 바퀴 돌았고, 다시 어두운 밤 속으로 곤두박질치려 하고 있었다. 다이나는 맺음말로 TBC를 쳐 넣으면서 '계속 이어집니다'라는 의미가 온전히 전달되기를 바랐다. 그러고는 곧바로 추가 메시지 작성과 그에 대한 암호화 작업에 돌입했다.

런던 시각 오전 9시 조금 전, 그러니까 이지 시각으로는 도트 9에 해당하는 시점에 또 다른 브로드캐스팅 창을 열 준비를 하고 있는데, 아이비가 노크 없이 쑥 밀고 들어왔다.

"네 방 창문으로 좀 내다봐야겠어." 그녀가 말했다.

"그래. 근데 무슨 일이야?"

다이나는 뭔가 정말 재밌는 일이 일어났음을 직감했다. 아이비의 얼굴 표정에서 드러났다.

"왜 하필 내 방 창문이야?" 다이나가 물었다.

"너하고 제일 가깝잖아." 아이비의 대답이었다.

솔직히 처음 든 생각은 방금 전송한 모스 부호가 중간에 차단당해 다이나 자신이 곤란한 지경에 빠졌을 가능성이다. 하지만 만약 그랬다면 아이비가 이렇게 와서 창문을 보자고 했을 리 없다.

그녀는 친구 얼굴을 쳐다보았다. 아이비는 즉시 창문 앞으로 다가와 지구를 내려다볼 수 있도록 자세를 잡았다. 명암경계선이 남아메리카의 동쪽 돌출부를 향해 다가와, 마침 그 일대가 환히 빛나는 중이었다. 이지는 거의 바로 아래에 위치한 적도를 이제 막 넘어서려던 참이었다.

"칼한테서 소식이 왔어," 아이비가 말했다. 평소 같으면 목소리에 묻어났을 반가운 기색을 전혀 찾을 수 없었다.

"잘됐네. 잠수 중인 줄 알았는데."

"두어 시간 전까지만 해도 물 아래 있었어."

"다들 올라온 거야?"

"다들 올라왔어."

"어디?"

"저 아래."

아이비가 대답하자, 다이나가 또 물었다.

"어떻게 알아? 그쪽에서 좌표를 쏘아 보냈을 리는 없고."

"그냥 이것저것 종합해보니 알겠더라고."

"그 사람이 뭐라고 했어?"

"쿠루에서 몇 개 발사할 테니 준비하라고 하더군."

"거기 우주공항을 다시 연 거야?"

아이비는 몹시 답답한 눈치였다.

다이나는 친구 쪽으로 미끄러져가 등 뒤에서 껴안고는, 그 어깨에 턱을 괴어 친구가 창으로 내다보는 광경을 공유했다.

둘 다 쿠루의 위치는 정확히 알고 있었다. 줄곧 그곳만 바라보고 있었다. 이따금 발사대에서 피어나는 로켓엔진의 밝은 불꽃들이 눈에 들어오기도 했다.

그런데 아이비는 조금 다른 것에 주목하고 있었다. 해안선을 따라 밝은 섬광들이 순간적으로 퍼졌다가 잦아들고 있었다. 그러더니 해변과 악마의 섬 사이 공간을 가로질러 그 섬광들의 여파가 하나의 장벽처럼 일어나고 있었다.

"세상에, 저게 다 뭐야? 핵무기 아냐?"

"모르겠어."

다이나의 질문은 바로 다음 순간 그 답을 얻었다. 해안선을 따라 북서쪽으로 훨씬 더 강한 빛이 번져나가는가 싶더니, 빛의 구체(球體)가 우주공간을 향해 솟구치는 것이었다.

"아무래도 저건 핵폭탄인 것 같아." 아이비가 중얼거렸다.

"방금 핵무기를 터뜨린 거야?…… 베네수엘라에?"

두 사람의 시력이 재조정되기 위해서는 약간의 시간이 필요했다. 어차피 마음도 각오를 다지려면 시간이 필요했으니, 차라리 잘된 셈이었다. 눈부신 섬광이 잦아들기가 무섭게 진짜 버섯구름이 베네수엘라 땅덩어리에서 바다 쪽으로 수마일쯤 나온 곳에서 뭉게뭉게 피어오르고 있었다.

"본보기로 터뜨린 건가? 카라카스에서 볼 수 있도록?"

다이나가 묻자 아이비가 대답했다.

"그런 점도 있겠지. 하지만 어제 발표로는, 질서회복을 위해 베네수엘라 해군 전체가 나서서 쿠루로 향할 거라고 했거든. 아무래도 이제 그 해군이 지구상에서 자취를 감춘 것 같아."

"그럼 저것보다 작은 불꽃은 뭐였지? 우주공항 근처에서 보인 것."

"기체폭탄 같은데. 발사기지를 오염시키지 않는 차원에서 최대한 전술핵만큼의 타격을 입히려고 했을 테니까."

아이비는 어깨를 움츠려 다이나의 포옹에서 벗어나, 창을 등지고 돌아섰다. 둘은 이제 공중에 뜬 채 서로를 마주보고 있었다.

마침내 친구의 생각을 읽은 다이나가 말했다.

"아까 칼의 잠수함이 수면으로 부상했다고 했지. 그럼 이 일에 대해서도 뭔가를 알겠네. 너 혹시……."

'알아.' 아이비는 소리는 내지 않고 입모양으로만 말했다.

J.B.F.로부터 직접 명령을 받은 칼의 잠수함이 핵미사일을 발사한 것이었다. 아울러 크루즈미사일에 탑재한 기체폭탄들도 그의 잠수함에서 발사되었을 가능성이 컸다.

사실 다이나와 아이비 사이가 지난 1년, 예전만큼 가깝지 않다는 소문이 있었다. 그런가 하면 처음에는 아예 두 사람이 서로 잘 안 맞을 거라는 게 사람들 시각이었다. 사람들이 이리저리 상상하는 걸 일일이 따지고 들어봐야 무슨 소용인가. 하긴 아이비가 다이나의 남자친구에게 직위를 빼앗긴 것은 결코 간단히 넘어갈 문제는 아니었다. 하지만 그렇다고 해서 둘 사이가 그로 인해 틀어진 적은 단 한 번도 없었다. 다소 애매해졌을 뿐.

아이비가 매사 또렷한 타입이긴 하나, 현재 벌어지는 사태를 놓고는 딱히 할 말이 없는 것 또한 사실이었다.

잠시 후 그녀가 입을 열었다.

"문제는 앞으로 내가 그와 함께 할 모든 게 오로지 기억 속에만 존재할 뿐이라는 점이지. 그래서 이왕이면 좋은 것만 가꾸고 간직하려고 해."

분명 울고 있었지만, 부드러운 목소리가 흐느낌을 덮어 가리고 있었다.

"그 사람은 선택의 여지가 없었다는 거 너도 알잖아. 강고한 지시체계가 여전한 모양이지."

다이나의 말에 아이비가 대답했다.

"물론 나도 이해는 하지. 그래도 이건 내가 원하던 게 아니야."

"상황이 험악해질 거라는 건 우리 모두 알고 있었어."

순간 다이나의 무선전신기에서 전자음이 들렸다.

"저건 또 누구야?"

아이비가 물었다.

"숀 프롬스트."

다이나가 상황보고서 나머지 반절을 힘겹게 전신기 키를 두드려 채우는 동안, 아이비는 친구의 작업실을 이리저리 둘러보고 있었다. 남아메리카 대륙은 어느새 시야에서 사라졌다. 대신 '인민정의사수대'의 불타는 잔해로부터 북동쪽으로 길게 줄무늬를 그리는 검은 연기가 대서양의 주름진 물결 위로 그림자를 드리우고 있었다. 쿠루 상공으로 또다시 밝은 섬광이 보였으나, 이번 것은 초중량 기체를 하늘로 밀어 올리기 위한 고체로켓엔진의 백열성 불꽃이었다.

아이비가 불쑥 말했다.

"아무튼, 스프레드시트들을 재조정하는 게 좋을 것 같아."

"칼이 아직 수면에 있다고 생각해? 교신 가능한 곳에?"

"그렇지 않을 것 같아."

아이비의 목소리에는, 칼과 교신을 해도 무슨 말을 해야 좋을지 모르겠다는 심정이 배어 있었다.

"핵미사일을 발사한 다음 그냥 멀뚱하니 자리를 지키는 건 표준관행에 어긋나는 일 같다는 생각이 드네."

닥터 모이라 크루의 입장에서, 클라우드아크만의 어떤 문화적 양상은 다른 것들에 비해 특히 거부감을 주었다. 아침에 일어나 간단한 요기를 하기에 적당한 커피숍이랄지 하루일과를 마치고 사람들과 어울릴 조촐한 선술집 하나 없는 곳에서 산다는 걸 그녀는 좀처럼 용납하기 어려웠다. 가만 생각해보면, 사람이 너무 많다는 사실에 일부 원인이 있는 것 같기도 했다. 또한 사람들이 3교대로 채워지는 서로 다른 시간대를 살기 때문인 것도 같았다. 그러니 아침과 저녁이 과연 언제부터인가에 대한 전원합일의 의견 자체가 없는 것이다. 그런가 하면, 애당초 클라우드아크 자체가 이런 문제의 중요성에 대해서는 아무 관심도 없는 미국과 러시아 엔지니어들에 의해 디자인된 결과일 수도 있었다. 그녀는 이미 루이사와 이 문제로 많은 채팅을 나누었고, 급기야 하드레인이 시작되어 클라우드아크가 어느 정도 안정된 체제를 갖출 때부터 뭔가 일을 도모하기로 작당을 한 상태다. 모이라의 꿈은 그런 생활패턴을 실현하는 목적 하에 어쩌면 하나의 아클렛 안에서라도 제대로 된 시설을 조성해 직접 운영하는 것이었다. 그러나 최적의 타이밍을 어떻게 포착하느냐에 대해서는 아직 아무런 답도 내지 못하고 있었다.

물론 그보다 더 중요한 직무가 자기 앞에 너무도 많이 놓여 있다는 것을 모르는 건 아니었다. 가령 인류는 물론 다른 많은 생물종의 영속을 책임져야 하는 직무의 태반이 그녀의 어깨를 짓누르고 있었다. 그런 막중한 책무가, 허구한 날 에스프레소 커피나 내리고 카운터나 닦으며 시간을 보내도록 그녀를 가만 놔둘 리 없었다. 사실은 커피를 재배할 기술도 공간도 없었다. 소비재 공급은 아주 빠르게 한계를 드러낼 것이고 그녀가 운영하는 선술집에서는 급기야 통조림 주스나 내놓는 지경에 이르고 말 거다. 하지만 일단 그녀는 큐브팜에 일종의 연구개발 실험실 명목으로 딸려 있는 커피룸을 사용할 수 있었다. 도트 8에 매일 잠에서 깨면 그녀는 즉시 H2로 복귀하는데, 스포크를 따라 T3으로 내려가, 맛대가리 없는 냉동건조 커피 한 컵과 마찬가지로 형편없는 냉동건조 오트밀 한 사발을 챙기고는, 팜 한복판에 있는 자그마한 회의용 테이블로 가 자리를 잡는 것이었다. 이럴 경우 보통은 졸린 눈을 하고 찾아든 제3교대조원들과 합석하기 마련이다. 마쿠스 로이커도 그중 한 명인데, 그냥 거기 앉아 커피나 마시며 사람들과 수다를 떨기에는 너무 바쁜 몸이지만, 이따금 그녀를 위해 시간을 내곤 한다. 그밖에 콘라드 바이트와 리스 에잇켄이 가끔 그녀와 함께했고, 테클라도 종종 모습을 나타냈다. 이들 중 테클라야말로 하나 이상의 측면에서 제일 흥미롭고 기묘한 케이스였다. 거칠게 얘기하자면 그녀는 판이한 사회계층에 속한 사람이었다. 모이라, 두브, 콘라드, 리스를 포함해 일반그룹의 대다수 멤버들은 TED나 다보스포럼에서 우연히 마주치든지, 각종 싱크탱크 패널로 함께 얼굴을 내밀 만한 사람들에 속했다. 하지만 테클라는 아니었다. 러시아 군인으로서 무척이나 드문 여성멤버이자, 올림픽 대표

선수, 테스트파일럿 그리고 우주비행사로서의 희귀한 경력으로 보자면 그녀는 TED 같은 컨퍼런스에 얼마든지 초대되고도 남을 만큼 흥미로운 존재였다. 그럼에도 불구하고 유창하지 못한 영어구사력과 약간의 사교성 부족으로 인해 그녀는 애당초 발표자의 자격권에서 멀어지는 처지가 되고 만 것이다. 고장난 루크에서 탈출하다가 입게 된 열상은 아마추어들 손으로 꿰매어졌다. 만약 지구에서였다면 곧바로 전문 성형외과의의 손에 맡겨졌을 테지만, 환경이 이지였기에 그녀는 모든 걸 감수할 수밖에 없었다. 모이라는 자기가 러시아어를 좀 더 잘 구사했으면 싶었다. 그래서 테클라에게 외모와 차림새에 대한 조언을 해줄 수 있도록 말이다. 얼굴흉터는 일반적 여성미의 규범에서 테클라를 일찌감치 내친 상태, 게다가 본인 스스로 버즈컷을 고집하고 있었다. 하긴 그럼에도 불구하고, 아니 어쩌면 그런 점들 때문에, 투박하게 얘기해서, 그녀는 화끈한 매력을 가진 여자였다. 모이라는 그런 표현이 질색이었지만, 화끈함이라는 것 자체가 실은 인간이 가진 조건 중 일부임엔 분명했고, 그런 걸 인정하지 않는 척해봤자 아무 소용이 없었다. 모이라는 대개의 경우 이성애자였다. 소싯적에는 여자랑 자본 경험이 두 번 있는데, 한 번은 잉글랜드 케임브리지에서였고 또 한 번은 매사추세츠 케임브리지에서였다. 그만하면 괜찮은 경험이었고 후회할 일은 전혀 아니었는데, 다만 많은 생각을 하게 만들기는 했다. 그 짧지만 강렬했던 경험들을 둘러싸고 젠더와 퀴어 이론으로 한참 골치를 썩는 가운데, 관계 자체는 그녀의 인생에서 자연스럽게 자취를 감추었다.

바로 그때의 생각들이 다시 뇌리에 출몰하는 것을 극도로 경계함에도 불구하고, 그녀는 지금 테클라가 완전히 색다른 스타일의 파트너일 수 있다는 느낌이 들었고, 자기도 모르게 은근한 흥미를 느끼고 있음을 인정하지 않을 수 없었다. 테클라가 무사히 구출되고 난 몇 주 후부터 그녀의 성생활에 관한 소문이 일종의 통속극의 형태를 띠며 나돌기 시작했었다. 그것은 남자와 여자가 포함된 삼각 내지 사각구도의 연애담인데, 특히 이지 같은 환경에서는 입에서 입으로 쉽게 유포되기 마련인 그런 이야기에 대하여 모이라가 이렇게까지 궁금해한 적이 예전엔 없었다. 요지는 구조된 지 몇 주 후 테클라가 여자들과 공공연하게 동침하기 시작했고, 그 순간부터 엄청난 양의 분석과 코멘트, 드라마를 양산해왔다는 것이다. 특히 센너이론에서 유래한 분석의 경우, 듣고 있기에 상당히 거북스러운 사실을 들추는 경향이 강했고, 그것은 테클라가 올림픽 출전을 위해 잔뜩 치장을 했음에도 그 전부터 이미 부치(butch)[6]로 보일 만한 외모의 소유자였으며 그런 점은 지금이 훨씬 심해진 상태라는 내용이었다. 그녀가 그런 모습을 숨기지 않고 드러냄으로써 (비록 공식적으로 커밍아웃을 한 적은 없지만) 여성 운동선수들에 대한 기존의 고정관념만 더욱 강화되는 결과를 낳았다. 한편 인터넷을 떠도는 수많은 천치들은 각종 코멘트를 양산해내는 주체들이었다. 그런가 하면 드라마는 우주정거장에서 강고한 블록을 형성하고 있는 다른 러시아인들과의 관계에서 발생했다. 그

---

6 남성적 성향을 갖춘 레즈비언. 상대개념은 펨(femme).

리고 다들 그런 일에 익숙해지면서 드라마도 차츰 시들해졌다. 다양한 국적과 성 취향을 가진 더 많은 사람들이 클라우드아크의 구성원으로 합류하고, 너나 할 것 없이 좀 더 거대한 문제에 관심을 기울이기 시작하면서 당연히 그리 될 일이었다. 하지만 그 문제가 테클라를 괴상한 존재로 고립시킨 것만은 분명했다. 언어소통에 어려움 없이 어울릴 수 있는 유일한 사람들과의 사회적 거리가 생긴 것이다. 정치적으로 정통좌파들 사이의 바람은 테클라가 부디 인성의 변모를 겪어, 단아한 좌파로 거듭나는 것이었다. 하지만 당사자는 무엇보다도 자신을 스카우트로 키운 질서와 규율에 충실한 태도를 고수할 생각이었고, 숀 프롭스트를 에어로크로 밀어 넣어 초크를 걸게 만든 본래의 기질에서 벗어날 마음이 조금도 없었다. 그런 테클라와 테이블을 사이에 두고 비스듬히 앉아 커피를 마시면서, 모이라는 그녀가 과연 알고나 있는지 은근히 궁금해지는 것이었다. 자신과 숀 프롭스트의 관계를 사도마조히스트적 커플로 보고자 하는 포르노그래피 광팬들이 인터넷에 얼마나 득실대고 있는지를 말이다.

어쨌든 아침식사 시간에 이따금 모이라와 이렇게 동석하는 테클라의 습관은, 노골적인 유혹은 아닐지언정, 일단 슬그머니 간을 보는 과정쯤으로 보일 만했다.

그런 생각들에 잠겨 있는 가운데, 모이라는 테클라와 함께 아침식사를 하고 있는 테이블 끄트머리 위 대형 상황인식 모니터를 보기 위해 사람들이 몰려들고 있음을 전혀 눈치채지 못했다. 모니터를 보기에는 시야각이 좋지 않았으므로, 그녀는 위치를 조금 옮겨야 했다. 화면에는 휴대폰 동영상 쪼가리를 대충 끼워 맞춰 하나의 스토리를 만들어 보여주는 신설 채널이 돌아가고 있었다. 스토리의 도입부는 '인민정의사수대'가 해변과 악마의 섬 사이 어느 해상에 정박한 채로 여명의 분홍빛을 받아 안은 장면이다. 스토리의 대단원은 구불구불 피어오르는 연기들 사이, 선체의 잔해와 떠도는 시체들 위로 태양이 빛나는 장면이 차지한다. 중간부분은, 바다로부터 육지로 검은 가루처럼 날아드는 드론들의 단편적인 영상들과 함께, 거대한 망치나 네이팜 세례를 연상시키는 파국의 현장을 뒤로한 채 완전히 사라지고 말 방대한 영역을 환상적인 빛의 거품들이 감싸 안듯 피져나가는 장면이 차지했다.

거기서부터는 미사일 잠수함과 크루즈미사일들을 담은 3차원 렌더링 화면으로 넘어갔다가, 백악관 브리핑룸 장면이 이어졌다. 대통령의 짧은 멘트에 뒤이어 합참의장에게 마이크가 넘어갔다. 다른 국가원수들은 각각 다우닝 가와 크렘린, 베를린 등지에서 회의에 참여 중이었다.

그 모든 것은 적어도 모이라가 자기 오트밀로 시선을 돌리기 직전까지 제법 강렬한 인상을 주고 있었다. 순간, 무언가 환한 섬광이 화면을 가득 채웠고, 화면으로 다시 고개를 돌린 모이라의 눈에 바다 위로 치솟는 거대한 버섯구름이 포착되었다.

"내가 뭘 잘못 봤나?"

모이라가 중얼거렸다.

"저건 유성이 충돌한 것 같지 않은데."

"핵폭탄입니다."

테클라가 대꾸했다.

모이라의 시선이 테클라에게로 향했다. 차갑다는 소리를 듣는 편인 테클라의 눈동자도 모이라의 얼굴 쪽으로 고정되어 있었다. 모이라는 그 눈빛을 전혀 차갑다고 생각하지 않았다. 테클라가 이번에는 수줍은 듯 시선을 피했다.

"베네수엘라," 그러면서 덧붙였다. "해군은 이제 처리된 셈이죠. 로켓들이 다시 발사되었어요."

그러고는 어깨를 으쓱했다. 탱크탑 차림이었는데, 모이라는 그녀의 삼각근에서 시선을 뗄 수가 없었다. 제발 그 정도에서 멈춰야만 한다.

테클라가 얘기를 이어갔다.

"해변에서는 항공연료 폭탄이 터진 겁니다. 엄청난 파괴력을 가진 폭탄이죠."

테클라는 몸을 쭉 뻗으며 의자등받이에 기댄 뒤, 한쪽 팔을 펴서 옆 의자 등받이 위로 걸쳤다.

"어떻게 생각하세요, 닥터 크루?"

"그냥 모이라라고 불러요."

"아, 미안. 러시아 사람들은 워낙 격식을 따져서요."

테클라는 어쩌면 보기보다 내성적인 타입일지도 몰랐다. 그녀는 크루 박사 같은 사람은 이제 우리가 핵폭탄까지 마구 사용해 인명을 희생시킨다는 사실에 기겁을 할 거라 예상한 모양이었다. 아직 생생하게 진행 중인 가운데, 까놓고 이런 문제를 이야기하고 싶어했다.

테클라의 어깨 골격을 정신 놓고 감상하던 모이라는, 바로 옆자리에 어느 당당한 체구의 남성이 묵직한 소리와 함께 착석하자 깜짝 놀랐다. 돌아보니 마쿠스 로이커였다. 그는 테이블 위에 커피 잔을 내려놓고 한동안 그것을 뚫어져라 바라보았다. 버섯구름과 브리핑룸을 다양한 각도로 무한 반복해서 보여주는 화면에는 일부러 눈길 한번 주지 않고 있었다. 그러더니 문득 모이라 쪽으로 고개를 돌려 눈썹을 찡긋 올리고 고개를 살짝 쳐들어 인사를 했고, 테클라에게도 마찬가지 제스처를 취했다.

덕분에 모이라는 테클라의 질문에 답을 하지 않아도 되는 상황이었다.

아무도 묻지 않았는데 마쿠스가 대신 대답을 해주니 말이다.

"이런 자리에서 나 같은 독일어 사용자는 다소 불리한 입장인 거 잘 압니다. 일종의 응어리 같은 것을 지니고 있어요. 그래요, 분명 그런 게 느껴집니다. 이런 자리가 어색한 거 압니다. 하지만……."

"이렇게 될 거라는 건 알고 있었나요?"

모이라가 물었다.

"아뇨. 나 역시 엄청 놀랐습니다."

모이라가 고개를 끄덕였다.

"하지만, 저들이 사전에 의견을 물었다면, 나는 예스라고 답했을 겁니다."

마쿠스의 말이었다.

그러자 테클라가 고개를 끄덕이며 맞장구를 쳤다.

"어차피 죄다 죽을 운명이니까요."

순간, 모이라는 마쿠스와 테클라가 서로에게 아주 편안한 태도인 것에 적잖이 놀랐다. 하긴 이해할 만도 했다. 마쿠스가 테클라의 성생활에 조금이나마 불편함을 느낄 이유가 뭐란 말인가. 오히려 마쿠스 같은 남자의 경우, 테클라가 여자로 보이지 않는다면 그건 문제가 보다 단순명쾌해지는 셈이다. 그는 전직 공군조종사다. 테클라 역시 그렇다. 두 사람은 어떤 사안을 자연스럽게 같은 시각으로 바라볼 만한 것이다. 클라우드아크의 첫 한 해 동안, 테클라는 일종의 떠돌이 노동자의 신분이었다. 우주정거장이 특정한 일자리를 갖지 못한 사람을 지원하는 것이 일견 이상하게 보일지도 모른다. 하지만 스카우트 소속의 어느 누구도 실제로 생존을 기대하는 입장이 아니기에, 장기적 역할을 염두에 두고 이곳까지 올라온 것 또한 아니었다. 선외작업을 큰 부담으로 받아들이는 러시아인들과는 현저하게 유리된 테클라의 자세는 여러 다양한 직무에 그녀를 참여하게끔 만들어주었다. 결국 그녀는 누구 못잖게 이지의 내부구조를 정확히 파악하고 있으면서도, 아클렛 조종법 역시 제대로 알고 있고, 우주복을 착용한 채 밖으로 나가 용접작업을 수행할 수도 있는 사람이 되어 있었다. 떠돌이 노동자로서의 그녀 처지는 마쿠스가 지휘권을 인수받은 때부터 종지부를 찍었다고 볼 수 있었다. 모이라는 테클라가 생계를 위해 정확히 하는 일이 무엇인지 더 이상 알 수가 없었다. 다만 지금은 그녀가 마쿠스의 직속으로 일하고 있으며, 그의 신임을 얻고 있다는 점만 분명하게 느끼고 있었다.

갑자기 또 다른 목소리가 끼어들었다.

"맞아요, 다들 죽는 거. 우리만 아니죠."

루이사였다. 소리 없이 테클라의 뒤에서 나타난 그녀는 이 러시아 여자가 한쪽 팔을 걸치고 있는 의자에 앉아도 되는지를 눈빛으로 묻고 있었다. 테클라는 얼른 자리에서 일어나 손수 의자를 빼주는 친절을 보였다.

"우리가 다 죽는 건 아니란 얘기예요. 적어도 그게 제 희망입 니다."

루이사는 계속 말을 이었다.

"그리고 방금 일어난 일을 우리 모두 보았어요. 지금 기억 속 에 각인되었고요. 그걸로 끝이 아닙니다. 앞으로 몇 시간 후면 우리 쿠루로부터 오는 보급품을 챙길 것이고, 사실상 무방비 상태나 다름없는 사람들을 대상으로 항공연료 폭발물과 핵폭 탄을 사용한 이득을 거두고 있을 거예요. 그런 게 앞으로 우리 DNA에 자리잡는다는 얘깁니다."

그녀의 눈빛이 모이라 쪽으로 빠르게 번득였다.

"시적인 이미지 사용을 양해해주신다면 말이죠, 닥터 크루."

모이라는 루이사에게 살짝 미소 지으면서 고개를 끄덕였다.

마쿠스가 말했다.

"그렇다면 당신은 이 일에 동의하지 않는단 말인가요?"

"네," 루이사가 말했다. "까놓고 말해서 제 입장 역시 응어리 를 안고 있습니다. 저는 남미출신 갈색피부의 에스파냐어 사용 자예요. 인생의 여러 해를 보트난민 쫓아다니는 일에 바쳤고요. 그리고 또 유대인입니다. 그러니 응어리를 가질 만하죠?"

"이해합니다." 마쿠스가 말했다.

"제 요점은 그게 아닙니다. 저는 J.B.F.가 도대체 어떤 조언을 듣고 있는지, 우리가 모르는 무얼 알고 있는지 전혀 몰라요."

"그럼 당신의 요점은 뭡니까?"

마쿠스가 다소 딱딱하면서도 예의 바르게 물었다.

"우린 지금 법이 없어요. 권리가 없습니다. 제도 자체가 없고, 합법적인 시스템이 없어요. 치안도 갖췄을 리 없죠."

마쿠스와 테클라가 테이블 너머로 서로 눈빛을 교환했다. 음험한 눈빛도, 죄의식에 사로잡힌 눈빛도, 악의적인 눈빛도 아니었다. 그건 분명 의미로 충만한 눈빛이었다.

"그건 현재 작업 진행 중에 있습니다." 마쿠스가 말했다. 농담이 아니었다. 크레이터레이크 협정서가 발효된 이후, 헌법학자들로 짜인 싱크탱크가 헤이그에 상주하면서 오로지 이 문제에 매달려왔으며, 그들 중 한 명은 지금 이곳에 올라와 있었다.

루이사가 말했다.

"저도 알아요. 다만 이 화면들을 통해 우리가 목격하고 있는 잔혹한 행위들이 그런 작업에 악영향을 끼쳐선 결코 안 된다는 게 제 생각입니다. 평상시와 똑같을 수만은 없는 상황이니까요."

마쿠스와 테클라는 여전히 서로 눈빛을 교환하는 가운데, 아무 말도 하지 않기로 결정한 것 같았다.

모이라의 전화기가 진동했다. 액정화면은 15분 후에 약속이 하나 있음을 말해주고 있었다. 그녀는 아주 이상한 커피타임이 되고 만 자리에서 양해를 구하고 빠져나왔다. 글쎄, 어쩌면 그 커피타임 덕분에 감상적인 몇몇 생각들에서 벗어날 수 있었는지도 모른다. 사실 유럽 도로변 카페에서의 낭만적인 아침식사 기분을 재현해볼까 해서 찾아간 장소였으나, 난데없는 핵폭발과 대량학살 현장을 30분간이나 목도해야 했고, 뒤이어 심각한 윤리논쟁과 더불어 테클라에 대한 찌릿찌릿한 성적 긴장에 시달려야 했다. 현재 클라우드아크의 거주민 상당수가 그러하듯, 그녀는 우주공간에 올라온 이후 섹스 없는 생활을 지탱해오고 있었다. 지구에 두고 온 배우자나 애인이 없어 양심의 부담을 느끼지 않아도 될 많은 이들은 어떻게든 섹스의 기회를 만들어 냈지만, 그렇지 못한 많은 다른 이들은 그럴 기회를 전혀 갖지 못하고 있었다. 이런 상황이 계속 이어질 수는 없는 노릇이었다. 따라서 서로 연결한 캡슐 두어 개가 '수감배우자 동침허용 면회 공간'으로 마련되긴 했는데, 사실 우주정거장 이 구석 저 구석이 마음만 먹으면 얼마든지 그걸 할 만한 공간으로 활용될 수 있었다. 모이라는 지구에 두고 온 인연이 아무도 없었다. 그렇다고 이 위에 누가 있는 것도 아닐뿐더러, 그녀의 시각으로는 이곳처럼 섹스와는 무관한 세계도 없기에, 아예 포기한 채 생활해오는 터였다. 그런 그녀에게 불현듯 기회가 다가오고 있었다.

그녀의 장기적 수행업무 리스트 속에는 클라우드아크에서의 임신관리 대책을 마련하는 일도 포함되어 있었다. 이곳에서는 임신자들이 그렇지 않은 사람들과 기본적으로 별반 차이가 없기에, 핵심은 신생아들을 어떻게 돌보느냐에 집중되었다. 아키텍트들의 입장은 이 문제가 규칙에 따라 일사불란하게 처리될 사안이며, 누구든 임신하는 사람은 태아를 일단 냉동 처

리해 훗날 아기를 키울 보다 좋은 환경이 마련되었을 때 정식
으로 착상시키는 것을 전제하자는 것이었다. 그런데 거의 1년
가까이 우주에서 지낸 지금, 모이라는 바로 그 점을 의심할 수
밖에 없었다. 그녀가 보기에 아키텍트들은 일반그룹과 아키들
(Arkies) 사이의 문화적 차이를 과소평가하고 있었다.

몇 달 전까지만 해도 이들은 아커들(Arkers)이라 불렸고, 공
식적으로는 지금도 마찬가지다. 그런데 누군가 '아키들'이라는
새로운 명칭을 만들어냈고, 인터넷 특유의 전염현상에 힘입어
이 명칭은 불과 24시간 만에 전 세계를 휩쓸어 지금은 보편적
인 통용어가 되었다. 오직 소수의 예민한 아칸서스 역사가만이
반감을 표시했지만,[7] 곧바로 제압될 수밖에 없었다.

따지고 보면 아키들은 어린아이들에 불과했다. 그들이 GPop
과 접촉할 기회는 어처구니없을 만큼 희소했다. 그들이 거주하
는 아클렛들은 해당 스웜에서 위치를 변경할 수 없게 되어 있
었다. 하나의 아클렛에서 다음 아클렛으로 이동하는 것이 거의
불가능하다는 얘기다. 우주복을 착용한 채, 궤도공학과 더불어
환상의 묘기를 동반해야만 하는 장대한 여정이라고나 할까. 플
리버(Flivver)라고 부르는 소형 다용도우주선으로 사람들을 실
어 나를 순 있으나, 워낙에 수요가 많은 반면 비행선을 조종할
자격을 갖춘 인원은 턱없이 부족한 상황이다. 마쿠스는 루이사
의 제안을 받아들여, 대략 10% 정도의 아키들은 이지에서 항시

---

[7] 아키들(Arkies)이란 '방주인' 또는 '방주 거주자'라는 의미인 '아커들(Arkers)'의 축소
형으로, 제비뽑기와 훈련과정을 통해 선발된 젊은 아커들을 뜻한다. 그런가 하면, 토박이
아칸서스 주 사람을 칭하는 속어이기도 하다.

생활하며 일하고 있게끔 하는 조치를 통해 문제해결을 시도했다. 하지만 그들 대다수는 여전히 개별 아크나 기껏해야 트리아드 또는 헵타드라는 한정된 조건에서 지내는 가운데, 화상회의시스템(스케이프)이랄지, 소셜미디어(스페이스북), 그밖에 지상으로부터 이식해온 여타 기술을 통해서만 일반그룹과 소통을 하는 처지였다. 모이라는 몇몇 아가씨의 경우 벌써 임신을 하고도 남았으리라 생각하고 있었으나, 태아를 냉동 처리하는 문제로 그녀를 찾아오는 사람은 아직 한 명도 없었다.

모이라를 따라 즈베즈다를 통과해 앞쪽으로 이동한 다음, 냉동저장시설 안으로 내려가본 사람이라면 그 이유를 충분히 이해할 것이다. 가정을 꾸려 가족을 만들고 싶어하는 사람들의 말초신경을 자극할 만한 그 무엇도 주변 어디에서 찾아볼 수 없을 테니까 말이다. 그것은 거의 터무니없는 수준의 임상학적, 산업적인 문제로 다루어질 따름이다.

그러나 같은 이유로, 약속한 시점에 맞춰 새로 도착하는 사람들에게는 이런 사정이 인상적인 효과를 낼 것으로 모이라는 기대하고 있었다. 그들은 케이프커내버럴에서 발사된 여객용 캡슐을 타고 몇 시간 전에 도착한 사람들인데, 그만하면 사전에 복용한 항 구토증 약품이 약효를 발휘하고, 각자 다소 기운을 차리기에 충분한 시간적 여유가 주어진 셈이었다. 필리핀의 소규모 대표단인 그들은 쌀의 유전자 조작을 연구해온 과학자와 평생을 화물선에서 보낸 필리핀 선원들을 연구해온 사회학자 — 그녀는 아마도 루이사와 함께 작업을 하겠는데 — 그리고 생김새로 봐서 시칠리아 출신과 아이슬란드 출신의 차이만큼 서로 확연히 다른 두 인종집단의 아키들로 이루어졌다. 그들 중 하나는 반드시 비어 쿨러를 운반해올 텐데, 그 안에는 필리핀 각지의 기증자들로부터 거두어들인 정자와 난자, 배아들이 보관되어 있음을 모이라는 너무도 잘 알고 있었다. 그녀는 일본 사업가가 또 다른 일본 사업가의 명함을 받아들 때 갖추는 것과 유사한 예의를 다하여 그것을 받아들였고, 검사를 위해 뚜껑을 열었다. 바닥에 아이스드라이 몇 덩이가 여전히 눈에 띄었다. 손가락 크기의 물병들이 각각 육각형의 케이스 안에 보관되어 있었다. 그중 일부를 샘플로 삼아 권총 모양의 적외선온도계로 측정을 시도했고 아무것도 녹지 않았음을 확인했다. 그런 다음 냉기로부터 손을 보호하기 위해 목장갑을 착용하고서 그중 몇 개를 끄집어냈다. 그러고는 무작위 추출검사를 진행했다. 그 모두는, 크레이터레이크 협정 제3권 4부 11절에 대한 3차 기술부록에서 규정한 절차에 따라 밀봉과 표찰, 바코드 작업이 철저히 이루어졌는지를 확인하기 위함이었다. 확인결과는 만족스러웠다. 하긴 유전학자 미구엘 안드라다 박사가 책임지고 지휘한 작업이니 그보다 못할 리는 없었다.

그녀는 또한, 이들 샘플 중 그 어떤 것도 감각을 가진 생명체로 발전할 가능성이 매우 희박하리라는 점을 안드라다 박사가 어느 정도는 느끼고 있지 않았을까 넌지시 추측해보았다. 그러나 이는 현재 상황에서 결코 거론할 문제는 아니었다. 모이라는 짐짓 즉흥적인 발언인 척하면서, 그들 모두에게 감사의 인사를 앞세운 맞춤형 멘트를 늘어놓았다. 더없이 소중한 기증을 통해 그녀와 클라우드아크에 무한신뢰를 보내준 필리핀 사람들에게 감사하면서, 언젠가는 어엿한 생명체로 거듭날 샘플들의 미래에 관해 어렴풋하지만 희망 섞인 전망을 살짝 비쳐주는 것이었다. 이제 이 사람들은 각자의 아클렛으로 향할 것이고, 지상의 가족과 친지들에게 각종 문자나 페이스북을 통해 자기들 소식을 전할 것이다. 모이라의 인사말 속에 담긴 밝은 전망이란, 지구에 남은 사람들이 종말을 기다리는 동안 조금은 덜 동요할 수 있게 하려는 의도가 반영된 것이다. 그것이 만약 베네수엘라의 경우처럼 실패한다면, J.B.F.가 핵무기를 동원해 그들을 잠재우는 방법이 남아 있다.

"이 모든 게 어떻게 처리되는지 볼 수 있을까요?" 안드라다 박사는 내표단의 나머지 인원이 정해진 곳으로 이동하자마자, 그렇게 물었다.

천저 방향으로 길쭉하게 돌출한 도킹모듈 안에는 단 두 사람만 둥둥 떠 있다. 그들의 아래쪽 끄트머리는 키패드가 장착된 해치로 굳게 잠겨 있다. 이지의 공간 대부분은 돌아다니고 싶은 사람 누구에게나 활짝 열려 있다. 쓸데없이 걸리는 구간이 별로 없는 것이다. 다만 HGA 즉, 인간유전자보관소(Human Genetic Archive)만큼은 거의 성소나 다름없는 위상을 갖추어서, 디지털 인식 잠금장치를 통해 철통같이 차단되어 있다.

안드라다 박사는 광대뼈가 툭 튀어나온 강단 있고 야무진 체격의 남자였다. 모이라가 아는 다른 유전학자들과 마찬가지로 그의 피부는 단단하게 못이 박이고 검게 그을려 있었다. 각지의 실험구에서 흙먼지를 뒤집어쓴 채 땅을 파가며 장시간 탐사작업을 해온 결과였다. 성능 좋은 고급 안경만 아니라면, 서남

아시아 지역의 여느 농부와 전혀 구분이 가지 않는 용모였다. 하지만 그는 어엿한 캘리포니아 대학 데이비스 캠퍼스 박사 출신으로, 에이전트로 인한 돌발사태만 아니었다면 누구보다 먼저 노벨상을 수상할 유망주로 알려진 인물이다.

"물론입니다." 모이라가 대답했다. "저 역시 이 위에서 인간 아닌 것들을 어떻게 하면 잘 키울 수 있는지에 관해 많은 이야기를 나누고 싶습니다."

"그 문제를 놓고 많은 이야기가 필요할 겁니다." 안드라다 박사가 맞장구를 쳤다.

모이라는 천천히 떠가다가 느린 공중제비를 돌며 자세를 전환한 다음, 키패드 버튼을 두드려 홍채인식장치를 작동시켰다. 잠시 후, 장치가 모이라 크루 박사의 신분을 인식했고 해치의 잠금이 풀렸다. 그녀는 벽 손잡이로 몸을 지탱하면서 해치를 활짝 열었고, 문 너머로 연결된 도킹모듈 안으로 미끄러져 들어갔다. 그녀와 안드라다 박사 두 명이 장시간 함께 머물기에는 다소 비좁은 공간이었다. 백색 LED 조명이 자동으로 켜졌다. 벽에는 몇 가지 소형 전자기기들을 장착한 나일론 웹벨트가 걸려 있었다. 모이라는 그것을 빼서 자기 허리에 채웠다.

두 사람은 계속해서 모듈의 천정 방향에 위치한 해치로 진입해 들어갔다. 좌측과 우측 양쪽에 둥근 플라스틱 실드로 밀봉된 구멍이 있었다. 실드 중앙에는 손잡이가 튀어나와 있었다. 모이라에게 가까운 쪽은 좌측으로, 그녀는 손잡이를 붙잡고 압박해 해치를 열어젖혔다.

순간 열리는 틈새로 들이치는 차가운 공기에 안드라다 박사는 움찔했다. 그들은 10미터 길이에 한 사람이 안정적으로 작업할 만큼, 또는 살짝 몸이 부딪치는 걸 감수한다면 두 사람이 동시에 지나다닐 수 있을 만큼의 폭을 갖춘 직선 튜브를 따라 아래를 굽어보았다. 그 내벽을 따라 손바닥 크기의 보다 작은 해치들이 질서정연하게 줄지어 있었고 그 각각에는 작은 손잡이가 달려 있는데, 어림잡아 그런 해치가 수백 개는 되었다. 입구에 좀 더 가까이 다가가자, 질서정연하게 배열된 표찰과 바코드들이 눈에 들어왔다. 더 먼 쪽에는 그 자리가 빈칸들로 채워져 있었다. 그리고 각기 바로 옆에는 푸른색 LED 불빛이 켜져 있었다. 그것들이 유일한 조명을 제공하는 셈이었다.

"직접 한번 해보시겠습니까?"

모이라의 말에 안드라다 박사가 대답했다.

"제가 먼저 얼어 죽지만 않는다면요!"

"우주는 춥지요. 그래서 우리가 살 수 있는 거고요."

그렇게 대꾸하면서 모이라는 박사에게 장갑을 착용할 시간을 주었다. 그런 다음 개봉한 쿨러를 앞으로 내밀었다. 거기서 박사는 샘플들을 담은 작은 시렁 하나를 꺼냈다. 모이라가 허리에 감은 벨트에서 휴대용 스캐너를 빼들어 바코드를 그었다. 안드라다 박사는 냉동저장 모듈 안으로 진입하여 점점 깊숙이 그 내부로 유영해 들어갔다. 그러면서 무중력 상태를 처음 경험하는 초보자답게 조심조심 벽을 짚어나갔다.

"표찰이 없는 첫 번째 것을 고르세요. 문은 그대로 열어두시고요."

모이라가 당부했다.

안드라다 박사는 찬 공기가 목구멍을 긴장시키자 기침을 했다. 그는 작은 해치들 중 하나를 열고 샘플 시렁을 안에 밀어 넣었다. 그러는 동안 모이라는 영어와 필리핀어 그리고 바코드로 샘플을 식별할 수 있도록 휴대용 프린터를 사용해 스티커를 만들었다. 안드라다 박사가 일을 끝내고 중앙모듈로 복귀하자, 모이라는 열린 해치로 다가가 샘플 시렁이 튜브 모양의 공간에 올바로 안착되었는지를 점검한 뒤, 해치를 닫고 준비한 스티커를 부착했다. 그렇게 해서 해치에 고유한 ID번호와 바코드가 부여되었고 모이라가 그것을 재확인했다.

해치 옆 LED 등에 붉은빛이 들어왔다. 내부온도가 너무 높다는 뜻이었다. 모이라가 작업을 하는 사이, 불빛은 노란색으로 바뀌었는데, 이는 냉동이 녹아가는 상태를 의미했다. 나중에 모이라는 태블릿 스크린에 현장을 띄워 등이 푸른빛으로 돌아간 것을 확인할 것이다.

그녀는 몸을 날려 도킹모듈로 돌아왔다. 냉동저장실을 봉인하는 둥근 플라스틱 실드를 붙잡으며 그녀가 말했다.

"이것들 용도는 이제 아셨죠? 일종의 단열장치로 보면 됩니다."

그녀는 실드를 원위치시키면서 말을 이었다.

"맞은편 문도 열어 보여드릴 수 있지만, 내용은 똑같을 겁니다."

"어쨌든 감사합니다," 안드라다 박사가 말했다. "근데 평생 아까처럼 추웠던 적이 없군요!"

둘은 즈베즈다로 상승해 나아갔고, 계속해서 유전공학 장치

대부분이 자리한 모듈 복합체 쪽을 전진해 들어갔다. 거기서 구경할 거라고는 모두 상자들뿐이었다. 언제든 마음만 먹으면 선미 쪽 토러스들 중 하나로 이동할 수도 있었지만, 새로 온 사람들의 경우 무중력 상태와 모의중력 상태를 오가는 것이 그다지 유쾌한 기분은 아님을 모이라는 경험으로 알고 있었다.

고급안경 너머로 풍기는 안드라다 박사의 인상은 왠지 예의 바르면서도 회의적인 것이었다. 모이라는 박사가 무슨 생각을 하고 있을지 넘겨짚어보기로 했다.

"아까 치른 의식에 대해서는 양해를 해주십시오. 저는 지난 1년 동안 매일 한두 번씩 그걸 해오고 있답니다. 과학자일 뿐 아니라 설교자 노릇도 병행하고 있는 셈이죠. 물론 박사님은 그걸 블로그에 올리실 거고요. 마닐라로부터 이곳 이시의 냉동 저장고까지 샘플들을 직접 손으로 운반해왔다는 것을 저 아래 사람들에게 알리기 위해서 말이죠."

"네. 이해합니다. 당연히 블로그에 올릴 거고요."

그는 잠시 뜸을 들이더니 화제를 살짝 비틀어 말을 이었다.

"분산해서 보관되고 있진 않군요."

모이라가 고개를 끄덕였다.

"앞으로 10분 안에 저곳이 암석과 충돌한다면, 모든 샘플이 파괴되겠죠."

"네. 제가 걱정하는 게 바로 그 점입니다."

"저도 마찬가지예요. 오로지 통계학과 수학이 관건이지요. 지금 당장은 암석들이 그렇게 많지도 않고, 또 눈으로 식별하면서 피해갈 수가 있습니다. 현재로선 모든 알을 하나의 바구니에 보관하는 것이 아클렛마다 분산해서 관리하는 것보다 안전한 방법이지요. 하지만 안드라다 박사님, 그런 식의 분산 관리를 위한 계획이 있긴 합니다. BFR(유성파편화율)이 일정 수준을 넘어서는 순간 현실화될 계획이지요."

"미구엘이라 불러주십시오."

박사가 고개를 끄덕이며 말했다.

"미구엘, 저는 모이라로 부르셔도 좋습니다."

"알겠습니다. 자, 이젠 제가 여기에 올라오도록 선발된 이유를 아실 겁니다."

"그건 당신이 옥수수의 유전자를 이식함으로써 벼의 광합성을 보다 효율적으로 만드는 방법을 발견하셨기 때문이죠. 그린피스가 필리핀에 있는 당신 연구시설을 파괴했지만, 싱가포르에서 계속 프로젝트를 진행해오셨지요. 제로(Zero) 직후부터 시작해서, 당신의 연구는 저중력 상태의 수경재배적 환경에 적합하도록 개량된 벼의 종을 개발하는 것이었습니다."

"스프라이스(Sprice)가 바로 그거죠."

미구엘은 더할 나위 없이 미세하게 눈알을 굴리며 말했다. 이는 스페이스(Space)와 라이스(Rice)를 축약한 것으로, 《스트레이츠 타임즈》지의 어느 열성적인 기자가 만들어 사용하자마자 타블로이드판 헤드라인과 인터넷 댓글난의 지워지지 않는 인기표제어로 등극한 용어다.

"모이라, 그런데 인위적으로 만들어낸 일정량의 중력 없이는 그것이 성장할 수 없다는 건 아시나요? 위와 아래의 방향성이 주어지지 않으면, 이른바 뿌리조직이 생장할 수가 없거든요.

바로 그 점에서, 중력의 영향에서 자유로운 수생식물보다 일이 훨씬 어렵습니다."

"오, 우린 모두 오랜 시간 수생식물을 섭취하며 살아갈 준비가 되어 있답니다," 모이라가 말했다. "중력을 만들기 위한 회전환경을 더 많이 건설한 다음에 스프라이스를 섭취하면 됩니다. 그때 가서는 말이죠, 미구엘……."

"그때 가서는 뭐죠?"

"스프루(Sprew)!"

"스프루요?"

"스페이스 브루(brew, 양조) 말이에요," 모이라가 말했다. "보리로 만든 것만큼 맛은 좋지 않겠지만, 쌀을 들볶아서 맥주를 만들 수 있을 거예요."

◆ ◆ ◆

"탭!" 마쿠스는 부득이 입으로 그 소리를 내야만 했다. 전통적인 레슬링에서 상대선수가 도저히 벗어날 수 없는 서브미션 기술을 걸어왔을 때 그걸 당한 당사자는 상대의 손이나 팔, 다리 등 손이 닿는 어디든 두드림으로써 즉, 탭을 함으로써 기권 의사를 표시하도록 되어 있다. 그러나 마쿠스는 지금 그걸 제대로 이행할 수가 없었다. 테클라가 그의 양팔 모두를 제압하고 있었기 때문이다.

그녀는 두 사람 다 서커스(운동만을 위해 마련된 널찍하고 텅 빈 모듈)의 패딩 처리된 내벽으로 떠밀려가기 직전 남자를 풀어주었다. 둘은 충격을 흡수하려고 얼른 두 손을 쳐들었다.

서커스의 한쪽 구석에서 이 모든 광경을 흥미롭게 구경하고 있는 사람은 준 우에다와 엔지니어인 톰 반 미터, 볼로르에르덴 그리고 비야체슬라브 두브스키였다. 남자 세 명은 모두 과묵한 성격이었다. 반면 다분히 열정적인 볼로르에르덴만이 단 세 번 손뼉을 마주쳤다가 아무도 호응하지 않음을 감지하고는 곧바로 중단했다.

"좋아!" 비야체슬라브가 입을 열었다. "봤으니 믿어야겠군. 무중력 상태의 삼보는 이제 가능한 거야." 그러면서 나머지 사람들을 향해 살짝 눈짓을 했다. "물론 주짓수나 레슬링, 보흐(몽골 레슬링) 등도 포함해서 말이지."

"분명한 건 던지기가 듣지 않는다는 사실이지. 그라운드에서는 그렇게 중요한 체중이동이 전혀 먹히지가 않는 거야." 마쿠스도 한마디 했다.

준이 고개를 끄덕였다. "부분집합이라고 볼 수 있겠어. 약간은 그라운드 파이팅의 요소를 갖고 있지만, 정작 그라운드가 없는 상태라고나 할까."

톰 반 미터는 아이오와 주립대학 엔지니어 학위를 따기 전에 잠시 대학부 레슬링 선수로 활동한 경력이 있는 만큼, 패딩 처리된 벽체로 몸을 돌리더니 펀치를 몇 번 꽂아보았다. 그의 덩치와 힘이 상당한 수준임에도 불구하고 펀치는 빈약한 강도로 벽에 가 닿았고, 그 반동으로 그의 몸뚱이는 뒤로 밀려나 모듈을 가로질러 떠내려갔다.

"우린 지금 이런 현상을 두고도 연구를 했지," 마쿠스가 말했다. "펀치는 믿을 만하지 못하다는 사실."

반대편 벽에 부닥치기 직전, 톰은 두 팔을 뻗어 매트를 툭 침으로써 에너지를 흡수했다. "만약에 토러스나 볼로라면 모든 일상사가 제대로 작동할 텐데. 당신 말이 옳아요, 무중력 상태에서의 무술은 또 다른 도전이로군요."

"일단 잡기에 성공하면 그다지 다를 것도 없어요."

테클라의 논평에 마쿠스가 이렇게 말했다.

"클라우드아크 전체에 총 열두 자루의 테이저건이 구비되어 있죠. 내가 요청한 건 아닙니다. 도착하고 보니 있었어요. 그것들에 관해 아는 사람이 아무도 없습니다. 비록 테이저건에 불과할지언정 누구는 무장을 하지 않고 있는데 일부만 휴대무기를 갖추고 주위를 어슬렁거린다면, 나는 왠지 거북할 것 같아요. 그럼에도 불구하고 말입니다, 지금 이곳에는 2천 명 가까운 사람들이 거주하고 있지요. 지구상에 어떤 도시도 그 정도 인구가 경찰을 두지 않는 경우는 없습니다. 반드시 범죄든 분쟁이든 발생할 테니까요."

"헌법에는 경찰에 관해 뭐라고 되어 있습니까?" 볼로르에르덴이 물었다. "제가 읽어본 적이 없어서요."

모두들 그녀의 말을 환영하며 웃었다.

"여기서는 그 누구도 피비린내 나는 걸 읽은 적이 없어요, 보. 정말 일일이 기록했다면 한 이 정도 두께는 될걸." 그러면서 마쿠스는 엄지와 검지를 2인치쯤 벌려 보였다. "짐작하겠지만 공동협의 하에 진행할 일이죠."

이번에는 준이 끼어들었다.

"말이 나온 김에 얘긴데, 설마 지금 하고 싶은 얘기가……."

"아니, 준. 그 문제를 무시하자는 게 아닙니다. 정말로 나는 매일같이 여기 이 친구들에게 주장하고 있어요. 일을 좀 더 단순화하자고. 우리에게 그 뭐랄까, 좀 더 효율적으로 정리된 매뉴얼을 제공해달라고……."

"이를테면 '클리프노트(Cliff's Notes)'[8] 같은 개념?" 톰이 말했다.

"그렇지! 정말 벼랑(cliff) 끝에서 떨어지기 전에! 간단한 '내 몸 사용설명서'라고나 할까. 다만 그 안 어딘가에 경찰력에 대한 언급을 넣는 거죠. 처음에는 시민경찰의 신분이 되어야 할 겁니다. 직업이 아니고요. 여러분의 개인기록을 검토해보았습니다. 모두 레슬링 종류의 기술을 연마한 경력을 갖추고 있더군요. 레슬링이야말로 이곳 우주정거장에서 현실적으로 사용 가능한 유일한 폭력형태라 할 수 있지요."

"막대기를 사용한 싸움은요?" 톰의 발언이다.

"그렇게 물을 줄 알았지. 당신 이력서에 에스크리마 얘기가 꽤 있었거든." 마쿠스가 말했다. "괜찮은 아이디어입니다. 한데 질문이 있어요."

"뭐죠?"

"여기서 막대기 본 적 있나요?"

"나무를 좀 키워서 만들면 되지 않을까요?" 보가 끼어들었다.

"시간이 꽤 걸리겠군요," 마쿠스가 대답했다. "그래서 이런 부탁을 하고 있는 겁니다. 이 모듈에 매일 모여 잠깐이나마 레

---

[8] 미국에서 가장 유명한 입시전문 참고서 시리즈.

슬링 연습을 하자고. 그런대로 쓸모가 있을 겁니다."

어찌나 잠을 설쳤는지 두브는 잠을 전혀 못 잔 느낌이었다. 하지만 시계는 도트 15임을 알려주고 있었다. 그가 자루로 기어들었을 때의 시각은 도트 9. 얼마간 졸았던 게 분명하다. 근데 그게 언제인지를 모른다.

밤마다 아멜리아와 함께하는 영상회의는 잘 진행되지 못했다. 영 상태가 안 좋았다. 그렇다고 언성을 높인다거나 눈물을 보인 건 아닌데, 초반에는 쿠루에서 벌어지는 상황에 관한 얘기뿐이다가 그 후에는 접속불량이 되고 만 것이다. 헨리와도 마찬가지였다.

그러고 보니 서로 할 얘기가 점점 바닥을 드러내는 중이있다. 섬뜩한 일이지만, 사실이었다. 그의 가족 구성원 모두가 2 내지 3 또는 4주 안에 조물주를 대면할 것으로 보고, 마음을 다잡는 중이었다. 정부는 원하는 사람 누구에게나 안락사 약을 공급해오고 있었다. 수천 명이 이미 그것을 받아먹었고, 시체안치소는 그렇게 저세상으로 간 사람들 시신으로 미어터질 지경이었다. 프런트엔드로더들이 집단무덤을 파내고 있었다. 그러는 가운데 두브는 일생일대의 대모험을 준비하고 있었다.

어느 단계에 이르러서는 자식들이 이미 죽었기를 바라는 마음까지도 들었다.

며칠 전, 차마 입에 담기 어려운 그 같은 얘기를 루이사에게 한 적이 있는데, 그녀는 고개를 끄덕여주었다. "있을 수 있는 일이죠," 그녀의 반응이었다. "알츠하이머 말기에 시달리는 부모를 돌보는 입장에서 종종 그런 경우가 있곤 하죠. 그와 더불어 엄청난 자괴감과 죄의식이 동반하고요."

"하지만 아멜리아는 알츠하이머 환자가 아닙니다!"

"상관없어요. 그녀를 보면서 이야기를 나누는 것 자체가 당신의 기분을 우울하게 만듭니다. 그러다가 어느 단계에 이르면, 당신의 뇌가 그 우울한 기분을 떨쳐내버리고 싶은 쪽으로 움직이지요. 세상에 그보다 더 단순명료한 반응은 없습니다. 그렇다고 당신이 나쁜 사람이 되는 게 아니에요. 당신이 굴복하고 말고의 문제가 아니라는 뜻입니다."

'과연 언제?'라는 문제를 놓고 고민을 하면 할수록, 그와 같은 생각들은 두브를 밤새도록 뒤척이게 ─ 무중력 상태의 느슨한 자루 속이라 잠을 이루지 못하는 것에 대한 적절한 표현인지는 모르겠지만 ─ 만들었다. 그 시점을 '720일' 언저리로 예언하는 것은 '360일' 때까지만 해도 그런대로 괜찮았다. 하지만 이제 '700일'의 끝이 코앞에 다다르다 보니, 그 '언저리'라는 표현까지도 적잖이 신경 쓰이는 것이었다. 최근에는 '언저리'의 범위가 '플러스마이너스 사흘'로 압축되긴 했는데, 그게 다 정치적 압박의 결과에 지나지 않았다. 적합한 과학적 동기가 작용한 것이 아니었다는 얘기다. 그리고 이건 과학자들에게 조금은 다른 의미를 띠는 것이기도 했다. 가령 비전문가들은 이를 간명하게 '717일에서 723일 사이'로 이해하는 반면, 전문성을 갖춘 과학자들은 만약에 달 폭발 모의실험을 충분히 여러 번 시행하고, 화이트스카이까지 걸리는 시간을 그 각 케이스별로 추적할 수 있다면, 축적된 실험은 정규분포를, 다시 말해서 종 모양의 곡선을 그리면서, 전체 사례의 3분의 2가 문제의 범위 안에 속한다고 말할 것이다.

결국 이것은 그 나머지 경우는 문제의 시간범위 밖으로 벗어날 수 있으며, 그 어긋남의 정도가 아주 심할 수도 있다는 뜻이다. 두브가 빌어먹을 자루 안에서 뒤척이는 사이, '내일' 아니 '지금 당장' 상황이 발생하는 일도 얼마든지 가능할 만큼 말이다!

그래서 다이나가 도트 15 직후에 잠을 깨웠을 때도 그는 화를 내지 않았다. 오히려 그만큼 안심이 되었다.

기본적인 예의 때문에 차마 말은 못했지만, 그녀의 몰골이 말이 아니었다. 과도한 감정상태와는 다른 문제였다. 진이 빠지고 육체적으로 지친 기색이 역력했다.

"기아나에 대해서 좀 아세요?"

'마이닝 콜로니' 방향으로 천천히 복귀하면서 다이나가 어깨너머로 물었다.

"네."

"잘됐네요."

두 사람 다 그녀의 작업실로 들어설 때까지 더는 아무 말도 없었다. 사방에 널려 있는 구식 커뮤니케이션의 잔해가 두브의 눈길을 끌었다. 가용벽면이면 어디든 부착되어 있는 수많은 메모지들, 둥둥 떠다니는 몽당연필들, 체크표시로 채워진 평가난들이 촘촘히 들어찬 '직원수칙' 서류들. 그녀가 말했다.

"숀한테 이런 것 좀 하지 말자고 진작 말했어야 하는데. 전 아주 지쳤어요. 더 이상 이 짓은 못하겠네요. 잠이 너무 모자라요. 손이 송신내용을 접수하기 쉽도록 이쪽에서 천천히 키를 두드리는 건 마치 천천히 걷는 것과도 같답니다."

"천천히 걷다뇨?"

"보통은 정상적인 속도로 걷잖아요. 그건 힘든 일이 아니죠. 그런데 그 속도를 반으로 줄여서 걸어야만 한다고 생각해보세요. 같이 다니기가 어려운 사람의 보조를 맞추느라 일부러 천천히 말예요. 그건 정말 진 빠지는 일입니다."

"알겠네요."

"나 좀 빼달라고 사정하기 시작하면 그는 슬그머니 화제를 바꾸죠. 그쯤 되면 매번 이런 식인 거예요. '그나저나 무슨 일 없는 거지? 현재 아크에 총 인구수가 몇이더라?' 그럼에도 제가 당분간 압박을 가하면 그땐 감도분석(sensitivity analysis) 얘기를 꺼낸답니다."

두브가 웃었다.

"와우!" 다이나는 살짝 째려보면서 말했다. "제가 기대한 반응이 아니군요!"

"저도 그 생각을 하느라 몇 시간 잠을 못 잤습니다."

"그럼 손이 무슨 얘기를 하는지 아시겠어요? 저는 워낙에 미련통이라…… 그한테 일일이 물어봐야 했어요."

"아마도 결정적인 사태발생 시점이 720일이라는 걸 우리가 얼마나 확신하는지 알고 싶은 것 아닐까요? 그리고 시스템이 얼마나 불안정한지도 궁금한 거고요."

"넵! 바로 그겁니다."

"그 시점이 가까워올수록 원자로는 위험해질 가능성이 커지

103

죠. 또는 그 뭐랄까⋯⋯."

"비유해서 말씀해보세요, 제가 알아들을 테니."

"가령 시스템에 침투한 불의의 잡음이 불안정 상태를 유발하는 것과 같은⋯⋯ 내재적으로 미리 감지할 수 없는 것들이 문제죠. 조만간 그런 식의 아슬아슬한 상황이 지속되다가, 별것 아니다 싶은 무엇이 갑작스런 파국으로 치닫는 겁니다. 어떤 바윗덩어리가 산사태를 촉발할지 아무도 모르는 거죠."

다이나는 잠시 생각을 하다가 시선을 돌려 자신의 무선전신기를 들여다보더니 말했다.

"숀은 알아요."

두브는 한참 뜸을 들이며 머리를 굴리다가 대꾸했다.

"방금 뭐라고 했나요?"

"에잇볼(Eight Ball)이요," 다이나가 또 말했다. "그 바윗덩어리, 숀은 그렇게 부르죠. 아마 처음 들어보셨을 거예요. 다가오는 걸 본 적도 없을 테고요. 너무 어둡고 너무 멀거든요."

"다이나, 난 뭐가 뭔지 모르겠군요. 우리 지금 가상의 소행성 이야기를 하고 있는 건가요, 아니면⋯⋯."

"아니에요. 명시적인 대상을 두고 하는 얘깁니다. 실재하는 소행성이요. 두브, 아르주나 탐사회사에서 수년간 큐브샛(cubesat, 초소형 인공위성)을 띄워왔다는 건 당신도 잘 아실 거예요. 우린 지금 하늘을 떠도는 수백 개의 눈을 가진 셈입니다. 그것들은 우주공간을 부유하면서 지구근접 소행성들의 사진을 찍고, 목록을 만들고, 그것들의 궤도요소를 최대한 정밀하게 측정하고 있지요. 얼른 봐서는 그 역시 밤새 뜬눈으로 지내면서 당신과 같은 문제를 놓고 씨름해왔다고 볼 수 있어요. 달 잔해로 이루어진 구름의 극단적인 불안정성, 그 어떤 섭동에도 반응하는 민감성 등등의 문제 말이죠. 그런 와중에 기막힌 아이디어가 그의 머릿속에 떠오른 겁니다. 아르주나가 보유한 소행성 비밀 데이터베이스를 샅샅이 뒤져서, 어떤 유해인자가 향후 몇 주 사이에 달 파편 구름 속을 파고들어 분란을 촉발할지 알아보는 것은 어떤가?"

"그런 데이터베이스를 보유하고 있단 말인가요?"

"물론이죠. 그냥 스프레드시트인걸요."

"그래서 결국 그걸 사용해 분석을 마쳤나요?"

"네. 두브, 저는 요즘 이런저런 간접증거들을 끌어모아 이미 분석이 끝난 자료를 일일이 보충하는 중이랍니다. 아까 보셨죠, 얼마나 불규칙하게 교신이 오가는지."

"이해합니다."

"하지만 저는 그가 그 분석을 통해 스스로 에잇볼이라 명명한 소행성을 제대로 찾아냈다고 생각해요. 추정컨대 그놈은 저 반사율을 가지고 있죠."

"그래서 블랙이군요. 8번 공처럼 말이죠."[9] 두브가 대꾸했다.

"저는 그 크기라든가 궤도요소가 어떤지에 대해서는 아무것도 몰라요. 다만 숀의 생각은, 앞으로 여섯 시간 안에 그것이 달 파편 구름의 한복판을 가르고 지나갈 거라는 겁니다."

"여섯 시간이요?"

---

9 당구공 8번을 말한다.

"아울러 우리의 흥미를 끌기에 충분한 운동에너지를 갖추고 있고요."

두브는 아멜리아를 생각하고 있었고, 더불어 좀 전에 자신을 잠 못 이루게 만들던 혼란스러운 감정들에 대해서도 생각하고 있었다. 이제 모든 것이 뒤집혀, 그녀와 헨리, 헤스퍼, 해들리 모두 머잖은 죽음을 맞을 거라는 생각에 그는 가슴이 철렁했다.

다이나는 이를 잘못 이해해, 그가 지금 머릿속에서 천문학적 계산에 몰입해 있다고 생각했다. "저는 이만 가서 여섯 시간 동안 잠이나 푹 자두렵니다. 굿나잇."

"굿나잇." 두브가 말했다.

잠시 후면 도트 16, 근무교대시각. 제3교대조원들에게는 오후 4시에 해당하는 시점이다. 요컨대 마쿠스는 정상적인 지구 생활자가 하루일과를 마무리하는 시점에 다가가고 있는 셈이었다. 물론 클라우드아크의 다른 보통사람들과 마찬가지로 그는 깨어 있는 모든 시간 일을 하는 편이다. 심지어 서커스에서의 무술연마와 같은 여가활동조차 보다 큰 목표를 겨냥한 일정일 따름이다. 따라서 '오후' 근무교대와 일과의 마무리란 그에게 단순한 형식적 준수사항에 불과했다. 그럼에도 불구하고 그는 하루 중 그 시간대를, 예전에는 소위 서류작업이라 칭했던 일에 할애하는 것이 일종의 습관이었다. 우주 유일의 변호사인 살바토레 구오디안을 탱크(Tank) 한쪽 끄트머리에 붙은 작은방으로 불러들인 것 또한 그런 습관적 작업의 일환인 셈이었다. 중국계 싱가포르인 아버지와 탈세 이주자 백작부처의 자식인 이탈리아인 어머니 사이에서 태어난 살바토레 구오디안은 주로 영국인을 대상으로 하는 외국인 학교에서 교육을 받았고, 버클리 대학에 들어갔으나 1년 반 만에 학업을 포기하고 첨단 테크놀로지 스타트업에 뛰어들었다가 참담한 실패를 맛본 뒤, 여러 잡다한 신생기업들을 기웃거리던 가운데 돈을 좀 모은 상황에서 법조계에 관심을 기울이게 되었다. 결국 그는 대학졸업장이 없는 상황에서도 사실상 돈을 써서 로스쿨에 들어갔으며, 이후 로스앤젤레스와 싱가포르, 시드니, 베이징, 런던 그리고 두바이의 전형적인 아이비리거들의 로펌에서만 15년 경력을 이어갔다. 은퇴를 한 다음에는 중국 전역을 자전거로 여행했으며, 샌프란시스코로 건너가 전자화폐 무역회사 소속 법률자문 위원으로 활동하는 동시에 여가시간을 이용해 비영리 사이버 저작권협회를 위한 자원봉사활동을 한다든가 매우 광범한 자가제작 로켓을 우주로 쏘아 올리기 위해 사막을 오가곤 해왔다. 사람들은 그를 대체로 살(Sal)이라 불렀는데, 처음부터 그는 클라우드아크의 헌법제정 작업을 위한 적임자 중 한 명으로 거론된 인물이다. 따라서 그는 1년 반 동안 헤이그에 상주하며 법률정비 작업에 참여했고, 어느 날 느닷없이 차출되어 이곳까지 쏘아 올려진 것이다. 나이가 마흔 일곱인데, 약간 어두운 조명 아래에선 서른으로도 보였다.

무중력 상태의 생활에서 긴급한 볼일을 처리하고 또한 자꾸 벗어지는 두발에도 적응하는 의미에서, 그는 짧은 배큐버즈(vacubuzz) 헤어스타일을 받아들였다. 그것은 우주에서 머리카락을 관리하는 가장 손쉬운 방법이었다. 배큐버저란 전기트리머와 샵백(shop vac)의 기능을 조합한 기기로, 빠르면 30초 내에 혼자서 두발관리가 가능한 장치였다. 대신 귀마개는 필수다. 평온한 시절에 살은 길고 풍성한 웨이브의 검은 장발을 보란 듯이 휘날리고 다녔다. 이마 중앙에 또렷한 위도우스 피크(widow's peak)는 이탈리아 혈통을 이어받은 그의 정체를 선명하게 드러내고 있었다. 하지만 배큐버즈 스타일로 전환하자 완전히 중국인이 되어버린다. 그는 일곱 개 국어를 구사하거니와, 그 어느 누구보다도 클라우드아크 헌법이─그 자신은 이를 CAC라고 줄여 부르는데─통째로 두뇌 속에 들어가 있는 사람에 가까웠다. 마쿠스가 CAC와 관련하여 어떤 용건을 가져와도 살은 그 즉시 한 인간 안에 법무장관과 검사장, 치안판사 그리고 대법원장의 직분 모두를 뭉뚱그려 구현해내는 것이었다.

그런 살이 유난히 큰 치열을 드러내며 활짝 웃었다.

"사실 이 역할들이 전적으로 서로 상충한다는 건 알고 있을 겁니다. 다양한 양상으로 적대적 관계를 이루기 십상이죠."

"그렇다면 다른 사람들을 지명해서 그런 역할을 맡겨도 괜찮습니다. 이봐요, 살, 우린 지금 부팅작업에 대한 이야기를 하고 있는 겁니다. 어디서든 이제 시작을 해야만 해요."

마쿠스의 추궁에 살이 대답했다.

"그럼 한번 도상훈련을 해봅시다. 비자리스탄 출신 남성 아키 한 명이 안도라 출신 여성 아키를 강간한다고 치죠. 사건은 어떤 감시 카메라도 작동하지 않는 구역에서 벌어집니다."

"이곳에 그런 구역은 별로 없습니다."

마쿠스가 지적했다.

"좋습니다, 좋아요. 아클렛에서 발생합니다. 피해자의 주장이 그렇다고 쳐요. 여자는 곧장 의무실로 직행합니다. 거기서 의학적 증거를 수집하는 거죠."

"우리에게 레이프킷이 있기나 한가요?"

마쿠스가 묻자 살이 반문했다.

"그걸 제가 어떻게 압니까? 다만, 없으면 조속히 확보해야겠죠. 아무튼 있다는 가정 하에, 일부 국가 기준으로는 아클렛에서 녹화된 비디오 영상을 경찰이 살펴보기 위해서는 판사의 영장이 있어야 하지요. 그런 국가에서는 사람들의 프라이버시가 권리로서 존중되기에, 남이 항시적으로 카메라를 통해 감시하고 있을 수는 없거든요."

"그럼 이곳의 상황은 어떻게 봐야 합니까?"

"그걸 아직 모르고 있다니 재미있군요. 제가 말씀드릴 수 있는 것은, CAC에서 인정하고 있는 일부 권리들은 예컨대 '행정절차 및 구조 간소화기간' 중이라면 일부 축소 내지 폐지될 수도 있다는 겁니다."

"PSAPS,[10] 나도 알고 있는 개념입니다. 계엄령에 대한 일종의 완곡어법이라 할 수 있죠."

살은 재미있어하면서도 난감해하는 눈치다.

"이 문제를 그런 식으로 바라보는 건 피하는 게 좋습니다. 적어도 큰 소리로 말하진 마세요."

---

10 Periods of Simplified Administrative Procedures and Structures.

"그래도 어차피……."

"좀 더 나은 비유로, 선장이 망망대해에서 자기 배의 선원들에게 두루 미치는 영향력 정도로 보는 게 낫겠지요. 선장은 선상에서 행하는 결혼식을 주관한다든가 누군가의 거동을 일정구역으로 한정하는 등, 여러 조치를 취할 수 있습니다. 이는 같은 배라도 그것이 맨해튼 항구에 정박 중이라면 취하기 힘든 조치일 수 있죠."

"이봐요, 지금 나는 가상의 강간사건을 두고 도상훈련에만 매달릴 시간적 여유가 없습니다." 마쿠스는 손목시계를 흘끔 보면서 말했다. 당연히 스위스제 시계인데, 제네바의 한 유명 시계회사에서 일종의 유증으로 그를 위해 특별제작한 것이었다. 말하자면 '우리는 지구에 존재했었으며, 이 시계는 우리가 얼마나 멋진 일들을 해왔는지를 말해줄 것이다'라고 그 시계는 증언하는 셈이었다. "내가 당신과 의논하고 싶은 문제는 상당히 근본적인 차원의 것이에요. 이를테면 그런 선장의 영향력을 실제로 어떻게 행사할 것인가? 또는 나 대신 아이비나 울리카가 이 자리에 있다면 그들은 어떤 식으로 지휘권을 확보할 것인가?"

살은 그렇게 말하는 상대의 진의를 파악하지 못했다.

"지휘권이라면……."

그래도 속 시원한 답변이 따라 나오지 않자 살은 조심스럽게 덧붙였다.

"말은 하나지만 의미는 여러 가지일 수 있죠, 마쿠스."

"이 경우에는 도덕적 권한이라든가 리더로서의 자격 같은 걸 말하고 있는 게 아닙니다. 소위 배의 선장 격인 누군가에 대한 아키들의 이론적인 충성심 따위를 뜻하는 것이 아니에요. 내가 의논하고 싶은 것은, 우리가 강간범 한 명을 검거하려고 할 때, 만약 그가 반항할 각오가 되어 있고, 그의 친구들까지 그를 위해 싸움에 뛰어들려고 한다면 과연 어떤 일이 일어날 것인가의 문제입니다."

사실 살은 이번 대화를 법률이론을 놓고 즐겁게 토론하는 정도로 보고 있었다. 그러나 이제는 좀 더 심각한 현안에 대해 생각하기 시작했다. "그러니까 결국 현실적인 권력을 말하고 싶은 거로군요. 권력의 의미란 어떤 것인가, 힘이란 무엇인가……."

"그렇습니다."

"그건 참으로 유구한 문제죠. 파라오라든가 중세의 왕, 뉴욕의 시장 모두 같은 문제로 고민했고 또 하고 있을 겁니다."

"그렇겠죠." 마쿠스가 다시 고개를 끄덕였다.

"가령 당신이 어떤 지시를 내릴 때, 그것이 이행될 것이라는 확신은 어디서 나오는 것일까요? 그것이 바로 권력의 본질적인 문제입니다."

"두말하면 잔소리죠!"

"보통이라면 제 입에서 도덕적 권위라든가 충성심 같은 이야기가 나와야겠지만, 이미 당신은 실질적 권력을 행사하고 있습니다."

"그야 결정적인 순간이 닥치면 그런 거고요."

"전통적인 답안은 언제나 이런 식이었습니다. 왕에게는 근위

병이 있고, 시장에게는 경찰청장이 있으며, 사령관에게는 헌병이 버티고 있다 이 말이죠. 그리하여 지도자의 권력을 지탱하는 궁극의 토대는 물리적으로 타인을 강제하는 능력이라고 말입니다."

"이제 제대로 말씀을 하시는군요! 자, 그렇다면 CAC 상에서 내가 재량껏 행사할 수 있는 그것은 무엇일까요?"

"만약 당신이 어떤 강제력을 행사하기 위해 그와 같은 수단들에 의존한다면, 당신의 권력은 그만큼 작아진다고 보면 됩니다. 그건 실패로 직진하는 티켓이라 봐도 무방해요."

그러자 마쿠스가 말했다.

"이봐요, 살…… 당신 이곳에 얼마나 오래 있었죠?"

"2백일 조금 넘었습니다."

"지금까지 우리가 CAC를 놓고 얘기를 나눈 시간이 얼마나 되지요?"

"정확히는 모르겠으나, 다 합하면 아마 100시간은 넘을 겁니다.

"그중에서 이 문제 하나만 놓고 이야기한 건 대충 얼마나 될까요?"

살은 시계를 보면서 대답했다.

"아마 15분쯤이요……."

"그 정도 시간을 바탕으로 당신은 지금 이 문제가 큰 그림 안에서 내게 그다지 중요하지 않다고 판단하는 거로군요. 하지만 이건 중요한 문제입니다, 살. 동료들의 호위에 힘입어 범죄를 저지르고도 대가를 치르지 않으려고 하는 자를 제압해야만 할 때가 오면, 나는 이론의 여지없는 어떤 해답을 가지고 있어야만 합니다. 무얼 어떻게 해야 하는지를 나 자신이 확실히 알고 있어야 해요. 준비가 되어 있어야 한다는 얘기죠. 그것이 바로 나의 직무입니다. 내가 이 자리에 있는 이유이기도 하고요."

순간 누군가 마쿠스의 집무실을 노크했다. 흔한 일은 아니었다. 마쿠스는 그냥 무시한 뒤 얘기를 이어갔다.

"PSAPS 안에서 특수인원을 동원해 적정수준의 물리력을 사용하여 당신의 결정권한을 타인에게 강제할 수는 있을 겁니다."

"당신 생각에 얼마나 빨리 그런 상황이 닥치겠습니까?"

마쿠스의 목소리 톤은 그 점에 관해서 자기 나름의 견해가 있음을 강하게 내비쳤다.

"그거야 계속 살아남은 다음 얘기겠지만, 대충 수년 안에는 닥치겠죠." 살의 대답이었다.

"그러니까 지금 이 논의만큼은 주제를 PSAPS로 한정해야 한다는 얘깁니다."

그런 다음 마쿠스는 문을 향해 소리쳤다.

"잠깐만요!"

그러고는 다시 살을 향해 이렇게 물었다.

"적정수준의 물리력을 동원한다는 것…… 그건 구체적으로 어떤 뜻입니까? 누가 그걸 결정하죠?"

"글쎄요. 만약 저를 법무장관에 검사장에 치안판사에 대법원장으로까지 임명해주신다면, 제가 할 수 있을 겁니다."

"누군가 테이저건을 맞아, 심박이 정지되고 그대로 사망에 이른다면 그건 적정수준의 물리력입니까?"

"세상에, 마쿠스! 도대체 지금 무슨 생각을 하는 겁니까?"

"단지 도상훈련 중입니다. 준비를 갖추기 위해 애쓰는 거죠. 당신도 그렇게 해야 합니다. 가상의 강간사건을 염두에 두는 것이 아니라 조만간 실제로 벌어질 일에 대비한다는 생각으로요." 그가 계속해서 살의 눈을 응시하자, 마침내 살이 고개를 끄덕였다. 마쿠스는 또다시 문 쪽을 향해 소리쳤다. "좋아요. 이제 들어오십시오!"

신참이 아닌 이상 보트나 우주선에서는 보통 문을 해치라고 부른다. 하지만 중력 시뮬레이션이 이루어지고 있는 이지의 구역에서는 문이라는 단어가 관례화된 지 이미 오래다. 반면 몸이 둥둥 뜨는 구간에서는 여전히 해치로 불린다.

문이 열리면서 뒤부아 제롬 그자비에 해리스의 모습이 보였다. 예사롭지 않은 그의 표정도 표정이지만, 마쿠스의 개인 집무실까지 일부러 찾아와 누군가와의 면담을 방해할 수밖에 없었던 걸 보면, 무언가 심각한 사태가 벌어지고 있음이 분명했다. 마쿠스는 직감적으로 가능성 있는 상황을 지목했다. "대통령이 또 사람들에게 핵무기를 사용했나요?"

닥터 해리스는 화들짝 놀라고는, 고개를 가로저으며 말했다.

"아뇨. 그건 아닙니다."

"사적인 용건인가요?"

마쿠스는 눈짓으로 살을 가리키며 다시 물었다.

살은 언제라도 자리를 피해줄 준비가 되어 있다는 얼굴로 우두커니 서 있었다. 그러나 닥터 해리스는 오히려 어리둥절한 표정으로 이랬다.

"이보다 더 사적이지 않은 용건은 아마 없을 겁니다. 그러니 누가 있어도 상관없습니다. 다름 아니라 시간표가 아주 현저하게 앞당겨진 것으로 보입니다. 화이트스카이가 앞으로 여섯 시간 안에 발생할 가능성이 보이고 있어요." 그러고는 시계를 살펴보더니 고쳐 말했다. "다섯 시간 안에 말입니다."

마쿠스의 눈길이 벽에 제시된 화면을 빠르게 훑으며 대꾸했다.

"BFR에 아무런 증가조짐이 보이지 않는데요."

"클라우드 속을 가로질러 통과할 소행성이 문제를 촉발시킬 겁니다."

"지구에서도 알고 있나요?"

"그건 이 집무실이 어디까지 감시를 받고 있는지에 달렸지요."

"그렇다면 당신의 그 정보는 지구로부터 온 것이 아니란 말이군요?"

"아닙니다. 심우주로부터 날아온 겁니다."

"암호화된 무선전신을 통해서겠죠?"

무심코 튀어나온 질문이다. 마쿠스와 살은 서로 눈빛을 교환했다. 두 사람의 대화는 한 시간 전 J.B.F.로부터 날아든 메모를 읽음으로써 시작된 것이었다. 바로 그런 전송행위를 대통령은 못마땅해하면서 조치를 취할 것을 요구하고 있었다. 조치를 어떻게 취할 것인지, 과연 백악관이 이 문제에 그럴 권한을 가지고 있는지를 논의하다 보니, 두 사람 모두 자기도 모르게 권력이라는 보다 보편적인 주제를 놓고 토론을 벌이게 된 것이었다. 지금 마쿠스가 권력을 좋아하게 된 배경이 그러했다. 누군가 이지로부터 암호화된 모스 부호를 은밀하게 전송하고 있다면 그건 틀림없이 그의 애인일 것이고, 그렇다면 결코 검거에 나서지 않을 테니 말이다. 앞으로 사람들은 각자의 이해충돌을 놓고 서로 아웅다웅할 것이다. 일찌감치 죽음을 맞이할 사람들, 이곳에서 자신들의 권력을 강제할 수단을 갖지 못한 사람들. 아키들이나 일반그룹 틈에 제5열을 심어두어, 필요할 경우 쿠데타라도 일으키도록 미리 지령을 하달해놓지 않았다면 말이지만.

"마쿠스! 제 말 듣고 있습니까? 방금 제가 한 얘기 이해하셨어요?"

닥터 해리스가 다그치듯 물었다.

"아, 뭐라고 하셨죠, 닥터 해리스? 잠시 다른 생각을 하고 있었습니다. 살이 골몰하고 있을 문제를 저도 좀 생각해보느라……."

그러자 살이 말했다.

"그냥 편하게 그중 몇 가지 고려해보시죠. 제가 보기에 이런 문제는 당신의 장기가 아닙니다, 다만……."

"잠깐, 문 좀 닫아주십시오."

마쿠스의 말에 닥터 해리스가 문을 닫았다.

"어느 모로 보나 이곳은 감시를 받고 있지 않습니다."

"알겠습니다."

"다이나 짓이죠, 두브?"

마쿠스가 넌지시 물었다.

두브는 고개를 끄덕였다.

"숀 프룹스트와 암호화한 채널로 교신하고 있더군요."

마쿠스는 감탄하는 표정을 지으며 고개를 가로저었다.

"대단한 여자야! 골치 아프게 생겼어."

두브와 살은 아무 말 없이 서 있었다. 적막이 흐르는 동안, 마쿠스는 테클라에게 짧은 문자메시지를 찍어 보내고 있었다.

이윽고 마쿠스가 입을 열었다.

"살, 나는 PSAPS를 선포합니다."

"아직은 우리에게 그런 권한이 주어진 것 같진 않은데요."

"누가 우리를 막겠습니까?"

두브와 살은 또다시 입을 다물었다.

"더 이상 대통령이라 부르지도 않겠지만, 줄리아가 우리에게 핵무기를 쓰겠습니까?"

그러면서 마쿠스는 계속해서 문자를 보내고 있었다.

"그녀 말고도 러시아인들이나 중국인들에게는 당신의 현 직위를 박탈할 수단들이 있을지 모릅니다."

"그 점에 대해서는 나도 생각해둔 바가 있지요. 첩자들을 심어놓았을 가능성 말입니다. 테이저건 등으로 무장한 군인들이 지시가 하달되기만을 기다리고 있을 수도 있겠죠. 그래서 일찌감치 표도르와 셴, 지크와는 이야기를 나눠보았습니다. 그들의 의향을 알아보고 뭐든 감을 좀 잡아보려고요."

"마쿠스, 대단히 죄송하지만, 나는 이것이 지금 당신이 집중해야 할 문제라고는 보지 않습니다."

두브가 한마디 했다.

"그래서 헌법 등 체제정비 쪽은 살에게 위임하고 그걸 작동시키는 문제는 저 여자에게 맡기려는 거지요."

그렇게 말하면서 마쿠스는 문 쪽을 향해 고갯짓을 했다. 노크 없이, 문이 활짝 열려 있었다. 테클라가 스르륵 안으로 들어와 등 뒤로 문을 닫았다. "우리가 PSAPS 체제로 돌입할 거라는 사실을 전 세계에 공표할 필요는 없지요. 앞으로 조용히 준비에 매진하기 위해서 다섯 시간이라는 여유가 있습니다. 제가 모이라와 연락을 취해, 유전자 샘플들을 아클렛들에 분산 배치할 준비에 들어가야 한다는 점을 알리도록 하지요. 울리카에게는 이제 대발진에 시동을 걸어야 할 때라고 말해줄 겁니다." 이로써 마쿠스는 화이트스카이와 하드레인 사이의 며칠에 길친 유예기간에 벌어질, 장기간 계획해온 우주로켓발사 러시를 의미하고 있었다. "우리는 이런 일들을 조용히 진행할 수 있습니다. 지금으로부터 다섯 시간 후에 일어날 수도 일어나지 않을 수도 있는 사태를 대비해야 해요. 만약 일어나지 않는다면, 그때 우리는 원상태로 돌아가면 됩니다. 모든 조치를 드레스리허설이었다 생각하면 되는 거죠."

문이 다시 열렸는데, 이번에는 노크가 있었다. 스티브 레이크라는 이름의 젊은 친구가 랩탑과 레게머리를 앞세우고 들어선 것이다. 이지에 승선한 지 1년 반이 되어가는 스티브는 배큐버저의 윙윙거리는 소음에 아직 굴복하지 않은 반면, 치렁치렁한 자신의 머리타래에 이제 슬슬 지쳐가는 중이었다. 하여 붉은 끈으로 고정하는 데까지는 허용한 상태였다. 그는 비밀 첩보업무를 위해 해커들을 고용해온 북부 버지니아 소재 컨설팅

회사에서 일하다가, 이지의 원조승무원 중 한 명으로 네트워크와 커뮤니케이션 전문가인 스펜서 그린스태프를 보좌하기 위해 차출되어 여기까지 올라온 자다. 스펜서는 뼛속까지 NSA 사람으로, MIT에서 곧바로 특채되어 음산한 암호업무에 종사해왔다. 결국 스티브는 자신이 보좌하는 사람과는 완전히 다른 성향의 인물인 셈이다. 이제 와서야 그는 조금 혼돈스러워하는 기색이 역력했다.

"스티브," 마쿠스가 그를 불렀다. "우리가 힘에 대한 대화를 나눠야 할 시점이 왔네."

스티브의 이마에 순간 주름이 그려졌다.

"전력(電力) 말씀하시는 건가요?"

"전혀 다른 종류의 힘."

"알겠습니다. 이를테면 추상적인 철학토론을 하자는 거로군요."

"아니. PSAPS 체제 하에서 내게 주어진 권력에 의거해, 이지의 통제시스템 전체의 패스워드와 키를 바꾸라는 지시를 자네에게 내리는 거지."

"와우! 그런 문제는 스펜서와 직접 얘기를 나누셔야 하는 것 아닌가요? 그분이 조직도상에서 저보다 위에 계시니까요."

스티브의 말에 마쿠스가 응답했다.

"조직도라면 내가 일가견이 있지. PSAPS 체제 하에서는 그걸 바꿀 힘까지 내게 있거든."

"마쿠스, 도대체 아까부터 계속 말씀하시는 그 PSAPS라는 게 무엇인가요?"

"그건 살이 나중에 설명해줄 거야. 일단 지금은 옆으로 제쳐두도록 하지. 근본적으로 우린 이제 자네의 충성심, 충직성을 이야기할 걸세. 내가 보기에 스펜서는 지상에서 생활할 때 권력에 대한 극단적인 충성심을 발휘해온 사람이라고 생각하네. 그런 그 친구를 힘든 상황에 굳이 몰아넣고 싶지는 않아. 그는 나중에 우리와 합류하든지, 그렇지 않든지 알아서 하겠지. 반면 자네는 내 눈에 그와는 아주 다른 종류의 인간으로 보이네. 사실상 나는 자네에게, 앞으로 클라우드아크에 충성하는 사람이 되어달라고 부탁하는 것이네. 워싱턴도 아니고 휴스턴도 아닌 오직 클라우드아크에만 말이야. 아울러 그 누가 클라우드아크의 지도자 노릇을 히든, 그의 권위를 애면 그대로 받아들여달라고 청하는 것이네. 지금 당장은 그게 바로 나라는 사람이 되겠지."

"좋습니다."

"스티브, 우선은 생각부터 잘 해보라는 거야. 덥석 좋다고 할 게 아니라."

"실은 얼마 동안 저도 그 생각을 하고 있었습니다. 그런데 이제 말씀이지만, 백도어(back door)[11]가 있을 수 있어요. 제가 익히 아는 코드들은 모두 바꿀 수 있습니다. 다만 모르는 코드들은 또 다른 문제라는 걸 아셔야 합니다."

"그래서 우리 모두 정신 바짝 차리고 있어야 한다는 거지."

---

[11] 인증되지 않은 사용자에 의해 컴퓨터의 기능이 무단으로 사용될 수 있도록 몰래 설치된 프로그램 코드.

화이트스카이

　두브는 일평생 살아오면서 푸른 하늘을 떠가는 솜털 같은 구름에 얼마나 많이 주목해왔는지, 그러다가 몇 시간이 지나면 그 솜털이 하나의 구름층으로 발달하여 태양을 가리고, 그를 바탕으로 날씨의 변화를 입에 올리는 일이 얼마나 많았는지 이루 헤아릴 수가 없다. 그런 현상은 너무 완만하게 일어나 매 순간을 구별해서 인지하기가 어려울 정도다. A+1,335의 마지막 몇 시간 동안 그와 비슷한 어떤 일이, 지난 700일에 걸쳐 하늘에 떠 있던 달 파편 구름들 속에서 일어났다. 나중에 그 모든 과정을 분당 하루의 비율로 압축해 저속촬영 영화로 확인한다면, 아마 일종의 폭발 내지 폭발의 확산현상처럼 보일 것이다. 만약 영상 자체를 프레임 단위로 분할해 보다 면밀하게 검토한다면, 그것이 마치 명중한 에잇볼처럼 구름의 한쪽 부분에서 이웃하는 다른 부분으로 점진적 진행을 보이는 걸 확인할 수 있을 것이다. 안개상자 속을 관통해 지나는 입자가 그러하듯, 그것은 자신이 일깨우면서 뒤에 남기는 잔해의 꼬리를 제외하고는 아무것도 드러내 보이지 않는다. 몇 달이나 일찍 아무것도 건드리지 않고 지나갔을 무언가가 오늘은 밀집한 암석의 구름을 형성해, 충돌 없이는 그 가운데를 파고들기가 어렵다. 두브는 대강의 통계학적 계산을 해나가면서 10에서 플러스마이너스 5 정도의 충돌횟수를 상정해본다. 현재 수백만 개의 암석을 포함한 구름으로 볼 때 그것은 전혀 대단한 숫자가 아니지만, 잠재적 폭발이 임박한 상황에서 그러지 않아도 위태위태한 시스템을 극한의 위기로 몰아넣기에는 충분한 횟수로 볼 수 있다. 이제 보이지 않는 궤도를 따라 화이트스카이가 서서히 형체를 갖추면서 노기(怒氣)를 띠어가고 있었다. 구름은 커피 속 크림처럼 부풀어가며 진화하고 있었다. 희부연 빛깔로 퍼져나가는 속에서 군데군데 새로운 폭발을 식별할 수 있었다. 그것은, 충돌이 낳은 암석들이 더 먼 타깃을 발견하고는 그들만의 더 작은 연쇄반응들을 촉발하는 현상이었다. 벌집구조로 확산되면서 인접하는 폭발현상이 서로서로 합해지는 과정을 통해, 전체적으로 백색 포말(泡沫)의 아치들이 레이스 문양을 이루어갔다. 거기엔 단색조의 소박하면서도 근엄한 아름다움이 있었다. 암석면이 반사시키는 차가운 태양광 이외에 그 어떤 불꽃이나 광채도 찾아볼 수 없었다. 나중에, 그 모든 것이 대기권으로 진입하기 시작하면, 엄청난 화염의 축제가 벌어지긴 할 것이다. 하지만 지금 세계는 먼지와 자갈의 프랙털 구조 속에서 종말을 향해 가고 있을 따름이다.

"정말이지 화이트스카이라는 명칭, 콕 짚어서 잘 정하신 것 같아요."

누군가 두브에게 그렇게 말한 적이 있다.

"잘한 것이 항상 만족을 가져다주는 건 아니지요."

그때 두브가 대꾸한 말이다.

에잇볼이 도래하는 몇 시간 안의 모든 의미 있는 고비들마다 유성파편화율은 계속해서 치솟을 것이기에, 두브는 더 이상 그 자체에 신경 쓰지 않았다. 지금 해당 숫자가 정확한 측정치라기보다, 구름이 발산하는 빛의 분포와 양을 토대로 관측소들의 컨소시엄이 추산한 결과에 지나지 않았다. 계산에 동원된 추정치들은 곧바로 폐기되는 상황이었다.

두브는 PP1과 PP2 그리고 클레프트가 — 피치피트가 낳은 철성분 가득한 거대암석들 — 있을 법한 지점에 자신의 광학망원경을 고정했다. 하지만 두터운 구름 속에 몇몇 지엽적인 섬광들 말고는 아무것도 식별할 수 없었다. 그것들은 아마도 어두운 유성들의 금속성 표피에 암석들이 부딪쳐 산산조각 나면서 생기는 현상일 터였다. 문득 또다시 저런 광경을 다시 볼 수 있을지가 의심스러웠다.

그는 하늘에 떠 있는 달의 크기가 어느 정도였는지 더 이상 시각적으로 기억나지 않았다. 따라서 현재 파편 구름이 그보다 몇 배가 더 큰지 도저히 가늠할 수 없었다. 물론 그걸 수량으로 환산해 계산해내는 것은 가능했다. 그러나 숫자가 의미하는 것에 대해서 그는 사실 별 의미를 두지 않았다. 만월이라는 것은 언제나 동일한 크기거니와, 이따금 그것이 거대하거나 왜소하게 보이는 것은 결국 지평선에 그것이 얼마나 가까이 위치하느냐에 따라 달라지며, 순전히 심리적 또는 미학적인 요인들에 의거해 결정되었을 따름이다. 현재 지구의 어두운 쪽에 있는 사람들이 달 파편 구름을 쳐다본다면, 문제되는 것은 오로지 그런 요인들일 터다. 두브는 그들에게 구름이 얼마나 크게 보일지 알고 싶었다. 과연 어떤 느낌일지. 칼텍 애서니움 안뜰에서 치노힐 너머로 그것을 바라보고 싶었다. 제로에 진입하기 불과 몇 분 전, 바로 그 각도에서 그는 마지막 달을 바라보았다. 지금 그는 지구덩어리에 발을 딛고 서 있다면, 서서 그걸 바라본다면 그리고 그것이 다가오는 죽음임을 깨닫는다면, 도대체 어떤 기분일까 알고 싶었다.

대부분의 사람들이 그러하듯, 두브 역시 이 세상에서 작별인사를 해야 할 모든 이의 명단을 작성해두었다. 그리고 쭉 훑어 내려가면서 그중 90퍼센트에 달하는 이름들을 무자비하게 소거해나갔다. 시간이 없었기 때문이다. 그는 지구에서의 마지막 몇 달 동안 이름을 다 추린 뒤, 개인적으로 직접 만나야 할 사람들에게 일일이 작별인사를 고했다. 그 밖의 사람들에게는 궤도에 올라 동영상회의 링크를 통하든가, 이메일로 정성껏 편지를 써서 작별인사를 나누었다. 일단 정해진 사람들과 마지막 인사를 나눈 다음에 또다시 그들과 교신하는 일은 가급적 피했다. 동료와의 마지막 밤에 술을 마시며 추억담을 나누고 눈물을 흘리면서 부둥켜안았다가, 두 달이 지나 똑같은 사람을 상대로 다시 그 지난 만남을 이메일로 되새기는 일은 얼마나 어색한가. 따라서 명단을 훑어 내려갈수록 만나는 사람의 범위가 점진적으로 좁아지는 것은 당연했다. 지금은 아내와 아이들에게로까지 대상이 좁아진 상태다. 에잇볼이 작동한 이후로 그들과 접촉하는 일이 훨씬 어려워졌다. 이지와 지상과의 교신양이라고 하는 것은 우주정거장에 설치된 안테나와 무선전신기의 대역폭으로 한정된다. 더욱이 사적인 교신은 공적인 교신라인 속에서 별로 중요하지 않은 것으로 치부되었고, 공적 교신은 최후의 로켓발사 러시가 준비, 진행될 즈음 피크를 이루고 있었다. 두브는 아멜리아와 자식들에게 수시로 문자메시지를 보냈다. 그 메시지들은 수분 내지 수시간 동안 전송대기열에 위치하다가, 그중 절반은 결국 전송실패로 귀착되는 형편이다. 그런 식으로 희망을 접으려는 순간, 헨리인지 헤들리인지, 그도 아니면 헤스퍼에게서인지 응답메시지가 그에게 당도했다. 문자메시지를 보내고 응답을 확인하는 일은 잠자는 일보다 훨씬 중요한 무엇이 되어 있었다. 그래서 두브는 흔히 말하는 '교대파기'까지 불사해가며 졸면서 버텼다. 틈만 나면 큐브팜 바닥에 눕거나 유치원생처럼 책상에 머리를 뉘였다. 진동하면 언제든 깨어 확인할 수 있도록 전화기는 얼굴에 바짝 붙여놓은 채 말이다.

에잇볼에 관한 소식을 마쿠스에게 전하고 아마 24시간쯤 지났을까, 산발적이면서 충동적인 문자송신을 통해서밖에는 이제 사랑하는 사람들과의 교신이 불가능하리라는 것을 그는 깨달았다. 무어든 그들에게 직접적으로 얘기해야 할 용건은 전에 언젠가 했던 말이기 일쑤였다. 그도 그럴 것이, 모든 대화가 마지막일 수 있다는 각오로 행동해야 한다고 그 자신 오래전부터 속으로 다짐해왔으니 말이다. 그럼에도 불구하고 그는 700일 저녁에 사람들 한 명 한 명과 나눈 마지막 동영상 채팅을 다시 확인하면서, 당시 어떤 말들은 꼭 했기를 바라는 것이었다.

헨리가 보낸 문자는 이랬다.

그 위에서 바라보면 어떤가요?

두브는 시각을 체크했다. 모제스레이크에서는 지금이 한밤 중이었다. 시애틀 집에서 빼내온 낡고 허름한 소파에 앉아 맥주를 홀짝이고 있을 헨리의 모습이 떠올랐다. 마치 유령의 손길처럼 자신에게 다가오고 있는 화이트스카이를 올려다보면서 말이다.

두브는 무슨 말을 해야 할지 알 수가 없었다. 하는 수 없이 이런 문자를 보냈다.

궤도축을 따라 링을 그리면서 무언가 써셔나가는 것처럼 보인다.

그러자 이런 답변이 돌아왔다.

지구 말이에요.

두브는 그놈의 빌어먹을 '상황인식모니터'에 뜨는 그림 말고, 진짜 창문 밖으로 지구를 내려다볼 수 있는 장소를 찾아갔다. 결국 도착한 곳은 우우팟이었다. 사람들로 제법 복닥거렸다. 마침 이지가 낮에서 밤으로 넘어가는 명암경계선을 막 지나려 하고 있었다. 밝게 빛을 받는 태평양 상공에서조차 대기의 투명한 껍질에 가느다랗게 긁힌 자국 같은 것이 드러나 보였다. 다름 아니라 이제 막 진입하는 유성들이 남긴 백색 꼬리들이었다. 지구의 어두운 쪽 상공에서 그것들은 푸른 화염의 아치로 변하는데, 때로는 그 상태로 갈라지거나 때로는 지면으로 곤두박질치면서 붉은 파열들 속에 사라지는 것이었다. 달리 말하자면, 현재 보이는 것은 바로 전날 보이는 대로 그리고 또 그 바로 전날 보이는 대로라고 할 수 있었다. 이런 수준의 운석 활동이 지금으로부터 2년 전에만 갑자기 일어났어도, 인류역사 상 가장 놀라운 천문학적 대사건으로 자리매김했을 것이다. 그 러나 제로에서 며칠이 지난 뒤 페루로 쇄도한 첫 번째 거대암 석을 시작으로 하여, 그와 비슷한 수준의 유성 충돌 현상은 일 관된 증가추세를 보이고 있었다. 이제 사람들은 그것에 거의 적응한 상태였다. 어떤 이들은 이른바 '유성화상'으로 고통받 는 자신의 붉은 얼굴을 사진으로 찍어 게시하기도 했는데, 이 는 가까운 상공에서 꼬리를 그리며 추락하는 운석의 자외선에 노출됨으로써 초래된 급성화상을 여과 없이 보여주었다.

이제 너를 내려다보고 있다.

두브가 문자를 보냈다. '나도 거기 있었으면 좋을걸'이라고 덧붙이려다가 바보 같은 소리 같아서 그만두었다.

나도 보여요. 열기가 느껴지네.

헨리가 대답했다.

거기 바쁘지?

아시잖아요. 발사러시에 대비해서 로켓들을 마구잡이로 만 드느라.

두브는 그 일을 어떻게 할지가 정말 궁금했다. 절망적인 사 람들이 발사대로 몰려들어 마지막 로켓에 마구잡이로 매달리 는 일을 없게 할 방법은 과연 있는 걸까? 사이공에서 마지막으 로 이륙하던 헬리콥터 모습이 뇌리를 스쳤다. 사활을 걸고 활 주부에 대롱대롱 매달린 사람들, 그들의 얼굴을 사정없이 후려

갈기던 군인들…… 인간의 본성을 지금 과소평가하고 있는 걸까? 어쩌면 저 아래의 모든 것이 완벽한 질서 속에서 움직이고 있는지도 모른다.

이곳에 계셨으면 합니다.

이건 마쿠스로부터 날아든 문자다.

두브는 마지못해 창문에서 떨어져 나와, 스택으로 되돌아가는 튜브 쪽으로 방향을 잡아 몸을 밀어갔다. 그렇게 해서 T3을 향해 나아가면 마쿠스가 죽치고 있을 탱크에 도달할 것이다.

아니나 다를까, 마쿠스는 전화기의 푸른 불빛에 휩싸인 얼굴로 공중에 둥둥 떠 있었다. 두브가 도착하자 그는 전화를 끄고 호주머니 속에 넣었다.

"제 문자는 당신이 지금 저와 같은 방에 있었으면 한다기보다, 당신의 머릿속이 저 아래가 아닌 이곳 우주, 클라우드아크에 집중해주기를 바란다는 뜻입니다. 가족은 이미 죽은 거나 마찬가집니다, 닥터 해리스."

"죽었죠. 하지만 여전히 이야기하고 있습니다."

그렇게 말하면서 두브는, 중력만 작용한다면 조만간 마쿠스의 면상에 주먹 한 방을 날리고야 말 정도로 속이 서서히 달아오름을 느끼고 있었다.

"가족이 지금 당신에게서 가장 듣고 싶은 말이 무어라고 생각하세요?" 마쿠스가 말했다. "애정 어린 달콤한 말일까요? 그들은 당신이 자기들을 사랑한다는 걸 알고 있습니다. 만일 내가 그들 입장이라면 어떤 말을 듣고 싶을 거라 생각하세요? 아마 이런 말일 겁니다. '미안하지만 나는 지금 우리 인류의 생존을 확보하느라 엄청 바쁘단다.' 부탁인데, 같은 값이면 이제는 그런 방향의 문자를 지구로 보내주셨으면 합니다. 그리고 탱크에서 좀 뵙지요. 논의할 문제가 있습니다."

마쿠스 로이커는 우주팟을 가로질러 매달린 손잡이용 로프들 중 하나를 붙잡고 출구 쪽으로 몸을 움직여 나갔다. 그가 튜브 안으로 들어가는 순간, 두브는 불빛의 원을 배경으로 아주 잠깐 그의 실루엣이 흡사 다빈치가 그린 '비트루비우스적 인간'[12]의 그것처럼 보인다고 느꼈다. 곧바로 다른 두 명이 휙 하며 그의 뒤를 따라붙자, 방금 전의 오묘한 느낌은 온데간데없이 사라졌다. 그 디테일한 부분은 두브의 주의를 끌기에 충분했다. 마쿠스는 이제 수행원이랄까, 아니 그보다는 보디가드를 끌고 다니는 처지가 되어 있었다.

12 L'Uomo Vitruviano. 기원전 1세기 로마 건축가 비트루비우스의 이론에 입각해 다빈치가 1452년 그린 인체비례도.

하드레인

보통 폭풍우와 마찬가지로, 하드레인 역시 갑작스런 굉음과 함께 시작되었다. 지름 1킬로미터의 바윗덩어리가 오데사 주변 어딘가 두터운 공기층을 파고들기 직전, 소리 없는 묘한 섬광과 함께 동부유럽의 하늘을 환히 밝히면서 상층부 대기권을 가로지르고 있었다. 길게 늘어진 그 꼬리는 크림반도의 마른 잎과 지푸라기에 불을 놓았고, 크라스노다르와 스타브로폴 사이의 스텝지대 안에 길쭉한 타원형의 크레이터로 끝나는 흑해 북동쪽 기슭을 불타는 집들과 숲들로 붓질하듯 가로질렀다. 크라스노다르는 하늘에서 쏟아지는 눈부신 열기로 인해 화염에 휩싸였다가, 뒤이은 폭풍파로 흔적마저 깨끗이 사라져버렸다. 반면 스타브로폴은 폭발의 여파에 휩싸였다가, 분출물의 비를 맞았다. 두 도시 모두 인간의 서식처로서 그 존재가치가 사라진 것은 물론이다.

몇 시간 소강상태가 지나자, 이번에는 보다 작은 유성들이 쏟아지기 시작했다. 그것들은 세계 전역을 뒤덮었는데, 그중에서도 적도에 가까운 저위도 지역을 빈번히 강타했다. 이미 오래전에 이런 식으로 터질 것을 알고 있었기에, 많은 사람들이 최근 몇 달에 걸쳐 양극지방 쪽으로 이주해갔고, 루퍼스 매쿼리와 그의 친구들, 가족 그리고 동료들은 브룩스 산지의 공사현장을 중심으로 방어선 설치에 박차를 가하고 있었다. 11월, 그곳은 끔찍한 장소였다. 그 정도까지 버텨오는 난민만큼은 양호한 지원과 준비를 갖출 터이지만, 엄밀하게는 일종의 초대받지 않은 손님인 건 분명하기에 루퍼스는 함께 어울릴 생각이 조금도 없었다. 클라우드아크의 다른 무선전신에 적용된 대역폭 제한에 전혀 구애받을 필요 없이, 루퍼스와 다이나는 화이트스카이와 하드레인 사이의 사흘 '유예기간' 동안 모스 부호 교신을 계속 이어나갔다. 루퍼스는 여전히 광산 입구 앞에 세워둔 자신의 트럭에서 전송하고 있었다. 그는 산 정상에 좀 더 큰 안테나를 세우고, 외장케이블로 그것을 지하 송신기와 연결할 생각을 하고 있었으나, 하드레인의 예상되는 결과를 검토해본 다이나가 공연한 시간낭비하지 말 것을 권했다.

아이비는 그보다 며칠 더 먼저 모계유기체(Maternal Organism)와 작별을 고했다. 모오그(Morg)가 정부차원에서 공급한 안락사 약을 삼키기 직전의 일이다. 이제 그녀가 지구에서 아직 접촉을 유지하고 있는 사람은 단 한 명, 바로 칼이었다. 그가 승선한 잠수함은 노퍽 해군기지 연안, 언제든 때가 오면 깊이 잠수할 수 있을 만큼 짙푸른 해상에 여전히 정박 중이다. 그즈음 아이비와 가족을 이어주는 메인링크는 음악을 통해 이루어지고 있었다. 모오그가 다섯 살 소녀 아이비에게 서던 캘리포니아 최

고의 피아니스트가 되는 길과 서던 캘리포니아 최고의 바이올
리니스트가 되는 것 중 하나를 고르는 선택권을 부여했기에, 아
이비는 바이올린을 택했던 것이다. 비록 서던 캘리포니아 최고
의 연주자는커녕 그 근처에도 가지 못했지만, 그녀는 여러 청소
년 오케스트라를 전전하며 연주활동을 했고, 적잖은 고전 오케
스트라 연주목록에 익숙해질 수 있었다. 이지에도 바이올린 한
대를 가져왔는데, 틈틈이 조율해가며 연주를 놓지 않고 있다.

　701일 유성파편화율이 일정수준을 돌파해 화이트스카이의
공식적 개시를 알릴 때쯤, 수많은 문화기관들이 크레이터레이
크 성명 이래로 기획해온 여러 프로그램들을 공개했다. 그중
많은 기획들은 단파무선송신으로 방송되는 것이었으며, 아이
비는 노트르담에서부터 시작해 웨스트민스터 사원, 세인트패
트릭 대성당, 도쿄 황궁, 천안문 광장, 포탈라 궁전, 대 피라미
드 그리고 '통곡의 벽'에 이르기까지 마음껏 주파수를 선택할
수 있었다. 우선 그들 모두를 샘플링해본 다음, 아이비는 전신
기 다이얼을 아예 노트르담에 고정시켰다. 거기서는, 대성당 자
체가 연주자들의 머리 위로 허물어져 그 잔해더미 속에서 모든
생명이 사멸하기까지 세상 종말을 위한 철야방송을 고집할 것
이었다. 영상 대역폭이 빈약해서 비록 눈으로 확인할 수 없지
만, 아이비는 그 모든 참상을 충분히 상상할 수 있을 터였다. 라
디오 프랑스 필하모닉 오케스트라는 현재 프랑스어 사용권 국
가 출신의 최고수준 음악가들의 참여로 인해 순위가 급상승 중
인데, 연주자 전원이 남자는 백색 연미복에 타이를, 여자는 야
회복에 작은 보석관을 착용하고서 24시간 내내 교대로 연주를

했다. 주요 레퍼토리는 대중적인 클래식이지만, 간혹 미사곡이나 레퀴엠 같은 종교음악을 삽입해 악센트를 준다. 음악은 이따금 둔중한 잡음의 방해를 받는데, 자칫 날아드는 유성들로 인한 충격파로 오인될 가능성이 있다. 그런 대부분의 경우 연주자들은 별 무리 없이 연주를 이어간다. 아주 가끔은 놀란 성악가의 노래가 한 비트 엇나가기도 하지만 말이다. 특별히 거대한 굉음이 울릴 때가 있는데, 그땐 청중들의 비명과 아우성이 대성당 돌바닥에 쏟아지는 깨진 스테인드글라스 조각들의 요란한 소리들과 한데 뒤섞여 귀청을 때리기도 한다. 그러나 역시 대개의 경우 음악은 더 이상 연주가 불가능한 순간까지 매끈하게 흘러간다. 그 흐름이 멈추면, 그땐 아무것도 남지 않았다는 뜻이다.

파리가 사라졌어.

그녀가 보낸 문자였다. 나사 시스템에 덧댄 군사 시스템을 통해서 그녀는 여전히 칼과 교신할 수 있었다.

Dive bbs.

답변은 그렇게 왔다. 자체만 보면 무슨 소린지 알기 어렵다. 그러나 아이비는 그 의미를 알고 있었다. 위험을 피하기 위해 잠수함이 수면 아래로 한동안 잠항(Dive)해야겠으나, 머잖아 돌아올 것(be back soon)이라는 뜻이다.

하지만 그건 칼의 착각일지도 몰랐다. 아이비가 다시는 그의 소식을 못 듣게 된다면 말이다. 그녀는 오래전에 마음을 정리한 상태다. 만에 하나 그의 잠수함이 다시 수면 위로 떠오를 경우에 확인하게 될 문자 메시지를 이렇게 보낸 것도 그런 이유다.

당신, 약속 안 지켜도 탓하지 않을게.

어느 먼 지점의 유성 충돌로 인한 압력파가 몰려들 때 대서양을 잠항하는 잠수함 속에 있기라도 한 것처럼, 그녀는 이상한 파문이 온몸을 훑고 지나는 것을 느꼈다. 방금 자기가 보낸 문자에 대한 자기 자신의 정서적 반응이리라고 그녀는 추정했다. 하지만 다음 순간, 작업공간에 둥둥 떠 있던 모든 사물들이 갑작스럽게 어느 한 방향, 즉 그녀가 등을 기댄 채 버티고 있던 벽 쪽으로 신속하게 움직이는 것을 직감했다. 펑하고 부딪치는 충격음과 삐걱거리는 소음, 사람의 신음소리가 이지 이곳저곳에서 터져 나왔다. 우주정거장이 아주 미세한 소음과 함께 부드리이 가속하고 있다. 추력기들이 작동 중임이 분명하다.

라이트들이 붉은빛으로 바뀌었다. 그녀의 모듈 안에 있는 PA 스피커가 켜지면서 가벼운 파열음을 뱉어냈다. "비상." 합성된 음성이 그렇게 내뱉었다. "전 인원은 기상상태로 대기할 것. 스윔 기동에 대비하여 전원 기상상태로 대기할 것. 이것은 실제상황임."

결국 올 것이 온 셈이다. 몇 달에 걸쳐 이를 대비한 실습훈련을 해왔다. 하지만 이건 처음으로 맞는 돌발상황. 이는 곧 비정상적인 궤도의 유성 하나가 SI(센서통합반)에 의해 포착되었는데, 이지의 경로가 살짝 조정되지 않으면 큰 위험을 초래할 수 있다는 의미다.

아이비가 취한 본능적인 행동은 창밖으로 아말테아의 상태를 확인하는 것이었다. 거대한 암석은 제 위치를 유지하고 있었다. 갑작스러운 기동에도 이탈하지 않은 것이다.

하지만 그것은 굳이 말해서 우선 배부터 구하고 보자는 즉, 모선(母船) 중심적 사고에 지나지 않았다. 하지만 이제 그녀를 비롯한 모두는 클라우드를 우선하는 사고방식에 길들어야 하는 입장이다. 이곳 인구 대다수가 아클렛을 생활공간으로 삼고 있다. 이지의 존재이유는 아클렛의 생존인 것이다.

그래서 아이비는 창에서 눈을 떼고, 클라우드아크 모든 선체의 배치상태를 보여주는 화면을 자신의 태블릿 상에 띄웠다. 퍼앰뷸레이터(윤정계)라고 불리는 앱으로, 데이터 시각화 작업의 개가라 칭할 만한 이 장치는 아이비와 두브 그리고 궤도공학을 다년간 학습한 아키의 대다수 거주자들만이 이해하고 다룰 수 있었다. 리나 퍼레이라를 위시하여 고도의 수학적 능력을 갖춘 다른 생물학자들의 경험적 관찰에서 시작해, 종 후와 같은 수학자들은 3에서 6차원에 이르기까지 스윔 알고리듬을 추출해냈고, 아이비 같은 물리학자들은 이런 알고리듬들이 궤도공학의 특수한 조건 하에서 어떻게 작동하는지를 밝혀냈다. 보통은 클라우드 안의 모든 선체가 3차원 산점도(scatter plot) 상의 점으로 나타나면서 그 궤도에 관한 정보를 보여주도록 되어 있었다. 궤도에 관한 모든 정보를 옮기기 위해서는 파라미터로서 여섯 자리 숫자가 요구되었다. 그중 세 개의 숫자만 산점도 상에 가시화되는 셈이다. 바로 그 대목이 유저인터페이스의 속임수가 개입하는 지점이자, 아이비 같은 누군가가 정신 바짝 차리고 감시하면서 모든 가용 뇌세포를 동원해야만 하는 이유다. 요지는 아클렛이 언제든 이지에 타격을 가할 수도 있는 발사체와도 같다는 사실이다. 만약 그 궤도 파라미터에 문제가 생길 경우 아클렛끼리 그와 같은 불상사를 초래할 수도 있다. 가설적으로 이야기해서 극단적으로 단순한, 이를테면 단 두 개의 아클렛으로 이루어진 클라우드아크의 경우 하나의 계산만 있으면 문제는 해결된다. 가령 아클렛 1호와 아클렛 2호가 정상적인 경로를 이동할 경우 그 둘은 충돌할 것인가라는 문제에 해답을 줄 수 있는 계산 말이다. 나아가 3중 아클렛 클라우드의 경우에는 아클렛 1호와 아클렛 3호가 서로 충돌할 것인지, 아클렛 2호와 아클렛 3호가 서로 충돌할 것인지를 파악하는 일이 또한 필요하다. 결국 그런 식으로 해서 세 가지 계산으로 모든 게 해결되는 셈이다. 만약에 클라우드가 네 개의 아클렛으로 확대되면 여섯 가지 계산이 필요할 것이며, 계속 그런 식으로 규모는 확대될 것이다. 이런 수들은 수학용어로 소위 삼각수라고 하며 이항계수의 일종인데, 핵심은 클라우드를 이루는 아클렛의 수가 늘어감에 따라 계산의 가짓수가 급속도로 증가한다는 점이다. 아클렛이 100개인 클라우드에 필요한 계산의 가짓수는 4,950개, 1,000개의 아클렛으로 이루어진 클라우드에는 50만 가지의 계산이 필요하다는 얘기다. 아폴로 시대의 단순한 컴퓨터라면 아마 이걸 계산하느라 먹통이 되겠지만, 지금 시대에선 각각의 아클렛 궤도에 관한 정확한 정보만 주어진다면 아무것도 아닌 계산일 터다. 중앙집권화된 구식 접근방식은 모든 아클렛으로 하여금 각자의 파라미터를 이지의 컴퓨터에 일일이 보고하도록 했을 것이고, 이지의 컴퓨터는 그것을 받아 모든 계산을 도맡아 처리한 다음 그 결과를 또 모든 아클렛에 일일이 통보했을 것이다. 이지의 레이더가 아클렛들을 관찰하고 그 움직임들을 좌표화하면서 데이터의 빈틈을 채워간다면 그런 방식의 신뢰도가 향상될 수도 있을 것이다. 실제로 이지의 컴퓨터뿐 아니라 그 밖의 다른 몇몇 컴퓨터를 통해서 그와 같은 현상이 종종 발생했던 게 사실이다. 그러나 이 또한 모선 중심의 사고방식인 것은 마찬가지다. 클라우드 중심적 사고는 그와 같은 관찰과 계산을 아클렛들이 개별적으로 수행하라고 지시한다. 개별 아클렛이 장착한 컴퓨터 ─ 이걸 아클렛 X라 부르자! ─ 의 기능은 클라우드 상의 다른 아클렛들을 추적하는 데 필요한 모든 정보를 다루지는 못하지만, 그중 위험요소가 비교적 많아 보이는 아클렛을 식별하고 그것에만 집중하기에는 유리하다. 이때 이지의 중앙처리장치를 비롯한 다른 컴퓨터들은 "당신은 미처 파악하지 못했을 것이나, 현재 당신은 아클렛 Y로부터 위험가능 영역에 위치해 있으며, 앞으로 예의 주시할 대상목록의 최상단에 그것을 위치시키는 것이 좋겠다"는 취지의 메시지를 보냄으로써 아클렛 X를 지원할 수 있다. 그럼 아클렛 X는 다음과 같이 대답할 것이다. "고맙지만, 나는 현재 이지로 인해 레이더 상의 시야가 가려져 있기에 아클렛 Y에 대한 좋은 파라미터를 취하고 있지 못하다."

클라우드라는 단어는 이제 우주공간 안의 집단적 비행물체들만을 뜻하지 않고, 걷잡을 수 없는 방식으로 자가 작동하는 인터넷 상의 컴퓨터 군집 또한 의미했다. 퍼앰뷸레이터의 기능은 유저들을 상대로 네트워크 안에서 벌어지는 모든 상황에 대한 전지적 시야를 확보해주는 것이었다. 유저 입장에서 일정 수준 숙지해야 할 사항이란 경계해야 할 대상이 적색으로 표시된다는 것뿐. 지금 아이비는 경계심보다는 호기심으로 그것을 들여다보고 있는 중이다. 벌써 몇 주 내내 기동연습을 해오고 있을 뿐 아니라, 향후 예상되는 상황에 대해서도 웬만큼 파악하고 있다는 생각이니 말이다. 이지가 추력기들을 점화시켜 궤도 파라미터에 변화를 줄 때마다, 산점도 상에는 적색 불빛이 마치 물잔 속에 떨어뜨린 붉은 핏방울마냥 퍼져나갔다. 그러면 자유비행 중인 아클렛들과 볼로나 헵타드, 크리아드로 연결된 모든 아클렛들은 자신들의 파라미터를 재점검해서, 이지와 충돌 위험이 있는지를 확인해보아야만 한다. 그런가 하면, 이에 못잖게 안 좋은 경우로, 스웜으로의 복귀가 어려울 만큼 너무 멀리 이탈하고 있지는 않은지도 확인해야 하는데 이는 황색 점들의 동향을 지켜보면 된다. 어떤 아클렛 하나가 이상 두 가지 운명 모두를 피할 궤도를 설정하는 것은 그다지 어려운 일이 아니다. 하지만 3백여 개의 아클렛이 서로 부딪치지 않으면서 이를 수행하는 일은 훨씬 복잡하고 난해한 작업이다. 따라서 무작정 이지로부터의 지시만을 기다릴 게 아니라, '가까이' 위치한 아클렛들의 움직임을 관찰하면서 그들과 함께 조화를 이루어 추력기를 작동시킴으로써 적색 불빛의 빈도수를 최소화하는 데 서로 협력할 필요가 있는 것이다.

'가까이'라는 단어는 여기서 확실히 강조할 필요가 있다. 이를테면 새 한 마리가 무리 중에 있을 때의 '가까이'와 아클렛이 스웜 속에 있을 때의 '가까이'의 의미가 현저히 다르기 때문이다. 전자의 경우는 글자 그대로 '가까이'다. 반면 궤도공학의 6차원 파라미터 공간에서 기동하는 사물의 경우, '가까이'란

"앞으로 몇 분 내에 나의 흥미를 끌지도 모를 그 어떤 매개변수들의 집합"을 뜻하며, 당장은 너무 멀리 떨어져 있어 식별하기가 힘든 물체에도 얼마든지 적용될 수가 있는 표현이다. 하지만 일단 그 정확한 의미가 그렇다고 쳐도, 아클렛이 떼 지어 날아가는 새들과 같은 행태를 보일 수도 있는 것이다. 문제가 제기되고 얼마 지나지 않아 다 같이 검토한 시뮬레이션으로는 물고기가 무리지어 헤엄치는 양상과 놀랄 만큼 유사했다. 쿠루와 바이코누르, 커내버럴, 그밖에 여러 곳에서 24시간 내내 로켓을 쏘아올린 지난 몇 달의 상황만을 놓고 보면, 현실 또한 시뮬레이션의 결과에 대부분 부합했다. 다만 실제로는 좀 더 완만하게 그런 상황이 진행되고 있다는 점만 달랐다.

지금 벌어지는 상황은 이지의 궤도수정에 부응한 것이었다. 적색 불빛이 어느 정도 확산되다가 수그러지기 시작하는데, 먼저 가장자리부터 엷어지면서 드문드문 사라져갔다. 상당수는 황색 점들로 변했고, 하나하나 따라잡히면서 스스로를 수정해갔다. 지난 몇 달에 걸친 시험과 실습을 토대로 한 아이비의 예상은, 마지막 남은 몇 개의 적색 점들까지 조만간 하얗게 변하면서 더는 고려할 대상조차 되지 못하리라는 것이었다. 하지만 사실은 달랐다. 그중 몇 개가 고집스럽게 붉은빛을 띠고 있는 것이었다. 산점도 자체를 이리저리 돌려도 보고, 여러 가지 모드로 들여다보면서, 아이비는 그 점들을 정조준한 뒤 정체를 일일이 확인했다. 거의 대부분이 스플러지(Splurge)를 통해 쏘아 올린 카고(cargo)모듈과 패신저캡슐들이었다. 스플러지란 세계에서 우주여행이 가능한 모든 국가들이 궤도상에 쏘아 올릴

139

수 있는 로켓들을 모두 동원하여 마지막으로 총력을 기울인 발사 프로젝트들을 총칭한다.

아이비의 전화 신호음이 울렸다. 칼로부터 날아든 답신이었다. 잠수함이 다시 수면 위로 부상한 모양이다.

그게 무슨 뜻이야?

아까 마지막으로 보낸 문자를 이제 확인한 것이다.

우린 이제 더 이상 볼일 없는 사이라는 뜻이야.

조금 심한 것 같아, 그녀는 이렇게 덧붙였다.

괜찮은 인어아가씨라도 한 분 찾아보시라는 뜻.

1분이 지나서 답신이 도착했다.

실은 나도 그러려고 했어, ㅠㅠㅠ. 근데 너한테 거는 게 훨씬 낫겠더라고.

그녀는 둘 사이 익숙하게 사용하던 단어를 날렸다.

웬 헛물(Bullcrap)?

아나폴리스에서 둘이 처음 만났을 때, 칼은 워낙 고지식한 타입이라 'bullshit' 같은 단어는 입에 올리지도 못했다. 문자들이 연이어 오갔다.

SAB = 우리 애기 고지식하기는(Straight Arrow Babe)

SAB는 지금 슬프다. 왜 잠수한 거야?

엄청난 표면파가 휩쓸었거든. 동부 연안 전체가 BAD NEWS.

누가 그래? 따로 지휘계통이 있는 거야?

나보다 위가 딱 한 명 남아 있지.

잠시 뜸을 들인 뒤, 계속 문자가 이어진다.

POTUS[13]*는 이제 일 접었어.*

아이비는 *하느님 감사합니다!*라고 타이핑한 뒤 잠시 머뭇거린다. 세상이 종말을 향해 치닫고 있다. 뒷감당을 걱정할 이유가 없는 것이다. 그녀는 '전송'을 터치한다.

700일에 일어난 사태를 두고 칼과는 지금까지 이야기를 나눠본 적이 없다. 항공연료 폭파장치와 핵탄두와 관련해서 말이다. 하지만 칼의 손끝이 발사버튼에 닿아 있었음을 그녀는 의심하지 않았다.

그래, 하느님이 대통령의 영혼에 자비를 베풀기를 바라야지.

칼이 그렇게 답신을 보내왔는데, 아이비는 그 저변에 다음과 같은 뜻이 포함되었음을 느끼고 있었다.

물론 내 영혼에도 자비를 베푸시기를.

이런 식으로 문자를 교환하는 가운데 마쿠스로부터 날아든 *'좀 와주겠습니까'*라는 메시지가 불쑥 끼어들었다.

아이비는 이지 내부를 자유롭게 유영하기 위해 호주머니 속에 전화기를 넣었다. 그러고는 스택에 이르기까지 미로처럼 얽힌 주거모듈 속을 헤치고 나가, 선미 쪽에 위치한 탱크를 향해 움직여갔다. 스택을 따라 이동하는 데엔 시간이 별로 걸리지 않았다. 일주일 전만 해도 삼삼오오 모여 잡담 나누는 사람들 틈을 비집느라 고생깨나 했을 터다. 그런데 마쿠스가 PSAPS를 발령하면서부터 상황이 변했다. 그가 발령한 포고령 중 하나가 바로 중요인물의 신속한 이동을 위해 스택 공간을 비워두라는

---

13 미합중국대통령(President of the United States).

것이었다. 스택이 이렇게 뻥 뚫려 있는 걸 본 적은 처음인 듯했다. 지나가면서 즈베즈다 모듈 안에 사람들 오가는 게 눈에 들어온다. 그중에서도 모이라의 삐죽삐죽한 헤어스타일이 언뜻 스친다. 그녀는 아마 인간유전자보관소 자료를 클라우드로 분산시킬 준비를 하느라 매우 바쁠 것이다. 그 작업은 스웜 및 파라미터와 관련한 그 어떤 프로젝트만큼이나 예민하고 복잡한 사안이다. 아울러 지금 모이라야말로 거동에 아무 방해도 받아선 안 되는 중요한 인물임에 틀림없다.

루이사가 H1 안에서 불쑥 나타나더니 무슨 용건이 있는지 스택을 따라 치솟아 오른다. 그녀는 모이라를 돕는 사람들 중 한 명을 아슬아슬하게 스쳐나, 가속도를 이용해 자리야로 미끄러져 들어갔고, 곧이어 우우팟으로 통하는 튜브 입구에서 멈췄다. 잠시 들여다보며 생각을 굴리던 그녀는 마음을 굳히고 안으로 몸을 밀어 넣었다.

얼마 지나지 않아 아이비도 같은 곳을 지나치게 되었다. 그녀는 천천히 속도를 늦추다가 튜브를 따라 안을 흘끔거렸다. 구형의 팟 너머로 관을 따라 안이 훤하게 들여다보임은 물론, 창문을 관통해 지구까지 시야에 들어왔다. 정상적으로 지구라하면 대양의 푸른빛에 구름과 빙하의 흰빛이 어우러진 구체를 의미했을 것이다. 이따금 사하라 위를 지날 경우엔 노란빛이, 촉촉하게 물오른 평야지대를 거칠 때는 진한 녹색빛깔이 그에 가미되기도 했을 거다.

그런데 지금은 온통 오렌지 빛깔뿐이다. 지구가 불타고 있는 것이다.

팟에선 사람들의 비명소리가 들리고 있다. 아마도 루이사는 사람들을 진정시키라는 지시를 받고 그리로 보내진 것이리라. 아이비는 마치 자석에 이끌리듯 그리로 빠져들 뻔했다. 지구는 어떤 신이 불덩이를 마구 던져 공격한 것처럼, 이제는 가느다란 화염줄기들로 휩싸여 있었다. 그중 일부는 꾸준히 붉은빛을 발하는데, 그것은 지면의 화염이다. 다른 것들은 푸르스름하고 눈부신, 형광빛깔의 줄무늬를 이루는데 대기를 가로지르는 유성들로 인한 현상이다.

아이비는 행성에서 뿜어내는 열기마저 느낄 수 있을 것 같았다.

지금은 마쿠스가 그녀를 찾는다. 따라서 팟 안에 발을 동동 굴리며 비명을 지르는 사람들을 도우러 내려갈 수가 없다. 그녀는 선미 쪽으로 고개를 돌려 몸을 밀어 나갔다.

유전자 저장모듈 입구에서 모이라는 공중에 둥둥 뜬 채, 태블릿 상의 아이템들을 체크하고 있었다. 큼직한 헤드폰으로부터 무언가를 귀 기울여 듣고 있는 그녀의 얼굴은 무표정했다. 아이비가 다가오는 것을 보고 그녀는 헤드폰을 벗어 건넸다. 중세 폴리포니 아카펠라 곡이었다.

"킹스칼리지가 제법 잘 버티네. 무슨 곡인지 알아요?"

모이라의 말에 아이비가 대답했다.

"전에 분명히 들어보긴 했는데, 정확한 곡명은 모르겠네요."

"알레그리의 「미제레레 메이 데우스」예요."

모이라의 대답이었다. 라틴어를 배우라는 모오그의 잔소리가 이렇게 고마울지 몰랐다. 아이비는 방금 그 제목의 의미를 알아

들은 것이다. 다름 아닌, '저에게 자비를 베푸소서, 오 하느님.'

"아름답네요."

"원래 한밤중 테네브레(Tenebrae)[14]에서 촛불을 하나씩 꺼가며 부르는 노래죠."

"고마워요, 모이라."

"고마워요, 아이비."

1분 뒤, 아이비는 T3에 와 있었다. 늘 그렇듯, 이번에도 그녀는 중력 시뮬레이션을 느끼고자 잠시 두 발을 가지런히 딛고서 있었다. 그러고는 큐브팜과 탱크 쪽으로 향했다. 유틸리티 모듈을 지나면서 커피나 한잔할까 생각했다. 그러나 바로 다음 순간, 가슴이 철렁하면서 부끄러움을 느꼈다. 지구가 온통 불바다가 되어가는 마당에 커피나 마실 생각을 하고 있으니 말이다.

그럼에도 결국 커피를 한 컵 따라 큐브팜으로 들어섰다. 매우 혼잡한 분위기였다. 상황인식모니터들에서는 클라우드아크의 작동과 관련한 상태표시가 계속해서 제시되고 있었다. 가장 높은 데 위치한 큰 모니터는 카메라로 촬영 중인 지구의 현재 모습을 담아내고 있었다. 하지만 비디오로 보는 이미지에는 우주팟의 창문을 통해 직접 육안으로 보는 데서 오는 충격이 없었다. 쇄도하는 불덩이들의 강렬한 화염은 잔뜩 확대한 픽셀의 부연 불꽃으로 퇴색되어 있었다. 보통 때와는 다르게, 왜 채널을 CNN이나 알자지라 또는 여타 종일뉴스방송으로 돌리지

---

14 가톨릭 성주간의 예배의식 중 하나.

않는 건지 의아스러웠다. 그제야 아이비는 무슨 일이 벌어지고 있는지를 기억해냈다.

그녀는 곧장 탱크로 통하는 문을 향해 다가갔다.

문 양쪽으로 사람 둘이 아무 일도 하지 않은 채 뻣뻣이 서 있었다.

가만 보니 두 사람 다 벨트에 무언가 낯선 장비를 매단 상태였다.

다름 아닌 테이저건이었다!

미처 그것에 적응하기도 전에 둘 중 한 명이 — 아는 얼굴이다. 톰 반 미터, 운동을 좋아하는 엔지니어 — 공손하게 고개를 숙이면서 문을 열어주었다.

탱크의 크기는 큐브팜의 4분의 1 정도이며, 중간 사이즈 회의실이라 할 수 있었다. 거기 지금 여섯 명이 테이블 주위에 둘러앉아 태블릿이나 랩탑으로 작업을 하고 있었다. 그 너머 맨 끝에는 마쿠스의 집무실로 통하는 문이 살짝 열린 채로 보였다. 그리로 들어간 아이비는 3년 전 이지에 온 이후로 처음 느끼는 불쾌한 기분에 휩싸였다. 마치 누군가 당장이라도 달려들어 테이저건을 겨눌 것 같은 느낌이랄까. 마쿠스가 그곳에 앉아 두브와 이야기를 나누고 있었다.

"퍼앰뷸레이터를 들여다보고 있었나요?"

마쿠스가 아이비를 보더니 대뜸 물었다.

"네. 수분 전에 궤도조정을 한 다음부터요."

"클라우드를 유지하는 것이 우리가 희망하는 전부는 아닙니다."

"낙오자들이 조금 있어요."

"아직도 말이죠."

두브가 벽면의 프로젝션 스크린으로 주의를 돌리며 말했다.

"모두 최근에 올라온 자들 같더군요. 스플러지에서도 유독 카고모듈과 패신저캡슐들이 그렇습니다. 추정컨대, 아직까지도 그들은 클라우드에 로그온하지 못한 상태입니다. 프로그램 밖에서 떠돌고 있어요."

아이비의 말에 마쿠스가 대답했다.

"그 모든 게 사실일 뿐 아니라, 무척 위험한 일입니다."

"물론 그렇죠."

"그 때문에 아주 신경이 쓰입니다."

"제가 알아서 관리하겠습니다."

"유성들 문제와 관련해서는 시스템이 문제없이 작동할뿐더러, 두브가 또 알아서 조치를 취해주고 있어요. 대신 저들 낙오자들 문제는 특별히 아이비 당신에게 맡겨야겠어요."

"염려 마십시오."

"만약 그래야만 한다면, 저들을 모조리 처치해버릴 수도 있습니다."

"아니, 무슨 수로 그렇게 한단 말이죠, 마쿠스? 우리에게 '포톤 토르피도'[15]라도 있나요?"

"우리에겐 냉동건조 상태의 시신들로 가득 찬 모듈이 있지요. 어차피 우주공간으로 방출할 물건입니다. 이왕이면 클라우

---

15 photon torpedo. 『스타트렉』에 등장하는 광자포(光子砲).

드아크를 위협하는 낙오자를 향해 방출해버리면 결코 나쁜 일이 되지는 않을 것으로 생각해요."

마쿠스의 설명에 아이비는 이렇게 대답했다.

"생각해보겠습니다. 협상카드쯤으로 활용할 수 있겠군요."

그때 루이사가 들어왔다. 얼굴에 눈물자국이 있고, 매우 흥분한 기색이었다.

마쿠스가 조용히 물었다.

"루이사, 우우팢 상황은 제대로 살펴보고 왔겠죠?"

"예상하신 대로 몇몇 사람들 감정이 격해지고 있더군요. 하지만 위험한 정도는 아닙니다. 그 정도를 혼란상황이라고 한다면 다소 편집증적인 반응이라 해야겠죠."

"수고했습니다."

"얘기가 나왔으니 한마디만 더 하죠. 문 밖에 무장한 경비를 세워두었더군요!"

그러자 마쿠스가 말했다.

"바쁘니까 그에 관해서는 되도록 짧게 얘기하죠. 기본적으로 내 기분도 지금 당신 기분과 똑같습니다. 다만 내가 지금 이 자리에 앉아 있는 건, 개인적인 기분을 내세우기 위함이 아니라 최고의 능력을 발휘하여 어떤 직무를 수행하기 위함입니다. 나는 우주의 절대 권력자가 되고자 한 적이 없어요. 그럼에도 불구하고 지금 내 위치는 그에 가까울 수밖에 없습니다. 여태껏 살아오면서 인류역사를 통해 보고 배운 모든 것이 내게 말하고 있습니다. 아무리 그 절차가 보기 흉하고 불쾌해도, 지금 내 위치에 있는 사람은 무엇보다 공공안전을 확보할 의무가 있다는 것을 말이죠."

루이사의 표정은 그 말에 온갖 반론을 제기할 수 있음을 암시하고 있었다. 그러나 일단 참아 넘기기로 했고, 그저 약한 한숨만 내쉬며 이렇게 말하는 것으로 만족했다.

"이 문제는 나중에 다시 얘기하기로 하죠."

"좋아요."

"저 아래에서 벌어지는 상황은 숙지하고 계신 거죠?"

"짐작은 합니다만, 내가 관여할 문제가 아닙니다."

"그렇겠죠. 하지만 우주의 절대 권력자라면 의당 신속한 성명이라도 발표를 하는 것이 필요하다고 생각합니다."

"그러지 않아도 하나 준비해둔 게 있습니다."

마쿠스의 대답이었다.

"오, 그래요! 당연히 그러셨겠죠. 언제 발표하실 건가요? 안정할 필요가 있는 사람들이 아주 많거든요."

"그중에 루이사 당신도 포함되나요?"

마쿠스의 질문은 임상적일지언정, 무례한 것은 아니었다.

순간 루이사가 상체를 곧추세웠다. 아이비 역시, 그녀에게서 뭔가 날카로운 반응이 튀어나올 걸로 생각해 잔뜩 긴장하는 모양새다. 그런데 루이사의 표정이 일순 누그러지는 것이었다. 마쿠스가 단순히 그녀의 상태를 알기 위해 질문했음을 간파한 것이다. 트집을 잡자는 게 아니었다. 그녀는 "네"라고 대답한 뒤, 이어서 말했다.

"몇 분 전, 100피트 높이의 해일이 맨해튼을 덮쳤습니다. 추정하기로는 동부 연안 대부분이 마찬가지 상황일 거예요. 세인트패트릭 대성당 연주를 청취하던 중에 그만 방송이 끊겨버렸습니다."

마쿠스는 고개를 끄덕이더니, 프로젝션 화면을 바꿔 지구의 현재 모습을 띄웠다.

아이비는 지금 이곳에 들어와 머문 얼마 안 되는 시간 동안 불길이 얼마나 번졌는지를 보고는 기겁을 했다.

호주머니에서 전화기를 꺼내보니, 지난 몇 분 사이 칼에게서 날아든 여러 건의 문자메시지가 눈에 들어왔다.

안녕?

바빠?

OK, 이동 중인 게로군.

일단 끊어야겠어. 사랑해.

당신 말대로 인어아가씨라도 어디서 구해야지 원. 하지만 당신을 대신하겠다는 건 아니야.

노픽과의 통신 두절. 이로써 내 위로 지휘체계 없음.

젠장, 슬슬 더워지네.

잠수.

빠이빠이.

마지막 메시지는 핸드폰 카메라로 찍은 스냅사진이었다. 아이비는 자기가 보는 사진의 정체를 분명히 파악하기 위해 한동안 화면을 이리저리 조절해야 했다. 칼이 찍은 장면은 잠수함 전망탑 사다리에 선 채 머리 위로 열려 있는 해치 쪽을 그대로 올려다본 광경이었다. 동그란 하늘이 터널비전으로 제시되어 있었다.

하늘이 온통 불바다였다!

칼은 다른 한 손을 들어 손에 쥔 약혼반지를 내보이고 있었다. 장식 없이 광만 낸 티타늄 반지다. 그는 엄지와 검지 사이에 반지를 물린 채 그 구멍을 통해서 사진을 찍어, 불길에 휩싸인 동그란 하늘을 반지 안에 담아낸 것이었다.

아이비는 문득 고개를 들었다. 누가 자신의 이름을 부른 것이다.

"내 건 방금 사라져버렸어요."

두브가 그녀에게 말을 건네고 있었다.

"뭐라고 하셨죠, 닥터 해리스?"

"아멜리아와 내 자식들과의 마지막 작별인사를 잔뜩 준비하고 있었거든요."

그의 말투는 차분했고, 마치 살짝 예상을 빗나간 어떤 일화를 거론하는 것처럼, 동요의 빛이라곤 거의 찾아볼 수 없었다. "알다시피 통신이 한 이틀에 걸쳐 완만하게 끊기는 바람에 그럴듯한 작별인사의 분위기를 잡지 못한 거죠."

"좋습니다. 성명을 발표하도록 하죠."

마쿠스가 말했다.

트럭 덮개가 뜨거워서 감자를 구워도 될 정도다.

안으로 들어가요 아빠.

열폭풍이 장난 아님. 차체 도장페인트가 부글부글 끓고 있음.

저도 농담 아니에요. 어서 안으로 들어가세요.

스페이스블랭킷이 있으니 그걸 뒤집어쓰면 된다.

그럼 제발 지금 뒤집어써요 아빠.

그러면 너랑 더 이상 수다 떨기가 어렵다 다이나.

그러다 가스탱크 터지기라도 하면 어떡해요.

하하 그건 일찌감치 비워서 발전기 연료로 돌려놓았지.
이래봬도 너보다 한 수 위란다.

세상에 아빠 천재세요.

특히 눈물이 시야를 부옇게 가리고 흐느낌에 목이 막힐 때 모스 부호가 작동한다는 것이 얼마나 다행인지 모른다. 그렇게 한참 전신키를 두드리는데, 다이나의 방 스피커에서 마쿠스의 목소리가 울린다.

"여기는 마쿠스 로이커입니다."

"알고 있네, 이 양반아." 다이나가 중얼거렸다.

다음 순간, 마쿠스가 아크 전체를 커버하는 PA 시스템을 통해 말하고 있음을 다이나는 깨달았다. 그건 아클렛뿐 아니라 이지의 구석구석까지 그의 메시지가 전달된다는 뜻이다. 지금까지 사전 녹음된 메시지들로 몇 차례 성능시험을 한 적은 있지만, 실제로 그걸 사용한 적은 없다. 마쿠스는 그것을 20세기 유물처럼 치부했고, 사용하는 것 자체를 혐오했다. 커뮤니케이션이란 반드시 목표를 분명히 설정한 것이어야 하며, 불특정 대상을 향해 스피커에서 무작위로 토해내는 메시지에 일하는 사람이 방해받아선 안 된다는 것이 그의 지론이었다.

"클라우드아크 헌법이 이제 발효되었습니다."

순간 다이나는 한숨을 내쉬었다. 지금의 메시지가 무얼 의미하는지 잘 알기 때문이다. 마쿠스는 바로 그걸 일일이 풀어 설명하고 있을 따름이다.

"이는 곧 지구상의 모든 국가의 정부와 그 법률이 더 이상 존재하지 않음을 의미합니다. 그들의 군대와 민간의 각종 시휘체계 또한 그 효력이 사라졌습니다. 그를 대상으로 여러분이 어떤 서약을 했든, 어떤 충성과 의무, 자격을 맹세했던 그 모든 것은 지금 당장 그리고 앞으로 영원히 해체되어 존재하지 않을 것입니다. 이제부터 클라우드아크에서 인정한 권리만이 여러분의 권리로 인정받게 될 것입니다. 아울러 클라우드아크 헌법이 부여하는 모든 법적 책임이 여러분에게 부과될 것입니다. 여러분은 앞으로 존재하는 유일한 국가의 시민들입니다. 우리 모두의 새로운 국가가 부디 무사번영을 누리길 바랍니다."

다이나는 전신키를 두드렸다.

마쿠스가 한말씀 하시네요.

그가 보스라고 누가 그래?

루퍼스로부터 날아드는 전신이 슬슬 잡음을 더해간다. 다이나는 눈을 닦고 창문 밖을 내다본다. 화염의 고리를 통해서 지구덩어리가 시야에 들어온다. 대기권으로 진입하면서 밝게 빛나는 줄무늬였다가, 연소 가능한 지표면의 모든 것을 불살라버리는 유성의 꼬리들이 고열의 대기 속으로 줄지어 자취를 감춘다. 적도 주변으로 더 많은 암석들이 쇄도하기에, 화염의 고리역시 그쪽 지역이 훨씬 더 눈부시다. 반면 남쪽과 북쪽 지역은길게 낫질을 한 것처럼 불길이 번지면서 캐나다와 남미의 고위도 지대까지 휘감도록 불바다가 전개되는 중이다.

다이나는 계속해서 전신키를 두드린다.

이제 곧 통신이 끊어지겠어요. 밥과 에드, GT, 렉스에게 사랑한다고 전해주세요. 아참 베브한테도요.

아까도 말했지만 또 할게. 어휴 엄청 뜨겁네.

들어가세요 아빠.

걱정 마라. 안 그래도 문 바로 옆이다. 모두 다 천국의 양식[16]을 부르고있는데 듣고 있니.

---

16 Bread of Heaven. 성가제목.

그럼 아빠도 같이 부르세요.

그래. 밥과 에드가 나를 데리러 나오는구나. 안녕 우리 자랑스러운 공주님 QRT.

QRT QRT QRT QRT

마지막 단어를 얼마나 여러 번 두드렸는지 모르겠다.

한참 후에야 겨우 눈물을 훔치면서 그녀는 아래 무슨 일이 벌어졌을지 상상해본다. 오빠들, 밥과 에드가 은빛 소방관 복장을 한 채 광산 밖으로 뛰어나와 아빠를 낡은 픽업트럭에서 끌어낸 다음, 하늘의 불길로 지글지글 타버리지 않게끔 스페이스 블랭킷으로 돌돌 말아 광산 안으로 끌고 들어갔을 것이다. 그러면 용접공들이 달려들어 1인치 두께의 강철판으로 통로를 봉인하고, 5천 년을 견딜 만큼 내구성 강한 쇠시리 작업에 돌입하리라. 거기까지 마무리되면, 엄청난 중장비를 동원해 막대한 양의 자갈과 바위를 쏟아부을 것이고, 그렇게 하여 구축된 강철 차단막은 어떤 충격파도 견뎌낼 것이다.

그러고는 적막이 감돌 것이다. 다만 멀리서 어렴풋이 울리는 유성들의 충격음과 식탁에 둘러앉아 감사기도 드리는 소리 그리고, 앞으로도 무사하다면 말이지만, 매쿼리 가족과 그 자손들이 적어도 15,000회 이상 만들어 입에 넣을 매끼 식사 중 첫 숟가락을 뜨는 소리가 간간히 들릴 뿐. 그곳에 생존해 있는 사람은 총 5백 명에 이르고, 적어도 서류상으로는 그 정도 규모의 생존자를 먹여 살릴 식량생산 능력은 충분하다. 단지 그걸 지속가능한 아이디어로 구체화할 방법이 다이나가 보기에는 명확치 않았을 뿐이다. 그녀는 루퍼스가 어떤 복안을 가졌는지 꼬치꼬치 따져 물어 불편하게 만들 생각을 애당초 갖지 않았다.

마쿠스의 성명은 계속되고 있었다. 그러면서 그는 모두가 다 아는 사실을 이야기하는 중이었다. 지구는 끝장났으며, 지난 2년 동안 지겹도록 예상해온 대규모 사망이 이제는 기정사실이 되고 말았다는 것 말이다. 모두가 아는 사실을 누군가는 자기 입으로 말해야 한다.

그는 704초간의 묵념을 제안했다. 제로 이후 지나온 매 하루당 1초의 묵념을 바치자는 뜻이다. 대략 12분 분량이다. 모든 부수적 의무사항이 그 시간만큼은 유예되며, 생존자가 부담해야 할 책무는 오로지 생각하고 기억하며 애도하는 것이다. 그런 다음, 지구는 언젠가 있었으나 더는 존재하지 않는 무언가로서 과거로 밀어 넣어야 하며, 이제부터 펼쳐질 일들에 모든 정신력을 쏟아부어야 한다.

다이나는 태아의 자세로 몸을 동그랗게 웅크린 채 작업실 한복판에 둥둥 떠 있었다. 그러면서 무선전신 스피커로부터 새어 나오는 직직거리는 소음에 잔뜩 귀 기울이고 있었다. 가족이 지금도 살아 있으며 앞으로도 오랜 시간 그렇게 생존해나갈 것임을 알고 있는 사람은 클라우드아크 거주자들을 통틀어 다이나 혼자였다. 가족이 죽었다고 생각하는 것보다 그편이 나은지 못한지는 불확실했다. 그녀가 계속 견지해야 할 태도는 아버지가 마지막으로 전송한 메시지 그대로 우리 자랑스러운 공주님답게 처신하는 것뿐이다. 모스 부호는 종이로도 남지 않고, 태블릿 모니터에 이메일로도 남지 않는다. 다이나와 루퍼스가 방금 전까지 서로 교환한 내용을 되돌려 살펴보기가 불가능하다는 뜻이다. 그녀는 자기가 옳은 말만을 했으며 아버지가 그것만을 잘 기억해, 오늘 저녁 식탁에서 다른 사람들에게 그걸 화제로 이야기꽃을 피우기를 바랐다.

그녀는 이미 죽은 다른 사람들의 명복을 빌려고 했으나, 그 자체가 너무 거창한 일이었다. 감정적으로 볼 때, 그것은 백여 년 전 있었던 세계대전에 관한 책을 읽는 일과 크게 다르지 않았다. 아마도 마쿠스가 의도하는 바의 요점은 그런 것이리라. 그럼에도 불구하고 죽음은 여전히 현재진행형이며, 사람들은 그런 현 상황을 아일랜드 감자기근 사태라든가 콜럼버스가 신세계에 당도하여 대규모 치명적 질병을 퍼뜨린 일처럼 생각하도록 스스로를 강제하는 것이었다. 회한 아니 공포가 어울리는 감정일 터다. 그러나 정작 필요한 것은 초연함이었다. 앞으로 남은 704초만큼은 바로 그 초연함을 적극 가동해야만 하는 것이다.

그리하여 다이나는 정확히 어떻게 처신하는 것이 루퍼스 매쿼리의 자랑거리가 되는 일인지를 곰곰이 생각하고 있었다. 해답은 간단했다. 옳은 일을 하고, 항상 의연하며, 급조해놓은 윤리적 기준들을 계속 유지하는 것. 반드시 준수해야 할 일종의 행동강령이라고나 할까. 그 모두가 머리로 이해하기는 쉬워도 실제 삶으로 구현하기는 만만치 않은 것들이다. 그렇다고 루퍼스가 카우보이도 아니고, 목사는 더더군다나 아니다. 그는 굴을 파는 사람이고, 철거하는 사람이며, 시설을 세우는 사람, 사업하는 사람이다. 그런 그가 단순한 윤리적 강령을 준수하며 살아간다면, 그것은 그 자체로 끝나는 일이라기보다 자기 영혼을 팔거나 명예를 더럽히지 않으면서 무언가를 얻어내고 이루기 위한 방편인 것이다. 삽이나 다이너마이트처럼 사용할 수 있는 공사도구 말이다. 도구란 무언가를 만들고, 일으켜 세우는 데 필요한 것이다. 그리고 '자랑스러움'은 일이 끝난 다음에 느낄 수 있는 그 어떤 것, 무언가를 이룬 다음, 한발 물러나 그것을 바라볼 때 그리고 그것을 후손에게 전해줄 때 향유할 수 있는 감정이다. 다이나는 남은 평생 자신이 한 약속을 지키고, 모든 이를 공정하게 대하며 살아갈 수 있는 사람이다. 그 점을 루퍼스는 추호도 의심하지 않을 터다. 그렇다고 딸에게 어떤 부담감을 짐 지워준 것은 아니었다. 많은 말을 동원하진 않았어도, 그는 단지 미래를 위해 부단히 노력하라는 뜻을 전한 것뿐이다.

"끝나가?"

고개를 돌리니, 아이비가 스크럼 해치를 열고 고개를 비죽 내민 채 다이나를 바라보고 있었다.

"이제 대략 200여 초만 지나면……."

"마쿠스가 나더러 그거 그냥 무시하고 일 나가라네. 그래서 자기 도움이 좀 필요해."

아이비가 말했다.

"잘났어."

"기집애."

"인터넷이 처음 등장했을 때 기억나? 주변 사람들이 그걸 이해하지 못해 쩔쩔매던 시절 말이야."

아이비가 물었다. 앞장선 그녀는, 끝없는 미로처럼 연결된 모듈들과 햄스터튜브들을 통과해 이지의 외곽으로 나아가고 있었다.

"내 주변 사람들은 비교적 빨리 터득했어. 너 광산업종사자들 잘 모르잖아, 그치?"

"내 경우와는 좀 다르네. 내 주변에는 이메일이 오면 반드시 종이에 프린트해서 읽든지, 상대는 팩스기계를 이미 폐기한 뒤인데 눈치 없이 팩스번호를 묻는 구닥다리들로 득실거렸거든."

둘이 돌진하여 나아가는 것만 빼면 완벽한 침묵의 우주정거장이었다. 12분의 묵념에 들어간 지 이제 겨우 5분. 열린 해치들마다 두 여자의 이동에 놀란 얼굴들은 그들이 결국 누구인 줄 알아보고는 각자의 애도와 기도, 묵상 또는 그밖에 하던 일들로 돌아갔다.

다이나는 이 묵념이 가진 엄청난 의미를 이해하고 있었지만, 아이비 덕분에 이를 면하게 된 것이 은근히 기쁘기도 했다.

"그건 어떻게 작동하는 거야?"

"클라우드아크의 개별 선체들이 다음과 같은 룰만 지킨다면 퍼앰블레이터를 비롯한 전체 시스템이 돌아가게 되어 있어. 즉, 각자 시스템에 로그온하고, 합의된 프로토콜에 따라 교신하면서, 스웜의 요구대로 따르는 것. 단 하나라도 제멋대로 떠돌면서 독자적으로 움직이면, 그건 그냥 유성체와 같이 취급되지. 잠재적 파괴가능성의 측면에서 말이야."

"우리한테 그런 게 있나?"

"몇 개 있어. 그중에서도 대재앙을 일으킬 만한 놈이 딱 하나 있지."

"그렇다고 아직 충돌하는 상황까지는……."

"물론 아니야. 하지만 놈이 접근할 때마다 퍼앰뷸레이터에 붉은 점이 켜지고, 그로 인해 수많은 아클렛들이 코스를 바꾸기 위해 연료를 점화해야만 하거든. 바로 그 하나 때문에 클라우드아크 전체가 공중제비를 도는 꼴이라고 할 수 있지."

"어떤 놈인데?"

"시각적으로는 영락없는 X-37야."

"어울리는군." 다이나의 말에 아이비가 대꾸했다.

"그렇지?"

부연설명을 하자면, 문제의 우주선을 망원경으로 살펴보니, 생긴 것이 꼭 미니어처 스페이스셔틀을 빼박은 보잉 X-37 궤도시험선이더라는 얘기. 실제로 너무 작아 승무원을 태울 자리도 없고, 화물칸이 공간 대부분을 차지하고 있다. 기존 스페이스셔틀의 단계적 폐기가 확실시되는 가운데 보다 쉽게 발사할 수 있고, 미국 군사위성들을 유지보수할 원격조종 소형 우주선의 필요가 절실해지던 시점인 1990년대 후반과 2000년대 초반, DARPA에서 개발한 것이다. 그때부터 아주 드물게 실용화되었지만, 정작 그 과정은 은닉예산으로 작동되는 정체불명의 기체로 다루어져, 아이비도 다이나도 굳이 알려고 하지 않았다.

한마디로 그것은 훗날 중요하게 평가될지는 모르나 현재는 퇴물이 다 된 우주선으로, 클라우드아크의 요구조건에 맞추어 디자인된 것은 아니다. 아마도 하늘로 쏘아 올릴 수만 있다면 아무거나 닥치는 대로 발사하고 싶어하는 로켓마니아들이 궤도에 올려놓은 것 중 하나일 터다. 과거 이메일만 충분히 뒤져봐도 그걸 발사한 자에 관한 기록과 더불어 거기 무엇이 실려 있는지를 알아낼 수 있을 것이다. 하지만 지금은 그냥 두고 보는 것이 더 쉬운 상황이다. 그것에 쏟아부은 거의 모든 기술력은 사실상 대기권으로의 재진입에 집중된 것이었다. 결국 놈이 가진 최대장기가 지금으로서는 전혀 쓸모없는 셈이다.

사이드 스틱의 끝에 가까워지면서 아이비와 다이나는 포트의 둥근 구멍을 통해 그 건너편에 도킹해 있는 우주선 안을 들여다볼 수 있었다. 다름 아닌 플리버(Flivver) 요컨대, '클라우드 내선 경비행 우주선'의 공식명칭이다. 몇 달 전부터 모습을 보이기 시작한 이 녀석은 클라우드아크의 지프 역할을 하는데, 아클렛에서 아클렛으로 또는 아클렛에서 이지로 사람들과 귀중품들을 실어 나르는 다용도 우주선이다. 대기권 안에서 작동할 필요가 없기 때문에 아클렛과 동일한 외형을 갖추었을 뿐 아니라, 압력선체의 직경도 더 작았고, 확장 가능한 바깥선각 대신에 좀 더 실용적인 장치를 갖추고 있었다. 도킹포트는 두 가지 상이한 스타일로 이루어졌으며, 사람이 로봇암과 라이트, 추력기들이 장착된 올란 우주복을 착용하고 드나들 수 있을 만큼 넉넉한 에어로크를 구비하고 있었다. 다이나의 제안을 따라 압력선체에는 그랩이 달라붙을 수 있는 접합부를 설치하기도 했다. 그 덕분에 개개의 플리버들이 그랩과 시위, 버키 그리고 내트들을 잔뜩 운반하는 것이 가능했다. 마치 게나 빨판상어, 바다 이처럼 그 작은 로봇들이 떼를 이루어 달라붙을 수 있으니 말이다. 플리버를 제어하는 것은 로봇암의 하드엔지니어링 기능에 국한되지 않는, 프로그래머의 창의력과 상상력 그 자체였다.

보풀처럼 일어선 테클라의 은빛 머리카락들이 눈앞에 불쑥 튀어나왔다. 해치를 닫고 플리버를 이탈시키는 작업을 돕기 위해 파견된 듯했다. 그녀는 별도의 도킹구획에서 기다리고 있었다. 그곳은 이런 경우 약간의 여유 공간을 제공하면서 에어로크 기능도 대신하도록 덤으로 부착된 소형 사이드 모듈이었다. 아이비와 다이나가 차례로 스쳐 지나가자 그녀는 고개를 뒤로 빼면서 공간을 만들어주었다. 두 사람이 플리버 내부로 들어서자마자 테클라는 아이비와 고개를 끄덕여 인사를 나누었다.

"램프리[17]가 지금 에어로크에서 직무수행 중입니다."

테클라가 그렇게 말하고는 해치를 닫았다. 테클라를 향한 감정이 약간 불편한 다이나였지만, 이런 일을 함께할 만한 파트너가 그녀 말고는 딱히 떠오르지 않는 것이 사실이었다. 테클라는 무엇보다 일을 우선할뿐더러, 쓸데없이 말이 많다거나 부질없는 감정표현으로 지장을 초래할 우려가 전혀 없는 타입이었다. 다이나가 플리버의 해치를 닫고 도킹해제 과정을 진행하는 동안, 조종석에 착석한 아이비는 예비발진 체크리스트 점검

---

17 Lamprey. 칠성장어라는 뜻의 로봇 이름.

에 들어갔다. '경비행'에 적합하도록 단기간에 디자인된 우주선인 만큼, 준비작업이 그리 번잡하진 않았다. 여덟 대가 한 조를 이룬 선단에 속한 플리버 3호는 그렇게 마쿠스의 704초 묵념이 끝나기 전 작동하기 시작했다. 다이나는 아이비 옆의 보조좌석에 착석했다. 플리버의 머리 부분은 알루미늄 창살이 그물 모양으로 지탱하는 커다란 유리돔 형태여서, 그 안에 착석한 아이비는 2차 세계대전 당시 폭격기의 글래스노즈(glass nose) 안에 위치한 기총사수처럼 보였다. 그녀는 조종간을 만져 지구가 아래로 지나가도록 우주선을 회전시켰다. 그러자 폭격기와의 유사성이 더욱 두드러지는 기분이었다. 문득 루퍼스가 보여준 그림 한 장이 다이나의 기억 속에 떠올랐다. 불타는 도시의 상공을 비행 중인 폭격기를 묘사한 것인데, 아래로부터 몰려드는 붉은빛이 기체 안으로 범람하는 광경이었다. 거센 불바다가 지표면 대부분을 뒤덮었다는 점만 다를 뿐, 그와 똑같은 효과를 지금 체험하고 있는 셈이었다.

"얼굴에 열기가 느껴져."

아이비가 말했다.

다이나는 딱히 대꾸할 말이 생각나지 않았다. 작업실에서 나와 플리버까지 이동하는 사이 그녀는 지구가 불타고 있다는 사실에 대해 까마득히 잊고 있었을뿐더러, 이제와 그 생각을 다시 떠올리는 것도 마음에 들지 않았다. 그보다는 퍼앰뷸레이터가 가동되고 있는 자신의 태블릿 모니터에서 냉정하게 발산되는 붉은빛에 집중하려고 노력하는 편이 나았다. 플리버 3호는 즉각 스윔의 집단 감각기관에 포착되었고, 지금 코스에 머물 경우 백여 개의 아클렛 중 어느 것에 충돌할지 가늠할 수 없는 위험물체로 인식되었다. 당장 추력기들을 컨트롤하면 잘해야 혼란을 가중시키고 잘못하면 연쇄충돌을 부를지 모른다는 판단 하에, 아이비는 클라우드아크와 협의 하에 해결책을 모색했다. 즉, 일단 플리버 3호가 가고자 하는 방향부터 고지한 다음, 다른 아클렛들이 취해야 할 기동 총량을 최소화하는 방법으로 통로를 확보하는 것이었다.

그건 이동하기에 그다지 빠른 방법이 아닐뿐더러, 미국과 러시아 소속으로 이곳에 올라온 전직 군인출신의 수많은 전투기 조종사들의 방식과는 정면으로 배치되는 스타일이었다. 하지만 그런 방법을 통해 이지로부터 멀리 벗어날수록 클라우드 전체의 긴장을 최소화하는 궤도로 들어갈 수 있으며, 다루기 힘든 X-37과 랑데부할 수 있는 보다 직접적인 경로로 진입할 수 있었다.

놈은, 누가 쏘아 올렸는지는 모르지만, 클라우드아크와 동일한 주기와 평형을 갖춘 궤도상에 올려 있으면서 그보다 훨씬 큰 이심률(離心率)을 가지고 있었다. 이지와 클라우드아크의 궤도는 거의 완벽한 원형이다. X-37의 궤도는 좀 더 타원에 가까운데, 이는 회전주기의 절반가량이 클라우드아크의 '아래'를 지나고 나머지 절반은 그 '위'를 지난다는 의미다. 아울러 매번 93분 주기의 궤도에서 두 차례씩 스웜을 가로지르며 통과해, 그때마다 대혼란을 초래함으로써 엄청난 추진연료를 낭비케 하고 마쿠스의 속을 긁어놓는다는 뜻이다. 지금은 '위'에 위치한 상태고, 앞으로 20분 내로 클라우드아크의 궤도를 가로지를 태세다.

"놈에게 집중하기 전에 내가 조심해야 할 유성의 움직임은?"

아이비가 물었다.

"특별한 건 없어."

다이나의 대답은, 클라우드아크 전체의 기동에 변화를 주어야 할 만큼 커다란 유성은 없다는 뜻이었다.

"그럼 신속히 처리하지."

아이비는 수동조종간으로 손을 뻗으며 말했다. 클라우드아크에서 충분한 거리를 확보한 상태이기에, 이제는 퍼앰뷸레이터 화면에 새빨간 빛을 띄우지 않고도 독자기동을 수행할 수 있었다.

"놈을 포착할 수 있겠어?"

다이나는 플리버의 글래스노즈에 장착된 광학망원경용 유저인터페이스에 다시 익숙해지기 위해 1분여의 시간을 들였다. 그것은 오렌지 크기의 전자안구였다. 조종법은 직관적으로 터득하기 쉽지만, 특정 목표물에 초점을 맞추려면 약간의 노력이 필요하다. 그러나 다이나는 오래지 않아 희고 밝은 무언가를 똑똑히 볼 수 있었다. 그녀는 초점을 고정하고 상을 확대했다.

조금 멀리 상을 잡았을 때 선명하게 보인 건 옛날 스페이스셔틀처럼 검은 코에 날개가 달린 우주선 형태였다. 다만 거기에 몇 가지 첨가된 부분들이 있었다. 약간 줌인을 하자, X-37의 '등짝' 대부분을 차지하는 화물칸 문짝들이 궤도진입 이후 어느 정도 개방되어 있음을 확인할 수 있었다. 거기서 뻗어 나온 빌트인 로봇암은 놈의 페이로드를 들어올린 상태로 고정되어 있었다. 페이로드 자체가 거의 X-37 자체 크기와 맞먹었다. 뿐만 아니라 전체 모양도 끝이 돔으로 이루어진 원통형이었다. 하지만 플리버나 다른 아클렛과는 달리, 추력기라든가 어떤 종류의 동력원도 찾아볼 수 없었다. 그냥 광택 나는 알루미늄 캡슐로서, 한쪽은 태양광선을 받아 흰빛을 발하고 아래쪽은 불바다가 된 행성의 영향으로 붉은빛에 휩싸여 있었다.

아이비도 같은 광경을 목도하고 있었다. 그녀의 주의력은 지금 플리버의 상태표시와 광학기기의 영상 사이에서 스스로를 적절히 배분 중이었다.

"앞쪽 끝을 좀 더 자세하게 잡아줄 수 있어? 거기 부품 같은 게 보이는데……."

"그럼!" 다이나는 주밍과 패닝을 번갈아 시도하면서 말했다. "도킹포트 같네."

"저기 도킹하라는 것 같네."

아이비의 말에 다이나가 난색을 표했다.

"좀 이상해. 별로 그러고 싶지 않은걸."

"나도 그래." 아이비가 말했다. "하지만 나중에 다시 와볼 순 없어. 저 작은 크기 좀 봐. 직경이 4피트도 안 돼. 만약 저기 사람이 있다면, 지금쯤 산소가 바닥나고 있을 거야."

"저런 곳에 사람을 태워가면서까지 꼭 쏘아 올려야 했을까?"

"계획이 뒤틀린 거겠지. 이메일은 대답도 없고, 방송은 오보를 하고, 완전히 고립되어 아마 죽기만을 기다려야 하는 상황일지도 몰라."

다이나의 질문에 짜증이 난 투였다.

아이비가 조종을 하는 가운데, 추력기가 가스를 폭폭 내뿜으면서 기체를 조금씩 회전시키는 것이 느껴졌다. 친구의 두뇌가 궤도공학 모드로 전환된 상태에서는 방해하지 않는 게 좋다는 걸 다이나는 잘 알고 있었다. 그녀는 보조좌석의 안전벨트를 풀고 플리버의 상부 표면 도킹포트 쪽으로 움직여갔다. 아이비가 조금씩 경로 수정을 시도할 때마다 다이나는 가까운 손잡이를 붙잡아 몸의 균형을 유지했다.

수분 만에 아이비는 궤도를 일치시켰고, 플리버의 자세를 올바로 조정해 캡슐의 도킹포트에 안착했다.

"도킹성공!"

디이니가 말했다. 그리고 플리버의 헤치와 캡슐의 헤치 사이 공간에 공기를 주입하는 밸브를 작동시켰다.

"갈 데까지 가보자고."

플리버의 해치를 열자, 캡슐 해치의 외관이 눈에 들어왔다. 몇 초 전까지만 해도 우주공간에 노출되어 있던 바로 그 기이한 모습이었다. 알루미늄 해치에는 $8\frac{1}{2} \times 11$인치짜리 노스아메리칸 프린터 용지가 테이프로 부착되어 있었다. 별들이 줄지어 그려진 푸른색 원판을 노란색 링이 동그랗게 감싸고, 그 원판 한복판에는 날개를 활짝 편 독수리가 붉은색과 흰색 줄이 그어진 방패를 뻗대고 있다. 필시 이걸 인쇄한 프린터 기기는 시안 잉크가 모자란 상태였을 터. 그러니 이미지 색감이 이처럼 흐리멍덩하지. 물론 우주공간에 방치된 것도 좋은 영향을 주었을 리 없다.

미합중국이 불과 몇 분 전 절멸했기로서니 ― 클라우드아크 헌법이 부여한 권한에 의거해 마쿠스가 선언한 그대로 말이다! ― 이 컬러이미지가 벌써부터 이토록 낡고 진기하게 보일 줄 누가 알았겠는가.

문득 그 그림 건너에서 작동하는 기계음이 다이나의 귓가에 닿았다.

"살아 있네!"

그렇게 농담조로 내뱉긴 했으나, 다이나는 자기도 모르게 숨을 죽였다.

해치가 활짝 열린 구멍 속에, 풀풀 날리듯 헝클어진 머리카락과 초췌하고 푸석푸석하면서, 병적인 녹색기가 감도는 얼굴이 나타났다. 다만 두 눈동자만큼은 차갑고도 강렬한 빛을 머금은 채 다이나를 응시하고 있었다.

"다이나!"

여자가 말했다. 얼굴보다도 목소리 덕분에 다이나는 그녀가 누구인지 생각났다.

"이런 비극적인 상황 속에서도 친근한 얼굴을 보니 좋군요……."

"대통……" 단어가 혀끝에 걸려 그만 흩어지고 새 단어가 대신 튀어나왔다. "줄리아!"

줄리아 블리스 플래허티는 그런 식으로 불리는 걸 조금도 달가워하지 않는 눈치였다.

아이비는 추력기들을 작동시키느라 바빴다. 플리버와 캡슐, X-37을 단일 기체로 합체한 이상, 다소 거북하지만, 이제는 그 모두를 클라우드아크에 발맞춰 일사불란하게 기동함으로써 퍼앰뷸레이터 상의 붉은 점을 일소할 수 있게 된 것이다. 다소 갑작스러운 흔들림이 있는 건 당연했다. 줄리아는 사방으로 부딪치면서 주위의 손잡이들을 단단히 붙들어야 된다는 걸 배우는 중이었다. 일부 내용물이 들어찬 구토봉지들을 포함해 온갖 잡동사니들, 빨간 구슬처럼 보이는 다량의 알갱이들이 비좁기 짝이 없는 캡슐 안을 이리저리 돌아다니고 있었다. 잠시 그것들을 바라보고 있는데 갑자기 줄리아의 몸뚱이가 한쪽으로 치우치는가 싶더니, 캡슐 맞은편 끝에서 둥둥 떠오는 웬 남자 하나가 다이나의 시야에 들어왔다. 피범벅인 데다 온몸이 축 늘어진 상태, 너덜너덜해진 감색정장 차림이었다. 분명히 대통령의 전남편은 아니었다.

"고인의 명복을 빕니다." 다이나가 말했다.

"도대체 누군데 그래?" 순간 아이비가 뒤에서 소리쳤다. "생존자가 있는지 마쿠스가 알고 싶어해."

"고인?"

줄리아의 물음에 다이나가 대답했다

"남편 되시는 분이요."

"내 남편은 리무진에서 약을 먹고 자살했어요."

"어머나!"

"그건 그렇고 여기 스탈링 씨 좀 치우게 도와줘요. 나 혼자 옮기기엔 너무 무겁군요."

"아뇨, 안 무겁습니다."

다이나가 말했다.

"방금 뭐라고 했죠?" 줄리아의 반응이 날카로웠다.

"지금 당신은 무중력 상태에 있어요. 그러니 그분을 옮기기에 하나도 무겁지 않을 겁니다. 그래도 필요하다면 도와드릴게요."

다이나가 또박또박 설명하자, 줄리아가 말했다.

"그래주면 너무 고맙겠네요."

그녀는 한 손을 뻗어 숄더백을 잡으면서 나머지 한 손은 해치 가장자리에 걸치고 있었다. 그리고 아직 입구를 막고 있는 다이나를 빤히 쳐다보고 있었다.

다이나는 아이비의 뒤통수에다 대고 말했다.

"줄리아 블리스 플래허티가 승선허가를 구하고 있습니다."

순간 줄리아가 기분이 언짢은 듯 한숨을 내쉬었다.

"승선 허가합니다."

아이비가 말했다.

"도중에 사상자도 1인 발생."

다이나가 그렇게 덧붙이고는 줄리아에게 길을 열어주었다.

줄리아는 너무 강하게 반동을 주면서 해치를 통과해, 플리버를 그대로 가로질러 맞은편 벽에 팔꿈치와 어깨를 부딪치고 말았다.

"아이고!" 그녀 입에서 신음이 새어나왔다.

하지만 다이나는 그녀가 아프다는 생각을 하지 않았고, 자신의 일을 찾아 캡슐 안으로 파고들었다. 둥둥 떠다니는 붉은 구슬 모양의 알갱이 중 하나가 얼굴 쪽으로 다가오는 것을 팔을 내저어 쓸어버렸다. 그것이 핏방울이라는 걸 실감하기 전에 말이다.

피트 스탈링은 수많은 열상(裂傷)을 입은 상태였다. 마치 교통사고를 당했거나 몽둥이 찜질이라도 당한 것처럼 보였다. 완전히 탈진상태였으며 피를 토하고 있었다. 아마도 코가 부러진 모양이었다. 그래서 숨을 쉴 때마다 기도가 막혀 격하게 토해낸 피였다. 다이나는 그의 몸이 계속 표류하는 것을 막기 위해 재킷의 라펠을 붙잡았다. 힘을 주어 잡아당기자, 스탈링의 가슴팍이 드러나면서 권총이 있어야 할 견대가 비어 있는 것이 눈에 들어왔다.

이제 괜찮다. 다이나는 다리를 뻗고 온 힘을 다해 그를 캡슐 중앙으로 끌어낸 다음, 머리 쪽을 도킹포트로 향하게 하고는 천천히 그 방향으로 유도했다. 그녀는 손을 뻗어 동승자였던 사람을 구멍 밖으로 끌어내도록 하기 위해 줄리아를 찾았다. 하지만 첫 시도의 충격으로 여전히 이리저리 떠다니고 있는 줄리아는 무중력 운동법칙의 기본을 힘겹게 배우는 중이었다.

다이나의 현재 위치는 캡슐 뒤쪽이었고, 미세하게 떨고 있는 피트의 발을 바라보고 있었다. 한쪽 발은 양말을 신고 있고, 다른 쪽 발은 여전히 비싸 보이는 가죽구두였다. 한 손에 발 하나씩 붙잡고 도킹포트 쪽으로 밀어내려고 시도했으나, 사내가 이에 저항하고 있었다. 가만 보니 상황을 전혀 이해하고 있지 못한 듯했다. 이곳이 우주공간이라는 것도 깨닫지 못하고, 양발이 누군가의 손에 붙잡힌 상태가 무조건 마음에 들지 않는 모양이었다. 다이나는 몸을 앞으로 움직여 남자의 무릎 사이로 허리를 밀어 넣었다. 그리고 양 허벅다리를 단단히 끌어안고는 다시 포트를 겨냥해 밀어붙였다.

순간 날카로운 파열음이 들리면서 따뜻한 액체가 팔 전체를 덮는 게 느껴졌다. 곧이어 그보다 더 많은 양의 액상물질이 목까지 튀어 오르면서 그녀의 턱 끝에 닿았다. 냄새는 고약했고 공기 빠져나가는 듯한 소리는 요란했다. 피트 스탈링이 한차례 경련을 일으키고는 축 늘어졌다.

다이나는 공기 빠져나가는 소리 쪽을 올려다보았다. 캡슐의 외피에 들쭉날쭉 뚫린 구멍으로 별빛이 눈에 들어왔다. 성인 남성 엄지 크기의 구멍이었다. 삼각꼴들로 갈라 터진 금속판이 바깥쪽으로 휘어 있었다.

다시 생각해보니 공기 빠져나가는 소리는 두 군데서 동시에 나는 것이었다. 또 다른 구멍은 캡슐 정반대쪽이었다. 그러니까 피트 스탈링의 몸뚱이는 현재 두 개의 구멍 사이에 위치해 있고, 그의 몸통 중앙에는 힘줄이 뒤엉킨 분화구가 입을 벌리고 있는 셈이다. 피가 솟구치고 있었고, 그 기세는 캡슐에 뚫린 두 개의 구멍을 통해 점점 거세지고 있었다.

다이나는 벌써 몇 번이나 귀가 뻥 뚫리는 느낌이었다.

캡슐을 따라 줄리아 쪽을 바라보니 이제는 몸의 균형을 잡은 상태로 해치 안을 들여다보며 놀란 눈을 하고 있었다.

다이나가 말했다.

"줄리아, 지금 작은 유성이 날아와 부닥쳤어요. 공기가 빠져 나가고는 있지만 속도가 그다지 빠르진 않습니다. 피트는 죽었고요. 그런데 시신이 길을 막고 있네요. 당신이 손을 뻗어 옷깃이라도 붙잡아 그쪽으로 당길 수만 있다면⋯⋯."

거기까지였다. 갑자기 플리버의 해치가 닫히면서 다이나의 말도 줄리아의 얼굴표정도 사라졌다.

원뿔을 평면으로 가를 때 생기는 모든 곡선은 — 원, 타원, 포물선, 쌍곡선 — 궤도를 형성할 수 있다. 그러나 사실상 모든 궤도는 타원이다. 그리고 태양계에서 자연적으로 형성된 대부분의 궤도는 — 태양을 도는 행성의 궤도나 그 행성을 도는 위성의 궤도 모두 — 너무 둥근 타원이라 육안으로 보면 원 자체와 잘 구별이 되지 않는다. 이는 자연이 특별히 원을 좋아해서가 아니다. 단지 타원이라는 게 길게 늘어질수록 그 형태가 오래가지 못하는 경향이 있기 때문이다. 고도로 왜곡된 궤도상의 어떤 천체가 그것이 주회하는 천체를 향해 돌진하다가 근점(近點)에 이르러 급커브를 하게 되면, 이른바 기조력의 영향을 받아 부서질 수 있다. 주회궤도의 중심에 있는 천체의 대기와 충돌한다든지, 태양주회궤도의 경우 태양의 열기에 너무 근접해 피해를 입을 수 있는 것이다. 만약 근점에서의 추락을 견디고 무사히 빠져나온다 해도, 그만큼 길어지는 탄도를 따라 날아가 자칫 다른 천체들의 궤도를 가로지를 수가 있다. 마침내 원점(遠點)에서 다시 선회한 다음에는 지금까지 통과해온 다른 천체들의 궤도를 또다시 가로질러 중심 천체를 향해 동일한 궤적으로 돌진할 것이다. 태양계의 밀도는 희박한 편이어서, 이와 같은 천체가 정상적인 궤도의 행성이나 소행성과 충돌하거나 위험한 수준으로 접근할 공산은 매우 적다. 하지만 천문학적 차원으로 시간을 확대할 경우, 근접 조우나 충돌의 가능성이 그만큼 커질 수밖에 없는 것이다. 물론 충돌할 경우, 행성 표면을 운석이 때린다든지 궤도를 잘 돌고 있던 천체가 파괴되는 결과를 낳을 것이다. 만약 초근접 상황에서 비껴가는 경우라면, 유성체의 궤도에 교란이 일어나 새로운 타원 또는 쌍곡선을 그리며 아예 태양계 밖으로 이탈할 수도 있다. 태양은 고도로 왜곡된 궤도를 가진 혜성과 소행성들의 운행을 비교적 안정적으로 유지해왔으나, 시간이 갈수록 그 규모가 줄어들면서 천문학자들에게는 어느덧 희귀사건이 되어 있다. 까마득한 과거의 태양계는 지금보다 훨씬 넓은 궤도반경을 가진 엄청 혼란스러운 공간이었다. 그런데 앞서 언급한 일련의 과정들을 거치면서 점진적인 '청소'가 이루어졌고, 일종의 자연선택에 의하여, 거의 모든 천체가 원이나 다름없는 궤도로 이동하는 안정된 체계가 형성된 것이다.

태양계에서 진실인 것은 지구-달 체계에서 역시 진실이다. 달은 거의 원에 가까운 궤도로 지구 주위를 돈다. 이따금 심우주로부터 방황하는 돌덩이가 칭동점으로 잘못 날아들어 지구 주회궤도 안에 포섭되기도 하지만, 조만간 그것은 달이나 지구 표면에 부닥치든지, 아니면 근접조우를 통해 멀리 방출되고 만다. 그런 식으로 수십억 년에 걸쳐 달은 지구의 하늘을 청소해주었고, 거대 유성의 타격으로부터 보호해줌으로써 수많은 문화와 생태계의 발전에 가장 적합한 장소를 만들어온 것이다.

지금 화이트스카이를 이룬 모든 암석들은 한때 달의 궤도를 공유했으며, 그중 대부분은 서로 40만 킬로미터가량의 안전거리를 유지하고 있었다. 당분간 그렇게 낮은 이심률, 다시 말해 원에 가까운 궤도를 그리고 있었던 것이다. 그럼에도 화이트

스카이 안에서 어지럽게 이루어지는 방대한 규모의 상호작용은 결국 매우 다양한 궤도를 낳게 되었다. 그중 몇몇은 지극히 왜곡된 형태로, 다시 말해서 원점(遠點)은 아주 먼 거리에 있으나 근점(近點)은 지구에 바짝 붙을 정도의 궤도로 발전했다. 지구에 근접할 만큼 왜곡된 궤도를 움직이는 암석은 그 어떤 것도 이지에 근접할 수 있다. 그러한 궤도를 이동하는 암석은 지구에 근접하는 순간 초속 11,000킬로미터의 속도에 이르는 것이 보통이다. 후추알갱이만 한 크기의 유성이 만약 그런 속도로 날아든다면, 이는 바로 코앞에서 발사된 고성능 소총 탄환에 무방비로 노출되는 상황이나 마찬가지다.

물론 소총 탄환은 엄청난 힘으로 사물을 때려, 예측 가능한 방식으로 피해를 유발하고자 의도적으로 디자인된 물체이나, 달 파편은 전혀 그렇지가 않다. 따라서 그로 인한 피해는 예측이 불가능한 경우가 허다하다.

이상 설명한 내용에 입각하여 방금 일어난 상황을 재구성해보자. 병아리콩만 한 크기에 소총 탄환 몇 알의 에너지를 가진 돌멩이 하나가 캡슐의 벽을 뚫고 들어왔다. 하지만 그 과정에서 몇 조각으로 깨졌고 그 조각들이 좁은 원뿔 형태의 캡슐 공간을 타고 흩어지다가, 마치 산탄총이 발사되는 것처럼 피트 스탈링의 신체를 가격했다. 다른 점이라면 탄환보다 훨씬 강한 운동에너지 총량을 갖추었다는 사실. 그 에너지의 대부분은 피트 스탈링의 살 속을 파고들었고 사실상의 파열을 초래했다. 또한 그중 가장 큰 조각은 인체를 관통하거나 어쩌면 완전히 비껴나가 반대편 캡슐 벽을 뚫고 우주공간으로 날아가버렸다.

만약 문제의 돌멩이가 캡슐의 양쪽으로 몇 미터만 벗어나 날았더라도 캡슐 안에서는 그런 돌멩이의 존재조차 모르고 지났을 수 있다. 물론 지구 대기권 안에서라면 이와는 전혀 다른 이야기가 가능했을 것이다. 돌멩이는 밝은 줄무늬 속으로 해체되면서, 그 운동에너지의 대부분이 열로 화했을 것이다. 돌멩이가 날아가는 경로 주변 공기는 이때 살짝 더워질 것이다. 만약에 이 모두가 밤에 일어났다면, 예리한 관찰자의 눈에 멋진 빛줄기가 포착될 것이다. 그리고 같은 상황이 지구 전체에 걸쳐 대규모로 발생할 경우에는 공기가 너무 뜨거워 그 자체를 연료 삼아 활활 타게 될 것이다. 바로 지금처럼.

어쨌든 지금 다이나는 공기가 점점 줄어들고 있는 캡슐 속에 갇혀 있다. 흩어져 돌아다니는 핏방울들로 인해 어둑해진 공간을 백색 LED 조명 몇 개가 비추는 상황이다. 물론 그녀는 인생의 중요한 대목에서 이와 같은 돌발 상황에 대비한 훈련을 받은 몸이다. 그때 배운 것 중 하나가, 실제 공기란 생각하는 것만큼 빠르게 빠져나가지 않는다는 거였다. 구멍이 워낙 작으니 한 번에 빠져나가는 공기의 양도 그리 많지 않다는 것이다. 그럼에도 불구하고 그 구멍을 막는 일에는 생사가 걸려 있다. 따라서 정신적 충격에서 회복하자마자 다이나가 취한 첫 번째 행동은 피트 스탈링의 시신을 두 개의 구멍 중 보다 큰 구멍 쪽으로 힘껏 밀어붙이는 것이었다. 즉, 암석 덩어리가 날아든 구멍 말이다. 철퍼덕 하는 소리와 함께 피투성이 살점이 구멍을 막았다. 이제 그녀의 귀는 새끼손가락으로 막을 수 있을 만한 크기의 맞은편 구멍을 찾을 수 있게 되었다. 피 묻은 손을 그 위에 갖다 대자 공기 빠져나가는 소리가 멈추었다. 아울러 손바닥에 우주의 키스자국이 형성되기 시작하면서, 대형진공청소기가 있는 힘껏 그녀의 살점을 빨아대고 있다는 생각이 들었다. 아프긴 한데, 심한 통증은 아니었다. 몇 분 동안 세심하게 귀를 기울인 결과, 다행히 공기 빠져나가는 소리는 어디에서도 들리지 않았다.

피 묻은 붕대가 둥둥 떠서 지나갔다. 다이나는 재빨리 붕대를 낚아채, 손 대신 그것으로 작은 구멍을 틀어막았다. 붕대 일부가 우주공간으로 빨려나가긴 했으나, 나머지 부분이 뭉치를 형성해 더 이상 움직이지 않게 고정되었다. 그래도 새는 부분은, 젖은 붕대뭉치에 빈 비닐봉지를 덧씌워 해결했다. 진공상태의 우주공간이 자기 쪽으로 모든 걸 빨아들여, 결국 완벽에 가까운 밀봉장치를 만들어낸 셈이다.

문득 좀 더 부드러운 소음이 들렸다. 쉭 하는 소리인데, 캡슐의 '등' 쪽에서 퍼져 나오고 있었다. 다이나의 귀가 기압변화를 읽어내긴 하나 뻥 뚫리지는 않고 있었다. 이는 기압이 이제 막 증가하기 시작했음을 말해준다. 이 캡슐에 대해 아는 것은 거의 없었다. 다만 이런 캡슐의 생명유지장치가 얼마나 단순한지는 익히 알고 있었다. 아마도 탑승자의 몸 안에서 만들어진 이산화탄소를 상쇄하기 위한 압축산소 저장실 하나쯤 갖추었을 터다. 필시 우주공간으로 빠져나간 공기를 보충하면서 공기압을 정상으로 끌어올리는 메커니즘이 돌아가고 있을 것이다.

얘기가 그렇게 흘러간다면, 이제 플리버의 해치를 열 수 있는 상황이다. 다이나는 그쪽으로 둥둥 떠서 나아갔고, 주먹 쥔 손을 캡슐의 열린 해치 너머로 뻗어 금속 뚜껑을 마구 두드렸다. 피 묻은 손마디 자국을 어지러이 남기면서 말이다.

아무 반응도 없었다. 그녀는 도트 셋, 대시 셋, 다시 도트 셋으로 SOS 신호를 두드렸다.

그제야 해치가 열리면서 아이비의 얼굴이 나타났다.

"아이고 하느님, 감사합니다!"

그녀의 첫 일성이었다.

"고마워, 친구."

다이나는, 일단 다이나를 위해서였기도 하나 그보다는 줄리아의 전 과학기술 보좌관이 흘린 체액을 피하기 위해 순간적으로 몸을 뒤로 빼며 길을 터준 아이비를 스쳐 지나 플리버 안으로 돌진했다. 줄리아는 보조좌석 중 하나에 자신을 묶고, 헛구역질에 고생하는 태아의 자세로 웅크린 채 곁눈질로 다이나를 지켜보고 있다.

'Welcome to space!'

혀끝에서 그 말이 빙빙 돌았지만 다이나는 꾹 참았다.

대신 아이비가 이렇게 말했다.

"저 안에서 너 바쁜 동안 우린 클라우드아크를 다시 통과해 왔단다. 이제 그 천저 구역에서 45분 정도 있을 거야."

"그 정도면 충분하겠어."

다이나의 대답이었다. 그녀는 또 다른 보조좌석에 몸을 고정하고 두 손바닥을 허벅지에 문질러 닦은 다음, 랩탑을 바짝 끌어당겼다. 기기가 공중으로 뜨지 않도록 손바닥으로 단단히 누르고서, 그녀는 로봇들과 소통하는 데 사용하는 인터페이스 윈

도즈 세트를 화면에 띄웠다. 불과 몇 분 만에 랩탑은 주변에 있는 즉, 현재 이 플리버 바깥에서 돌아다니고 있는 모든 로봇과의 통신망을 구축했다.

그사이 그녀는 끝에 엄지장갑 같은 기계장치를 갖춘 폴딩암을 끌어당겼다. 그것은 플리버의 외부 로봇암을 위한 인터페이스였다.

"날 위해 에어로크 좀 열어줄 테야?"

그녀의 말에 아이비가 대답했다.

"벌써 해놨어요!"

두 사람의 말이 오가는 동안 줄리아가 눈을 앞뒤로 굴리며 실피는 모습이 시야에 잡혔다. 남의 주의를 끌어당기는 줄리아의 기이한 재주에도 불구하고 그녀의 존재를 일부러 무시하기 위해, 다이나는 로봇암 끝에 장착된 카메라에서 전송되어오는 영상에 집중했다.

에어로크에 가까이 다가갈수록 그 둥근 구멍은, 테클라가 안에 챙겨둔 장치를 노출시키면서 점점 넓어졌다.

램프리는 깜박이 라이트가 장착된 박스였다. 에어로크 도어 쪽 면에는 손잡이처럼 생긴 돌출부가 있었고, 다이나는 로봇암에 달린 손으로 그것을 쉽게 붙들어, 밝은 곳으로 장치를 가지고 나올 수 있었다.

"그냥 X-37에 이걸 걸지 않는 특별한 이유가 있나?"

"글쎄, 생각 안 나는걸."

그때 줄리아가 물었다.

"지금 무얼 하고 있는 겁니까?"

"저놈의 우주 쓰레기가 사람을 죽이기 전에 궤도를 이탈시키려고요."

"바로 그 우주 쓰레기가 지구에서 온 한 용감한 사내의 시신을 운반해온 겁니다. 그는 자기 명예를 걸고 목숨을 바쳤으며……."

줄리아의 입이 열리자, 다이나가 말했다.

"아이비, 이 문제 네가 처리할래, 아니면 내가 할까?"

"내가 할게. 너 바쁘잖아."

곧이어 다이나는 아이비가 조종석을 홱 돌려 줄리아 쪽을 바라보는 소리를 들을 수 있었다. 그녀는 이렇게 일장연설을 퍼붓고 있었다.

"줄리아, 그만 닥쳐요. 한 번만 더 그 주둥아리 놀리면 당신의 그 빌어먹을 대갈통을 단번에 찌그러뜨려서 당신 시체를 에어로크 바깥으로 내던져버릴 테니까. 다음과 같은 짓은 결코 용납될 수 없습니다. 예컨대 다이나가 클라우드아크를 보호하는 중차대한 임무를 띠고 고된 작업을 수행하고 있는데, 옆에서 수다나 떨며 정신 산란하게 만드는 짓 말입니다. 당신은 지금, 이곳 클라우드아크 헌법에 입각한 PSAPS 체제 하에서 전권을 쥐고 있는 마쿠스의 지시에 정면으로 배치되는 시도를 도모한 것입니다. 당신은 비합법적으로 이곳에 와 있는 거예요. 크레이터레이크 협정은 국가지도자가 클라우드아크에 입성하는 것을 특별히 금지하고 있습니다. 바로 그 책무를 당신은 스스로 위반하였고 어떻게든 수단과 방법을 가리지 않고 이곳에 올라온 겁니다. 보아하니, 그 과정에 동원되었을 온갖 더러운 수법은 굳이 거론하지 않아도 될 것 같군요. 당신이 타고 온 우주선은 우리의 안전과 보안체계와는 도저히 양립할 수 없는 방식으로 클라우드아크에 무단 접근했습니다. 그 때문에 이곳에 거주하는 사람들 모두는 그만큼 위험을 감수해야 했으며, 아클렛들과 이지는 그때마다 회피기동을 하느라 엄청난 비용부담을 감수해야 했어요. 우리는 응급조치에 의거하여 온갖 위험을 무릅쓰고 이곳에 급파되어온 것입니다. 당신의 떳떳하지도 용감하지도 못한 행위가 초래해온 어지러운 문제들을 깨끗이 청산하기 위해, 그러지 않아도 부족한 자원을 펑펑 쓰고 있는 거예요. 이상 모든 이유와 더불어 이 우주선의 지휘관으로서 내가 당신에게 명합니다, 우리가 이지에 안전하게 도킹하는 순간까지 입 닥치고 조용히 있으라고 말입니다!"

"그런가요?"

줄리아가 말했다.

문득 고개를 들어 쳐다보는 다이나의 시야에 서로를 노려보는 듯한 아이비와 줄리아의 팽팽한 긴장감이 고스란히 포착되었다.

"미안하게 됐군요……."

마침내 줄리아가 눈을 내리깔며 말했다.

아이비가 일장연설을 하는 동안 다이나는 작업을 거의 다 끝내고 있었다. 수행 중이었던 과제는 램프리를 X-37에 부착하는 일이었다. 부착방법이 매끄럽지 못하고 다소 조악하더라도, 단단하게 하는 것이 관건이었다. 모든 기동작업을 나사에서 수년에 걸쳐 미리 계획하고 준비하던 시절이었다면, 이 정도 일은 주문제작 하드웨어를 활용해 단 몇 시간이면 끝나는 작업일 터였다. 하지만 최근에 와서 클라우드아크 주민들은 그냥 떠돌아다니는 우주폐기물 조각을 닥치는 대로 엮는 일에 능숙해져야만 했다. 그리하여 다이나는 결국 테클라의 루크를 제어하기 위해 리스가 새로 고안한 보다 진화한 형태의 편법을 동원하게 된 것이다. 다이나가 시위를 여러 개 연쇄적으로 합체하여 하나의 회초리를 빚어낸 것 역시 그와 같은 경우에 속한다고 볼 수 있는데, 제법 쓸 만은 하나, 필요보다 훨씬 무겁고 복잡한 게 흠이다. T3의 완성이 리스에게 약간의 자유시간을 허락하자, 그는 남아도는 내트들을 이리저리 뜯어고치기 시작했었다. 그것들은 워낙에 낡고 구식이어서, 리스가 목표한 바에 훨씬 잘 부합하는 새로운 모델에 비해 아주 느리고 무겁고 거북했던 것이다. 그것들을 그는 새로운 종류의 로봇으로 재탄생시키고 플링크(Flynk)라는 이름을 새로 붙였다. 플라잉 링크(flying link)라는 의미였다. 그리고 녀석들을 잘 가르쳐 효율적으로 체인을 형성하도록 했으며, 4대 작은할아버지이신 존과 베를린의 고명하신 쿠차르스키 교수님만이 꿈이라도 꿔볼 수 있을 우주공간 내 기동을 수행했다. 여기엔 창조성을 펼칠 여지가 무척 많으나, 그는 자신의 노력 대부분을 항시 해결해야 할 문제들에 집중했다.

이를테면 바로 지금 다이나가 해결해야만 하는 문제가 그렇다. X-37의 로봇암은 파지의 확실한 목표물로서 우주공간으로 눈에 띄게 뻗어 나와 있다. 언젠가 리스가 목걸이를 가지고 다이나의 검지를 옭아맨 것처럼, 끝이 열린 체인이 그것을 손쉽게 휘감을 터였다. 다이나에게 필요한 것은 적절한 형태의 체인. 마침내 그녀는 그런 체인을 하나 확보한 셈이었다. 제3세대 기술력에 빛나는 목걸이 플링크가 플리버의 선체를 나선으로 휘감아, 이제 가용상태에 들어가 있다. 그 한쪽 끝은 이미 램프리에 연결되어 있는 상태. 일련의 컴퓨터 코드를 호출함으로써 그녀는 나머지 부분을 작동시킬 수 있었고, U자 곡선을 그리거나 X-37의 로봇암을 겨냥한 크닉슈텔(Knickstelle)을 형성하는 가운데 플리버의 동체에서 풀려나가 우주공간으로 뻗어가게 할 수 있었다.

"이제 도킹해제할 준비가 됐어."

디이나의 말에, 아이비는 손님이 들어온 포트 쪽으로 물러났다.

"도킹해제."

그녀는 플리버를 X-37로부터 분리하는 체크리스트를 신속하게 훑기 시작했다.

그러는 사이 다이나는 조종석 콘솔로 거슬러 올라가 추력기 점화 프로그램을 입력했다. 아이비가 분리를 확인해주자, 다이나는 X-37에서 멀어지기 위한 소규모 델타V[18] 실행 프로그램을 가동시켰다. 마치 보이지 않는 도르래를 따라 움직이는 것처럼 크닉슈텔이 작동하면서, 플리버를 떠나 X-37 쪽으로 전개해나가기 시작했다. 곧이어 체인의 끝이 로봇암에 걸쳐지면서 나선으로 몇 바퀴 그것을 휘감았다. 그런 다음에야 플링크의 기계손들이 체인의 위치를 바로잡아 서로를 체결할 것이

18 궤도변화를 위해 필요한 가속량.

었다.

다이나는 플리버의 로봇암으로부터 램프리를 풀어주었다. 플링크는 프로그램에서 정해진 대로 램프리를 끌어당겨 X-37에 단단히 고정시켰다. 이제 플링크와 X-37, 램프리는 하나의 물체가 되었고 파괴되는 순간까지 그 상태로 머물 것이다.

다이나는 램프리의 조종에 관여하는 인터페이스를 불러들였다. 그것은 자체유도장치이긴 하나, 누가 일단 점화시켜줘야만 작동했다. 그녀는 조종휠을 돌려가면서 그 말단의 주기능 부위가 안정된 지향성을 갖도록 박스의 자세를 교정해주었다.

궤도 밖으로 무언가를 몰아내는 일은 그것을 발사하는 작업만큼이나 복잡했다. 일단 타당성을 갖춘 궤도상에 안정된 상태로 머물고 있는 사물을 무작정 지구로 떨어뜨리기는 쉽지 않았다. 주회 속도를 늦추지 않는 한 그것은 궤도에 머무르려는 속성을 고수할 것이기 때문이다. 그런데 속도를 늦춘다는 것은 일반적으로 추력기를 사용한다는 걸 의미하고, 그것은 또한 연료소비를 의미했다. 램프리는 단순한 대안일 뿐이었다.

"도킹해제 완료."

아이비는 그렇게 말하며 조종석 쪽으로 후진했다.

"이제 자유롭게 움직이면 돼."

추력기가 두어 번 발진하는 가운데 X-37로부터 거리를 만들어가고 있음을 알렸다. 아이비는 플리버를 회전시켜 X-37이 시야에 들어오도록 했다. 아마 100미터쯤은 떨어져 있는 듯했다. 불타는 지구 위에 거꾸로 뒤집힌 채 떠가면서, 깜빡거리는 램프리를 부착한 상태였다.

"오케이, 램프리가 녹색신호만 보내오고 있네. 적색신호는 안 보여. 자, 그럼 카운트다운 시작! 3…… 2…… 1…… 발진!"

다이나는 궤도이탈 버튼을 눌렀다.

램프리의 박스 전체가 툭 튀어나가더니 곧장 지구를 향해 곤두박질치면서, 고체로켓 배기구로 하얀 줄무늬를 그려나갔다. 몇 초가 지나 모터가 스스로 타버린 다음부터는 관성에 의해 박스가 계속 멀어지면서, 그 꽁무니로부터 와이어가 풀려나왔다. 1분가량 지났을까, 움직임이 멈추었고, X-37 아래 5백 미터 지점에 대롱대롱 매달린 채, 기조력으로 그것을 팽팽히 당기고 있었다.

"현재 와이어에 포지티브 전류가 흐르고 있어."

다이나가 보고했다.

"제대로 작동하고 있단 얘기지."

지구 자기장을 관통하여 지나면서 와이어가 약한 전류를 끌어모아, 결국에는 X-37의 속도를 저하시킬 힘을 만들어내고 있는 것이다. 당장의 효과는 미미하나, 수시간 내에 X-37의 궤도는 더 이상 클라우드아크에 위협이 되지 못할 지점으로까지 쇠락할 것이었다. 그리고 수일 내지 수주일이 지나면 대기권으로까지 하강해, 마침내 사라져버리고 말 것이다.

이제 플리버의 궤도가 이지의 궤도를 가로지르기 전까지 남은 시간은 20분. 하지만 물리적으로 떨어진 거리는 불과 수십 킬로미터에 불과했고 여전히 '스웜'을 이루고 있었다. 이는 곧 플리버의 컴퓨터가 클라우드아크 네트워크와 교신 중이며, 그에 재진입하여 도킹에 이르는 최상의 효율적 경로를 탐색 중이

라는 뜻이었다. 또한 X-37을 깔끔히 제거한 램프리의 성공에
더해, 출발 당시 퍼앰뷸레이터 화면을 어지럽히던 적색반점 대
부분이 이제는 깨끗이 지워졌어야 마땅했다. 그런데 다이나와
아이비가 막상 화면을 주목하자, 상황은 오히려 이전보다 더
안 좋게 드러나 있는 것이었다. 당장은 이유가 명확히 떠오르
지 않았다. 수학이라든가 데이터시각화의 관점에서 퍼앰뷸레
이터는 더할 나위 없이 멋진 장치이나, 도대체 무슨 일이 벌어
지고 있는지를 알고 싶을 때도 종종 있는 법이다. 한마디로 내
러티브가 고플 때라고나 할까.

그때 아이비의 전화기로 문자가 도착했다. 마쿠스였다. 아이
비는 그것을 큰 소리로 읽었다.

"목측관찰과 수동조종으로 접근할 것. 충돌 파편들을 조심할
것."

"벌써?"

다이나가 소리쳤다.

하드레인에 돌입한 지 두어 시간 만에 벌써 유성 피해에 시
달린다면 좋은 출발이 아니다.

"'동족살해'가 발생한 거야," 계속 문자를 확인하면서 아이비
가 말했다. "아클렛이 진퇴양난 상황에 봉착한 것 같군."

'진퇴양난'이란 시뮬레이션을 통해 부각된 문제였다. 스웜이
라는 체제 전체는 연료소비를 최소화하면서 아클렛끼리 서로
충돌하는 상황을 방지하도록 해결책을 모색해왔다. 물론 긴급
한 상황에서 충돌을 피하기 위해 다량의 추진연료를 소모하는
것은 언제든 오케이다. 하지만 아무리 애를 써도 충돌이 일어

날 수밖에 없는 상황이 있고, 이때는 피해를 최소화하는 길을 선택하는 것 말고는 다른 할 일이 전혀 없다. 퍼앰뷸레이터의 모든 것이 그런 상황의 발생을 막고 있긴 하나, 가능한 시나리오는 거의 무한대이며 아무것도 확실한 것은 없는 법이다.

"'컨트롤 상황에서 충돌. 사망자 없음. 하지만 일부 후속피해 발생. 현재 그 정도 조사 중. 주위에 파편이 떠돌아다닐 가능성 있음.' 그래서 나더러 수동조작으로 비행하길 권하는 거로군."

아이비의 말에 다이나가 반문했다.

"파편이 어떤 종류래? 단단한 덩어리야 아니면……."

"단열재 종류 같아…… 그나마 다행이지."

아이비가 대답했다

아마도 아클렛이나 모듈에서 태양열을 막아주는 절연재라든가 반사파일 표피 일부가 떨어져 나간 모양이었다. 결국 깃털처럼 가벼운 조각이라, 플리버에게는 그리 큰 위협이 되지 않을 전망인 것이다. 하지만 레이더로는 규모가 커 보였고, 퍼앰뷸레이터를 온통 난장판으로 만들고 있었다.

조정석에 앉은 아이비는 유일한 창문을 독점하고 있었다. 다이나는 아무것도 보지 못하는 상태로 비행하긴 싫었고, 그래서 플리버의 안구형 카메라를 위한 인터페이스를 작동시켰다.

한편 줄리아가 이상한 소리를 반복적으로 내기 시작했다. 뭔가 목구멍에서 낮게 울리는 축축한 소음인데…… 알고 보니 코를 고는 것이었다.

"딴에는 힘든 하루였겠지." 아이비가 툭 던지듯 말했다.

"그러게."

다이나로서는 이런 경우 전직 대통령에 대해 어떤 감정을 느껴야 하는지 판단할 만한 전례를 찾을 수 없었다. 어떻게 보면 그녀의 태도는 손가락질 받을 만한 것이다. 하지만 달리 보면, 지난 몇 시간 만에 그녀는 남편과 딸, 조국 그리고 일자리까지 한꺼번에 상실한 몸이다.

한동안 카메라를 이리저리 돌리던 다이나는 마침내 프레임 정중앙에 이지를 포착하는 데 성공했고, 곧바로 줌인했다. 때마침 이지는 지구의 밤을 이루는 암흑면에 위치해 있었다. 정상적이라면 아주 캄캄했을 곳이지만, 지금은 붉은빛으로 달아오른 대기에 의해 아래쪽에서 환하게 불 밝혀진 상태였다. 이따금 3백여 킬로미터 저 아래의 대기권으로 큼직한 유성들이 파고들 때마다 마치 번갯불처럼 푸르스름한 섬광들이 번득이곤 했다. 물론 다이나는 그처럼 환한 빛에 휘감긴 이지의 모습을 본 적이 없었다. 익숙해지려면 상당한 노력이 필요할 것 같았다.

어쨌든 거리를 두고 바라보이는 이지의 모습은 그런대로 괜찮았다. 하지만 확대해서 면밀히 들여다보자, 어지러이 산재된 비주얼노이즈가 서서히 떠도는 파편들 즉, 아이비가 방금 언급한 단열재 조각들로 구체화되면서 시야에 들어오기 시작했다.

이지는 지난 2년 동안 헤아릴 수 없을 만큼 복잡한 구조물로 진화했다. 이 정도 거리를 두고 이지를 바라본 적이 거의 없는 다이나는 사실상 그것의 어떤 모습이 정상인지 선명하게 감을 잡을 수 없었다. 하지만 영상을 조금 더 확대할수록 그 천저 쪽, 그러니까 즈베즈다와 자리야의 접합부 근처에서 어떤 이상한 현상이 벌어지고 있다는 것만은 분명해 보였다.

아무리 복잡해졌다고는 하나, 그래도 이지의 복잡성은 나름 견고하고 안정된 룰에 속해 있었다. 유일한 예외가 있다면 바로 아말테아. 하지만 그조차도 '마이닝 콜로니'의 로봇들이 새롭게 단장하고부터는 보다 표준화된 양상을 갖춘 상태였다. 그런데 다이나가 지금 줌인해서 들여다보고 있는 부분은 불안정한 엉망진창 상태였다. 열차폐막이 널찍하게 찢겨 거의 느끼지 못할 만큼 약한 바람에 너덜거리고 있었다. 얼추 보기에는 '심각하다'고 할 만한 상황은 아니었다. '심각하다'는 건 선체균열이라든가, 구멍에서 공기가 새어나가는 현상, 파편이 주변에 흩어져 돌아다니거나 시신이 매달려 있는 상황 등을 의미하는 말이나.

"기껏해야 긁힌 정도 같군," 다이나가 말했다. "즈베즈다의 천저 부위와 아클렛이 살짝 스친 것 같은데 말이야. 열차폐막 일부에 약간 손상이 가긴 했지만, 구조적인 피해는 거의 없는 것 같아."

그러자 아이비가 응답했다.

"현재 심각한 수준의 사상자는 보고되지 않고 있네. 아클렛 동체가 약간 부서지거나 뒤틀린 모양이야. 아마도 네가 말한 그대로 같네."

"아마도."

다이나가 대꾸했다. 이제는 카메라가 디테일한 부분을 포착할 만큼 거리가 충분히 가까워졌다. 열차폐막이 떨어져 나가 노출된 부분은 언뜻 보기에 무척 낯설게 다가왔다. 한 쌍의 손잡이처럼 스택의 저변에 돌출되어 나온 큼직한 T자형 구조물이었다. 그 밑에는 이따금 반짝거리는 작은 물체들이 가지런히 줄지어 박혀 있었다.

마침내 모든 상황이 다이나의 머릿속에서 제자리를 잡았다. 다름 아닌 모이라가 관장하는 시설을 지금 보고 있는 것이었다. HGA 즉, 인간유전자보관소 말이다. 한번은 모이라가 그녀를 초대해 죽 둘러보게 해준 곳이지만, 그건 안에서 진행된 일이었고, 그렇기에 밀폐되고 압축된 환경에서의 구경이었다. 이제 다이나는 그 모든 것을 바깥에서 보고 있었다. 이전까지는 열차폐막으로 언제나 은폐된 상태였다는 얘기다. 그것이 뜯겨나가자 그 내부구조가 적나라하게 노출된 것이다. 강력냉동 처리된 정자와 난자, 태아들을 내장한 육각형 샘플박스들이 가지런히 배열된 채, 절대영점 온도에 가까운 완전암흑의 우주공간 속에 방치되어 있다.

"모이라가 분산 프로젝트를 진행하고는 있었던 거야?"

다이나는 억지로 목소리를 가라앉히며 물었다.

"글쎄…… 우리가 에잇볼 얘기를 들었을 때만 해도 스케줄이 잘 짜인 것 같았는데. 당시 진행 중이던 여타 대책들처럼 말이야. 하지만, 솔직히 말해서 나도 잘 모르겠네……."

아이비의 대답이었다.

이미르

"······바로 그때 해치에 진공력이 작용했고, 바로 코앞에서 요란하게 닫혔지 뭡니까! 다시 열려고 애썼지만 흡입력이 워낙 강해 꿈쩍도 하지 않더군요. 이봐요 마쿠스, 나이나가 해치 너머에 갇혀 있음을 실감하면서 내 마음이 얼마나 괴롭고 무기력했는지 모릅니다."

마쿠스의 시선이 어느새 아이비에게로 향하고 있었다. 줄리아의 발언을 하도 오랫동안 듣고 있어서 잠깐 휴식이 필요했던 거다.

아이비는 양손을 들었다 놓으며 입을 열었다.

"나는 나대로 그 형편없는 기계를 조종하느라 정신이 없었고요. 줄리아가 설명을 하는 순간에도 대체 무슨 상황인지 전혀 이해가 안 가더라고요."

"알았습니다," 마쿠스가 말했다. "당신이 그걸 정상비행할 수 있게 조종했다는 사실 자체가 믿어지지 않을 정도요. 앞으로 백 년은 인구에 길이 회자될 만한 일이지."

'에휴, 그때까지 인간이 살아남으면 말이지……' 다이나가 속으로 중얼거렸다.

아이비는 눈을 끔벅이며 마쿠스의 눈치만 살피고 있었다. 혹시라도 빈정대는 기미는 없는지 예의주시하는 것이었다. 그런데 아니었다. 마쿠스 특유의 무뚝뚝함은 어느 방향으로나 작동하는 것으로, 난데없는 칭찬도 서슴없이 할 수 있는가 하면, 사람 기를 죽이는 인정머리 없는 말도 얼마든지 내뱉는 것이었다.

"골치 아파 죽는 줄 알았습니다."

아이비가 말을 마무리했다.

탱크 안, 회의용 테이블 주위에 둘러앉아 있었다. 마쿠스는 이 회합에다 굳이 '진상조사'라는 용어를 갖다 붙이지는 않으나, 결국은 그걸 진행하고 있었다. 적어도 어제 발생한 사태에 관해 최대한 공식 확인절차를 거치는 중이었다. 우선 마쿠스가 사건을 간추려 정리하면서 적절하게 사무적인 방식으로 시작했다. 그런데 줄리아가 자기 입장에서 모든 걸 "처음부터" 다시 설명하겠다며 고집을 부리는 바람에 회의 자체가 궤도이탈로 치닫고 말았다. 게다가, 백악관 남편 옆에서 잠이 깨 세상 종말이 오든 말든 딸과 함께 마지막 아침식사를 하고는, 그로부터 서른여섯 시간이 흘러 궤도로 서둘러 오를 준비를 하기까지의 사연을 그녀는 "처음부터"라는 말로 지칭하고 있었다. 그러다 보니 진술 내내 사소한 사건들과 잡다한 우연들이 구구절절 이어지는 것이었다. 세상 난다 긴다 하는 거짓말쟁이도 그렇게 이야기를 줄줄이 지어낼 수는 없을 터였다. 마쿠스가 갈수록 빈번하게 자신의 스위스제 시계에 노골적인 눈길을 던지는데도 아랑곳하지 않고 그런 식의 이야기가 한 시간은 족히 지속되었다. 그동안 나머지 사람들은 지루하면서도 멍하고 또 질려하는 상태를 마치 주문에 걸린 듯 버티고 있어야 했다.

줄리아는 저 죽어버린 행성의 죽어버린 사람들과 무얼 어찌 했는지 이곳 사람들이 정말 궁금해한다고 믿는 모양이었다. 사실 그것은, 이제 막 이곳에 도착한 사람들 모두에게서 흔히 확인되는 착각이었다. 단지 그녀의 경우는 자신이 대통령이었다는 사실로 인해 엄청나게 그런 착각이 강화되었을 뿐이다. 세상에서 가장 강력한 파워를 가진 사람이 떠드는 얘기는 누구나 기꺼이 경청하기 마련이니까.

줄리아는 이렇게 말했다.

"얼마나 감사한 일인지 몰라요, 우리가 이렇게……."

"그럼요!"

마쿠스가 재빨리 말을 끊었다. 줄리아의 얘기를 더는 듣고 싶지 않다는 의사가 명백히 담긴 말투였다. 그러면서도 마쿠스의 기분은, 다음 순서로 넘어가는 것 또한 그리 내키진 않았다.

모이라를 노골적으로 바라보고 있는 사람은 단 한 명도 없었다.

"고맙습니다, 줄리아."

마쿠스의 어조에는 이제 줄리아가 그만 물러나도 좋다는 결정이 명백하게 새겨 있었다.

줄리아는 약간 놀란 듯했다.

"하지만 닥터 크루의 진술은 아직 듣지 못했는데요."

"대신 당신으로부터 모두 들었습니다."

마쿠스가 말했다.

다들 마쿠스의 지적을 수긍하는 분위기였고, 줄리아는 그게 마음에 들지 않았다. 하지만 엉거주춤 자리에서 일어나 이렇게 말하는 수밖에 없었다.

"좋습니다. 전에도 말했듯이, 마쿠스, 저는 이곳에서 힘닿는 데까지 쓸모 있는 존재가 되려고 노력할 겁니다."

"알겠습니다."

마쿠스는 그렇게 대꾸한 뒤, 테이블 건너 아이비를 무표정한 얼굴로 바라보았다. 두 사람 다 무슨 생각을 하고 있을지 다이나는 알 것 같았다. '당신은 여기서 쓸모없는 것 이상으로 불필요한 존재야. 그래서 애당초 초대받지도 못한 거라고!'

"고맙습니다, 줄리아."

그제야 전직 대통령은 테이블에서 물러났다. 큐브팜으로 통하는 문 앞에서 그녀는 걸음을 멈추었고, 마치 슬픈 강아지 같은 눈길로 마쿠스를 돌아보았다. 당장이라도 그가 무릎을 탁 치면서 농담이었다고 웃어젖히고는, 어서 자리로 돌아와 앉으시라고 따뜻하게 말해주기를 바라는 눈치였다. 그런 기대가 터무니없다는 게 분명해지자, 그녀의 얼굴에는 다이나가 느끼기에 왠지 두고 보기가 걱정스러운 어떤 표정이 스치고 지나갔다.

다이나는, 하루 만에 핵무기로 사람들을 몰살시키던 존재가 일주일도 안 돼 자그마한 회의탁자에서 물러나라는 소리를 듣는다면 그 기분이 어떨지 궁금했다. 분명 좋은 기분은 아닐 터. J.B.F.는 나가는 길을 찾는 것만큼이나 현재 자신의 얼굴표정을 감추기 위해 사람들에게 등을 보였고, 곧이어 출입문을 열었다. 잠시 그대로 문이 열려 있는 사이, 이슬람 스타일의 베일을 얼굴에 걸치고 밖에서 기다리는 어떤 젊은 여자가 다이나의 시야에 들어왔다. 얼굴의 아래 반쪽을 가린 채 눈동자만 반짝이면서, 여자는 줄리아가 나타나자 따스한 몸짓을 취했다. 줄리아는 그 여자에게 애정 어린 손길을 내밀었고, 돌아서자마자 그 작은 등에 한 손을 얹고 걸었다. 그렇게 두 사람은 문이 닫히면서 나란히 사라졌다.

이제 탱크에 남은 사람은 마쿠스와 다이나, 아이비, 모이라, 살바토레 구오디안 그리고 스웜역학 분야에 한해 그들 모두의 지도자급 이론가인 응용수학자 종 후뿐이었다. 다른 사람들은 궤도공학이라든지 로켓엔진 즉, 우주비행체 개개의 궤적을 조질하는 구식기술에 관해서 더 많이 알고 있는 반면, 종 후는 퍼 앰뷸레이터의 주설계자이자 복합계의 전문가였다. 그는 스웜 내부에서 무엇이 비정상이고 무엇이 정상인지를 명확히 이해하고 설명할 수 있는 유일한 사람이었다. 일생의 대부분을 베이징에서 보냈으나, 영어에 충분히 익숙해질 만큼의 넉넉한 시간을 또한 서방세계의 대학들에서 지낸 그였다. 마쿠스가 고개를 끄덕하는 것에 대한 응답처럼 그가 입을 열었다.

"현재 벌어진 상황을 진단해보았습니다. 다들 알다시피 선회 중 충돌에 이르는 사태는 이미 한 차례 있었습니다." 아클렛들 사이에 가볍게 부딪치는 상황을 점잖게 일컫는 표현이었다. "그러나 아직은 아클렛 214호가 충분한 통제력을 갖추고 있어, 두 번째 그런 사태를 맞지 않을 수도 있었습니다."

"그런데 왜 그렇게 못한 겁니까?"

마쿠스의 질문이었다.

"알고리듬이 아슬아슬하게 충돌을 피해가는 상황을 예견한 터라, 기본적인 교정 이상의 그 어떤 조치도 취하지 않았던 겁니다. 인간운용자는 산만해지고 방향감각을 잃어서 수동조작으로 경로를 교정하는 데 애먹었고요."

종 후의 대답에 마쿠스가 말했다.

"이 문제와 관련해서는 인간운용자를 나무랄 수가 없습니다. 수동비행이 초래할 결과에 대해서 그동안 수없이 경고를 해왔기 때문입니다. 도대체 알고리듬에는 무엇이 문제였던 겁니까?"

"특별히 문제가 있었던 건 아닙니다. 단지 데이터가 좋지 않았기 때문이지요. 직접 보여드리지요."

종 후는 태블릿을 몇 번 두드리더니, 회의탁자 위 대형스크린 상에 이지의 3차원 모델을 끌어왔다. 얼추 들여다보면, 어느 정도 최근구조인 것처럼 보였다. 지난 수일 이내에 복합구조로 추가된 우주선체와 모듈들이 상세하게 묘사되어 있었다. "이것이 어제까지 충돌예방장치로 사용되던 시스템 모델입니다."

손가락 끝을 모니터에 대고 돌리자, 천저 방향에서 바라보는 모델이 나타났다. 계속해서 종 후는 자전거 손잡이 모양의 독특한 인간유전자보관소를 확대했다. 즈베즈다 모듈의 아래에 좌우로 돌출한 냉동저장장치 말이다. 바로 전날 다이나가 플리버에서 바라본 바로 그 모양과 동일했다.

"잠깐 그대로! 이거 정확한 모델입니까? 이게 다예요?"

아이비가 물었다.

"네."

종 후의 대답이었다.

"하지만 단열층이 포함되지 않았는데요. 충돌보호용 실드에 최소 1미터 두께로 덮여 있는 것 말입니다."

아이비의 지적에 종 후의 설명은 이랬다.

"정확한 지적입니다. 바로 그런 점에서, 이 모델은 시효가 지났다고 할 수 있는 거죠. 그래서 지금은 업그레이드 버전으로 대체한 상태입니다."

전원이 이해하고 있듯, 이번 사태는 그 누구의 잘못도 아니었다. 아키텍트들은 거의 2년 내내 이지의 3차원 모델을 정교하게 업데이트하려고 혼신의 노력을 기울여왔다. 그건 이지의 구조가 거의 매일 바뀌기 때문에 거의 불가능한 작업이었다. 그런 상황에서 단열용 블랭킷 같은 섬유제품은 아무래도 우선순위에서 멀어질 수밖에 없다. 인간이라면 이런 모델을 들여다보면서 마음으로 그런 것들을 첨가할 수 있겠으나, 컴퓨터는 그만큼 똑똑하지 못하다.

"그런데도 우리는 모델을 어림잡아 대충 고려하고 있지. 어떤 아클렛도 저렇게 근접한 상태로 지날 수 없는 것을."

마쿠스의 지적에 종 후가 말했다.

"무슨 일이 벌어진 건지 보여드리겠습니다."

그는 비디오 영상을 하나 띄웠는데, 트러스 구조의 한 곳에 설치된 것으로 보이는 외부카메라에서 포착한 것이었다.

인간유전자보관소와 그것을 둘러싼 단열용 블랭킷이 프레임 중앙이 아닌 우측하단 구석에 등장하고 있었다. 카메라 앵글이 썩 좋지 않았다는 뜻이다. 하지만 무슨 일이 벌어지는지 확인은 가능했다. 문제의 아클렛이 접근해오고 있었다. 좌측 방향에서 사람의 느린 걸음보다 그다지 빠르지 않은 속도로 슬금슬금 기어오르고 있었다.

"실시간 녹화입니까?"

살바토레가 물었다.

"네. 극단적인 저속으로 접근하기 때문에 심각한 위험성이 잘 드러나지 않지요."

"이대로 가면 가까스로 비껴 지날 것처럼 보이는데."

살바토레의 이런 견해에 종 후가 대답했다.

"그랬죠. 이 일이 벌어지기 전까지는……."

그러면서 동영상을 정지화면으로 전환했다. 식별이 쉽진 않았으나, 아클렛 214호의 전방 불빛 속에 미세한 섬광이 보이는 것이었다. "이 순간 추력기가 점화한 겁니다. 자동상태에서 작은 경로조정이 있었단 얘기죠." 그는 영상을 앞으로 돌렸다. 아까의 섬광은 사라지고, 대신 희부옇게 퍼져 있는 회색빛 구름이 보였다. "배기가스입니다. 빠르게 흩어지면서 신속하게 움직여나가고 있지요." 몇 차례 프레임을 더 진행시켜가자 단열용 블랭킷이 가스로 인한 충격 때문에 되튀는 것을 볼 수 있었다. 두 개의 블랭킷이 만나는 자리의 이음매가 떨어지면서 그중 하나가 마치 바람을 맞아 펄럭이는 누더기처럼 흔들거렸다.

종 후가 이제 영상을 자연스럽게 상영하자, 아클렛 후미의 불빛이 너덜거리는 블랭킷과 맞물려 늘어지는가 싶더니, 그것을 마저 찢어버리고, 이어서 인간유전자보관소가 지구 대기권의 오렌지색 광선에 노출되는 상황이 벌어졌다.

"저 출력기가 하필 저때 점화하지만 않았어도……."

아이비의 말에 종 후가 고개를 끄덕였다.

"아클렛 214호는 2미터 정도 여유를 두고 밑으로 지나쳐갔을 겁니다. 안심할 정도는 못 돼도 그 정도 간격이면 감지덕지죠."

잠시 뜸을 들인 뒤, 그가 덧붙였다.

"HGA의 단열시스템도 지금보다 낮게 디자인되었어야 마땅했고요."

이어지는 적막의 이유는, 누가 제일 먼저 웃을까 지켜보며 서로 눈치만 보기 때문이었다. 도통 웃을 일 하나 없는 이곳 생활에서, 그나마 웃자고 한 얘기 아니겠는가.

종 후도 그런 분위기를 감지한 듯했다.

"제 말은, 이게 정상 열부하 환경을 고려해 엔지니어링되었을 거란 뜻입니다."

"이를테면 태양열을 고려해서요."

다이나가 거들었다.

"그렇죠. 아래 대기권으로부터 방사열이 솟구치는 환경이 아니고요……."

"당연히 이지의 다른 부분들에서도 상황은 마찬가지일 겁니다. 전체에 지금과 같은 열부하가 작용할 테니까요. 모이라, 피해는 어느 정도입니까?"

마쿠스가 말했다.

문제를 툭툭 찔러보는 마쿠스의 날렵하고도 유연한 회의진행 방식을 다이나는 인정하지 않을 수 없었다. 회의 내내 아무

생각 없이 있던 모이라는 정신을 추스르느라 잠시 뜸을 들이고
는 말했다.

"후가 설명한 대로, 단열시스템이……."

"부실했다는 것, 우리도 다 압니다."

마쿠스가 말을 끊었다.

"네, 그리고 백업시스템이 우리에겐 없습니다."

"물론 그렇겠죠," 마쿠스가 다시 말을 받았다. "HGA의 냉각
장치는 나머지 우주 전체인 셈이니까요. 그 우주 전체를 백업
할 시스템을 갖출 생각은 애당초 하기 어려운 것입니다. 대부
분의 시간을 그것에 의존해 냉각을 유지할밖에요."

"에잇볼로 인해 스케줄이 가속화되어……."

"그만하죠." 순간 다이나가 나섰다.

그녀에게로 모두의 시선이 향했다.

"이 문제는 그쯤에서 정리하자고요. 보세요. 제가 열네 살이
었을 때 아빠가 운영하는 광산 중 하나가 무너진 적이 있습니
다. 당시 광부 열한 명이 사망했죠. 정말 끔찍했습니다. 아빠는
결국 그 일에서 헤어나지 못했어요. 물론 사태의 진상을 파악
하고 싶어했죠. 확인해보니 사정이 복잡했습니다. 한 요인이 다
른 요인을, 또 다른 요인을 연쇄적으로 촉발했고…… 결국 개
개인이 취한 조치는 다 납득할 만했지만, 어느 누구도 전체를
보지 못했던 겁니다. 아빠는 그래도 여전히 자신의 책임이라고
생각했지만, 실상은 결코 그렇게만 볼 수 없는 사고였지요."

다이나는 계속해서 얘기를 이어갔다.

"이번 사태의 진상은 이렇습니다. 숀 프롭스트는 소행성 탐

사회사를 시작하면서 수많은 큐브샛을 뭉텅이로 쏘아 올렸습니다. 그리고 지구근접 소행성들에 관한 무수한 데이터를 축적해 비밀리에 관리해왔지요. 바로 그 데이터베이스를 소지한 상태로 그레그 스켈레톤 미션에 뛰어든 겁니다. 그러던 중 무선 장치가 암석과 충돌해 파괴되었고, 교신을 못하게 되었죠. 그러다가 막바지 시점에 가서, 그러니까 원칙적으로는 이미 늦은 타이밍에 가서야, 데이터베이스를 확인할 생각을 하게 되었답니다. 거기서 에잇볼에 대한 사항을 알게 된 거죠. 그는 즉시 제게 경고했고, 저는 두브에게 경고했으며, 두브는 다른 모든 이에게 경고했습니다. 그래서 우리가 스케줄을 전체적으로 밀어붙였던 거고요. 모이라는 지난 1년 남짓 계획되어온 프로젝트에 방아쇠를 당긴 것뿐입니다. HGA 샘플들을 아클렛늘에 분산 배치하자는 프로젝트 말이죠. 우주역사를 수놓은 다른 모든 프로젝트와 마찬가지로, 이 역시 처음에는 각종 장애요소들이 부상함에 따라 느리게 진행되었습니다. 그뿐 아니라 그놈의 스플러지 때문에 플리버들도 죄다 만원이고 우주복들 역시 툭하면 사용 중이었지요. 그래서 실제로 분산 배치가 이루어진 샘플은 얼마 되지 않았습니다. 이런 논리적인 문제들을 다 정리하는 동안 샘플을 HGA의 냉동실에 넣어두는 편이 더 안전했겠지요. 스플러지가 일어나 이 사람 저 사람 제멋대로 만든 쓰레기들이 거의 다 우리 쪽으로 발사되는 바람에 퍼앰뷸레이터에 엄청나게 많은 불이 켜졌어요. 아클렛들도 상당히 주기적으로 위기에 몰렸습니다. 아클렛을 두 대나 잃었어요. 아이비와 내가 플리버를 타고 줄리아를 데리러 갔다 왔기 때문에 이런 문제가 더 커지고 혼란스러워졌을 겁니다. 그런데, 우리가 방금 목격한 사건이 일어났습니다. 형편없이 설계된 HGA의 단열 시스템이 아클렛 214 때문에 대부분 뜯겨나갔고, HGA는 지구 대기권의 빛에 직접 노출되었습니다. 대체 보온기가 비상 가동을 하기도 전에 샘플은 모두 해동되어버렸습니다. 그 샘플들은 모두 죽은 거죠. 맞습니까, 모이라?"

모이라는 말이 나오지 않았는지 고개만 끄덕였다.

"좋습니다." 다이나가 말했다. "내 생각엔, 마쿠스가 정말 묻고 싶은 질문은 이 사건이 일어나기 전 HGA의 샘플을 다른 장소에 있는 안전한 냉동실로 얼마나 많이 옮겨놓았는가, 다시 말해서 샘플이 얼마나 살아남았는가 같은데요."

모이라는 헛기침을 한 다음 희미한 목소리로 말했다.

"전체의 3퍼센트 정도입니다."

"좋습니다. 한 가지만 더 질문하겠습니다. 두브에게 이야기했습니까?"

마쿠스가 말했다.

"두브는 그런 일이 일어나지 않았을까 의심하고 있었죠. 하지만 그에게 그 소식을 공식적으로 전하지는 않았습니다. 먼저 제가 확신하고 싶었으니까요."

"지금은 확신합니까?"

"네."

마쿠스는 고개를 끄덕이더니 전화기를 꺼내 문자를 보냈다.

"당장 나와 모이라를 만나러 이리 오라고 두브를 불렀습니다."

마쿠스와 모이라를 제외하고 모두가 일어나 나가려고 하자, 마쿠스는 손을 들어 그들을 말렸다.

"모두들 가기 전에 내가 인간유전자보관소의 손실에 대해 한마디만 하겠습니다."

그다음 그는 극적인 효과를 위해 모두가 자기를 바라볼 때까지 입을 다물었다.

"그건 처음부터 헛짓거리였어요." 그가 말했다.

모두가 잠시 그 말의 속뜻을 생각했다.

"두브에게도 그렇게 말할 건가요?" 아이비가 물었다.

"물론 그렇지는 않죠. 하지만 HGA의 진정한 존재 목적은 '옛 지구'의 정치에 활용되기 위해서였습니다."

"이제 그걸 그렇게 부르나요? '옛 지구'라고?"

살이 넋을 잃고 물었다.

"실제로 그곳을 생각할 일은 점점 드물어지겠지만, 나는 그렇게 부르겠습니다." 마쿠스가 말했다.

"고마워요, 마쿠스." 모이라가 말했다.

두브는 당연히 이미 알고 있었다. 이지는 수백 명의 사람들이 제트 여객기 몇 대만 한 공간에 흩어져 있다는 것을 가끔 잊어버릴 정도로 복잡한 곳이었지만, 소식은 빠르게 퍼졌다. 인간유전자보관소가 거의 완전히 파괴되었다는 사실을 모든 사람이 몇 시간 만에 알게 되었다.

두브는 마쿠스, 모이라와 함께 탱크 안에 앉아 있었다. 그들은 테이블 맞은편에서 그를 뚫어지게 바라보며, 참을성 있게 그의 반응을 기다렸다.

"이봐요." 그가 마침내 말했다. "이제 닥 뒤부아는 없어요. 그건 페르소나였다고요, 알겠습니까? 배우가 연기하는 역할일 뿐이었죠. 나는 그냥 개인이에요. 마음대로 감정을 꾸며내서 드러내지 않습니다. 더구나 내가 어떤 감정을 드러내지 않나 사람들이 지켜보고 있을 때 그러지는 않습니다. 한 1년쯤 지나 외로움을 느끼거나, 어떤 사건이 일어나 허를 찔렸을 때 이 일을 떠올리며 주체하지 못하고 흐느낄 수도 있겠죠. 하지만 지금은 그러지 않아요. 이번 일에 아무 감정도 일지 않는다는 말은 아닙니다. 하지만 내 감정은 내 거라고요."

"이번에 일어난 일은 정말 유감스럽습니다." 모이라가 말했다.

"고맙군요. 하지만 우리 모두가 품고 있는 생각을 내가 입 밖으로 꺼내 얘기해보지요. 바로 어제 70억 명의 사람들이 죽었어요. 거기에 비하면 유전자 샘플을 얼마간 잃어버린 건 아무 일도 아닙니다. 나와 아멜리아가 함께 만들고 내가 여기 데려온 배야…… 뭐, 그건 J.B.F.가 나를 이곳에 올려 보내려고 격려금 조로 준 특혜였지요. 다른 사람들은 아무도 그런 특별대우를 받지 못했습니다. 불공평한 일이었고요. 나도 압니다. 하지만 나는 그 특혜를 받아들였어요. 그런데 우리는 이제 여기까지 왔습니다." 두브가 말했다.

"그래요." 마쿠스가 말했다. "여기까지 왔습니다. 앞으로 더 나아가려면……."

"하지만 HGA가 별로 대수롭지 않다는 의견에 제가 동의할 수 있을지 잘 모르겠습니다." 두브가 말했다.

마쿠스는 조바심을 누르며 눈썹을 치켜올렸다. 두브가 모이라를 바라보았다.

"무슨 용어를 쓰셨었죠? 이형접합성(Heterozygosity)?"

"맞아요. HGA의 공식 목적은 인류의 유전적 기반을 충분히 다양하게 확보하자는 것이었습니다." 모이라가 말했다.

"나한텐 중요한 목적 같아 보이는데요. 내가 놓치고 지나간 부분이라도 있나요?" 두브가 말했다.

"우리는 전 세계의 인간 게놈을 수만 개 갖고 있습니다. 전부 디지털 방식으로 기록되어 있어요."

"그것으로 이형접합성을 확보할 수 있다는 말입니까? 그런 뜻이로군요." 두브는 그녀를 몰아붙이다가 마쿠스를 흘끗 바라보았다. "그럼 HGA는 사실 필요 없었네요."

"그래요. '하지만' 들어보세요." 모이라가 말했다.

"'하지만' 뭐라는 거죠?"

"당신도 알고 계실 텐데요. 디지털로 된 염기서열이 쓸모가 있으려면 제대로 된 장비가 있어야 합니다. 독자적으로 생존할 수 있는 인간의 세포 속에 그 순서를 기능 염색체로 구현할 장비 말이죠. 하지만 썸드라이브(thumb drive)에 저장된 DNA 서열을 사용하려면……."

"당신 실험실에 있는 도구를 총동원해야 하겠군요." 두브가 말했다.

모이라는 약간 초조한 모습을 보였다.

"제 실험실이라고 말씀하시는 곳과 제대로 된 실험실 사이의 간격은 썸드라이브 속 이진법과 살아 있는 인간의 간격만큼 멀걸요. 그건 무중력 상태에서 풀어 사용할 수도 없는 저장장치들이에요. 우리가 모든 장치를 준비해서 작동시킨다 해도, 박사 수준의 분자생물학자 한 팀이 달라붙지 않으면 아무 쓸모도 없을 겁니다."

"정말입니까? 쓸모없다는 게?" 마쿠스가 물었다.

모이라는 한숨을 쉬었다.

"한 번에 샘플 하나 정도 처리하는 소규모 작업은 쉽겠지요. 하지만 유전적으로 다양한 인구를 다시 만들어내려면……."

"하지만 모이라, 어차피 여러 가지 다른 문제들을 해결하기 전에는 그런 작업을 할 수 없습니다. 인구가 많으면 아클렛에서 조류만 먹으며 살 수는 없어요. 먼저 안전하고 계속 생존할 수 있는 콜로니를 만들어야 합니다. 그다음에 당신의 실험실을 세우죠. 그다음에는 더 다양한 생태계를 만들 겁니다. 더 나은 음식을 생산할 수 있고 더 안정된 생태계 말입니다. 그때나 되어야 인류의 이형접합성 문제를 걱정할 수 있을 겁니다. 그때까지는, 지금 있는 인구가 보통 방식대로 섹스해서 아이를 낳는 것만으로도 충분히 근친교배를 피해 건강한 아이들을 낳을 수 있을 겁니다."

"전부 사실이에요." 모이라가 말했다.

"HGA가 허튼짓이었다고 내가 선언한 근거가 바로 이런 겁니다." 마쿠스는 결론을 내렸다.

"당신 말은, 우리가 실제로 HGA를 활용하기 위해 필요한 전제조건을 모두 만족시킨다면…… 거주지, 생태계, 재능 있는 사람들……."

"그러면 HGA가 필요하지도 않겠지요. 그래요, 바로 그겁니다!" 마쿠스가 말했다. "이제 제발 시간 낭비는 그만할 수 없을까요?"

"그럼 시간을 어떻게 '쓰는' 게 더 좋겠어요, 마쿠스?" 모이라가 올빼미같이 안경 너머로 그를 쳐다보며 물었다. 재미있다는 듯이.

"어떻게 거기까지 갈 수 있을지 이야기하는 거죠. 방금 말한 상황을 어떻게 현실화시킬 것인가."

"그런데 내가 어떻게 그 일을 도울 수 있을까요? HGA가 97퍼센트 파괴되고 내 장비는 오랫동안 하나도 쓸 수 없을 텐데?"

"자, 그럼 어떻게 그 장비를 보존하느냐, 모든 위험을 무릅쓰고라도 장비를 보존해서 안전한 장소로 가져가는 겁니다. 당신 말대로 언젠가 제대로 된 실험실을 지을 수 있는 상황이 된다면 말이죠."

"그러면 문제는 그걸 최대한 안전하게 지키는 거네요, 그렇죠?" 모이라가 물었다. "내 장비는 노드X처럼 특별대우를 받게 되었습니다. 아말테아와 아주 가까이 있게 되었죠. 지금 우리의 생활방식을 그대로 지킨다면 위험을 느끼지 않아도 됩니다."

그녀가 언급한 것은 아키텍트들이 자주 토론하는 '원뿔형 보호구역' 개념이었다. 그들은 그 구역이 아말테아가 만드는 무풍지대에 있다고 추정했다. 유성의 경로를 예측할 수 있는 한, 아말테아는 유성을 겨냥하는 망치 역할을 할 수 있었다. 소행성의 앞쪽 표면은 큰 타격을 입겠지만, 아주 오래전부터 내려온 니켈과 철로 이루어진 단단한 조각은 거의 다 살아남을 것이다. 아말테아의 뒤쪽 표면에 자리잡은 물체는 사실 모든 위험을 피할 수 있을 것이다. 그러나 당연히, 그 보호구역이 아말테아 뒤쪽으로 무한히 멀리 뻗을 수는 없었다. 아말테아에서 뒤쪽으로 멀어질수록, 보호각 너머에서 날아오는 유성에 맞을 가능성이 높아진다. 마이닝 콜로니는 원래 그 소행성 바로 뒤에 있기 때문에 가장 안전한 셈이었다. 모이라의 모든 장비들을 안전하게 넣어놓은 스크럼 바로 뒤에 노드X가 있었고, 노드X에 연결된 모듈의 클러스터도 거의 그만큼 안전했다. 뒤로 갈수록 보호구역은 긴 예각 원뿔 모양으로 좁아져, 마침내 카부스 뒤쪽에서 완전히 사라진다. 모이라가 '위험을 느낀다'는 농담을 한 것은 지금 그들이 들어와 앉아 있는 세 번째 토러스 T3이 좀 넓고 뒤쪽으로 멀리 처져 있어, 원뿔형 보호구역의 가장자리 가까운 곳에 자리잡고 있다는 말이었다. 차폐율을 보강하려는 노력이 계속되었지만, 그곳은 여전히 이지의 다른 부분보다 위험했다.

마쿠스가 고개를 끄덕였다.

"당신 물건들은 아주 안전합니다. 하지만 아말테아 안으로 옮겨놓으면 더 안전해지겠지요. 다이나에게 이 이야기를 했더니, 다이나는 빈 부분을 파내면 그곳에 엄청나게 중요한 물건들을 저장할 수 있다고 하더군요."

침묵이 흘렀다. 두브와 모이라는 곰곰이 생각에 잠겼다.

어떤 면에서 마쿠스의 제안은 아주 단순했다. 거대한 금속 소행성 안에 넣으면 무엇이든 당연히 더 안전해질 것이다.

하지만 다른 면에서는, 여러 가지 영향을 미치게 된다.

화이트스카이 전, 사람들 모두가 제정신으로 생각할 수 있었던 마지막 시간, 그 며칠 전까지만 해도 아말테아와 마이닝 콜로니의 운명은 여전히 논란의 대상이었다. 소행성 아말테아는 수레에 든 거추장스러운 바위니까 버려야 할까? 아니면 전 인류를 보호할 무적의 방패일까? 토론은 결국 통계의 문제로 압축되었다. 그들에게는 결정을 내릴 만큼 데이터가 충분히 쌓이지 않았다.

모이라의 장비를 아말테아 내부로 옮겨야 한다고 제안하면서 마쿠스는 행동 방침을 확실히 밝혔다.

두브는 본능적으로 그 방침에 동의했다. 그러나 마쿠스 같은 사람이, 충분한 인원이 모이기도 전에 행동 방침을 결정해버린다는 건 좀 이상했다.

아니면 두브가 모르는 사실을 그는 알고 있는 것일까?

어쨌든 모이라가 먼저 물었다.

"'버리고 도망치기'를 하면 어때요?"

'버리고 도망치기'는 자주 논의하고 도상훈련까지 했던 작전이었다. 그 작전을 쓴다면 아말테아와 연결을 끊고 아말테아를 포기해야 한다. 이지는 가벼워지겠지만 방패막이도 없이 유성이 덜 날아다니는 더 높은 궤도로 올라가야 했다.

"그러면 먼저 장비를 전부 노드X에 도로 옮겨놓을 수밖에 없지요. 아니면 어디든 제일 안전할 것 같은 곳으로 옮겨야죠." 마쿠스가 말했다.

이 말을 듣자 모이라는 마쿠스에게 속을 탐색하는 듯한 눈길을 던졌다. 마쿠스가 손을 들어올렸다.

"하지만 무슨 뜻인지 알겠습니다. 나는 갈수록 '버리고 도망치기'에 반대하게 되는군요."

"제가 스워머멘탈리스트(Swarmamentalist)들을 어떻게 생각하는지 아시지요."

또 하나의 기본 작전인 퓨어 스웜(Pure Swarm) 이야기였다. 그 작전을 쓰면 모이라의 실험실을 포함해서 모든 것이 아클렛들 속에 분산될 것이다. 그다음 아클렛들은 한꺼번에 더 높은 궤도로 움직인다. 사람과 물건들은 분권화된 시장기반 경제를 바탕으로 아클렛 사이를 오갈 것이다.

"들어봐요. 이제 아래 있던 사람들은 다 죽었으니, 말도 안 되는 소리를 들어도 참을 필요 없어요. 종 후와 다른 사람들 이야기를 들어보면 그들은 예전보다 더 정교한 견해를 갖게 되었습니다." 가장 유명한 스웜 이론가이자 퍼앰뷸레이터를 움직이는 두뇌인 종 후가 스워머멘탈리스트로 추정된다는 사실에 대한 이야기였다.

두브는 고개를 끄덕였다. 인터넷에서 댓글로 이 전략 저 전략을 논의하던 수백만 명의 사람들이 이제 모두 귀신이 되었다는 현실은 아직 받아들이기 힘들었다.

"뭔가 알고 계시군요." 두브가 무심결에 말했다. 그다음 정신을 차리고 덧붙였다. "다이나에게서 들었죠. 무선전신 이야기."

"예." 마쿠스가 말했다. "이미르는 뜨겁고, 높고, 무거운 상태로 오고 있어요." 그는 그 세 단어를 말할 때 공중에 인용 표시를 그렸다.

"무슨 뜻이죠? 얼음으로 된 물체가 어떻게 뜨거울 수 있어요?" 모이라가 물었다.

"다가오는 접근 속도[19]가 매우 빨라요. 감당하지 못할 정도는 아닙니다. 하지만…… 좀 짜릿하겠죠."

"그럼 '높다'는 건?" 두브가 재촉하며 물었다.

"숀은 자기 매개변수들도 전송했습니다." 마쿠스가 말했다. "우리 편의를 많이 봐준 것 같아요. 그는 아직 궤도면 전환이 쉬울 때 전환을 실행했습니다. L1 근처의 출구로요."

"그러면 높이 들어온다는 말은 이미르의 궤도 경사가 높다는 뜻입니까? 우리 궤도 경사와 가까울 정도로?"

"아주 가깝지요." 마쿠스가 단정하듯 말했다. "그는 이 커다란 얼음덩이를 우리 무릎에 떨어뜨리려는 겁니다."

"그럼 설상가상으로 숀 프롭스트가 혜성으로 우리를 급강하 폭격하려고 한다는 말이네요?" 모이라가 말했다.

"혜성의 한 조각이죠."

"구체적으로 '무겁다'고까지 말했다면, 큰 조각이겠군요." 두브가 추측했다.

"숫자로 말하니 대단하던데요." 마쿠스는 이렇게 말하면서 두브 쪽으로 몸을 돌려 그의 눈을 똑바로 쳐다보았다.

"'빅 라이드'에 써도 충분합니까?" 두브가 말했다.

"이미르를 이지와 랑데부시킬 수 있다면, 그렇습니다. 충분하다 정도가 아닙니다."

---

19 접근 속도(Closing velocity): 궤도가 서로 교차하는 두 물체의 속도 차이.

'빅 라이드'는 세 번째 선택지였다. 아말테아와 모든 것을 통틀어 포함해 이지를 훨씬 높은 궤도로 발진시킨다는 계획이었다. 거기에 필요한 추진제의 양이 어마어마했기 때문에, 그 계획은 타당하지 않다고들 생각했다. 타당하지 않을 뿐만 아니라 이미르가 때맞춰 귀환하지 않으면 물리적으로 불가능한 일이었다. 최근에는 '빅 라이드' 지지자들 중 손이 성공할 가능성이 없다고 생각한 사람들이 규모를 축소해서 대안을 제안하곤 했다. 아말테아의 몇 퍼센트만 유성 변류기로 다시 만들고 나머지 질량은 거의 다 버리자는 것이었다.

"궤도면 전환을 포함해서요?" 두브가 물었다.

마쿠스의 얼굴에 희미한 미소가 어렸다. 그는 두브가 무슨 생각을 하는지 정확히 짚어낼 수 있었다. 두브는 머릿속에서 클레프트 생각을 몰아내지 못하고 클라우드아크의 비공식 권력구조라 할 수 있는 마쿠스와 콘라드, 울리카, 아이비와 다른 몇 명에게 자기가 제일 좋아하는 달 조각 사진들을 보여준 적이 있었기 때문이다.

"이 점은 분명히 해두겠습니다." 마쿠스가 말했다. "내가 말하는 '빅 라이드' 이야기는 진심입니다. 우리는 아말테아를 전부 갖고 달 궤도까지 올라가서 궤도면을 전환할 겁니다. 원형으로 돌겠지요. 마지막에는 클레프트 안에 안전하고 멀쩡하게 들어갈 겁니다."

"이미르는 그 임무를 수행할 만큼 충분한 물을 가져오고요?"

"그렇죠. 우리가 이미르를 조종해서 데려올 수 있다면요."

"그건 숀 프롭스트가 할 일 아닌가요?" 모이라가 물었다.

"이제는 아닙니다. 방금 여러분에게 알린 정보가 슌의 마지막 송신이었습니다." 마쿠스가 말했다.

모이라와 두브는 그를 날카롭게 쳐다보았다.

"오랫동안 건강 상태가 그리 좋지 않았어요." 마쿠스가 설명했다. "슌은 탐험대에서 최후까지 살아남은 대원이었습니다."

"그럼 이미르는 유령선이라는 겁니까?!" 두브가 물었다.

"그렇지요."

"이미르를 원격조종할 방법도 없겠네요." 모이라가 추측했다.

"불행히도 그 면에서는 다이나의 모스 부호가 도움이 안 되지요." 마쿠스도 동의했다.

"그러면 누군가 가서……."

"누군가 가서 그 망할 놈의 커다란 얼음조각 위에 착륙해야죠." 마쿠스가 말했다. "그다음 이미르 안으로 들어가 원자로를 재가동하고 최종 연소를 시켜 이미르와 이지를 동기화시켜야합니다."

"대체 누가 그걸……."

두브가 말하려 했으나, 마쿠스는 자신을 가리키는 동작으로 그의 말을 가로막았다. 일부러 그랬는지 몰라도, 그 동작이 좀 어색했기 때문에 권총 자살의 팬터마임 같았다. 마쿠스가 말했다.

"내일 아이비에게 이지와 클라우드아크의 지휘권을 맡길 겁니다. MIV를 타고 출발해 이미르와 랑데부할 크루도 모집하고 있습니다. 우리는 그 배에 올라 배를 제어하기 위해 필요한 절차를 수동으로 실행할 겁니다. 그런 다음 남은 얼음을 써서 이지의 궤도를 올립니다. 그렇게 하여 '빅 라이드'를 하면서 아말테아를 가져갈 겁니다."

"그건…… 보통 일이 아닌데요." 모이라가 말했다. "누가 알고 있습니까? 이걸 언제 발표하려고 했는데요?"

"지금 방금 결정한 겁니다." 마쿠스가 한숨을 쉬며 말했다. "그것밖에 길이 없습니다. 나는 언제나 '버리고 도망치기'와 '퓨어 스윔' 둘 다 너무 위험하다고 생각했습니다. HGA가 피해를 입은 뒤 그 생각이 더 강해졌습니다. 단 하나 남은 현명한 방법이 '빅 라이드'입니다. 거기에는 오랜 시간이 걸릴 겁니다. 2년 남짓 되겠지요. 하지만 그동안 가장 중요한 자원은 아말테아 안에 넣어 보호할 수 있습니다. 당신과 당신의 장비 말입니다, 모이라. 마이닝 콜로니에서 필요한 자원을 뭐든지 가져다가 유전학 실험실이 들어갈 안전한 장소를 만드세요."

"알았어요. 다이나와 이야기해볼게요." 모이라가 말했다.

"다이나가 위임하는 사람에게 이야기해요." 마쿠스가 말했다. "다이나는 나와 함께 원정을 가야 합니다. 그 망할 로봇들을 전부 다루려면 그녀가 있어야 해요."

"제가 도울 수 있는 일이 있을까요?" 두브가 물었다. 그는 마쿠스가 자기도 억지로 데려갈 생각일까 궁금해졌다. 그러고는 두려움과 엄청난 흥분 속에서 몸을 떨었다.

마쿠스는 잠시 두브의 얘기를 곱씹다가 말했다.

"우리가 어떻게 해야 하는지 계산해주십시오. 클레프트로 가는 경로를 잡아줘요."

"네, 그러겠습니다." 두브가 말했다. 그의 마음속 어린 소년은 함께 모험을 떠나지 못하여 풀이 죽었다. 그러다가는 곧 자기가 이미 가장 큰 모험에 끼어 있다는 생각이 들었다. 그리고 지금까지, 그 모험은 아주 비참했다.

우주여행에 대해 중요한 대화를 나누다 보면 '델타 비(delta vee)'라는 용어가 꼭 나오게 된다. 운행 중인 우주선의 가속이나 감속을 뜻하는 말이다. 수학 기호에서 그리스 문자 델타(Δ)는 흔히 '~의 변화량'이라는 뜻으로 사용되고, V는 당연히 속도(velocity)의 약자이다. 그래서 공학자들이 그 기호를 소리 내어 읽을 때 들리는 대로 사용한 것이 '델타 비'라는 용어이다.

속도는 초속으로 측정하기 때문에, 델타 비도 초속이었다. 우주비행 이야기를 할 때 입에 오르내리는 델타 비는 마쿠스가 이제 '옛 지구'라고 부르는 곳의 표준으로 보면 대체로 컸다. 예를 들어, 음속 즉, 마하 1은 초속 삼백 미터가량인데, 상상력이 없는 보통 사람들은 그 속도가 무시무시하고 엄청나게 빠르다고 생각할 것이다. 그러나 우주 파견 임무에 대해 이야기하는 사람들은 대부분 그렇게 느끼지 않았다.

델타 비는 흔히 '옛 지구' 발사대에서 이지의 궤도로 뭔가 쏘아 올릴 때 필요한 양을 기준으로 사용되었다. 그러면 초속 약 7,660미터, 음속의 22배 이상이었다. 대기권을 뚫고 우주로 나와야 하는 물체가 자기 힘으로 낼 수 없는 속도였다. 하지만 일단 우주선이 우주의 진공에 도달하면, 모든 일이 더 간단해진다. 로켓 엔진은 더 효율적으로 작동하고, 항력과 공기역학적 진동은 없어지고, 설령 실패한다 해도 그 결과가 큰 재앙을 불러오지는 않았다. A 지점에서 B 지점으로 우주선을 이동하는 일은 알맞은 시점에 알맞은 델타 비를 줄 수 있느냐의 문제였다.

손 프롭스트가 지구를 떠나 삶과 작별할 때까지 겪은 델타 비는 대략 다음과 같이 변했다. 단순하게 계산하면 제로 후 68일, 육지에서 발사되어 이지까지 도달하는 데 필요한 델타 비는 초속 7,660미터였다. 그러나 경험 많은 우주선 승무원이라면 누구라도 알 수 있듯이, 우주선은 대기와 마찰하면서 힘을 잃게 되고 중력도 밀어내야 하기 때문에 실제 델타 비는 8,500이나 9,000 정도로 올라갔을 것이다.

우선 라스와 다이나의 로봇을 거의 다 모으고 나서, 손은 이지 궤도 ─ 적도에서 약 56도 각도 ─ 에서 이미르를 조립하던 적도 궤도로 가기 위해 궤도면 전환 동작을 실행했다. 이번 상황에서는 인간의 직관적 파악이 전부 틀렸다. 이지 궤도와 이미르 궤도는 대부분의 면에서 크게 다르지 않아 보였다. 둘 다 대기권 위 몇백 킬로미터에 있었다. 둘 다 본질적으로는 (타원형이 아니라는 의미에서) 원형이었고, 둘 다 같은 방향으로 지구를 돌았다. 단 한 가지, 그 둘이 다른 각도에 있다는 점만 달랐다. 그렇지만 한쪽에서 다른 쪽으로 갈 때 필요한 델타 비가 아주 컸기 때문에, 손의 우주선에 궤도면 전환 연소용 연료만 재공급하는 용도로 따로 추진제를 운반하는 로켓을 발사해야 했다.

이미르를 조립하여 L1 밖으로 나가는 매우 긴 타원 궤도에 올려놓는 데는 초속 약 3,200미터의 델타 비가 필요했다. 도중에 궤도면 전환 문제가 다시 불거졌다. 본질적으로 그릭 스크젤러럽 혜성을 포함한 태양계의 모든 물체는 태양을 중심으로 한 평평한 원반 안에 있다. 그 원반을 가로지르는 가상의 궤도를 황도라고 부른다. 사계절을 좋아하는 사람들에게는 편리하지만 행성 간 여행자들에게는 별로 좋지 않은 일인데, 지구의 축과 적도는 황도에 대해 23.5도 각도로 기울어져 있다. 그래서 이미르의 첫 궤도 경사는 그 정도였다. 다행히, 궤도면 전환을 지구로부터 먼 곳에서 실행하면 훨씬 덜 '비싸'진다(델타 비가 훨씬 적게 든다는 뜻이다). 그래서 그들은 L1 영역에서 궤도면을 전환했다. 그때 실행한 연소로 초속 2,000미터 정도의 델타 비가 생성되었는데, 그것으로 이미르는 L1 게이트를 지나 태양 중심 궤도까지 갈 수 있었다.

1년 남짓 지난 후 그 궤도는 그릭 스크젤러럽 혜성의 궤도와 교차했다. 혜성의 핵 근처에서 움직일 때 이미르는 혜성의 궤도와 동기화하기 위해 추가로 초속 2,000미터의 델타 비를 사용했다.

그릭 스크젤러럽이 도착할 때까지 이런 기동은 전부 이미르의 로켓 엔진이 감당해냈고, 그 엔진이 작동하는 방식은 매우 전형적이었다. 방 안에서 추진제(연료와 산화제)를 태워 뜨거운 기체를 만들면 그 기체가 노즐을 통해 분출되며 추진력을 주었다. 마지막 연소를 실행한 후 이미르의 추진제 탱크들은 텅텅 비었다. 즉 그다음에 핵추진 시스템을 켤 수 없다면 이미르는 편도 여행밖에 할 수 없었다.

태양계에서 눈에 띄는 속도로 혜성의 핵을 밀 수 있는 엔진은 지금까지 제작된 적이 없었다. 그 일을 해내기 위해 이미르 탐험대는 얼음 화물 중심에 핵폭탄을 끼워 넣고 그 뒤에 얼음 노즐을 만든 다음 제어 날개를 뽑아내야 했다. 그러면 원자로에 끼워진 1,600개의 제어봉이 매우 뜨거워질 것이다. 얼음은 물로 변했다가 증기가 되고, 그 증기는 노즐로 빠르게 나가 실제로 눈에 보일 정도의 엄청난 추진력을 만들어냈다. 그때 이미르를 해체하고 3킬로미터짜리 공 모양으로 깎인 얼음덩어리 속에 이미르의 그 부품을 넣느라고 몇 달이 흘러갔다.

이런 의문도 제기될 수 있었다. 왜 일부만 가져오는가? 물의 가치가 그렇게 크다면 왜 혜성의 핵을 전부 가지고 돌아오지 않는가? 사용하지 않을 거라면 거대한 원자로를 우주로 보내는 의미가 무엇인가? 그 질문에는, 아무리 커다란 원자로라도 그렇게 큰 얼음덩어리를 움직일 만한 힘을 내지 못한다는 사실로 대답할 수 있었다. 영원히 전력 가동할 수 있는 기적의 원자로가 있다고 상상해도 그 임무를 달성하려면 1세기 이상 걸릴 것이다. 합리적인 기간 안에 성공하려면 이지와 랑데부한 후 빅 라이드를 완수하는 데 필요한 만큼만 얼음을 가지고 돌아와야 했다.

하여간, 숀과 생존 승무원들은 핵 엔진을 사용해 그레그 혜성의 뼈대에서 떼어낸 조각에 초속 1,000미터 정도의 델타 비를 주어 몇 달 후 L1까지 활공해갈 궤도로 진입시켰다. 숀은 마지막으로 제어 날개를 잡아 빼고 델타 비를 실행한 직후 죽었다. 그 델타 비는 기본적으로 거의 2년 전 그들이 L1 게이트를 떠나기 위해 사용했던 운동 방식을 역전시킨 것이었다. 이 도약은 동시에 최대한 낮은 델타 비로 궤도면 변경을 실행해 이미르가 지구 중심 궤도로 오게 했다. 나중에 이지와 랑데부하려면 그렇게 궤도면을 변경할 수밖에 없었다. 이삼일 후 숀은 "뜨겁고, 높고, 무거운 상태로 돌아간다"는 메시지를 전송해 보내고 쓰러져 죽었다. 그 원인은 추측할 수밖에 없었다.

지금 마쿠스가 조직하는 회수반은 부품 세트로 조립한 MIV, 즉 '모듈식 임시 우주선(Modular Improvised Vehicle)을 사용할 것이다. MIV는 우주선을 만드는 레고 세트와 비슷했다. 세트마다 깔끔하게 모듈별로 분리되어 다들 '조선소'라고 알고 있는 카부스에 연결되어 있었다.

조선소는 대략 T자형 장치였다. 카부스 좌현에서 뻗어 나온 T자의 가로축 한쪽에는 MIV 부품들이 다닥다닥 박혀 있었다. 반대쪽 쌀에는 분열기 여러 대에 둘러싸인 구 보양 냉그틀이 무리지어 있었다. 이 기계들은 전력을 사용해 물 분자를 수소와 산소로 분열시켰고, 기체를 극저온 액체로 얼려 불룩 튀어나온 탱크들 속에 저장했다.

T자의 가로축 설명은 이 정도면 된다. 긴 세로획은 원자로 때문에 사용이 종료된 토러스였다. 이 원자로는 아클렛에 있는 작은 RTG가 아니고 원래 잠수함 동력으로 설계된 데다가 이번 임무를 위해 성능을 상당히 향상시킨 진짜 원자로였다.

마쿠스는 조선소에서 처음 생산된 우주선에 '뉴 케어드'라는 별명을 붙였다. 섀클턴[20]이 남극 탐험 때 사용한 조그만 보트이름을 딴 것이었다. 뉴 케어드는 조립 후 열흘 안에 사용 준비

---

[20] 어니스트 섀클턴(Earnest Shackleton): 영국의 탐험가. 남극점 정복과 남극 대륙 횡단을 시도했다. 남극 대륙에서 634일을 견디고 탐험대원을 전부 무사 귀환시킨 위대한 탐험가로 불린다.

가 끝났다. 이미르가 L1에서 호를 그리며 지구와 가장 가까운 곳을 지나가는 데 걸릴 거라고 예상한 시간의 3분의 1밖에 걸리지 않았다.

2년 전만 해도 이런 우주선이 이토록 빨리 설계, 조립, 시험되는 일은 상상조차 할 수 없었다. 그러나 제로와 화이트스카이 사이에 몇몇 국가의 우주국과 사설 우주 기업들의 기술부에서는 앞으로 아클렛 선체나 기존의 로켓 엔진 같은 표준 부품을 임시로 조립해 우주선을 만들어낼 필요가 생길 것이라고 예측했다. 그래서 그들은 부품 세트와 조립 절차 목록, 특별한 요구에 부응하도록 조정할 수 있는 기본 설계도를 내놓았다. 사실 뉴 케어드는 1년 전 지상의 대규모 팀이 설계했다. 이제는 그중 세 명밖에 살아 있지 않다. 그 세 명은 우주로 파견되어 일반그룹에 합류했다. 전임자들의 작업을 토대로 그들은 마쿠스가 결단을 내린 지 몇 시간 만에 대략적인 설계도를 만들어낼 수 있었다. 어쨌든 부품 조립을 시작할 수 있는 설계도였다. 세부적인 설계는 그 후 한 주 반 정도 걸려 CAD 시스템에 구현되었고, 새 우주선이 준비될 때까지 필요한 부품과 모듈들은 셔틀에 실려 조선소까지 왔다.

뉴 케어드는 이미르의 궤도와 만나는 궤도에 오르기 위해 한 번, 이미르의 속도를 따라잡기 위해 또 한 번 연소를 실행한다. 그러면 승무원들은 유령선에 올라 키를 잡을 수 있을 것이다. 이지의 도킹포트에서 출발하여 비슷하게 생긴 이미르의 도킹포트에 도착할 때까지 여행에 필요한 전체 '임무 델타 비'는 초속 8,000미터였다.

대화의 주제는 이제 질량비 문제로 전환되었다. 질량비도 우주 임무 계획에서 델타 비에 버금갈 정도로 중요한 숫자였다. 하지만 질량비란 단순히 여행에 필요한 델타 비 전부를 만들기 위해 우주선이 처음에 추진제를 얼마나 많이 실어야 하느냐는 뜻이었다.

비전문가는 '추진제'라는 말을 '연료'나 '기름'으로 바꾸어 말하곤 했다. 자동차와 비행기 엔진에서 연소되는 물질에 비유하는 것이다. 나쁘지는 않지만 불완전한 비유였다. 로켓 엔진들은 대부분 연료뿐만 아니라 엔진을 연소시키려면 산소가 풍부한 화학물질(이상적으로는 순수한 산소가 좋다)이 필요했다. 자동차와 비행기들은 그냥 보통의 공기를 썼지만, 로켓은 산화제를 사용하는 순간까지 그것을 연료와 다른 탱크에 보관했다. 두 화학물질을 합쳐 '추진제'라고 불렀고, 두 물질의 중량과 부피를 합한 숫자가 우주선의 설계에 큰 영향을 주었다. 차의 전체 크기와 비교할 때 자동차의 가솔린 탱크는 훨씬 작기 때문에, 자동차에는 이런 방법을 적용할 수가 없었다.

이런 특성을 나타낼 때 편리한 숫자가 질량비였다. 그 수치는 처음 여행을 시작할 때 추진제까지 실은 우주선의 무게를 탱크가 전부 비어버린 여행 마지막의 무게로 나눈 것이다. 엔진의 효율과 델타 비의 필요량을 알고 있으면 질량비는 러시아 과학자 치올콥스키의 이름을 딴 단순한 공식으로 계산해낼 수 있었다. 질량비는 기하급수적이었다. 이것이야말로 우주비행의 경제와 기술을 거의 모두 설명할 수 있는 사실이었다. 그 지수방정식의 곡선을 넘어버리면 완전히 끝장이기 때문이다.

이미르 회수 임무에 관련된 숫자를 치올콥스키 방정식에 넣었을 때 나온 결과는 질량비 약 7이었다. 이미르의 도킹포트에 안전하게 보내야 하는 모든 물체 — 마쿠스, 다이나, 다른 승무원들, 여러 가지 로봇 등등 — 1킬로그램당, 이지에서 떠날 때 가져가야 할 추진제가 6킬로그램 필요하다는 뜻이었다. 이것은 그렇게 어려운 일은 아니었다. 우주선은 대기권을 통과해 여행하는 시련을 겪지 않을 것이기 때문이다.

이번 경우 페이로드는 '옆문'이 달린 아클렛 선체 하나뿐이었다. 즉 우주복을 입은 사람 한 명을 수용할 수 있는 에어로크였다. 그 외에는 승무원 네 명이 며칠 살아남을 수 있는 최소한의 장비만 보완하고 다른 것은 다 떼어냈다. 물론, 실제 인간들과 그들이 먹을 음식과 다른 기본 물품도 그 질량에 더해야 했다. 헐벗은 아클렛 선체는 놀랄 만큼 가벼웠다. 합성 재료로 만든 최신형 선체는 80킬로그램 정도 나갔다. 우주선에 오래 탈 때 생활을 편하게 해줄 장비는 모두 벗겨내고 '옆문'과 조종 추력기, 추력기 추진제 비축량 상당 부분을 합친 뉴 케어드의 질량은 대충 그 열 배였다. 인간들의 무게가 300킬로그램이고, 중요한 연소를 도맡아 할 로켓 모터의 무게도 2,000킬로그램에 달했다. 그래서 어림잡아 페이로드 중량은 — 실제로 이미르의 도킹포트로 가져가야 하는 물건 — 3,500킬로그램쯤 되었다. 질량비가 7이면, 액체 수소와 액체 산소를 합한 최초의 추진제 적재량이 21,000킬로그램쯤 된다는 뜻이다.

조선소는 크고 작은 극저온 추진제 탱크로 가득 찼다. 어떤 탱크는 LH(액체 수소)를 담기 위해 설계되었고 어떤 탱크는

LOX(액체 산소)를 담는 데 필요한 사양에 맞춰 만들어졌다. 그들은 탱크를 선택한 후 "천저"에 올라탄 로켓 엔진과 하나로 접합하고, 보온재로 사방을 둘렀다. 엄밀한 의미의 뉴 케이드 ― 인간이 들어 있는 아클렛 ― 는 비계에 얹혀 우주선의 조종 추력기를 작동시킬 때 다른 부분에 피해를 주지 않을 정도의 길이로만 앞으로 튀어나와 있었다.

MIV가 건조되는 동안 21,000킬로그램의 물이 수소와 산소로 분열된 후 극저온으로 냉각되고 저장되었다. 조선소 좌현에는 이미 만들어진 LH_2와 LOX가 조금 저장되어 있었다. 그러나 전반적으로 작업하기 어려운 물질이었기 때문에 대량으로 보관하지 않으려 했다. 조선소의 긴 획에 있는 해군용 원자로가 필요한 힘을 공급했다. 그 원자로는 케이프커내버럴에서 중량화물 로켓마다 커다란 부품으로 실려 발사된 것이었는데, 전력 가동은 처음이었다. 다른 준비를 하는 동안 그들은 무거운 케이블을 통해 액체를 분열기로 퍼부어 물 21톤을 기체로 바꾼 후 그것을 극저온으로 냉각시켰다.

물 21톤은 살아남은 인간들 모두에게 약 14리터씩 줄 수 있을 정도로 많은 양이다. 물론 클라우드아크는 물을 재활용했기 때문에 그 물이 떨어질 일은 없었다. 하지만 물을 그렇게 많이 가져가 우주 공간에 분출시킨 후 절대로 회수하지 못한다는 생각에 어안이 벙벙한 사람이 많았다. 특히 '버리고 도망치기' 파들이 그랬다.

이지만큼 무거운 얼음 한 덩어리를 이지에 부착하기 위해, 게다가 빅 라이드 지지자들이 뜻을 관철시킨다면 그대로 계속 부착해놓기 위해 뉴 케어드를 만들었냐는 강한 반론도 일었다.

일단 뉴 케어드가 이미르에 도착하면 이미르의 속도는 느려질 것이다. 그때 이미르의 엔진을 점화하면 이지와 랑데부할 것이다. 이미르는 길들지 않은 야수였다. 원자로 속에 갇힌, 본질적으로 무한한 양의 에너지였고 얼음 형태로 비축된 거대한 추진제였다. 그러나 '스팀펑크' 추진 시스템은 제대로 만들어진 로켓 모터보다 훨씬 효율이 낮았다. 결과적으로 고속 타원궤도—그 궤도에 계속 머무르면 이지는 지구의 중력 우물 속에 떨어져버릴 것이다—에 있는 이미르의 속도를 늦춰 훨씬 느린 이지의 원형 궤도에 맞추기 위해 필요한 질량비는 약 34였다. 이미르의 속도를 늦출 목적으로만 현재 이미르에 매달려 있는 얼음 중 97퍼센트가 녹아 증기가 되어 임시 노즐로 방출된다는 뜻이다. 그러나 3퍼센트만 남아도 여전히 이지와 아말테아를 합친 무게와 맞먹는다. 그 얼음은 수소와 산소로 분열하면서 로켓 연료가 되어 클레프트까지 올라가는 빅 라이드에 동력을 공급해줄 것이다.

"검은색일 거라고는 생각도 못했네."

다이나가 말했다. 1.6킬로미터쯤 되는 하수관을 통해 자기 목소리를 듣는 것 같았다. 그녀는 일 분 전 의식을 잃었다. 아직 정신이 다 돌아오지 않은 것 같았다.

마쿠스는 느릿느릿 대답했다. 그도 기절했던 것 같다. 아니면 딴 데 정신이 팔려 있었는지도 모른다.

"혜성의 핵을 덮어놓았군……."

"역겨운 검은 물질로. 그래, 나도 알아. 마쿠스, 내가 누군지 기억나?"

"미안해. 머리에 피가 잘 돌지 않아."

"하지만 손이 그릭 스크젤러럽에서 떼어낸 조각일 뿐이잖아. 왜 전부 그런 걸로 덮여 있을까?"

"모르겠어." 마쿠스가 말했다.

그들은 10킬로미터 거리에서 이미르를 보고 있었다. 이미르는 점차 가까워졌다. 그들은 줌인한 비디오카메라로 태블릿에서 이미르를 보았다. 뉴 케어드 앞쪽 끝에 아주 가까이 떠 있는 비야체슬라브 두브스키가 우주선의 작은 창에 얼굴을 들이대고 검은 하늘에서 검은 우주선을 찾으려고 했다. 그러나 가늘게 뜬 그의 눈을 보아하니 그것은 여전히 맨눈으로 보기에 너무 멀었다.

"손이 우리 편의를 봐준 것 같아." 다이나가 말했다. "저 검은 물질 위에는 온갖 좋은 게 다 발려 있어. 탄소는 확실하고. 니트로겐이나 포타슘도……."

"클라우드아크에 필요하게 될 미량원소들이군." 마쿠스가 말했다.

"아마 로봇을 사용해 그레그 혜성 뼈대에서 긁어내 끈적거리는 물질 위에 실었겠지." 다이나가 추측했다.

"곧 알게 되겠지. 문서로 남겨놨을 테니." 비야체슬라브가 말했다.

"착륙에 성공 못하면 그 문서는 읽지 못할 거야." 마쿠스가 꼬집어 말했다. "그러니 이제 잡담은 그만두자고. 슬라바……."

그러더니 갑자기 형편없는 러시아어 실력으로 '나와 처지를 바꿔보자'는 뜻의 러시아 말을 하기 시작했다. 비야체슬라브도 마찬가지로 형편없는 독어로 대답했다. 두 사람 다 아주 유창하게 영어로 말할 수 있었지만, 옛 지구의 언어적 유산을 보존하는 프로젝트를 빙자해 상대방 언어를 엉망진창으로 만드는 자기들끼리만의 말장난을 하고 있었다. 이어 마쿠스가 말했다.

"모두 안전벨트를 매십시오."

2년간 우주에 있었던 사람답게 재빠른 동작으로, 비야체슬라브는 선미 쪽으로 미끄러지듯이 둥둥 떠갔다. 그는 달 폭발 후 A+0.17에 처음 발사된 로켓을 타고 이지로 올라온 고참 우주 유영자였다. 그는 누구보다 더 많은 시간을 우주복 안에서 보냈고, 그의 올란 우주복은 세 벌이나 닳았다. 그는 스카우트와 파이오니어 시대의 대들보였다. 하지만 2년 전 리스와 볼로르에르덴을 싣고 온 소유즈에서 나왔던 건장한 영웅의 모습과 비교하면 지금은 누렇게 뜨고 수척해진 얼굴이 매우 지쳐 보였다. 마쿠스는 앞쪽 창에 있던 그와 자리를 바꾸고 직접 조종석 벨트를 맸다.

조종석 뒤에는 세 개의 가속 카우치가 아클렛 선체 지름만 한 틀 위에 나란히 고정되어 있었다. 몇 분 전까지만 해도 다이나는 벨트를 바짝 매고 있었는데 좌현에서 벨트가 느슨해져 있었다. 그녀가 끈을 조정한 것이 아니었다. 중력은 갑자기 폭발하듯 작용하며 그녀를 멍하게 만들었을 뿐 아니라, 카우치 전부와 그것을 받쳐주는 트러스까지 변형시켰다. 우현에는 이미르의 원자로 노심을 설계하는 데 참여했던 원자력 공학자 스즈

키 지로가 있었다. 그에게 의식이 있는지는 알 수 없었다. 처음부터 의식이 없었는지도 모른다. 뉴 케어드의 네 번째 승무원 비야체슬라브는 중간 위치에 자리잡고 다섯 줄로 된 벨트 맨 윗부분을 어깨 위로 당겼다.

지로의 얼굴 앞에 떠 있는 감마선 분광기 — 현대판 가이거 계수기 — 에서 스타카토가 터져 나왔다. 그들은 기계에 '이인스뻭또르'라는 엉터리 러시아어 이름을 붙였다. 다음 순간 이 인스뻭또르는 다시 보통 때처럼 산발적인 후두둑 소리를 냈다.

그동안 내내 수시로, 어떤 특정한 패턴도 없이 계속해서 방사선이 이인스뻭또르와 그들의 몸을 때리고 있었던 것이다. 간혹 무슨 직은 일이라도 터지면, 사소한 것일망정 그 모든 것에서 의미를 찾으려는 인간은 그 일을 의미 있는 사건이라고 간주할 것이다. 그러나 다음 순간 그것은 사라지고 잊힌다. 우주와 인간 정신의 법칙이 바로 그러했다. 우주에는 지상보다 방사선이 훨씬 더 많았지만 생존자들은 전부 거기에 익숙해진 지오래였다. 그리고 지로가 미리 이인스뻭또르의 감도를 낮추어 놓았기 때문에 지금까지 그 기계가 크게 소리 질러대지 않았던 것이다.

몇 분 후 이인스뻭또르가 비명을 지른다면 먼 곳에서 일어난 우주적 사건 때문이 아니라, 이미르에서 새어나오는 방사선 때문일 것이다.

"배기가스 흔적이 보이기 시작하는군요." 마쿠스가 말했다. "비디오에 보이지요? 희미하게 보일 겁니다. 노즐 벨 몇백 미터 뒤에서 태양광이 흔적을 완전히 비춰주고 있습니다."

그는 이미르의 엔진이 작동하지 않는 동안에도 계속 이미르에서 나왔던 한 줄기의 증기 이야기를 하고 있었다. 덕분에 콘라드와 두브와 이지의 다른 우주비행사들이 광학망원경을 써서 우주선의 경로를 추적하고, 숀이 마지막으로 전송한 매개변수들의 정확성을 확인할 수 있었다. 증기의 자취는 몇 가닥뿐이었지만, 배 자체보다 더 많은 빛을 반사했다.

그 증기는 우주선의 연료통 속에 잠복해 있던 방사선이 끊임없이 약하게 얼음을 끓이는 바람에 생겨났다. 제어 날개를 빼내고 원자로를 최대로 가동하면 — 그전에는 한 번도 그런 적이 없었다 — 우라늄과 플루토늄이 더 작은 원자핵으로 분열하면서 4기가와트의 화력을 생산할 수 있었다. 분열해서 생긴 원자핵도 대부분 불안정한 동위원소들이었다. 이 핵분열 파편들이 다시 붕괴해 '딸'과 '손녀'를 낳는 과정에서, 원자로를 정지해도 핵분열 에너지가 계속 생성되었다. 멈출 수 있는 방법이 없었기 때문에 보잘 것 없는 증기로 날아가는 얼음은 어느 정도 잃을 수밖에 없었다. 그건 괜찮았다. 이미르는 훨씬 더 많은 얼음을 가져왔고, 숀은 그것도 계산에 넣었을 것이다.

숀은 감정적인 부분을 잘 털어놓는 사람이 전혀 아니었기에, 임시변통 무선으로 연락하면서 감정을 더욱 억제했을 것이다. 그래서 그는 자기 승무원들과 자신이 어떻게 죽음의 상황에 처하게 되었는지 자세히 이야기하지 않았다. 원자로심에 재난급 문제가 일어난 것이라면 숀은 그들에게 조심하라고 경고했을 것이다. 기본적으로 시스템이 제대로 작동하지 않았다면 이미르가 이렇게 멀리까지 올 수 없었을 것이다. 그래서 지로는 이미르에 들어가면서, 완전히 악몽 같은 상황이 벌어질 거라고 생각하지는 않았다. 그러나 알 수 없는 일이다.

몇 분 정도 마쿠스가 우주선의 접근을 모니터하고 가끔 제어 장치를 조작해 뉴 케어드의 경로를 약간 조정했다. 그동안 아무도 말이 없었다.

그들은 대규모 연소 두 번으로 여기까지 왔다. 첫 번째 연소는 규모가 더 작았지만, 예전에 달이 돌던 궤도 너머의 긴 타원으로 그들을 밀어 올렸다. 며칠 동안 무중력 관성 운동으로 지구에서 멀어진 다음 중력의 힘에 굴복해 느리게 고리를 그리며 돌다가, 타오르는 행성 쪽으로 다시 떨어지기 시작했다. 하루쯤 시나면 뉴 케어드와 대체로 나란히 오고 있는 이미르가 그들을 추월하도록 시간을 맞춘 것이다. 그러나 이미르는 훨씬 더 빠르게 여행하고 있었다. 숀의 말처럼, 뜨겁게 들어오고 있었다. 기본적으로 이미르는 엄청나게 높은 시작점에서 몇 주 동안 가차 없이 속도를 모으며 지구를 향해 낙하하고 있었기 때문이다. 가만 놔두면 이미르는 초속 12,000미터의 상대속도로 시끄러운 소리를 내며 지구 쪽으로 오다가, 은은히 빛나는 대기권과 만나며 대재앙을 일으킬 지점에서 겨우 몇 킬로미터 전에 급커브를 튼 다음 도로 바깥쪽으로 두어 달 동안 돌진할 것이다. 하지만 결국 궤도가 떨어져 대기권에 끌려 내려가 파괴되어버린다.

어쨌든 이미르가 뉴 케어드와 만나는 순간은 너무 빨라서 보이지도 않을 것이다. 이미르의 상대속도는 총알보다도 빠르기 때문에 뉴 케어드가 오랫동안 정확하게 시간을 맞춰 주 엔진을 연소시키지 못하면 이미르를 놓쳐버릴 수 있었다. 네 명의 승무원은 여전히 연소의 충격에서 회복하는 중이었다. 뉴 케어드의 주 엔진은 너무 컸다. 이 우주선을 만든 MIV 부품 세트에는 그 정도 선택지밖에 없었다. 그래서 연소가 시작되자 엄청난 중력이 걸렸고, 연소가 끝나갈 때쯤에는 중력이 잔인할 정도로 강해졌다. 추진제를 펑펑 쓰는 바람에 엔진의 가공할 추진력에 비해 우주선은 점점 더 가벼워졌다. 지구로 거의 똑바로 가는 방향을 겨냥해 자살특공대처럼 우주선을 발사했다는 점을 감안하면, 다이나가 몇 초 정도 기절한 게 차라리 다행이었을 것이다. 이미르가 가는 쪽으로 가려면 그렇게 할 수밖에 없었지만, 그녀는 기절의 경험 때문에 더욱 흥분하고 있었다.

물론 지구는 전혀 알아볼 수 없었다. 이 거리에서 지구는 작은 오렌지 크기로 보였고, 색깔도 비슷했다. 전에는 우주 속의 푸르고 희고 멋진 호수였다면, 이제는 용접공의 토치에서 튀어나온 녹은 쇠 방울처럼 그곳에 매달려 있었다. 하드레인의 대부분을 맞고 있는 양쪽 회귀선 사이 지대는 오렌지 빛으로 은은히 빛났다. 그 색깔은 갈수록 희미해지고 붉어지다가 양극 근처에서는 음침한 갈색 계열로 변했고, 유성들이 끊임없이 증발하고 폭발하면서 행성 전체가 푸르스름한 빛으로 반짝였다. 며칠 지나면 유성이 하늘의 절반을 완전히 덮고, 이미르 탐험대는 몇 분 동안 정신없이 지구 주위를 돌며 빠르게 가속할 것이다. 그때는 이미르가 주 추진력을 켜고 달려야 대규모 제동 연소를 할 수 있을 것이다. 이미르가 이지와 속도를 맞출 정도로 느려지려면 그렇게 할 수밖에 없었다.

미친 짓이었다. 미친 계획이었다. 몇 분 전 대규모 연소의 마지막에 닥친 압도적인 가속에서 살아남자, 이미르와 속도를 맞출 만큼의 추진제만 가져왔다는 사실이 생각날 수밖에 없었다. 기본 임무에 실패한다면 — 이미르와 도킹한 후 이미르의 엔진을 작동시킬 수 없다면 — 다음번에 지구를 지나갈 때 대기권으로 뛰어들어 속도를 늦춘다는 터무니없는 수단을 쓰지 않는 한 이지로 돌아갈 방법은 없었다.

다이나는 이 작은 우주선에 붙은 이름의 뜻을 뒤늦게야 알았다. '제임스 케어드'는 섀클턴이 남극 탐험에 실패하고 남은 탐험대를 살리기 위해 필사적으로 구조 요청을 하는 데 사용한 작은 보트였다. 그들은 지도 위에서 한 점으로만 보이는 사우스조지아 제도를 향했다. 그곳에 제대로 도착하지 못하면 타원풍 때문에 절대로 진로를 돌려 다시 시도하지 못하리라는 것을 알면서도.

마쿠스가 강조하려고 했던 것이 바로 그런 필사적인 광기가 아니었을까 하는 생각이 들었다. 그야 인류 전체의 상황이 터무니없이 절망적이었다. 두브는 2년 전 이 사실을 최초로 공공연하게 지적한 인물이었다. 그 이후에는 계획과 준비로 시간이 흘러갔다. 즉흥적이지만 서두를 수밖에 없던 작업이었고, 정치적으로 굴절되었지만, 근본적으로는 질서정연하고 체계적인 공학 프로젝트였다. 당연히 그래야 했던 바다. 그러나 꾸준히 관료적으로 진행되었기 때문에 마취 효과 비슷한 영향을 미쳤다. 지난 2년 동안 다이나가 코드로 가득 찬 스크린 앞에서 기지개를 켜며 지금 무슨 일이 진행되고 있는지, 상황이 얼마나 끔찍한지 되새겨야 했던 적이 얼마나 많았는가? 1,500명 정도의 생존자들이 대체로 그런 생각을 계속 밀쳐내는 가운데 하루하루를 살아가며 어제의 일을 계속했다. 숀 프롭스트는 누구보다도 그런 감정을 덜 느낀 사람이었다. 그는 즉각 무슨 일을 해야 하는지 알았고, 그 일을 하려고 시도했다. 상상도 못 할 정도로 힘들었던 그 일은 끝내 그의 목숨을 앗아갔다. 마지막 무선송신으로 그는 그 일의 책임을 마쿠스에게 넘겼다. 다이나는 마쿠스가 어느 정도는 다른 모두에게 모범을 보이기 위해 조직도의 맨 꼭대기 위치에서 물러나 이 임무에 착수한 게 아닐까 의심스러웠다.

그게 사실이라면, 다이나를 함께 데려온 것도 그 점을 강조하기 위해서였다. 그는 아무도 아끼지 않고, 누구의 편의도 봐주지 않을 것이다.

마쿠스는 이미르에 접근하는 동안 딱 한 번 침묵을 깼다.

"당신 말대로 확실히 조각 모양이군. 눈덩이나 촛불이 아니고."

"맞아."

다이나가 응답했다. 이제 태블릿 화면에 그 모습이 또렷이 보였다.

탱크 속에 추진제를 넣고 다니는 보통 우주선과 달리, 이미르는 추진제를 추진력으로 바꾸는 장비가 기생체처럼 붙어 있는 커다란 고체 추진제 — 얼음 — 한 덩어리였다. 그릭 스크젤러럽 혜성의 특징이 어떨지 제대로 알지 못했기에, 숀은 이미르를 조립할 때 여러 가지 대안적 구조를 갖출 수 있도록 준비했다. 그 혜성의 핵이 눈과 먼지가 느슨하게 결합한 덩어리였다면, 필요한 만큼 떠내어 다져서 눈덩이로 만들어야 했을 것이다. 그러면 이미르는 중심에 원자로를 탑재한 구(球) 모양이 되었으리라. 다른 대안은 얼음으로 긴 원통 모양을 만들고 한쪽 끝에 원자로를 심은 후, 앞쪽을 계속 연소시켜 촛불처럼 얼음을 소비하면서 가는 것이다. 지금 보이는 것은 세 번째 구조물, 조각이었다. 그릭 스크젤러럽과 랑데부하면서 숀은 그것이 아주 단단하고 딱딱한 고체 결정으로 만들어졌으며, 앞으로 겪을 상황에서도 계속 결합해 있으리라고 믿었다는 뜻이다. 그는 혜성의 본체에서 한 조각을 쪼개 그 조각 한가운데 어딘가에 원자로 시스템을 이식한 다음, 조각의 코 부분에 선체의 나머지 — 인간이 살았던 부분 — 를 끼워 넣었다. 장비가 계획대로 작동했다면 '연소'의 실행 — 즉 제어 날개를 뽑아내 원자로를 켜고 증기를 만드는 일 — 은 핵에 박힌 작동기에 신호를 보낼 수 있느냐의 문제였다. 작동이 된다면 모터가 노심을 움직이게 만들고, 밸브는 증기와 물, 기타 유체의 흐름을 제어할 것이다.

이런 모든 일을 하려면 로봇이 엄청나게 많이 활동해야 했다. 그래서 숀은 이미르와 랑데부를 진행하기 전 혼자 이지에 와서 다이나의 로봇 재고를 탈탈 털어간다는 놀라운 조치를 취했던 것이다. 원자로는 얼음을 먹어야 했다. 얼음은 고체이기 때문에 관으로 흘려보낼 수 없었다. 로봇이 조각에서 얼음을 채굴해 급수 시스템으로 옮겨야 했다. 오거[21] 한 벌이 얼음을

---

21 오거(auger): 진공토런기. 물질을 원하는 모습으로 빚어 압출하는 기계.

원자로실로 옮겨놓으면 그 얼음이 녹아 증발했다. 시위 로봇은
'꼬리'를 얼음에 박은 후 '머리'에서 윙윙 도는 모터를 사용해
고운 부스러기들을 떼어내는 방식으로 많은 물질을 서둘러 옮
길 수 있었다. 그 부스러기는 내트들이 모아 운반했다. 연소와
다음 연소 사이의 긴 시간 동안에는 부서진 얼음을 호퍼[22]에 저
장할 수 있었다. 호퍼의 얼음은 오거에 들어갈 것이다.

엔진 하류부에서도 로켓 노즐의 모양을 유지하려면 로봇이
필요했다. 노즐은 조각의 꼬리 면에 넓은 입이 있고, 점차 가늘
어져 원자로 근처에서는 좁은 목구멍 모양이 되는 긴 관이었
다. 그 목구멍은 지구에서 만들어져 원자로와 함께 발사되었는
데 인코넬이라는 내식성 합금으로 만들어진 도구였다. 다른 물
질은 무엇을 쓴다 해도 그곳을 통해 나가는 뜨거운 증기 때문
에 빠르게 닳아 없어질 것이다. 그러나 길게 퍼지는 벨 모양의
노즐 속은 조건이 더 좋기 때문에 얼음에서 파낸 부스러기에는
잘 작동했다. 하지만 쓰면서 그것도 모양이 바뀌었다. 안쪽 깊
이 배기가스가 뜨거운 곳은 증기의 급류가 얼음벽을 녹이는 바
람에 더 넓어졌다. 출구에 더 가까워지면 배기가스가 어는 점
아래로 냉각되면서 벽에 쌓이고 통로를 좁게 만들었다. 그래서
로봇들은 노즐 모양을 다시 만드느라 허둥지둥 돌아다녀야 했
다. 라스가 시애틀에서 해본 실험에 따르면 내트에게 적합한
임무였다.

마지막으로 세 번째 '크루'들이 있었다. 얼음조각의 외부 표

---

22 호퍼(hopper): 석탄, 사료 등을 담아 내려보낼 때 사용하는 V자형 용기.

면에 살면서 얼음의 바깥쪽 층에 섬유로 된 보강물을 박고, 고기 로스트가 오븐에 들어가 무너져 내리지 않도록 묶는 정육점 주인처럼 그 주위를 케이블과 그물로 감싸 부서지지 않도록 막는 로봇들이었다. 이 일은 주로 그랩인 그립드(철갑)-로봇이 가진 능력에 잘 맞았다.

당연히 이 로봇들은 전부 동력이 있어야 했다. 물론 로봇의 배터리에 약간 저장할 수 있었지만, 충전을 해야 했다. 어떤 로봇은 태양광에서 에너지를 얻었다. 그리고 또 다른 로봇들은 때때로 전기를 채우러 이미르의 작은 핵발전기 위에 모여야 했다.

이미르는 총체적으로, 질서정연하고 대칭적인 구성물인 전통적 우주선 개념과는 전혀 달랐다. 그것은 자연적으로 발견된 물건으로 만든, 날아다니는 로봇 개미둑에 더 가까웠다. 이미르 위와 안쪽을 기어다니는 로봇들은 할 일을 대충 지시받았지만, 때때로 다른 로봇과 충돌하는 일을 피하거나 몇 시간마다 배터리를 충전해야 할 때 스스로 직접 판단할 수도 있었다.

어쨌든 계획의 큰 윤곽은 그러했다. 숀이 무엇을 발견할지 전혀 추측을 하지 못했기 때문에, 계획이라고 부를 만한 것을 도출할 수가 없었다. 대신 그들은 도구와 자원, 독창성을 그와 함께 올려 보냈다. 다이나, 마쿠스, 비야체슬라브, 지로는 곧 그 도구와 자원들을 물려받게 될 것이다.

이미르에 가까이 다가가자 지로의 이인스뻭또르는 천천히 더 큰 소리를 냈다. 그러나 소리는 아주 천천히 커졌기 때문에 그들은 그것을 별로 의식하지 못했다. 지로는 방사능 수치를 보고 경계하지 않는 것 같았지만, 다이나는 이를 어떻게 해석해야 할지 몰랐다. 임무 초기에 그녀는 지로에게 일반적인 상황이라면 어떤 일이 일어날지 조심스레 물어본 적이 있었다.

"방사능이 아주 심하면 우리는 모두 즉시 의식을 잃을 것이고 임무는 실패합니다. 복사속(단위 시간에 지표에 도달하는 방사능의 양) 때문에 신경이 차단되고 괄약근이 열리겠지만, 그런 일이 일어나는 줄도 모를 겁니다." 그는 그렇게 말했었다.

"그 경우엔 그런 시나리오를 논의할 의미가 별로 없는데요." 마쿠스의 지적은 조금 성급했다. 지로가 말을 계속했다.

"우리 넷 다 토하고, 그중에 설사하는 사람이 있으면 수명이 몇 시간 안 남은 겁니다. 그럴 경우 우리는 이지에 경고를 보내고 두 번째 임무 수행단을 보내라고 격려할 수밖에 없습니다. 하지만 유용한 정보를 전송할 수도 있습니다. 이인스뻭또르 데이터나 사진 같은 것들요."

"알겠습니다." 마쿠스가 말했다.

"음, 만약 한 명이 토한다면 우리 절반 정도가 죽을 거라는 뜻입니다. 그러니까 우리가 이 임무에 성공할 가능성이 어느 정도 있다는 거죠. 아무도 토하지 않는다면 적어도 몇 주 동안 우리 중에서 아무도 죽지 않는다는 거고요."

"그거 고맙군요."

다이나는 그렇게 말하며 그 생각을 마음속에서 밀어내려고 애썼다. 그러나 막상 실제로 이미르에 접근하자 그 말이 다시 떠오르면서 자기도 모르게 '난 메스껍지 않아.' 하고 다짐하게 되는 것이었다.

"30초쯤 후에 노즐 입구를 가로지를 겁니다." 마쿠스가 알렸다.

"로저."

지로는 대답한 후 이인스쁙또르를 완전히 끄고, 자기 태블릿 화면에 창을 하나 띄웠다.

"이제 외부 감마 스펙으로 바꿉니다."

갑자기 이미르가 그 창에 들어찼다. 바로 그들 앞에 나타났다. 30만 킬로미터쯤 떨어진 곳에서 은은히 빛나는 지구는 검은 지평선 아래 '놓여' 있었다. 그들은 쭈뼛쭈뼛 그 뒤쪽으로 향했다. 마쿠스는 얼음 우주선의 선미 끝을 비스듬히 가로지르면서 이미르의 궤도와 천천히 만나게 될 궤도에 들어갔다.

다이나의 나이 든 친척들이 보았다면 이미르가 끝이 뭉툭한 원뿔 사탕 모양이라고 말했을 것이다. 하지만 이 원뿔 사탕에는 끓는 물이 철썩철썩 튀었고 스크루드라이버로 공격당해 여러 군데 상처가 나 있었다. 원뿔의 모양은 불규칙했지만, 분명히 넓은 끝과 좁은 끝이 있었다. 양쪽 끝은 반 킬로미터 정도 떨어져 있었다. 이제 시야를 넘나들기 시작한 넓은 끝부분은 이백 미터 정도 너비였다. 그 안에 커다랗고 둥근 구멍이 있었다. 얼음 노즐의 유출구였다. 뉴 케어드는 그 구멍으로 날아 들어가 길을 따라가서 공간이 비좁아지는 목구멍 부분까지 거슬러 올라갈 수도 있었다. 안으로 들어가는 다른 방법을 찾지 못하면 그렇게 해야 했다. 그러나 지금은 그냥 그곳을 느리게 가로질러 가기로 했다. 구멍 가장자리는 그곳에서 뿜어 나오는 덧없는 증기구름에 휩싸여 흐릿하게 보였다. 로켓 배기가스라기보다는 추운 날 누가 입으로 부는 입김 같았다. 시야는 흐려졌지만 가려지지는 않았다. 그러나 우주의 풍경이 강렬한 대조를 이루었기 때문에, 노즐 벨이 동굴 같은 구멍 한가운데 똑바로 있을 때에도 안쪽을 들여다볼 수는 없었다. 그것은 그냥 검은 원반처럼 보였다. 라이플의 총구 속을 들여다보는 것처럼. 증기가 응축되면서 머리카락 굵기의 바늘 같은 서릿발이 창을 덮어갔다.

그들이 중간 지점을 지나칠 때까지 지로는 자기 태블릿에 맹렬히 집중하다가, 속으로 무슨 생각을 골똘히 하는 것 같았다. 그는 이인스뻭또르를 도로 켰다. 몇 분 전보다 훨씬 더 큰 잡음이 났지만, 그들이 노즐 출구를 넘어 원뿔 사탕의 넓은 바닥을 가로지르자 그 소리는 점차 줄어들었다. 마쿠스가 추력기 조종판을 한번 두드리자 그들은 이미르 앞쪽으로 움직였다. 이미르 반대편에 지구가 '올라왔다'. 뉴 케어드는 얼음조각과 나란히 움직이며 이미르의 앞쪽 끝으로 향했다.

"판단을 내려봐요, 지로." 진로 진행에 만족하자 마쿠스가 그에게 말했다.

"감마 스펙에 기초해 판단해보면 적어도 연료봉 하나가 파열되었습니다. 연료봉이 새것이었을 테니 항해 처음에 일어난 일은 아니고, 연료봉이 핵분열 파편과 '딸'[23]들로 가득 찬 최근에 일어난 일도 아닙니다. 그사이 어느 시점에서이겠지요. 상황이 더 나빴을 수도 있고, 더 좋았을 수도 있습니다."

다이나에게 파편적인 기억이 떠올랐다.

"숀이 마지막 메시지에서 전력으로 추력기를 가동시키고 있

---

23 딸(daughter): 우라늄 원자핵은 분열하면서 에너지를 내뿜고 작은 조각으로 쪼개진다. 이때 생겨난 핵 조각을 '딸'이라고 부른다.

다고 했어요."

지로가 어깨를 으쓱했다.

"이 원자로의 연료봉은 1,600개고, 40개씩 한 조를 이루고 있기 때문에 연료봉 하나가 망가진다고 성능에 별로 영향을 주지는 못합니다. 기억해두세요. 터진 연료봉도 아직 동력을 내고 있습니다. 다만 그 연료봉은 연료 벼룩, 조각, '딸'들을 로켓 배기구로 뱉어낼 겁니다. 알파, 베타, 감마의 혼합물이 나올 겁니다. 이인스펙또르의 보고는 이것뿐입니다."

다이나는 핵물리학자가 아니었지만, 방사선에 대한 지식은 뼛속에 충분히 아로새기고 있었다. 감마는 고에너지 광선이고, 거의 모든 물체를 통과한다. 따라서 나쁜 소식과 좋은 소식이 있다. 감마선 빛을 막기는 어렵다. 그러나 감마선은 대부분 상호작용을 일으키지 않고 몸을 바로 통과해버린다. 즉, 피해를 입히지 않는다. 이인스펙또르는 감마선을 감지하면 무시무시한 소음을 냈다.

베타는 자유비행 전자였다. 막기는 쉬웠다. 약간의 물이나 비닐로 막아낼 수 있다는 것은 좋은 소식이다. 그러나 같은 이유로, 베타의 빛이 몸에 닿으면 몸 안에서 뭔가가 고장날 것이다.

알파는 베타보다 4천 배 크고 상대론적 속도로 움직이는 헬륨 핵들이었다. 그것은 대포알만큼이나 요란하게 물질을 통과하는 데다 일단 그것에 맞으면 무엇이든 엄청난 피해를 입었다.

감마 외의 것을 조금이라도 탐지하기 위해, 지로는 뉴 케어드 바깥에 붙은 장비의 스위치를 켤 수밖에 없었다. 알파와 베타는 선체를 관통할 수 없기 때문이다, 그는 장비를 때리는 여러 가지 입자의 에너지를 관찰하여 원자로 안의 상태를 분석했다.

이제 앞 창문에서 이미르가 보이지 않았기 때문에, 다이나는 유리에 엉겨 붙은 서리 조각들을 집중해서 바라보았다. 서리는 우주로 빠르게 승화되었고, 몇 분만 더 있으면 사라질 터였다. 서리가 아름답다고 생각하던 찰나, 지로가 자신들이 오염되었을 가능성이 있다고 알렸다.

"아직 잔류한 베타가 있나요?" 다이나가 물었다.

"노즐과 증기 기둥은 잘 피하고 있습니다." 지로가 약간 움찔하며 말했다.

"그럼 근접 비행을 하다가 오염된 건가요?"

"오염치가 감소해 다시 배경 수준(background level: 자연적으로 존재하는 오염 물질의 양)으로 내려왔습니다." 지로가 말했다. "하지만 탐지기는 선체 쪽의 방사능 원천을 '볼' 뿐입니다. 나중에 더 철저히 조사해야겠지요."

"이것 좀 봐요." 마쿠스가 그렇게 말하며 기동 동작을 입력했다. 뉴 케어드는 90도 빙글 돌았다. 그들은 이제 '비스듬히' 날고 있었다. 뉴 케어드의 선수가 이미르를 똑바로 겨냥했다. 거리는 겨우 백 미터 정도밖에 떨어져 있지 않았다. 이미르는 화면의 창을 채우기만 하는 게 아니었다. 이미르의 좁은 끝 — 이미르를 우주선이라고 생각하면 선수 부분 — 은 더러운 얼음 언덕이었다. 몇 개의 정교한 구조물이 세워져 있는 것을 보니 인간들이 그곳에서 일하고 있었던 것 같다. 그물망과 케이블, 무선 안테나일지도 모르는 번뜩이는 철사들. 그러나 그들이 실제로 도킹할 장소는 여전히 오리무중이었다.

"이건 제대로 파묻혔군."

마쿠스가 말했다. '이것'이 생명유지장치가 있는 이미르의 사령선이라고 구태여 설명할 필요는 없었다. 사령선은 도킹포트를 통해 닿을 수 있어야 했다. 그러나 아무것도 보이지 않았다. 원래 계획에 짜여 있던 대로, 숀과 그의 크루들이 방사능과 바위들을 피하기 위해 사령선을 얼음 속에 파묻었으리라. 깊이 파묻은 것 같았다.

다이나의 태블릿에 단말창이 떠 있었다. 텍스트만 줄줄 나오고 있는, 프로그래머다운 단순한 인터페이스였다. 몇 초 동안은 창에 깜박이는 커서만 보이더니, 이제 창이 활성화되면서 수수께끼 같은 한 줄짜리 메시지를 보여주기 시작했다.

"새 로봇 신호가 들어와."

그녀가 보고했다. 그것은 누군가 듣고 있을 사람을 찾아내기 위해 우주에 보내는 로봇의 전자 서명이었다. 뉴 케어드는 여러 형태의 로봇을 싣고 있었지만, 다이나는 그들의 신호를 전부 알고 있었기 때문에 이 단말창에서 그 신호들을 걸러내고 있었다. 소거법에 따르면 여기 나타난 로봇 신호의 수가 이미르의 총 로봇 수일 것이다.

지로의 이인스뻭또르가 딸깍거리는 소리처럼, 이 신호들도 산발적으로 불쑥불쑥 튀어나왔다.

"적어도 스물…… 그러니 내트들은 제외할게." 그녀가 명령을 타이핑하며 말했다. "됐어. 고도로 발달한 내트 스웜이 있고, 거기다 그랩 여섯 대가 있어. 시위도 적어도 그 정도 돼."

"로봇 이름에서 찾을 수 있는 단서는 없어?" 마쿠스가 물었다. 로봇에게 각자 고유의 이름을 주고 신호에 이름을 나타낼 수 있었다. 기본값 설정에서는 자동 생성된 시리얼 넘버로 나오기 때문에, 수동으로 이름을 바꿔줘야 했다.

"음. 여기 그림드 그랩이 한 대 있는데 이름이 '안녕 나는 도킹포트 맨 꼭대기에 있어'야. 이건 좀 가능성이 있어 보이는데."

"그것만 번쩍이게 할 수 있어?"

"잠깐 기다려봐."

다이나는 '안녕 나는 도킹포트 맨 꼭대기에 있어'와 연결하고, 재빨리 로봇의 상태를 살펴본 후 다음 명령을 내릴 때까지 LED를 깜박이게 했다. 다른 사람들의 숨죽인 외침을 듣고 그녀는 스크린에서 눈도 떼기 전에 로봇이 제대로 작동한다는 걸 알았다.

"아주 또렷이 보이는데."

마쿠스가 말했다. 그가 뉴 케어드의 자세를 조정하자 여러 대의 추력기에서 펑펑 쾅쾅 소리가 났다. 그들은 이제 이미르와 거의 완벽하게 동기화된 궤도를 날고 있었다. 번쩍이는 그랩은 5미터쯤 떨어진 곳에 보였다. 그 로봇은 조각 표면에서 검은 물질이 상대적으로 적은 부분에 닻으로 고정되어 있었다.

"얼음에 빛을 겨눠주겠어? 그리고 계속 켜놔." 마쿠스가 부탁했다.

그랩의 LED는 조준이 가능한 뱀 같은 줄기 위에 붙어 있었다. 다이나는 마쿠스의 말대로 했다. 그런 다음 창문을 쳐다보자 똑바로 얼음에 빛을 겨누어 생긴 하얀 원광(圓光) 안에 그랩의 실루엣이 보였다. 은빛 구름 한가운데 또렷하게 흰 원반이 보였다. 얼음 때문에 흐릿했지만 그들은 모두 그것이 무엇인지 알아보았다. 도킹포트였다. 적어도 1미터 깊이에 묻혀 있었다.

"얼음송곳 가져온 사람 있어요?"

지로가 물었다. 그답지 않은 농담이었지만, 누가 한 말이든 간에 이런 상황에서 유머가 가능하다니 다이나는 다행이라고 느꼈다.

"슬라바, 당신 차례야. 다이나, 저 구역에 로봇을 더 보내서 우릴 도와줘." 마쿠스가 말했다.

매우 간단한 명령을 쳐 넣음으로써 다이나는 신호 범위 안에 있는 모든 그랩과 시위를 불러들여 이렇게 말한 셈이 되었다. "'안녕 나는 도킹포트 맨 꼭대기에 있어'에 더 가까이 갈 방법을 찾아. 자세한 걸 보고해서 귀찮게 하지 말고." 비야체슬라브가 우주복을 다 입었을 때는 가까이 다가온 로봇의 숫자가 충분했다. 그녀는 로봇 몇 대를 맞붙여 뉴 케어드를 얼음 표면에서 잡아줄 임시 구조물을 처음에는 한 군데, 나중엔 두 군데 더 만들 수 있었다. 그래서, 아직 도킹을 할 순 없었지만 이미르에 물리적으로 연결되었기 때문에 적어도 떠내려가지는 않았다.

그동안 '안녕'을 포함해 다른 로봇들은 아래 얼음에 파묻힌 도킹포트 쪽으로 구멍을 뚫느라 바빴다. 비야체슬라브는 로봇 한 무리를 이끌고 뉴 케어드의 에어로크에서 얼음 표면으로 내려가 그 지점으로 향했다. 이미르의 중력은 무시할 수 있을 정도로 약했기 때문에, 비야체슬라브의 '무게'는 여기서 반 그램 정도였다. 표면과 조금만 닿아도 그는 우주로 도로 튀어나가버릴 것이다. 그래서 그는 걷는 대신 얼음에 고정된 닻 같은 것에 의지해야 했다. 다이나는 뉴 케어드의 그랩 두 대를 보내 그의 앞쪽에 나란히 종종걸음을 치게 만들었다. 이 로봇들은 얼음 위에서 움직이도록 제작되었고, 발 밑창으로 얼음을 녹였다 다시 얼려 자기 몸을 재빨리 고정시킬 수 있었다. 슬라바는 로봇에 붙어 따라가기만 하면 된다. 일단 구멍 입구에 닿자 그는 얼음에 닻을 내리고 그 자리에 카라비너로 몸을 고정할 수 있었다. 그런 다음 그는 로봇들이 작은 발톱을 움직여 퍼내는 것보다 얼음을 더 많이, 더 빨리 퍼냈다. 로봇의 작업에 속도가 붙었다.

무슨 일이 일어났는지 예상할 수 없었기 때문에, 그들은 임시 얼음채굴 도구 세트를 가져왔다. 그 안에는 신비롭게도 옛 지구의 쇼핑몰에 있던 시어스 로벅에서 우주로 올라온 크래프츠맨 정원 삽도 들어 있었다. 슬라바는 그것으로 얼음을 파냈다.

한편 마쿠스는 클라우드아크로 상황을 보고하고 있었다. 지로는 메모라고 하기엔 많은 글자를 타이핑했다. 누군가와 통신하는 것이었다. 아니, '어떤 것' 쪽이 더 그럴듯했다. 다이나는 뭐냐고 묻고 싶어졌지만, 짐작이 가는 대답은 하나뿐이었다. 그는 원자로 코어를 통제하는 컴퓨터와 접속한 것이다.

마쿠스도 같은 결론을 내린 듯했다.

"지로, 기계실에서는 무슨 소식이 있나요?"

"살아 있네요." 지로가 말했다. 카피라이팅 실력이 서툰 건지 연이어 두 번째 농담을 하고 있는 건지 모를 일이었다.

"로그 파일을 해석해보려고요. 반복되는 자료가 아주 많아요."

"에러 메시지인가요?" 마쿠스가 뻔한 추측을 하며 물었다.

"그리 많지는 않아요. 상태 보고는 로봇들 일이니까요."

다이나는 자리를 옮겨 살펴보았다. 정확히 무슨 일이 일어나고 있는지 알 수는 없었지만, 대충 훑어본 결과 지로의 말이 맞았다. 여러 대의 로봇이 조금씩 수정된 프로그램을 실행하며 열심히 일하다가 때때로 에러 메시지가 섞인 상태 보고서를 쏟아냈다. 그러나 로그가 너무 많이 생성되었기 때문에 사람이 읽을 수는 없었다. 나중에 컴퓨터 스크립트를 써서 로그를 정리하고, 일일이 살피고, 통계를 축적하고 패턴을 찾아야 할 것이다.

"맨 위로 스크롤해주시겠어요?"

다이나가 말했다. 그녀는 첫 로그 엔트리 시간을 알고 싶었다.

"내가 살펴봤어요." 지로가 말했다. "숀이 마지막으로 전송한 시간 즈음입니다."

그러면 숀은 죽음의 문 앞에 서 있다는 사실을 알면서 로봇들에게 뭔가 수행하라는 명령을 내렸고, 멈추라는 지시를 받을 때까지 계속하게 했다는 얘기가 된다. 얼음조각의 바깥 표면은 아주 조용했으니 그 일은 표면 아래 내부에서 하는 작업일 것이다.

"연료 채굴이겠네요," 다이나는 그렇게 추측했다. 그다음 지로가 부정확한 단어라고 반대할 틈을 주지 않고 말했다. "그러니까, 추진제요."

비야체슬라브는 도킹포트를 파냈다. 뉴 케어드의 추력기 조종판을 두드리고 로봇으로 뭔가를 밀고 당기더니 우주선을 잡고 이쪽저쪽으로 밀었다. 비야체슬라브와 로봇들이 파낸 작은 크레이터를 통해 우주선에 '앞문' 도킹포트를 삽입한 다음 얼음에 파묻힌 이미르 사령선의 도킹포트와 연결했다.

그다음 슬라바는 도로 측면 에어로크를 통해 뉴 케어드로 들어가야 했다. 선체를 통해 전해지는 소리로 그의 행로를 알 수 있었다. 그는 방 안으로 올라가 외부 해치를 닫고, 시스템을 작동시켜 로크를 공기로 채웠다.

그동안 마쿠스는 포트로 연결된 상대 컴퓨터에 접속해 숨 쉴 공기와 다른 필요 물품이 있는지 확인했다.

하지만 안은 죽도록 추웠다. 영하 20도 정도 되는 것 같았다.

"손 덕분에 손이 덜 가게 되었군요." 마쿠스가 말했다. "죽기 전에 온도조절장치를 껐어요. 그의 시신은 꽁꽁 얼어 있을 겁니다." 원자력 발전기 동력은 부족하지 않았기 때문에, 이미르의 전기 시스템은 여전히 작동하고 있었다.

마쿠스는 사령선의 환경 시스템을 도로 켜고 온도를 다시 올리라고 명령했다. 그는 이미르의 해치와 뉴 케어드의 해치 사이에 있는 작은 공간에 압력을 가한 후 뉴 케어드의 문을 열었다.

이제 모두들 약간 돔 모양으로 부푼 해치의 외부 표면을 바라보고 있었다. 이미르의 사령선으로 통하는 문이었다.

누군가가 펠트 마커로 그 위에 그림을 그려놓았다. 방사능 위험을 경고할 때 쓰던 삼엽형 상징, 그 아래 그리스 글자 알파, 베타, 감마. 해골과 뼈를 교차시킨 낙서도 새겨져 있었다. 유머치고는 너무 음산했다.

마쿠스가 제일 처음 제정신을 차렸다. 그는 조종석에서 나선형을 그리며 빠져나와 에어로크의 내부 해치 쪽으로 몸을 밀었다. 그곳에서 스크린의 터치 버튼을 누르자 내부 해치가 잠겼다. 비야체슬라브가 들어올 수 없었다. 그는 한 손을 들어 헤드셋을 조정했다.

"슬라바. 내 말 들려? 좋아. 잘 들어. 우린 오염돼 있어. 당신 우주복에 이미 묻었을지도 몰라. 들어오기 전에 지로의 외부 방사능 탐지기로 가서 뭐 묻지 않았나 살펴봐."

지로는 이미 이인스펙토르로 해치를 스캔했다. 다행히 방사능이 있다는 결과는 나오지 않았다.

바깥에서 비야체슬라브가 에어로크를 다시 돌아 기어 나오는 소리가 들렸다. 선체 위의 외부 손잡이를 이용해 그는 외부 감마 스펙이 울린 장소로 갔다. 그들 눈앞에서 그는 장갑, 무릎, 부츠 등 얼음과 닿았던 곳에 특별히 주의를 기울이며 이쪽저쪽으로 2분가량 돌았다. 방사능을 알리는 소리는 터져 나오지 않았다. 그래서 그는 에어로크로 도로 들어와 뉴 케어드에 와도 좋다는 허가를 받았다.

그들은 따뜻한 옷을 가져왔는데, 엄청나게 큰 얼음조각으로 여행을 갈 때는 그런 옷을 챙기는 게 좋을 것 같았다. 지로가 옷을 입었다. 이어 다이나가 자기 옷이 들어 있는 물건 더미에 손을 내밀자 마쿠스가 그러지 말라는 듯이 한 손을 들었다. 그녀는 마쿠스가 옷을 입으려 들지 않는다는 것을 알아차렸다. 지로가 혼자 그곳으로 가고 있었다.

"약간 가압을 하겠습니다." 마쿠스가 패드 인터페이스로 작업을 하며 말했다. 다이나는 고막에 점점 압력이 가해지는 것을 느꼈다. 마쿠스는 이유를 설명하지 않았고, 설명할 필요도 없었다. 오염되었을지도 모를 공기가 들어오는 것을 막고 뉴 케어드에서 이미르로 깨끗한 공기를 보내려고 하는 것이었다.

이제 지로는 방한복 위에 통으로 된 일회용 무균실복을 걸쳤다. 그들은 우주선이 오염되었을 거라 예측하고 준비를 하고 왔던 것이다. 그는 무균실복 위에 이인스뻭또르를 걸쳐 메었다. 다이나는 그가 방사능 먼지를 폐 안으로 빨아들이지 않도록 인공호흡기 마스크를 건네주었다. 그는 무균실복 모자 위에 마스크를 쓰고 잘 맞게 조여졌는지 확인했다. 그가 배와 배 사이의 공간 안으로 빙글 들어가, 이미르의 해치 외부 걸쇠를 작동시킨 후 앞으로 살짝 몸을 움직였다. 그러자 뉴 케어드의 과기압 때문에 문이 열렸다. 그는 둥둥 떠서 사령선 안으로 들어간 후 몸을 돌려 발이 '바닥' 쪽을 향하도록 했다. 그사이 마쿠스는 해치를 당겨 닫았다.

이제 비야체슬라브가 에어로크에서 나타났다. 그와 다이나, 마쿠스는 헤드셋으로 서로 숨소리를 듣고 있었다.

"숀은 출혈사했습니다." 지로가 알렸다.

이미르의 사령선은 아클렛만 한 크기였다. 이제 우주에 있는 물체는 거의 다 비슷한 크기였다. 초중량 화물 로켓 위에서 궤도로 발사할 수 있는 가장 큰 물체가 아클렛이기 때문이다. 어떤 아클렛들은 '지평선' 방향으로 놓인 '터널'이었다. 말하자면 터널 끝에서 끝까지 한 량으로 된 긴 유조 열차같이 납작하게 누워 있었다. 넓게 트인 공간이 필요할 때는 좋았지만, 쓸 수 있는 공간을 제대로 다 이용하지 못하게 되곤 했다. 이미르의 사령선은 뉴 케어드의 사령선과 마찬가지로 '수직'으로 세워진 '사일로'였다. 둥근 층들이 여러 개(보통 네다섯 층) 쌓여 사다리로 연결되어 있었다. 각 층은 지름 4미터 정도의 두터운 원반 모양이었다. 한 층이 방 하나인 경우 우주여행 기준으로는 매우 넓었지만, 더 작은 객실들로 나뉘어 있는 경우가 더 많았다.

이미르는 5층짜리 사일로였다. 천장이 낮아 2년 동안 여행하면 폐소공포증에 걸릴 만큼 답답하다는 뜻이었다. 지로가 처음 들어간 층은 얼음 표면에 제일 가까워 우주선(線)과 유성이 충돌할 위험이 가장 큰 곳이었고, 방 하나로 되어 있었다. 계획상으로는 음식, 세정장치 카트리지, 로봇 부품, 도구들을 저장하는 곳이었다.

몇 분 후 지로는 머리 위에 올린 카메라로 영상을 연결할 수 있었다. 그들은 태블릿으로 그곳의 모습을 지켜보았다.

숀 프롭스트의 얼어붙은 시체가 침낭 속에 든 채 둥둥 떠 있었다. 그 침낭은 천장에 케이블 타이로 고정되어 있었다. 구멍이 많은 침낭 천은 짙은 갈색으로 얼룩졌다. 피로 물들지 않은 곳이 거의 없었다.

지로는 다른 케이블 타이에 묶여 있는 구식 가이거 계수기와 가볍게 부딪쳤다. 그 위에는 입구에 표시를 그렸던 펠트 펜으로 '고장'이라고 쓰여 있었다.

숀의 시체와 그 층을 이인스뻭또르로 한 바퀴 휘 둘러 조사한 후, 지로는 다음 '아래'층으로 가는 통로를 둥둥 떠내려갔다.

이인스뻭또르 소리가 점점 커졌다.

"아, 그 망할 소리 좀 꺼버려요."

마쿠스가 말하자 이인스뻭또르가 조용해졌다. 이제 지로만 볼 수 있는 작은 화면에 분당 방사능 수치가 뜰 것이다. 하지만 그들에게는 똑딱거리는 소리가 들리지 않게 되었다.

그다음 층은 전체 회의실 겸 만찬 식당, 강당 같은 곳이었다. 탁 트인 공간에 저장 라커들이 줄줄이 늘어서 있었다. 세 번째, 맨 가운데 층에는 취침 구역, 화장실, 샤워실 등이 있었다. 4층은 실험실 겸 작업장이었다. 제일 밑바닥 층인 5층도 마찬가지 기능을 하고 있었다.

"여긴 춥네요. 갑자기 베타가 엄청나게 많아지는데요." 지로가 맨 아래층에 닿자 말했다.

"알았어요. 그럼 오염원은 거기군요. 아래쪽 5층."

그곳은 추웠다. 누군가가 문을 열어두었기 때문이다. 바닥 한 가운데 맨홀이 열려 있었다. 우주복을 입은 사람 하나가 그 통로로 올라와 곧장 얼음으로 통하는 둥근 수직 통로로 들어갈 수 있을 만한 크기의 입구였다. 긴 수직 통로는 전부 하얀 LED 조명을 받고 있었다.

"저건 주목할 만하군." 마쿠스가 말했다.

지로는 머리부터 내려간 다음 터널을 따라 몸을 밀기 시작했다. 터널 벽에 고정된 매듭 로프를 얼음 닻으로 잡아당기는 간단한 방식이었다. 처음에는 조심스럽게 움직였으나 곧 더 빨라졌다.

"저 끝에 해치가 있습니다. 백 미터쯤 떨어진 곳 같은데요."

지로가 말했다.

"방사능은?" 마쿠스가 물었다.

"그리 많지 않아요. 오염 경로는 여기가 아닌 것 같습니다." 지로가 말했다.

통로 끝 해치에는 방사능 위험 심볼이 더 공식적으로 그려져 있었다. 그 맞은편에 무엇이 있는지 모두들 알았다. 원자로 내부에 물리적으로 연결된 작은 압축 모듈. 지로는 그곳을 통과하지 않고 사령선으로 돌아오려고 몸을 돌렸다.

그러더니 갑자기 다시 돌아서서는 헤드램프의 빛으로 터널의 얼음벽을 이리저리 비춰보았다.

길고 늘씬한 물체 두 개.

두 구의 인간 시체였다. 다이나는 라스의 딸기 빛 섞인 금발을 알아본 순간 숨을 몰아쉬었다.

아무 말 없이 지로는 도로 사령선의 저층으로 '올라'왔다. 그는 해치 가까이 있는 라커로 주의를 돌렸다. 라커 문은 열려 있고, 그 안에는 채굴 도구와 우주복 부품들이 둥둥 떠 있었다. 다른 것들은 방 안에 쏟아져 공기의 흐름에 밀려서 주위를 정처 없이 떠다녔다.

"지로, 말해봐요." 마쿠스가 말했다.

"여기서 강한 베타가 나오네요." 지로가 말했다. "여기가 오염의 진원지입니다."

그는 도로 휴게실로 둥둥 떠 올라가 캐비닛 속에서 쓰레기봉투를 찾은 다음 맨 아래층으로 돌아와 작업을 시작했다. 도구와 옷들을 정리하고 이인스뻭또르에 하나씩 대보며 집중해서 화면을 바라보았다. 가끔 결과를 보고 얼굴이 찌푸려질 때는 그 물건을 쓰레기봉투에 밀어 넣었다.

다이나, 마쿠스, 비야체슬라브는 뉴 케어드에서 한 시간 정도 기다렸다. 그들은 태블릿 화면에 띄운 작업을 하며 시간을 보내는 척했다.

그때 지로의 목소리가 다시 들렸다.

"에어로크 밖으로 물건 버릴 준비해요!" 그는 고함을 지르고 있었다.

지로가 무슨 생각을 하는지 모두들 금세 알아차리지 못했다. 뉴 케어드와 이미르의 사령선은 이제 이어진 채 밀폐된 공간이었다. 이미르 사령선은 얼음에 완전히 끼어 있었기 때문에, 그 시스템에서 뭔가 제거하려면 — 방사능 쓰레기를 내보내려면 — 뉴 케어드의 에어로크로 버릴 수밖에 없었다.

멀리서 쿵 소리가 났다. 다이나가 앞으로 나아가 해치를 열자 비치볼 크기만 하고 덕트 테이프로 둘둘 감싸인 쓰레기봉투가 그녀를 맞았다. 지로가 그것을 밀자 봉투는 추진력을 받아 뉴 케어드로 들어왔다. 다이나는 그것을 마쿠스에게 밀어 올렸고, 그는 봉투를 받은 후 옆을 두드려 에어로크에 넣었다. 비야체슬라브가 해치를 쾅 닫았다. 그 꾸러미는 이제 우주로 떠내려갔다.

지로는 머리부터 포트로 들어왔다. 그는 무균실복과 차단 마스크를 쓰지 않았다. 그 물건들은 쓰레기봉투로 들어간 것 같았다. 그는 매우 지치고 땀에 절어 있었다.

"꼭 옛날 같지요, 친구?" 마쿠스가 말했다. 지로의 예전 직업에 대한 이야기였다. 그는 후쿠시마에서 청소회사를 운영한 적이 있었다.

"그 일은 더 하고 싶지 않은데요." 지로가 말했다.

이제 사령선 안이 따뜻해져 파카를 입을 필요는 없었다. 그러나 이미르에 들어갈 때 그들은 모두 무균실복을 걸쳤다가 뉴케어드로 돌아오기 전 벗었다. 지로의 말처럼 오염은 '슬그머니' 퍼져 있었다. 미세한 낙진 입자에서 나오는 베타는 물건에 가려지면 이인스뻭또르에 보이지 않았다. 그리고 사령선은 물건 투성이였다. 그래서 지로가 처음에 대충 훑어본 방식의 조사로는 베타를 내뿜는 작은 입자들이 이제 더 이상 그곳에 남아 있지 않다고 보증할 수 없었다. 그런 입자가 폐나 소화계로 들어가면 치명적인 방사능 피해를 입을 수 있었다. 그러나 지로의 판단으론, 더 낮은 층에 있던 우주복 장갑이 크게 오염되었을 뿐, 쓰레기봉투에 담겨 에어로크 밖으로 버려진 다른 잡동사니들은 오염 수준이 낮았다. 그들이 운이 좋다면, 이제 심각한 오염원은 다 제거된 셈이었다.

비야체슬라브는 숀의 시체가 녹기 전에 천장에서 내렸다. 슬라바는 생명과학자가 아니지만 여러 방면으로 재주꾼이었다. 그는 파카와 월면우주복으로 몸을 둘둘 감싸고 침낭을 열었다. 그 위에는 이인스뻭또르를 가진 지로가 서 있었다. 그는 형식적으로 검사를 한 다음 시체를 도로 침낭에 싸놓았다. 그러고는 낮은 층으로 침낭을 교묘하게 이동시켜 마루 한가운데의 맨홀에 집어넣고 터널 끝까지 밀었다. 터널 끝에는 라스와 다른 승무원들도 묻혀 있었다. 그는 숀의 시체를 그곳의 얼음벽에 기대놓았다.

휴게실에서 식사를 할 때 그가 이 임시 검사 결과를 보고하는 바람에, 다들 식욕을 잃었다.

"숀은 항문으로 과다출혈을 해서 숨졌습니다. 장 내부가 파열되었어요." 비야체슬라브가 말했다.

"배 속에 베타가 꽤 있었어요. 마지막에는 매우 쇠약해졌을 겁니다." 지로가 덧붙였다.

"무슨 뜻이죠?" 마쿠스가 물었다.

"연료 입자를 삼켰습니다. 연료 벼룩이 떨어져 나와 체내로 들어간 것 같습니다."

"연료 벼룩?"

지로는 전에도 그 용어를 쓴 적이 있었다. 다른 사람들은 그게 무슨 뜻인지 아무도 몰랐다. 이지에서는 여기저기 기술 전문용어가 넘쳐났기 때문에, 그런 용어인 줄 알고 모두가 한 귀로 듣고 한 귀로 흘렸다. 하지만 연료 벼룩이 사람을 죽인다면, 그것이 무슨 뜻인지 알아야 했다.

"망가진 연료봉에서 작은 우라늄이나 플루토늄 조각이 떨어져 나오는 겁니다. 그게 알파 입자를 방출하면 알파 입자는 지그재그로 돌아다닙니다. 운동량 보존의 법칙이죠. 요점을 말하면 몸집이 작고 알파를 많이 만드는 놈입니다. 그것이 숀의 장게실(憩室)에 박혔습니다. 그다음 방사선에 장이 타면서 출혈이 멈추지 않았던 겁니다."

모두 음식을 밀어놓았다.

"괜찮아요. 우리는 뉴 케어드 안에 있습니다." 마쿠스가 말했다.

식사를 마치자 마쿠스는 앞으로 며칠 동안 바쁠 테니 다들 자야 한다고 말했다. 지로가 첫 번째 불침번을 자청했다. 그래서 나머지 사람들은 모두 자고, 지로는 로그와 공책을 살펴보며 이미르의 여행에서 무슨 일이 일어났는지 추측해보았다.

갑자기 쓸 수 있는 공간이 많아졌다. 다이나는 뉴 케어드 한쪽 끝에 혼자 숨어 있고 싶었지만, 마쿠스는 모두 사령선에서 자야 한다고 강하게 주장했다. 뉴 케어드는 방사능에는 오염되지 않았어도 우주의 위험에 직접 노출되어 있었다. 유성이 충돌하면 안에 있는 사람들이 다 죽을 수도 있었다. 반면 베타 입자를 폐로 들이마신다고 해도, 희생자가 무력해질 때까지는 며칠이나 몇 주가 걸릴 것이다. 그동안 그들은 쓸모 있는 일을 할 수 있었다.

결국 비야체슬라브는 이미르의 승무원 침상에서 자게 되었고, 다이나와 마쿠스는 다른 방에서 같이 잤다. 그와 섹스할 수 있다는 사실에 그녀는 좀 놀랐다. 화이트스카이부터 섹스 생각을 한 적은 한 번밖에 없었다. 하드레인이 먼 미래 같기만 하고 클라우드아크가 여전히 지구에서 고립된 연구자들의 거주지로 느껴지던 그 옛날 좋은 시절에 처음 몇 번 즐겼던 정력적이고 시끄러운 섹스가 아니라, 은밀하면서도 놀라운 섹스였다. 이제 이미르는 나머지 인류에게서 수백만 킬로미터 떨어져 있었고, 또 그것이 초속 수천 미터의 델타 비로 움직이자 어느 정도 옛날 기분이 났다. 도착하자마자 엽기적인 광경에 맞닥뜨렸지만, 다이나는 여기가 좋았다. 이곳은 옛날 루퍼스의 채광소를 우주로 옮겨놓은 것 같았다. 그녀는 정말로 돌아가고 싶지 않았다.

그러나 그들은 이국에 휴가를 즐기러 온 것이 아니라 인류를 구하기 위해 여기까지 왔다. 그래서 그녀는 좀 자두려고 했다. 다섯 시간 후 마쿠스가 맞춰놓은 알람이 울리자 그녀는 침낭에서 나와 가까스로 씻고 새 옷을 입었다. 이미르는 세면도구도 없는 냄새나는 독신남 자취방이 되어버린 지 오래였다. 공용 공간을 뒤져본 결과 음식도 부족했다. 쇤은 배 속의 연료 벼룩 때문에 죽은 것이 확실하지만, 그 전에도 이미 영양실조와 산소 부족으로 약해져 있었을 것이다. 이미르의 공기 공급을 보충하기 위해 크루들이 사용한 시스템이 정상이 아니었기 때문이다. 이미르에 온 사람들은 생명유지장치에서 나는 소리 때문에 자던 도중 두 번이나 깼다. 지로가 소리를 끄고 문제를 해결했다.

모두 일어난 다음 그들은 직접 가져온 저장 음식을 꺼내 먹으며 지로의 브리핑에 귀를 기울였다.

"이 탐험대에 무슨 일이 일어났는지 말해보겠습니다."

지로는 죽은 자들이 남긴 로그를 보고 종합한 이야기를 해주었다.

임무 시작 직후, 부품에 결함이 있는데 교환할 수 없었기 때문에 무선통신이 고장났다. 아주 단순하고 어리석은 실수였다. 여행의 대부분은 1년 반 동안 L1 게이트에서 그릭 스크젤러럼까지 가는 여정이었다. 그 여정은 길고 지루했지만 때때로 혼란에 빠졌다. 거의 다 생명유지장치 때문이었다. 그들은 태양광으로 조류를 키웠는데, 그 과정이 실험실에서는 제대로 진행되었지만 이미르에서는 유지하기 힘들었다. 이런 면에서는 클라우드아크의 새 아클렛들이 더 우수했다. 제로 이후에 그런 시스템들을 작동시키면서 여러 가지 경험을 쌓았기 때문이다. 그러나 이미르는 훨씬 먼저 제작되고 발사되었다. 지금 보면 이미르의 시스템은 매우 시대에 뒤떨어져 있었다.

일단 '그레그의 해골'에 도달해 엄청난 양의 물을 손에 넣자, H_2O를 분열시켜 산소를 얻을 수 있었기에 생활이 더 나아졌다. 그러나 그때까지는 산소 부족 때문에 긴장한 채 공기와 음식 소비를 최소한으로 줄이려고 애쓰며 침낭 안에서 무기력하게 똑같은 DVD를 보고 또 보고 있었다. 그들의 건강과 정신상태는 매우 나빠졌다.

그들은 작은 매설 지뢰를 직접 설치했다. 라스가 프로그램한 로봇으로 설치했을 수도 있다. 그렇게 그릭 스크젤러럽에서 얼음조각을 떼어낸 후 조각의 코 속에 사령선을 박아 넣자 우주 방사선과 유성의 위험에서 상대적으로 안전해졌다. 임무 개시 후 처음으로 생활이 개선되었다. 그들은 혜성의 핵으로 접근하기 위해 터널을 파기 시작했다. 조각 뒤쪽에 원자로 시스템을 삽입하자 시스템은 얼음을 녹이며 안쪽으로 파고 들어갔다. 그들은 얼음조각의 중심부 근처에 구멍을 파고 호퍼를 조각했다. 채굴 로봇들이 얼음을 부서뜨리면 그 부스러기들을 담을 용기였다. 열두 대의 오거가 설치되었다. 오거는 얼음을 옮기는 나선형의 긴 기계였는데, 엘리베이터로 곡물을 옮길 때 쓰는 기계와 비슷했다. 오거들은 호퍼에서 떼어낸 얼음을 따뜻한 원자로실 주위의 공간으로 옮겼다. 얼음은 그곳에서 녹아 원자로 코어로 들어갔다. 한편, 다른 로봇 부대가 조각 바깥쪽에서 조금씩 얼음을 녹이며 그들이 가져온 섬유질 물질과 섞어 다시 얼렸다. 그러면 파이크리트라는 훨씬 더 강한 물질이 탄생했다.

L1로 돌아가는 길에 오르는 첫 번째 '연소'는 매우 어설펐지만, '스팀펑크' 추진 시스템은 원래 계획한 대로 작동했다. 그러나 얼음을 원자로실에 넣어주는 오거들에 문제가 생겼다. 오거들은 호퍼에서 얼음을 받았고, 누군가가 얼음조각 안쪽에서 단단한 얼음을 '채굴'해 호퍼를 채워야 했다. 사람보다 로봇에게 적합한 과정이었다. 작은 로봇 군대가 설탕덩어리를 분해하는 개미처럼 광산 안쪽에서 호퍼로 얼음을 옮겼다. 이 로봇들이 제대로 조력하지 않으면 아무것도 진행할 수 없었다. 사실 이 부분은 제대로 진행되었다. 그러나 로봇이 채굴해낸 얼음조각에는 작은 돌이 들어 있곤 했다. 돌이 들어가면 오거는 움직이지 못했다. 고장을 수리하는 방법은 간단했다. 오거를 잠깐 반대로 작동시키면 금방 고칠 수 있었다. 그러나 다른 로봇이나 우주복을 입은 사람이 기계에서 돌멩이를 파내야 할 때도 있었다. 오거 사고로 크루 한 명이 죽었다.

첫 번째 연소를 시작해서 L1에 도착할 때까지 걸린 몇 달 동안, 라스는 돌투성이 얼음을 모으지 않도록 로봇의 프로그래밍을 손보았다. 그들은 중요한 두 번째 연소에서 먼저 겪은 문제를 되풀이하지 않으려고 시스템 검사를 여러 번 시행했다. 로봇을 한 대 한 대 자세히 검사하는 것을 시작으로, 시스템 전체를 활성화하고 원자로를 켜서 몇 분 동안 추진력을 생산하는 총체적 모의훈련까지 했다.

처음 총훈련 중 원자로 코어에서 뭔가 잘못되어 연료봉 외피가 손상되었다.

지로는 무엇이 잘못되었는지 짐작했다. 이미르는 혜성 핵의 얼음을 녹여 그 물을 감속재로 사용했다. 원자력 공학에서 감속재란, 분열 반응에서 튀어나간 중성자들의 속도를 늦춰 오래 잡아두면서 더 많은 분열 반응을 일으키도록 하는 매개체를 뜻한다. 효과적인 감속재가 없다면 대부분의 중성자는 전혀 쓸모 없이 시스템에서 빠져나가버릴 것이다.

꼼짝없이 정지한 상태와 통제 불능으로 내달리는 상태 사이에서 정상적인 동력을 출력할 수 있는 범위는 매우 좁지만, 모든 상용 원자로를 작동할 수 있는 것은 그때뿐이다. 이미르의 원자로에서 본질적인 문제는 감속재가 자연 발생한 물질이기 때문에 순수하지 않아, 반응 결과를 예측할 수 없었다는 것이다. 첫 번째 총훈련 때 원자로실에 흘러든 물은 몇 달 전 첫 번째 '연소' 때 녹인 얼음을 급배수 설비 안에 넣어놓았던 것이다. 거기서 물은 오거에 들어온 크고 작은 돌멩이들에 닿아 암석에서 여러 가지 광물질을 추출했다. 순수한 물과는 달라졌다. 원자로가 가동되고 펌프가 켜지자, 그 불순한 물이 모든 잡석을 걸러내기 위해 설치한 차폐망과 필터를 통과했다. 아무리 걸러도 불순한 물이었기 때문에 감속재 기능을 제대로 수행하지 못했다. 원자로는 계속 느리게 움직였다. 나중에 생각해보니 물속의 불순물에 오염된 중성자의 활동이 억제되었던 것이다. 시동이 느려지자 작동 기사들은 과잉 반응을 보였다. 시동이 제대로 걸렸을 때 뽑아낼 제어 날개보다 더 많은 수를 뽑아낸 것이다. 그러나 일단 첫 번째 밀려든 불순한 물이 시스템을 씻어내고 노즐 밖으로 날아가자 이제 갓 얼음에서 녹아 상대적으로 순수한 물이 대신 들어갔다. 원자로 동력이 급증하면서 연료봉 내의 핵분열 생성물이 갑자기 축적되었다. 어느 정도는 크립톤이나 아르곤 같은 기체가 되었을 것이다. 기체는 압력을 생성한다. 연료봉은 그런 압력에 견디도록 만들어졌지만, 그중 하나가 버티지 못하고 터졌다. 제조시에는 완벽했지만 도중에 나노유성체가 아주 미세한 흠집을 남겼을지도 모른다. 이유야 어쨌건, 연료봉이 터지면서 핵이 분열해 매우 높은 방사능을 띤 '딸'들을 내보내기 시작했고, 그것이 로켓 노즐에서 터져 나오던 증기와 섞였다.

따라서 낙진은 대부분 우주로 사라졌다. 그러나 로켓 노즐이란 기체 속의 온도 에너지, 즉 열을 속도로 바꾸는 장치이다. 증기가 더 빠르게 나갈수록 노즐이 더 차가워졌다. 마침내 노즐 출구 근처의 증기가 너무 차가워져 눈으로 응결되기 시작했다. 낙진의 작은 입자들은 눈송이를 형성하기에 완벽한 핵이었다. 노즐 벨의 얼음벽에 눈이 달라붙었다.

그다음 일어난 일을 가장 그럴듯하게 설명하는 가설은, 그 근처를 돌아다니며 노즐 모양을 유지하던 로봇이 알파를 방출하는 연료 벼룩과 베타를 방출하는 딸들의 혼합물에 오염된 채 그대로 이동해 그 물질을 우주복 장갑에 묻혔다는 것이다. 우주 유영자가 손을 뻗어 그랩의 집게발에서 얼음을 쓸어냈거나, 오염된 그랩이 돌아다니던 장소에 발을 들여놓았다든가 하는 사소한 사건이었을 것이다. 이후 그 우주 유영자가 안으로 들어오면서 사령선이 오염되었다. 그들은 연료봉이 터졌다는 사실을 알지 못해 오염 검사를 하지 않았을 것이다. 아니면 숀이 노트에 시사한 것처럼 가이거 계수기가 하나씩 고장나 그들 주변의 방사능을 감지할 수 없었을지도 모른다. 경우야 어떻든, 그 입자들은 사령선에 퍼졌다. 어떤 사람들은 입자를 들이마시고, 어떤 사람들은 입자를 삼켰다. 그 전에도 건강하지 않은 사람들이었다.

하여간 좋은 소식이 있다면 원자로와 엔진이 작동한다는 것이었다. 라스가 로봇의 채굴 프로그램을 개선하자 호퍼에 들어가는 돌이 더 적어졌고, L1 연소 중에 오거가 고장나는 일도 적어졌다. 그때부터, 내트들은 호퍼 안을 돌아다니며 몰래 쉬인 암석을 구분해 오거에서 빼냈다. 연료봉이 입은 피해는 옛 지구 기준으로 보면, 특히 지상에 있는 원자로에서 일어난 일이라면 커다란 재앙이었다. 여기서도 모든 것이 엉망이 되었고 이미 몇 명은 치명적인 내상을 입었다. 그러나 아직 모든 것이 작동했다. 그렇다. 뉴 케어드 탐험대는 클라우드아크 한가운데로 방사능 재앙을 끌고가고 있었다. 그러나 일단 가까운 곳까지 끌고가면 원자로를 대기권에 버릴 것이다.

몇 분 정도의 오차를 감안하면, 이제 지구가 아래쪽에서 거대한 모습을 드러낼 때까지 48시간이 남아 있었다. 그러면 하얗게 달아오른 공기에서 나오는 방사능 열 때문에 얼음이 부드러워지고, 녹아 증발하면서 조각의 바다 쪽 표면에서 물과 증기가 나올 것이다. 그때 제어 날개를 뽑아내고 대규모 연소를 실행해야 했다. 우선 우주선 전체를 돌려 배의 노즐 벨이 운동 방향을 가리키고 배가 '뒤로' 날아가도록 만들어야 했다. 음수의 델타 비가 필요하기 때문에, 가속이 아니라 감속 연소를 해야 한다.

모든 우주선에는 회전 동작용 추력기가 장착되어 있었다. 커다란 델타 비를 줄 만큼 강력한 추력기가 아니라 배 전체를 원하는 자세로 회전시켜 줘 엔진이 올바른 방향을 겨냥하도록 만드는 것이다. 일반적으로 추력기는 배의 '귀퉁이'를 향할 때 더 효율적으로 작동한다. 거기서 추력기는 지렛대 힘을 더 많이 줄 수 있고, 가장 작은 추진력으로 우주선을 돌릴 수 있다. 그릭 스크젤러럼에서 무엇을 발견할지 모르기 때문에, 이미르의 임무를 기획한 사람들은 모듈식 추력기 조립품 세트로 배를 꽉 채웠다. 그 세트는 기본적으로 작은 로켓 엔진, 추진제 탱크, 무선 조종 링크, 그리고 그것을 얼음에 고정시킬 하드웨어로 구성되었다. 이미르의 간이 검사 기록과 죽은 크루들의 기록을 한번 훑어보자, 손과 크루들이 그 물건들을 얼음 속 알맞은 위치에 박아 넣은 게 분명했다. 한 세트는 노즐로 네 개의 직각 방향을 겨냥한 채 코 부분에 세워져 있었고, 네 세트는 서로 간격을 두고 조각에서 가장 두툼한 부분에 박혀 있었다.

이제 도킹했기 때문에 뉴 케어드의 엔진으로 이미르를 회전시킬 수 있었다. 그러나 180도를 획 돌린다는 이 기동 하나가 아클렛같이 작은 우주선에서는 상대적으로 간단해 보이지만, 이미르처럼 거대하고 비대칭적일 때에는 엄청나게 어렵고 복잡했다. 추력기를 사용하게 될 거라 예상하고, 다이나는 첫날

'아침'에 로봇을 내보내 추력기를 점검했다. 비야체슬라브는 우주복을 입고 나가 뒤틀려버린 추진제 선들을 수리했다. 그러나 조각이 어찌나 육중한지 끝에서 끝까지 빙글 돌리는 데 여덟 시간이 걸렸다. 그리고 방향을 정확히 수정하는 데 그때부터 다시 여섯 시간이 걸렸다.

그 후 마쿠스는 지금까지 했던 가정이 전부 틀린 것 같다고 발표했다.

"대기권이 너무 큽니다."

그는 수심에 잠겨 이지에서 온 여러 통의 이메일을 뚫어지게 바라보고 있었다.

다이나는 가슴이 창에 꿰뚫린 것처럼 아팠다. 지난 2년 동안 온갖 사건을 다 겪고 나서도 아직 나쁜 소식에 반응할 만한 마음이 남아 있다는 게 신기했다. '당신 어머니가 암에 걸리셨습니다'나 '탄광 속에서 폭발이 일어났습니다' 같은 말처럼 마쿠스가 방금 한 말은 마음속에 원래부터 설치된 심리학 프로그램을 가동시키는 것 같았다.

그들은 클라우드아크 계획 초기부터 하드레인이 공기를 달구리라는 것을 알고 있었다. 전 세계의 모든 공기를. 공기는 뜨거워지자 팽창했다. 대기권이 팽창할 수 있는 방향은 하나밖에 없다. 우주로 뻗어 나가는 것. 그래서, 익숙한 400킬로미터 고도에서 희박한 공기가 이지를 끌어당기는 인력은 대기권이 위로 솟아오를수록 더 강해질 수밖에 없었다. 공기가 얼마나 뜨거워질지, 얼마나 팽창할지, 인력이 얼마나 강해질지는 엄청나게 중요한 문제였지만, 하드레인이 실제로 시작되기 전에는 답을 얻을 수 없었다. 두브가 늘 하는 말이지만, 아무도 달을 날려버리는 실험을 한 적이 없었다. 기다렸다가 관찰하는 수밖에 없었다. 하드레인이 시작된 다음부터 관측은 하고 있었지만, 마쿠스는 그동안 대부분 다른 일에 정신이 팔려 있었고, 이제야 겨우 최신 결과들을 흡수하고 있었다.

물론 클라우드아크는 여러 가지 만일의 사태에 대비할 계획을 세워놓았다. 대기권이 그리 많이 팽창하지 않고 인력이 너무 심하지 않은 경우, 일이 쉽게 풀릴 경우에는 신경 쓸 일이 별로 없었다. 그러나 지금처럼 사태가 어려워진 경우 모든 우주선의 궤도를 올릴 수밖에 없었다. 이지와 아클렛 전부를. 거기에 필요한 델타 비는 그리 크지 않았다. 궤도 고도를 거의 두 배로 올려 위험 지대에서 안전하게 빠져나오기 위해 써야 하는 델타 비는 초속 300미터면 충분했다. 아클렛은 전부 자체 엔진을 갖추고 있었고, 그렇게 할 수 있는 추진제도 충분했다. 그러나 이지의 문제는 좀 더 복잡했다. 그들이 아말테아를 미련 없이 버린다면 매우 쉽게 초속 300미터를 얻을 수 있었다. 그러나 아말테아를 갖고 간다면, 추진제 필요량은 어마어마하게 증가할 것이다. 임무 계획자들은 이런 경우도 오래전에 예견했다. 애초에 '버리고 도망가기' 작전을 생각한 이유가 그것이었다.

이지를 포기하면 아클렛들이 팽창한 대기권에서 당분간 벗어나 더 높은 궤도로 뛰어오르기는 어렵지 않았다. 인력 문제도 풀릴 것이다. 그러나 그렇게 하면 아말테아 뒤에 피신한다는 이점을 잃고 유성 피해를 받게 된다. 얼마나 큰 피해를 입느냐는 얼마나 큰 바위들이 얼마나 빠르게 다가오고 있는가에 달려 있었다. 그리고 크기 분포도 다른 문제와 마찬가지로, 엄청나게 중요하지만 하드레인이 실제로 시작되고 데이터가 모일 때까지 답이 나오지 않는 문제였다.

지금까지는 데이터가 너무 빈약해서 결정을 내릴 수가 없었다. 극적인 예외는 몇 번 있었지만, 유성은 대체로 가볍게 충돌했고 사상자도 적었다. 그러나 계속 그렇다는 보장은 없었다. 화이트스카이는 계속 변화하는 현상이었다. '유성파편화율'이 폭발적으로 증가하면서 화이트스카이의 시작을 알렸고, 아직도 계속 증가하고 있었다. 암석 크기와 궤도 변수 분포는 수천 년 동안 계속 변할 것이다. 경향을 관찰하고 예측할 수는 있겠지만, 어느 선을 넘어가면 다 장님 코끼리 더듬기였다.

어쨌든 마쿠스는 이제 도박의 주사위를 굴렸다. 그들의 희망대로 진행되어 이미르가 이지와 만날 정도로 이미르의 속도를 늦출 수 있다면, 빅 라이드 전략을 쓸 수 있었다. 그러면 아클렛들은 아말테아의 금속과 이미르의 얼음에 보호받으며 더 높고 안전한 고도로 올라갈 수 있었다.

대기권이 너무 커진 경우는 고려하지 않은 계획이었다.

사실 고려했다 해도 달라질 것은 없었다. 몇 주 전 L1로 가는 길에서 연소를 시작해 이미르를 현재의 궤도에 올렸을 때, 숀 프롭스트는 생사를 건 결정을 했고 그 결정대로 실행했다. 이 궤도는 근지점이 아주 낮은 타원이었다. 궤도역학적 관점에서 보면 증기 엔진이 근지점에서 가장 큰 지렛대 힘을 갖게 된다. 연소를 해서 이지의 궤도와 비슷한 낮은 원형 궤도로 변경하기 딱 좋은 곳이었다. 그러나 숀 프롭스트는 2년 동안 겪은 파란만장한 항해에 질리고 염증이 난 데다 무선이 고장나 최신 과학 담론도 접할 수 없었다. 계산을 할 때 그는 대기권의 팽창을 간과했을지도 모른다.

"들어가는 건가?"

비야체슬라브가 물었다. '들어간다'는 이미르가 대기권 깊이 떨어지면서 너무 느려져, 부드럽게 빛나는 파이로스피어를 배경으로 불타올라 한줄기 파란 빛으로 변해버리는 시나리오를 점잖게 이르는 말이었다.

"건너뛰게 될 것 같은데."

마쿠스가 말했다. 이미르가 연못에 뜬 물수제비처럼 대기권에 맞고 튀어 오를지도 모른다는 뜻이었다.

"결과가 어떨지 예측할 수 없어. 하지만 확실한 것도 아니야. 손이 마음속에 품었던 임무가 계획대로 되지는 않았다는 말밖에 할 수가 없군. 상황이 달라질 거야. 어쩌면 좀 더 흥미진진해지겠지."

카밀라도 이미 한 번의 암살 시도를 피해 살아남았기 때문에 만반의 준비를 하고 있을지 모른다는 예상을 하고, 총잡이는 카밀라의 학교 버스 뒤에 웅크린 채 그녀가 나타나기를 기다렸다. 총신을 짧게 자른 암살용 엽총도 준비해두었다. 차량 문과 교문 사이에는 좁고 긴 인도가 있었기 때문에, 실수를 저지르면 끝장이었다. 그가 숨은 곳에서 뛰어나왔을 때 카밀라는 아직 도로로 내려오고 있었다. 자동차 발판을 찾는 발에 부르카의 긴 자락이 걸리는 바람에 천천히 내려가야 했다. 그렇게 조금 늦어진 시간이 그녀의 생명을 구했다. 건물 문간에 서 있던 교사가 총잡이를 보고 카밀라에게 위험하다고 소리쳤다. 카밀라는 도로 버스로 올라가려고 몸을 돌렸다. 덕분에 총탄에 정통으로 얼굴을 맞지는 않았다. 그러나 그녀의 턱 왼쪽이 날아가고, 이빨 열한 대가 없어졌으며, 뺨은 갈기갈기 찢기고, 남은 턱도 엄청난 피해를 입었다.

처음 그녀를 치료한 카라치(파키스탄 남부의 도시)의 외과 의사들과, 나중에 만난 런던의 의사들은 그녀의 혀 기능을 대부분 살려냈다. 골반에서 깎아낸 뼛조각들로 하악골을 다시 만들어내고, 의치도 한 벌 맞춰주었다. 아프가니스탄과 파키스탄 부족 사회 지역에 사는 소녀들의 교육을 위해 전 세계를 돌아다니며 모금을 한 후, 카밀라는 네덜란드에 영구 망명을 해도 좋다는 허가를 받았다. 전 세계의 자선 기부금을 받은 독일 성형외과의들은 그녀가 외모에 입은 피해를 회복시키기 시작했다. 장기적인 프로젝트였지만, 클라우드아크에 올라갈 독일 후보들 중 카밀라가 뽑히는 바람에 그 일은 중단되었다. 제비뽑기에서 우연히 이런 결과가 나왔다고 믿는 사람은 아무도 없었다. 우주 궤도에서도 퍼다(이슬람 여성들이 남성들 눈에 띄지 않게 내실에 있거나 얼굴을 가리는 것) 속에 살 수 있도록 조치한다고 보장하지 않으면 여성 아커를 뽑지 않겠다고 거부한 보수적 무슬림 국가들을 비난하기 위해 독일 당국이 손을 써서 뽑아준 것이 틀림없었다. 카밀라는 서구적 생활방식을 따르지 않았기 때문에 당국의 상징적 목적에 크게 기여할 수 있었다. 그녀는 보수적인 옷차림을 하고 머리 스카프와 얼굴 베일을 썼다.

그러나 종교에 복종한다는 의미로 얼굴 베일을 썼는지, 손상된 외모를 숨기기 위해 썼는지 물으면 말을 삼갔다. 그리고 미국 대통령의 초대를 받아 백악관 만찬에 참석했을 때 그녀는 사전 협의에 따라 만찬실에서 가리개를 벗었다.

사정이 그러한데, 클라우드아크에 놀랍게도 줄리아가 등장하면서 마흔네 살의 전 대통령과 열여덟 살 난민은 다시 만나게 되었다. 이런 상황에서 그 만남이 기쁘거나 행복하다고 말할 수는 없을 것이다. 그러나 인간의 본성상 서로 궁합이 맞는 사람은 따로 있는 법. 백악관의 만찬 자리에서도, 카밀라의 거주지 아클렛 174에서도 그 사실은 변하지 않았다. 줄리아는 파란만장한 우주비행의 여파에서 회복되고 우주 생활방식에 대한 기초 훈련을 받은 후 그곳에 머무르기로 했다.

아클렛 174는 헵타드, 혹은 전부 육각형 틀에 연결된 일곱 아클렛이 이룬 한 다발에 속해 있었다. 174와 다른 아클렛들은 육각형 한가운데 자리잡고 있는 일곱 번째 아클렛을 둘러쌌다. 일곱 번째 아클렛은 다른 아클렛에 사는 사람들의 거실 겸 작업장으로 24시간 내내 사용되었다. 아클렛마다 네다섯 명이 지정되었고, 중앙 아클렛의 보일러실 끝에 있는 작은 개인 선실에 두 사람이 더 들어갔다. 그래서 헵타드의 인구는 줄리아까지 전부 29명이었다. 그곳 아클렛 추력기의 문제를 고치기 위해 이지에서 예비 부품과 기술자를 싣고 온 플리버에 스펜서 그린스태프가 무임승차를 하는 바람에 인구는 30명으로 늘었다. 기술자는 일을 마치고 이지로 돌아갔지만, 스펜서는 그곳에 머물렀다. 그는 사람들을 잘 구슬려 아클렛 215에 자리를 얻었다. 한 그룹 안의 아클렛들은 시간이 지나 사람들이 각기 자기 앞가림을 하게 되면 성별에 따라 모이는 경향이 있었다. 아클 렛 215에 있는 사람들은 거의 남성이었고, 전부 여성이 사는 아 클렛 174와 근무 시간이 같았다. 양쪽 다 두 번째 근무를 섰다. 두 번째 근무는 이제 순전히 역사적인 이유로 미국 문화가 되 어갔다. 그들은 도트 8에서 도트 16까지 잤다. 첫 번째 근무는 아시아 문화고 세 번째 근무는 유럽 문화였다. 문화적 색채는 음식으로도 계속 이어졌다. '아침'에 제일 먼저 공용 공간에 들 어오는 사람이 맡는 따뜻한 냄새, '저녁'에 음미할 거라 예상하 는 맛. 우주식은 별로 다양하지 않았기 때문에 대개 향료로 맛 을 달리했더. 두 번째 근무자들은 작은 타바스코 병을, 첫 번째 근무자들은 커리 가루가 든 비닐봉지를 갖고 다녔다.

이렇게 아클렛들이 셋이나 일곱, 즉 트라이어드나 헵타드로 뭉치는 현상을 나타내기 위해 아키텍트들이 사용한 용어는 '어 울리기(Ganging)'였다. '어울리기'는 퍼앰뷸레이터가 추적해야 하는 대상의 숫자를 줄여 퍼앰뷸레이터가 할 일을 더 쉽게 만들 어주었다. 아키들이 돌아다닐 수 있는 생활공간이 더 넓어지고, 유성이 충돌할 경우 잘라낼 수 있는 공간도 어느 정도 생겼다. 그러나 그들은 헵타드보다 더 큰 단위를 형성하지는 않았다.

"스펜서, 나는 여기서 아무 능력도 없다는 걸 아주 잘 알아 요." 줄리아가 말했다. "하지만 나는 왜 상한선이 일곱인지 이 해하지 못하겠어요. 예전에 브리핑을 받을 때는 원칙적으로 아 클렛이 몇이 모이든 어울릴 수 있다 했거든요. 일곱으로 제한 하는 건 독단 아닌가요. 그 뒤에 심모원려가 도사리고 있을 수도 있다는 느낌이 드는군요."

"잠시만요, 대통령님." 스펜서가 말했다. 그는 많은 양의 타이핑을 하고 있었다.

"사실 날 그렇게 부르면 안 돼요." 줄리아는 이렇게 대답했지만, 그녀의 어조는 너그러웠다.

스펜서는 랩탑의 엔터키를 누르더니 뒤로 몸을 기대고 안경을 고쳐 썼다. 여기저기 화면들을 눈으로 휙휙 훑은 다음, 그는 고개를 들고 더 또렷한 목소리로 알렸다.

"모두 정지시켰습니다."

"감시망 말이죠."

"상황 파악 네트워크(Situational Awareness Network)입니다." 스펜서가 그녀의 말을 고쳐주며 윙크했다.

"우리끼리 말할 때는 감시망이죠. 닉슨 대통령 때의 백악관에 사는 것 같네요. 옛날 용어라 여러분은 이해 못할 거예요. 자, 내가 무슨 이야기를 하고 있었죠?"

카밀라는 알고 있었다. 줄곧 줄리아에게서 한 번도 눈을 떼지 않고, 그녀의 말을 다 파악하고 있었던 것이다.

"일곱 아클렛이라는 한계 뒤에 숨은 계획?"

"그래, 고마워, 카밀라. 난 그들의 주장을 믿지 않아요. 오히려 사람들을 원자화시키는 방식 같아요. 아키들이 뭉쳐서 독자적인 정치 조직을 만들지 못하도록 말이에요. 아키들의 조직이 있으면 이지의 중앙지배식 권력구조에 대한 건전하고 바람직한 평형추가 될 텐데. 스펜서, 이 시점에서, 당신이…… IT 전선에서…… 문제를 해결해온 것이 얼마나 고마운지 말하고 싶습니다. 지금처럼요. 우리의 모든 말과 몸짓을 녹화하는 '상황 파악 네트워크' 없이 우리끼리 이야기할 자유를 주고 있잖아요."

스펜서는 당연한 일이라는 듯 고개를 끄덕였다.

도트 18, 두 번째 근무자가 근무를 시작하는 시간이었다. 그들은 스펜서와 다른 남자 세 명, 여자 한 명이 사는 아클렛 215에 있었다. 다른 사람들은 공용 공간에서 아침을 먹거나, 운동을 하거나, 일을 하러 가기 위해 자리를 비웠다. 스펜서와 줄리아, 카밀라에게는 손님도 한 명 있었다. 우주복 차림으로 도착한 지크 페터슨은 아직도 보온 커버올을 입고 있었다. 그는 약간 들뜬 것 같았다. 이를 감지한 줄리아가 그를 보며 미소를 지었다.

"페터슨 소령. 우리에게 와주다니 정말 기쁘군요. 우주 생활은 처음이지만, 우주에서 그냥 들러 인사하는 게 얼마나 힘든지는 좀 압니다."

"뭐, 엄밀히 말해 저는 이제 소령이 아닙니다. 소령이려면 군대가 있어야 하니까요." 지크가 말했다. "하지만 이미 없어진 칭호를 예의상 사용하신다면 호의에 감사드릴 뿐입니다, 대통령님."

대통령님이라…… 잠시 그의 말뜻을 분석해보려고 했으나 어쨌든 줄리아는 그의 말이 별로 마음에 들지 않았다. 그녀의 침묵에 초조해진 지크가 말을 계속했다. "아주 오래 머물 수는 없다는 점을 미리 사과드립니다. 저는 일 때문에 여기 왔고, 그 일이 끝나면 다른 곳으로 가야 합니다."

"아클렛 174가 소형 유성 충돌로 피해를 입었는지 조사하는 일이군요." 줄리아가 말했다.

"예, 대통령님."

"내가 어제 신고한 겁니다. 맹세하건대, 커다랗게 쿵 소리가 들렸다니까요. 기절할 만큼 놀랐지만, 또 생각해보니 헛소리를 들은 게 아니었나 싶기도 하고. 우주는 사방이 시끄러워요. 와 보기 전에는 상상도 못 했어요. 추력기가 작동하기 시작할 때도 큰 소리가 나죠. 그 정도 소리였을 거예요. 당신을 여기까지 불렀는데 헛수고를 시키면 아주 난처한 일이죠."

"저를 부르셨다고요?" 지크가 약간 어리둥절해져서 물었다. "사고 보고 시스템은 자동 대기 순서대로 돌아갑니다. 임무는 임의로 배분되고요."

줄리아와 스펜서가 장난기 어린 눈길을 교환했다.

"당신과 스펜서는 2년 넘게 이지에 같이 있었죠. 당신도 나만큼이나 그의 기술을 인정할 거예요."

지크는 약간 불안한 듯 보였다.

"기계에 끼어들어 대기 순서를 조작한 겁니까?"

"오래된 습관은 쉬이 사라지지 않아요. 나는 내가 잘 알고 신뢰하는 사람들과 함께 일하는 데 익숙합니다. 내가 사는 아클렛을 누군가 조사해야 한다면, 기왕이면 전에 만났던 사람이면 안 됩니까? 당신 말처럼 임무는 임의로 배분되니까, 당신이면 더 좋겠지요."

"음, 그렇게 말씀하시니, 저도 잠시나마 함께할 수 있게 되어 기쁩니다, 대통령님. 하여간 저는 조사를 완전히 끝내야 한다는 말씀을 드린 것뿐입니다. 그래야 대통령님의 보고 건을 종료할 수 있으니까요."

"물론이죠. 금방 될 거라고 장담해요." 줄리아가 윙크를 하며 말했다. "지크, 당신은 GPop 사람이죠, 안 그래요?"

"물론이죠. 원래 ISS 승무원이었던 사람은 당연히……." 말을 하던 지크의 시선이 스펜서 쪽으로 흐트러졌다. 그의 목소리가 잦아들었다.

줄리아가 미소 지었다.

"어색한 주제가 나왔을 때는 솔직하게 문제와 직면하는 게 제일 좋습니다. 신뢰받는 ISS 장기 승무원이었지만, 여기 스펜서는 일반그룹에서 제외되어 아키로 강등되었습니다."

"그걸 강등이라고 생각하지는 않습니다." 지크가 말을 이었다.

줄리아는 무시하듯이 손가락을 흔드는 동작으로 그의 입을 다물게 했다. 그녀의 손톱에는 아직 매니큐어가 칠해져 있었다. 카밀라가 그녀의 손톱을 관리했다.

"우리 모두 그게 강등이라는 걸 알잖아요. 마쿠스는 에잇볼 소식을 듣고 무슨 일이 다가오는지 알자마자 갑자기 스펜서에게 그 이야기를 꺼냈어요. 그래요, 편리하게도 마쿠스의 애인이 그에게 소식을 전해주었을 때 마쿠스가 실행하기 시작한 계획, 조심스럽게 준비했다는 그 계획들은 나도 전부 자세히 들었어요. 그 이야기를 들은 후 백악관에서도 논쟁을 했지만, 난 어떻게 반응했어야 하는지 모르겠어요. 하지만 우리는 쿠루를 보호하고 우리가 할 수 있는 방법으로 마쿠스를 최대한 지원하느라 바빴어요. 그렇게 최선을 다해 노력했음에도 여기 있는 스펜서는 그 해커 소년에게 자리를 빼앗기고……."

"스티브 레이크요?" 지크가 물었다.

줄리아의 눈이 재빨리 카밀라를 향했고, 카밀라는 고개를 끄덕였다.

"그래요. 스티브 레이크. 아주 영리한 소년이겠지만 스펜서와 경쟁이 안 되는 건 확실하잖아요."

"그 둘이 경쟁 관계였나요?" 지크가 물었다.

"어떤 의미로는 그래요. 우리 아키들은 모든 것을 보는 SAN의 눈에 노출되어 있는데 GPop에게는 프라이버시가 허용된다면요."

"그건 우주정거장 안 어디에 있느냐의 문제일 뿐입니다." 지크는 그렇게 말을 시작했지만 다음 순간 말문이 막혔다.

"난 모르겠어요. 거기서 보낸 시간이 아주 적기 때문에. 아, 공식적이고 정당한 이유는 알아요. 나는 GPop의 일원이 될 자격이 없지요. 그래서 소거법을 쓰면 아키가 됩니다. 좋아요. 하지만 그렇다고 그런 특권을 가진 옛 친구들과 사회적 관계를 어느 정도 유지할 수 없다는 뜻은 아니잖아요." 줄리아는 손을 뻗어 지크의 손을 잠깐 동안 꼭 쥐었다.

"시간이 가면 두 그룹이 서로 다르다고 생각하는 사람이 없어질 겁니다." 지크가 말했다.

"공식적인 교리가 그렇다는 건 알아요." 줄리아가 미소를 지으며 말했다.

"하지만 대부분 직접 방문으로 사회적 상호작용을 할 수는 없겠지요."

"나도 그렇게 들었어요. 그렇다면 갈라져 있는 그룹들이 어떻게 합쳐질지 상상하기도 힘들지만요."

"그런 사회적 상호작용은 대부분 스페이스북과 스케이프인가 뭔가를 통해 이루어지겠지요." 지크가 말을 계속했다. 클라우드아크에서 인기 있는 인터넷통신 앱 이야기였다. "적어도 어느 시점까지는……."

"우리 모두 천국에 올라가 커다랗고 평화로운 방주 속에서 하나 되어 영원히 살 때까지 말이죠." 줄리아가 말했다. "지크, 우주 작전에 대해서는 당신이 누구보다 잘 알잖아요. 마쿠스가 우리에게 떠맡기고 있는 작전을 어떻게 생각해요? 빅 라이드? 이름도 약간 암시적인 것 같아요, 안 그래요? 뭐랄까…… 정확히는 잘 모르겠지만."

그녀는 카밀라와 시선을 교환했고, 카밀라는 그녀의 익살에 킬킬 웃었다.

지크는 주위를 둘러보았다.

"걱정할 필요 없어요." 줄리아가 안심시켰다.

"뭘 걱정합니까?"

"마쿠스의 감시 네트워크요."

"SAN요? 그걸 걱정하는 건 아닙니다." 지크가 이의를 제기했다. "그냥 생각하고 있는 겁니다."

"무엇을요? 설명해주시지요? 페터슨 소령, 농담은 그만두고, 정말로 당신의 전문적 의견을 간절히 듣고 싶어요."

"사실은 이 압력선체의 벽이 얼마나 얇은지 생각하고 있었습니다." 지크가 말했다. "어제 그 유성 충돌 신고를 하는 대통령님 목소리는 매우 겁에 질린 것 같았습니다. 저도 그 메시지를 들었거든요. 음, 겁에 질릴 만하네요. 지금 제 전문분야는 이쪽입니다. 저는 나가서 선체의 구멍을 조사하겠습니다. 크고 작은 구멍이 점점 많아지고 있어요. 구멍을 때우고, 부서진 물건을 수리하고, 사망자들을 처리해야 합니다. 장난이 아닙니다. 대통령님 말씀대로 마쿠스가 아말테아의 보호를 받으며 천국으로 올라갈 가능성이 있다고 생각했다면, 음, 한번 시도해볼 가치가 있을 겁니다."

"아말테아가 팽창한 대기권도 막아줄까요? 여기 카밀라가 나 대신 기술 보고서들을 읽고 있었어요. 친절하게도 스펜서가 서버에서 다운로드해줬지요. 카밀라는 그게 아주 심각하다고 하던데요."

"대기권 팽창 말씀입니까? 엄청나게 심각하죠." 지크가 말했다. "하지만 아말테아와 붙어 있으면 이지의 탄도 계수는 어마어마합니다. 밀도가 높은 공기층도 뚫고 나갈 수 있고, 바위가 열을 전부 흡수해줄 겁니다. 그리고 아클렛들은 트럭 바로 뒤에서 달리는 자전거 선수들처럼 이지의 뒤를 따라가면 됩니다."

"아클렛들 전부요?"

지크는 침을 삼켰다.

"아뇨. 이지는 아클렛을 전부 보호할 만큼 큰 선수파를 일으키지 못합니다. 퍼앰뷸레이터가 제대로 인식하지 못할 정도로 아클렛들이 한 덩이로 뭉쳐 날지 않는다면요."

"나는 마쿠스의 계획에서 그 부분을 이해하지 못하겠어요." 줄리아가 말했다. "아말테아 뒤에 자리잡는다는 특권을 누리지 못하는 아클렛들은 어떻게 되지요?"

"저도 그 계획을 전부 자세히 알지는 못합니다. 유동적이거든요." 지크가 말했다.

"그럼 진짜 계획도 아니라는 얘기네요." 줄리아가 말했다.

"이미르가 언제, 어떤 상태로, 얼음을 얼마나 가지고 돌아오느냐에 좌우되는 문제입니다. 그다음에 계획을 세울 겁니다."

"그리고 독재적 절차가 시작되는 건가요? 그걸 뭐라고 부르더라…… 군법 상태?"

"PSAPS요." 카밀라가 말했다.

지크는 어깨를 으쓱했다.

"마쿠스가 그 문제를 투표에 붙이지는 않겠지요. 자문위원회를 소집하고 의논해서 결정할 겁니다."

"왜 수고스럽게 자문위원회와 의논을 하죠?" 매우 흥미롭고 신기한 아이디어를 들었다는 듯이 줄리아가 물었다.

"다른 시각을 도입하려고…… 아무것도 빠뜨리지 않았다는 걸 확인해야지요."

"그 자문위원회에 아키가 하나라도 들어 있나요? 아니면 우리가 순순히 그 결정을 받아들여야 하나요?"

지크는 당황했다. 그 대화를 되감아 재생해볼 수 있었다면 그는 자기가 계책에 말려들었음을 깨달았겠지만, 그런 관점에서 볼 수 없었으므로 그는 말문이 막혔다.

줄리아의 말은 청산유수였다.

"지내다 보니 아키들을 여럿 알게 되었기에 물어보는 것뿐이에요. 난 달리 할 일이 없어요. 응용할 수 있는 기술도 하나 없죠. 그런데 아키들이 대부분 어느 정도의 사교 생활을 열렬히 바란다는 걸 알게 되었어요. 수면이나 운동만큼이나 자연스러운 인간적 욕구지요. 그래서 난 아키들과 이야기를 나누었어요. 여기 우리의 작은 헵타드에서 직접 이야기하기도 하고, 당신이 말한 통로로 이야기하기도 했죠. 스페이스북과 스케이프요. 이 젊은이들은 외롭고 지루해진 전직 대통령과 나누는 대화도 사교 생활이라고 부를 수 있다는 걸 알게 되었어요. 요점을 말하자면, 페터슨 소령, 우리 시스템은 제대로 작동했어요. 제비뽑기와 훈련소는 내가 만난 사람들 중에 가장 영리하고 재능 있는 젊은이들을 배출했어요. 그들은 에너지와 아이디어로 부글부글 끓어오르고 있어요. 지금 우주에서 가장 드문 자원이죠. 이렇게 그들의 에너지를 낭비하고 아이디어를 반영하지 않는다면 부끄러운 일이라고 생각해요. 마쿠스가 자기 계획을 세우려는 데 집합시키는 그 연기 빽빽한 소굴에서 말이에요. 이름이야 어떻든 간에 너구리굴이죠. 그가 그 계획을 완수하고 살아남는다 치고요. 나한테는 좀 무모한 시도로 보이거든요."

원래 '제임스 케어드' 호의 크루들은 폭풍우 치는 바다 수백 마일을 가로질러 사우스조지아 제도 해변으로 가는 길을 찾을 때 천문항법을 사용했다. 뉴 케어드 크루들도 비슷한 방법을 취해야 했다. 그들 쪽이 좀 더 수월하긴 했다. 제임스 케어드의 항해사는 어쩔 수 없이 하늘에 덮여 있는 구름 장막이 갈라지기를 기다렸다가 가능할 때 재빨리 관측해, 고장나지 않은 상태에서 진짜 시간을 알려주기만 바라며 기계 크로노미터와 비교할 수밖에 없었다. 뉴 케어드에는 더 좋은 시계가 있었고 하늘도 더 잘 보였다. 육분의 대신 광각 렌즈와 고해상도 이미지 센서로 구성된 장치가 있었다. 그 장치의 메모리에 저장된 천문학 데이터와 비교하기만 하면 어떤 방향으로 가는지 알 수 있었다. 그래서 자신들이 올라탄 거대한 얼음조각이 긴 타원이라는 거침없는 수학적 통로를 타고 전진하는 도중 우주에서 어느 방향으로 가고 있는지, 그 방향이 어떻게 변하는지 정확히 알았다. 지구 위치를 직접 측정하고 그런 지식을 결합해서, 마쿠스는 궤도 변수를 계산하고 숫자를 다시 확인할 때마다 얼마나 낮게 날아야 하는지 더욱 정확히 예측할 수 있었다. 또, 이지가 지구를 돌 때 그들에게 보이는 시간이 절반 정도였는데, 그때마다 두브기 팽창한 대기권의 특성을 알리는 최신 숫자를 그들에게 보냈다.

그 두 가지 숫자를 결합할 때 뉴턴역학만으로는 실패하는 지점이 생겨났다. 전통적인 우주선 탄도 계산에서는 대기권을 생각하지 않고, 따라서 대기권에서 우주선에 작용하는 우주선 외부의 힘이 없다고 가정하기 때문이다. 그러나 이제 이미르의 비행경로가 공기와 스칠 정도로 낮아진다는 사실은 의심할 여지가 없었다. 최소한 어느 정도 인력에 끌리면서 숀 프롭스트가 잡은 경로로부터 이탈한다는 뜻이다. 이번 일에서 인력 계산은 어렵지 않았다. 경로에 어떤 영향을 미칠지도 추정하고 있었다. 그러나 얼음조각은 대칭형이 아니므로 똑바로 전진하지 않고, 양력도 생겨날 것이다. 비행기 날개만큼 큰 양력은 만들 수 없지만, 어느 정도는 생겨난다. 그 양력의 방향이 잘못되면 이미르는 죽음의 나선을 그리며 떨어지는 격추된 비행기처럼 아래쪽으로 돌진하게 된다. 하지만 양력이 위로 향하면 그들을 지구에서 밀어내며 공기가 더 희박한 고도에 올려줄 것이므로 더 쉽게 통과할 수 있다. 그 높이까지 올라가면 양력을 잃고 아래로 둥둥 떨어지겠지만, 공기 밀도가 더 높아지면 다시 양력이 생겨나 밀어 올려줄 것이다. 지구를 돌면서 숨 가쁘게 급가속하는 반시간 동안은 몇 번쯤 대기권에서 급히 벗어나야 할 수도 있다. 이미르가 견고하고 균형이 잘 잡힌 모양의 전통적 우주선이라고 해도 결과를 예측할 수 없었다. 하물며 얼음조각은 균형 잡힌 모양새도 아니었다. 데이터를 제대로 계측해 기체역학 시뮬레이터에 집어넣을 시간이 없었기 때문에 얼음조각이 만들어낼 양력의 크기는 추측할 수밖에 없었다. 최첨단과 아랫면이 공기 속을 헤치고 나아가게 되면, 공기가 아주 희박해서 진공과 거의 구별이 안 된다고 해도 얼음은 달아오르기 시작한다. 얼음에서 증기가 나오면 어느 정도 상향 추진력이 생기지만 모양이 바뀔 것이다. 그래서 그들이 얼음조각의 기체역학적 운동을 시뮬레이트해 양력과 인력을 추정한다고 해도, 위쪽 공기에 닿자마자 그 숫자들은 금방 틀린 숫자가 되어버린다.

이런 온갖 복잡한 문제에 비교하면, 이미르가 손상을 입은 실험적 핵추진 시스템을 조정해 뒤로 날아간다는 사실은 작은 문제에 지나지 않는 것 같았다.

이 여행이 제대로 운영되는 항공우주공학 프로젝트였다면, 가늠하기 힘든 요소가 이렇게 많을 경우, 여기서 모든 업무를 중지하고 그 문제를 세세히 분석하는 데 몇 년을 바쳐야 했을 것이다. 그사이 초음속 풍동의 폭발에 얼음조각들을 노출해보고, 다른 전략을 써서 모의훈련을 하리라. 그러나 마쿠스가 문제를 대충이나마 이해했을 때 근지점까지는 24시간밖에 남지 않았다. 귤만 했던 지구가 오렌지 크기로 커졌다. 인간이 어떤 동력을 써도 이미르가 대기권을 지나며 스치는 것을 막을 수 없었다. 게다가 얼음을 버릴 수도 없었다. 뉴 케어드는 이미르에서 떨어지면 혼자 경로를 바꿀 수 있을 만큼 탱크에 든 추진제가 많지 않았으므로, 어쨌든 가는 길은 달라지지 않을 것이다. 그래서 마쿠스는 어떤 방향으로 공격하는 게 좋을지, 즉 이미르가 대기권과 마주칠 때 어느 방향으로 갈지 합리적으로 추측하고, 12시간 경로로 추력기 점화 프로그램을 가동시켜, 크고 육중한 얼음조각을 가장 적합해 보이는 방향으로 돌렸다.

이미르의 '선미'는 이제 운동 방향을 겨냥하고 있었다. 노즐이 가장 중요한 제동 연소를 할 수 있도록 거대한 입은 앞쪽을 바라보았다. 그러나 뉴 케어드는 여전히 '뱃머리' 가까운 꼭대기에 도킹한 채 거의 직각으로 조각 옆에 튀어나와 있었기 때문에, 이번에는 이미르의 길이 축이 비틀렸다. 대기권 고층을 통과하는 동안 우주선에서 아래쪽 지구를 볼 수 있는 시야가 이미르로 인해 가로막힌다는 말이었다. 이때 이미르의 노즐은 별들 쪽 '천정'을 향한다. 그러므로 엔진에 점화하면 뱃머리가 아래로 회전하면서 선미가 올라가, 더 많은 양력을 만들어내어 이미르가 궁지에 빠지지 않게 도와줄 수 있는 자세였다. 얼음조각이 다른 방향으로 굴러간다면 인력은 훨씬 더 많이, 양력은 훨씬 더 적게 만들어내는 자세를 취하며 우주선 전체가 대기권에 깊이 빠질 수도 있다. 그 결과 뉴 케어드는 소형 자세 조정 추력기 역할만 하기로 했다. 오직 한 방향으로만 밀 수 있는 추력기. 그래서 마쿠스는 사태가 엇나갈 때 가장 쓸모 있을 것 같은 방향을 골랐다. 비야체슬라브는 뉴 케어드의 조종석에 타고 여행하게 된다. 그는 한 팔을 뻗으면 닿을 거리에서 터널같이 좁은 시야로 오십억 년 된 더러운 얼음만 보고 있을 것이다. 이미르의 공용 공간에 편안하게 앉아 있는 마쿠스가 필요할 때 뉴 케어드의 주 추진 시스템을 가동하라는 음성 명령을 내리기만 기다리면서.

다이나는 이런 모든 것에 신경 쓸 여력이 없었다. 그녀는 로봇의 활동을 조정하는 데 몰두했다. 수만 대의 내트가 있었다. 내트는 집합적으로, 무리로서만 명령을 받을 수 있었다. 하나하나 지정하고 조종하는 것도 이론적으로 가능하지만, 쓸데없는 일이었다. 그들의 임무는 얼음조각 모양을 바꾸는 일이었다.

한 무리는 노즐 벨 안쪽 표면에서 일할 것이다. 이 순간에는 그 무리 전부가 얼음조각 뒤쪽 끝에서 태양광으로 내부 동력 저장소를 충전하고 있었다. 다이나가 신호를 보내면 전부 노즐의 원형 구멍에 모여 벨 안으로 내려간 다음, 흩어져서 연소할 동안 필요한 모양으로 얼음을 다듬을 것이다. 라스가 개발하고 수정한 프로그램이 가동되고 있기 때문에, 다이나가 할 일은 프로그램을 켜는 것뿐이었다.

이와 비슷하게, 세 무리 중 가장 작은 무리는 얼음 호퍼 속으로 내려가 오거에 돌멩이가 들어가지 못하도록 막는 라스의 프로그램을 가동하고 있었다. 이 로봇들은 어둠 속에서 작업했기 때문에 전선에서 동력을 얻어야 했다. 이미르의 크루가 그런 목적으로 전선을 설치해두었다.

그러나 셋 중 가장 큰 무리는 그 큰 조각 내부를 깎아 파내야 했다. 이지로 가는 여행이 끝날 때쯤 얼음은 대부분 호퍼 속에 들어가 노즐로 날아가고, 속이 파인 껍질과 원자로를 제자리에 고정시키고 노즐 벨의 겉모습을 유지하기 위해 필요한 내부 구조물만 남을 것이다. 겉보기에는 터무니없었지만, 두 가지 이유가 있었다. 첫째, 선사시대부터 광부들도 그렇게 해왔다. 산맥만 파내면 붕괴가 일어나기 때문에, 광부들은 구조적으로 근사한 건축물을 지으면서, 산을 파낸 후 기둥과 아치, 둥근 천장으로 그 건물을 미무리했다. 재료 물질이 얼음이라는 점만 제외하면 똑같은 일이었고, 전체적으로 그리 큰 힘이 드는 것도 아니었다. 두 번째, 조각의 내부는 대부분 구조공학적 견지에서 별로 중요하지 않았다. 비행기와 경주용 차들이 외피만 있고 골조가 없다는 점에서 빈 껍질만 둘러쓰고 있는 것도 그 이유였다. 구조적 힘은 대부분 탈것의 맨 바깥층을 통해 자연스럽게 전달된다. 그래서 바깥에 내구력을 주는 것이 가장 좋았다. 외피의 내구력이 충분하면 안쪽을 비워놓을 수 있었다.

물론 얼음은 작업 재료로 썩 좋진 않았다. 부서지기 쉬우니까. 하지만 이미르 원정대는 고강도 플라스틱 전선, 그물, 직물, 산란모 등을 다량으로 싣고 떠났다. 그리고 몇 달 동안 그릭 스크젤러럽의 바깥쪽을 따라 여행하면서 라스의 로봇들은 얼음을 파이크리트로 바꾸는 작업을 했다. 검은 얼음의 바깥층은 육안으로 보면 얼음이 아니라 훨씬 더 나은 성질을 가진 합성

물질이었다. 언 상태에서는 총알도 막을 수 있었다. 녹아서 압력을 받으면 물, 인조섬유, 태양계의 여명부터 내려온 검은 오물로 분리될 것이다. 어쨌든 그랩과 시위같이 큰 로봇들은 대부분 얼음 안쪽에서 무거운 물질을 제거하는 일을 맡았다. 그들은 이미르의 구조물을 건드리지 않고 얼음을 긁으며 외피 몇 미터 안까지 들어갈 수 있었다. 그들이 일한 후 청소하고 내부 기둥과 빈 조각 한가운데 호퍼와 원자로를 달아놓은 그물을 지키는 것은 세 번째, 내트 무리의 책임이었다. 이런 무리 기반의 얼음-조각 알고리듬은 라스가 발명해낸 것으로, 그것을 완성하는 데 2년이 걸렸다. 그러나 지금은 다이나가 지휘하고 있고, 그녀가 완전히 로봇들을 책임질 때까지 더 알아야 할 것도 아주 많았다.

백여 대의 시위와 그랩이 대부분 준비 태세를 갖춘 채 얼음 조각의 내부 주위에 배치되었다. 내트보다 수적으로는 적지만, 무게로 보면 훨씬 더 많은 얼음을 운반해야 했다. 대부분 범용 로봇에 얼음을 잘 나를 수 있는 부품을 덧단 것이었지만, 레더페이스 기계도 대여섯 대 있었다. 레더페이스는 많은 얼음을 서둘러 운반하도록 사지 대신 삽으로 징을 박은, 체인톱이 달린 확대형 그랩이었다. 일을 잘하다 못해 주위를 파괴하곤 해서, 자주 다른 곳으로 옮겨야 했다. 한 대마다 더 작은 로봇 수행원들이 둘러싸고 다니며 레더페이스가 저지른 난장판을 치운 후 새로운 장소에 고정시켰다.

이론적으로는 모두 다 막대한 컴퓨터 프로그램이었다. 단단한 얼음 언덕을 알맹이를 뺀 호두로 원활하게 바꿔주는 프로그램. 호두껍질은 울퉁불퉁하고, 갈비뼈와 동맥, 그물들이 유기적 체내 시스템을 이루었다. 모든 컴퓨터 프로그램과 마찬가지로, 이 또한 다이나가 가동시키면 완벽히 작동할 것이다. 그러나 처음에는 애매하게 엇나갈 수도 있었다. 그녀가 맡은 일에서는 상황 지각이 중요했다. 창밖으로 한 시간에 40,000킬로미터 속도로 날카로운 소리를 내며 움직이는 지구를 지켜보면 재미있겠지만, 그녀는 계속 머리를 숙인 채 뭔가 잘못되었다는 조짐을 알리는, 약하고 애매한 아우성 같은 신호들을 철저히 조사해야 해다. 그녀는 어린 시절 채광소에서 잡음과 혼선 와중에 먼 곳으로부터 오는 모스 암호 신호들을 포착하려고 애쓰며 무선 제이반 앞에 앉아 있었던 시간이 이 일을 준비하는 데 도움이 되었다고 생각하고 싶었다.

J.B.F.와 몇 분 동안 스케이프 대화를 한 다음, 두브는 2년 전 자기가 맡은 일을 아주 잘 해냈다는 것을 깨달았다.

그는 달이 기하급수적으로 붕괴해 지구 표면의 생명체를 다 죽여버릴 것이라는 사실을 대통령에게 이해시키기 위해 캠프 데이비드 회의에 들어갔다. 닥 뒤부아라는 마술사 모자를 쓰고 그는 '화이트스카이'와 '하드레인'이란 용어를 만들어냈다. 사실은 훨씬 더 복잡한 현상이지만 상황을 쉽게 파악할 수 있는 길잡이 같은 단어였다. 이제 두브는 자기가 뻔뻔하게 닥 뒤부아 노릇을 하던 시절, 아예 입을 놀리지 않는 편이 좋았을 거라고 생각했다.

그는 팜 한구석에 있었다. 뉴 케어드가 출발한 후 팜은 그와 콘라드 그리고 다른 궤도역학 외골수들이 어울리는 불펜 비슷한 곳이 되었다. 팜에는 언제나 고등학교 학생식당 같은 곳이 열려 있었는데, 으레 여러 패거리가 자기 구역을 정해 앉아 있었다. 이제는 그것도 이지의 불문율처럼 되면서 아무 패거리나 마음대로 어울리기 힘들어졌다. 하여간 그들은 달의 파편 구름에 일어나는 변화와, 그것이 클라우드아크의 미래에 어떤 의미를 갖는지 추상적으로 보여주는 차트와 계획서를 여러 장 출력했다. 종이와 프린터 잉크에 쓸 경비는 아주 많았다. 지금부터 두 세대가 지난 후 인간이 살아남아 있다면, 그들은 혐오와 경이가 뒤섞인 눈길로 이 서류 무더기를 바라볼 것이다. 그때는 종이가 희귀해질 테니까 말이다. 말하자면 향유고래기름으로 가로등 불을 켜는 모습, 그들은 마치 21세기 미국인이 그런 모습을 바라보듯 종이를 바라볼 것이다.

그러나 그때는 상황이 더 나아져서 자전하는 넓은 우주 콜로니에 유전공학으로 만든 나무들이 숲을 이루어 자라 종이도 풍부해질뿐더러 이 낡고 누런 종잇조각들은 아커들이 겪은 궁핍의 증거로 박물관에 전시될 수도 있다.

그들이 모든 걸 망치지 않는다고 가정하면 말이다. 사실 줄리아와 스케이프로 나눈 대화의 주제도 그것이었다. 줄리아는 자기 아클렛 안에 떠 있었다. 무중력 상태에 잘 적응한 것 같았다. 머리를 질끈 묶는 법도 알아냈고, 얼굴에서 부기가 빠졌고, 눈에 띄게 구역질을 하지도 않았다. 배경화면에서 앞뒤로 떠다니는 사람들도 보였다. 두브가 알아볼 수 있는 사람은 카밀라뿐이었다. 다른 아이들 둘은 업무 같아 보이는 일을 하고 있었다. 그들은 짐짓 태블릿을 두드리고 손가락으로 훑어대다가, 가끔 고개를 들어 잠깐씩 대화에 참여했다. 남아시아 소년과 아프리카 소녀, 또 한 명의 소녀는 중국인 같았다.

소녀, 아이, 소년, 소녀. 교수직에 오래 머물면서 단련된 그의 정치적으로 올바른 초자아는 수치(羞恥) 뉴런을 켜려고 했다. 그러나 두브는 부끄러움 같은 경지는 넘어선 지 오래였다. 하지만 아키들이 얼마나 어린지, 인구통계학적으로 일반그룹과 얼마나 다른지 보고 충격을 받았다. 그들을 보자 자신이 시대에 뒤떨어진 것 같아 막연하게 불편했다. 수십 년 전 이야기지만, 어릴 적 그도 꽤 잘나가는 아이들 중 하나였다. 페이스북과 트위터 팔로위도 엄청 많았다. 이제 그는 이지에, 줄리아는 아클렛에 붙박여 있었다. 두 사람이 어울리는 주민들은 완전히 달랐다. 일반그룹 사람들은 늘 서로 만나 얼굴을 맞대고 이야기했다. 아키들은 자기 아클렛에 고립되어 있었기 때문에 서로 연락하려면 소셜미디어를 써야 했다. 두브는 화이트스카이 때부터 스페이스북을 보지 않았고, 스케이프의 유저 인터페이스를 이해하느라 15분 동안 통화를 미루었다. 줄리아는 매우 능숙한 태도로 인터페이스를 조작했다. 그녀는 늘 그것을 사용했고, 제대로 작동하지 않으면 뒤에 있는 아이들이 그녀를 도와줄 것이다.

이것도 하나의 징후였다. 두브는 스케이프를 만지작거리다 상대편의 짧은 대화 한 토막을 엿듣게 되었는데, 그때 남아시아 아이가 줄리아를 '대통령님'이라고 불렀다. 좀 이상해서 대화 도중 이 문제를 얘기해보고 싶었지만 대답은 뻔했다. 그저 의례일 뿐이라고 하겠지. 전 대통령들은 언제나 그런 호칭으로 불렸다, 아무 뜻도 없다, 왜 그걸 가지고 유난을 떠느냐? 그는 우스꽝스러울 정도로 예민하고 무례한 사람이 되어버릴 것이다.

"닥터 해리스, 당신도 알고 있듯이 난 여기서 사족 같은 존재예요. 바쁘실 텐데 잠시나마 이렇게 시간을 내줘서 정말 감사하단 말씀 드리고 싶어요." 줄리아가 말을 시작했다.

"전혀요, 대통…… 줄리아." 두브는 그렇게 말하고 나서 자기 입을 찰싹 때리고 싶은 충동을 억눌렀다. 화상 연결이라 그럴 수는 없었다.

그녀는 그의 말실수에 흥미를 느꼈지만 무시하기로 한 것 같았다.

"여기서 난 보이스카우트 캠프 카운슬러가 된 기분이에요. 물론 나도 제작과정 동안 아키텍트들이 무슨 작업을 하는지 자세히 보고받았지요. 하지만 백악관에 앉아 파워포인트를 보는 것과, 실제 여기에 있는 건 전혀 다르네요."

이 말은 분명히 미끼였다. 마음이 약해지려는 걸 의식하면서 두브가 물었다.

"어떻게 다른가요?"

"음, 물론 문화적 관점이 엄청나게 다양하죠. 하지만 그 부분을 제외하면 상황이 너무 불확실하더군요. 아키들의 재능과 에너지가 전부 억눌려 있다는 느낌이 들어요. 누군가 램프를 문질러주기만 기다리는 지니들이 모여 있는 것 같아요. 모두들 아주 열렬히 돕고 싶어합니다."

"당연하죠. 하드레인이 시작된 지 두 주도 안 지났는데요. 우리는 오천 년 정도 살아남아야 합니다." 두브가 지적했다.

"아키 공동체(The Arkie Community)도 그런 숫자는 잘 알고 있습니다." 줄리아가 말했다.

'아키 공동체라니. 와우.' 그는 줄리아가 그 말을 끼워 넣는 방식에 감탄할 수밖에 없었다.

"줄리아, 전화를 건 목적이 뭡니까? 당신에게 무슨 대답을 해도 그 대답이 아키 공동체에 이떤 식으로든 퍼진다고 이해해도 됩니까? 그런 목적으로 쓸 이메일 목록은 따로 있는데요. 살아 있는 사람들을 전부 망라한 이메일 목록이요."

"가장 최근에 그 목록이 사용된 게 이틀 전이에요. 억눌린 아키들에게는 영원처럼 느껴지는 시간이죠."

"우린 뉴 케어드 탐험대 때문에 아주 바빴잖습니까."

"여기서도 뉴 케어드 탐험대에 호기심이 아주 많거든요. 탐험대의 목적이 뭔지에 대해 말이에요."

"탐험대의 목적을 이보다 어떻게 더 분명히 밝힐 수가 있습니까?" 두브가 물었다. "아키 선발과정과 훈련을 거쳤다면 누구라도 — 당신은 *거기 포함되지 않아, 줄리아* — 우리가 궤도역학적으로 무엇을 하려고 하는지 제대로 이해할 겁니다."

"빅 라이드라는 술수를 두는 데 써야 하는 엄청난 양의 물을 얻으러 간 거죠." 줄리아가 말했다. "그래요, 닥터 해리스. 나도 그건 알아요."

"술수라고요? 무슨 말입니까?"

"GPop의 대표들이 AC의 생각과 통찰을 들어보려고 한 적이 있나요?" 줄리아가 물었다.

"AC가 뭡니까?"

"아키 공동체요." 줄리아가 눈을 똑바로 뜨고 설명했다. 눈동자에는 미세한 흔들림도 없었다.

"어떤 시간대라도 약 10퍼센트의 아키가 이지에서 순환보직을 맡고 있습니다. 아시잖습니까. 우리가 수용할 수 있는 숫자의 최대한이 그 정도입니다."

"그 순환보직을 경험한 사람들 몇 명과 이야기를 해봤어요. 모두 같은 이야기를 하더군요. 이지는 더 안전하고, 움직일 공간도 더 많고, 음식도 더 좋고, 고위 직원과 더 쉽게 만날 수 있는 특권적인 환경이라고. 그곳에 들어가자마자 GPop의 세계관이 다 옳아 보인다고. 하지만 그건 도로 아클렛에 배치될 때 느끼는 재진입 충격을 더 사무치게 할 뿐이에요."

두브는 혀를 깨물었다.

줄리아가 말을 이었다.

"역할을 좀 바꿔보는 건 어때요? 무작위로 뽑은 아클렛에 GPop 사람들을 보내 임시 홈스테이를 시켜본다든지?"

"그게 어떻단 말입니까? 그렇게 하는 진짜 목적이 뭐죠?"

"순수한 기술관료적 관점에서는 아무것도 아닐 수 있겠지요." 줄리아는 그렇게만 말하고 꿍꿍이속은 아직 드러내지 않았다.

"내가 아무 아클렛이나 가서 '홈스테이'를 하면, 스케이프나 스페이스북에서 배울 수 없는 걸 배우게 됩니까?"

"엄청나게 많은 걸 배우게 되겠죠. 당신은 사실 그 애플리케이션들을 쓰지 않으니까요." 줄리아가 매우 우습다는 투로 말했다.

"뉴 케어드 일을 끝내려면 좀 바쁩니다. 어서 말씀해주시죠. 내가 뭘 놓치고 있다는 거죠?"

테이블 너머에서 뭔가 움직이는 바람에 그쪽으로 눈길이 갔다.

루이사가 고개를 흔드는 모습이 보였다. 그녀는 양손바닥으로 얼굴을 감싸더니, 잠시 눈을 감았다가 다시 떴다. 두브는 얼굴이 화끈거리면서 다시 한 번 스스로를 찰싹 때리고 싶은 충동을 억눌렀다.

"AC에는 다 무르익은 대안 전략이 아주 많아요." 줄리아가 활발하면서도 권위적인 태도로 말했다. 이른바 아키 공동체의 대변인으로 축성을 받은 사람에게 잘 어울리는 태도였다. "깨끗한 공간을 거쳐 화성으로 가자는 아이디어를 중심으로 매력적인 학설이 발전하고 있어요."

"깨끗한 공간이라고요?"

"아, 그 그룹의 논의를 계속 보지 않으셨죠. 깨끗한 공간이란 태브가, 상대적으로 유성이 적은 달 궤도 지대를 부를 때 쓰는 용어예요."

"태브? 태비스톡 프라우스 말입니까?"

"네. 옛날 친구 블로그도 좀 들여다보세요."

태브는 화이트스카이 한 달 전 이지에 왔다. 땅 위의 어떤 높으신 분이, 소셜미디어가 클라우드아크를 단결하게 해줄 것이고 태브가 그 일에 딱 맞는 사람이라고 결정했기 때문이다.

"내가 좀 바빴습니다." 두브가 말했다. "하지만 우리가 화성이라는 선택지를 시뮬레이트하고 기동 훈련도 해봤다는 걸 태브도 알아야 해요." 줄리아가 반대 의견을 개진하려는 듯 보였지만, 그는 그 말을 참고 들어줄 인내심이 없었다. "우리가 화성에 가야 한다고 진지하게 주장하는 사람이 있다면……." 그는 그것이 '미친 짓'이라고 생각했지만, 그대로 말하고 싶지는 않아서 완곡한 표현을 썼다. "……제대로 현실을 고려하고 있지 않은 겁니다. 태양 표면에서 한 번만 폭발이 일어나도 모두 죽을 수 있어요."

"모두 간다면 말이죠."

"화성에 파견대를 보내자는 이야기를 하시는 거라면, 파견대가 우리 장비와 비축품을 얼마나 가져가게 될지 생각해봐야 합니다."

"재능 있는 아키들이 군더더기 없는 소규모 선발대에 들어가기 위해 많이 지원할 거라고 생각해요. 깨끗한 공간의 매력은 강하니까요."

"음, 태브 생각에는 우리가 지금 있는 곳은 깨끗한 공간이 아니겠죠." 두브가 말했다. "우리는 더러운 공간에 있고, 그 현실에 집중해야 합니다. '붉은 행성'으로 가는 여행에 대해 공상하기보다는요."

"나한테 일깨워줄 필요는 없어요." 줄리아가 계속하려 했지만 두브가 그녀의 말을 가로막았다.

"그래요. 친구이자 동료분인 피트 스탈링이 유성에 곤죽이되는 걸 직접 보셨죠. 사실 그 일에 대해 쓰신 스페이스북 포스트도 봤어요, 줄리아. 매우 슬펐습니다. 하지만 그다음에 '그러나'로 시작되는 대목이 이어질 것 같군요."

"커다란 사고가 없는 나날이 지속되면서, 사람들은 더러운 공간이 실제로 어떤지 궁금해하기 시작했어요. '버리고 도망치기'라는 선택지에 대한 흥미도 커지고요. 이제 화이트스카이는 아득한 고대에 일어난 일처럼 느껴집니다. 우리에게 하드레인이 닥치겠지요. 큰 유성을 피하려고 매일 한두 번 경로 수정을 하고, 사소한 사건들도 장황하게 설명해요. 하지만 사망자 수가 무려……."

"열여덟 명이죠. 십 분 전 통계로." 두브가 말했다. "방금 아클렛 52를 잃었습니다. 보세요, 나도 계속 사태를 파악하고 있습니다."

"그런 소식을 듣게 되어 유감입니다." 줄리아가 말했다. "소식이 퍼지면 나머지 AC도 같은 감정을 느낄 거라고 장담해요."

"망할 스프레드시트에 나와 있는 일입니다, 줄리아. 그걸 보기만 하면 돼요. 우린 뉴스거리를 배포하지 않아요. 여기는 백악관이 아니니까요."

"하지만 여러 면에서 백악관처럼 구는데요." 줄리아가 말했다. "헌법에 있는 감시와 균형으로 규제받지 않는 궤도 위의 백악관 같아요. 하지만 적어도 백악관은 바깥과 소통하기 위해 브리핑룸이라도 두었어요. 내 생각에는……."

"대체 왜 이런 이야기를 나한테 하는 겁니까?" 두브가 물었다. "난 천문학자일 뿐이라고요." 다음 순간 어떤 생각이 머리를 스쳤다. "GPop 사람들과 이런 대화를 얼마나 많이 나눈 거죠?" 그는 줄리아가 특별히 자기를 점찍었다고 생각했지만, 그녀는 그가 아는 것만 해도 팔 길이만큼 긴 전화번호 목록을 갖고 있었다. 배경화면 속의 청소년들이 부지런히 만들어준 것이었다. "임시 지휘관은 아이비인데요."

"나도 임시 명령체계는 잘 알아요." 줄리아가 받아쳤다. "질문에 대답하자면, 닥터 해리스, 당신이 천문학자이기 때문에 당신과 이야기하는 거예요. 그리고 더러운 우주의 위협이 대체 어떤 것인지 AC 안에서 일고 있는 의문과 불안에 대답하기 적합한 위치에 있으니까요. 아클렛 52 소식은 아이비가 현재 시행하는 전략이 유효한지 의심을 불러일으킬 겁니다."

"그건 통계 문제예요." 두브가 말했다. "A+0.7즈음 그건 더 이상 뉴턴역학적 문제가 아니라 통계학 문제로 변했어요. 그때부터 계속 통계학이었죠. 모든 것은 유성 크기 분포, 유성이 움직이는 궤도의 분포, 그 분포들이 시간에 따라 어떻게 변하는가 하는 문제로 요약할 수 있어요. 관찰과 추론으로만 답을 알 수 있죠. 그리고 그거 아십니까, 줄리아? 우리가 그 통계 변수를 완전히 다 안다고 해도 미래를 예측할 수 없는 건 마찬가지예요. 우리에겐 n이 아니라 1밖에 없거든요. 클라우드아크도 하나, 이지도 하나뿐이에요. 실험을 천 번 만 번 시행해 다른 결과가 어떻게 나오는지 볼 수 없습니다. 단 한 번만 시행할 수 있는 실험이에요. 그런 상황에서 인간의 정신은 제대로 작동하지 못합니다. 패턴이 존재하지 않는 곳에서 패턴을 보고, 아무렇게나 던져진 것에서도 의미를 찾아내죠. 조금 전 당신은 분명 '버리고 도망치기' 작전 편을 들어 주장하면서 더러운 공간이 정말 그렇게 더러운지 의심하고 있었어요. 그때 내가 지금막 아클렛 52에 일어난 일을 이야기하니, 이제는 다른 관점으로 돌아서버렸어요. 당신은 지금 도와주고 있는 게 아니에요,

줄리아. 도움이 안 돼요."

줄리아는 두브의 말을 곧이곧대로 받아들이지 않았다. 대신 그녀는 스크린 너머에서 삐딱하게 눈을 뜨고 고개를 살짝 저었다. "당신 반응이 왜 그리 격렬한지 모르겠네요, 닥터 해리스."

"대화 끝내겠습니다." 두브는 전화를 끊어버렸다. 그리고 테이블 위에 태블릿을 내리치고 싶은 유혹을 끝내 이겨냈다. 대신 그는 의자에 도로 앉아 한참 만에 처음으로 루이사의 눈을 들여다보았다. 마음 같아서는 내내 그녀의 얼굴을 보고 있고 싶었다. 그러나 그랬다면 줄리아도 알아차렸을 것이다. 다른 사람이 방에서 조용히 듣고 있다는 것을 눈치챘겠지.

줄리아 쪽에서도 누군가 그러고 있었을 테니까.

루이사는 숨을 죽이고 귀를 기울이며 그냥 그곳에 앉아 있었다.

"대체 뭘 원하는 건지 알 수 있으면 더 쉬울 텐데요." 두브가 말했다.

"줄리아가 뭔가 계획을 꾸미고 있다고 생각하시는군요. 난 그 점도 의심스러워요. 그녀는 권력을 갈구하고 있어요. 일단 방법을 찾고 나중에 그걸 합리화할걸요."

두브는 태블릿을 가까이 끌어당겨 태브의 블로그를 찾기 시작했다.

"AC에 대한 말은 어느 정도 사실인 것 같아요? 꾸며낸 이야기가 아니라?"

"그걸 안다고 뭐가 달라지겠어요?" 루이사가 말했다.

다이나는 고개를 들어 자몽 크기의 지구를 보았다. 낮잠을 자고 일어나 식사를 한 후, 일에 파묻혔다가 고개를 드니 그것은 다시 농구공만 해져 있었다. 여전히 그렇게 크지는 않았다. 그러나 지금 속도로 가면 겨우 한 시간 거리였다.

그들은 이미르의 휴게실에서 최종 브리핑을 했다. 그곳은 이 볼품없는 우주선의 임시 함교가 되었다.

다이나는 사령선 이곳저곳에서 평면 모니터 세 개를 가져와 휴게실 테이블에 케이블 타이로 묶었다. 모니터에는 크고 작은 창들이 가득 겹쳐져 있었다. 어떤 것은 로그 기록을 보여주는 터미널 창이고, 어떤 것은 코드를 보여주는 에디터였다. 그러나 채굴 활동을 하는 여러 로봇의 시점을 보여주는 영상들이 대부분이었다. 로봇 중 한 대만 바깥쪽을 보고 있었다. 그녀는 남는 시위 한 대를 천저(天底) 쪽을 내려다보도록 선미에 배치하고, 로봇 카메라로 지구를 겨냥했다. 그것을 제외하면 '상황 지각'을 할 수 있는 방법은 천문항법 프로그램뿐이었다. 프로그램은 작은 창으로 지구의 3차원 영상을 보여주고 기하 곡선을 그 위에 겹쳐 이미르의 궤도를 표시할 것이다. 창 아래에는 속도와 시간대 고도가 표시된 여러 개의 그래프가 있었다. 이 순간 그들의 속도는 초속 약 6,000미터였다. 겨우 두 시간 전 4,000미터에서 올린 속도였다. 이후 한 시간 동안 아무 조치를 취하지 않으면 속도가 두 배로 빨라졌다가 다시 떨어지기 시작해, 근지점을 지나쳐 우주로 떠내려가버릴 것이다.

지로가 속도를 늦추지 못했다면 그들은 그 속도로 도로 L1까지 갔을 것이다. 그는 다이나의 세 폭짜리 병풍 같은 모니터들 바로 맞은편에 평면 모니터 겨우 한 대를 세워놓은 것으로 만족했다. 그는 여기서 원자로를 조종할 것이다. 실제 상황에서 제어 날개를 뽑아낼 때 얼마나 빨리 전체 출력을 낼 수 있을지 감을 잡기 위해 그는 이미 날개 몇 개를 뽑아내기 시작했다. 그 과정에서 일어난 계산 오류 때문에 연료봉이 부서졌고, 그것은 간접적으로 숀의 죽음을 불러왔다. 지로는 이번에는 모든 만일의 사태를 피할 작정이었다.

근지점 몇 분 전, 마쿠스가 계획대로 될 것 같다고 여기면 지로는 원자로가 최고 화력을 출력하도록 할 것이다. 그러면 4기가와트쯤 된다. 얼음이 녹아 비등점 이상 과열된 물로 변하고, 증기가 노즐의 인코넬 목구멍을 통과하며 울부짖으리라. 증기는 벨 안에서 팽창했다가 식으면서 마침내 초음속 눈보라가 될 것이다. 차가운 불이 하얀 창처럼 뻗어 거대한 우주선의 운동 방향을 반대로 밀어붙이면, 배가 느려질 것이다. 대기권에 떨어져 죽을 정도로 느려지지는 않겠지만 이지와 궤도가 비슷해질 때까지 충분히 감속시키리라. 이미르가 가속하면 거기 탄 사람들은 중력과 비슷한 힘을 느끼게 된다. 이미르와 뉴 케어드 호에 고정되지 않고 둥둥 떠 있던 물건들은 모두 '아래로' 떨어질 것이다. 다이나와 지로는 모니터 앞에 놓아둔 의자 위로 떨어질 테고, 마쿠스는 항해 데이터로 거의 가득 찬 테이블 윗자리에 자기 태블릿과 모니터로 둥지를 지어놓았는데 그도 그 자리에 떨어질 것이다. 위쪽 뉴 케어드 안에서는 슬라바의 몸이 가속 카우치 속으로 눌릴 것이다. 각도는 꼴사납게 옆으로 틀어지겠지만. 중력은 아주 약할 것이다. 4기가와트의 핵추진 시스템도 이렇게 큰 얼음조각의 운동량에는 큰 힘을 행사하지 못했다. 시간이 지나도 그들의 '무게'가 유지된다면 일이 잘 되어간다는 신호였다. 무게가 증가하면 그들이 죽는다는 뜻이었다. 속도를 늦추고 그들이 느끼는 무게를 눈에 띄게 증가시키는 현상은 대기권과 접촉하는 것밖에 없었기 때문이다. 느려질수록 그들은 더 낮은 곳으로 떨어질 것이다. 더 낮게 떨어질수록 공기 밀도가 더 높아진다. 공기가 진해질수록 대기권은 배에 더 큰 힘을 행사한다. 무게감이 증가하는지 아닌지로 그 현상을 판정해야 했다. 어느 정도를 넘어서면 이미르와 뉴 케어드와 우주선에 탄 사람들 모두 죽음을 면할 수 없는 기하급수적 나선. 단하나 의문이 있다면 어떤 식으로 죽게 될까 하는 것이겠지. 더작고 가벼운 우주선이라면 산 채로 불타버릴 수도 있었다. 이곳은 얼음에 둘러싸여 있기 때문에 우선 중력으로 의식부터 잃을 가능성이 컸다. 죽음치고는 상대적으로 고통이 없는 방식이었다. 뒤부아 해리스와 콘라드 바아트는 몇백 미터 위에서 내려다보다가 그들이 남반구 위의 파란 줄무늬가 되어 날아가는 모습을 맞닥뜨리면, 그 소식을 아이비에게 전할 것이다. 그러면 그녀는 클라우드아크에 성명을 발표한다. 다이나가 친구에게 내린 평가가 맞는다면 아이비는 이미 만일의 경우를 대비해 성명서를 써놓았을 것이다.

거리상으로 그들과 이렇게 가까우니 이상했지만, 델타 비의 비직관적 공간으로 보면 아주 멀리 떨어져 있었다. 현재 뉴 케어드와 이지 사이의 대역폭은 원활했고, 다이나는 문자를 보내거나 스페이스북까지도 할 수 있다는 사실에 정신이 팔리지 않도록 의식적으로 애써야 했다. *조금 後에 만나.* 아이비가 문자를 보냈고, 다이나는 비슷한 맥락으로 답장한 다음 창을 닫았다.

비야체슬라브는 우주복 아래 입는 파란 보온복을 입고 있었다. 무슨 일이 일어나 갑자기 '밖으로 나가야' 할 경우에 대비한 예방조치일 뿐이었다. 슬라바는 뉴 케어드의 에어로크에 우주복을 두었기 때문에 필요할 때 얼음조각 바깥으로 나갈 수 있었다. 그리고 다이나는 그가 문제를 해결할 때 돕기 위해 미리 그랩 두 대를 그곳에 배치해두었다.

마쿠스는 사람들과 매우 격의 없이 일했다. 그의 리더십 스타일이 그랬다. 사전 격려 연설이나 사후 축하식 없이도 힘든 일을 잘 해내리라 믿는다는 걸 은연중에 주입시키는 것이 그 나름의 방식이었다. 하지만 그 방식이 모든 사람에게 통하지는 않았다. 어떤 사람들은 의전을 좋아했다. 그러나 이 탐험대에는 그런 사람이 아무도 없었다. 그는 그런 사람을 뽑지 않았다. 그래서 그 일이 시작되었을 때에도 딱히 특별한 순간은 없었다. 그들은 계속 지구에 가까워지고 있을 뿐이었다. 슬라바가 재빨리 계단을 타고 사령선 꼭대기로 달려 올라갔다. 잠시 후 그는 뉴 케어드 제어판 앞에 자리잡았다고 알려주었다. 지로는 원자로 시동을 걸며 중요한 단계가 오면 소리쳐 알렸다. 때때로 그 숫자를 어떻게 이해해야 하는지 힌트를 주기도 했다. "이건 예상했던 것보다 좀 더 빠르네요…… 이제 안정되었습니다…… 이건 계획대로입니다…… 명령대로 진행할 준비가 되었어요……" 등등. 마쿠스는 주로 뚫어지게 자기 화면을 바라보며 엄지손톱을 씹는 모습을 보였다. 때때로 손을 뻗어 뭔가 타이핑하거나, 태블릿을 찍거나 두드리기도 했다. 다이나가 맡은 일은 완전히 추상적이었고, 커다란 골칫거리에서 벗겨낸 몇 가지 단순한 문제일 뿐이었다. 그녀는 이미르의 추진력이 점점 커지고 대기권의 반발력이 꾸준히 모이며 서로 작용해 중력이 '들어오면서' 떠 있던 수천 가지 물건들이 이미르의 '바닥'에 내려앉는 소리를 무시하고 자기 일에만 집중하려고 했다.

"지금이야." 마쿠스가 말했다.

"알았어요." 지로가 대답했다. "제어 날개가 프로그램에 응답하고 있고…… 임계치에 다다랐습니다."

몇 초 후 라스베이거스에 공급해도 충분할 만한 4기가와트라는 화력이 가동했다. 다이나는 무게가 엄청나게 증가하는 것을 느꼈다. 사령선과 주위의 얼음이 구조적 부하를 받으면서 끼릭끼릭, 그르렁, 온갖 신음 소리 같은 것들이 불협화음을 냈다. 지난 몇 시간 동안 좌절감을 느낄 정도로 변하지 않던 화면이 갑자기 미친 듯이 움직였고, 오거들이 회전하면서 놀랄 만한 속도로 몇 주 동안 가득 차 있던 얼음 호퍼들을 비우기 시작했다. 그녀의 시야를 확보하던 로봇 두어 대가 고정점에서 미끄러졌다. 카메라 각도가 갑자기 불필요한 곳으로 기울어졌다. 그녀는 얼음조각 안에 있는 모든 로봇에게 명령을 내렸다. 최대한 빨리 호퍼로 얼음을 더 전달하라는 프로그램에 'go'를 입력해 넣고 얼음조각의 구조 전체를 계속 모니터링하려고 애썼다. 전통적인 광업에서는 광부들이 모두 중력 속에서 일해야 했다. 그래서 구조적인 실수를 저지르면 곧 갱도 붕괴 같은 사건이 일어나 극적으로 드러날 수밖에 없었다. 이미르는 무중력 상태에서 천천히 채굴되다가 엔진이 켜진 짧은 시간 동안만 '중력'의

지배를 받는 광산과 비슷했다. 그래서 다이나는 이미르가 전부 무너져버릴지도 모른다는 생각이 들어 초조했다.

"속도가 순조롭게 줄어드는군."

마쿠스는 여전히 엄지손톱을 문 채로 중얼거렸다. 다이나는 그래프를 잠깐 보고 그 말이 옳다는 것을 알았다. 느끼는 것보다 시간이 빠르게 갔다. 그들은 근지점에서 겨우 몇 분 거리에 있었다. 마쿠스가 '순조롭다'고 한 말은 '아까와 차이가 나지만 우리가 죽을 만큼 큰 폭은 아니다'라는 뜻이었다.

다음 순간 마쿠스가 말했다.

"슬라바, 3초 연소 부탁해."

"예입." 러시아인이 대답했다. 그런 다음 몇 초 후 그가 말했다. "시작이야."

다이나가 뉴 케어드와 약간 거리를 둔 얼음조각 표면에 외부 카메라를 배치해 바라보지 않았다면, 그들은 슬라바가 무엇을 시작했는지 몰랐으리라. 화면에는 작은 우주선의 노즐 벨에서 유령같이 푸르스름한 화염이 나오는 모습이 보였다. 그 힘으로 이미르의 코가 아래로 떠밀리고 선미가 약간 위로 올라갔다.

이미르가 희미하게 진동했다. 다이나는 왜 그런지 몰랐다. 그녀는 얼음이 붕괴할까봐 두려워하다가, 이내 그것이 곧 대기권 진동이라는 것을 깨달았다. 대기권 진동을 다시 느낄 거라고 전혀 예상하지 못했었다. 그녀는 제로가 일어나기 거의 1년 전 궤도를 향해 발사된 이후로 지구 표면에 이렇게 가까이 와본 적이 없었다. 만약 이다음 몇 분 동안 모든 일이 제대로 된다면 앞으로도 이렇게 가까이 오는 일은 두 번 다시 없을 것이다.

떨림은 오래가지 않았다. 화면의 그래프들은 모두 작게 씰룩이는 선으로 돌아갔다가 꾸준히 옆으로 물러났다.

"우린 건너뛰었어. 적어도 한 번은 더 이 짓을 해야 할 것 같아." 마쿠스가 말했다.

"오거 4와 11이 고장났어요." 지로가 말했다. "거꾸로 작동시켜 고쳐보겠습니다."

다이나의 주의가 다시 그쪽으로 쏠렸다. 호퍼들의 상태를 한눈에 살펴보자, 로봇들이 더 채워 넣으려고 애쓰는데도 예상대로 재빨리 비어가고 있었다. 지로가 확인한 오거 두 대는 가져온 얼음을 빼내지 못해 넘친 것이었다. 다이나는 부프로그램을 가동시켜 근처에서 쓸 수 있는 그랩 몇 대가 호퍼 4와 11에서 남는 얼음을 받아 옮기도록 했다.

"케어드 호의 연소는 제대로 됐어." 마쿠스가 말했다. "하지만 우리가 약간 더 많이 회전해버렸어. 추력기를 써서 대처하는 중인데…… 시간이 좀 걸릴 거야." 그는 몇 가지 명령을 쳐넣었다. 아마 뉴 케이드의 큰 엔진과 반대방향으로 밀어내는 이미르의 자세 조정 추력기를 켜는 것 같았다. "하여간, 방금 근지점을 통과했어…… 내 말이 맞았으면 좋겠는데."

도표들을 흘끗 보고 다이나는 정말로 작전 중간 지점을 지나왔다는 것을 깨달았다. 그러나 오히려 역설적으로 고도는 떨어지고 있었다. 두 번째 '건너뛰기'로 대기권에서 벗어나려는 것이다. 이번이 마지막이 되어야 할 텐데.

"지금 우리 새 경로는 좀 이상해." 그녀가 말했다.

"맞아. 이다음 몇 분 동안 우리가 살아남을 수 있다면 그건 나중에 바로잡을 수 있어." 마쿠스가 말했다.

"오거 11이 다시 작동합니다." 지로가 보고했다. "하지만 2와 3은 움직이지 않습니다. 추진제가 매우 부족한 것 같아요."

"이놈의 망할 추력기들이 힘이 충분히 강하지 않아. 자세가 과잉수정되었어." 마쿠스가 말했다. "그 상태로 이제 다음 건너뛰기에 들어간다. 우리는 뒤로 날 뿐만 아니라 거꾸로 뒤집혔어."

그러면 뉴 케어드의 엔진 연소는 제몫을 다한 것이다. 연소는 우주선의 '코'를 눌러 뒤로 향하게 만들어, 지금은 앞을 보고 있는 선미가 안으로 파고들지 못하도록 막아주었다. 그들은 얼음조각의 넓은 면으로 대기권을 스친 후 멋지게 건너뛰어 빠져나왔다. 그렇게 튕겨난 덕분에 생명을 건사할 수 있었으리라. 그러나 일단 회전하기 시작한 얼음조각은 제때 멈추지 않아, 이제 너무 많이 회전해버렸다. 코는 너무 가파르게 천저를 향하고, 노즐 벨은 우주 천정을 바라보았다.

"그럼 이제 지구를 향해 아래로 가고 있는 거야?" 다이나가 물었다.

"우리가 다칠 정도는 아니야. 추진력을 유지해." 마쿠스가 지시했다.

"얼음이 떨어져갑니다." 지로가 모니터 너머로 다이나를 슬쩍 바라보았다.

다이나는 이미 대규모 연소 한 번으로 이 일을 전부 해낼 수 있는 추진력을 공급한다는 건 모든 일이 완벽하게 맞아떨어질 때를 가정한 아슬아슬한 도박이라고 경고한 적이 있었다. 일이 그 정도로 잘 풀리지는 않았다. 그녀는 지로와 눈을 마주치고 머리를 저은 후 다시 일에 착수했다.

"정지 준비를 해요, 지로." 마쿠스가 말했다. "우린 짙은 공기 층으로 내려가고 있는데, 무슨 일이 일어날지 모르니."

내이(內耳)가 이상한 걸 보니 무슨 일인가 일어나고 있었다. 강력한 추진력으로 인해 그들은 여전히 제자리에 밀어붙여졌지만, 어떤 힘이 이미르의 코를 잡고 회전시키고 있었다.

"코 먼저 부딪쳤어요. 그리고 뒤로 선회하고 있습니다. 3초 안에 주 엔진을 정지시킵니다. 2. 1. 정지."

핵 증기 엔진은 단숨에 정지하지 않았다. 지로의 명령을 받은 추력기가 흔들리면서 속도가 점점 줄어들었지만, 다시 무중력 상태로 들어가는 데 일 분이 넘게 걸렸다. 무중력 상태가 돌아왔다는 것은 주위에 그들을 미는 추진력이 없는 자유 궤도로 들어왔다는 뜻이다.

"잠시 후 새 변수 궤도를 알려줄게요." 마쿠스가 말했다. "지금 추락 도중이기 때문에 복잡해요."

엔진이 정지한 후 갑자기 사방이 고요해졌다. 다이나는 멀리서 나는 작은 외침을 들었다. 기동하는 동안 머리에서 벗었던 헤드폰으로부터 흘러나오는 소리, 오디오 채널로 들리는 이지 쪽의 소리였다. '탱크'에 있는 사람들 소리였다. 헤드폰을 도로 끼자 그들이 축하 행사를 벌이는 소리가 들렸다.

"여러분은 방금 엄청난 델타 비를 떨쳐냈어요!" 맞은편에서 다이나의 목소리를 듣고 두브가 말했다. "축하받을 만합니다."

몇 초가 지난 다음 다이나가 조심스럽게 물었다. "하지만 모자랐죠?"

익숙한 목소리가 옛날식 오디오 테크로 변조되어 들려오니 낯설었다. 다이나가 파티에서 버즈 올드린[24] 흉내를 내는 것 같은 느낌이었다. 그러나 실제 말보다 감정적 뉘앙스가 더 또렷이 와 닿았다.

"콘라드는 여전히 당신들 변수를 계산하고 있어요." 두브가 말했다. "하지만 그냥 눈으로 봐도 얼마나 느려졌는지 보입니다. 대단해요."

"곧 또 한 번 뛰어넘어야 한다는 말 같은데요." 그녀가 말했다. 이미르가 다시 한 번 지구 주위를 돌아 날아오기를 기다렸다가 다음 근지점에서 또 한 번 연소시켜야 이지와 랑데부할 정도로 느려진다는 뜻이었다.

"이번에는 같은 일을 해도 근지점이 더 높아집니다." 두브가 강조해 말했다. "그래서 그 망할 얼음조각을 완두콩 수프 속으로 날려 보낼 필요가 없어져요."

"이 망할 얼음조각을 날리느라 스트레스로 쓰러지겠어요." 다이나가 살짝 투덜거렸다.

"잔이 절반 찬 거요, 아가씨." 두브가 말했다. "잔이 절반 찼다고요. 여러분은 촛불에 불을 붙였고, 효과가 있었어요. 대기권에서 튕겨나와 우리와 훨씬 더 가까워졌어요. 콘라드 말로는 다음 원지점이 틀림없이 달 아래 있다고 합니다." 예전 달 궤도까지 가기 전에 이미르가 방향을 돌려 도로 지구로 떨어지기

---

24 버즈 올드린(Buzz Aldrin): 미국의 우주비행사. 아폴로 11호를 타고 닐 암스트롱 다음으로 달을 밟았다.

시작한다는 뜻이었다.

"엄청난 일이에요." 그가 덧붙였다. "정치적인 판세를 바꿔 버릴 겁니다."

긴 침묵이 흐른 후 다이나는 방금 들은 말이 무슨 뜻인지 모르겠다는 듯이 되물었다.

"'정치적'이라고요?"

"아이비가 당신들 아이디어를 전부 무시하고 있다는 사실을 알아요." 스펜서가 아클렛 453과 상황 파악 네트워크 사이의 연결을 끊는 명령을 쳐 넣자마자 줄리아가 말하기 시작했다. "여러분이 이 회의에 참석하러 오는 길을 막으려고 엄청나게 애썼을 겁니다."

화성파(The Martians)인 닥터 캐서린 쾌인, 라비 쿠마르, 리 지안유는 약간 당황한 것 같았다. 아클렛들을 오가는 길은 언제나 힘들었다. 급하지 않은 플리버 여행을 기다릴 때는 이틀 정도 걸렸고, 비상사태가 생기면 마지막 순간에 순서가 재조정될 수도 있었다. 닥터 쾌인은 일반그룹의 일원이기 때문에 이 문제를 가장 객관적으로 볼 수 있었다. 그녀는 아클렛으로 여행을 갈 때 사람들이 가장 자주 부탁하는 응급의사였다. 그녀는 인도와 중국에서 각각 제비뽑기로 선택된 쿠마르와 지안유보다 나이가 열 살쯤 많았다. 쿠마르와 지안유는 아클렛 303에 같이 있게 되었는데, 그곳은 알고 보니 화성파 선동의 온상이었다. 아클렛 303의 인구는 전부 18명인데 그중 절반이 독감에 걸린 트라이어드에 속해 있었기 때문에, 캐서린 쾌인은 그곳으로 갈 합법적 구실이 있었다. 라비와 지안유를 골라 데려올 기회를 그녀가 전부 만들다시피 했다. 이 대화에 참가한 이들 가운데 그녀는 아이비가 아클렛 사이의 이동을 막으려고 사악한 행위를 저질렀다는 주장에 찬성할 수 없는 사람이었다. 그러나 라비와 지안유는 사정이 달랐다. 그들은 줄리아의 말이 옳다고 선뜻 받아들일 만한 이유가 아주 많았다. 때와 장소가 달랐다면 닥터 콰인은 그 문제를 붙잡고 옥신각신했을 것이다. 그러나 여유가 별로 없었기 때문에, 시간을 효율적으로 사용하려면 클라우드아크가 현재 운영되는 방식에 대해 줄리아의 의견에 토를 달지 말아야 할 것 같았다. 그래서 그녀는 가만히 있었다. 어쨌든 닥터 콰인이 이런저런 생각을 전부 떨쳐냈을 때 줄리아는 다른 화제를 이야기하고 있었다.

"그런 점까지 고려하면 여러분이 나를 만나기 위해 고되고 위험한 여행을 마다하지 않은 것에 더욱 감사합니다." 줄리아가 말했다. "지금부터 몇 세기 후까지 '붉은 행성'의 교실에 앉은 젊은 화성인들이 역사책에서 이 회의와 회의 결과를 읽게 될 겁니다."

라비 쿠마르가 검지를 치켜들었다.

"교실에서 젊은이들을 교육시키는 대신 단체교육이라는 전통적인 구조를 완전히 없애고 맞춤식 개별 접근을 하는 건 어떨까요? 지구에서 저지른 실수를 화성에서 되풀이할 필요는 없어요."

"그 말에 전적으로 찬성이야." 줄리아가 말했다. "이런 신선한 아이디어를 들으면 최대한 빠르게 여러 사람이 그 꿈을 이루도록 내가 더 열심히 일해야겠다는 생각만 들어. 이야기를 어떻게 시작할까? 화성에 선발대를 보내려면 무엇을 해야 할까?"

또다시 닥터 콰인은 약간 불안해지기 시작했다. 그녀는 아클렛 453을 둘러보았다. 이곳은 줄리아, 카밀라가 거주하는 아클렛 174와 스펜서 그린스태프가 거주하는 아클렛 215가 속한 헵타드 중앙에 있는 공용 아클렛이었다. 적어도 공식 기록에는 그렇게 나와 있었다. 하지만 재배치가 이루어졌다. 그 두 아클렛에 살던 남녀들은 모두 이제 자기가 J.B.F.의 전속 부관이라고 생각하는 것 같았다. 그들은 아클렛 453을 접수해서 백악관 서관(West Wing) 역할을 하게 만들었다.

캐서린 콰인이 말했다.

"우리에게 그런 임무를 수행할 사람을 파견할 권한이 있다고 가정한다면……."

"말을 끊어서 미안하지만, 닥터 콰인. 방금 제기한 사안은 정치적인 문제예요. 나는 그것이 내 '초능력'이라고 생각하고, 내 능력을 당신과 다른 화성파 공동체 사람들에게 바치고 싶어요. 당신도 이미 알고 있는 사람들, 비밀리에 당신에게 동조하는 사람들, 또 화성 여행이 사실 얼마나 근본적으로 합리적인 착상인지 분명해지기만 하면 그쪽에 서명할 사람들까지 말이죠. 그러니 이 사소한 잡담에서는 허가가 중요하지 않다고 가정합시다. 난 여러분 셋 다 여러분의 '초능력'을 이용해 정치적 차원의 간섭을 전혀 받지 않고 합리적인 방식으로 이 임무를 설계하는 걸 보고 싶어요. 일단 논리정연하게 계획을 설계한 다음에 구현의 문제로 넘어갑시다."

"완벽한 시나리오야 우리가 그 바위를 버리고 모두 한꺼번에 데려가는 거죠." 지안유가 말했다. 첫 발언이었지만, 그는 줄리아의 '초능력'이라는 말에 대담해진 것 같았다.

"그러려면 그 전에 강력한 세력들을 설득해야 할 거예요." 줄리아가 말했다. "선발대라는 관점에서 생각해봅시다. 가볍고, 효율적이고, 영리하면서도 일을 성공시킬 만한 규모는 되어야겠죠. 화성에 착륙해 클라우드아크에 남아 있는 사람들에게 보고하는 일 말이에요."

"우리도 그런 임무 이야기를 하고 있었어요. 헵타드 하나와 트라이어드 하나로 볼로를 만들면 그렇게 할 수 있을 것 같아요." 캐서린이 말했다.

"아클렛 열 대라. 그렇게 많아 보이지는 않는데, 그렇죠?" 줄리아가 말했다.

"초기 델타 비 동안에는 아클렛들을 겹겹이 쌓아놓습니다. 화성으로 가는 경로에 자리를 잡고 나면 아클렛들로 볼로를 만들 겁니다. 그러면 탐험대원들이 여섯 달 동안 여행하면서 지구의 정상 중력을 경험할 수 있지요." 라비 쿠마르가 말했다.

거기에 지안유가 덧붙여 말했다. "추진 장치나 다른 부품은 MIV에서 구할 수 있을 거예요. 거기에 우린 이미 설계 업무를 거의 다 마쳤어요."

캐서린이 말했다. "마지막에는 탐험대의 속도를 늦추기 위해 에어로브레이킹[25]이 필요할 겁니다. 그 전에 볼로를 감아들

---

25 에어로브레이킹(aerobraking): 대기 마찰력을 이용해 우주선을 감속하는 방법.

이고 아클렛을 도로 쌓아 하나의 배로 합칠 수 있어요. 그리고 궤도에서 표면을 조사하고 착륙 장소를 결정할 시간이 있을 거예요."

줄리아가 고개를 끄덕였다. "여러분 모두에게 어려운 질문을 하나 던져본다면, 이 고립된 콜로니는 착륙 후 얼마나 오래 생존할 수 있을까요? 식량이 떨어질 때까지 얼마나 걸릴까요?"

이 말에 세 화성파는 입을 꾹 다물고 서로 쳐다보기만 했다.

"내 전문분야인 정치가 여기서 다시 추한 머리를 들고 있기 때문에 물어보는 것뿐입니다." 줄리아가 말했다. "일단 여러분의 위업이 성취되면, 상대방과 합의한다는 무거운 짐이 나한테 떨어집니다. 말하자면, 선발대는 착륙해서 즐거운 메시지를 보내오겠지요. 그러면 상황에 시간제한이라는 요소가 들어옵니다. 그것이 부정적이라는 뜻이 아닙니다. 그런 요소는 사람들의 에너지를 동원하는 강력한 인센티브가 될 수 있어요. 하드레인을 대비하면서 봐온 것처럼, 나는 클라우드아크의 사람들에게 바로 그 지점을 호소할 수 있습니다. '눈앞에 기회가 왔습니다. 이 기회를 잡을 겁니까, 아니면 움츠러들며 피해서 이 용감한 사람들이 천천히 죽어가게 놔둘 것입니까?' 이런 연설은 큰 효과를 낼 수 있을 겁니다. 다만 내가 시간이라는 요소에 어느 정도 감을 잡을 필요가 있을 뿐이에요."

"1년은 확실히 괜찮아요." 캐서린이 말했다. "그 기간을 넘어가면 의학적인 문제로 변하겠죠. 통계학적인 문제도 되겠고."

"통계학이라." 줄리아가 그 말을 되풀이하고 한숨을 쉬었다. "그 말은 닥터 해리스에게서 엄청나게 많이 듣고 있답니다."

"그러면 심지어 J.B.F.의 헵타드에 누가 있는지도 모른다는 말입니까?" 아이비가 물었다.

바나나의 큰 테이블 주위에 침묵이 흘렀다. 아이비는 이 오래되고 낯익은 공간에 중요한 회의를 잡기 시작했다. 이곳이 스택의 중심축과 더 가깝고, 아말테아와 훨씬 가까운 곳에서 아말테아의 보호를 받았다. 그래야 한 번의 유성 충돌로 운 나쁘게 클라우드아크의 명령체계가 날아가버리는 일이 일어나지 않을 것이다. 그런 재난은 탱크나 팜처럼 큰 T3 공간에서 만날 때 일어날 가능성이 더 컸다.

회의에 참석한 사람은 두브, 루이사, 표도르, 그리고 마쿠스의 부관들 중 주의 깊게 선택된 세 명이었다. 그들은 행정3부 같은 존재가 되었다. 1인 사법체계인 살 구오디안, 보안부장 데클라, 네트워크와 컴퓨터 관련 문제를 책임지는 적갈색 드레드락 머리의 스티브 레이크.

"위치 추적 시스템은 기본적으로 사람들이 실제로 협력한다는 가정에 기반해 있습니다." 살이 말을 시작했다.

아이비가 한 손을 들었다. "잠깐, 설명에 들어가기 전에 내 말이 맞는지 아닌지 대답해주세요."

"맞습니다." 스티브 레이크가 말했다. "우리는 J.B.F.의 헵타드에 누가 있는지 모릅니다."

"고마워요." 아이비가 말했다. "그런데 왠지는 몰라도 SAN이 그 정보를 자세히 알려주지 않는다는 말이죠?"

스티브가 말했다. "그 헵타드에 스펜서 그린스태프가 있는 건 확실합니다."

아이비가 고개를 끄덕였다.

살이 말했다.

"스티브, 화이트스카이 직전 마쿠스가 당신을 뽑아 내각에 들이고 스펜서 대신 네트워크 감독을 맡겼을 때, 당신은 스펜서가 이지 시스템에 들어오는 백도어를 알지도 모른다고 이야기했지요. 그가 사용할 때까지는 그 백도어를 알 수 없다고."

"네엡." 스티브가 말했다. "거의 원칙적으로, 그런 건 사용하지 않으면 발견할 수 없습니다. 사람이 직접 코드를 한 줄 한 줄 읽는 게 아니라면요."

"그가 SAN에 백도어를 갖고 있다고 생각하나요?"

"그가 무슨 수를 부리고 있다는 건 확실합니다." 스티브가 말했다. "왜냐하면 그가 나타나자마자 J.B.F.의 헵타드 속 아클렛들이 가끔가다 네트워크에서 떨어져 나가게 되었거든요. 줄리아가 우리에게 알리고 싶지 않은 회의를 열 때마다 그는 모든 걸 꺼버립니다."

아이비는 잠시 생각에 잠기더니 테이블 맞은편에 앉은 테클라를 보고 고개를 끄덕였다. 이곳 중력은 매우 약하기 때문에 테클라는 조심스럽게 일어서서 문으로 갔다. 그녀가 문을 열자 바깥에 지크 페터슨이 기다리고 있었다. 그녀는 그에게 들어오라고 손짓했다.

지크가 테이블 말석에 자리를 잡는 동안 침묵이 흘렀다. 아이비가 그 침묵을 깼다.

"우리와 함께해주어 고마워요."

아이비는 테이블 상석에서 그를 향해 뻗어 있는 기다란 스키

점프 경사로 같은 길을 '올려다보고' 있었고, 그도 마찬가지였다.

"꼭 옛날 같습니다, 시아오 중령님." 지크가 말했다.

"당신의 충성심에 감사드립니다." 아이비가 말했다. "어색하다는 건 압니다."

"사실 전혀 어색하지 않습니다." 지크가 말했다. "하드레인이 시작되고 마쿠스가 '지금껏 존재하는 모든 국가는 사라졌다'고 선언했을 때, 저는 그 말을 마음 깊이 새겼습니다. 줄리아는 그 선언을 듣지 못했어요. 그녀는 그 사실을 모릅니다."

"지금 스펜서가 SAN 연결을 끊을 수 있는 능력을 가졌다는 이야기를 듣고 있었습니다."

지크가 고개를 끄덕였다. "사실입니다. 사고가 일어났다고 해서 그곳에 갔는데, 매우 이상한 대화를 나누게 되었습니다. 나를 끌어들일 수 있을지 보려고 상황을 살핀 것 같습니다. 줄리아는 내가 이미 자기편인 것처럼 이야기했습니다. 그렇지 않을 리가 없다는 듯이. 아주 훌륭한 설득 기술이었습니다. 사실 나도 잠깐 넋이 나갔었죠. 하지만 일단 거기서 나와 하룻밤 생각해보니, 이게 얼마나 미친 짓인지 알겠더군요."

"그런 일이 일회적이라고 느꼈습니까? 아니면 자기편이 될 사람 목록을 훑어가며 작업하는 것 같았습니까?"

"추측건대 목록이 있을 것 같습니다. 하지만 그리 긴 목록은 아닐 겁니다." 지크가 말했다.

아이비는 고개를 끄덕였다. 자세히 설명할 필요도 없었다. J.B.F.는 다른 사람들을 몇 명 포섭했을 것이다. 그게 누군지는 아직 알 수 없었지만.

"제가 본 바로도 그래요." 두브가 말하면서 루이사를 슬쩍 바라보자, 그녀는 그의 말을 뒷받침하듯 고개를 끄덕였다. "그 냥 기회주의적으로 구는 것 같습니다. 사람들을 대화에 끌어들 이고 암시를 흘리면서 약한 사람들을 찾고 있는 거지요."

"제정신이 아닌 건가요?" 아이비가 루이사에게 물었다.

"어찌 보면 그런 건 중요하지 않아요." 루이사가 말했다. "말 썽을 부리는 사람은 말썽꾼이죠. 분석할 만한 심리상태를 추적 한다고 해도 실제로 아무것도 변하지 않아요."

"우리가 접근법을 바꿀 수도 있죠."

"줄리아는 처음부터 나르시시스트였어요." 루이사가 말했다. "공식적인 진단은 아니에요, 아시죠? 하지만 당신과 다이나에 게 들은 바에 따르면, 이지까지 오는 여정은 트라우마를 남길 만했어요. 남편과 아이를 잃은 데다 오는 길도 피투성이였죠. 훈련된 전문가가 아니라도 그녀가 어느 정도 PTSD를 겪고 있 다는 추측은 할 수 있어요. 그녀가 어둡고 편집광적인 정신세 계를 갖고 있다는 것도 예상할 수 있어요. 하지만 처음부터 그 랬을 수도 있죠."

"그 여자 속을 알 수가 없군요." 아이비가 말했다. "사람들과 이야기한다는 것만 가지고는 내가 뭘 어찌할 도리가 없네요."

"동의합니다," 루이사가 말했다. "줄리아는 아키들 사이에서 정치 기반을 쌓고 있어요. 어떤 조치를 취하면서 댈 수 있는 구 실이, 그녀가 많은 사람들과 이야기를 나눈다는 것뿐이라면, 그 쪽이 원하는 일을 해주는 거예요. 하지만 이쪽에서 아키들에게 손을 뻗는 건 좋은 생각 같아요."

아이비가 한숨을 쉬었다. "정치질에 대한 대응은 더 교묘한 정치질이죠. 내가 제일 서툰 분야인데."

"말이 아니라 행동입니다. 그게 진짜 중요한 겁니다." 지크가 말했다. "그리고 이미르가 돌아올 때, 중령님과 마쿠스가 J.B.F. 패거리들을 초라하게 만들 업적을 성취했을 수도 있어요."

"내가 이 일을 감당할 수 있을지 모르겠어요." 오랫동안 침묵하며 생각에 잠겨 있던 줄리아가 말했다. "하지만 우리는 놀라운 우연의 일치와 맞닥뜨린 것 같아요."

"말씀 계속하세요, 대통령님." 카밀라가 재촉했다. "대통령님은 다 아시는지 몰라도, 저는 무슨 이야기인지 모르겠어요."

줄리아는 캐서린 콰인을 바라보았다.

"내가 이해한 바로는, 지금 제안된 화성 탐험대의 관건은 여행하는 동안 사람들이 살 헵타드 하나와, 추진제와 다른 물건들을 대규모로 비축할 트라이어드 하나예요. 이건 우리의 능력과 아주 깔끔하게 맞아떨어지죠." 그녀는 간신히 자조의 웃음을 자아냈다. "내가 방금 '우리의'라고 했지요. 무슨 뜻으로 이말을 썼을까요? 나는 위험하게도 아키 공동체와 화성파 사이에 자연스러운 동맹 비슷한 것이 맺어져 있다고 생각하나 봐요. 말하자면 오합지졸 반역자 연합체 같은 것 말입니다. 여기이 헵타드에서 우리는 재빨리 AC를 변호하기 위해 소셜 허브를 만들었어요. 어떤 의미론 이제 우리 헵타드를 가진 거예요. 비슷한 의미로 당신들, 라비와 지안유는 당신들 트라이어드를 열성적인 화성파 지지자의 중심으로 만들었어요. 당신들 자신의 트라이어드를 갖게 된 거죠. 그러니 화성 탐험대의 가장 큰 두 가지 요소는 이미 갖춰졌어요. 합쳐지기만 하면 돼요."

라비는 고개를 끄덕이고 있었다.

"MIV 팀 기술자 두 명이 그 문제를 열심히 풀고 있습니다. 뉴 케어드를 만드는 일에 참가했던 사람들인데 새로운 문제와 씨름하고 싶은 거예요. 둘 중 한 사람은 우리 편에 올지도 몰라요. 폴 프릴이라는 사람인데, 제로 훨씬 전부터 화성 식민화를 강하게 지지하던 사람이었어요."

캐서린이 가만히 듣고 있다가 이때 끼어들었다.

"회의적으로 말하려는 건 아니지만요, 대통령님. 대통령님이 진짜 이 헵타드를 '가졌'고, 여기 우리 친구들이 자기가 사는 트라이어드를 '가졌다'는 게 무슨 뜻이죠? 다수결의 원칙이라는 면에서는 사실이겠지요. 하지만……."

"하지만 지금 맥락에서 소유한다는 게 실제로 무엇을 의미하느냐는 거지요? 흠, 그래요. 매우 깊이 있는 문제고, 당신이 그 문제를 제기해줘서 기뻐요. 마쿠스가 PSAPS를 선언하면서 전에는 우리가 당연하게 받아들이던 것, 재산권이나 개인의 자유 같은 것이 너무 모호해졌어요. 아니면, 있는 그대로 말하면 그걸 군법이라 부를 수 있겠죠. 하지만 그 질문에 대한 대답의 첫 번째 단계로, 나는 자유롭게 오가는 능력이 소유와 불가분의 관계에 있다고 상정하겠어요. 아클렛을, 트라이어드를, 헵타드를 '갖는다'는 말의 진짜 의미는 그거예요."

"그런 의미라면 우리는 모두 사실 스웜의 단체 지휘를 따르고 있죠. 퍼앰뷸레이터가 우리가 언제 어디로 갈지 결정해주니까요." 캐서린이 말했다.

"그건 진짜 지금까지 만들어진 사회적 조종 도구 중에서 가장 음험한 도구죠." 줄리아가 말했다.

캐서린은 약간 경악한 모습이었다. "하지만 그게 없으면 우리에게 재난이 일어나잖아요."

"바로 그 점 때문에 그게 음험하다는 거예요." 줄리아가 말했다. "안전 논란만 일으키면 언제나 퍼앰뷸레이터의 결정을 정당화시킬 수 있으니까. 누군가가 좀 더 중요한 일이 있다고 결정할 때까지, 그리고 그렇게 결정하지 않는 한 우리는 모두 퍼앰뷸레이터의 노예가 될 겁니다."

지안유는 경각심과 호기심이 뒤섞인 표정이었다. "누가 그렇게 결정한다 해도 문제의 아클렛이 수동조종으로 전환되지 않는다면 아무 변화도 없을 텐데요."

"그거야 언제라도 할 수 있는 거지요. 내가 잘못 알고 있나요?" 줄리아가 말했다.

"아뇨. 하지만 그러면 퍼앰뷸레이터에 다 보일 거예요. 상황파악 네트워크가 일제히 경보를 울리게 될걸요." 지안유가 대답했다.

"그러면 결정적인 행동을 취하는 시기와 조건을 SAN과 거래해야겠군요." 줄리아가 말했다.

아이비의 할머니는 광저우에서 태어나 홍콩에서 자랐다. 영어는 간신히 몇 마디밖에 할 줄 몰랐지만 그 여인은 리세다에 있는 차고 하나짜리 손님용 아파트에 살면서 가족 전체를 지배

했다. 덕트 테이프가 덕지덕지 붙은 레이지보이를 왕좌처럼 깔고 앉아 코바늘로 뜬 아프간 모포를 온몸에 꽁꽁 싸매고, 그녀는 여러 가지 강권, 선언, 파트와[26]를 내렸다. 그녀의 말은 샌프란시스코 밸리 전역에 흩어져 사는 서른대여섯 명의 후손과 배우자들에게 법과 같은 효력을 행사했다. 돈이나 사랑, 안전, 다른 평범한 심리적 충동들에 무관심하지는 않았지만, 할머니에게 충성서약을 한 가족들 대부분은 할머니가 모호하고 신비로운 다른 욕구에 가장 큰 자극을 받는다고 생각했다. 백인들은 아마 오리엔탈리즘을 덧씌워 그것이 '체면'이나 장유유서(長幼有序)라고 생각하겠지만, 아이비는 사람들의 주의를 끌고 싶다는 단순한 욕구라고 생각했다. 그 집에 드나드는 사람은 모두 할머니에게 인사를 드려야 했다. 문간에서 얼굴만 보이고 인사하는 것으로는 충분하지 않았다. 레이지보이 옆에 있는 작은 라탄 의자에 앉아 몇 분을 보내며 몇 마디라도 해야 했다. 할머니는 이 규칙을 강제로 지키게 할 힘은 없었다. 규칙을 어긴 사람들에게 장기간에 걸쳐 복수하는 신비롭고 괴상한 방법을 찾을 수밖에 없었다.

아이비는 이제 줄리아 블리스 플래허티가 할머니와 같은 부류의 사람이라는 것을 깨달았다. 줄리아는 꼼짝 못하는 처지에서 스스로를 정당화할 수밖에 없기 때문에 자기 행동이 이타적인 계획에서 나왔다고 설명할 것이다. 심지어 그렇게 믿고 있을지도 모른다. 그러나 사실은 전혀 달랐다. 그녀는 아이비의

---

26 파트와(fatwa): 이슬람 법에 따른 명령.

할머니와 비슷했다. 누군가가 충성서약을 하면 그녀는 그 사람을 편애하고, 또 그녀의 진영에서 그 사람의 명성과 힘은 점점 커져갈 것이다. 그녀를 어느 아클렛으로 보내버리고 무시하면 당신은 그녀와 그녀가 가진 네트워크의 적이 되리라. 그 이상의 힘은 없는 인물이었지만, 오래 무시하면 강력한 적이 될 수도 있었다. 전 대통령, 그것도 구닥다리 전 대통령이 아니라 클라우드아크의 건설을 감독하고 아크를 보호하기 위해 핵무기까지 쓴 전 대통령이라는 지위 덕택에 아키들은 그녀를 신뢰했다. 다들 아키가 의기소침하게 흩어져 정체성과 목적을 부여해줄 지도자만 기다린다고 생각했다. 아이비는 그것이 정확한 인식인지, 아니면 처음에는 J.B.F.가 퍼뜨렸지만 자생력을 얻은 신화인지 알 수가 없었다. 어느 쪽이건, 그 인식은 현실적인 힘이 있었다.

테클라 맞은편에 앉아 있던 아이비는 그녀에게 이런 생각을 전부 설명하면 뭐라고 할지 궁금했다. 이 러시아인 7종 경기 선수는 리세다에 있는 아이비의 할머니, 광둥어를 쓰던 돌아가신 할머니를 좋아하거나 이해할까.

그럴지도 모른다. 하지만 테클라는 자세한 것은 묻어두고 필요할 때 꼭 필요한 것만 알려주는 전통 속에서 자란 사람이었다. 너무 많은 정보가 쏟아지면 그녀는 당황하고 지루해하다가 마지막에는 화를 냈다. 제멋대로 말하는 사람들을 보면, 사업가가 돈을 헤프게 쓰는 사람을 대할 때 갖는 경멸감을 느꼈다. 그녀는 자기가 할 일에 대해서만 알려고 했다.

바로 그런 특성 때문에 테클라의 머릿속을 이해하기도 힘들었다. 그러나 그건 문제될 게 없었다. 군대식 명령체계를 갖춘 커다란 조직에서 모든 사람에게 친구이자 귀중한 동료가 될 필요는 없으니까. 마쿠스도 그 사실을 알고 있었고, 그래서 그가 결국 그곳을 관리하게 되었다. 제로 때, 이지를 작은 명품점 꾸리듯 운영하던 때에는 아이비의 속도가 더 빨랐다. 마쿠스는 그런 일에 매우 서툴렀을 것이다.

"이번 줄리아 건(件)은 어린애 장난이에요. 큰일은 아닙니다." 아이비가 말했다. "훨씬 더 중요한 일에 집중해야 해요. 줄리아 일을 크게 만들면 역효과를 낳을 겁니다. 그 여자가 자기 그릇보다 더 큰 권력을 얻게 되겠죠. 하지만 그녀가 지금 벌이고 있는 일을 무시할 수는 없어요."

테클라가 고개를 끄덕이고 있었다.

"당신이 그 헵타드를 방문하면 좋겠어요." 아이비가 말을 계속했다. "마쿠스의 보안부장 자격으로 거기 가는 겁니다. 알겠죠? 공식 방문이에요. 상황 파악 네트워크에 문제가 있어서 고치지 않으면 위험한 결과를 낳을 수 있다고 설명하는 겁니다. 그 외에는 그 여자 말을 듣기만 하는 쪽이 좋겠어요. 당신을 자기편으로 넘어오게 설득하려고 할 것 같으니까요. 줄리아는 모든 사람을 그렇게 집적이고 있습니다. 당신은 횡재로 보이겠지요."

"만약 그녀가 그런 예측대로 행동한다면 저는 어떻게 반응해야 합니까?" 테클라가 물었다.

처음엔 테클라의 질문이 무슨 뜻인지 이해하지도 못할 정도로 아이비는 순진했다. 다음 순간에야 테클라가 줄리아의 추종자로 변심한 척할 수 있다고 제안한 거란 사실을 깨달았다. 테클라는 줄리아의 네트워크 속에 들어가 스파이가 되겠다고 자원하고 있었다.

아이비가 그 문제를 곰곰 생각하는 동안 테클라는 아이비의 얼굴을 바라보고 있었다.

"즉각적인 행동은 취하지 않는 쪽이 좋아요." 사실 아이비는 비밀을 지키기 위해서라기보다 소심해서 그러는 것이었다.

"물론입니다. 열성적으로 달려드는 건 나쁜 전략이죠. 의심만 불러일으킬 겁니다." 테클라가 말했다.

아이비는 아무 말도 하지 않았다. 테클라가 설명했다.

"지는 그런 사람들을 많이 압니다."

'당신은 전혀 그렇지 않아요. 좋은 사람.'

"먼저 내게 개인적으로 보고한 다음 우리가 결정을 내리는 게 어때요?"

"우리라고요?"

"나요. 내가 결정을 내릴 겁니다."

"여기 바나나 안에서 만나 다행입니다." 테클라가 말했다.

"여기가 좋은가요?"

테클라는 난처한 것 같았다.

"좋아서 그러는 게 아닙니다. 바나나가 더 안전하거든요."

"유성에서 안전하다고요?"

테클라는 고개를 저었다.

"그린스태프에게서요." 그렇게 말하고 그녀는 날아올라 천장에 머리가 부딪치지 않도록 조심스럽게 일어서서 가버렸다.

아이비는 머릿속에 의문이 가득한 채 혼자 남았다. 테클라가 정말 클라우드아크 안의 내부 스파이 네트워크를 세우는 프로젝트에 착수한 걸까? 마쿠스에게는 이 일을 어떻게 설명할 것인가? 마쿠스는 충격을 받을까, 강한 인상을 받을까? 그의 반응이 어느 쪽이든 그녀는 어떻게 느끼게 될까? 다이나는 대체 언제쯤 돌아올까? 이런 일은 다이나와 독한 술을 마시며 이야기해야 하는데.

그리고 바나나가 그린스태프에게서 더 안전하다는 테클라의 마지막 말은 무슨 뜻일까? 바나나는 제로 이전에 만든 오래된 시설이었으므로 SAN과 연결된 부분도 개보수하기는 했지만 여전히 사용하기엔 불편했다. 테클라는 스펜서가 줄리아의 아클렛을 끊어낼 정도로 SAN을 해킹할 수 있다면 팜이나 탱크, 마쿠스의 집무실 같은 클라우드아크의 다른 장소도 해킹해서 감시할 수 있을 거라고 넌지시 암시하는 것 같았다.

'저는 그런 사람들을 많이 압니다.'라고 테클라는 말했다. 그녀는 직업적으로 배배 꼬아 사고하게 된 러시아 군인과 정보요원 유형에 대해 말하고 있었다. 테클라 자신도 한때 정보국의 자산으로 키워졌다. 테클라가 정말로 줄리아의 네트워크 속에 들어가 스파이가 된다면, 그녀가 줄리아에게 충실한 이중간첩이 아니라 아이비에게 충실하고 정직한 스파이라는 점을 어떻게 확신할 수 있을까?

대기권에 스치자 이미르는 천천히 추락하면서 지구에서 멀어져 새 궤도로 돌진했다. 그 궤도를 정확히 계산하는 데 15분에서 20분 정도 걸렸다. 계산 결과 그들이 살아남기 위해 필요한 조치를 취할 시간은 네 시간도 남지 않았다.

모든 일이 완벽하게 맞아떨어진다면, 핵 연소 다음에 몇 번 약간의 델타 비를 추가하면 이미르는 이지와 랑데부할 수 있을 정도로 느려질 것이다. 그들은 그렇게 되기를 바랐지만 진짜 그렇게 될 거라고 생각하지는 않았다. 사실 최대한도로 바라는 것은 속도를 어느 정도 줄여 원지점 높이를 감소시키는 것이었다.

지구와 궤도 꼭대기에 있는 배 사이의 거리는 우주선이 낼 수 있는 속도와 밀접한 관련이 있었다. 이미르는 매우 높은, 예전 달 궤도보다 훨씬 높은 원지점에서 '떨어졌기' 때문에, 날카로운 비명을 지르며 대기권을 건너뛰었다. 거대한 역추진 로켓 핵 연소로, 아니면 공기 마찰로 속도가 줄어들수록 다음 원지점 고도가 더 낮아졌다. 계산 방식에 따라 다르지만 원지점은 몇 주, 며칠, 아니면 몇 시간 후에 나타날 것이다.

일단 여러 수치를 넣어 실행하자 몇 시간 후라는 답이 나왔다.

어떤 의미에서, 이미르는 아슬아슬하게 목표에서 빗나갔다. 이미르가 낸 총 델타 비는 그들이 바란 델타 비의 3분의 1보다 적었다. 그러나 그것만으로도 달 궤도 훨씬 위쪽에 있던 원지점을 이지가 지구를 도는 고도의 세 배 정도로 끌어내릴 수 있었다.

마찬가지로, 궤도를 완주할 때까지 걸리는 시간 주기는 75일에서 겨우 여덟 시간으로 떨어졌다. 여기서 터득할 수 있는 점은, 상대적으로 적은 양의 델타 비로도 그런 수치를 매우 크게 변화시킬 수 있다는 것이다.

반면 이지의 궤도까지 이미르를 데려가려면, 방금 끝난 '연소'에서 쥐어짜낸 델타 비의 두 배가 필요할 것이다.

그러나 그런 걱정은 너무 일렀다. 그들은 앞으로 여덟 시간 동안 살아남아야 했다.

이미르의 원지점은 완전히 바뀌었을지 모르지만, 근지점 고도는 바뀌지 않았다. 여전히 낮아서 위험하다는 뜻이다. 아무 조치도 취하지 않는다면 다음번 시도에서도 대기권 꼭대기에서 큰 소리를 내며 튕겨나갈 것이다.

어떤 면에서 다시는 대기권을 걱정하지 않도록 근지점을 약간 올리는 일은 쉬웠다. 원지점에서 경로를 조금이지만 정확하게 보정해 연소를 실행하면 그렇게 할 수 있었다. 보통의 우주 임무라면 간단한 일일 것이다. 하지만 지금은 두 가지 요소 때문에 복잡했다. 첫째, 원지점을 낮추고 주기를 단축하는 데 성공했기 때문에 연소를 시켜야 하는 데드라인이 빠듯해졌다. 근지점을 지난 후 네 시간이었다.

두 번째 복잡한 요소는 우주선이 느리게 추락하고 있다는 사실이었다. 우연히 행운이 따르지 않는다면 핵 로켓 엔진이 올바른 방향을 가리키지 못한다는 의미였다. 그들은 노즐이 앞쪽을 향하고 거대한 역추진 로켓 노릇을 해주기 바랐다. 그다음 원지점 연소에서는 우주선에 속도를 좀 더 주어야 하므로 노즐이 선미 쪽을 가리켜야 했다. 그러나 우주선이 추락하는 동안에는 어느 방향으로도 조준할 수 없었다.

그러므로 이제 그들은 원치 않는 회전을 하지 않도록 추력기로 이미르의 자세를 안정시켜야 했다. 처음 시도에서 깨달은 일이지만 커다란 얼음조각의 운동량에 비하면 우주선 추력기들은 작고 약했다. 항공우주 용어로 말하면, 그들에게는 통제권이 없었다. 이미르는 운전대를 돌려도 아랑곳하지 않고 기름투성이 땅 위를 미끄러지는 트럭 같았다. 그 문제는 연소 동안 질량을 많이 소비했기 때문에 좀 완화되었다. 여러 톤의 얼음이 증기로 변해 노즐로 날아갔다. 그 결과 이미르는 더 가볍고 더 다루기 쉬워졌다. 얼마나 더 다루기 쉬워졌는지, 추력기 통제권에서 그것이 얼마나 큰 의미를 갖느냐는 문제 자체도 중대했다. 대략적으로 계산하는 데만도 반시간이 더 걸렸다.

썩 기운 나는 결과는 나오지 않았다. 장기간에 걸쳐 조금씩 조정하도록 만들어진 이미르의 자세 조정 추력기로 남은 세 시간 동안 추락을 상쇄할 방법은 전혀 없었다. 특별히 빠르게 추락하지는 않았다. 사령선에 탄 크루들은 회전을 거의 느낄 수 없었다. 하지만 다음 로켓 연소를 불가능하게 만들기는 충분했다. 그리고 세 시간 후 연소를 할 수 없으면 그때부터 네 시간이 지나야 다시 대기권과 스칠 것이고, 그다음에는 여덟 시간이 걸릴 것이다. 처음처럼 대기권을 탄다면 한 번은 더 살아남을 수 있을 것이다. 하지만 두 번은 무리였다.

이런 상황을 전부 명백히 파악하고 나자, 마쿠스는 크루를 둘로 나누었다. 다이나와 지로는 사령선 휴게실에 남아 추진 시스템을 조종하고, 비야체슬라브와 자신은 자세 조정 문제를 풀기 위해 '위로' 올라가기로 했다.

다이나의 업무는 상대적으로 일상적인 일이었다. 근지점 연소 동안 호퍼에 있던 얼음이 거의 바닥났다. 오거가 몇 대 고장 나고, 사방에서 달려드는 문제에 그녀가 임시방편 해결책을 만들어내는 동안 얼음 채굴 활동은 몽땅 혼란에 빠졌다. 로봇들의 위치는 잘못되어 있었다. 어떤 호퍼는 가득 차고 다른 호퍼는 비었다. 이제 얼음을 채굴하고 오래된 얼음은 자리를 옮겨야 했다. 세 시간 후 다음 연소에 때맞춰 문제를 해결할 수 없는 건 아니지만, 그러려면 주의력을 전부 쏟아야 했다. 마찬가지로 지로도 원자로 문제를 몇 가지 풀어야 했다. 둘 다 원지점 연소를 준비하느라 여념이 없을 것이다.

그동안 크루의 나머지 절반은 이미르를 올바른 방향으로 조준할 방법을 고안해내야 했다. 마쿠스는 추진팀 크루의 정신 집중에 방해가 되지 않도록 우주선의 다른 곳에서 일하기로 했다. 최소한 그의 의도는 그랬다. 그러나 코드를 컴파일하거나 간식을 찾느라 잠깐 집중력을 잃을 때면, 다이나는 자기도 모르게 위에서 그들이 무엇을 하는지 궁금해졌다.

소거법에 따르면 그것은 뉴 케어드와 관련된 일이 분명했다. 이미르의 추력기가 그 일을 해내지 못한다는 것은 이미 입증된 바 있었다. 뉴 케어드의 주 엔진만이 속도 차이를 낼 만큼 큰 추진력을 낼 수 있었다. 그러나 그것은 정해진 방향만 가리키는데, 실제로 밀어야 하는 방향은 그쪽이 아니라는 게 문제였다.

계속 추리를 하여 논리적 결말에 다가가면서 다이나는 초조해졌다. 마쿠스와 슬라바가 같은 방에서 일한다 해도 이 정도로 정신이 흐트러질 것 같지 않았다.

다이나는 원지점 연소에 써도 충분할 만큼의 얼음을 얻을 때까지 호기심과 공포를 눌렀다. 이제 그녀의 일은 끝났다. 반시간 남았다. 지로도 자기 일을 잘 해나가는 것 같았다.

쿵 소리가 커다랗게 사령선 벽을 타고 울려 퍼지는 바람에 화면을 멈추고 마쿠스와 슬라바가 사용하는 오디오 채널을 엿들을 구실이 생겼다. 이미르 외부 사방에 흩어져 있는 로봇들은 그녀가 어느 방향이든 볼 수 있는 눈이 되어주었다. 그런데도 지금 무슨 일이 일어나고 있는지 파악하는 데 몇 분이 걸렸다.

뉴 케어드는 이미르와 도킹을 풀었고 이제 아무 데도 보이지 않았다. 마쿠스는 그 배를 조종하고 있을 것이다.

이미르 바깥에 우주복을 입은 사람 한 명이 보였다. 그는 한 쌍의 그랩을 이동식 고정점으로 사용해 선미 쪽으로 '걸어왔다.' 비야체슬라브가 틀림없었다. 그의 발에는 희고 두꺼운 수염이 나 있었다. 이게 뭔지 알아채는 데 시간이 좀 걸렸다. 그는 그랩 한 대에 한쪽 발씩 묶어놓고 있었다. 그 '수염'은 케이블 타이 끝이 튀어나온 모습이었다. 하드레인 때문에 그럴 가능성이 전혀 없기 망정이지, 이런 임시변통을 보았다면 나사의 틀에 박힌 공학자들은 무덤 속에서 돌아누울 것이다. 그러나 지난 2년, 특히 지난 2주 동안 이런 임시변통 공학이 일상적으로 사용되었다.

문제는 마쿠스가 대체 무슨 큰일을 도모하려고 그러는가였다. 슬라바가 로봇 두 대와 케이블 타이 한 봉지로 저런 창의성을 보일 수 있다면…….

마침내 얼음조각 선미에 부착된 버키의 카메라가 뉴 케어드를 포착했다. 버키는 얼음조각의 면과 노즐의 동굴 같은 구멍 사이 중간쯤 되는 자리에 있었다. 작은 우주선은 우주에 떠 있었다. 백 미터쯤 떨어진 곳이리라. 뉴 케어드 호가 천천히 회전하는 얼음조각 뒤에서 자리를 지키려는 순간마다, 우주선의 자세 조정 추력기에서 흰 기류가 뿜어 나왔다. 마쿠스가 우주선을 수동조종하고 있었다. 정말 훌륭한 조종 솜씨였다.

기하학적 구조를 시각화하기는 어렵지만, 다이나는 비야체슬라브가 대체로 뉴 케어드가 겨냥하는 장소와 같은 쪽으로 '걷고' 있다고 확신했다. 두 사람은 각자 다른 방식으로 얼음조각의 같은 부분에 집중하고 있었다. 원뿔의 제일 넓은 부분이 끝나면서 바닥면과 불규칙적인 선으로 연결되는 바깥쪽 귀퉁이 한쪽. 자동차 크기 정도의 골조가 그곳 얼음 속에 박혀 있다. 그것은 작은 원뿔형 로켓 노즐 여러 대의 고정점 역할을 했다. 추력기 중 한 대는 처참할 정도로 힘이 달렸다. 다른 카메라를 조준하자 두 개의 노즐에서 청백색 불꽃이 꾸준히 흘러나오는 것이 보였다. 추력기는 끊임없이 최대한도로 가동하고 있었지만, 원래 그런 기능을 하도록 만들어진 것이 아니었다. 그러나 이미르의 자세 조정 시스템은 그 추력기의 추진력을 계산했고, 프로그램이 목적대로 우주선의 '코'가 앞으로 향하고 배의 노즐을 뒤로 보내는 자세를 잡을 수 있다면 추진력은 대부분 그렇게 앞뒤로 적용시켜야 했다.

다이나는 그것을 이해했다. 마쿠스와 비야체슬라브가 영어, 독일어, 러시아어를 섞어가며 이야기 나누는 소리가 들려왔고, 이를 통해서도 그녀의 생각은 확고해졌다. 그러나 뉴 케어드의 앞쪽 창을 통해 바라보고 있는 마쿠스에게 이미르가 지금

이 순간 어떻게 보일지 그녀는 마음속으로 그려볼 수 있었다. 떠돌고 있는 거대하고 검은 얼음 화살촉. 전체적으로 어둡지만 코와 '귀퉁이'는 반짝이는 흰 빛과 뜨거운 기체 줄기로 장식되어 있다. 기체는 내부의 자동 프로그램으로 움직이는 추력기들의 배기가스다. 때로는 잠깐 반짝이다 꺼졌지만, 가끔 한 곳에서 많은 추진력을 필요로 할 때면 불빛은 오랫동안 지속되었다. 길고 꾸준한 연소는 우주의 어둠과 또렷이 대비되며 선명하게 보일 터였다.

마쿠스는 머릿속에서 이미르의 회전 속도를 계산할 필요가 없었다. 이미르의 세 축에 대한 회전율도, 반작용을 위해 필요한 회전력도 알 필요가 없었다. 심지어 태블릿의 유저 인터페이스를 끌 필요도 없었다. 그가 할 일은 얼음조각 주위를 날며 추력기들이 제대로 작동하지 않는 장소를 찾는 것뿐이었다. 과적되었거나 힘이 부족한 것, 결국 뉴 케어드의 큰 엔진을 가장 효율적으로 쓸 수 있는 것들이었다.

하지만 어떻게?

추력기 시스템을 보던 다이나의 시야가 흐릿한 회색 형체로 가로막혔다. 비야체슬라브가 카메라 앞으로 다가오고 있었다. 이어 다시 주의를 집중하더니, 허리에 걸린 카라비너를 더듬어 찾아 얼음에서 튀어나온 구조재에 걸었다. 그의 숨소리가 들렸다. 그는 왼손으로 몸을 지탱하고 그물처럼 얽힌 버팀대 사이에 오른손을 넣었다. 잠시 손으로 더듬더니 뭔가 발견한 것 같았다. 그의 팔이 잠깐 왔다 갔다 했다. 그는 일 분 정도 작업했다.

추력기에서 분출되던 기류가 희미해지더니 깜박거리다 꺼

졌다.

"됐어. 미안. 밸브가 끼어 있었어." 비야체슬라브가 말했다.

"거기서 비키게, 토바리시치(동지)."

"그러고 있어." 슬라바가 대답했다. 그는 카라비너를 풀고 골조에서 비켜나 몸을 굽히더니, 발에 묶은 그랩에 몸을 의지하며 고통스러울 정도로 느린 걸음걸이로 멀어지기 시작했다. 뜨거운 캐러멜 속을 헤치며 걷는 사람 같았다. "그냥 해." 이어서 그는 다이나도 확실히 알아들을 수 있는 독일어로 '그게 작동하지 않으면 어차피 우린 다 죽은 목숨이야.' 하고 덧붙였다.

뉴 케어드는 골조에서 떨어져 나왔다. 다이나의 시야가 다시 회복될 때까지 몇 분이 걸렸다. 작은 우주선이 이미르에 가까워지고 있었다. 슬라바가 방금 꺼버린 추력기 쪽으로 머리를 똑바로 향하고, 연소하고 있는 두 개의 노즐 사이 각도로 들어왔다.

논리적으로는 명백했지만, 미친 방법이었다. 뉴 케어드는 작은 추력기들로 해낼 수 없는 일을 하려고 했다. 마쿠스는 이미르의 큰 노즐을 제대로 된 방향으로 조준해야 했다. 즉, 계속 작동하고 있던 두 노즐 사이의 중간쯤으로. 좋다. 하지만 큰 엔진의 추진력을 얼음덩어리로 전하려면 뉴 케어드와 얼음조각이 물리적으로도 연결되어야 했다.

그는 작은 우주선을 큰 우주선 속에 들이받아 그 목표를 이루려고 했다. 느릿느릿, 예인선이 유조선 옆쪽을 코로 밀어 정박지로 몰고 가듯이. 하지만 그 방법이 들이받기였다. 일반적으로 우주선은 무엇을 들이받으라고 만들어지지는 않는다.

다이나는 테이블 가장자리를 아플 정도로 세게 쥐고 있다가, 충돌 직전 마쿠스가 역추진 추력기를 점화하고, 충돌하는 순간 뉴 케어드의 속도를 늦추자 손의 힘을 약간 풀었다. 하지만 여전히 얼음벽에 울려 퍼지는 우두둑 소리를 느낄 수 있었다. 두어 시간 동안 간간이 들려오던, 무슨 소릴까 궁금했던 바로 그 소리였다. 마쿠스는 이미 이 일을 여러 번 했던 것이다.

그는 골조가 얼음에서 튀어나온 장소를 겨냥했다. 추진력이 계속 켜져 있으면 뉴 케어드의 코가 낄 수 있는 각도였다. 지금은 배의 선미 쪽 추력기들이 그 추진력을 전달하고 있었다. 그러나 앞쪽 창으로 마쿠스의 얼굴을 지켜보던 다이나는 그가 뉴 케어드의 제어판 터치스크린에 작업하는 모습을 보며, 이다음에 무슨 일이 일어날지 눈치챘다.

그녀는 이미르의 자세 조정 시스템 인터페이스를 끄고 그가 벌인 미친 짓을 보았다. 얼음조각 전체에 달린 추력기들이 점화되고 있었다. 추진제 부족과 시간 부족, 노즐 과열을 경고하는 성난 아이콘들이 깜박였다. 마쿠스가 방금 들이받은 것은 빨갛게 번쩍이고 있었다. 이제 시스템에 연결되어 있지도 않다는 뜻이었다. 화면 밑바닥의 그래프들과 우주에 뜬 얼음조각의 삼차원 렌더링은 그들이 바라던 곳에서 얼마나 멀리 떨어져 있는지 보여줄 뿐이었다.

무언가 갈아내는 소리, 신음하는 소리, 튀어나가는 소리가 작은 교향곡처럼 울렸다. 주위에서 배가 회전하는 것이 느껴졌다.

뉴 케어드의 주 추진 장치가 전력 가동하자 뉴 케어드를 보여주는 비디오 영상이 하얀 빛으로 뒤덮였다. 다이나는 자세 조정 그래프를 빠르게 훑어보았다. 상황이 호전되고 있었다.

"좋아. 하지만 이젠 지나치게 회전하고 있어."

"내가 타이밍을 잘 맞추면 안 그럴 거야." 마쿠스가 말했다. "우리는 원지점 연소 시간에 딱 맞춰 바른 자세로 회전해야 해. 그래, 그 후에는 지나치게 회전하겠지. 하지만 그걸 수정할 시간은 충분할 거야."

다음 순간 고함과 쿵 소리가 나며 통신이 끊겼다. 그는 독일어로 욕을 했고, 이어 오디오에서는 아무 소리도 나지 않았다.

다이나는 비디오 영상에서 뉴 케어드가 잘못된 각도로 기울어진 모습을 바라보았다. 엔진에서 나오는 불길이 깜박거렸다.

뉴 케어드가 밀던 골조는 큰 엔진의 추진력을 받아 부서지고 무너지면서, 배가 미끄러져 빙 돌게 만들었다. 추력기 시스템의 잔해가 납작하게 눌려 선체와 이미르의 선미 사이에 끼어서, 뉴 케어드는 이제 거의 얼음 옆쪽에 놓여 있었다.

"가스 누출 같은데요. 아니면 연기거나." 지로가 조용히 말했다.

그의 말이 맞았다. 우주에서는 연기가 대기권과 중력 속에서처럼 움직이지 않기 때문에, 육안으로 제대로 볼 수 없었다. 그런데 뉴 케어드의 선체 옆쪽 나란히 뭔가가 불타고 있거나 적어도 연기를 내고 있었다. 마쿠스가 앉아 있는 자리에서 팔 길이 정도도 떨어지지 않은 곳이었다.

비야체슬라브가 말했다. "추력기의 뜨거운 노즐에 선체가 녹고 있어요."

마쿠스가 다시 통신을 하기 시작했다.

"지로와 다이나, 두 사람은 원지점에서 주 추진 준비를 해야 합니다……." 목이 막히는 바람에 말이 끊겼다. 몇 번 기침을 하고 다시 말하기 시작했을 때, 그의 목소리는 약간 잠긴 듯했다. "지금부터 약 2분 후입니다. 시동 절차를 시작하는 일에 집중하세요. 작은 문제가 일어났지만 비야체슬라브가 날 도와줄 수 있을 겁니다." 그는 경련하듯 기침을 하더니 말했다. "통신 종료."

다이나는 명령에 따르지 않고 비디오 영상을 마지막으로 바라보았다. 영상은 뉴 케어드의 코를 보여주고 있었다. 뉴 케어드의 앞쪽 창으로는 더 이상 마쿠스가 보이지 않았다. 연기와 그 안에서 깜박이며 희미하게 빛나는 불빛만 보였다.

무슨 일이 일어나고 있는 건지 문득 2+2의 답처럼 또렷이 깨닫게 되자 머리를 한 대 얻어맞은 기분이었다. 그녀는 테이블 가장자리를 움켜쥐고 잠시 눈을 감았다. 눈에 뜨거운 물이 차올랐고, 콧물이 코로 흘러들어오는 느낌이 났다.

"다이나. 오거 시동 체크리스트가 이제 시작됩니다." 지로가 말했다.

그녀는 눈을 뜨고 유저 인터페이스 위젯이 있어야 하는 곳을 보았다. 흐릿한 빛만 보였다.

"이게 의미가 있을지 모르겠지만, 제발요." 지로가 말했다. 그는 손을 위로 올려 헤드셋의 작은 마이크로폰을 한 손으로 감싸고 작은 소리로 덧붙였다. "그에게도 우리 소리가 들릴 거예요."

그녀는 손을 뻗어 명령을 입력했다. "오거 1. 시작해." 그리고 엔터키를 쳤다.

목록을 훑어 내려가며 그 일을 계속했다. 하면 할수록 쉬워졌다. 지로는 자기가 맡은 일을 묵묵히 정교하면서도 능률적으로 하고 있었다. 예정대로 핵 엔진이 전력으로 가동되자, 다이나는 어김없이 그것을 언급했다. 큰 소리로. 마쿠스에게 들릴지도 모르니까.

그러고 나서야 비디오 영상을 보았다. 그녀는 마쿠스의 마지막 휴식처를, 매캐한 연기로 뒤덮인 무덤을 보게 될 거라고 생각했다.

그러나 그곳에는 찌그러진 골조와 한 손으로 골조에 기대고 서서 뒤쪽을 응시하고 있는 비야체슬라브밖에 없었다. 지로가 조종하는 엔진이 점화하면서 배경에서 맨하탄 크기의 증기가 깃털처럼 펼쳐졌다.

"슬라바? 어디……." 그녀가 말했다.

"우주선이 추락했어요." 비야체슬라브가 대답했다. "엔진이 켜졌을 때요. 그리고 우린 가속을 시작했죠. 뉴 케어드는 이번 길을 따라오지 못했어요."

"그럼 뉴 케어드는……."

"증기 깃털 속으로 끌려 들어갔다가 도로 내동댕이쳐졌어요. 이제 잘 보이지도 않아요."

"아."

"다이나?"

"네, 슬라바?"

"마쿠스는 그 전에 이미 죽었어요."

"그토록 비극적이 아니라면…… 그 결과가 그렇게 끔찍하지 않았다면 슬랩스틱 코미디처럼 보이겠어요." 줄리아가 말했다. 그녀는 계속 되풀이되는 비디오 영상에 홀린 것 같았다. 무선 연결이 끊기기 전 뉴 케어드에서 마지막으로 전송한 영상이었다.

줄리아의 비공식적 작전 본부에는 '화이트 아클렛'이라는 이름이 붙었다. 그곳에서 그녀 주위를 맴도는 사람들은 모두 고개를 끄덕이거나 찬성하는 소리를 웅얼거렸다. 그들은 이미르가 겪은 재앙에 대해 태브가 쓴 블로그 포스트를 읽었다. 겨우 몇 초 전에 올라온 글이었다.

테클라만이 예외였는데, 그녀는 사소한 것에 정신이 팔려 있었다. 아클렛 벽에는 미합중국 대통령의 직인이 찍힌 종이 한 장이 파란 마스킹 테이프 조각으로 붙어 있었다. 남아 있는 프린터는 두 대뿐이었고, 둘 다 이지에 있었다. 그러니 소거법에 따라, 이것은 하드레인 전 옛 지구에서 청록색 잉크가 약간 부족한 기계로 인쇄된 것이리라. 종이도 험한 꼴을 보았다. 두 쪽으로 찢어졌다가 투명 테이프로 도로 붙인 것이었다. 주름지고 구겨졌다가 펴진 종이였다. 예전에 붙였던 테이프를 뗐는지 가장자리가 보슬보슬하게 일어나 있었다. 아래 흰 공간과 대통령 직인 오른쪽에는 타원형 갈색 얼룩이 있었다. 엄지손가락 지문만 한 크기였다. 사실 테클라는 그것이 실제 지문일 거라고 생각했고, 보면 볼수록 그 갈색 물질은 피라는 확신이 들었다.

그녀는 줄리아의 눈을 바라보고, 전 대통령이 자기 반응을 기다리고 있음을 깨달았다. 대부분의 사람들과는 달리, 테클라는 그런 기대를 충족시켜야 한다는 압력도, 의무감도 느끼지 않았다. 그 때문에 약간 불안해진 줄리아는 눈씨름을 피하고 말을 계속했다. "하여간 우리에게 무슨 이야기를 하고 싶은 건지 전혀 이해하지 못하겠어요!"

"아주 난해해요." 줄리아의 보좌관 한 명이 말했다. 미국 억양을 쓰는 젊은 남성 아키이자, MIV 기술자였다. 그의 어조는 사람들로 하여금 그런 허황한 이야기를 믿게 하려는 세력이 참으로 노골적이고 뻔뻔하며, 자기는 영리하기 때문에 그런 걸 받아들이지 않는다고 암시했다. "선체가 플라스틱 같은 물질로 만들어졌다는 아이디어에 기반한 것 같습니다. 너무 뜨거워지면……."

"스토브 버너 위의 플라스틱처럼 되겠지요. 그건 알겠어요. 녹으면 악취를 풍기고요." 줄리아가 말했다.

"뉴 케어드는 이동하면서 극도로 뜨거운 노즐에 선체를 접촉할 수밖에 없었습니다."

"하지만 그들 이야기로는, 비야체슬라브가 그 전에 노즐을 잠갔다잖아요."

"노즐은 오랫동안 뜨거운 상태를 유지합니다. 하여간, 노즐이 선체를 곧바로 녹였어요. 우선 엄청난 독성 연기가 나왔을 겁니다. 사람이 죽을 정도로요. 그다음에 선체가 구멍이 날 정도로 녹자, 공기가 전부 그 구멍으로 빠져나갔겠지요."

"아, 끔찍하군요. 그게 사실이라면요." 줄리아는 그렇게 말하고 테클라를 쳐다보며 방문객의 얼굴에서 그것이 사실이 '아닐' 수도 있다는 기색이 보이는지 살펴보았다. 테클라는 아무것도 드러나지 않는 태도로 그녀를 마주보았다. "임시변통으로 그런 미친 짓까지 해야 한다면, 우리는 대체 어떤 일을 겪게 될까요…… 배 한 척을 다른 배로 들이받다니!"

동의의 뜻으로 중얼거리는 소리가 더 커졌다.

줄리아는 의기양양하게 말했다. "그리고 내가 아는 바로는, 그렇다고 그 문제가 풀리지도 않았어요!"

"문제는 풀렸습니다." 테클라가 말했다. 그녀는 영어를 유창하게 했고 "그 문제는 풀렸습니다."라고 완벽하게 말할 수 있었다. 그러나 가끔 어떤 효과를 노리는 차원에서 정관사를 쓰지 않고 말하기도 했다. 영어 사용자들은 그것이 신비롭고 인상적이라고 생각했다. 또, 그것은 러시아인의 긍지를 내포한 선언이기도 했다. 클라우드아크의 공용어는 자연히 영어가 되었다. 그 사실은 절대 변하지 않을 것이다. 그러나 시간이 가면서 **방언**이 발달할 테고, 러시아인들은 일상적인 말 속에 러시아 문법과 단어를 주입해 러시아어를 닮은 방언을 만들어낼 수 있을 것이다. "연소는 완료되었습니다." 테클라가 말을 이었다.

"하지만 그 배는 여전히 통제 불능인 채로 떨어지고 있잖아요!" 자기 지성이 뛰어나다는 헛된 생각을 품고 있는 그 미국 소년이 말했다.

"느린 추락이죠." 테클라가 말했다. "별 문제가 안 됩니다. 이제 근지점이 올라갔으니 수정할 시간은 많습니다."

"그걸 어떻게 고칩니까? 마쿠스는 배를 들이받아 외부 추력기를 한꺼번에 세 개나 파괴했어요! 누가 그걸 고쳐요? 하여간, 두 개밖에 남지 않았어요. 겨우 두 개의 추력기로는 3축 추락을 조종할 수 없다는 건 물리학에서 기본적인 이치라고요!"

"기본적 이치를 설명해줘서 고맙습니다." 테클라가 말했다. "추락은 스카프 노즐[27]을 만들면 멈출 수 있어요."

이 말에 그들은 잠시 침묵했다. 줄리아의 추종자 중 중국인인 아키 지안유는 열렬한 화성파였지만, 테클라의 말을 이해한 것 같았다. 테클라는 그가 있는 쪽을 향해 고개를 끄덕였다. "이 젊은이가 나중에 설명해줄 겁니다. 여기서 내가 보낼 수 있는 시간은 정해져 있습니다."

"그래요, 테클라. 우리를 위해 조금이라도 시간을 내줄 수 있었던 데 감사해요." 줄리아가 말했다.

테클라는 그녀를 한 대 갈기고 싶은 나머지 손이 움찔거렸다. 방금 줄리아가 한 말은 다른 누가 다른 어조로 말했다면 그 말 그대로 받아들일 수도 있었을 것이다. 그러나 줄리아의 말은 '나는 지금 인정머리 없이 무시당하고 있고, 이제 좀 영향력 있는 사람이 와서 나와 이야기해야 한다.'는 뜻이었다. 테클라는 줄리아의 그런 정신상태가 바깥으로 퍼져서 다른 아키들을 감염시키고 있다는 것을 피부로 느낄 수 있었다.

클라우드아크의 다른 대부분의 사람들과 마찬가지로 테클라는 여러 개의 주머니, 칸, 외부 권총집 등이 달린 커버올[28]을 입고 있었다. 그중 한 주머니에는 4인치 길이의 양날 나이프가 들어 있었다. 날카로운 칼끝은 J.B.F.의 심장을 쉽게 찾아낼 것이다. 테클라는 이 일을 어떻게 해낼까 궁리하느라 대화에서 잠

---

27 스카프 노즐(scarfed nozzle): 관을 사면(斜面)으로 비스듬히 잘라 다시 끼워 접합시킨 노즐.

28 커버올(coverall): 상하가 붙어 있는 작업복. 오버올(overall)과는 달리 소매가 있다.

깐 빠졌다. 줄리아는 노골적인 암살 시도를 예상하지는 못했을 것이다. 하지만 그런 정신상태를 가진 사람들은 무슨 생각을 할지 절대 알 수 없는 법이다.

테클라가 말했다. "SAN에 문제가 있다면 보고해주시겠습니까? 정전 현상이 반복적으로 나타나고 있습니다."

줄리아는 만족스럽다는 태도로 입을 꼭 다물고 스펜서 그린스태프를 바라보았다.

"우선 나도 그 이야기를 들었습니다." 스펜서가 말했다. 그 선언은 테클라의 완벽하고 무표정한 침묵과 마주쳤다.

테클라는 기다리기만 했다. 그들은 곧 으스대고 싶은 유혹을 못 이길 것이다. 그녀가 받은 스파이 훈련은 별로 광범위하지는 않았다. 기본 코스 몇 가지에 읽으라는 책도 몇 권뿐. 이유는 간단했다. 그녀는 눈에 너무 잘 띄기 때문에 쓸모 있는 스파이가 될 수 없었다. 할리우드 배우들과 너무 비슷했다. 진짜 스파이들은 눈에 띄지 않는다. 그래서 그들은 프로그램에서 그녀를 탈락시키고 눈에 띄는 것이 오히려 자산이 되는 올림픽 육상 선수 역할을 맡게 했다. 그러나 테클라 역시 몇 가지 일반적인 수칙은 익혔다. 그리고 자신의 성취를 자랑하고 싶은 충동이 다른 무엇보다도 더 많은 비밀을 드러내고 더 많은 경력을 파괴해왔다는 것을 잘 알고 있었다.

테클라는 그린스태프를 바라보았다. 그녀와 눈싸움을 하면 금방 지는 대부분의 사람들과 달리, 그는 웃으면서 그녀를 마주보았다.

"이상한 일이군요. 당신 같은 배경을 가진 사람으로서는."

"자원과 방법이 중요한 거죠." 그가 말했다.

"그럼 여기 온 이유에 국한해 말하겠습니다." 테클라가 이렇게 말하자 줄리아와 스펜서는 즉시 눈길을 교환했다. 테클라가 이를 무시하고 말했다. "보안상 이유로 우리는 어떤 사람이 어느 아클렛에 있는지 반드시 정확하게 조사해야 합니다. 어떤 사람들은 돌아다니는 걸 좋아하지요. 장소를 맞바꾸고. 이해합니다. 좋아요. 하지만 안전과 보안 문제가 생깁니다. 예를 들어, 어떤 아클렛이 유성에 맞아 공기가 새어나가는데 그 안에 사람이 몇 명 있는지, 의료적 필요조건이 어떤지 모르면 문제가 일어납니다. 몸집이 작은 사람은 큰 사람보다 필요로 하는 공기가 더 적겠지요."

줄리아가 고개를 끄덕이며 말했다. "무슨 말인지 분명히 알겠어요, 테클라. 아키 공동체를 대신해 말하자면, 이 변두리에는 더 비공식적인 사고방식이 만연해 있답니다. 이지에 있는 세력들이 태만하다는 인식 때문에 불화의 씨앗이 생겨요. 아클렛 사이에 사람들을 재배치하는 건 무해한 혁명 같아 보이고요. 하지만 당신이 지적하는 안전 문제를 간과하면 안 되겠지요. 그건 잘못된 거죠. 우리가 겪는 '진짜' 위협 때문에 생기는 혼란에 대해 이야기할게요. 우리가……."

"우리가 더러운 우주에 죽치고 있는 한." 라비 쿠마르가 말을 보탰다.

"그래, 고마워, 라비. 우리가 어제 듣는 이야기와 오늘 듣는 이야기가 다른 것 같아 보일 뿐이에요."

"통계학 문제입니다." 테클라가 말했다.

"그래요, 우리는 그 말을 듣고 또 들었어요. 하지만……."

"더 이상은 말할 수 없습니다." 테클라는 그렇게 말하면서, 아클렛 선체 위에 있는 작은 카메라 하나를 향해 눈을 깜박였다.

이번에는 줄리아가 그녀의 시선에 지지 않고 버텨내더니, 잠시 후 스펜서 쪽으로 눈길을 던졌다. "테클라, 일 분 전 우리는 상황 파악 네트워크라는 화제를 둘러싸고 두서없이 이야기하고 있었고, 스펜서는 약간 들떴어요. 그가 일할 때 보이는 유머 감각이죠. 하지만 당신에게 편하게 털어놓자면, 우리는 누가 엿듣지 않을까 하는 걱정 없이 정상적인 대화를 즐기고 싶을 때 SAN과 연결을 끊는 방법을 갖고 있어요. 스펜서 덕분이죠. 지금도 그렇게 했고요. 당신이 지금 여기서 하는 말은 이 아클렛 밖으로 나가지 못할 겁니다."

테클라는 주변을 배회하는 사람들과 찬미자들을 길고 느린 파노라마 같은 시선으로 훑어본 다음, 실제로 눈을 굴렸다.

"모두 나가요!" 줄리아가 명령했다. "당신도요, 스펜서. 여기 엔 테클라와 나만 남아 있을게요."

다른 사람들이 모두 햄스터튜브로 나가 줄리아의 헵타드에 있는 다른 아클렛들로 흩어지자 테클라가 말했다.

"당신네 스파이 기술은 질이 낮군요."

"나도 알아요." 줄리아가 말했다. "아무것도 없는 곳에서 정보 조직을 다시 만들기는 참 어려웠답니다. 그래도 손에 있는 재료로 어떻게 해야죠 뭐. 아키들의 젊음, 경험 부족, 그들이 평생 인터넷을 끼고 살며 세상에 기대하게 된 개방성…… 모든 환경이 내가 일을 해나가기에 불리했어요. 그래서 우리에겐 더 경험 있는 사람이 필요해요. 정확한 직감을 배운 사람들 말이에요."

"그 문제만은 아닙니다. 그건 명백해요." 테클라가 말했다.

"그래요?" 줄리아가 눈을 가늘게 떴다. "내가 뭘 놓쳤는지 잘 모르겠는데요?"

"지크 페터슨에게서 더 많은 정보를 얻는다 하더라도 믿으면 안 됩니다." 테클라가 말했다. "가짜 정보를 흘리려는 게 아니라면요. 그 경우라면 그는 효율적인 통로가 되겠지요."

아이비와 지크와 테클라는 사전에 이 문제를 논의했고, 지크는 테클라가 소위 변절자로 자기 이름을 넘겨도 좋다고 자원했다. 개인적으로 그에게는 별 상관없는 일이었다. 그리고 줄리아의 마음속에서 테클라가 뛰어난 이중간첩이라는 생각이 들 때까지는 시간이 꽤 걸릴 것이다. 냉전 때 기준으로는 뻔히 보이는 아마추어적인 수법이었지만, 이것은 냉전이 아니었다. 1,500명이 살고 있는 작은 마을이었다. 분란을 일으키려는 예전 촌장이 있는 마을.

줄리아는 눈을 가늘게 뜨고 천천히 고개를 끄덕였다. 테클라의 말에 넘어간 것 같았다. "나도 그에게 의구심이 들었어요. 그냥 장단을 맞춰주고 있는 것 같더라고요. 예의만 차린 거죠."

"테클라와는 그런 문제를 겪지 않을 겁니다." 테클라가 말했다.

그 말이 줄리아의 마음에 들었다. 그녀는 더 가까이 둥둥 떠오더니 손을 내밀어 테클라의 위팔을 잠깐 쓰다듬었다. "당신의 그런 점이 좋아요, 테클라. 직접 보는 것만 믿는다는."

"그렇습니다." 그러고서 약간 불편한 침묵이 흐른 후 테클라가 덧붙였다. "긴 게임을 하고 있는 겁니다. 인내하세요."

"어느 정도까지는요." 줄리아가 말했다. 갑자기 그녀의 표정과 태도가 바뀌었다. 마치 얼굴에 철판을 깔고 있었던 것처럼. "아주 오래 인내할 여유는 없어요. 마쿠스의 죽음 때문에 모든 것이 바뀌었어요. 그 비극적인 사건이 일어나기 전까지는, 아키 공동체 사람들도 위대한 지도자가 돌아오기만 고대했어요. 아이비는 관리인일 뿐이죠. 그녀의 단점은 보아 넘길 수 있었어요. 하지만 이제, 마쿠스는 돌아오지 않는다는 인식이 스윔에 퍼지고 있어요. 아이비는 도로 권좌에 앉았고요. 살은 그녀가 얻은 지위를 합법화하기 위해 헌법에서 애매한 조항을 인용하겠지요. 하지만 진정한 합법성은 통치받는 사람들의 지원에서 나옵니다. 아이비는 이제 자신이 장악한 권력을 공고히 하기 위해 움직일 거예요. 바로 그럴 때 작고 상징적인 몸짓은 아주 큰 효과를 가질 수 있죠. 테클라, 앞으로 며칠간이 우리에게 왜 그렇게 중요한지, 이게 바로 그 이유랍니다. 이미르는 아마 끌려올 테지요. 아닐 수도 있고. 우린 그걸 기다릴 여유가 없어요. 우리는 준비를 하고 있어요. 지금부터 사흘 후면 아클렛들은 클라우드아크에서 풀려나 높은 궤도로 웅장한 여행을 시작할 겁니다. 퓨어 스윔 전략을 꺼려하는 세력들은 그게 자기들의 통제권을 상실한다는 뜻이기 때문에 싫어하는 거예요. 하지만 하드레인으로 서서히 대량학살되면서 크게 소용도 없는 방패 뒤에 숨죽여 모여 있는 데 진력이 난 아키 공동체는 그런 한계를 모릅니다."

"이탈한 그룹이 살아남으면 GPop이 예측했던 위험이 거짓이라는 게 증명되겠군요." 테클라가 고개를 끄덕이며 말했다.

"중심 권력이 무너질 겁니다."

"처음으로, 클라우드아크 헌법이 진정한 효력을 발할 거예요." 줄리아가 말했다. "대변인 살 구오디안이 아무리 궤변을 늘어놓는다 해도요. 테클라, 당신도 알겠지만, 그 헌법을 따르려면 보안 병력을 형성할 수밖에 없어요. 마쿠스가 대충 꿰어 맞춘 근위병들이 아니라 제대로 된 병력 말이죠. 난 그 병력을 지휘하는 데 당신만큼 적합한 사람이 없다고 생각해요."

"제대로 걸렸군요." 테클라의 플리버가 스타카토 연타같이 추력기를 연소하며 떠나는 모습을 줄리아와 함께 지켜보던 스펜서 그린스태프가 말했다.

"아, 내 말을 확실히 믿고 있죠." 줄리아가 인정했다. "하지만 당신 목소리가 살짝 의기양양한 게 마음에 안 들어요, 스펜서. 오히려 우리는 아이비가 진짜 강력한 적수라는 걸 알게 되었어요. 어떻게 해서 테클라 같은 사람을 자기편에 끌어들였는지. 그리고 우리 조직에 침투할 아주 정교한 전략도 찾아내고 말이에요."

그린스태프가 어깨를 으쓱했다. "일이 돌아가는 걸 보니 그렇게 정교하지는 않은데요. 사실 뻔하잖아요."

"말로야 쉽죠." 줄리아가 말했다. "바나나 속에 이미 벌레가 들어 있었으니까요. 우리는 그들이 뭘 하려는지 다 알고 있었잖아요. 하지만 스펜서, 그 정보가 없었으면 정말 우리가 그걸 꿰뚫어보았을 것 같아요? 테클라는 대단했어요."

"그 여자 조심하세요. 정말로 당신을 미워하더라고요. 그리고 무기를 적어도 하나는 갖고 있었어요."

"피트 스탈링 덕분에 나도 그렇습니다." 줄리아는 가방에 손을 넣어 작은 권총을 꺼냈다. 스펜서에게 손잡이 끝을 보여줄 정도까지만 뺐다가 다시 집어넣었다.

"모욕적으로 들린다면 죄송한 말씀이지만, 그 물건을 우주선 안에서 발사하면 어떤 결과가 나올지 생각해보시라고요." 스펜서가 말했다.

"기분 나쁠 거 없어요. 나는 실제 그 결과를 보았으니까요. 어떻게 되는지 아세요? 공기는 그렇게 빨리 빠져나가지 않는답니다. 하여간 이 무기에 든 탄알들은 표적을 맞히면 빠르게 부풀어 오르도록 만들어졌다고 들었어요. 그래서 탄알이 몸 밖으로 빠져나갈 일이 거의 없답니다."

"그거 멋지군요. 실제로 사람을 맞췄을 때 얘기지만." 스펜서가 말했다.

"나와 테클라 얘기라면, 난 빗맞히지 않을 거예요." 줄리아가 말했다.

다이나는 잠만 자고 싶었다. 뉴 케어드가 이지에서 떠난 후 네 시간 넘게 연속으로 잔 적이 없었고, 어제와 그제는 훨씬 더 못 잤다. 이상하게도, 그녀는 제대로 슬퍼하기 위해 자고 싶었다. 마쿠스가 죽었다는 것은 알지만 실감이 나지 않았다. 위기에서 위기로 계속 달리는 한 앞으로도 느끼지 못할 것이다.

연소는 기대하던 효과를 냈다. 이미르의 근지점 고도는 이제 다시는 대기권 때문에 곤란을 겪지 않을 정도로 올라갔다. 그러나, 느린 속도이긴 해도 우주선은 아직 떨어지고 있었다. 비야체슬라브도 여전히 발을 그랩에 잡아맨 채 바깥 표면을 느릿느릿 걸어다녔다.

이 선외활동을 시작할 때, 슬라바는 뉴 케어드(이제는 떠나가 버린 우주선) 옆의 에어로크로 나갔다. 그의 공기는 다 떨어져가고 있었다. 공기가 떨어지기 전에 사령선 안으로 들어와야 했다. 그런 목적으로 만든 에어로크를 사용하면 된다. 그 에어로크는 얼음에 파묻힌 사령선 '코'의 도킹포트 바로 옆에 붙어 있었다. 그곳을 통과하면 사령선 가장 위로 들어와 다른 사람과 같은 공기를 마시며 숨 쉴 수 있다. 그러나 그는 예방조치 삼아 이인스빽또르를 가지고 스스로 검사해보았다. 우주복 몇 군데에서 강한 방사능이 나오고 있었다. 결국 그는 얼음조각 표면에 닿았던 것이다.

"이렇게 될까봐 걱정했는데. 하지만 할 수 있는 게 아무것도 없어요." 지로가 말했다.

"걱정이라니요? 표면은 상당히 깨끗하다고 생각했는데." 다이나가 물었다.

"그랬죠. 우리가 원지점 연소를 할 때까지는요. 노즐이 앞을 향하면서, 대기권을 지나올 때 일어난 바람 때문에 증기가 어느 정도 뒤로 날려 우리 위쪽으로 왔어요. 증기가 응결되어 얼음조각 표면에 달라붙은 거죠. 그래서 이제 작은 낙진 조각들이 이미르 전체를 뒤덮고 있어요. 그것들이 슬라바의 우주복에 들러붙었고요."

"그걸 떨어내야지요."

지로가 어깨를 으쓱했다. "우주복이 베타는 대부분 막아줄 겁니다."

"내 말은, 산소가 떨어지기 전에 낙진을 없애야 한다는 뜻이에요."

"그렇지요."

"그러려면 그가 이 안에 들어와야 해요."

"그것도 그렇지요."

"그럼 방사능도 함께 따라 들어올 텐데요."

"그 방사능으로 우리가 죽기까지 몇 주 걸릴 겁니다. 그때쯤엔 우리 임무를 완수했겠지요. 못했을 수도 있지만."

그러나 결국 그들은 죽음을 각오하지 않아도 되는 제2의 해결책을 찾아냈다. 사령선의 맨 위층과 그 아래를 잇는 계단에 비닐을 붙이는 것이었다. 그 전에 그들은 식량과 물, 세면도구, 침낭 등 비야체슬라브에게 필요한 물품들을 맨 위층으로 넉넉히 옮겼다. 슬라바는 몇 분 예비 간격을 두고 에어로크를 지나왔다. 우주복을 벗어 에어로크 방 안에 넣고 닫았다. 이 조치는 우주복에서 나오는 베타 방사능을 대부분 막아줄 것이다. 그는 옷을 벗고 미리 적셔둔 작은 종이 냅킨으로 오염 물질을 몇 번이나 되풀이해 닦아낸 후 전부 에어로크 방에 던져 넣고 해치를 쾅 닫았다.

그리고 토했다.

이제 슬라바와 마찬가지로 사령실 맨 위층도 오염되었다고 보아야 했다. 그러나 그들은 더 이상 거기 갈 필요가 없었다. 지로와 다이나는 저층에만 있을 것이고, 이지에 다다르거나 죽을

346

때까지 비닐 시트를 사이에 두고 비야체슬라브, 그리고 오염되었을지도 모르는 꼭대기 층과 분리될 것이다. 보통 공기 공급 시스템은 도관으로 모든 층의 공기를 순환시키지만, 여기에는 필터 시스템이 있었다. 그들은 필터 시스템이 떠다니는 낙진 티끌을 잡아주기 바랐다.

이런 일들을 다 처리한 후, 그들은 불을 끄고 잤다. 다이나는 알람 소리도 무시하고 자다가 마침내 깨어나 열두 시간 동안 정신없이 잤다는 것을 깨달았다.

이어 마쿠스는 어디 갔나 하는 생각이 뒤따랐다. 그러고는 이내 가슴이 덜컥 내려앉는 기분을 느끼며 그가 죽었다는 사실을 기억해냈다. 따끔하게 따귀를 한 대 얻어맞은 듯하더니, 곧 슬픔이 뒤를 이었다. 그러나 그 슬픔 뒤에는 제로 때 이후 거의 겪어본 적 없는 깊은 공포감이 바짝 따라왔다. 근지점 도약 같은 모험에서 느끼는 날카롭고 상쾌한 공포가 아니었다. 두브가 하드레인을 예고한 후부터 떠나지 않았던 지적이고 추상적인 공포도 아니었다. 우울증의 친척쯤 되는 병적인 공황 상태였다. 어린아이가 고아가 되었다는 것을 알고 느낄 법한 감정. 아니, 그보다는 오히려 청소년기에 갑자기 가족에 대한 책임을 짊어지고 가장이 된 맏이 같았다. 마쿠스는 죽었다. 이제 누구의 짐도 대신 지어줄 수 없다. 다른 사람들이 그 짐을 맡을 것이다. 그리고 마쿠스의 자리를 탐내는 사람들 중에서 몇몇은 분명 잘못된 결정을 내리겠지. 그래서, 다이나는 두 번 다시 마쿠스를 볼 수 없고 그의 포옹도 느끼지 못한다는 사실이 슬픈 만큼이나, 그 짐이 이제 자기에게 맡겨졌다고 생각하니 아기처럼 몸이 움츠러들었다. 그 짐은 다이나와 아이비, 두브, 그리고 믿을 수 있는 또 다른 사람들에게 떨어질 것이었다.

휴게실로 '올라가자' 지로가 있었다. 그는 여느 때처럼 컴퓨터 화면에 불가사의한 도표들을 띄워놓고 생각에 잠겨 있었다. 그의 이중초점렌즈 위에 도표가 미니어처처럼 작게 반사되었다. 몇 해 동안 우주에 있으면서 눈 처방전이 바뀌었기 때문에, 그는 이지에 설치된 광학렌즈 연마 기계의 첫 손님이 되었다. 그 기계가 없으면 안경이 부서지거나 낡아 못쓰게 되면서, 클라우드아크 인구 비중의 막대한 부분이 점차 비생산적으로 변해갈 것이다. 그것은 유리를 오직 한 가지 스타일로만 만들 수 있는 군용 기계였다. 몇 년쯤 지나간 후에는, 안경이 필요한 사람들 모두가 이 스타일의 안경을 쓰고 있을 것이다. 인구 규모가 커지고 경제가 발전해 여러 가지 스타일을 가진 안경 산업이 유지될 정도가 되려면 몇십 년, 아니면 몇 세기가 걸릴까 생각하자 재미있었다.

지로는 희뿌옇게 비친 도표 너머로 다이나를 쳐다보았다. "그냥 자게 뒀어요. 당신 로봇들은 잘 작동하고 있는 것 같아서. 내가 이 계산을 끝낼 때까지는 할 일이 없을 겁니다."

"그럼 그다음엔 뭘 하죠?"

"마지막 제동 연소를 하기 전에, 추락을 멈추어야 해요." 지로가 말했다.

다이나는 어떤 계획인지 확실히 알 수 있었다. 이제 이미르는 안전 궤도에 있으니 금방 대기권으로 떨어지지는 않을 것이다. 그러나 여전히 이지와 랑데부하기에는 너무 빠르고 높았다.

그들은 지금 진행 중인 계획을 다 실행해야 했다. 즉 이미르가 근지점을 지나갈 때 한두 번 더 제동 연소를 걸어 우주선이 이지와 랑데부할 정도까지 속도를 늦추고, 그 속도를 계속 유지해야 했다.

"피해는 얼마나……."

"부서졌어요. 두 대 남았죠." 지로가 말했다. 두 사람은 얼음 속에 박힌 추력기 패키지 이야기를 하고 있었다. 그 추력기들이 정상이라면 얼음조각의 자세를 조종하는 데 쓰였을 것이다. "괜찮아요. 필요한 일이었어요." 지로가 덧붙여 말했다. 다이나가 죽은 사령관의 결정을 비판하고 그를 좋지 않게 생각할까봐 걱정이 되는 것 같았다.

"바깥으로 더 내보내서……."

지로가 고개를 끄덕였다. "MIV를 조립해서 우리와 랑데부시켜 그 문제를 해결해볼 수는 있어요. 내 생각대로 성공하지 못할 경우에 대비해서요. 하지만 뉴 케어드와 함께 무선이 끊겼기 때문에 그걸 조종할 수는 없어요."

"당신 생각은 뭔데요?"

"당신의 로봇을 써서 노즐 출구 모양을 바꾸는 겁니다." 지로가 말했다. 그는 한 손을 칼날처럼 세워 손끝으로 천장을 가리키더니, 손마디를 가볍게 구부려 얕은 굴곡을 표시했다. "비대칭으로 만드는 거죠."

"스카프 노즐처럼?"

"바로 그겁니다. 그러면 주 추진을 점화할 때 축에서 벗어날 추진력이 생길 겁니다. 스카프가 제대로 방향을 잡는다면 통제력이 엄청나겠죠."

"너무 클 수도 있고요. 결국 과잉수정이 되고 말겠지요." 다이나가 말했다.

"한 번에 한 가지씩 합시다. 노즐을 스카프형으로 바꾸고, 약간 수정한 다음, 다른 식으로 스카프형을 만들어보고, 회전을 느리게 합니다. 몇 번 되풀이해야 할 수도 있을 겁니다. 하지만 해낼 수 있어요. 그걸 모델링하고 있었어요."

다이나는 세 폭짜리 평면 모니터 앞에 자리를 잡고 창을 열어 로봇들의 활동을 점검했다. 어떤 로봇들은 동력을 흡수하기 위해 외부에서 햇빛을 쬐고 있었고, 또 다른 것들은 원자로를 쭉쭉 빨아먹고 있었다. 다음 연소에 쓸 추진제를 채굴하는 로봇도 있고, 노즐을 고치는 로봇도 있었다. 마지막 무리는 대체로 노즐을 파내는 임무를 맡은 내트였다. 지금까지는, 비대칭 노즐로 빗나간 각도에서 추진력을 전달하는 일은 용기를 낼 것이 아니라 피해야 할 문제였다. 지로는 다이나에게 노즐 벨 모양을 어떻게 만들지 그 도표를 이메일로 보냈다. 놀랍게도 변경할 것은 아주 적었다. 그만큼 큰 힘을 생산하는 엔진에서는 약간만 축외 추진을 해도 오래 지속된다. "다음 근지점은 언제인가요?" 그녀가 물었다.

"방금 하나 지나왔어요. 다음은 그러니까, 지금부터 대략 여덟 시간 후예요."

클라우드아크 사령관의 가장 큰 의무는 유성 스캔을 잘해야 한다는 것이었다. 어찌나 중요한지 마쿠스는 그런 말을 할 만한 인물이 아닌데도 아이비에게 그 일이 '신성하다'고까지 했었다. 유성 스캔은 이지의 장거리 레이더와 광학망원경을 전부 사용해 합성되는 정보였다. GPop 인원의 절대 다수가 이 일을 하거나 이 일에 사용하는 장비를 유지하는 데 온 시간을 바쳤다. 데이터는 끊임없이 흘러들었고, 마쿠스나 아이비 같은 사람이 정기적으로 간격을 둔 보고서 형식으로 보려면 화면에서 데이터를 분절해야 했다. 3면 유성 스캔 결과는 근무시간 시작 때 발표되었다. 도트 0, 도트 8, 도트 16. 아이비는 잠에서 깨면 보고서를 하나 읽었고, '오후' 중간에 또 하나, 그리고 세 번째는 자러 가기 직전에 읽었다. 각 보고서는 다음 여덟 시간 동안 가까이 올 가능성이 있는 유성에 대한 정보를 요약했고, 클라우드아크가 그것을 피하려면 어떤 기동을 실행해야 하는지 알렸다. 이를 위해 그들은 보통 하루에 몇 번씩 소규모 연소를 했다. 정책은 '원칙적으로 공개'였다. 그 기동이 퍼앰뷸레이터를 통해 클라우드아크에 발표되고, 사령관이 금지하지 않으면 자동으로 실행된다는 뜻이다. 하지만 그런 일이 일어날 가능성은 위험한 바위 두 개가 거의 같은 시간에 길을 가로막고 있어서 한쪽을 선택해야 하는 경우뿐이었다. 그러나 그들은 그 전에 수백 번 시뮬레이트와 모의훈련을 거쳤다. 이 게임의 목표는 궁지에 몰리는 사태를 피하는 것이었다.

여덟 시간 전에 미리 감지하려면 유성이 매우 커야 했다. 작은 유성은 계속 날아와도 충돌 몇 분 전, 심지어 몇 초 전까지 레이더에 잡히지 않았다. 따라서, 지난 60분 동안 탐지한 바위들을 모두 기록해놓은 소규모 보고서들은 정시마다 나왔다. 대부분의 보고서가 그런 종류였기 때문에, 사령관이나 사령관이 자는 동안 직위를 대신하는 사람은 정시가 되면 일제히 하던 일을 멈추고 보고서를 읽은 후 유성 스캔에 대한 책임을 이행할 수 있었다. 그러나 때때로, '뜨거운 바위'라든가 '스트리커(쏜살같은 물체)'가 이상한 각도에서 들어오거나 엄청난 속도로 다가와 놀라게 하는 일이 있었다. 그러면 사령관은 경보를 울리거나 회피 기동을 준비할 수 있도록 즉시 보고를 받는다. '스트리커 경보'는 중서부 소도시의 회오리바람 사이렌과 〈스타트렉〉의 적색경보 요소를 조금씩 따다 결합한 것이었다. 경보가 울리면 자는 사람들을 전부 깨우고, 핵심 인물이 아닌 사람들은 더 큰 토러스로 피난시켰다. 토러스는 제일 약한 지점이라고 생각했기 때문이다. 그리고 선체에 구멍이 날 경우에 대비해 각 구획 사이의 해치는 봉쇄되었다. 아키들도 비슷한 사전 조치를 취했다. 물론 아클렛은 유성 충돌에 더 약했지만 조종하기는 더 쉬웠다. 뜨거운 바위가 가까워지면서 궤도 변수가 더 정밀해지면 그 데이터는 퍼앰뷸레이터에 들어간다. 퍼앰뷸레이터는 어떤 아클렛이 충돌 위험에 있는지 확인하고, 다른 것과 부딪치지 않고 더 안전한 궤도로 움직일 수 있는 총체적 해법을 계산한다. 이런 일은 평균적으로 하루 한두 번쯤 일어났다. 그러나 언제나 그렇듯이 악마는 통계의 세부적인 면에 숨어 있었다. 스트리커 하나 만나지 않고 사흘을 보낸 적도 있고, 열두 시간 사이에 스트리커 다섯 개와 마주친 적도 있었다. 이런 사건들은 처음엔 스페이스북에 충돌 영향에 대한 잡음을 불러일으켰다. 위협을 과장해서 아키들을 겁주고 복종하게 만드는 세력이 있다는 소문이 돌았다. 이어 태브 프라우스의 블로그 포스트가 올라왔는데, GPop이 체계적인 무능력자들이라고 직설적으로 비난하는 내용이었다.

사건은 그런 경보가 울린 다음 일어났다. 대피 조치 후에 쏟아진 얘깃거리들을 데스크탑에서 지우다가, 아이비는 방금 전 태브의 블로그에 올라온 포스트를 주의 깊게 보았다. 울리카 에크의 인터뷰였다.

글을 다 읽은 후 아이비가 평하길 '울리카는 블로거에 대해 알아야 할 게 많다'고 했다. 그녀는 고개를 저었다. "울리카라면 잘 알 거라고 생각했는데. PR 훈련도 받았잖아."

이 말이 바나나에 전해지자 바나나에는 몇 분 사이 서서히 다시 사람들이 들어찼다. 스트리커 경보 때문에 다들 각자 위치에서 맡은 일을 하다가 모이는 참이었다. 테클라가 톰 반 미터와 마쿠스의 보안 특무대를 뒤에 거느리고 마지막으로 도착했다. 루이사와 살은 이미 방에 와 있었다. 두브는 방금 일어난 일을 수치화해야 해서 유감이지만 참석하지 못한다는 문자를 보냈다.

"비공식적으로 잡담을 하고 있다 생각하고 잠깐 경계심을 늦췄겠지요." 루이사가 넌지시 말했다.

"그럼 당신도 그거 봤군요?"

"대충요."

"무슨 이야기입니까?" 테클라가 물었다.

"울리카가 스윔 이론에 대해 즉흥적으로 몇 마디 했어요. 우리가 앞으로 어떤 전략을 추구하려고 하는가도요. 태브는 그걸 두드러진 쟁점으로 부각시키고 있어요."

"무슨 조치라도 취해야 할까요?" 살이 물었다.

"전혀요." 아이비가 말했다. "이미르 사건이 오래 계속될수록 사람들이 빅 라이드에 대해 느끼는 불안도 커질 겁니다. 뜨거운 바위가 들어올 때마다 한 번씩 불안감이 차 오르겠지요. 자, 작전이 성공하느냐 마느냐, 길은 두 가지밖에 없습니다. 성공하지 못한다면 어쨌든 우리가 할 수 있는 선택의 여지는 아주 적습니다. '버리고 도망치기'를 해야 해요."

살이 고개를 끄덕였다. "하지만 성공한다면, 사람들의 사고방식이 전부 바뀌겠지요."

아이비는 고개를 끄덕였다. "그래요. 그리고 나는 성공할 거라고 확신하고 있습니다. 스카프 노즐 선술이 실패한다 해도, 아직 그 대신 MIV를 보낼 수 있습니다. 일주일 후에 우리는 이미르와 성공적으로 랑데부하고, 빅 라이드를 준비하고 있을 겁니다."

아이비는 새로 도착한 사람들에게 테이블 주위에 자리를 잡고 앉으라고 손짓했다. "이 회의는 그 주제를 다루는 겁니다." 그녀가 말을 계속했다. "우리는 J.B.F.의 계획을 알고 있습니다. 자기들끼리 독립하고 싶은 아키를 모집하고 있지요. 대충 계획은 이런 것 같습니다. 몇 주 여행할 수 있는 정도의 비품을 몇 대의 아클렛에 채워둡니다. 그다음 신호가 오면 이지에서 떨어져 나가 연소를 해서 더 높은 궤도로 갈 겁니다. 추진제를 많이 쓰지 않으면 닿을 수 없는 궤도로요. 그들의 장기계획이 뭔지, 그런 계획이 있기나 한지 모르겠습니다만, 줄리아는 도박을 하고 있다고 생각합니다. 아키들이 살아남아 '자, 어서 따라와요. 여기 물은 멀쩡해요!'라는 메시지를 보내면 다른 아키들이 그 뒤를 따른다는 데 판돈을 건 거죠. 일단 스윔을 떠나면 우리가 추적할 수 없다는 걸 그들도 알아요. 현 상황에서 클라우드아크 가입 회원으로 머무는 건 의무가 아니라 자발적인 일입니다."

"그런 상황을 바꿀 생각이겠지요?" 루이사가 넌지시 물으며 테클라와 그녀가 이끄는 부대 쪽으로 시선을 던졌다.

"비축품을 아주 많이 가로채지 않으면 그런 식으로 달아날 수 없어요." 아이비가 말했다. "원하는 걸 공짜로 얻으려는 자들이 우리 저장시설을 뒤지게 둘 수는 없죠. 그런 일이 일어나고 있었다는 뚜렷한 증거도 있어요. 스페이스북에는 새 배터리 한 상자나 세정기 카트리지를 얻고 싶으면 어디어디서 찾으라는 트래픽도 있습니다. 그래서 우리가 이 일에 접근하는 방식은 단순해집니다. 우리는 가장 악질인 범죄자들과, 비축품 도난 사건이 일어난 곳을 찾았습니다. 한 시간 후 클라우드아크 헌법이 공공물자 절도에 어떻게 적용되는지 발표하겠습니다. 그리고 숨겨둔 물건을 반납할 수 있도록 자진 신고기간을 24시간 줄 것입니다. 그 시간이 끝나는 즉시, 테클라와 테클라 팀은 밀수품 저장고 역할을 하는 아클렛으로 이동하여 질서를 회복할 겁니다. 그다음 살이 검사 자격으로 개입해서 정당한 절차를 밟을 겁니다."

"이미 양철깡통에 갇혀 있는 사람들을 어떻게 감옥에 넣을 거죠? 돈이 없는데 어떻게 벌금을 물릴 건가요?" 루이사가 물었다.

"일을 해나가면서 해답을 찾아야겠죠." 살이 말했다.

테클라는 그를 내려다보다가, 엄지를 자기 목에 대고 긋는 시늉을 했다.

"자, 확정된 것 같군요." 줄리아가 말했다.

줄리아와 스펜서 그린스태프는 화이트 아클렛 한가운데 떠 있었다. 근처에는 바나나에서 온 오디오 방송을 스피커로 재생하고 있는 랩탑이 있었다. 회의가 끝나고 사람들이 삼삼오오 흩어져 대화하는 소리가 들렸다. 스펜서는 랩탑을 끌어당기더니 볼륨 버튼을 몇 번 두들겨 소리를 줄였다.

"전에 내가 '제대로 걸렸다'고 말했지요."

"우리가 바나나를 감시하고 있다는 사실을 그들이 알고 있고, 방금 들은 내용이 전부 우리 들으라고 무대에 올린 라디오 드라마가 아니라면 말이죠."

스펜서가 환하게 웃으며 말했다. "이거야말로 진짜 편집증인데요! 나는 내가 편집증이 심하다고 생각했는데, 이 정도면…….

"농담이에요." 줄리아가 당황한 듯이 그의 말을 끊었다. "이 정도면 행동할 만해요, 스펜서. 방금 들은 내용을 종합해보건대 우리의 행동은 정당화될 수 있다고 믿어요. 화성파에게 편한 마음으로 좋은 소식을 전할 수 있다는 뜻이죠. 그들은 다 준비됐나요?"

"예, 기다리고 있습니다." 스펜서는 그렇게 말하고 문자 메시지로 그들을 불렀다.

화성파들은 전부 같은 햄스터튜브를 건너와야 했기 때문에 '붉은 행성'으로 가는 핵심 멤버들이 천천히 들어오는 데 몇 분 걸렸다. 닥터 캐서린 콰인, 직업을 생각하면 그녀가 맡을 역할은 뻔했다. 라비 쿠마르, 그가 탐험대 사령관이 될 것이다. 리 지안유는 과학 장교로 활동할 것이다. 그리고 폴 프릴, 미국인 MIV 전문가이자 수석 엔지니어. 이들과, 또 함께 대기하고 있던 스무 명의 아키들은 양철깡통 속에 갇힌 채 여생을 보내느니 화성의 표면을 밟거나 그 시도라도 하다가 죽어가겠다고 맹세했다. 그들 뒤를 따라 줄리아의 '부관'들이 몇 명 들어왔다.

줄리아는 몇 마디 인사와 더불어 화성 임무가 시작되었음을 알리는 엄숙한 선언을 하면서 회의를 주재했다. 무중력 상태에서 하이파이브와 포옹이 한 바퀴 돌다가 그치고 어색한 침묵으로 변하자, 그녀는 폴 프릴을 지목했다.

"폴, 오래 기다리는 동안 다른 사람들에겐 이미 다 이야기했겠지만, MIV는 어떻게 되어가는지 나한테도 알려주겠어요?"

"물론입니다, 대통령님. 아시다시피 그들은 이미르를 안정시키려 애쓰고 있습니다……."

"얼음조각이라는 형태의 복잡하고 비실용적인 실험이죠. 그래요, 그건 알아요."

폴은 잇몸을 훤히 드러내며 웃었다. "권력층이 그 문제로 긴장하고 있는 건 당연하죠. 그래서 필요하다면 뚱뚱한 이미르를 불에서 빼내기 위해 예비 계획을 준비해야 한다는 얘기가 높으신 분들 사이에서 퍼지고 있습니다. 자, 화성파 관점에서 보면 이보다 더 좋을 수 없죠! 아시다시피 우리는 이 임무를 오랫동안 계획하고 있었습니다. 제로 후에도 나는 MIV 프로그램을 개발하는 동안 그 프로젝트를 계속 병행해 추진해왔고, 그래서 활용 사례에 들어간다고 위장할 수 있었어요."

"활용 사례?"

"MIV 키트가 사용되는 상상 속의 용도지요." 스펜서가 설명했다.

"기본적으로는 몇 가지 부품을 포함시키는 구실을 줄 뿐입니다. 추력 조종 착륙 엔진이나 바람막이 재료 같은 것들. 그런 구실이 없으면 키트에 안 들어갔을지도 모르는 물건들이죠." 폴은 말을 계속했다. "그래서 '레드 로버'의 설계를 안정시키는 건 식은 죽 먹기였습니다."

"'레드 로버'?"

"예, 우리는 그 우주선을 그렇게 부릅니다."

"좀 더 고귀한 목적을 연상시키는 이름이면 좋겠는데요. 스피어헤드(선봉) 같은 것." 줄리아가 말했다.

불편한 침묵이 뒤따랐지만 카밀라가 그 침묵에 종지부를 찍었다. "우주선 이름 후보 목록을 만들어서 곧장 제출할게요, 대통령님."

"고마워, 카밀라. 아시죠, 폴. 이 임무는 과학적인 가치에 더해 상징적인 가치도 갖게 될 거예요. 다른 아키들이 고양되어 그 우주선 뒤를 따를 정도로 멋진 메시지를 보내고 싶어요."

"물론이죠! 이건 그냥 가제목이라고 생각하세요. 암호명이요." 폴이 말했다.

"암호명으로도 별로야." 스펜서가 지적했다. "누구라도……."

"넘어갑시다." 줄리아가 말했다. "폴, 설계 이야기를 하고 있었지요."

"다 됐습니다. 하루 정도 걸렸어요. 기존의 활용 사례를 몇 가지 바꿔서 실제로 구하는 재료와 물건들을 넣으면 되니까요."

"훌륭해요."

"하지만 설계와 우주선 완성은 다른 문제입니다." 폴이 말을 계속했다. "이틀 전이었다면 아이비의 분노를 감수하지 않고선 추진 시스템을 조립할 수 없었을 겁니다!"

"그렇게 말해봤자 아이비의 권위를 숭배하는 사람들을 빼면 아무도 두려움을 느끼지 않을걸요." 줄리아의 목소리에는 살아 있는 목표물에 핵무기를 써본 사람만이 가질 수 있는 무게가 실려 있었다.

폴이 낄낄 웃었다. "하지만 제가 무슨 말을 하는 건지는 아시죠. 투명한 어항에 들어 있는 것 같아도 이 안에서 온갖 일이 일어나고 있어요! 그러니 우리가 이미르 구조 MIV를 조립하라는 명령을 받았을 때 제가 얼마나 웃었는지 상상할 수 있을 겁니다."

"사양이 비슷한가요?"

"아주 비슷하죠. 둘 다 같은 주 엔진을 사용할 수 있어요. 추력기 패키지, 제어 시스템, 생명유지장치…… 전부 완전히 표준화되어 있어요. 활용 사례마다 변하는 게 아니니까요. 코드에 다른 매개변수들을 때려 넣기만 하면 됩니다. 그냥 구성 파일이거든요!"

스펜서는 구성 파일까지 줄리아가 알 필요는 없다고 생각하고, 말을 덧붙였다.

"본질적으로는 키를 몇 번 두드려서 소위 '레드 로버', 아니, 이름이야 어떻든 간에 그 우주선의 DNA를 이미르 구조선에 다운로드할 수 있다는 말입니다."

그 정도의 대답에 만족하고, 줄리아가 또 물었다. "아클렛들은 어떻게 됐죠? 헵타드와 트라이어드는?"

"이들은 이미 가동할 수 있는 독립적인 우주선입니다. 화성파 24명과 그들이 쓸 바이타민을 싣고도 공간이 충분합니다. 보시다시피, 그 공간도 채워 넣고 있지요." 폴이 화이트 아클렛을 꽉 채운 음식 자루와 다른 물건 자루들 쪽을 가리키며 말했다.

"그렇군요," 줄리아가 말했다. "하지만 이 작전에서 가장 중요한 부분은 스윔 속 원래 있던 자리에서 여러분이 모으는 추진제 쪽으로 그 우주선들을 갖고 나오는 거죠. 퍼앰뷸레이터는 알아채지 못할 거예요. 하지만 그러면 엄청나게 악취가 날 텐데요. 아닌가요?"

폴 프릴의 미소가 약간 얼어붙었다. "일단 한번 해봐야죠."

"다른 해결책이 있어요." 스펜서 그린스태프가 말했다. "이런 일을 벌이면 될 겁니다. 스트리커 경보만 울리면 돼요. 경보가 내일 잠깐 울릴 겁니다."

"스트리커 경보가 울린다는 걸 어떻게 알죠?"

"그런 일이야 아무것도 아니죠." 스펜서가 말했다. "몇 가지 구성 설정만 해주면 됩니다."

다이나는 화성 꿈을 꾸고 있었다.

소행성 광부일 때 그녀는 사람이 살기도 힘들고 먼 '붉은 행성'에 그다지 흥미를 느낀 적이 없었다. 제로 전 우주 탐험 세계의 정치학 때문에 그녀는 그곳에 식민지를 짓고 지구처럼 만들고 싶어하는 사람들에게 회의적이었다. 심지어 경멸하기까지 했다. 화성 식민주의자들은 소행성 광부들에게서 관심과 자원을 야금야금 빼앗아가고 있었다. 광부들은 얻기 쉬운 자원을 이용해 훨씬 더 인간친화적인 거주지를 만들려고 했다. 물과 신선한 공기가 풍부하고, 회전으로 완전한 중력을 주는 우주 콜로니.

아무튼, 2년 전에 다 끝난 문제였다. 그러나 화성은 여전히 꿈에 나왔고, 이제 그녀의 몽상을 잠식하고 있었다. 그녀가 화성 표면을 밟고 하늘을 쳐다보고 지평선을 본 지도 3년 가까이 지났다. 죽기 전에 그런 경험을 다시 할 수 없다는 것을 머리로는 알고 있었다. 그녀를 포함해 클라우드아크의 모든 사람들은 방공호나 병원 지하실, 실험실 비슷한 장소에서 평생 살아야 할 것이다. 현실적으로 바랄 수 있는 것이라곤 작은 창으로 별이 가득한 하늘을 내다보는 것 정도였다. 옛날에는 파란색, 녹색, 흰색이 어우러진 지구의 모습이 사람들을 매혹시키고 위안을 주었다. 지금 그들이 돌고 있는 오렌지 빛 화구(火球)는 너무 흉측해서 사람들 대부분이 굳이 그 모습을 보려 하지 않았다. 그곳으로는 아무도 돌아가지 못한다. 늙어 죽기 전에 다시 산책을 즐기고 싶은 사람들에게는 화성밖에 희망이 없었고, 그 희망이 그렇게 비현실적인 것도 아니었다. 스페이스북이나 클라우드아크의 소형 인터넷 상으로 불쑥불쑥 튀어나오는 블로

그에는 그런 이야기들이 실려 있었다. 뉴 케이드 호가 사라지면서 이미르와 클라우드아크를 이어주던 데이터 연결이 끊기기 전에 다이나의 태블릿에 흘러들어온 글도 있었다. 다이나는 한가한 시간에 그것을 읽었다.

적어도 이제는 한가한 시간이 있었다. 스카프 노즐 방법을 써보기로 한 다음 그들은 24시간 간격으로 두 번 연소를 실행했다. 그때마다 얼음 노즐을 조금씩 다르게 배치했다. 내트 무리가 만든 구멍 가장자리가 얼음조각 뒤쪽 표면 위로 아주 미세하게 튀어나오는 바람에 증기가 살짝 휘어져 흘렀다. 첫 번째 연소로 그들은 원하던 방향으로 돌았다. 온종일 걸리는 회전에 '돌았다'라는 표현을 쓴다는 게 어떨지 모르겠지만. 그날 내트 무리는 노즐 맞은편 가장자리로 가서 구멍을 하나 더 만들었다. 첫 번째 연소로 시작한 회전이 두 번째 연소로 멈추었다. 그들은 원하는 대로 방향을 거의 다 맞추었다. 그래서 남은 추력기로 세부 조정을 할 수 있었다.

곧 다른 근지점이 다가올 것이다. 이번에는 노즐이 원하던 방향, 즉 앞쪽을 겨누면서 핵 엔진은 다시 강력한 역추진 로켓이 되리라. 얼음조각 안쪽에 있는 로봇들은 얼음을 파내고, 호두껍질 모양의 구조물을 만들고 있었다. 구조공학 시뮬레이션에 따르면 기동 최종 단계에 그 구조물이 모든 것을 지탱해야 했다. 그들은 호퍼에 얼음을 가득 채웠고, 갈수록 점점 더 많이 실었다. 마침내 시스템을 계속 작동시키는 법을 터득한 것이다. 이로써 한 번의 연소에 너무 많은 것을 바라지 말라는 깨우침도 얻었다. 델타 비 목표를 합리적으로 여유 있게 정하고, 목표를 달성한 다음에는 잊고 그다음 상황을 조사해서 남는 시간에 다음 연소를 계획하는 쪽이 나았다. 그래서 그들은 처음 예상보다 훨씬 늦게 이지와 랑데부할 것 같았다. 랑데부는 매일 조금씩 더 지연되었지만 랑데부 가능성은 점점 더 커졌다. 이런 상황은 다이나의 생각에도 영향을 미쳤다. 로봇은 거의 다 자동조종으로 움직이기 때문에 그녀는 약간 지루해졌다. 비닐 벽 맞은편에 갇혀 있는 비야체슬라브와 이야기를 나누어도 좋겠지만 그는 혼자 있는 편이 더 낫다고 했다. 반면 지로는 거의 24시간 내내 일하면서 스트레스의 징후를 보였다. 다이나는 무슨 핑계든 찾아 그의 뒤에서 어깨 너머로 화면을 훔쳐볼 생각이었다. 솔리테어를 하고 있는 건지, 궤도역학 시뮬레이션을 돌리는 건지, 비망록을 쓰고 있는 건지 알 수가 없었다. 대체로 기계장치 영상을 보고 있는 것 같았다. 가능성이 낮은 것부터 하나씩 제외하니 원자로핵 중심부인 것 같았다.

'아래'에는 세 개의 층이 있고, 맨 '아래'층 바닥에는 맨홀이 있었다. 그 맨홀을 지나면 얼음 속으로 들어가는 수직 통로가 나오고, 통로 끝에는 해치가 또 하나 있다. 옛 지구의 원양어선으로 치면 '보일러실'에 해당하는 장소로 가는 통로였다. 제어 패널이 있는 작은 여압실과 원자로에 연결된 접근 포트 사이에는 두꺼운 벽이 있지만 거리로 보면 겨우 몇 미터밖에 떨어져 있지 않았다. 이론적으로는 그 벽이 방사능 방어막이었다. 그러나 서둘러 만들어진 이미르 탐험선에 거대한 납덩어리를 실을 수는 없었다. 그래서 원자로가 가동될 때마다 '보일러실'은 중성자와 감마선을 뒤집어썼다. 숀과 그의 동료들이 마지막으로 해치를 닫을 때 두고 간 방사능 탐지기를 보면 달리 상상의 여지가 없었다. 그곳은 이제 방사능 지옥이었다. 다행히, 그곳에 연결된 시스템은 전부 안전한 사령선 안에서 원격조종할 수 있도록 만들어졌기 때문에 얼음 터널을 내려가 해치를 열 필요는 없었다.

계기판을 보니 근지점에 가까워지고 있었다. 지로는 다이나의 도움을 받으며 대형 엔진의 연소를 실행했다. 그들은 그다음 연소가 마지막이기만 바랐다. 연소 시간은 지로의 예상보다 더 오래 걸렸지만, 결과는 제대로 된 것 같았다. 이미르의 초과 속도는 대부분 사라졌고, 원지점에서 이미르가 통과할 궤도는 이제 이지의 궤도보다 겨우 몇백 킬로미터 정도 높았다. 로봇들은 갈수록 소모되고, 낡고, 고장나고, 방사능 피해를 받아 쓰러졌지만 다이나에게는 마지막 대규모 연소를 준비하기 위해 호퍼를 채울 로봇들이 아직 충분했다. 계산에 따르면 그들은 몇 시간 후 원지점에서 마지막 연소를 해야 했다.

"이제 로봇 배치가 다 되었다면 주 추진기를 조종하는 법을 알려줄게요." 지로가 말했다.

다이나는 채광소에서 자랐기 때문에 그곳의 아저씨들에게서 중장비 조종법, 다이너마이트로 목표물을 폭파하는 법, 비행기 조종법 등 여러 가지를 재미있게 배웠다. 그래서 처음에는 지로의 제안이 낯설게 느껴지지 않았다. 누군가에게 어떤 일을 하는 법을 가르치면 지루함을 덜기에도 좋으니까. 그러나 한 시간쯤 지나자 그녀는 지로가 진심으로 엔진 조종법을 가르치고 있다는 것을 서서히 깨달았다. 언어의 장벽 때문일까? 하지만 그는 영어에 매우 능숙했다. 그리고 매우 단호한 태도로 "이

열전지를 계속 지켜봐요."라든가 "이 밸브가 좀 흔들리는 게 보일 겁니다." 같은 말을 했다.

어느 순간 그가 말했다. "30초가 넘어가도록 나한테서 아무 소리도 듣지 못하면, 지금까지 관측한 델타 비를 보고 당신 혼자 폐쇄를 해야 해요."

"왜 소리가 안 난다는 건가요? 어디 가는데요?" 다이나가 물었다.

"보일러실이요." 지로가 말했다.

"거긴 왜요?"

"제어 날개 작동기 몇 개가 반응하지 않아요." 그가 말했다. "방사능 때문에 전자 장치가 피해를 입은 것 같아요. 괜찮아요. 대체품이 있으니까. 하지만 수동으로 설치해야 해요."

"그래서 거기 내려가겠다고요!"

"그래요. 그리고 죽 거기 머물러 있어야 할 겁니다." 지로가 말했다.

"아무리 봐도 텅 비어 있습니다." 테클라가 암호화된 음성 연결로 아이비에게 보고했다. "사람도 없고, 물건도 없습니다."

그녀는 톰 반 미터, 볼로르에르덴과 함께 살 구오디안이 지켜보는 가운데 10분 동안 아클렛 98을 수색했다. 그들은 플리버를 타고 도착해 도킹을 하고 별 사고 없이 아클렛 98로 들어갔다. 클라우드아크 헌법 규정에 따라 발행된 최초 영장이 담긴 태블릿을 가지고서 살이 먼저 들어갔다. 그는 자기한테 제일 먼저 이의를 제기하는 사람에게 영장을 보여줄 준비를 갖추고 있었다. 그러나 그곳에는 아무도 없었다.

이어서 테클라와 톰과 보가 들어왔다. 그들은 생존 키트에서 임시로 꺼낸 오렌지색 조끼를 입고 있었다. 그 옷은 지구에서 사용한다는 전제 하에 만들어졌기 때문에, 이제 실용적인 용도는 전혀 없었다. 다른 옷을 만들 수 있을 때까지는, 이 옷이 경찰복 역할을 할 것이다. 운이 좋으면 경찰복이 많이 필요하지는 않을 것이다. 그러나 아이비는 준 경찰로 활동하려면 변죽을 울려서는 안 된다, 비공식적인 방문이라고 속여 넘길 수 없다, 하며 단호하게 주장했고, 다른 사람들도 이에 동의했다. 새 헌법은 실제로 효력을 발휘해야 했다. 아니면 공허한 말로만 끝날 것이다.

"이걸 SAN과 다시 연결시킬 수 있어요?" 아이비가 음성 장치를 통해 물었다. "무슨 일이 벌어지고 있는지 보고 싶은데."

"여기 있는 기계는 전부 리부팅할 거예요." 살이 조종 카우치를 가져오며 말했다. "하지만 그것도 스펜서가 무슨 일을 저질러놓았느냐에 달렸어요. 완전히 부숴놓았는지, 아니면 임시 명령만 입력했는지." 그는 조종판 뒤로 손을 뻗어 연결 장치를 찾더니 뺐다가 다시 끼워 넣었다.

"그 안에서 재생할 수 없는 물건 10인년(人年) 치를 찾아낼 거라고 추정했어요." 아이비가 말했다. '물건'이란 대량의 음식(아클렛 바깥 선체 공간에 재배할 수 있다)이나 공기(생명유지장치로 재생될 것이다)가 아니라, 일반적으로 더 작은 물건들을 의미했다. 세면도구, 바이타민, 약, 특수식량 같은 것. "상황 증거에 근거를 둔 예측이었어요. 사라진 물품 양, 플리버 여행 기록과 그 아클렛에서 이루어진 EVA(선외 활동) 같은 것. 그래봤자 추측에 지나지 않는다는 건 알고 있었지만, 아무것도 없다니…… 이상하군요."

"이상한 정도가 아닙니다. 기습 공격이죠." 테클라가 말했다.

"그들이 공격을 해올 거라고 생각해요?"

"폭력을 행사한다는 의미에서는 아마 아니겠죠. 하지만 뭔가 일을 저지를 겁니다." 테클라가 말했다.

"그러면 아클렛 98은 미끼다?"

"확실합니다."

아클렛의 PA 스피커들에서 리드미컬한 목소리가 울리면서 하얀 LED가 빨간색으로 바뀌었다. "경보입니다." 합성 음성이 알렸다. "모두 긴급 스윕 기동에 유의하고 각자 위치로 가십시오. 지금은 훈련 상황이 아닙니다."

전에도 들어본 적 있는 소리였다. 스트리커 경보였다.

그러나 당연히 그들은 그 경보를 액면 그대로 받아들였다. "놀라운 우연의 일치로군요." 테클라가 말했다.

"여러분 모두 플리버로 돌아오는 게 낫겠습니다." 아이비가 말했다. "보통 때 이런 상황에 대처하는 절차대로 하세요. 하지만 경계를 늦추지 마십시오."

"스티브, 아직 유성에 대한 정보가 없어요?" 아이비가 물었다. 경보가 울린 지 5분 정도 지나 그들은 바나나로 내려왔다. 아이비는 J.B.F.에게 무슨 일이 일어났는지, 테클라가 무슨 뜻에서 '기습 공격'이라고 말했는지 알고 싶었으나, 지금 그녀가 해야 할 일은 분명했다. 클라우드아크의 회피 기동과 그다음 올 수 있는 결과에 주의력을 전부 쏟아야 했다. 아클렛 사이의 충돌이나 하나 이상의 아클렛이 스웜에서 분리되는 상황까지 포함해야 했다. 심각한 경우 구조팀을 보내야 할지도 몰랐다. 그래서 아이비는 우선 테클라와 다른 사람들을 플리버에 태우기로 결정했다. 보통 때 임시 경찰이 맡는 역할은 절도범들에게 영장을 행사하는 것이 아니라 비상사태에 대처하는 것이었다. 아이비의 영혼에 깃든 우주 너드는 다가오는 바위의 과학적 특징을 알고 싶어했지만, 그 일은 다른 사람에게 맡겨야 했다. 경보가 울리자마자 아이비는 그 임무를 스티브 레이크에게 위임했다.

지금까지는 일반적인 경보 상황처럼 진행되고 있었다. 즉 퍼앰뷸레이터에 개방 대역폭을 남기기 위해 네트워크 활동을 대부분 폐쇄해야 했다. 퍼앰뷸레이터는 인간의 간섭 없이 행동에 돌입해 항로를 계산하고, 제안을 하고, 데이터 구름의 티끌을 모으고 있었다. 퍼앰뷸레이터 화면은 매우 맹렬하고 정신없어 보였다. 하지만 거의 모든 아클렛이 추력기에 점화하고 새로운 궤도에 오를 때 정상적으로 나타나는 모습이었다. 곧 정리될 것이다. 언제나 그랬다. 하지만 분류 절차를 거치면서 그들은 접근하는 스트라이커의 궤도에 대해 점점 더 많이 알 수 있었다. 유성이 더 가까이 올수록 더 정확히 추적할 수 있었다. 유성이 스웜을 스치거나 스웜 가까이 올 때쯤 그들은 매우 정밀도가 높은 유성의 매개변수를 얻을 것이다. 일단 유성이 획 지나가면, 퍼앰뷸레이터는 그 난장판을 정리하기만 하면 된다.

아이비가 스티브에게 유성에 대해 물어본 이유는 두 가지였다. 첫째, 정의상 뜨거운 바위들은 빠르게 오갔다. 그러나 이번 유성은 몇 분 동안 계속 가까워지고 있었다. 기다리기엔 긴 시간이었다. 또 하나는, 퍼앰뷸레이터가 보통 때보다 더 혼란스러워 보였다. 보통은 처음 2분 내 화면에 붉은색 점들이 나타나고, 아클렛들이 위험을 피했다고 보고하면 곧 사라지기 시작한다. 그러나 이번에는, 전혀 개선의 기미가 없었다. "우리 대역폭에 문제가 있는 건가요, 아니면……."

"저 바위가 이상해요." 스티브가 말했다. "보통은 SI(센서통합반)에서 패킷 흐름이 보이거든요. 데이터를 더 많이 모을수록 매개변수가 정밀해지지요." 그는 '센서통합반' 이야기를 하고 있었다. 레이더와 망원경을 운영하는 부서였다.

"그런데 아니란 말이죠?"

"음, 맞긴 한데…… 숫자가 달라요."

"숫자가 다르다니, 무슨 뜻입니까?"

"두 개의 스트리커 경보가 한꺼번에 울린 것과 비슷합니다. 패킷이 서로 간섭하고 있어요. 혼선이 계속됩니다." 스티브는 스크린에서 잠시 뒤로 물러나 앉아 턱수염을 잡아당겼다. "잠깐만요. 이 패킷들은 출처가 서로 다른 것 같아요."

"하지만 패킷 기점은 전부 같잖아요. SI." 아이비가 말했다.

"그렇다고 하고는 있는데, 어떤 건 가짜인 것 같습니다." 스티브가 말했다.

몸 아래로 의자가 움직이는 것을 느끼고, 그는 자기도 모르게 손을 뻗어 테이블 가장자리를 잡았다. 이지는 추력기들을 점화해 새로 방향을 바꾸고 있었다. 이지와 유성 사이에 아말 테이를 놓으려는 것이다. 진짜 유성이든 허상이든 간에.

"그럼 이 경보가 다 우리를 패러디한 거란 말입니까?"

"지금 상황에 대해 테클라가 세운 가설에는 그쪽이 들어맞겠지요."

"두브와 음성 통화를 해볼 테니, 가짜 유성 가설을 더 파고들어봐요." 아이비가 말했다.

"대통령님." 카밀라가 귀에서 헤드폰을 떼며 말했다. "요청하신 사항 말씀드립니다. 아이비가 알아차렸습니다."

"그 여자가 알아?" 줄리아가 물었다.

"완전히 알아차린 것은 아니지만, 스티브 레이크가 가짜 패킷을 탐지해 더 분석하고 있습니다." 카밀라의 눈은 컸고, 얼굴 부상 때문에 손상된 목소리는 쉬고 건조했다.

줄리아는 재빨리 그녀에게 기민한 시선을 던진 다음 스펜서 그린스태프를 보았다. 그는 어깨를 으쓱했다. "스티브 정도의 재능을 가진 사람이라면 어차피 조만간……."

"그건 상관없어요." 줄리아가 말을 가로챘다. "이 작전이 우리에게 충분히 시간을 벌어줄지 알고 싶어요."

"그건……." 카밀라가 말하려고 하자 스펜서가 그녀의 말을 끊었다. "혼란은 충분히 벌여놨습니다. 이제 20분 안에 이 헵타드를 도킹시킬 위치로 가야 해요."

"유성이 또 있어요! 그런 것 같아요." 카밀라가 신경질적으로 소리쳤다.

줄리아는 손을 흔들어 그녀의 말을 막으며, 스펜서에게 계속 주의를 집중했다. "트라이어드는 어디 있죠?"

"이미 가 있지요." 스펜서가 말했다.

"우주 유영자들은?"

"우주복을 입고 에어로크에서 나가 자기 위치에 있습니다."

"그렇지만 조립하고 선체를 통합하려면 시간이 걸릴 거예요."

"대통령님, 괜찮으시다면 한말씀," 폴 프릴이 끼어들었다. "우리는 우주선을 대충 만들어 — 필요하면 케이블 타이로 묶어서라도 — 조선소에서 분리해내면 됩니다. 소규모 추력기 연소로 그 정도는 할 수 있습니다. 이지에는 우리를 하늘로 날려 보낼 페이저가 없거든요! 우리를 추적하라고 플리버를 보낼 수도 있죠. 하지만 그들이 뭘 어떻게 하겠어요? 우리는 도망가면 그만입니다. 그다음 본격적으로 임무에 착수하기 전에 며칠이라도 여유를 갖고 '붉은 희망'을 준비할 수 있습니다."

"테클라 편이 절대로 지나가지 못하게 하겠어요."

"무슨 말씀을 하시든, 그녀는 명령대로 하겠지요." 폴이 말했다.

"그래요, 뒤에 남는 탐험대 후원자로서, 나는 여러분들이 완전히 떠날 때까지 그들을 막을 수 있어 기쁩니다." 줄리아가 말했다.

헵타드가 카부스 옆으로 튀어나온 긴 트러스 포트에 도킹하자, 프로그램된 대로 윙윙 쿵쾅 소리가 헵타드 전체에 연이어 울렸다. 카부스는 조선소의 심장부였고, 에어로크와 정박 지점이 많았다. 옆 포트에는 새것이지만 뼈만 앙상한 우주선 골조가 정박해 있었다. '붉은 희망'의 뼈대가 마지막 부품을 기다리고 있었다. 아래쪽 중심에 자리잡은 로켓 엔진을 작동시킬 펌프, 밸브, 작동기, 센서 무리를 둘러싸고 네 개의 커다란 추진제 탱크가 자태를 과시하듯 서 있었다.

"대통령님?" 라비가 물었다. "이제 때가 된 것 같습니다. 화성에 가고 싶지 않으시다면요. 기꺼이 가고 싶으시겠지만."

줄리아가 딸깍 소리를 내자 사람들의 주의가 그쪽으로 쏠렸다. 그녀는 콤팩트에 달린 거울로 자기 모습을 살펴보고 있었다. 썩 매력적이라고 볼 순 없지만, 클라우드아크의 기준에는 충분히 합격할 외모였다.

"솔깃한 이야기지만 나는 여기서 맡은 일이 있으니까요. 유감입니다." 그녀는 콤팩트를 딸깍 닫고, 카밀라가 폰으로 영상을 보낼 준비가 되었는지 슬쩍 확인했다. 카밀라는 준비를 끝냈지만 여전히 난처한 표정을 띠고 있었다. 왜 갑자기 그녀의 태도가 변한 것일까? 나중에 그녀와 흉금을 털어놓고 얘기해 봐야겠다고 줄리아는 생각했다.

"알겠습니다." 라비가 짐짓 아쉬운 기색을 자아내며 말했다. "이걸 받으십시오."

그가 종이 한 장을 내밀었다. 줄리아는 엄청나게 오래된 대통령 직인을 대하고는 그것이 무엇인지 알아보았다. 라비는 그 종이를 조심스레 벽에서 벗겨내, 사면의 가장자리 대부분에 아직도 파란 테이프가 붙어 있는 채로 가져왔다. 줄리아는 그 종이를 펴서 한 팔 아래 끼었다.

둥둥 떠 그녀에게서 천천히 멀어지며, 라비가 재깍 경례를 붙였다.

줄리아도 마주 경례를 했다. "성공하길 빌어요, 라비. 화성 표면에서 여러분이 첫 송신을 할 날을 고대하겠습니다."

"저도 메시지를 보낼 날을 고대하고 있습니다, 대통령님."

"우린 다시 만날 거예요. 직감이 그래요. 클라우드아크에 있는 용감무쌍한 사람들이 어떻게든 방법을 찾아낼 겁니다. 아무리 반대한다 해도, 깨끗한 우주를 헤쳐나가 '붉은 희망'을 따라 더 나은 곳으로 갈 겁니다."

라비는 떠나야 할 시점을 제대로 파악하지 못하는 사람이었다. 그는 무언가 감동적인 대답을 하려고 웅얼거리기 시작했지만, 줄리아는 카밀라 쪽을 바라보고 녹음을 중단해도 된다는 신호를 보냈다. 그다음 그녀는 화이트 아클렛의 코 쪽으로 나아갔다. 카밀라가 그녀의 뒤를 따랐다.

잠시 튜브가 꿈틀거린 다음 그들은 포트에서 나와 조선소 구성 모듈 중 한 곳으로 들어갔다. 그곳은 마치 정신병원 같았다. '붉은 희망' 탐험대의 크루는 전부 24명이었다. 그들 대부분은 이미 헵타드나 트라이어드에 타고 우주선 뼈대와 결합하기만을 기다리고 있었다. 그러나 두세 명은 우주복을 입고 '바깥에' 나가 있었고, 대여섯 명은 서둘러 열린 임시회의에 참석하거나 식량 꾸러미들을 밀며 돌아다녔다.

일반그룹 사람이 네 명 있어서 분위기가 더 묘해졌다. 그들은 조선소 노동자들 같았다. 손을 뒤로 하여 케이블 타이로 묶인 채 모듈 안쪽의 부착 지점에 걸려 있었다. 대부분은 멀쩡해 보였지만, 한 사람은 눈썹 부근이 찢겼다. 상처에서 작은 핏방울이 흐르다가 둥둥 떠서 멀어져갔다. 폴 프릴은 무심코 MIV

팀 몇 명이 공모했다는 말을 한 적이 있었다. 그들은 이미르를 구출하는 예비 계획의 일부인 줄 알고 '붉은 희망' 조립을 돕겠다고 했었다. 보아하니 이제는 그들이 상황을 알고 이의를 제기한 모양이었다.

피 흘리는 부상자는 한쪽 눈이 부어올라 떠지지 않았다. 감기지 않은 다른 한쪽 눈으로 줄리아를 뚫어지게 쳐다보며 그가 소리쳤다. "줄리아!"

이상하게도 줄리아는 할 일이 없었다. 다른 화성파들은 모아둔 물건을 포트에서 헵타드로 밀어 넣느라 바빴다. 화성파들이 하나씩 그 일에 합류했기 때문에 공간이 빠르게 비어가고 있었다. 줄리아는 처음에 그 피 흘리는 남자를 무시했지만, 이제 화성파는 폴 프릴 하나만 남았다. 라비 같은 의전 감각이 없는 그는 줄리아에게 전혀 주의를 기울이지 않고 태블릿 화면 위 항목에 체크 표시를 하고 있었다.

"줄리아!" 케이블 타이로 묶인 남자가 다시 말했다. 고함을 치는 것이 아니었다. 대화를 원하는 말투에 가까웠다.

"무슨 일이죠?" 그녀가 마침내 말했다.

"당신 친구 이름이 뭐요?" 그가 카밀라 쪽을 턱으로 가리키며 물었다.

줄리아는 그 무례한 요청에 잠시 기분이 상한 듯 고개를 치켜들었으나, 다음 순간 적을 친구로 바꾸는 데 늦은 때는 없다는 사실을 떠올렸다. "얘 이름은 카밀라예요." 그녀가 말했다. "그리고 선생님, 당신이 무슨 일을 겪었는지 보고 저도 충격과 경악을 금치 못했다는 점을 말씀드리죠. 반드시……."

"어이, 카밀라!" 그 남자가 말했다.

"네?" 카밀라가 겁에 질린 열여덟 살 소녀다운 목소리로 대답했다.

"당신 친구는 미쳤어." 남자가 그녀에게 말했다.

줄리아가 무슨 반응을 채 하기도 전에 폴이 끼어들었다. "대통령님?"

폴을 향해 돌아선 그녀의 얼굴이 벌겋게 달아올라 있었다.

"영광을 베풀어주시겠습니까?"

"무슨 영광?" 솔직히 이 기술자들은 신경에 거슬렸다. 그녀가 이런 일을 겪으면서 샴페인 병을 따야 한단 말인가?

"내가 들어가면 해치를 닫아주세요. 그래야 도킹을 풀 수 있으니까요."

"기꺼이 그러지요."

"화성에서 봅시다." 폴이 손을 내밀었다. 줄리아는 그 손을 가볍게 쥐고 살짝 흔들었다. 피 흘리는 남자와 말을 섞었다가 낭패를 본 카밀라는 촬영 기사로서 해야 할 일을 놓치고 있었다.

폴 프릴은 지구와 화성을 잇는 문으로 손을 뻗어 들어간 다음, 방향을 바꿔 자기 쪽에서 해치를 닫았다. 줄리아도 맞은편에서 해치를 닫았다. 그 즉시 '붉은 희망'이 도킹을 풀면서 내는 쉬익 쾅 소리가 생생하게 몸으로 느껴졌다. 그때 모듈에 낯선 소리들이 퍼졌다. 그 소리는 매우 가까운 곳에서 들려왔다. 우주복 부츠가 돌아다니는 소리였다.

"경보가 취소됩니다." 합성 음성이 알렸다. 불빛의 색이 변했다. 카밀라가 폭발하듯 짧은 비명을 지르더니 스택과 연결되어 있는 조선소의 긴 축을 가리켰다.

30미터쯤 떨어진 카부스 아래 오렌지색 조끼를 입은 사람이 몇 명 보였다. 그중 한 사람이 그녀를 똑바로 쳐다보았다.

테클라였다.

합성 음성이 다시 나오고 경보가 울렸다.

계획에 없던 일이었다.

테클라는 카부스 속에서 무언가를 박차고 튀어나오는 것만 같았다. 갑자기 그들을 향해 로켓처럼 날아오고 있었기 때문이다. 그녀는 계속 팔을 움직이며 이쪽저쪽으로 손을 뻗어, 방향을 제대로 잡기 위해 여러 물건들을 마구 후려쳤다. 그러나 눈은 줄리아에게 고정되어 있었다. 테클라는 곧장 그녀에게 날아왔다. 테클라의 손에서 얇은 은빛 호가 번쩍였다. 갈아놓은 단검 날이었다.

줄리아가 피트 스탈링의 권총 공이를 당기자 마른 금속성이 모듈 전체에 울렸다.

"총!" 피 흘리는 남자가 외쳤다. "총! 총!"

그 소리를 들었는지 어쨌는지, 테클라는 아랑곳하지 않고 옆에 있는 모듈의 스트럿을 더 세게 밀어 더 빠르게 다가왔다.

마치 실수로 발사해버린 것처럼 무기의 반동이 빠르게 줄리아를 덮쳤다. 우주에 오래 있었던 만큼 그녀는 총의 반동에 뒤로 쓰러지리라는 것쯤은 알고 있었다. 그러나 쓰러진 건 둘째 치고, 뭐라 설명할 수 없는 현상도 맞닥뜨렸다. 카밀라가 옆에서 한 팔을 한껏 뻗고 시야에 날아 들어왔다. 조선소 벽 자체가 뻗어와 테클라를 막았다. 잠시 후 벽은 카밀라를, 그다음 줄리아를 때렸다. 그녀는 선체의 권총 구멍에서 높은 음조의 첫 소리가 날 거라고 예상했지만, 그 뒤에 들린 소리는 오히려 포효에 가까웠다. 미식축구 경기장에서 선수가 패스를 가로챘을 때 관중들 소리 같았다. 카밀라의 팔이 불의 날개로 변했다. 뭔가가 뒤에서 줄리아를 잡아채 카부스로 던졌다. 그녀는 미친 듯이 주위를 둘러보며, 아까 그 남자가 빠져나와 자기에게 태클을 걸었나 생각했다. 그러나 그녀를 밀고 있는 힘은 인간의 것이 아니었다. 우주선 밖으로 빠져나가는 공기의 급류였다.

"지로, 내 말 들려요?" 다이나가 네 번째로 물었다.

들리기는 하지만 너무 쇠약해져서 대답할 수 없는 것뿐이라고 그녀는 추측했다. 그래서 계속하여 좋은 소식을 전했다. "우리가 해냈어요. 광학기기로 이지가 보여요. 반시간 정도면 그들과 만날 거예요."

"잘됐어요. 잘됐어요." 그가 말했다. 맞은편에서 소리가 나는 바람에 그녀는 깜짝 놀랐다. 그러나 두 번째 '잘됐어요'는 그 소리가 첫 번째보다 훨씬 희미했다. 그가 낼 수 있는 소리는 그것이 전부인 것 같았다.

다이나는 그에게 더 말을 걸지 않기로 했다. 지로는 이미르의 보일러실을 무덤 삼아 산 채로 방사선에 요리되면서 동시에 얼어 죽어가고 있었다. 거기다 다이나가 망원경으로 보는 장면의 묘사까지 들을 필요는 없었다.

2년 동안 사람들은 그것을 클라우드아크라고 불러왔다. 그 이름에는 약간 시적인 분위기가 있었다. 그러나 오늘, 그것은 정말로 구름 같아 보였다. 보통 때 이지는 외계의 빛과 대조를 이루며 아주 날카롭고 뻣뻣해 보였으나 지금은 특별한 물질로 된, 깜박이는 장막에 가려져 있었다.

이지가 유성에 직격으로 맞은 게 확실했다. 더 이상 자세히 보이지는 않았다.

지로에게는 자살 임무였던 이미르의 마지막 연소 덕택에 이미르는 이지와 매우 비슷한 궤도로 올라왔다. 궤도면도 같고, 평균 고도도 같았다. 단 하나의 차이는 이미르의 궤도가 약간 더 타원형이라는 것이었는데, 지구를 한 바퀴 도는 동안 이지가 지나는 길과 두 번 만나도록 계산한 길이었다. 그들은 그런 교자 시점에 다가가고 있었다. 그래서 다이나의 시점에서는 우주정거장이 가까워지면서 그것이 컴퓨터 화면의 창을 점점 채우는 것 같았다. 그녀는 줌아웃을 해서 점차 선명해지는 화면을 자세히 보았다. 시간이 갈수록 그녀는 여러 가지를 종합해 무슨 일이 일어났는지 추측할 수 있을 것 같았다.

엇나간 각도에서 바위가 들어왔다. 아말테아를 깨끗이 빗겨가, 토러스 2와 3을 고정시키는 중심인 H2 근처에 충돌했다. 양쪽 토러스 다 엄청난 파편을 내뿜으며 회전을 멈추었다. 그 뒤에서, 이지의 척추라고 할 중심 스택이 굽어져버렸다. 조선소의 펼쳐진 날개는 아직 카부스에 붙어 있었지만, 비뚤어진 채 파편을 흘리고 있었다. 바나나를 담고 있던 원래 토러스는 온전한 것 같았고 여전히 회전하고 있었지만, 가까워지자 그것도 피해를 입은 모습이 보였다. 아마 파편 때문이리라.

얼음 껍질에 쿵 소리가 희미하게 울렸다. 떠밀려온 화물 조각에 맞은 것 같았다. 괜찮다. 그렇게 빠르게 움직이고 있지는 않았을 것이다. 이미르는 그 물질의 구름을 통과하면서도 아무 영향을 받지 않을 수 있었다.

화면에 켜진 창들 가운데 하나가 비디오 영상을 번개같이 띄웠다. 그랩의 카메라에 달린 동작 감지기에 반응한 것이다. 사람 시체 하나가 우주로 떠가는 것이 보였다. 그녀는 목이 꽉 메는 것을 느끼고 침을 삼켰다.

마음 한구석으로 그녀는 만약 이지가 유령선이라면, 자신이 유일하게 살아남은 인간이라면 어쩌지 생각하고 있었다. 비야체슬라브가 어제 통신을 중단했기 때문이다. 그 전에 그는 설사로 고생하고 있다고 말했다. 방사능 노출 때문에 일어난 설사라면 사형 선고였다. 그는 피할 수 없는 죽음을 기다리기보다 자살을 선택했을 수도 있다.

이미르의 조종실에 혼자 남아, 다이나는 우주에 둥둥 뜬 채 이지를 향해 조금씩 나아갔다. 그리고 아주 잠시 동안, 자기가 우주에 단 하나 남은 인간일지도 모른다는 생각을 품었다.

그때 마이닝 콜로니에서 붉은 불빛이 번쩍이기 시작했다. 그녀 쪽으로 똑바로 조준된 레이저였다. 다이나는 불빛에서 모스부호를 읽어냈다.

마지막 작전을 수행하기 위해

플리버를 보내고 있다

길을 벗어난 아클렛들은 무시하라

집에 온 것을 환영한다

대답할 방법이 없었기 때문에 그녀는 그대로 지켜보며 기다렸다. 절연 자재 조각, 골조의 잔해, 엎질러진 바이타민들. 여러 군데를 자세히 보려고 카메라를 패닝하거나 줌하면 때때로 시체가 창을 지나 떨어졌다. 즈베즈다 앞쪽에 있는 것은 다 멀쩡해 보였다. 마이닝 콜로니와 모이라가 챙겨둔 유전학 장비도 무사한 것 같았다. 굿.

세 대의 플리버가 클라우드에서 떨어져 나와 몇 분 안에 이미르로 오는 탄도를 형성했다. 아마 얼음조각에 머리를 대고 미는 예인선 역할을 하면서 주 엔진을 작동시켜 랑데부할 때 필요한 마지막 델타 비에 영향을 주려는 것 같았다. 그러니 전송 신호의 첫 부분은 이해가 갔다. 그러나 '길을 벗어난 아클렛들은 무시하라'는 건 수수께끼 같은 말이었다. 길을 벗어난 아클렛 같은 것이 왜 있겠는가? 아니 애초에, 아클렛이 '길을 벗어났다'는 것은 무슨 뜻일까? 하지만 망원경을 패닝하자, 앞쪽의 둥근 활 모양 같은 공간 너머 이지의 선미―아클렛 대부분이 정상적으로 자리잡고 있는 영역―에 이상할 정도로 사람이 없었다. 그러나 전체적인 시각적 인상일 뿐이었다. 퍼앰블레이터 화면을 보지 않으면 과학적으로 확인할 수 없었다.

그때 다이나는 문득 태블릿과 메시 네트워크[29]를 연결시키기만 하면 된다는 생각이 떠올랐다. 뉴 케어드가 이지에서 떠난 직후 그녀는 그 연결을 꺼버렸다. 통신 범위를 벗어나자 쓸모

---

29 메시 네트워크(mesh network): 인터넷 망을 통하지 않고 컴퓨터끼리 직접 연결해 정보를 주고받는 네트워크.

없이 배터리를 잡아먹는 물건이 되었기 때문이다. 태블릿은 연결되었음을 알리는 작은 아이콘을 아주 빠르게 띄웠다. 세 대의 플리버 중 한 대로 중계된 것 같았다. 그 장치가 그녀의 '휴가' 중 받은 편지함에 쌓인 이메일과 메시지를 모두 다운로드받는 데 일이 분 정도 걸렸다.

다이나는 그동안 망원경을 만지작거리며 시간을 보냈다. 이지의 모습을 훑어보는데, 어떤 미세한 부분이 눈길을 끌었기에 그녀는 다시 망원경을 줌인해 더 자세히 보았다.

특이할 정도로 큰 MIV였다. 기본적으로 5층이 포개져 있고, 말벌같이 허리가 잘록했다. 바닥층은 MIV 연장 세트 중에서 가장 강력한 엔진으로 되어 있었다. 그 위로 추진제 탱크가 두툼하게 무리지어 있었다. 좁은 허리에 해당하는 세 번째 층은 옆에 에어로크가 달린 아클렛 한 대뿐이었다. 뉴 케어드와 비슷한 사령선 같다고 그녀는 추측했다. 그 위에는 트라이어드가 하나 있고, 꼭대기 층에는 헵타드가 우주선의 커다란 머리를 형성하고 있었다. 이것들이 전부 정교한 그물로 감싸여 있었다. 그 거미줄 가장자리에서 소형 모듈들이 작은 벌레처럼 몸부림쳤다. 자세 조정 추력기였다. 그 우주선에서 가장 눈에 띄는 특징은 장기 여행을 암시하는 특대형 추진제 탱크들이었다. 어디로 가는 거지? 그것은 이지 앞쪽, 아클렛이 거의 없는 부분에서 이지와 몇 킬로미터 정도의 거리를 유지하고 있었다.

태블릿이 마침내 메시지 다운로드를 끝냈지만, 대부분 날짜가 오래된 것들이었다. 그녀는 새로 받은 것이 먼저 오도록 시간순으로 정렬하고 제목을 훑어보았다. 지난 몇 시간 동안 온

메시지는 거의 없었다. 클라우드아크가 신경 쓸 다른 문제들도 많을 테니 당연한 일이었다. 그러나 맨 윗부분 가까이에 눈길을 끄는 메시지가 하나 있었다. 'JBF 대통령이 클라우드아크 사람들에게 보내는 공개성명.'이라고 되어 있었다.

단어를 보는 것만으로도 명치를 얻어맞은 듯 찌릿했다. 어쨌든 다이나는 그 메시지를 짚어 내용을 읽었다.

오늘 일어난 충격적인 비극으로 우리는 모두 유족이 되었습니다. 왜 이런 일이 일어났는지 해답을 찾고 있습니다. 그 일이 일어났을 때 나는 조선소 모듈에서 '붉은 희망' 원정대의 용감한 탐험가들에게 작별 인사를 하며 행운을 빌고 있었습니다. 승강구가 자동으로 폐쇄되는 바람에 나는 가벼운 상처와 약간의 우울 증세를 겪었을 뿐입니다. 우리 모두 알다시피, 일반그룹의 여러 사람들이 이렇게 운이 좋지는 않았습니다. 본성상 아키 공동체는 이 재난의 영향을 적게 받았습니다. 클라우드아크 프로젝트를 시작할 때 내가 생각했던 것처럼, 분산된 스웜 구조는 심각한 피해를 막아줍니다. 유감스럽게도 우리는 아클렛 세 대를 잃었고, 작은 충돌이나 파편의 충격으로 피해를 입은 채 버티고 있는 아클렛도 몇 대 있습니다. 하지만 전반적으로 시스템은 우리가 애초에 계획했던 대로 작동했습니다. AC의 많은 사람들이, 이제 피해를 받지 않고 작전을 수행할 능력이 없는 낡고 무거운 우주 정거장을 둘러싼 채로 저지구 궤도에 남아 있는 게 안전한지 자문하고 있습니다. 너무나 당연한 일입니다. 깨끗한 우주의 탁 트인 풍경이 우리 위에서 손짓하고 있습니다. '붉은 희망'은 곧 주 엔진을 점화하고 아직 탐험되지 않은 변경을 가로질러 언젠가 우리 모두 함께 살 수 있는 행성으로 가는 긴 여행을 시작할 것입니다. 클라우드아크는 이 배를 따라올 수 없습니다. 아직은요. 하지만 AC의 모든 사람들이 알고 있듯이, 우주 작전과 궤도역학에 대해 폭넓은 훈련을 받았기 때문에, 어느 아클렛이나 엔진과 선내 비품인 추진제를 사용해 실질적으로 궤도를 올릴 수 있는 힘이 있습니다. 단 하나의 아클렛, 단 하나의 트라이어드, 단 하나의 헵타드는 혼자서 오래 견디지 못할 것입니다. 그러나 스웜의 일부라면 희박하나마 성공 가능성을 갖고 있습니다. 이미르 탐험대의 필사적인 시도와 시련을 지켜보고 단 하나의 유성이 이지에 가한 피해를 목격한 아키 공동체의 많은 사람들은 이제 남아 있는 것이 과연 안전한지, 그리고 빅 라이드 파벌의 신봉자들이 상상하는 깨끗한 우주로 고통스러울 정도로 천천히 올라가는 것이 안전할지 자문하고 있습니다. 나는 정치인이지 과학자가 아니기 때문에, 기술적인 의견을 이야기하는 척 둘러댈 수는 없습니다. 어떤 사람들은 내가 공개성명을 낼 자격이 있는가 하는 문제부터 의문을 품을 수도 있습니다. 나는 단순히 미합중국 대통령이라는 전 직위 때문에 아키 공동체에서 명성을 얻었습니다. 내가 그런 명성을 받을 자격이 있는지 없는지는 차치하고요. 많은 사람들이 나에게 이제 어떻게 할 것이냐고 물어왔습니다. 따라서 나는 소문이 혼란의 씨앗을 뿌릴 때까지 기다리기보다 성명을 내기로 했습니다. 그리고, 나는 충실한 친구들의 도움을 얻어 이지의 잔해에서 탈출해, 현재는 트라이어드의 일부가 되어 있는 아클렛 37선상에서 안식처를 찾았습니다. 이 메시지를 전송한 직후, 우리는 주 추진 연소를 시작할 것입니다. 한때 국제우주정거장이었던 곳 주변을 떠도는 파편을 피해 높은 궤도에 올라 깨끗한 우주로 갈 것입니다. AC와 뜻을 같이하는 사람들이 합류해 현재 인류에게 부과된 엄청난 문제들을 스웜을 기반으로 함께 풀어나갈 수 있도록, 우리의 궤도 변수를 네트워크에 공개할 것입니다. 더 높은 궤도 속 안전한 위치에서, 우리는 일반그룹에 고립되어 있는 살아남은 친구들에게 도움의 손길을 뻗을 방법을 찾아보겠습니다. 공동체로서 함께 일하며, 모두를 반갑게 맞이해줄 화성의 표면으로 가는 '붉은 희망', 용기에 찬 이 모험의 결과를 숨가쁘게 기대하고 기다리며, 우리는 우리가 쌓아왔고 지금도 가지고 있는 견고한 생활양식을 하늘에서도 보존하겠습니다.

"'숨가쁜' 건 맞네." 다이나는 혼잣말을 중얼거리며 창을 닫고 발송 시간을 다시 보았다. 세 시간 전 전송된 메시지였다. 그리고 겨우 반시간 전에 아이비는 반대 성명으로 대응했다. 다이나는 그것을 읽지 않았다. 제목을 보자 무슨 말이 적혀 있을지 뻔했다. 'J.B.F.에 귀 기울이지 마라, 대오에 머물러 있어라. 우리는 여러분을, 여러분은 우리를 필요로 한다.'

그러나 광학망원경과 퍼앰블레이터 양쪽으로 다이나가 보고 있는 광경으로 미루어, 다수 아클렛의 이탈을 미연에 방지하기엔 아이비의 메시지가 너무 늦게 나왔다. 저 멀리 어디선가, 위쪽 더 높은 궤도에, 새 스웜이 형성되고 있었다. 자기들의 퍼앰블레이터를 독립적으로 운영하고, J.B.F.를 지도자로 생각하고 있었다.

이미르를 회수하면서 다이나는 감정적으로 큰 오르내림을 겪었다. 물론, 임무 사망률을 생각하면 기분은 올라가는 쪽보다 내려가는 쪽이 더 많았다. 그러나 묘하게도, 몇 분 전 J.B.F.의 성명에서 '필사적'이라는 단어를 보았을 때 그녀는 감정적으로 고양되었다. 필사적이라고 서술되는 건 꽤 괜찮았다. 특히 막 성공하려는 찰나에는.

이제 다이나의 화면에서도 퍼앰뷸레이터가 작동했다. 그녀는 퍼앰뷸레이터로 플리버 세 대의 상태를 점검했다. 플리버들은 여전히 가까워지고 있었다. 조종사들이 메시지를 보내기 시작했다. 얼음조각 안에 아직 살아 있는 사람이 있는지, 접근해도 안전한지.

다이나는 문자로 대답했다. *생존자 한 명. 이게 '어둠 속의 희망' 같은 헛소리를 듣는 동안 잠시 떨어져 있기를.*

그다음 그녀는 로봇 네트워크와 통신할 때 쓰는 창을 끌어당겨 단 한 마디 명령을 입력했다. '폐기.' 그것은 숀이 시작하고 라스가 발전시켜 다이나가 최근에 마무리한 프로그램의 이름이었다. 얼음조각 속의 로봇이 전부 동시에 실행할 뿐만 아니라 보일러실의 다른 시스템까지도 몇 개 끌 수 있는 프로그램이었다.

재빠른 대답이 돌아왔다. '폐기하시겠습니까?' Y/N

Y, 그녀는 타이핑했다.

'축하합니다!!!' 허공에서 돌아온 답, 이미르의 죽은 크루가 보내둔 메시지였다.

다이나는 몸을 밀어 통로로 가서, 벽에 난 구멍을 통해 머리를 '아래'로 겨냥하고 몸을 똑바로 당겨 사령선 맨 아래층으로 갔다. 보일러실로 끝나고 얼음 터널로 이어지는 마루 해치는 기본적인 안전 조치로 이미 닫혀 있었다. 그러나 다이나는 그 곳이 봉쇄되어 있는지 마지막으로 한 번 더 확인했다. 몇 초 후 면 그 건너편에는 진공밖에 없을 테니까.

이미르가 우르릉거리기 시작했다. 다이나는 소화불량을 겪 는 서리거인의 배 안에 갇힌 기분이었다. 지금 들리는 소리는 수천 대의 내트와 수백 대의 로봇들이 함께 만드는 소음이었 다. 그들은 텅 빈 조각의 안쪽 표면 위 안전한 위치에서 얼음조 각과 원자로심을 연결하는 그물을 조금씩 뜯어내고 있었다.

다이나는 사령선 자리로 돌아가 얼음조각 안쪽을 보여주는 비디오 영상을 정지시켰다. 조각 벽은 이제 태양광이 어느 정도 들어갈 만큼 얇아져서, 그 안은 넓고 투명한 원형 극장 같았다. 로봇들은 모두 안쪽에 있는 원자로심을 둘러싼 매끈한 베릴륨 포드를 들여다볼 수 있었다. 베릴륨 포드는 중성자 반사막 역할 을 했다. 전에는 얼음에 묻혀 있었지만, 최근 대규모 근지점 연 소에 연료를 공급하기 위해 채굴하면서 그 부분이 드러났고, 그 옆에 올라탄 보일러실의 작은 팟과, 보일러실에 얼음을 쏟아붓 는 호퍼와 오거 시스템까지 드러났다. 그 뒤쪽으로는 노즐 벨이 얼음 동굴에 남긴 잔해가 있었지만, 이제 대부분 녹아 없어져 그 너머 공간의 암흑만 보였다. 이제 원자로심을 제자리에 고정 시키는 것은 거대한 중앙 추진 기둥뿐이었다. 얼음으로 된 나무 가 원자로실 앞쪽 끝에서 자라나 얼음조각의 단단한 코까지 똑 바로 위로 올라갔고, 사령선은 그곳에 박혀 있었다.

'폐기'가 친절하게도 화면에 카운트다운을 보여주었기 때문에, 그녀는 미리 귀를 막을 수 있었다. 숫자가 0으로 바뀌자, 얼음조각 전체가 갈라지는 듯한 소름끼치는 소리가 들렸다. 비디오 영상은 중앙 기둥에서 풀려난 얼음이 날아가면서 흩뿌리는 빛나는 분무를 보여주었다. 원자로 용기와 연결되었던 지점 바로 위쪽이었다. 오래전 손의 승무원이 그곳에 설치한 폭약이 이제야 폭발해 연결을 끊어버렸다. 이후 아무 일도 일어나지 않을까봐 잠시 두려웠으나, 그때 흰 증기 기류가 원자로 용기의 둥근 꼭대기에서 뿜어 나왔다. '폐기'는 밸브를 열고, 원자로의 잔열로 인해 원자로실에 쌓인 압력을 덜어주었다. 이제 밸브들은 임시 로켓 엔진 역할을 하면서 원자로와 원자로에 연결된 모든 것을 빈 노즐을 향해 아래로 밀고 있었다.

원자로실 전체가 얼음조각 바닥에서 떨어져 나와 사라졌다.

'폐기'가 계속해서 작동한다면, 이제 체력은 가득하지만 두뇌가 없는, 떠도는 탈것이 된 원자로는 몇 가지 서툰 기동을 해서 궤도 속도를 줄이고 대기권에 떨어질 것이다.

"안녕, 지로. 고마워요." 다이나가 말했다.

플리버 조종사 하나가 그녀에게 문자를 보냈다. '와우.'

다이나는 카메라 몇 대를 사용해 전체를 다시 한 번 철저히 검색했다. 그러나 보이는 것이 별로 없었다. 이미르는 이제 로봇이 기어다니는 가운데 무력하게 우주에 떠도는 텅 빈 막대사탕 모양의 껍질이었다.

그녀는 문자를 보냈다. '추진제 1메가톤 주문하신 분?'

그들은 본능적으로 스크럼으로 몰렸다. 스크럼은 아말테아에 가깝고 이지에서 손상되거나 파괴된 부분과 멀리 떨어져 있었다. 다이나는 승선한 다음 깨끗하게 문질러 씻고, 오염 검사를 몇 번이나 한 후 그곳에서 그들을 만났다. 다 까져서 살갗이 분홍빛이 된 그녀는 먼저 아이비를 오랫동안 껴안았고, 이어 두브, 모이라, 리스, 루이사, 스티브 레이크, 표도르, 보 순으로 한차례 돌았다. 콘라드 바이트와 다른 여러 사람이 죽었다. 테클라는 아직도 수술 중이었다. 한쪽 가슴에 파편 상처를 입어 외과 치료를 받고 있었다.

한 여자가 흐느껴 울며 스크럼 한쪽 끝에서 마치 태아 같은 자세로 몸을 말고 있었다. 그녀는 손가락 끝부터 어깨까지 한 팔을 몽땅 흰 거즈로 감싼 채 얼굴을 숨겼다. 다이나는 줄리아의 조수 카밀라의 얼굴을 알아보았다.

아이비는 모두들 다시 스택 아래로 내려가 바나나에서 만나자고 강력하게 주장했다. 그 자리에 함께 오도록 카밀라를 부드럽게 설득해야 했는데, 결국 루이사가 잘 타일러 같이 가기로 했다. 그녀는 습관적으로 얼굴 아래쪽을 가리는 베일을 찾아 계속 손을 올렸으나, 베일은 이제 그 자리에 없었다. 다른 사람들과 마찬가지로, 그녀도 모양새 없는 커버올을 입고 있었다.

"카밀라는 여기서 뭘 하고 있는 거야?" 다이나가 모이라에게 물었다.

모이라는 울고 있었고, 매우 동요한 것 같았다. 그녀와 테클라는 어느 시점부터인가 커플이 되었다. 모이라는 애인이 심한 부상을 당했다는 이야기를 들었다.

"테클라가 J.B.F.에게 갔는데 J.B.F.가 테클라를 쏘려고 했어. 카밀라가 손을 뻗어 총을 움켜쥔 것 같아. 카밀라는 언제나 얇게 비치는 랩(여성이 장식이나 보온을 위해 어깨에 두르는 천)을 베일로 썼잖아. 총기가 번쩍하면서 그 천에 불이 붙었고, 카밀라가 손을 떼기도 전에 팔을 태워버렸어."

"그러면 카밀라가 테클라를 구한 거야?"

"누가 알겠어? 총알은 다른 데를 맞추고 부서진 것 같다고 들었어."

T1 — 가장 오래되고 작은 토러스 — 에 파편으로 인한 구멍이 뚫렸으나 그 구멍은 수선되고 감압되었다. 전에는 늘 그곳이 안전한 장소라 생각했고, 지금도 여전히 그렇게 생각해야 했다. 그래서 아이비가 여기로 와야 한다고 주장했던 것이다. 그들은 바나나 안에 자리를 잡았다.

사람들이 들어오자 아이비는 한 사람 한 사람 이름을 열거하면서 회의를 시작했다.

하드레인이 시작되었을 때, 아직 지구에 살아 있을지 모르는 사람을 셈에 넣지 않는다면 인류의 수는 1,551명이었고, 늦게 도착한 줄리아와 피트 스탈링을 넣는다면 1,553명이었다. 스탈링은 우주 캡슐에서 나오지 못했으니, 맨 처음 숫자는 1,552명이었다.

동시에 사람이 살고 있는 305대의 자유 비행 아클렛과 이지에 부착된 빈 아클렛 11대가 있었다. 자유 비행 아클렛들에는 1,364명이 살았고, 남은 188명은 일반그룹으로 이지에서 생활했다. 그러나 어떤 경우에도 아클렛의 10퍼센트는 이지를 중심으로 회전하고 있었기에, 이지의 인구는 보통 하루에 324명까지 이르렀다.

그날의 재난을 겪기 전, 여러 가지 자잘한 사고로 죽은 사람들이 26명이었다. 대부분이 작은 유성 충돌로 죽었다. 다른 24명은 이제 '붉은 희망'이라고 멋대로 이름을 붙인, 장물 MIV에 타고 있다. 그들의 주장을 그대로 받아들인다면 그들은 곧 화성으로 가는 길에 오를 것이다.

재난의 순간 이지에 탔던 사람들 중에서 211명이 곧바로 죽었고, 스물네다섯 명이 중상을 입었다. 따라서 이지에 탄, 살아 있는 사람들의 숫자는 113명까지 감소했다. 나이가 더 많고, 경험도 더 많고, 고도의 훈련을 받은 전문가들인 일반그룹은 188명에서 106명으로 줄어들었다.

재난의 순간 아클렛에 살던 사람들은 1,178명이었다. 분산되어 있다는 스웜의 특성과 많은 아클렛이 줄리아와 함께 달아났다는 사실이 합쳐져 사상자를 추정하기 어려웠다. 현재 가장 정확한 추정으로는 17대의 아클렛이 희생되었다. 생명 손실이 100퍼센트라고 가정하면 인구는 1,100명 정도로 줄어든다. 그 추정이 맞는다면, 그날 사망한 사람의 수는 300명에 가까웠다.

아클렛 수를 보자면, 그날 처음에는 사람들이 사는 멀쩡한 아클렛 299대가 있었다. 그런데 충돌 때문에 282대로 감소했다. 그중 헵타드 한 대와 트라이어드 한 대를 포함해서 총 열 대가 '붉은 희망'에 붙어 있으니 272대가 남았다. 약 200명이 사라졌는데, J.B.F.의 쿠데타 때 함께 달아난 것 같았다. 70대 정도가 클라우드아크에 남아 보고서를 보내왔다. 11대의 예비 아클렛은 여전히 이지에 붙어 있었고, 차후 피해 점검을 받을 것이다.

아직 함께 있는 아클렛의 인구는 300명 정도 된다. 거기다 이지에 탔던 생존자를 더하면 400명이 약간 넘었다. 그러면 J.B.F.와 함께 이탈한 스윔 인구는 800명 정도 될 것이다. 그녀는 인류의 3분의 2를 데려갔다.

"신이시여, 굽어 살피소서. 지금 나는 사람 머릿수에 전혀 신경 쓰지 않습니다." 두브가 말했다. "내가 알고 싶은 건 엔진의 숫자입니다. 아클렛 엔진. 다이나가 커다란 얼음조각을 갖고 나타날 때까지는 엔진이 있어도 쓸 데가 없었지요. 이제는 엔진에 연료를 공급할 수 있습니다. 모든 엔진을 한 방향으로 조준해 이지를 밀면 빅 라이드를 시작할 수 있습니다." 그는 잠시 말을 멈추고 자기 노트를 보았다. 독서용 안경을 코에 내려쓰자 그는 갑자기 훨씬 더 늙어 보였다. 다이나는 자기 모습이 어떻게 변했을지 상상할 수조차 없었다. "방금 한 말에 따르면, 우리는……."

"70대 정도요." 아이비가 말했다. "거기에 예비 아클렛 11대. 아직 제대로 살펴보지는 않았어요. 하지만 육안으로 판단하기에는 피해를 입지 않은 것 같습니다."

"81대군요." 두브가 말했다. "좋은 숫자입니다. 완벽한 제곱수니까."

"완벽한 제곱수의 완벽한 제곱수죠." 리스가 말했다.

"아홉 대를 묶어 한 조를 짜는 시스템을 제시해봅시다. 추진제 원료를 공유하는 3X3 그리드면 됩니다. 그런 조를 아홉 개

만들어서 어떻게든 이지에 통합합니다. 여기가 힘든 부분이겠죠. 그러면 81개의 엔진 집합이 생깁니다. 근지점을 지날 때 그걸 전부 전력 가동한다면, 충분히 결합 추진력이 생겨 궤도를 바꿀 수 있을 겁니다. 그 정도 힘이라면 빅 라이드를 제대로 수행할 수 있다고 생각합니다."

"그 정도면 엄청나게 많은데요." 표도르가 딱 꼬집어 말했다. "엄청 많아요, 엄청 많아. 엄청 많아."

"작업 재료는 많아요, 그렇죠?" 루이사가 물었다. "압출 성형기에 들어갈 알루미늄 리본 롤이 끝도 없이 늘어선 걸 봤어요."

"시간 문제지요." 표도르가 말했다. "맞습니다, 재료는 많아요. 하지만 이렇게 사람이 적으면 조립하기는 힘들어요. 게다가 대기권이 팽창하고, 인력이 강해지고, 궤도는 붕괴하고 있습니다."

다이나는 테이블 너머로 리스를 바라보았다. 생체모방 공학자 리스. 방사능을 견딜 수 있는 작은 벤 그림스[30]로 로봇을 바꾼다는 아이디어로 이미르를 구하는 데 큰 역할을 한 사람이다.

"얼음으로 만들어요." 다이나가 말했다.

리스는 그녀를 쳐다보고 잠시 곰곰 생각하더니 고개를 끄덕였다.

"너무 부서지기 쉬운데요." 표도르가 말했다.

"다이나는 보통 얼음을 이야기하는 게 아닌 것 같아요." 리스가 말했다. "이미르에 사용했던 파이크리트라는 물질이에요.

---

30 벤 그림스(Ben Grimms): 〈판타스틱 포〉에 나오는 바위 모양의 초능력자.

섬유로 강화한 얼음. 그거라면 조각을 묶어놓을 수 있을 겁니다. 여기서도 그걸 쓸 수 있어요."

모이라가 목소리를 높여 말했다. "내가 뭔가 놓쳤나요? 그 얼음은 우리 추진제라고 생각했는데. 가면서 계속 그걸 녹여 쓰는 거 아니었나요?"

"맞아요." 두브가 말했다.

"그러면 모든 걸 결합시키는 구조물을 소비한다는 뜻이 아닌가요?"

"맞아요." 두브가 되풀이했다. "하지만 괜찮습니다. 쓰면 쓸수록 우리는 더 가벼워지고, 필요한 추진력은 더 적어지니까요. 그러니까 가면서 어느 정도 그 구조물을 희생시키는 것도 괜찮습니다."

살이 열중해서 듣고 있다가 말했다. "그 아이디어에 찬물을 끼얹으려는 건 아닙니다만," 농담이라고 쳐도 그 말은 여기저기서 신음소리를 자아냈다. "우리는 지금 방사능 오염 이야기를 듣고 있었잖습니까."

"얼음조각의 바깥 표면에 대해서는 그 말이 맞아요." 다이나가 말했다. "엄청난 방사능을 배출하는 물질이 미세한 티끌이 되어 얼음에 들러붙어 있죠. 베타는 우리 생활공간까지 뚫고 들어오지 않을 겁니다. 하지만 안으로 끌고 들어오지 않도록 조심해야 할 겁니다. 주변을 돌아다니며 그런 뜨거운 티끌을 찾아 조금씩 없애도록 로봇을 프로그램할 수 있어요."

살은 아직 납득하지 못한 것 같았다.

"여러분에게 거짓말은 하지 않겠습니다." 다이나가 말했다.

"그것 때문에 죽어가는 사람들이 생길 겁니다."

"하지만 이런 문제가 따라오죠." 리스가 말했다. "이지는 이미 니켈과 철로 된 육중한 공성 망치를 코에 붙이고 있습니다. 오늘 깨달았듯이 배의 옆구리는 약합니다. 이제 우리는 모든 것을, 우주정거장 전체를 강화 얼음으로 뒤덮을 수 있습니다. 아, 시간이 가면 얼음은 줄어들겠지요. 하지만 빅 라이드가 진행될 동안 우리는 대부분 강철 코를 가진 거대한 빙산 속 깊은 곳에 살고 있을 겁니다. 아직 확실하지도 않은 오염 때문에 생기는 사망자 수와, 아무 보호도 받지 못하고 여행을 계속할 때 우리가 경험하게 될 사망자 수를 비교하면, 전자는 사소하다고 하겠습니다."

"그러려면 뭐가 필요한데?" 아이비가 물었다.

"허가." 다이나가 말했다.

"전에 부탁한 적이나 있었어?"

그 농담에 회의실 구석에서 큰 웃음이 터져 나왔다. 다들 고개를 돌려 카밀라 쪽을 쳐다보았다.

"카밀라, 조선소에서 널 찾아낸 이후로 여태 아무 말도 듣지 못했어. 그곳에 있던 우리 편 목격자 하나는 네가 테클라의 생명을 구한 것 같다고 했어. 넌 줄리아와 함께 달아날 기회가 있었는데, 대신 뒤에 남아 묶여 있던 조선소 노동자들을 풀어줬지. 네가 그들의 목숨을 구했어. 이제 넌 우리와 함께 여기에 있고. 남들이 어떻게 볼지 생각해봐."

카밀라의 얼굴 표정으로 짐작건대, 그녀는 자기 모습이 어떻게 비칠지 염두에 둔 적이 한 번도 없었던 것이 확실했다. 카밀라는 아이비의 말이 무슨 뜻인지도 잘 몰랐다.

"애야." 루이사가 말했다. "사람들은 네가 뒤에 남기로 자원한 간첩이라고 생각할 거야."

카밀라는 불끈 쥐고 있던 주먹을 들어올려 펼쳤다. 테이프가 느슨하게 매달린 작고 하얀 플라스틱 상자가 드러났다. "줄리아의 도청장치예요. 여기에 있었어요."

아무도 납득하지 못하는 눈치였다.

"줄리아는 나를 백악관 만찬에 초대했어요." 카밀라가 말했다. "내가 드레스를 고를 때 도와주었어요. 장군, 대사, 영화배우들에게 날 소개시켜줬고요. 백악관 편지지로 내게 편지를 썼어요. 난…… 난 그녀에 대한 사랑에 빠졌어요. 날 순진하다고 해도 좋아요. 그래요. 난 순진해 빠졌어요. 오늘 아침까지. 그런데 문득 깨달았어요. 내가 무슨 짓을 하고 있었는지 알았어요. 이제 그 여자를 증오해요. 그녀를 사랑했던 나 자신을 증오해요."

"잘 기억해둬요, 아가씨." 모이라가 말했다. "그녀는 오늘 길을 잘못 들었거든. 조만간 우리에게 돌아올 거야."

"나도 대비하고 있을 거예요."

인듀어런스

맨눈으로 보면, 이미르 얼음조각의 텅 빈 선체는 죽은 딱정벌레 껍질 같았고, 반짝거리는 그것은 금방이라도 부서질 것만 같았다. 카메라의 전자 눈에 촬영되어 수십만 배 가속되자, 영상은 그날 하루의 사건을 한순간에 담았다. 아메바 한 마리가 이지를 추적하고, 붙잡아 삼키는 모습 같았다. 미리 알고 보지 않는 이상 사람들은 이지를 다리와 꼭지가 무수하고 더듬이가 여러 개 달린 강철 머리의 곤충으로 볼 것이다. 서서히, 그러나 가차 없이 내뿜는 얼음 괴물의 액체 학살에서 스스로를 지키기 위해 몸부림치는 곤충.

사실, 400명의 생존자들은 얼음의 느린 전진 속도에 비하면 빛의 속도로 이동했다. 그들은 빅 라이드를 준비하기 위해 우주정거장 배치를 변경하고 있었다. 못 쓰게 된 카부스를 잘라내고 조선소의 부품들을 앞으로 옮겼다. 커다란 동력로는 스택 가까이 들여놓았다. 지금부터 그들은 이지의 나머지 부분에 방사능이 오지 못하게 얼음으로 막을 것이다. 81개의 아클렛은

9개씩 묶인 아홉 조로 배열되어 노즐을 뒤로 향하고 선미에 고정되었다. 제일 처음 아클렛들을 제자리에 잡아두는 구조물은 엉성한 격자였다. 격자 위에서 우주 유영자들은 케이블과 추진제 선, 햄스터튜브를 설치할 수 있었다. 그런 물건들이 자리를 잡자마자, 얼음이 그들을 따라잡았다. 거대한 내트 무리가 끊임없이 움직이는 바람에 앞쪽으로 몰린 것이다. 그리고 아클렛들은 점차 파이크리트라는 섬유 보강 얼음의 단단한 매트릭스 안쪽에 접합되었다.

앞에서는 얼음이 흘러갔다. 마치 녹아가는 빙산을 찍은 비디오를 되감기로 보는 것 같았다. 몇 가지 규칙의 단순한 집합을 맹목적으로 따르는 내트들은 아래에 있는 빈 공간마다 얼음을 가득 채웠다. 매일 휴식을 취하고 배급 식량을 먹는 몇 분 동안 크루들은 얼음이 살아 있는 괴물처럼 습격해왔던 일, 또 그것을 어떻게 물리쳤나 하는 이야기를 누가 제일 재미있게 하나 서로 내기라도 하는 것 같았다.

한 달이 지나자 이미르의 잔해는 전부 소모되었고, 언뜻 보면 이지는 없어져버린 것 같았다. 그 둘은 합쳐져서 궤도를 도는 산이 되었다. 산꼭대기는 두들겨 맞고 칼로 베인 니켈-철 덩어리였는데, 안테나와 센서들이 늘어진 앙상한 비계 때문에 흐릿하게 보였다. 산비탈은 검은 얼음으로 된 각지고 미끈한 성벽 같았다. 여기저기 추력기나 다른 장비, 은둔자의 오두막처럼 바깥을 엿보는 관찰 돔이 가끔가다 튀어나와 있었다. 아랫부분은 평면인데 81개의 작은 구멍이 깔끔한 격자 모양으로 그곳을 장식하고 있었다. 배가 근지점을 지나가면 그 구멍들에서 때때로 청백색 불길이 분출했다.

그들은 그것을 뭐라고 불러야 할지 알 수 없었다. 사람들은 이지와 이미르라는 단어를 결합해보려다가 실패했다. 제일 비슷하게 지은 것이 '이즈미르'였지만 그것은 터키의 도시 이름이었다. 감정상 이미르 탐험대의 순교자들 이름을 따서 짓자니, 탐험대의 희생자가 여러 명이었다. 마쿠스를 기리는 의미로 다우벤호른에 비유했다가, 호른으로 줄여 부르기도 했다. 별칭으로 나쁘지는 않았다. 그러나 결국 마지막에 붙은 이름은 마쿠스가 '뉴 케어드'라는 이름을 따왔던 섀클턴 탐험대 주제의 연속선으로 귀결되었다. 섀클턴의 큰 배 이름이 '인듀어런스' 호였고, 얼음에 끼어버린 것으로 유명했다. 그래서 그것은 인듀어런스가 되었고, 표도르는 찌그러진 올란 우주복을 입고 아말테아의 표면에 올라가 그 금속에 샴페인 한 병을 깨면서 세례명을 주었다.

북극 위 높은 곳에서 지구를 내려다보고, 그다음 몇 년 동안 인듀어런스 호의 질주를 지켜보는 카메라가 있었다면, 시작 부분에서 손톱을 물어뜯는 버릇이 있는 사람을 찍었을 것이다. 그리고 영상은 그 뒤 지루한 부분이 끝없이 계속되다가, 서서히 마지막 절정 부분으로 향할 것이다.

이미르가 도착하기 전 클라우드아크의 조종사들은 이지가 계속 팽창하는 대기권 바깥에 머물러 있도록 적지 않은 주의를 기울였다. 그러면 인력은 더 커지지만, 아말테아는 탄도 계수가 높았기 때문에 인력에 저항할 수 있었다. 그러나 가끔 큰 엔진들을 연소시켜 이지의 궤도가 붕괴되지 않도록 수정해야 했다.

당시에는 엔진들이 카부스의 뒤쪽 끝에 있었고, 조선소의 원자력 분열기로 연료를 채웠다.

커다란 유성이 이지와 부딪치고, 스윔과 '붉은 희망'이 각자의 길을 택한 그 사건을 사람들은 '브레이크'라고 불렀다. 브레이크는 그 모든 과정에 종지부를 찍었다. 브레이크가 일어나고 인듀어런스 호가 세례명을 받을 때까지 한 달 정도 되는 기간 동안, 그들은 점차 아래로 나선형을 그리며 날았다. 페더급 아클렛들이 계속 진영에 맞춰 움직이려고 했다면 바람에 밀려났을 것이다. 그들은 아말테아로 막혀 바람이 닿지 않는 곳으로 슬금슬금 들어가 배의 골조에 결합할 때까지, 트럭 뒤에서 후류를 타는 자전거 선수들처럼, 충격과 범위 안에서 함께 올라갈 수밖에 없었다. 배는 아래로아래로 나선을 그렸고, SI 팀은 그랩을 밖으로 내보냈다. 앞쪽 트러스 구조물 위로 올라가 그곳에 있는 약한 안테나와 센서들을 제거해야 했다. 안 그러면 밀도는 희박하지만 백열 상태로 달아오른 돌풍에 천천히 타버릴 수도 있었다. 표도르가 샴페인을 들고 우주 유영을 다녀온 시간은 짧았지만, 안으로 돌아왔을 때 그는 샴페인에서 뿌려진 거품이 대기권 때문에 뒤로 날려가는 것을 보았다고 보고했다.

그들은 지금 궤도에서 클레프트의 고도까지 원지점을 옮기는 임무를 수행해야 했다. 클레프트는 약 378,000킬로미터 먼 곳에 있고, 근지점 고도보다 겨우 몇 킬로미터밖에 높지 않았다. 마쿠스, 다이나, 지로와 비야체슬라브가 이미르와 이지를 궤도 동기화시키기 위해 실행했던 기동을 거꾸로 바꾼 기동이었다. 그것을 이루려면 인듀어런스 호가 근지점을 지나가면서 규칙적으로 흔들리는 짧은 간격 동안 엔진을 연소시켜야 했다.

세례를 받고 30분쯤 지난 후, 인듀어런스 호는 처음으로 엔진 연소를 시켜 초속 4미터의 델타 비를 생산했다. 가속이 아주 약해서 크루들은 대부분 느끼지도 못했다. 81개 아클렛 엔진이 결합해서 생산한 추진력도 인듀어런스 호의 덩치와, 거기에 붙어 있는 거의 같은 양의 철과 얼음덩어리에는 별로 힘을 미치지 못했다. 그렇지만 인듀어런스의 원지점까지 가는 데는 충분했다. 그들은 46분쯤 후에 14.18킬로미터로 원지점을 통과했다. 그리고 다시 46분 후에, 또 한 번 대기권과 긁힐 때 연소를 해서 초속 4미터가 더해졌다. 뒤이어 원지점을 통과할 때는 거기에 14.21킬로미터가 더해졌다. 인듀어런스의 작전 첫날 결과는 원지점 고도에서 백 킬로미터 이상 올라갔다는 깃이다. 근지점을 지나면서 각자 궤도를 도는 몇 분 동안을 제외하면 충분히 팽창한 대기권에서 벗어날 수 있는 고도였다.

그러나 그 후 그들은 작전을 중지해야 했다. 조선소의 얼음에 파묻힌 탱크 속에 저장된 추진제를 모두 써버렸기 때문이다. 원자로와 분열기가 작전을 따라잡을 시간을 좀 주어야 했다. 핵발전소쯤 되어야 원하는 만큼 빠르게 물을 분열시킬 수 있을 것이다.

오래지 않아, 깨끗한 물을 시스템에 공급해야 한다는 문제로 인해 작전은 일주일 동안 정지되었다. 그다음 한 달 동안은 계획의 4분의 1 정도밖에 작동하지 못했다. 그러나 시간이 가면서 그들은 문제를 해결하고, 근지점에서 엔진을 점점 더 많이 연소시켰다. 인듀어런스가 클레프트로 가는 길의 범위가 점차 넓어졌다.

계속 이런 상태를 유지할 수 있다면, 그 범위는 시간이 가면서 점점 더 급격해질 것이다. 첫 번째 델타 비는 14.18킬로미터를 얻어주었다. 두 번째는 같은 델타 비로 14.21킬로미터를 수확했다. 30미터쯤 향상된 것이다. 이렇게 얻어낸 속도는 외계의 머나먼 거리에 비하면 미미하지만, 수학적으로는 엄청나게 중요한 추세를 보였다. 더 높이 올라갈수록 궤도가 더 길어지면서 소량의 델타 비를 한 번 쓸 때마다 얻을 수 있는 지렛대 힘이 더 많아진다는 뜻이었다. 30미터의 차이는 갈수록 커져 수 킬로미터로 늘어날 것이고, 한 번 커질 때마다 방정식에 되먹여져서 다음 결과를 더 증폭시킬 것이다. 기하급수적인 현상이 이번에는 인류 편을 들어주고 있었다.

또 하나의 수학적 희소식도 고려해야 했다. 인듀어런스 호가 연소를 한 번 할 때마다 조금씩 더 가벼워진다는 것이다. 추력기의 힘에 저항하는 질량이 줄어들면 행성을 한 번 돌 때마다 초속 4미터보다 더 큰 델타 비를 생산할 수 있었다.

그러니, 계속 살아남아 인듀어런스 호를 조종할 수 있다면 모든 일이 다 잘 될 것이다. 그러나 이런 이득은 끔찍이도 천천히 쌓여갔다.

결국 3년이 걸렸다.

그들은 1년짜리 계획을 짰었다. 물건들이 계속 부서져서 고쳐야 했기 때문에 더 오래 걸렸다. 고치는 데 필요한 도구와 물자들을 언제나 척척 갖다 쓸 수는 없었다. 때로는 임시변통으로 만들어야 했다. 인간의 창의력과 고된 노동으로 정교한 제 2의 해결책을 만들어야 했다. 다른 모든 것이 실패했을 때는, 생명의 위험과 희생을 무릅써야 했다.

인듀어런스의 인적 자본은 줄어들었다. 식량이 언제나 부족했다. 아클렛들은 반투명한 외부 선체 안에서 음식을 생산할 수 있도록 설계되었다. 그러나 인듀어런스의 아클렛들은 하드레인과의 충돌을 피하기 위해 얼음에 파묻혔다. 외부와 가까운 아클렛은 어느 정도 햇살을 받아 식량을 생산할 수 있었지만, 먹여 살려야 할 입에 비하면 충분하지 않았다. 우주선은 비상식량을 가득 채워 여행을 시작했다. 1년 단위의 임무로 계획한 일정표에 따라 식량이 배급되었다. 여행이 훨씬 더 길어지리란 것이 명백해지자 배급량도 줄었다. 인듀어런스에는 바이타민이 풍부했다. 대부분이 브레이크를 견뎌내고 남은 것들이었다. 쿠데타 때 달아나면서 바이타민을 충분히 챙겨놓지 않았던 스웜 사람들이 이것을 도로 찾았다. 인듀어런스와 스웜 사이에 거래가 시작되었지만 스웜머멘탈리스트들이 상상했던 자유 시장은 아니었다. MIV와 아클렛들은 거래할 때 무선으로 협상한 다음 물물교환으로 거래를 끝냈다. 이제 서로 궤도가 아주 달라져버렸기 때문에 거래 준비도 힘들었다.

이미르를 처리하는 가운데, 그들은 바깥 '호두껍질'을 구조적 지지대 겸 유성을 막는 첫 번째 방어선으로 남기고 인듀어런스 내부 공간에서 얼음을 채굴했다. 그러나 J.B.F.와 '버리고 도망치기' 파들은 그런 큰 우주선은 기동성이 없다고 끈질기게 지적했다. 큰 바위를 미리, 충분히 먼 곳에서 관측하면 배의 엔진을 사용해 항로를 조금 변경할 수 있고, 그러면 바위가 가까워질 때 얻는 결과는 컸다. 그렇게 하려면 하루에 3교대로 일하는 인듀어런스 크루 전원의 상근 시간을 대부분 잡아먹어야 했다. 그러나 임계점에 미치지 못하면 항로를 변경할 수 있을 만큼 빨리 바위를 보지 못하거나, 바위의 진로에서 비켜날 수 없었다. 그러면 유성이 아말테아와 부딪치기만 바랄 수밖에 없었다. 대부분은 그렇게 되었지만 어떤 것들은 낮은 얼음 비탈을 때렸고, 그중에는 얼음을 관통하고 사람을 죽일 만한 힘을 가진 것도 있었다.

3년을 여행하는 동안 열 명 중 한 명이 자살했다. 때로는 틀에 박힌 이유 때문이었다. 인듀어런스가 설계되고 만들어진 다음 몇 주 동안 엄청난 창조적 활동을 해낸 후, 리스는 우울증에 빠져 출발 한 달 만에 스스로 생명을 끊었다. 우주 유영자가 사실상 자살 행위인 임무에 참여하겠다고 하거나, 암 환자들이 한정된 음식과 공기, 의료 자원을 낭비하느니 생명을 끝내겠다고 결정했다. 그리고 브레이크의 날 다이나가 예견했던 대로 암 환자가 아주 많아졌다. 모든 예방 조치를 했는데도 낙진의 미립자들은 공기와 먹이사슬에 들어와 폐와 소화관에 자리 잡았다. 그런 일이 없더라도 우주 환경에서는 은은한 방사능과 형편없는 식단을 감내해야 하고 여러 가지 화학물질에 노출될 수밖에 없었기 때문에, 발암율은 대폭 높아졌다. 인듀어런스의 의료 시설로는 지구에서 하던 방식대로 암을 발견해내고 치료할 수 없었다.

음식과 공기 공급은 온실의 병충해나 장비고장 때문에 주기적으로 위기를 겪었다. 애초에 약해져 있던 사람들은 죽어갔다. 전통적인 우주여행이라면 반 알렌 방사능대를 고작 한두 번 통과했겠지만, 이 여행에서는 그곳을 수천 번 돌아다녀야 했다. 그들은 궤도를 바꿀 때마다 두 번씩 그곳을 통과해야 했고, 처음 1년 동안은 실용적인 목적 때문에 그곳을 벗어나지 않았다. 우주선 안에서 최대한 안전한 장소로 대피했지만, 어떤 보호도 완벽하지 않았다. 승무원 중 몇 명은 임무 때문에, 아니면 우연히 어쩔 수 없이 노출되는 장소에 남아 있었다. 그리고 닫힌 공간에 상당한 시간 동안 인구가 잔뜩 몰려 있다는 사실만으로도 건강에 큰 해가 되었다.

성비는 여성 쪽으로 더 기울어지기 시작했다. 일반그룹 가운데 브레이크에서 살아남은 사람들이 인듀어런스의 원래 인원에서 4분의 1을 차지했고, 대다수는 남성이었다. 전통적으로 남성이 우세한 군인, 우주비행사 부대, 과학과 공학 분야 직업에서 일반그룹을 선발했기 때문에 이런 결과가 나왔을 뿐이다. 나머지 4분의 3은 아키들이었다. 원래 아키 인구는 여성이 75퍼센트, 남성이 25퍼센트였다. 브레이크 때 인듀어런스와 함께 남기로 한 사람들의 비율은 여성 쪽이 더 컸다.

남자들은 대체로 나이가 더 많았다. 심지어 아키 나이의 두 배나 세 배에 이르기도 했다. 아키와 비교하면 대개 마지막 순간에 올려 보내진 사람들이었던 데다, 이미 우주 경험이 있어 더 오랫동안 건강에 영향을 받은 사람이 많았다. 그들은 두뇌 때문에 뽑힌 사람들이지 신체적으로 건강해서 뽑힌 사람들이 아니었다. 아키들이 아직 일을 배우고 있던 초기에 그들은 우주 유영 같은 가장 위험한 임무를 맡곤 했다. 남성은 우주 생활에 적합하지 않았다. 생물학적으로 방사능에 더 취약했기 때문이다. 그리고 문화적 양육의 결과인지 유전적 프로그래밍의 결과인지 몰라도, 북적이는 실내 공간에서 여생을 보낸다는 생각을 심리적으로 받아들이지도 못했다. 사람들에게서 도망쳐 밖으로 나가고 싶다는 충동을 더 많이 느낀다는 측면에서 남자가 여자보다 우주 유영에 자원하는 경향이 더 많았다. 우주 유영을 하는 사람들은 방사능 노출, 유성 충돌, 장비고장, 사고사나 원자로 낙진 오염 등으로 죽을 가능성이 훨씬 더 높았다.

또, 사람들이 널리 공유하고 있지만 입 밖에 내어 말하지 않는 합의가 있었다. 남자는 희귀 자원이 아니라는 것이다. 여자들, 꼭 집어 말하면 건강하고 기능이 멀쩡한 자궁들은 귀한 자원이었다. 그런 믿음에 따라 행동하는 남자들, 아니면 더 사회적으로 생산적인 자살 방식을 선택한 남자들은 계속 위험한 업무에 자원하면서 본능적으로 여자들을 우주선 안의 안전한 공간으로 이동시켰다. 거기에 반대하고 나서는 여자들도 있었지만 그럴 때 그들은 여성의 생명과 건강을 무슨 수를 써서라도 보존해야 한다는 단순하고 반론하기 힘든 주장을 펴면서 더 이상 다른 말을 못 꺼내게 했다.

스웜과는 산발적으로 통신이 오갔지만, 때로는 몰아쳐 들어오기도 했다. 스웜에 어떤 물건이 필요할 때였다. 브레이크 때의 정황상, 어느 한쪽이 상대 쪽에 군대로 가할 수 있는 어떤 피해보다 더 치명적인 재난이 아니었다면 그들은 전쟁 상태로 보일 만한 처지에서 분열한 것이나 다름없었다. 어느 쪽도 상대방을 쉬이 신뢰하게 될 것 같지 않았다. 인터넷 형식의 자유로운 통신은 장난이나 더 나쁜 목적에 사용될 수 있었기 때문에 양쪽에서 금지했다. 스웜과 인듀어런스 간의 통로는 두 냉전 국가의 수도를 잇는 핫라인과 비슷했다. 안 쓰일 때는 몇 달씩 쓰이지 않았다. 양쪽 다 살아남기 위한 시도를 하느라 여력이 없었기 때문에, 서로 무시하는 것은 별다른 문제가 되지 않았다. 아이비와 J.B.F.는 폭풍우가 몰아치는 바다에서 서로 멀리 떨어진 채 마음속에 딴생각을 품고 손상된 배 두 척을 이끄는 선장 같았다. 채널은 양 그룹 간의 교환 조건을 협상할 때나 사용되었다. 어느 쪽도 자기가 가진 정보를 크게 공유할 마음이 없었다. 그러나 스웜이 무슨 물건인가를 긴급하게 요청하는 것을 보면 여러 가지를 추론할 수 있었다. 대부분은 추진제였지만, 방사능 병을 치료하는 데 쓰는 약, 병충해 저항 작물, 영양제, CO_2 스크러버(공기 중의 분진을 물로 씻어내는 장치)와 아클렛에 동력을 공급하는 스털링 엔진의 예비 부품도 요청했다. 대가로 그들은 대부분 음식을 제공했다. 그들에겐 있으나, 인듀어런스에 없는 물건은 그것뿐이었다.

브레이크 11주 후에 태양 폭발이 일어났고, '코로나 질량 방출'이라는 사건이 뒤따랐다. 태양이 대전 입자들을 태양계로 어마어마하게 방출하는 것이다. 그렇기 때문에 센서들 몇 개는 언제나 태양을 향하고 있었다. 인듀어런스는 폭풍이 다가오는 것을 보고 스웜에 경고 메시지를 보냈다. 그즈음 인듀어런스는 지구 자기장에 보호받으며 잘 지내고 있었다. 거기에다 철과 얼음으로 된 방패가 있었기 때문에 인듀어런스 크루들은 방사선에 거의 노출되지 않고 그 폭풍을 잘 넘겼다. 그러나 스윔이 그 경고를 제대로 받았는지, 이해하기는 했는지 그들로서는 알 수 없었다. 아키텍트들은 코로나 질량 방출의 위험을 잘 이해하고 있었기 때문에 아클렛마다 '폭풍 피난처'를 만들어놓았다. 침낭은 안쪽과 바깥쪽 사이 공간에 물을 펌프질해 넣을 수 있도록 만들어졌다. 침낭 안에 있는 사람을 고에너지 양자를 잘 흡수하는 분자로 둘러싸기 위해서였다. 아클렛들은 아미포스틴이라는 약도 비축해놓았다. 방사능 노출로 인체에서 자유기(활성산소)가 생성되는데 그 피해로부터 DNA를 보호하는 약이었다. 적어도 반시간 정도 전에 미리 경고를 받고 아클렛 탱크에 피난처를 전부 채울 만큼 충분히 물을 비축해놓았다면 훌륭한 대책이었다. 그들은 선원들이 구명보트 훈련을 하듯이 이런 상황에 대처하는 법을 자주 연습했다. 그러나 일이 잘못될 수 있는 경우의 수는 너무 많았고, 800명의 아키들 모두가 그 폭풍에서 무사히 빠져나올 수는 없을 것 같았다.

이어 3년 동안 우려할 만큼 큰 규모의 코로나 질량 방출이 열 번 더 일어났다. 그때마다 인듀어런스 호는 스윔에 경고를 보냈지만, 답신을 받은 적은 한 번도 없었다.

스윔이 끊임없이 더 많은 물을 요구하는 게 어딘가 걱정스러웠다. 아클렛의 생태계 물은 재순환되었기 때문에, 추진제로 쓰지 않으면 아클렛에 물이 없어질 리가 없었다. 추진제로 쓰려면 물을 수소와 산소로 분열시켜 추력기에 넣어야 했다. 스윔 안에 있는 아클렛들은 모두 순전히 대형을 유지하기 위해서라도 때때로 그렇게 해야 했다. 그들이 바위를 하나도 피하지 않고, 지구 주위 궤도를 바꾸지 않는다고 해도 그럴 수밖에 없었다. 그러나 반 알렌 대를 피하면서 더 높고 원형인 궤도로 몇 번 바꾼 것 같았다. 그들에게도 그럴 만한 이유가 있었을 것이다. 그러나 물이 그렇게 적다면 필요할 때 폭풍 피난처를 채울 수 없다. 그들은 한 번에 전멸하거나 대부분 죽어버릴 수도 있는 재앙에 무방비 상태였다. 아이비는 그들에게 여전히 합리적인 데가 있어서 사태가 그 정도로 악화되면 구조 요청을 하리라고 믿을 수밖에 없었다. 그런 한편으로 그녀는 인듀어런스에 필요한 물이 충분하다는 매혹적인 생각도 물리치려고 했다. 그들은 이제 이미르 탐험대가 아니었다. 그들이 운반하는 물이 인류가 수백 년 동안 손에 넣을 수 있는 물 전부일 수도 있었다.

J.B.F.가 연락해 폭풍 피난처용 물을 긴급요청하면 뭐라고 말할지 아이비는 이미 마음속으로 대답을 정해놓았다. '아무것도 하지 말고 우리에게 와서 다시 인듀어런스 크루가 되고 여기서 피난해라.' 가끔 아이비는 J.B.F.가 자기가 그런 요구를 할 것을 예측하고 있을지, 그런 무조건적 항복을 언제까지 피하고 싶은 것인지 궁금했다.

"꽤나 힘들었어." 두브가 쉰 목소리로 말한 후 아드벡 위스키로 목을 적셨다. 오십억 년 된 소행성의 물 몇 방울이 잔에 섞여 있었다.

그는 바나나에서 벽의 투명 스크린을 쳐다보며 빈 방에 대고 이야기하고 있었다. 독서용 안경은 더 이상 소용이 없었다. 무중력 때문에 안구 모양이 변했다. 렌즈 연마 기계의 작동법을 아는 사람들이 전부 죽거나 실종되었기 때문에 누군가 그 기계가 어디 있는지 알아내고 설명서를 읽지 않으면 새 안경을 만들 수 없었다. 인듀어런스에 살아남은 사람들은 겨우 28명뿐이었기 때문에, 그런 일이 일어나리라 보기는 어려웠다. 두브의 원거리 시력은 여전히 매우 좋았지만, 안경 문제 때문에 랩탑을 오래 사용하기는 싫었다. 대신 그는 바나나로 와서, 약간의 중력을 받으며, 컴퓨터를 프로젝터 케이블에 연결해 화면과 거리를 두고 작업을 했다.

그 대단한 순간을 놓치고 싶지 않았기 때문에 그는 한 시간 동안 여기 있었다. 몇 초 정도 차이가 있을 수는 있지만, 그는 그 사건이 정확히 어느 순간에 일어날지 알고 있었다. 하지만 다른 일에 집중할 수가 없었다. 다른 27명은 자고 있거나 바빴기 때문에, 그는 혼자 축하식을 했다.

커다란 창 하나가 그의 앞 화면을 점령하고서 두껍고 읽기 좋은 블록체로 찍힌 여섯 글자를 보여주었다. 인듀어런스의 궤도 변수였다. 일 초에 몇 번씩 업데이트되기 때문에 숫자는 흐릿하고 씰룩거렸다. 그가 집중하는 숫자에는 R 표시가 되어 있었다. 반지름(radius)의 약자였다. 그 숫자는 지금까지 본 숫자 중 제일 높았다. 384,512,933미터였고 마지막 자릿수 숫자 몇 개는 여전히 천천히 올라가고 있었다. 인듀어런스 호는 원지점을 향해 조금씩 나아가고 있었다. 지금까지 가보지 못한 가장 높은 원지점이었고, 그 원지점의 높이는 한때 달이 지구 궤도를 돌던 거리보다 약간 더 길었다. 그들은 이제 처음으로 클레프트만큼 높은 곳에 있었다.

인듀어런스의 남은 엔진이 가동되면서, 고정되지 않은 물건들이 제자리에서 움직였다. 엔진의 수는 원래 81개였지만 정상 아클렛 엔진 숫자는 37개까지 줄어들었다. 날이 좋으면 최대 39개까지 가동했다. 나머지 엔진의 절반에서는 가동 엔진을 계속 작동시키기 위해 부품을 떼어냈다. 손실을 보충하기 위해 갖고 있는 모든 엔진에서 임시로 빼냈다. 카부스에서 큰 엔진을 가져왔고, 추진 유닛은 모두 조선소에서 빼낸 부품이었다. 예비 모터 몇 개는 낙오한 아클렛에서 얻었다. 낙오 아클렛들은 스웜과 분리되고 그들과 다시 합류하게 된 아클렛이었다. 엔진 동력이 감소했는데도, 인듀어런스는 처음 몇 년 동안 갈 수 있는 추진제를 실은 채 지구 중력 우물 바닥에 빠졌을 때만큼은 작동할 수 있었다. 이제 우주선 무게는 그 시절의 절반 정도였다.

연소는 얼마 동안 지속되다가, 우주선의 자세가 바뀌고 다른 방향으로 연소를 하면서 끝났다. 지금 무슨 일이 일어나고 있는지 알기 위해 두브는 화면의 숫자를 볼 필요도 없었다. 3년 동안 계획한 일이었다.

그들은 현재 매우 편심된 궤도 위에 있었다. 백만 킬로미터의 3분의 1 거리를 직선으로 달리는 커다란 머리핀 한 쌍이 함께 결합된 것 같은 궤도였다. 지구는 그 머리핀 한쪽의 굽어진 곳 깊숙이 자리잡았다. 인듀어런스의 근지점은 3년 동안 바뀌지 않았다. 수천 개의 궤도를 달리면서 근지점을 지날 때마다 그들은 엔진을 전력 가동해 날카로운 소리를 내며 지구 대기권 꼭대기를 아슬아슬하게 스쳐갔다. 닷새쯤 전 마지막으로 그 길을 지나갈 때, 그들은 초속 11,000미터 이상의 속도를 유지했다. 육안으로 보면 궤도가 대칭을 이루는 것 같았지만 사실은 그렇지 않았다. 그들은 현재 옛날 달 궤도 약간 너머에 있는 맞은편 헤어핀 쪽에 있었는데, 속도는 옛날 바퀴 달린 탈것이 소금 평원을 가는 속도와 맞먹을 정도로 느렸다. 꼭대기까지 계속 끌려갔다가 바닥으로 가파르게 내려가기 직전 슬금슬금 움직이는 롤러코스터 같았다. 지구는 팔을 뻗으면 닿을 듯한 거리에 있는 탁구공만 한 크기였다. 그들은 곧 그쪽으로 낙하하기 시작할 것이다. 지금부터 닷새 후 다음 근지점을 통과할 때까지 다시 초속 11,000미터의 속도를 쌓아갈 것이다.

그러나 그동안, 조금씩 겨우 움직이는 몇 분 사이 그들은 마법을 부릴 수 있었다. 여기서 속도를 조금 변화시키면 저 아래 궤도에서는 엄청난 변화가 일어났다. 인듀어런스 호는 3년을 버티고 인내하며 계획을 실행한 덕분으로, 지구에서 클레프트까지 오는 거리에 도달했다. 그러나 우주선의 궤도면은 언제나 잘못되어 있었다. 이지가 들어간 궤도면이었다. 바이코누르 우주기지에서 쉽게 닿을 수 있었기 때문에 그 궤도면을 선택한 것이 백만 년 전쯤 있었던 일처럼 느껴졌다. 저 아래 중력 우물 깊은 곳에서 궤도면을 바꾸는 비용은 파국을 초래할 만큼 비쌀 것이다. 지구로 도로 돌아간다면, 옛날에 달이 돌던 궤도면으로 이지를 이동시키는 것보다 무(無)에서 새 우주정거장을 만들어내는 쪽이 더 싸게 먹힐 것이다. 하지만 이 위에서는 원지점에서 엔진을 연소시키면 우주선이 원하는 궤도면으로 점점 더 가까이 가도록 미는 대가가 훨씬 쌌다. 그래서 그들은 원지점을

411

지날 때마다 조금씩 궤도면 변환 기동을 했다. 몇 달째 계속된 일이었다. 클레프트에 닿으려면 할 수밖에 없는 일이었지만, 그때마다 두브는 배 속이 불붙는 듯 아팠다. 남아 있던 싱글 몰트 찌꺼기 두어 잔을 마시지 말걸 하는 생각이 절로 들었다.

그들은 옛날 달 궤도면으로 올라가 클레프트에서 안전한 피난처를 찾아야 했는데, 그 궤도면에는 바위가 널려 있었다. 제로 때 바위들이 튀어나와서 대부분 그대로 머물러 있는 곳이었다. 하드레인 때 지구로 떨어진 것들은 달의 파편 구름에 견주어 보면 작은 부분에 지나지 않았고, 이 위에 남아 있는 것과 비교하면 겨우 살짝 먼지를 떨어낸 정도였다. 인듀어런스 항해 기간 동안 우주선 조종사는 대체로 달의 파편 들판을 잘 피하고 비스듬한 바이코누르 호환 궤도면에 계속 배를 머물게 했다. 그러지 않았다면 이렇게 오래 살아남지 못했을 것이다.

그러나 클레프트에 가려면 파편 구름 속을 뚫고 날아가는 위험을 감수해야 했다. 지난 몇 달 동안 원지점에 도달해 엔진을 연소시키고 목적지 궤도면에 더 가깝게 다가갈 때마다, 그들은 조금씩 더 더럽고 위험한 우주로 들어갔다.

느린 속도도 문제였다. 파편 구름이 부르릉거리며 전속력으로 원형 궤도를 돌고 있는 한 무리의 경기용 차들이라면, 인듀어런스는 그 안쪽으로 아장아장 걸어가는 어린아이였다. 이런 엄청난 속도 차이는 지금부터 열흘 후에 있을 다음 원지점까지 변하지 않을 것이다. 그들은 그 원지점에서 가장 큰 규모로 가장 긴 연소를 할 것이다. 인듀어런스의 남은 추진제를 전부 사용해 파편 구름과 같은 평균 속도로 가속할 것이다. 그러면 쌍으로 된 머리핀 궤도가 거의 완벽한 원으로 바뀌면서, 영원히 지구로부터 384,512,933미터 떨어진 곳에 남게 된다. 그들은 원형 경주로의 차량 흐름에 순조롭게 녹아들면서 클레프트를 찾으러 갈 것이다. 두브는 클레프트를 광학망원경으로 여러 번 보았고, 클레프트의 매개변수를 확인했고, 클레프트를 찾는 법을 알았다.

이것은 그에게 필생의 과업이었다.

몇 년 전, 제로 전에 필생의 과업이 무엇이냐는 질문을 받았다면 그는 다른 대답을 했을 것이다. 그러나 제로 후 360일까지 그가 살았던 삶은 그가 만들어놓고 이제 인듀어런스 호를 위해 실행하고 있는 임무 계획의 준비 과정이었을 뿐이다. 브레이크의 날, 필요한 추진제가 도착하고 친구이자 동료인 콘라드가 죽고 스윔이 분리되었다. 그날 그는 무엇을 해야 하는지, 누가 그 일을 해야 하는지 확실히 알았다. 그래서 지금까지 그 일을 해오고 있었다.

파편 구름 속에 들어갈 때까지 열흘이 남았고, 클레프트에 도달할 때까지는 2주 정도 남았다. 그는 살아서 그것을 볼 수 있을까 생각했다. 암에 걸린 것이 확실했다. 진단시설은 없었지만, 첫 번째 뚜렷한 증상은 소화관에서 나타났고 그다음 암 전이로 간이 부풀어 올랐다. 이제 폐 속에 이상한 물질이 들어간 것 같은 느낌이었다. 암은 천천히 자라갔다. 자연적인 원인일수도 있다. 우주로 오기 전 옛 지구에서 씨앗이 뿌려졌을지도 모른다. 아니면 음식과 함께 들어와 내장에 자리잡은 낙진 조각이겠지. 상관없었다. 그의 마음속에서 가장 중요한 문제는 살아서 클레프트를 볼 수 있느냐였다. 사실 몸 상태가 그렇게까지 나쁜 느낌은 아니니까, 순진하게 답을 점쳐보자면 '그렇다'일 것이다. 하지만 암의 성장은 기하급수적 현상 같은 것이었고, 그는 그런 현상이 얼마나 교활한지 알고 있었다.

'해머헤드(귀상어)'는 아말테아의 풍하측(선박으로 바람이 불어올 때 바람이 가려지는 쪽)에 지은 조종실로 매우 안전한 곳이었다. 볼로르에르덴은 해머헤드에서 일하며 우주선을 조종하고 있었다. 적어도 근무자 명단에는 명목상 조종사로 올라 있었다. 서열과 전문분야의 차이는 이제 별 문제가 되지 않았다. 남자 아홉 명과 여자 열아홉 명, 살아남은 사람은 전부 모든 것을 할 줄 알았다. 우주선 조종, 아클렛 엔진 수리, 우주 유영, 로봇 프로그램. 몇 년 전의 두브라면 그녀와 함께 해머헤드를 타고 어깨 너머로 매개변수를 점검하며, 때때로 휴지기가 오면 재미있는 이야기를 나누었을 것이다. 지금 바나나에 앉아 있는 두브는 그런 광경이 예전에 수천 번 경험한 것이고, 그런 것은 보라든가 다른 생존자 누구에게도 제로 전 출근길 운전처럼 틀에 박힌 일과라는 것을 알고 있었다. 해머헤드에 있어봤자 배 속만 괴로울 것이다. 그는 에너지를 보존해야 했다.

그는 깜박 졸았다. 눈을 뜨고 애써 화면에 집중하자, 원지점을 통과한 지 거의 한 시간이나 되었음을 깨달았다. 그들은 마지막으로 지구를 향해 떨어지고 있었다.

전화가 울렸다. 팔을 뻗고 쥐어도 흐릿하게 보였지만, 머릿속 한구석이 아직도 얼룩덜룩한 픽셀을 몇 년 전 찍은 보의 스냅사진으로 인식해주었다. 그는 화면을 밀어 켜고 전화를 받았다.

"스웜이 접촉해오고 있어요." 보가 말했다.

"정말로?" 두브가 잠이 화들짝 깨서 말했다. "J.B.F.가 뭘 원하지?"

"J.B.F.가 아니에요. 이름이……," 보는 잠시 말을 멈추었다. "에이다인가, 뭐 그런 이름이에요. 아이 위쪽에 점 두 개."

두브는 그 이름을 떠올리려고 애썼다. 클라우드아크에 처음 올라왔을 때 그녀를 본 기억이 희미하게 남아 있었다. 이탈리아 소녀. 젊었다. GPop이 아니라 아키. 사회적인 측면으로 보자면 좀 이상했다. 사람을 지치게 만들 정도로 과민한 데가 있었다.

"'아이다'라고 발음해." 그가 보에게 말했다.

"하여간, 우리 작전을 성공적으로 마무리한 것을 축하하면서 협상을 요청하고 있어요. 아이비를 깨울까요?"

"조금 있다 내가 갈게. 아이비는 자게 놔둬." 두브가 말했다.

이런 생각을 하기는 싫었지만, 스워머들은 지금이 언제인지, 아이비가 어떤 교대 근무 시간에 자는지 잘 알고 있었다. 그래서 그녀가 지금 자고 있다는 것도 알고 있을 터였다. 그녀를 침대에서 끌어내면 인듀어런스 호 크루들이 지나치게 열성적으로 군다고 오해할지도 몰랐다.

몸을 밀어 스택 가운데로 올라가며 그는 자신이 지나치게 신중한지도 모르겠다고 생각했다. J.B.F. 스타일로 배배 꼬인 사고를 하는 것일 수도 있었다. 스택은 인간의 날숨 때문에 약간 누레지고 반짝거리는 우중충한 장소였다. 날숨은 얼음처럼 차가운 벽에 응결되어 절대 닦이지 않았다. 그는 그것이 잘 보이지 않아 기뻤다.

그들은 스윔 사정을 거의 몰랐다. 지난 3년 동안 합류한 낙오 아클렛들의 이야기를 듣고서야, J.B.F.가 재빨리 움직여 권력을 강화하고, 스윔의 인구 10퍼센트 정도가 죽은 첫 번째 코로나 질량 방출 때의 위기를 이용해 자기 나름의 군법 체계를 세웠다는 것을 알아냈을 뿐이다. 그때부터 약 1년 전까지, 인구는 꾸준히 줄어들고 있었지만 그들은 대체로 예정된 길을 갔다. 1년 전 어떤 아키들이 반란을 일으키기 시작해서 스윔은 두 개의 스윔으로 또 나뉘었다. 선택의 여지가 없기 때문에 공존하지만 서로 이야기를 나누지는 않는 스윔이 두 개 생겼다.

인듀어런스 호 사람들은 놀라울 정도로 스윔의 상황에 주의를 기울이지 않았다. 사실 별로 중요하지도 않았기 때문이다. 브레이크의 날 주사위는 정치 수준이 아니라 물리학 수준에서 던져졌다. 이지에 남은 사람들은 두브의 계획을, 그의 일생의 과업을 따르기로 한 것이다. 빅 라이드. 인듀어런스를 타고 그 질량에 발목이 잡힐지언정 보호받는 상태로 있거나, 그렇지 않거나밖에 없었다. 인듀어런스에 탔다면 떠날 길은 없다. 그렇지 않다면 스윔에 끼어 살아갈 방법을 찾아야 할 것이다. 완전히 다른 궤도로 이동해 궤도역학 수준에서 빅 라이드와 호환할 수 없는 계획에 따르는 것이다. 일단 궤도가 갈린 다음 다시 연결하려면 엄청난 델타 비를 쓰는 수밖에 없었다. 어마어마한 물을 쓰고 절대로 돌려받지 못한다는 뜻이다. 물이 적으면 코로나 질량 방출로부터 보호받는 수준이 낮아지고, 식량 생산이 제한되고, 운 나쁘게 바위가 날아온다 해도 발이 묶이게 된다. 스웜 전체가 그런 행동방침에 찬성할 수는 없었다. 그리고 인듀어런스는 많은 수의 난민을 수용할 수 없기 때문에 다시 합치는 것이 바람직한 아이디어가 아닐지도 몰랐다. 인듀어런스의 임무 계획은 상당한 유성 충돌도 심각한 피해를 받지 않고 흡수하는 능력에 입각한 것이었다. 무방비 상태의 아클렛 한 무리가 그 뒤에 따라온다면 곧 유성에 맞아 죽을 것이다. 따라서 물리학 수준에서만 보아도, 브레이크는 취소할 수 없었다. 그 두 그룹이 서로 합치기를 간절히 원한다 해도 어쩔 수 없었다.

그러나 나머지 스웜은 인듀어런스를 지켜보면서 적합한 시기가 오기를 기다린 것 같았다. 인듀어런스가 해낼 때를 기다린 것이다.

아이다가 두브의 계획을 알아차리고 있었다. 그녀는 지금 무엇이 위태로운지 알고 있었다. 앞으로 열흘 내, 인듀어런스가 파편 구름의 소용돌이 속으로 사라지기 전에 스웜에서 남은 사람들이 합류할 수 있다면, 그들은 상대적으로 안전한 클레프트에 닿을 희망이 있었다. 그렇지 않으면 그들은 상대적으로 깨끗하고 안전한 궤도에서 계속 지구를 돌며 점점 인구와 물 공급이 줄어드는 처지에 놓일 것이다.

두브는 해머헤드 속으로 헤엄쳐 들어갔다. 세 명이 더 있었다. 보, 스티브 레이크, 마이클 박. 마이클 박은 밴쿠버 출신의 한국계 캐나디안 게이로, 자신을 필수불가결한 존재로 만드는 방식을 여섯 가지나 찾아냈다.

"기록에 따르면 아이다 페라리네요." 그가 묻기 전에 보가 말했다. "반 J.B.F. 분파의 지도자예요. J.B.F.가 죽은 것 같죠?"

스티브는 바빠 보였다. 그가 적극적으로 활동하는 모습을 보자 기분이 좋았다. 그는 박테리아들의 불균형 때문에 생긴 만성 장 질환에 걸려 있었다. 드레드락을 고수했지만 이제는 머리가 덩치보다 더 컸다. 몸무게가 백 파운드도 안 나갈 것 같았다. 그러나 그의 손가락은 여전히 랩탑 위를 날아다녔다.

보가 우주선 조종에 다시 집중하려는 순간, 마이클이 설명했다. "스티브가 비디오 영상을 틀고 있습니다. 오랫동안 아무도 안 했죠."

우주선 간 장거리 통신에 쓰이는 구식 S 주파수대 무선을 최근 시도한 사람이 없다는 뜻이었다. 물론 아키텍트들이 클라우드아크를 촘촘하게 연결하기 위해 만들었던 단거리 메시 네트워크는 사람들이 스카이프를 하느라 내내 썼다. 그러나 그들이 궤도 어디쯤 있느냐에 따라, 남은 스웜은 메시 범위를 훌쩍 벗어나 인듀어런스 호와 수십만 킬로미터 떨어져 있을 수도 있었다. 그래서 그들은 아폴로 우주비행사들이 달에서 텔레비전 신호를 보낼 때 썼던 인터넷 이전 기술을 사용했다.

결국 스티브는 그것을 작동시켰고, 다음 순간 그들은 투박한 픽셀로 만들어진 얼굴 정면 이미지를 대하고 있었다. 몇 주 전 머리를 밀다시피 한 다음 거의 손보지 않은, 이목구비가 섬세한 얼굴에 검은 눈의 여성이었다.

스티브가 두브로 하여금 잘 보이도록 큰 화면에 영상을 올려놓자, 두브는 그것을 통해 인듀어런스의 모든 사람들에게서 볼 수 있는 영양실조의 증후를 발견했다. 그는 약간 놀랐다. 스웜에는 먹을 것이 풍부하리라 상상하면서 모두가 괴로워하고 있었던 것이다. 스윔의 물이 떨어졌기 때문이리라. 그 여성은 눈을 내리뜨고 있었다. 그녀가 카메라 아래 태블릿 화면에 집중하고 있음을 다들 알아차렸다. 연결이 되고 통신이 가능하다는 것을 확인하자, 그녀는 턱을 든 채 크고 검은 두 눈으로 해머헤드를 똑바로 바라보는 것 같았다. 저화질 영상으로 보자 그 눈은 홍채와 동공을 구분할 수 없을 만큼 칠흑같이 검었다. 그리고 그 눈에는 굶주림 때문에 뜨겁고 희미한 광채가 떠돌았다.

"아이다예요." 그 여자가 자기소개를 했다. "당신이 보입니다, 닥터 해리스." 그녀가 미소 짓기 시작하자 상태 나쁜 치아가 잠깐 보였다. 그녀는 생각을 고쳐 웃지 않기로 한 것 같았다. 그녀의 눈은 카메라 바깥에 있는 누군가 혹은 무엇인가의 방향을 잠깐 살피다가, 다시 그들 쪽으로 시선을 고정시켰다. 그녀는 인듀어런스 쪽을 볼 수 있도록 태블릿을 카메라와 더 가까운 곳으로 올렸다. 그녀의 손이 렌즈 앞에서 빠르게 지나갔다. 더럽고 너덜너덜한 손톱과 닳아빠져서 반질반질한 소매가 힐끗 보였다. 배경화면에서 희미하게 중얼거리는 소리가 들려왔다. 이는 그 아클렛에, 그러니까 카메라 바깥쪽에 다른 사람들이 같이 있다는 것을 시사했다. 볼로에 속해 있지 않아 무중력 상태인 그녀는 태블릿 위의 영상을 탐색하며 지금 보이는 모습을 이해하려 애썼다. 해머헤드는 브레이크 때 존재하지 않았으므로, 그녀에게는 새로운 물건이었다. "스티브 레이크네요." 아이다가 그를 알아보고 중얼거렸다.

"난 보예요." 보가 말했다.

"마이클입니다." 마이클이 말했다.

"책임자가 누구죠? 아이비는⋯⋯." 아이다가 물었다.

"아이비는 아직 살아 있고 아직도 CAC에 따라 사령관이오." 두브가 말했다. "지금은 근무 외 시간입니다. 긴급한 이야기를 해야 한다면 깨울 수도 있어요."

"아뇨, 그럴 필요는 없어요." 아이다가 살짝 움찔하며 눈을 아주 약간 가늘게 떴다. 그녀와 인듀어런스 사이의 거리 때문에 영상 통신이 지연되기 시작했다. 대화가 끊기면서 어색해졌다.

"당신들은 얼마나 남았어요?" 두브가 물었다.

"열하나요."

직접적으로 엄청나게 큰 수만 상대하면서 일하는 데 익숙해진 두브에게는 그렇게 적은 숫자가 실감이 나지 않았다. 열하나. 열 더하기 하나.

생각을 좀 해보고는 두브가 다시 물었다. "아클렛이 열한 대 남았다는 건가요?" 그러면 이십 명, 어쩌면 백 명 정도 사람이 있다는 뜻이다.

아이다는 재미있다는 기색을 띠었다. "오 아뇨, 아클렛이야 훨씬 더 있죠. 스물여섯 대 있어요."

"아, 그럼 뭐가 열하나라는 겁니까?"

"사람들이요." 아이다가 말했다.

"아이다. 확인차 묻는 거예요. 그래야 오해가 없죠. 당신은 스웜 전체를 대표해 말하는 거죠. 그리고 스웜 전체에 생존자가 열한 명 있다는 거죠?"

"네, 그리고 하나 더⋯⋯."

"뭐가 하나 더 있나요?"

아이다의 얼굴에 재미있다는 표정이 떠올랐다. 그녀는 마주 보던 눈을 다른 데로 돌렸다. 눈을 약간 굴린 것 같기도 했다. 두부는 아키들이 십대 때 우주로 보내졌다는 생각을 다시금 상기했다. "좀 복잡하네요. 차라리 죽는 편이 나았을 하나가 있다고만 해두죠."

해머헤드 안의 사람들은 여전히 그 말을 제대로 이해하지 못했다. 마이클이 곰곰 생각해보더니 말했다. "스웜이 두 파벌로 갈라진 건 압니다. 한쪽은 J.F.K.가 이끌죠. 당신은 반대파인가요?"

"그래요." 아이다가 웃었다. 두브는 또다시 십대들의 전형적인 모습을 떠올렸다. 아무것도 모를 텐데, 그런 부모에게 어른들이 절대로 이해 못할 이야기를 할까 말까 망설이는.

마이클은 약간 난처해져서 머뭇거리며 말을 계속했다. "그래서 열한 명이 있고…… 내가 알아듣기로는 처지가 나쁜 사람이 하나…… 하여간, 그냥 반 J.B.F. 파 사람들만 이야기하고 있는 건가요?"

"그쪽은 오래전에 졌어요. 몇 달 됐어요."

"그러면 그 안에서 충돌이 있었다는 건가요? 전쟁?"

아이다는 어깨를 으쓱했다. "다툼이 좀 있었죠." 그녀는 대수롭지 않게 말했다. "전쟁이라고 해도 좋아요. 소동 쪽에 좀 더 가깝지만요. 말하자면 진짜 전투는 인터넷에서 있었죠. 소셜미디어요."

침묵이 뒤따랐다. 아이다는 그들의 대답을 기다렸다. 아무도 대답하지 않자 그녀는 어깨를 으쓱했다. "우리가 뭘 어떻게 할 수 있었겠어요? 아클렛들을 서로 충돌시키나요? 이런 환경에서는 실제 폭력을 행사할 길이 없다고요! 그래서 우리는 그냥 말로 전쟁을 했지요." 그녀는 몸 앞으로 손을 들더니 양손으로 서로를 겨냥한 입 모양을 흉내 내며 엄지를 위아래로 까딱거렸다. "그러니까, 사람들을 설득해서 우리 편에 오게 만드는 거죠. 상대를 적으로 만들고요. 인터넷에서 늘 하던 짓이죠." 그녀는 낄낄 웃으며 한 손을 뺨으로 가져가 눈을 문질렀다. "아주 복잡한 얘기라 그 일이 어떻게 일어났는지 지금 당장 모든 걸 설명할 수는 없어요."

"하지만 J.B.F. 파가 졌다면서요." 마이클이 말했다. 해머헤드 사람들 중에서, 이 모든 일에 타당하고 논리적인 설명이 있다는 명제에 그가 가장 집착하고 있는 것 같았다.

"네, 그 여자와 태브요."

"그러면 말로 그들을 이겼다는 거군요. 생각으로. 소셜미디어 캠페인으로."

"우리 쪽이 더 설득력 있었죠." 아이다가 말했다. "내가 더 설득력이 있었어요. 아클렛이 한 대씩 내 쪽으로 넘어왔어요. 화이트 아클렛은 한동안 버텼지만, 그 후에는 그들이 포기했어요."

"그들은 어떻게 됐죠?"

"J.B.F.는 괜찮아요. 태브는 형편이 그리 좋지 않고요."

"당신이 말한 사람이 태브로군요. 죽는 게 나을 거라던 열두 번째 사람."

"그런 것 같네요."

"그러면 그 전 질문으로 돌아가서, 당신이 말한 숫자가 스웜의 양쪽 파벌을 합한 전체 숫자란 말이죠."

아이다는 마침내 그들이 무엇을 묻고 있는지 이해한 것 같았다. 그녀는 자세를 꼿꼿하게 고쳐 앉고 더욱 진지한 표정으로 말했다. "그래요. 다른 생존자는 하나도 없어요. 800명 중에서 열한 명 남았어요."

해머헤드의 네 사람이 이 말을 곱씹느라 긴 침묵이 흘렀다. 그들은 모두 스웜이 엄청나게 실패할지도 모른다는 공포를 숨기고 있었지만, 이것은 그들이 상상했던 어떤 사태보다 더 나빴다.

마침내 두브가 손을 앞으로 내밀고 손바닥을 펼친 후 어깨를 으쓱했다. "대체 무슨 일이 일어났어요?"

"농업이 망했어요." 아이다는 고개를 돌려 잠시 카메라 밖을 응시했다. "여러 가지 문제를 이야기할 수 있겠지만, 기본적으로는 그거예요. 코로나 질량 분출, 조류 병충해, 물 부족…… 이제 식량을 생산하는 아클렛은 거의 없어요."

"지금까지 뭘 먹고 버텼습니까?"

그 질문에 아이다는 놀란 듯 고개를 옆으로 홱 돌리더니 어리둥절한 표정으로 카메라를 들여다보았다. "서로요. 그러니까, 죽은 사람들이요."

두브, 보, 마이클과 스티브가 서로 눈길을 교환하는 동안 긴 침묵이 흘렀다.

끔찍한 일은, 그들도 같은 일을 여러 번 생각해보았다는 것이다. 그들이 버린 얼어 말라붙은 시신들은 전부 커다란 단백

질과 영양소 덩어리였다. 어떤 관점에서 보면 군침이 돌 수도 있었다.

마치 그들의 마음을 읽기라도 한 듯이, 아이다가 말을 계속했다. "그런데 당신들은?"

"그 말은, 우리가 죽은 사람들을 먹고 살게 되었냐는 겁니까? 아뇨." 두브가 말했다.

"태브가 그 일을 시작했어요." 아이다가 말했다. "자기 다리를 먹었어요. 그는 그걸 '가벼운 식인'이라고 불렀어요. 우주에서 다리는 필요 없잖아요. 그는 그걸 블로그에 올렸어요. 그러자 입소문이 났죠."

아무도 할 말이 없었다. 잠시 후, 아이다가 말을 이었다. "하지만 인듀어런스에는 전투 식량 같은 것이 더 많이 비축되어 있잖아요. 물도 많고. 그러니 그 지경까지 가지는 않았겠죠."

"맞아요. 거기까지 가진 않았어요." 두브가 말했다. 해머헤드 안에서 다른 사람들이 보이는 몸짓 언어를 보니 다들 너무 쇼크를 받아 말을 할 수가 없는 것 같았다.

"우리 편에 다른 비축품들이 보존되어 있다는 사실도 알아야 해요." 아이다가 말했다. "사람들이 죽고 아클렛을 잃어가면서도 지켰어요. 우리는 가진 것을 살아남은 아클렛에 옮겼어요. 우리 아클렛 스물여섯 대에는 여러 가지 물건이 많이 비축되어 있어요."

"식량만 말고 모든 것이 말이죠." 두브가 말했다.

"그래요."

"우리 궤도에 맞출 물은 충분한가요?"

"네." 아이다가 말했다. 젊고 아름답구나, 두브는 생각했다. 태브와 J.B.F.에 대항한 소셜미디어 활동에서 그녀가 왜 성공을 거뒀는지 설명해주는 열정도 보였다. "우리는 계산을 다 해봤어요. 우리가 가진 걸 전부 한 헵타드에 몰아넣어버리면 당신들이 다음 원지점에 갈 때쯤 랑데부를 할 수 있어요. 하지만 그러려면 당신들의 정확한 매개변수를 알아야 해요."

"당신 제안에 대해 토의해보지요." 두브가 말했다. "필요한 준비도 하고." 그는 스티브 레이크를 바라보았다. 그는 아이다가 뭔가 막 말하려는 찰나 연결을 끊어버렸다.

그들은 바나나 안에 앉아 논의를 했다. 진짜 논의할 만한 문제는 사실 없었다. 모두가 기계적으로 충격과 혐오감을 나타냈다. 루이사에게는 그것이 전부 공허해 보였다. 마침내 그녀가 말을 꺼냈다. 루이사가 해야 할 일이었다. 그들이 그녀에게 기대하는 역할이 그것이었으니까. 그들은 거기에 의지했다.

"70억 명이 죽었어요. 거기에 비하면 이건 소규모죠. 그리고 우리도 마찬가지로 죽은 사람을 먹을까 하는 생각을 했다는 걸 신은 아실 겁니다, 그러니까 그들이 실제로 그 일을 저질렀다고 충격받은 척하지는 맙시다. 우리 모두 그 말에 자제력을 잃은 진정한 이유는 희망이 부서졌기 때문이에요. 우리는 스웜에 건강한 사람들 수백 명, 풍부한 음식, 같이 일할 사람들이 많이 있을 거라고 생각했어요. 오, 머리로는 그럴 리가 없다는 걸 알았지만 다들 그걸 바라고 있었죠. 이제 시체를 먹는 사람 열한 명이 있다는 걸 알게 됐네요. 그들을 죽도록 내버려두겠어요?

아뇨, 그들과 더불어 귀한 바이타민이 가득 찬 헵타드가 올 자리를 만들어야죠."

"난 아이다라는 여자가 소름끼쳐요." 마이클 박이 말했다.

루이사가 한숨을 쉬며 말했다. "내 생각을 이야기하자면, 그건 당신이 충분히 배고파지면 아이다처럼 될까봐 걱정스러워서 소름끼치는 거야."

"하지만…… 그녀를 인듀어런스 호에 승선시킨다는 건……."

"J.B.F.도." 테클라가 말했다. 테클라와 모이라는 늘 그렇듯이 서로 손을 꼭 잡고 손가락 깍지를 낀 채 함께 앉아 있었다.

"나도 줄리아를 절대 다시 볼 일이 없기 바랐어요." 카밀라가 말했다. "내가 이기적이고 쩨쩨하다는 건 알아요. 하지만……."

"여러분의 불안감은 모두 이해합니다." 아이비가 말했다. "나도 그런 불안감을 갖고 있으니까요. 지금 문제는 우리의 결정에 그런 불안이 영향을 끼칠지 그렇지 않을지입니다. 정말로 여러분은 아이다가 소름끼치고 J.B.F.가 밉다고 인류의 3분의 1이 죽도록 내버려둘 건가요? 절대 아니잖아요. 그러니 우리 매개변수와 연소 계획을 전송합시다. 그리고 남은 궤도 구간 동안 새 아클렛들을 맞을 준비를 합시다."

남은 궤도 구간 동안은 정말 바빴다. 칼로리 흡수량을 올려 두뇌와 몸에 연료를 주기 위해 비축한 식량을 다 먹을 때까지 그랬다. 그러나 그 열흘 기간 한가운데 중간 휴식 기간이 있었다. 다이나와 아이비는 두브가 우우팟이라 불렀고, 지금은 사람들이 쿠폴이라고 부르는 돔 속에서 그 기간을 보내자고 암묵적인 합의를 보았다.

브레이크 후 리스가 이지와 이미르를 합쳐 한 덩어리의 금속과 물로 다시 설계할 때, 그는 이 모듈을 스택의 다른 위치로 옮긴 후 현재 사용하는 얼음이 그 주위에 흐르도록 만들었다. 얼음은 내부 반구를 완전히 둘러싸고 창이 있는 나머지 반쪽의 일부도 보호 눈썹 같은 역할을 했다. 그곳은 인듀어런스 옆면에 눈알처럼 튀어나와 있었고, 사람들이 우주를 보고 싶을 때 가는 곳이 되었다. 그래서 공학적 관점에서 보면 거기에는 실용적인 기능이 없었다. 사실 골칫거리였다. 때때로 작은 바위에 얻어맞고, 감압되고, 수리해야 했기 때문이다. 그 안에 있으면 모두 우주 방사능에 직접 노출되므로, 반 알렌 대를 지나갈 때마다 그곳은 접근 금지 지역이 되었다. 그런 일은 자주 있었다. 그러나 어쨌든 사람들은 그곳을 사랑했고, 그곳이 부서지면 계속 고쳐댔고, 혼자 있고 싶거나 다른 사람과 특별한 시간을 나누고 싶으면 그곳으로 갔다. 그곳에 그 모듈을 넣어둔 것은 설계자로서 리스가 마련한 최고의 수였다. 다이나는 그곳을 이용할 때마다 그에게 조용히 감사했다. 두브가 그곳을 가리키는데 썼던 용어는 하드레인 후 별로 멋이 없어 보였다. 잠시 사람들은 그곳을 '돔'이라고 불렀다. 그러나 '돔'[31]은 러시아어로 다른 뜻을 지니고 있었기 때문에 쿠폴라 혹은 쿠폴로 낙착을 보았다. 그 뜻은 영어와 러시아어가 그리 다르지 않았다. 러시아어로 그 단어는 대성당 돔과 관계가 있는, 살짝 종교적인 의미

---

31 돔(dom): 러시아어로 '집'이다.

를 담고 있었다.

중간 휴식 기간 동안 아이비와 다이나는 우주 방사선에 대해 별로 걱정할 필요가 없었다. 쿠폴이 인듀어런스 아래쪽에 와서 지구를 바라보도록 준비했기 때문이다. 지구는 시야를 가득 채울 정도로 가까이 있었다. 이제 생명 유지에는 쓸모가 없었지만, 지구는 여전히 매우 효과 있는 우주선 흡수기였다. 행성을 통과해서 계속 갈 수 있는 수수께끼의 에이전트가 또 하나 나오지 않는다면 아무것도 지구를 통과할 수 없었다. 그래서 다이나와 아이비는 구 한가운데 둥둥 떠서 서로 다른 곳으로 떠내려가지 않도록 팔짱을 끼고, 비닐봉지에서 버본을 꺼내 마시며 마지막으로 그들의 옛 행성을 바라보았다. 이 세계 주위를 돌진하며 보낸 6년 동안, 그들은 이지의 궤도면이 적도와 가파른 각도를 이루고 높은 위도의 경치를 보여주는 데 익숙해졌다. 그러나 최근 인듀어런스의 궤도면을 변화시켰기 때문에, 이제는 회귀선 주위 지대만 볼 수 있었다.

현재 지구에서는 그리 중요하지 않은 문제였다. 하늘은 여전히 불탔고, 하드레인의 청백색 백열광이 그 위에 줄무늬를 그렸다. 연기와 증기 사이로 보이는 지면은 탁하게 빛나는 용암으로 얼룩덜룩했다. 어떤 것은 최근 큰 소행성과 충돌해서 생긴 뜨거운 충돌 분화구였고, 어떤 것은 조각난 지구 껍질을 위로 뿜어내고 있었다. 대양의 밤은 낮 동안의 연기로 희뿌옇고 깜깜했다. 해안은 알아보기 힘들었지만 분명 예전보다 더 얕았다. 플로리다는 키즈 군도(플로리다 남단의 산호초 군도) 쪽으로 뻗어 나오고 있었지만 유성에 맞아 부서지고 조금씩 뜯겨 나가 쓰나미에 씻겨 내려갔다. 1년 반 전에, 큰 바위 하나가 오랫동안 잠들어 있던 옐로스톤 초화산의 뚜껑을 찢어버렸다. 그때부터 그 산은 북아메리카의 대부분을 재로 감쌌다. 시야 북단에서 깜박이는 노란 빛은 거대한 마그마 분출을 시사했다. 오랫동안 잊고 있던 습관이 터무니없이, 루퍼스가 송신을 할지 모르니 가서 무선을 켜라고 다이나에게 속삭였다. 그 생각에 다이나가 눈물을 흘리자, 아이비도 덩달아 눈물이 났다. 그래서 둘은 중간 휴식 기간의 후반부 동안 눈물이 그렁그렁한 채로 지구를 바라보며 근지점에 접근했다. 사실 눈물이 시야에 큰 영향을 주지는 않았다. 그러나 다이나는 최대한 좋은 기억을 간직하려 했다. 수천 년 동안 인간이 이렇게 가깝고 유리한 지점에서 다시 지구를 볼 날은 없을 것이다.

불타는 지구가 그들에게서 떨어져 나가기 시작했다. 이제부터는 점점 더 작아지기만 할 것이다. 다시 일을 시작해야 했지만 두 사람은 서로 놓아주기가 힘들었다. 옛날, 제로 전에는 때때로 서로 숨겨놓은 공포를 공유하곤 했다. 엄청난 납세자의 돈을 써가며 우주로 올라와 맡은 임무를 수행할 자격이 그들에게 없을지도 모른다는 공포. 일을 망치고, 체면을 떨어뜨리고, 지상의 많은 사람들을 당황하게 만들 거라는 공포. 물론 지금은 그런 공포를 버렸거나 적어도 그런 건 훨씬 더 큰 공포에 짓눌리고 파묻혀버렸다고 느낀 지 오래였다. 그러나 클라우드 아크 프로젝트의 시작부터, 특히 그들이 인듀어런스 호를 짓고 빅 라이드에 나서겠다는 돌이킬 수 없는 결정을 한 다음부터, 그 공포는 더 크고 무시무시한 형태로 변해 되돌아오곤 했다. 그들이 일을 완전히 망치는 중이라면? 한때 아래쪽 행성에 퍼져 있던 거대한 문명은 기억도 잘 나지 않았다. 하지만 그 행성과 행성 궤도를 돌고 있는 남은 유산을 대조하면 고통스러웠다. 인듀어런스라는, 유성에 마구 두들겨 맞은 지저분하고 엉성한 해결법은 인류가 해답이라고 내밀기 차마 쑥스러운 물건이었다. 정말 이보다 더 나은 방안이 없었을까? 그리고 이제, 변함없이 하락 나선을 돌면서 간간이 끼어드는 재앙을 막았던 3년 동안의 여행 끝에, 그 해법은 닷새 후 실행해야 하는 작전으로 축소되었다. 하지만 그 작전은 생각을 거듭할수록 점점 더 절망적인 것 같았다.

일이 어그러진다면, 다른 누구보다도 그들의 잘못일 것이다.

물론 그것 때문에 그들을 비난할 사람은 아무도 남지 않겠지만.

다이나와 아이비는 이처럼 자신감이 떨어지는 위기를 자주 겪었지만, 보통은 서로 다른 때 겪었기 때문에 어느 한 쪽이 상대를 절망에서 꺼내줄 수 있었다. 그러나 바로 이 순간에는 둘 다 그런 기분을 느끼고 있었기 때문에, 스스로 자신을 구출해야 했다.

다이나는 루퍼스의 마지막 송신을 생각하고 있었다.

안녕 우리 자랑스러운 공주님

"좋아." 그녀가 말했다. "자, 아이비. 일하러 가자."

빅 라이드의 마지막 궤도를 가는 동안, 궤도 끝에서 무슨 일이 벌어질까 하는 걱정 말고도 할 일은 많았다. 원지점에서 실행하게 될 거대한 연소는 마지막 궤도면 변경과 '빠른 차선'으로 추월하는 가속을 결합한 것이었다. 클레프트는 예측할 수 없는 불가해한 가능성들을 잔뜩 담고 타이어 속의 볼 베어링처럼 세계 주위를 뒹굴고 있었다. 그러나 새 골칫거리는 따로 있었다. 그들은 흘러가는 바위들 속에서 전보다 더 빠르게 움직이고 있었기 때문에 바위들은 '뒤에서' 다가올 것이고, 그러면 아말테아가 막아줄 수 없었다.

임무 초기에 두브는 마지막 순간 인듀어런스의 구조를 변경해 약한 물건들을 소행성 반대편으로 옮겨놓을 생각이었다. 당시 그들의 인력으로는 가능했을지도 모른다. 그러나 이제 사람 수가 28명밖에 남지 않았고, 그나마 다들 비쩍 말랐으므로 그런 일은 불가능했다. 스웜의 헵타드가 들어올 시설을 마련하는 데도 모든 인력이 동원되었다. 그들은 그 헵타드를 스택 한가운데 도킹시키고 케이블 몇 줄로 자리에 고정시킨 후 다음 기동을 하는 동안 헵타드가 그 자리에 붙어 있기만 바라야 했다. 해치는 계속 닫아놓을 것이다. 아이다의 무리 열한 명은 모든 것이 끝날 때까지 그들의 아클렛에만 머물러 있어야 한다. 앞에 내세운 이유는 그들이 그곳에서 더 안전하기 때문이었지만, 진짜 이유는 아무도 인듀어런스의 공용 공간에 식인종이 들어오는 걸 바라지 않기 때문이었다.

다이나와, 함께 일하던 로봇들에서 남은 소규모 무리는 '아말테아를 버릴 준비'라고 하는 큰 프로젝트를 맡아야 했다.

어떤 면에서 그 아이디어는 상상도 못 할 일이었다. 그러나 그들은 오랫동안 이를 계획하고 있었다. 하드레인 때 쏟아졌던 바위보다 훨씬 더 큰 바위들로 둘러싸인 환경에서, 인듀어런스의 마지막 연속 기동은 빠르고 민첩해야 했다. 어떤 의미로, 저 위의 바위들은 지구 표면을 파괴했던 작은 조각의 어머니들이었다. 바위 둘이 부딪칠 때마다 그 충돌 때문에 몇 개의 조각으로 폭발했고, 그 일부가 지구 대기권으로 떨어지고 말았다. 하드레인은 그들 모두 모래로 돌아갈 때까지 계속될 것이고, 그다음 깔끔한 고리 체계로 정돈될 것이다. 하여간, 야구공에서 농구공 크기의 바위들이 날아와 충돌해도 인듀어런스를 보호할 수 있는 아말테아의 능력은 아일랜드 크기의 바위가 널려 있는 장소에서는 별 소용이 없었다. 그런 바위 앞에서는 우주선 전체가, 즉 아말테아와 전원이 바람막이 창 위의 벌레 꼴이 될 것이다. 살아남을 수 있는 유일한 방법은 일단 파편 구름 한가운데로 들어간 다음, 커다란 바위를 비켜가면서 클레프트로 돌진하고, 도중에 작은 바위에 너무 많이 얻어맞지 않기만 바라는 것이었다. 인듀어런스의 백 배나 무게가 나가는 아말테아를 우주선에 붙인 채로 그런 기동을 할 수는 없었다. 인듀어런스는 여전히 방패 겸 추진제로 상당한 양의 얼음을 싣고 있었다.

인듀어런스는 아말테아와 비교해도 상당한 무게가 나갔다. 그러나 아말테아와는 달리, 그것은 연소시킬 수 있었다. 기본적인 계획은 얼음을 대부분 수소와 산소로 쪼갠 다음, 원지점에서 마지막으로 속도를 올릴 때 태우는 것이다. 몇 분 동안 정신없이 바쁜 경로를 지나며, 인듀어런스는 자기가 실은 물을 대부분 추진제로 써서 없애버릴 것이다. 원지점에서 아말테아를 버릴 때까지, 우주선의 총 무게는 한 시간 동안 백 배이상 가벼워질 것이다. 그 후 우주선은 정말로 엄청난 교통량주위에서 가볍게 돌아다니는 벌레 같은 존재가 될 것이다. 큰바위는 피하고 작은 바위는 얻어맞으면서 클레프트까지 가야한다.

어쨌든 그들은 이런 일을 전부 오래전부터 예측하고 있었다. 다이나와 마이닝 콜로니에 있는 생존자들은 3년 동안 아말테아를 안에서부터 개조했다. 앞쪽 끝에서 보면 소행성의 모습은예전과 똑같았다. 그러나 안쪽은 대부분 체계적으로 깎여나갔다. 그 과정은 제로 후 14일쯤, 다이나가 전자 부품들을 넣어두기 위해 그랩 한 대에게 틈새를 깎아내는 일을 시켰을 때 시작되었다. 그때부터 그 일은 단속적으로 진행되었다. 그들은 모이라 크루의 유전학 장비 저장실을 만들기 위해 많은 금속을 옮겼다. 모이라의 유전학 장비는 어떻게 보면 그들이 지난 3년 동안 해온 다른 모든 일의 존재 의미였다. 일단 그것을 안전하게챙긴 후 그들은 정리를 시작했다. 보호받을 공간의 부피를 넓히고 벽을 부수어, 아말테아의 등에서 파낸 원통형 캡슐 속으로 합류했다. 그 캡슐은 스택 꼭대기에 비스듬히 가로질러 자리잡고 있었기 때문에 해머헤드라고 불렀다.

지난 2년 동안 로봇이 여러 가지 세밀한 작업을 맡아준 덕택에, 해머헤드는 이제 한 뼘 두께의 니켈-철 벽을 사이에 두고아말테아의 부피와 질량의 99퍼센트에 해당하는 부분과 분리되었다. 우주 구조물의 기준으로 보면 그들은 여전히 엄청나게 육중했다. 대기압을 견디고 작은 유성을 막고도 남을 정도로 튼튼했다. 그러나 그 벽 너머에 더 남아 있던 두께 수십 미터의 덩어리는 이제 한 뼘 두께의 벽에서 물리적으로 분리되어, 압축 공기 분사 한 번으로 밀어낼 수 있었다.

아니 오히려, 질량 차이를 고려하면 인듀어런스가 그쪽에서 밀려나가는 것이다. 아말테아의 대부분은 지금 있던 곳에 그대로 있을 테고, 아주 가벼워진 인듀어런스는 볼링공에서 튕겨나가는 메뚜기처럼 그곳에서 피할 것이다.

때가 오면 그들은 남은 연결 고리를 폭약으로 산산이 부숴야할 것이다. 마지막 단계에서 이행할 다이나의 임무 중에는 지구의 중력 우물에서 벗어나 클레프트와 랑데부하기 위해 다시 높이 날아오를 때 우주복을 입고 밖에 나가 폭약들을 점검하는 일도 있었다. 폭약이 있어야 할 곳에 있는지, 제대로 연결되어 있는지 확인해야 했다. 폭약에 대한 지식이 있는 사람은 그녀밖에 남지 않았다. 다이나가 그 일을 확실히 해낼 수 있는 유일한 사람이었다. 6년 전쯤이라면 중압감 때문에 반쯤 마비되었겠지만 이제는 일과처럼 보이는, 그런 임무 중 하나일 뿐이었다.

"우리에게 더 이상 나쁜 소식이 필요 없다는 건 알지만, 모두에게 나쁜 소식이 좀 있습니다." 두브가 바나나 회의 테이블에 둘러앉은 인류의 25퍼센트에게 말했다.

누구 하나 한마디도 하지 않았다. 이 시점에서 그들을 놀라게 할 만한 것은 하나도 없었다.

원지점에 가서 마지막 연소를 하고, 아말테아를 버린 후 클레프트로 달려갈 때까지 48시간이 남아 있었다. 아이다가 반시간 전에 보낸 송신이 믿을 만하다면, 스웜에 남은 사람들은 이런 모든 일이 일어나기 직전 그들과 랑데부할 것이다.

"들어봅시다." 아이비가 말했다.

"태양 흑점 하나를 계속 관찰하고 있었습니다. 좀 성이 난 것 같아 보였거든요. 자, 20분쯤 전에 그 흑점이 거대한 화염을 내뱉었습니다. 우리가 본 가장 큰 화염은 아니지만, 상당히 커요."

"그럼, CME(코로나 질량 방출)가 일어날 거란 말씀인가요?" 아이비가 물었다.

"그래요. 지금부터 하루에서 사흘 사이 아무 때나요. 데이터를 더 얻으면 더 나은 추정치를 낼 수 있겠습니다."

모두 그 문제를 생각해보았다. 최근까지 코로나 질량 방출은 스웜 사람들과 어떻게 해야 잘 지낼 수 있을까 하는 생각에 비하면 별 걱정거리가 아니었다. '붉은 희망'에서 갈라져 나온 그 작은 파벌은 스웜에 엄청나게 많은 사망자를 낸 위험과 재난을 겪으면서 거의 전멸 상태에 빠진 지 오래되었을 것이다. 인듀어런스 크루에게는 아말테아와 얼음이 커다란 방패가 되어주었다. 상대적으로 얇은 해머헤드의 벽도 안에 있는 사람들을 CME 때 내뿜어질 방사능에서 전부 보호할 수 있었다. 그러나 이제 인듀어런스의 옆면은 헐벗은 상태였다. 그랩들은 마지막 얼음을 운반해 분열기에 집어넣어 로켓 연료를 만드는 작업을 하고 있었다. 그들은 저장할 수 있는 곳이 남으면 어디든지 극저온 기체를 저장하고 있었다. 빈 아클렛 선체와 사용하지 않는 모듈에 그 기체를 펌프질해 넣었다. 스택의 부품들은 브레이크 이후 처음으로 세상 빛을 보고 있었다.

"우리 작전에 영향을 미치겠군요." 아이비가 결론을 내렸다. "하지만 우린 이 훈련을 많이 받아보았습니다. 아미포스틴을 먹고, CME을 맞기 전에 우주 유영을 끝냅니다. 필수 인원만 남기고 나머지는 해머헤드에 수용할 준비를 해야 합니다. 어떤 사람들은 스택 안에서 더 내려가야 하겠지만, 우리는 폭풍 피난처를 준비해놓을 겁니다."

"……'그들'은 어쩌죠?" 마이클 박이 물었다.

"그들은 골칫거리죠." 아이비가 인정했다. "가소성 아클렛 속에 있으면 그들은 산 채로 요리당할 겁니다. 그들에게 아미 포스틴이 남아 있고 자기들 아클렛의 폭풍 피난처를 채울 물이 충분하다 해도 피해를 입을 겁니다. 윤리적으로, 우리는 그 열한 명을 인듀어런스에 승선시켜서 더 안전한 장소로 보내야 합니다."

"원래 계획은 세 사람을 EVA로 내보내 그들의 헵타드를 잠그고, 스택에 단단히 고정시키는 것이었습니다. 우리가 마음 놓고 기동할 수 있도록요." 지크 페터슨이 말했다. 인듀어런스의 크루를 통틀어 그가 브레이크 전의 외모와 가장 가까워 보였다. 물론 그때보다 더 말랐다. 관자놀이 주변이 약간 희끗희끗해지기도 했다. 그러나 그는 여전히 건강했고, 전기면도기를 계속 쓸 수 있었기 때문에 턱수염이 없었다. 표도르와 울리카가 유성 충돌 사고로 죽은 후 아이비는 그를 인듀어런스의 부사령관으로 임명했다.

그는 인듀어런스가 자기 덩치의 99퍼센트를 버린다는 사실을 언급하는 중이었다. 그러면 인듀어런스는 같은 추진력을 생산하는 같은 수의 엔진으로 백 배 더 빠르게 가속할 수 있다는 뜻이었다. 여전히 중력은 아주 강해지지 않고, 사람이 견딜 만한 범위 내를 유지할 것이다. 그러나 그런 기동을 하면 우주선의 골조가 전에 한 번도 경험한 적 없는 압박을 받게 된다. 이것도 그들이 오래전에 내다본 만일의 사태에 들어갔다. 그래서 그들은 인듀어런스 호를 만들고 얼음으로 덮었다.

이제 인듀어런스는 전체적으로 더 빠르게 가속할 수 있는 장비를 갖추게 되었다. 지난 3년 동안 아무것도 부서지지 않았으니, 우주선은 멀쩡히 버틸 것이다. 가속을 하자마자 엄청난 쓰레기들이 나와서 우주선 내부 공간에 미끄러져 다니겠지만.

그러나 마지막 순간 스윔의 헵타드가 합류하는 경우를 대비하는 계획은 짜지 않았다. 곤란한 일이었다. 헵타드는 스택에 도킹포트로 연결될 텐데, 도킹포트는 큰 물리적 압박에 버틸 수 있게 만들어지지 않았다. 아이다와 그녀의 크루들이 그 헵타드를 비품으로 가득 채웠을 뿐만 아니라 바깥에도 묶어놓았기 때문에, 헵타드는 무거웠다. 같은 이유로 아이비도 그것을 그냥 버리고 싶지 않았다. 그들이 비품을 쓸 수 있을 테니까. 그래서 세 우주 유영자가 그 헵타드를 맞아들이고 도착하자마자 케이블을 가지고 덤벼들어 제자리에 묶을 계획이었다.

"로봇으로 무슨 일을 할 수 있는지 봐야겠어." 아이비가 다이나와 보를 바라보며 말했다. "저 밖에 있는 건 그림드밖에 없지, 맞아? 그건 방사능이 심해도 작동할 수 있잖아."

"그렇게 준비할게." 다이나가 동의했다.

"헵타드가 도킹하자마자 로봇을 작동시켜." 아이비가 말했다. "최대한 빠르게 잠그고, 승강구를 열고 햄스터튜브로 열한 명이 가능한 신속하게 내려오게 해야 해. 튜브로 이동하는 동안 그들을 보호할 장치는 하나도 없어. 폭풍 피난처가 안에서 기다릴 거야. 그 안에 들어가서 나머지 여행 기간을 견뎌야 해. 크루들은 해머헤드 밖에서 작업을 하고."

그다음 이틀 동안은 할 일이 엄청 많은데 일정을 어떻게 할 방법이 없었다. 그 부분은 뉴 케어드 탐험대와 비슷하다고 다이나는 생각했다. 천문학적 사건 앞에서 인간은 속수무책이었다. 마음속 한구석에는 이 일이 끝날 때까지 밤샘 근무를 하고 싶다는 충동이 일었지만, 그녀는 잘 쉬고 잘 먹은 상태를 중요한 시기까지 유지해야 한다는 것을 알고 있었다. 그래서 억지로 보통 때 일정대로 먹고 잤다. 깨어나서 그녀는 헵타드 도착 준비 작업을 했다. 헵타드가 들어올 도킹포트 근처에 그랩들을 미리 배치하고, 알맞은 고정점에 케이블을 연결하고, 로봇이 실행할 프로그램을 손보았다. 로봇들에게 케이블 한쪽 끝을 헵타드에 후려칠 때 케이블이 걸릴 만한 장소를 점검하는 예행연습도 시켰다.

시간표는 점차 더 뚜렷한 윤곽을 갖추어갔다. 아이다는 아미 포스틴과 자기들의 폭풍 피난처를 채울 물을 급하게 요청했다. 물론 인듀어런스는 그것을 대줄 수 없었다. 인듀어런스에는 약과 물 둘 다 많았지만, 헵타드의 생존자들이 MIV 팀을 다 먹어 치운 지 오래였기 때문에 전송을 할 수 없었다.

아이다는 도박을 하기로 했다. 인듀어런스와 랑데부하는 데 필요한 대규모 연소를 위해 남겨둔 물을 원래 계획보다 약간 일찍 쓰기로 했다. 그동안 두브의 우주 기상 예보는 점점 정확해지고 있었다. 그는 이제 방사능 폭풍이 언제 덮칠지 더 정확히 알았고, 그 시기가 유리하다고 생각했다. 사태가 나빠지기 전에 헵타드가 도착할 것이다. 우주 유영자들을 밖으로 보내 다이나의 로봇들과 협력하게 하는 것도 괜찮으리라.

다이나는 기분이 복잡했다. 일정에는 가속이 붙었고, 이제 인간 우주 유영자들이 당할지 모르는 예측불허의 상황까지 고려해야 했다. 아이다의 헵타드가 때맞춰 빠르게 도킹한다면 도킹 포트를 통해 헵타드에 있는 무거운 비축품을 스택으로 옮길 수 있을 것이라고 두브가 지적했다. 그러면 다이나의 케이블이 버텨야 하는 부담이 줄어들 것이다.

한편 조종을 해야 할 아이비와 지크도 마찬가지로 마지막 순간에 닥칠 복잡한 상황에 대해 고심하고 있었다. 뚫고 가야 할 파편 구름과 거리가 가까워질수록 더 나은 정보가 생겼다. 클레프트의 레이더 특징뿐만 아니라 그 근처를 이동하는 다른 바위들의 특징까지 알아낼 수 있었다. 어수선하고 희미한 소리와 광학망원경에 비친 구름은 너무 작고 수가 많아 피할 수 없는 물체들의 밀도 데이터를 주었다. 그 모든 것이 계획에 들어갔다.

두브는 지친 것 같았다. 자주 졸았고, 마지막 근지점부터 제대로 식사를 하지 못했다. 그러나 누가 그를 필요로 하면 정신을 차리고 새 정보를 통계학 모델에 집어넣었다. 그 모델은 오래전에 준비된 것으로, 적기에 아말테아를 버리고 마지막 대규모 연소를 할 수 있게 해주어 성공 가능성을 최대화시킬 것이다. 그러나 그가 아이비와 지크에게 계속 경고한 바와 같이, 어느 바위가 어느 방향에서 온다는 자세한 정보에 마구 휘말려 더 이상 통계학 연습으로 끝나지 않을 때가 다가오고 있었다. 그것은 비디오 게임 같을 테고, 게임의 목표는 포탄 속도로 우주선을 앞지르고 있는 크고 작은 바위들의 흐름에 어우러지면서 속도를 올리는 것이었다.

세부적인 문제들, 갑자기 주의를 끌거나 즉석에서 해결해야 할 일들이 쌓이고 밀도가 높아지는 것을 보며 다이나는 옛 지구의 음속 폭음이 생각났다. 마구 달리는 기류는 비행기가 가는 길에서 밀도가 점점 높아지면서 굳어져 돌파하거나 굴복해야 하는 장벽으로 변한다. 마이클과 다른 두 명의 우주 유영자가 여기저기 깁고 고친 냉각복을 걸친 다음 우주복을 입었을 때 그들은 벽을 돌파한 것 같았다. 두브는 헵타드가 도착하는 모습을 레이더에서 보고, 그다음 광학기기로 보면서 헵타드가 그들과 랑데부할 경로에 있다는 것을 확인했다. 그것은 물론 그 헵타드가 인듀어런스와 충돌할 경로에 있다는 뜻이기도 했다. 충돌과 랑데부의 차이는 헵타드의 추력기가 마지막 연소를 하면서, 최후의 순간 속도를 늦추고 인듀어런스와 매개변수를 완벽하게 동기화시킬 수 있느냐에 달렸다. 아직 아말테아와 저장된 추진제 몇 톤이 달려 있는 인듀어런스는 무거워서 기동이 힘들 지경이었다. 그러니 모든 것이 아이다나, 그녀의 헵타드를 조종하는 사람에게 달렸다.

인듀어런스와 스윔은 재회할 때 결국 충돌했다. 재난을 불러일으킬 정도로 높은 속도의 충돌은 아니었지만, 질서 있게 통제되는 랑데부도 아니었다. 아이다는 침착하게 약 30초 전에 그들에게 경고를 보냈다. 그때까지는 모든 것이 잘 되어가고 있었다. 헵타드는 접근하면서 추력기를 사용해 인듀어런스와 헵타드 사이의 상대속도 차이를 거의 다 줄였다. 그리고 소규모 연소를 몇 번 시행해서 도킹포트를 지나 고향으로 들어오려 했다. 다음 순간 아이다가 감정을 억누르지 못하는 어조로, 추력기 모듈 한 대의 추진제가 떨어져 더 이상 제 기능을 할 수 없다고 알렸다.

"너무 무거워." 지크가 중얼거렸다. "짐이 너무 많아. 저 쓰레기들을 전부 밀고 오는 바람에 추력기가 연료를 너무 많이 잡아먹고 있어."

헵타드는 빗나간 각도에서 너무 빠른 속도로 들어와 3년 전 조선소의 잔해를 모아 재생한 카부스 2에 충돌했다. 그래서 헵타드는 H1의 등에 끼인 채 스택 맨 뒤에 자리잡았다. 그들은 충돌 장면을 화면에서 보고, 뼈로 느꼈다. 그다음 세 명의 우주유영자들이 고함을 치며 욕설하는 소리가 들렸다. 카부스 2의 외피를 찢은 구멍에서 파편과 섞인 작은 돌개바람이 나왔다.

"C2 감압됐어." 테클라가 보고했다. "스택과 분리 봉쇄되었어."

파편 구름에는 두 팔, 두 다리, 머리 하나가 달린 큰 물체도 들어 있었다. 그는 팔다리를 허우적거렸다. 모두 조용히 지켜보고 있을 뿐이었다.

"마이클 박을 잃었어." 우주 유영자 한 명이 알렸다.

"저쪽에 사람이 더 필요합니다." 아이비는 해머헤드의 크루들에게 알렸다.

아이비의 메시지는 분명했다. '마이클 박은 나중에 애도합시다. 지금은 다른 일을 걱정해야 합니다.'

"모이라, 넌 머물러 있어." 아이비가 덧붙였다.

모이라는 꼼짝도 하지 않았다. 그녀는 자기 의지와 본능을 억누르고 연약하고 소중한 아이 대접을 받는 데 익숙해졌다.

"마이클과 무선으로 이야기해줘. 한동안 살아 있을 테니까."

모이라는 고개를 끄덕이며 마른 침을 꿀꺽 삼키고 랩탑에 집중했다. 마이클과 음성 연결을 하라는 명령을 입력해 넣었다.

"다이나, 너도 여기 남아서 로봇을 조종해. 갑자기 해야 할 일이 생길 것 같아. 보, 돌아가. 스티브도. 루이사, 아이다와 음성으로 얘기해줘. 나한테는 너무 큰 스트레스에다 정신이 흐트러지는 일이야. 해머헤드에 남아서 그 문제를 대신 맡아줘. 두브는 여기 있어요. 지크, 돌아가."

아이비는 주위를 둘러보았다. "아직 내가 이름을 부르지 않은 사람이 있으면, 자기 자리로 돌아가 각자 할 일을 찾아보세요. 두브, 당신은 기상예보관이에요. 폭풍 정보와 폭풍이 오는 시간을 발표해야 합니다."

"반시간쯤? 하지만 그래. 내가 맡지." 두브가 말했다.

헤드폰을 끼고 있던 모이라는 해머헤드에서 제일 조용한 구석으로 물러나 마이클과 중얼거리듯 이야기를 나누었다. 그들이 선실을 빠져나가기도 전에 그녀는 눈가에 천을 대며 눈물을 닦았다. 루이사는 이미 맡은 역할에 착수해 아이다의 음성 전송에 귀 기울이고 있었다. "다시 시도해보겠다는데."

"추력기가 비었을 텐데." 아이비가 말했다.

"다른 추력기 모듈에서 빈 모듈로 추진제를 옮길 수 있대. 몇 분 걸릴 거야. 다음번에 어디로 도킹 시도를 해야 할지 지시해달래. 카부스 2의 도킹포트는 못쓰게 되었으니까."

잠시 검토한 뒤 그들은 헵타드가 옛날 즈베즈다 모듈의 도킹포트에 다시 시도해야 한다는 결론을 내렸다.

다이나는 지난 이틀 동안 카부스 2에서 도킹할 준비를 했지만, 케이블을 가진 로봇을 재빨리 스택 바깥쪽으로 보냈다. 준비해야 할 일이 바뀌는 바람에 그녀는 사소하지만 복잡한 문제들을 해결하느라 애썼는데, 그 일에 걸린 시간이 헵타드가 죽은 추력기를 깨워 다시 작동하는 데 걸린 시간보다 더 길었다.

그들은 침묵 속에서 두 번째 접근과 도킹을 지켜보았다. 10분 정도 걸렸다. 그사이 두브가 한번 끼어들어 다가오는 방사능 폭풍에 대한 새로운 정보를 알려주었을 뿐이다.

뜻밖에도 그 침묵을 깬 사람은 모이라였다. "도킹시키면 안돼." 그녀가 말했다.

"뭐라고?"

"함정이야."

지크의 목소리가 PA에서 나왔다. "도킹은 순조롭게 이루어졌어. 해치를 열 준비를 해."

모이라가 덧붙였다. "마이클이 알아냈어."

다이나는 당장 풀어야 하는 문제에 집중했다. 그녀는 열 가지 각기 다른 작업을 수행하는 로봇 열 대의 눈으로 사방을 보면서, 가끔 살아남은 두 우주 유영자에게 로봇에 걸린 케이블을 풀어주거나 제대로 움직이지 못하고 꿈틀거리는 그랩을 곤경에서 구해달라고 간결하게 요청했다. 그녀는 모이라와 아이비의 대화를 듣지 않으려고 했다.

"덫이라니, 무슨 뜻이야?"

"아이다의 헵타드는 연결할 수 있는 거리에 들어오자마자 메시 네트워크에 접속했어." 모이라가 말했다. "지금 당장 이메일이나 스페이스북을 살펴보면 뭐가 흘러들어오고 있는지 보일 거야. 스웜에 있던 옛날 메시지와 포스트들이 테라바이트 단위로 전송되고 있어. 3년 치 목록이 폭주하는 거야."

"그런데?" 아이비가 말했다.

"마이클이 방금 이상한 걸 보고 나한테 말해줬어."

"마이클은 우주에 떠 있잖아!"

"우주에 뜬 채로 자기 이메일을 체크하고 있어."

"뭐가 이상하다는 거야?"

"그들은 식인종이야, 아이비."

"그건 이미 알고 있잖아."

"몇 시간 전에 태브를 도살해서 시체를 먹었대." 모이라가 말했다.

다이나는 일에 집중할 수가 없었다.

"오늘을 위해 든든히 먹고 싶었던 거야."

우주 유영자들이 에어로크로 와서 폭풍보다 먼저 선내에 들어와야 할 시간이 가까워졌다. 다이나는 거기에 집중해야 했다. 모이라의 말을 들어도 그녀가 할 수 있는 일은 없었다. 다이나는 우주 유영자에게 말을 걸려고 했지만, PA에서 지크의 목소리가 다시 나오는 바람에 가로막혔다. "생존자 열 명 승선. J.B.F.가 해치에서 나오는 걸 기다리고 있어."

"지크, 긴장하고 있어." 아이비가 말했다. "그들이 좋지 않은 일을 꾸미고 있는 것 같아."

"안으로 들어와." 다이나가 우주 유영자들에게 말했다. "제일 가까운 에어로크로 가. 새로 오는 사람들에게 거리를 둬. 그들을 믿지 마."

"이제 바위를 버리고 있어." 아이비가 알렸다. 벽에서 날카롭게 쉿 소리가 나면서, 해머헤드의 외피와 아말테아의 공동 사이에 있는 아주 가는 틈새로 압축 공기가 밀려들었다. "귀를 막아." 누구 하나 귀를 막기도 전에, 고막을 찢을 듯 소름끼치는 쾅 소리를 내며 다이나의 폭약이 터졌다. 아말테아와 인듀어런스를 연결하던 구조물이 끊어지면서, 그들은 3년 동안 겪어보지 못한 커다란 가속과 심한 인력을 느꼈다. 해머헤드는 자유롭게 풀려나 튀어나가면서 인듀어런스의 나머지 부분을 밀어냈다.

"3분 후면 폭풍이 오겠어." 두브가 말했다.

"J.B.F.가 승선했어." 루이사가 알렸다. 그녀는 지크와 선미에 있는 나머지 크루들과 음성 연결을 해서 그들의 말을 해머헤드에 있는 다른 사람들에게 중계했다. 루이사의 이마에 주름이 잡혔다. "뭔가 잘못됐는데…… 제대로 따라갈 수가 없어."

"맹렬히 연소 중." 아이비가 알렸다. 그들이 원지점 부근에 있고, 달의 큰 파편 구름 가장자리로 진입하면서 남아 있는 모든 엔진을 방금 전력으로 가동했다는 뜻이다. 아이비는 곧 초속 1,200미터의 델타 비로 그들을 파편 구름에 던져 넣을 대규모 연소 중이라고 알렸다.

해머헤드에 있던 느슨한 물건들이 모두 이제 바닥이 된 곳으로 떨어졌다. 동시에 인듀어런스 전체에 온갖 종류의 두들기는 소리가 났다.

지크의 목소리가 음성 연결로 들어왔다. "전투 중." 그가 말했다.

"전투?"

"그들이 스티브 레이크를 쐈어."

"이제 CME에서 나오는 고에너지 양자 방사능이 매우 높아지고 있어." 두브가 알렸다. "해머헤드 안에 들어와 있지 않은 사람들은 모두 폭풍 피난처로 들어와야 해."

"그를 쐈다고?" 아이비가 물었다.

"J.B.F.의 권총으로. 네트워크를 잠가봐. 그들이 백도어로 거기 들어가려고 해."

그 후 통신에서 잠시 동안 정신없이 바쁘게 소리가 나오더니 혼선되었다. 우주선 안 다른 장소에 있는 적들도 모두 같은 채널을 사용하려고 애쓰는 것 같았다.

그다음 그들과 통신이 두절됐다. 장비는 여전히 잘 작동했다. 단지 그들이 네트워크에서 쫓겨난 것이었다. 아이비는 여전히 배를 조종할 수 있었지만, 아무도 해머헤드 바깥에 있는 사람들과 말을 할 수 없었다.

해머헤드와 스크럼 사이를 봉쇄한 해치에서 문을 두들기는 금속성 소리가 나는 바람에 그들은 깜짝 놀랐다. 다이나는 곧 그 소리가 모스 부호라는 것을 알아차렸다.

"'초콜릿.'" 다이나가 말했다. "이건 나와 테클라 사이의 암호야. 해치를 열어야 할 것 같아."

그들은 당장 손에 들어오는 임시 무기로 무장한 다음에야 문을 열었다. 손에 칼로 맞은 상처가 난 테클라가 거기 있었다. 지크는 허둥지둥했지만 다치지는 않은 것 같았다. 그리고 여자하나가 있었다. 머리카락이 대부분 사라지고 양손으로 굳게 입을 막고 있었기 때문에 줄리아 블리스 플래허티라는 걸 알아보기 힘들었다. 테클라는 해머헤드 속으로 풀쩍 뛰어 들어오면서뒤에 줄리아를 끌고 왔다.

"무슨 일이 벌어지고 있는 거야?" 아이비가 날카롭게 물었다.

지크는 양손을 들며 말했다. "내가 말할게. 이미 그들 중 네명을 죽였어. 사상자가 두 사람 더 있고. 수적으로 우리가 우세해. 계속 싸우기만 하면 돼."

"모두 폭풍 피난처로 들어가야 해." 아이비가 말했다.

테클라는 아주 약한 중력에서도 움직임이 익숙하지 않았지만, 발 디딜 곳이 생기자 줄리아를 해머헤드 구석으로 끌고가 마루에 앉혔다. 그런 다음 해치 쪽으로 돌아섰다. 다이나는 테클라가 이런 상태에 있는 모습을 한 번도 본 적이 없었기에, 이순간 그녀가 엄청나게 무서웠다. 모이라의 반응은 달랐다. 그녀는 헤드폰을 벗더니 휘청휘청 공간을 가로질러 자기 팔을 테클라의 목에 둘렀다. 평범한 인사처럼 보였지만 곧 달라졌다. 테클라는 모이라를 승강구 쪽으로 끌고가기 시작했고, 모이라는 그녀를 전투로 돌려보내지 않으려고 버텼다.

"내 사랑," 테클라는 모이라의 귀에 대고 중얼거렸다. "내가 당신에게 레슬링 기술을 써야겠어? 아니면 날 놔줘야 해. 난 아이다 그 쌍년을 죽이러 갈 거야."

"우리가 폭풍 피난처 안에 틀어박히면 그들이 바라는 대로 되는 거야." 지크가 설명했다. "우리가 들어가자마자 배를 탈취할 계획이야. 미리 경고해줘서 다행이야."

테클라는 이제 모이라의 손에서 빠져나와 전속력으로 해치로 향했다.

그녀를 기다리던 지크가 한 손을 뻗었다. 그는 작고 검은 플라스틱 상자를 쥐고 있었다. 테클라의 허벅지에 상자를 대고 누르더니 옆에 달린 작은 방아쇠를 당겼다. 그 장치는 날카로운 째깍 소리를 내더니 윙윙거렸다. 테클라의 다리가 무너졌다. 그녀는 흐리멍덩한 눈으로 바닥 쪽으로 둥둥 떠갔다.

"미안, 테클라." 지크가 말했다. "당신은 여기 있어. 손을 치료하고, 모이라와 함께 있어. 모이라에겐 당신이 필요해. 만약 남자아이를 낳으면 지크라고 이름 붙여줘."

아무에게도 대답할 틈을 주지 않고 그는 해치를 쾅 닫았다.

침묵이 뒤를 따르다가, 인듀어런스 선내에 크고 날카로운 소리가 울렸다. 모두 그 소리가 무엇인지 알고 있었다. 방금 유성에 맞은 것이다.

"배를 조종해야 하는 거 아냐?" 두브가 아이비에게 외쳤다.

말없이, 아이비는 화면을 향해 돌아섰다.

다이나는 줄리아에게 벌컥 화를 냈다. "대체 지금 이게 무슨 일이야?" 그녀가 매섭게 물었다.

줄리아의 머리카락은 짧게 바싹 쳐져 있었다. 3년 동안 그 머리카락은 은빛으로 변했다. 손은 여전히 얼굴 아래쪽 절반을 가리고 있었다. 눈을 보면 분명히 알아볼 수 있었지만, 화장을 하지 못한 얼굴은 20년은 더 늙어 보였다.

그녀는 천천히 손을 뗐다.

가까이서 보자, J.B.F.의 혀에 피어싱이 되어 있었다. 깔끔하고 전문적인 솜씨였다. 출혈도 없고, 감염이나 불편함이 눈에 띄지도 않았다. 2인치 정도 길이의 스테인리스 스틸 빗장이 피어싱에 수직으로 삽입되어 있었다. 혀 위아래에 너트와 워셔(나사받이)로 고정해놓았다. 빗장이 줄리아의 입에 너무 길었기 때문에 혀가 밖으로 빠져나왔다. 빗장이 위아래로 입술을 누르고 있었다.

"오 하느님 맙소사." 다이나가 말했다.

줄리아는 한 손가락으로 볼트를 두드리더니 양손으로 나사를 감았다 풀었다 하는 동작을 했다. 이중 나사가 서로 꽉 맞물려 조이고 있었다. 다이나는 허리띠의 권총집에서 다목적 공구를 꺼내 니들노즈 플라이어를 펼치다가 아이비의 것을 빌렸다. 양쪽으로 부드럽게 돌리자 나사가 풀어졌다. 줄리아는 그녀를 밀어내고 자기 손으로 나사를 돌린 다음 살살 볼트를 뽑았다. 혀가 도로 입 안으로 들어갔다. 그녀는 한 손을 입술 위에 대고 잠시 동안 칸막이벽에 기댄 채 턱을 움직여 침을 내고 턱 근육을 풀었다.

마침내 말을 꺼냈을 때, 줄리아는 마치 백악관 브리핑룸에서 말하고 있는 듯이 묘하게 정상적인 태도였다. "우리가 항복하자 내 총을 가져갔어. 그리고 스펜서 그린스태프를 고문해서 여기 IT 시스템에 대해 아는 것을 전부 털어놓게 했어. 암호, 백도어, 작동법을 전부 세세히 알아냈지. 여기를 점령하기 위해 필요한 정보를 몽땅. 그다음 그를 죽였어. 그리고……."

"먹었어?"

줄리아는 고개를 끄덕였다. "그들 중에도 해커는 한 명 있으니까. 방금 승선하자마자 그가 단말기로 가서 계획대로 실행하기 시작했어. 스티브 레이크가 그를 막으려고 하니까 다른 놈이 총으로 스티브를 쏴 죽였어. 그건 원래 계획에 들어 있던 일이야. 스티브만이 자기들을 막을 수 있다는 걸 그들도 알았으니까."

"그 물건 속에 총알이 몇 발 남아 있어?"

"이제 확실히 텅 비었어. 놈들은 대부분 칼과 몽둥이를 쓰고 있어. 진짜로 싸움이 벌어질 거라고는 예상하지 않았거든. 왜냐면……."

"우리가 모두 폭풍 피난처에 틀어박혀 있을 거라고 생각했으니까. 도살장의 양들처럼." 다이나가 말했다.

대규모 연소는 거의 한 시간 동안 계속되었다. 마지막에는 추진제를 너무 많이 쓴 나머지 인듀어런스가 엄청나게 가벼워졌고, 가속 때문에 머리와 발에서 피가 빠지는 것 같은 기분이 들었다. 아이비는 똑바로 누워 우주선을 조종했다. 안 그러면

의식을 잃을 것 같았다. 여행 도중 몇 번 무시무시한 충돌이 일어났고, 정신을 잃지 않고 인듀어런스 호의 상태 판독을 지켜본 사람들은 여러 개의 모듈이 피해에 굴복해 노란색으로 변했다가 빨강으로, 그다음 검정으로 변하는 것을 볼 수 있었다. 다이나는 15킬로미터쯤 되는 길이의 달 조각이 자신들을 지나쳐 추락하는 모습을 카메라 몇 대의 눈으로 지켜보았다. 돌덩이는 그들을 추월하면서 우현 쪽 겨우 몇백 미터 옆을 지나 빠르게 사라졌다. 그런 아슬아슬한 위기가 그걸로 마지막인 것도 아니었다. 그러나 두브가 부조종사 노릇을 하면서 아주 커다란 위협이 다가오면 소리쳐 알려주었고, 다이나는 퍼앰뷸레이터로 할 수 있는 모든 일을 했다. 그들과 함께, 아이비는 우주선을 조종해 큰 물체를 피할 수 있었다.

선미의 전투는 어떻게 되어가고 있는지 알 도리가 없었다. 지크는 인원이 우세하다고 낙관적으로 말했지만, 유성의 피해 때문에 전투과정이 어느 쪽에 얼마나 유리하게 돌아갔는지는 알 수 없었다. 인듀어런스가 파손된 부분을 자동 봉쇄했기 때문에, 이제 배는 여러 칸의 고립된 지대로 나누어졌고 아무도 그 사이를 거쳐 이동할 수 없었다.

무중력이 돌아왔다. 엔진이 꺼졌다는 뜻이다. 그들은 이제 파편 구름과 평균적으로 같은 빠르기로 이동하고 있었다. 다이나는 간신히 대규모 연소의 꾸준한 가속에 적응했다. 이제야 내이(內耳)가 재적응하면서 눈이 감겼다. 다이나는 선잠에 빠져 해머헤드 부근에서 나른하게 떠다니며 아이비가 추력기로 바위를 피할 때마다 벽에 가볍게 부딪쳤다.

다음 순간 그녀는 얼마 동안 완전히 잠들어 있었다는 것을 깨달았다.

마음 한구석으론 계속 그렇게 자고 싶었으나, 큰일들이 일어나고 있다는 것을 알고 다이나는 눈을 떴다. 자신이 혼자일지도 모른다, 살아 있는 최후의 사람일지도 모른다고 반쯤 생각하면서.

깨어 있는 사람은 아이비뿐이었다. 화면의 빛으로 얼굴이 빛나면서 그녀는 오랜만에 처음으로 예전 모습을 보였다. 매혹적인 과학 문제를 풀고 있을 때처럼 생기 있고 엄청나게 즐거워 보였다.

"왜 이렇게 조용해?" 다이나가 물었다. 유성이 부딪치는 소리를 듣거나 인듀어런스 호의 엔진 추진력을 느꼈던 것이 아주 오래전 같았다.

"우린 지금 그늘에 있거든." 아이비가 말했다. "'새로운 보호원뿔'이야. 이리 와봐." 그녀가 고개를 획 쳐들었다.

다이나는 뒤로 가서 친구의 어깨에 턱을 괴었다. 모니터에는 창이 몇 개 열려 있었다. 아이비는 그중 하나를 눌러 화면에서 제일 큰 창으로 확장했다. 아래쪽에 붙은 설명을 보자 '선미 카메라'였다.

거대한 소행성의 클로즈업 영상이 시야를 가득 채웠다.

다이나는 소행성 광부였다. 옛날에 소행성 사전을 보며 모양과 질감으로 소행성을 알아보는 법을 배웠다. 그녀는 이것이 무엇인지 쉽사리 알아차렸다. "클레프트구나." 그녀가 말했다.

아이비가 손을 내밀어 화면을 건드렸다. 손끝 아래 붉은 십자선이 나타났다. 그녀는 그 큰 바위의 표면을 가로지르며, 소행성을 거의 둘로 갈라놓은 것처럼 보이는 거대한 검은 크레바스(crevasse) 위에 십자선의 중심이 올 때까지 십자선을 끌어왔다.

"더 넓어지는 곳은 어떨까? 약간 아래."

"넓은 장소는 필요 없어. 너무 많이 노출돼."

"그럼 저기로 가자." 다이나는 손을 뻗어 십자선을 약간 다른 위치로 옮겼다. "그러면 안에 내려가서 저 좁은 부분으로 바싹 들어갈 수 있어."

"아가씨들 재미있게 놀고 계신가?" 두브가 쉰 목소리로 말했다.

"한 시간쯤 후에 직접 겪으실 일보다는 별로일걸요." 아이비가 말했다.

"그때까지 버텨보지."

안으로 들어갈 때는 아무 문제가 없었다. 아이비는 인듀어런스를 조종해 거대한 크레바스 속으로 날아갔다. 그랜드캐니언에 파이퍼 컵 경비행기를 몰고 들어가는 것 같았다. 몇 분을 들어가자 벽이 우주선 훨씬 위까지 솟아올랐다. 바닥은 여전히 그늘에 가려 보이지 않았다. 다이나의 의견에 따라, 아이비는 우주선을 수십 킬로미터 떨어진 협곡의 어느 장소로 살살 몰아갔다. 그곳에서는 위로 솟은 벽들이 수렴되고 위쪽의 방사능 하늘도 별이 가득한 좁은 틈으로 변했다. 여전히 그녀는 앞으로 밀고 나아갔다. 때때로 바깥 모듈이 벽에 긁히기도 했다. 더 이상 깊이 내려갈 수 없는 장소에 다다랐다.

　이 장소에서 양쪽으로 크레바스를 따라 바라보면 해가 빛나는 곳이 보였다. 그러나 여기서는 바위와 방사능, 둘 다로부터 안전했다. 아이비는 협곡 밑바닥에 인듀어런스 호를 착륙시켰다. 클레프트의 중력은 매우 희박했지만 영향을 줄 정도는 되었고, 그들이 이동 결정을 할 때까지 배를 한 군데 정박시켜놓기에도 충분했다.

　그들은 결코 그런 결정을 내리지 않을 것이다.

클레프트

클레프트의 표면에서, 사람은 지구로 치면 맥주 1.5리터 정도의 무게가 된다. 인듀어런스는 세미트레일러 트럭 두 대 정도의 무게가 되었다.

아이비는 우주선의 자세 조정 추력기를 마지막으로 점화하고 수직이 될 때까지 선미를 위로 올렸다. 인듀어런스는 물구나무를 섰다. 토러스가 하늘 높이 치솟고, 해머헤드의 강철 기수는 크레바스의 강철 바닥에 닿았다. 다이나는 그랩들을 내보내 그 소행성에 우주선을 연결시켰다.

인듀어런스는 이제 우주선이 아니라 건물이었다.

이제 클레프트와 한몸이 된 금속 조각 해머헤드에서, 스택이 나무줄기처럼 위로 똑바로 쌓여 있었다. 여러 가지 구조물이 그곳에서 가지처럼 뻗어 나왔다. 가장 넓은 부분은 전에 배의 선미에 있던 81개의 아클렛 배열이었다. 이제는 그쪽이 나뭇잎처럼 위로 튀어나왔다.

적어도 그들은 그럴 거라고 상상했다. 해머헤드에서 나올 때까지는 밖에 나가 직접 볼 수 없었기 때문이다. 전투가 벌어지는 동안 그들은 해치를 봉쇄해놓았다. 우주선을 멈추고 아래에 결합시켰을 때, 인듀어런스의 나머지 부분은 한참 조용했다. 그들은 버키와 시위들을 먼저 내보내 어두운 공간에 불을 켜고 숨겨진 구석에 카메라를 조준하도록 했다. 그다음에 테클라가 선봉에 서서 들어갔고, 그녀의 등을 바라보며 다이나와 아이비가 함께 갔다. 그들은 파이프로 만든 곤봉으로 무장하고 있었다. 그러나 그것을 쓸 필요는 없었다.

범죄 현장, 전장, 재해 지역을 다 합쳐놓은 것 같았다. 가압된 모듈은 겨우 절반 정도였다. 어떤 모듈은 완전히 떨어져 나오는 바람에 우주복을 입은 사람만 손을 뻗어 잡을 수 있었다. 전부 회수하는 데 며칠이 걸렸다.

그중 한 모듈에서 그들은 아이다를 발견했다. 헵타드에서 살아남은 사람은 그녀뿐이었다. 태비스톡 프라우스를 마지막으로 먹은 지 이틀이 지났으므로 그녀는 매우 굶주렸지만, 그 외에는 상태가 괜찮았다. 전투와 유성 충돌이 한꺼번에 닥쳐오는 바람에 덫에 걸린 그녀는 물로 채워진 폭풍 피난처를 강제로 빼앗은 다음 구조를 기다리며 그 안의 물을 마셨다.

살아 있는 인간은 이제 전부 열여섯 명이었다. 몇 명은 전투의 부상이나 유성 충돌 때문에 부상당했다. 해머헤드나 폭풍 피난처에 피난하지 않았던 사람들은 모두 방사선 병에 걸렸다. 건강한 사람들은 구멍을 기우고, 모듈을 재가압하고, 토러스를 다시 회전시켜 병상으로 만들었다. 그 병상은 금방 차버렸다.

다이나는 가까스로 두브를 끌어내 마지막 우주 유영을 시킬 수 있었다. 그는 며칠 동안 시도했지만 계속 실패했다. 그러나 일단 도움을 받아 우주복을 입자 에너지가 다시 흘러넘쳤다. 다이나는 그를 크레바스 밖으로 데리고 나왔다. 걸을 때마다 떠내려가지 않도록 부츠에 자기화된 그랩을 붙이고 있긴 했지만, 밖에서는 그가 가볍게 걸을 수 있었다. 그들은 자주 몸을 돌려 인류의 새 고향을 돌아보며 1킬로미터 정도를 걸었다. 아직도 모이라가 유전학 실험실 장비를 풀고 있는 회전 토러스 위에서 테클라는 맨 위의 아클렛들을 검사하고 있었다. 어떤 것이 온전하고, 어떤 것이 수리할 수 없을 정도로 망가졌는지, 또 어떤 것을 수선해 미래에도 쓸 수 있는지 살펴보는 것이었다. 크레바스 바닥에서 그랩과 시위들이 일을 하며, 인듀어런스는 점점 케이블과 스트럿을 펼쳐 마지막 쉼터에 뿌리내렸다.

그들이 걸어다니는 동안은 내내 어두웠다. 우주선과 코로나 질량 방출로부터 보호받는 대가였다. 그러나 위를 쳐다보면, 위쪽 크레바스 가장자리에 햇빛이 금빛으로 빛나는 모습이 보였다. 그들은 거울을 설치하자고 이야기했다. 그러면 햇빛을 아래로 반사해 아클렛 위로 내리쬐게 만들 수 있었고, 식량을 기르고 반투명한 바깥 선체 속에 공기를 세정해 넣을 수 있었다. 두브는 '돔으로 덮기' 이야기를 했다. 곧, 크레바스 꼭대기와 공기를 가두기 위해 만든 벽 위로 돔을 덮을 수 있다는 아이디어였다. 그러면 계곡 속 그들이 뿌리박은 부분에 대기가 생기면서 아이들이 우주복을 필요로 하지 않고도 '바깥'에 나갈 수 있게 될 것이다.

그러고 나서 그는 집으로 돌아와 죽었다.

그들은 다른 사람들의 시체와 마찬가지로 그의 시체도 손상된 아클렛에 저장했다. 그 아클렛은 클레프트 표면을 파서 무덤을 만들 때까지 마우솔레움 역할을 할 것이다. 오랜 시간이 걸리겠지만, 여기까지 오기 위해 그토록 많은 것을 희생한 사람들을 매장해야지 화장할 수는 없다고 생존자들 모두가 단호하게 결정했다. 두브는 지크 페터슨, 볼로르에르덴, 스티브 레이크, 그밖에 거의 동시에 죽은 다른 사람들과 무덤을 함께 쓸 것이다.

생존자 중에는 스윔에서 온 사람들과 충돌한 일, 인듀어런스가 정신없이 바쁘게 폭풍과 돌을 뚫고 나온 마지막 항해 동안 일어난 일의 이야기를 들려줄 수 있을 정도로 오랫동안 의식을 유지한 사람들도 있었다. 그들의 설명은 기록과 함께 보관되었다. 언젠가 어떤 역사가가 그 이야기를 함께 엮어 데이터 로그와 비교하면 누가 누구를 전투에서 살해했고 어떤 모듈이 언제 정지했는지 추측해낼 수 있을 것이다.

물론, 말하기를 좋아했다면 아이다가 제일 좋은 정보의 원천이었을 것이다. 그러나 그녀는 그런 것을 좋아하지 않았다. 그녀는 깊은 우울증 속으로 가라앉아 있다가, 남들이 보기에는 때를 가리지 않고 우울 상태에서 빠져나와 아무렇게나 생각이 머릿속을 스쳐가는 대로 수다를 떨었다. 그러나 아무도 그녀와 이야기하고 싶어하지 않았다. 이야기할 때 그녀는 열렬하고 꿰뚫어보는 듯한 눈으로 상대를 너무 오래 바라보았다. 아주 깊은 곳을 보는 것 같기도 하고, 그런 곳을 본다고 상상하는 것 같기도 했다. 그 시선의 표적이 되면 자기가 음식으로 보인다는 생각이 들 수밖에 없었다.

스웜의 네트워크가 다시 인듀어런스의 네트워크에 연결되자마자 이메일, 스페이스북 포스트, 블로그에 들어간 기록, 기타 수명이 짧은 자료 등등 3년 동안 밀린 데이터들이 인듀어런스의 받은메일함을 가득 채웠다. 그것을 자료 삼아 웅장한 이야기가 탄생했다. 그 이야기는 전개되면서 점점 현실과 유리되는 것 같았다. 현실에서는 J.B.F.와 그녀의 핵심 측근들이 매우 큰 괴로움을 겪었지만 이야기 속에서는 그 부분이 점차 사라졌다. 루이사는 그 현상을 1차 세계대전 후 심령주의의 유행에 비유했다. 1920년대 전반에 걸쳐, 참호 속의 인명 손실과 그에 뒤따른 인플루엔자 전염병을 현실로 받아들일 수 없었던 많은 이들이, 사랑하는 사람이 저승에 있다 해도 이야기를 할 수 있다고 믿었다. 그들은 자기 자신에게 아무 일도 일어나지 않았다고 설득함으로써 사실은 비탄을 피한 것이다.

그 비유가 딱히 정확하지는 않았다. 당연히 하드레인 때의 인명 손실이 훨씬 심했고, 아키들 중에서 심령주의를 믿기로 한 사람은 거의 없었다. 그러나 심각한 코로나 질량 방출로 거의 백 명의 아키들이 죽은 다음, 태브는 두브와 함께 갔던 부탄 여행을 회고하는 블로그 포스트를 하나 썼다. 도중에 부탄의 왕과 환생의 수학에 대해 나누었던 이야기도 나왔다. 그것은 명상의 파편이고, 타락한 사람들을 위한 세속적인 찬양사였다. 그러나 되돌아보면 그 글이 생존자들의 생각에 변곡점을 찍은 것 같았다. 어떤 사람들에게 스웜은 언제나 신성(神性)과 유사했다. 아마 혼돈 이론을 너무 피상적으로 읽은 데다 초자연적

성질이 얽혀 있고 인간이 이해할 수 없는 집합적 판단을 믿기 쉬운 사람들이리라.

그 사건 이후, 단 하나의 블로그 포스트에서 자라난 뒤죽박죽인 테크노-신화적 상상력은 루이사를 비롯하여 다른 모든 사람들에게 제정신으로 읽을 가치가 없는, 말도 안 되는 것으로 치부되었다. 그러나 그것은 아클렛에 갇혀 겁에 질린 많은 젊은이들에게 희망과 위안을 준 것 같았다. 태브는 자기를 선지자 같은 지위에 올려놓으려는 조직 활동과 거리를 두었다. 그것은 칭찬할 만한 일이었다. 그러나 그의 겸손이 오히려 역효과를 낳았을지도 모른다.

"어떤 사람이 이런 글타래를 읽고 그 안에서 희망을 찾을 수 있는지, 아니, 의미를 찾을 수 있을지조차 난 모르겠어. 하지만 그들은 그렇게 했어. 자신들이 직면한 현실 문제에서 그들은 오랫동안 눈을 돌리고 있었어. 그리고 아이다와 다른 사람들이 마침내 정신을 차리고 J.B.F.에 대해 반격하기 시작했을 때, 그런 반응은 훨씬 더 심해질 뿐이었어. 그 시점에서는 사태를 걷잡을 수 없었으니까." 루이사가 말했다.

두 개의 트라이어드로 이루어진 볼로에서 반발이 시작되었다. 그곳엔 아이다를 포함해 생각이 비슷한 사람들이 많았다. 그들은 화이트 아클렛에서 내보내는 공식 성명의 지배적인 어조와 실체를 '헛소리'라고 부르고, 태비스톡 프라우스를 친정권적인 꼭두각시 블로거라고 맹렬히 비난하기 시작했다. 그들은 스스로 "검은 볼로 여단"이라는 별명을 붙이고 스웜의 다른 아클렛들에게 반란의 메시지를 퍼뜨리기 시작했다.

메시지만 보면 완전히 합리적이었다. 스웜의 문제를 해결하기 위해 현실을 직면하고 실질적이고 효율적인 조치를 시행해야 한다, 필요하다면 인듀어런스의 관대한 처분을 바라는 처지가 될 수도 있다는 내용이 전부였다. 그들은 J.B.F.가 장부를 열어 물, 음식, 다른 주요 물자들 전체의 현재 기록을 내놓고, 시간에 따라 바뀌는 숫자의 흐름을 설명해야 한다고 요구했다. 줄리아는 그런 요구에 저항했지만, 측근 중의 배신자 때문에 마침내 데이터가 새어나갔다. 식량 상황이 절망적이라는 것이 밝혀지자, 이 사실은 그 후 줄곧 스웜의 역사와 정치를 결정하게 된 여러 가지 반응을 이끌어냈다. 그중에는 에이전트가 신이나 신과 같이 강력한 외계인들이 보낸 복수의 천사였다는 신비주의와 부질없는 희망에 더 깊이 빠져든 사람들도 있었다. 그 천사의 임무는 종말의 시간을 가져오고 모든 인간 의식을 합쳐 하늘에 있는 디지털 스웜으로 만드는 것이라고 했다. 사람을 죽여 먹는다는 의미가 아니라 자연사한 사람들을 먹는다는 의미에서, 식인 풍습은 J.B.F.가 실각하고 제대로 일을 처리할 사람들이 그 자리에 들어설 때까지 쓰는 임시변통의 수단이라고 솔직하게 받아들인 사람들도 있었다. 첫 번째 신비주의자 무리는 줄리아의 깃발 아래 모이는 경향이 있었다. 식인자들은 결국 아이다 밑으로 가게 되었다. 그때 아이다는 격렬한 성정과 카리스마 때문에 '검은 볼로 여단'의 지도자로 점차 부상하고 있었다.

따라서 하나의 스웜이 더 작은 스웜 두 개로 쪼개졌고, 어느 쪽도 독자 생존할 수 없었기 때문에, 애초에 분열을 낳았던 것과 같은 문제를 더 악화시켰다. 거기서부터는 충분히 예측할 수 있는 이야기였고, 그렇게 지난 며칠간의 사건으로 이어졌던 것이다.

아이다는 여전히 아무 이야기도 하지 않았으나, 줄리아는 입을 열었다. 줄리아의 말에 따르면, 아이다와 블랙 볼로의 다른 생존자들은 지난 몇 주 동안 인육을 먹고 살았다. 그래서 인듀 어런스 호의 생존자들이 자기들을 매우 혐오하며 영원히 추방 해버리면 어쩌나 하는 걱정을 품고 그에 대비할 계획을 짰다. 그들은 아이비가 매우 경건하고 독실한 척하고 가혹한 사람이 라고 생각했다. 그래서 고분고분하게 아이비와 아이비 추종자 들의 판결을 기다리느니 인듀어런스 호를 최대한 많이 점령할 생각이었다. 그들은 우주선 네트워크부터 장악한 다음 유리한 위치에서 합류 조건을 협상하려고 했다.

그 이야기를 듣자 지금까지 왜 이런 일이 일어났는지 대강 이해할 수 있었다. 그들이 줄리아와 태브의 몸을 망가뜨린 이 유만 빼고.

왜 그랬는지 의견을 물어보자, 줄리아는 어깨를 으쓱했다. "그 놈들에게 우린 범죄자였어. 범죄자는 벌을 받아야 하고. 하지만 이미 제한된 공간에서 굶어 죽어가는 사람에게 벌을 주기란 어 렵지. 몸을 직접 공격하는 방법을 빼면 집행인의 도구 상자에 뭐 가 남겠어? 그들은 내 입을 다물게 하고 싶었기 때문에 그렇게 했지. 그리고 태브의 육체를 자기 몸으로 업로드함으로써 태브 에게 자기가 무슨 약을 팔았는지 맛을 보여주고 싶었던 거야."

일주일 후 상처나 방사선 병으로 죽은 마지막 희생자가 쓰러졌다. 이제 건강하게 살아남은 사람들은 여덟 명이었다.

아이비는 죽은 사람들을 애도하고 앞으로 할 일을 검토하기 위해 24시간 휴식을 선포했다. 그 후 그녀는 전 인류 회의를 소집했다. 다이나, 아이비, 모이라, 테클라, 줄리아, 아이다, 카밀라, 루이사.

그들은 줄리아와 아이다를 어떻게 해야 할지 알 수가 없었다. 언젠가 J.B.F.를 재판에 회부하는 날이 오기를 오랫동안 바라왔을 뿐이었다. 재판에 회부해서 뭐가 어떻게 되든 간에 말이다. 그러나 마지막 순간 아이다가 그녀를 침몰시켰다. 그리고 이제는 전부 답이 없는 문제로 보였다. 여자 여섯 명이 여자 두 명을 감옥에 가둬둘 수 있을까? 이런 장소에서 감옥에 갇힌다는 게 무슨 의미가 있을까? 적어도 신체형은 이론적으로 가능했다. 그러나 그것은 아이다가 이미 실험해보았고, 모두들 그 결과가 소름끼친다고 생각했다.

J.B.F.는 아무에게도 위협이 되지 않았다. 아이다의 태도는 여전히 악의적이었다. 그러나 아클렛 한 대에 그녀를 가둬두고 감시하는 것밖에 할 수 있는 일이 없었다. 그래서 그들은 그렇게 했다. 절대 그녀를 시야에서 빠져나가게 두지 않고, 등 뒤에 두지도 않았다.

그들은 바나나에서 만나 긴 회의 테이블에 둘러앉았다. 한쪽에는 죽음이 자리잡고 있었다. 마지막 남은 남자 지크가 하루 반 전 병실에서 숨을 거두었다. 살아남은 남자는 자기 혼자고 여자는 여덟 명인데 이게 웬 부끄러운 일이냐며 농담을 하고 죽었다. 그들은 병실을 표백제로 닦아내고 깨끗한 시트로 침구를 갈면서, 오랫동안 아무도 그곳에 갈 일이 없기를 바랐다. 다른 쪽은 삶이었다. 모이라가 몇 개의 칸 안에 유전학 실험실을 세우고 있었다.

그 회의는 나중에 '세븐이브스 협의회'로 알려진다. 참석한 여성은 여덟 명이었지만 그중에서 루이사는 이미 갱년기에 들어섰기 때문이다. 아이비는 총체적인 상황을 보고하며 회의를 시작했다. 어떤 면에서 보면 상황은 놀라울 만큼 좋았다. 청중이 끔찍한 소식에 너무나 단련되어 있었기 때문에, 그녀는 이 사실을 여러 번 강조해야 했다. 태양계에 그들이 자리잡은 곳만큼이나 안전한 장소도 없었다. 여기에 있으면 우주 방사선이 그들에게 닿지 않았다. 코로나 질량 방출에 대한 면역력은 모두 비슷했다. 에너지와 농업에 쓸 태양광은 위쪽으로 조금만 올라가면 얻을 수 있었다. 크레바스 벽 위쪽에는 태양이 거의 늘 비추고 있었다.

한편, 큰 원자로뿐만 아니라 아클렛 원자로 48대가 그들이 쓰고도 훨씬 남는 전력을 생산하고 있었고, 앞으로도 수십 년 동안 계속 생산할 것이다. 물은 아직 백 톤도 더 남아 있었다. 추진제로 사용할 물을 녹이고 쪼개면서 그들은 한때 그레그 스켈레톤을 뒤덮었던 냄새 고약한 검은 껍질로부터 태양계의 여명부터 남아 있던 다량의 인과 탄소, 암모니아와 다른 화학물질들을 추출해냈다. 숀 프롭스트가 잘 알고 있었듯 그런 물질은 농업을 지탱하기 위해 매우 귀중한 영양소였다.

지난 5년 동안 그들을 강박적으로 불안하게 만들었던 문제들을 더 이상, 다시는 걱정할 필요가 없었다. 근지점, 원지점, 연소, 추진제, 모든 이동. 여기에는 어떤 유성도 닿을 수 없었다. 심지어 언젠가 클레프트가 자기 덩치만 한 바위에 부딪치더라도, 그들은 그 상황을 견디고 살아남을 수 있을 것이다.

위쪽 클라우드아크로 발사된 모든 아클렛을 채운 바이타민들은 수천 명의 인구를 유지할 만한 양이었다. 이중 많은 양이 손실되었지만, 남은 것만 해도 작은 콜로니에 오래도록 아스피린과 칫솔을 떨어지지 않게 하기에 충분했다.

그들은 여러 가지 면에서 디지털 기술에 의존하고 있었다. 자기들을 위해 일해줄 로봇과 장치를 계속 작동시킬 전산 제어 시스템이 없으면 오래 살아남을 수 없었다. 그들은 옛날 것을 대체하는 새 컴퓨터 칩을 만들 능력이 없었다. 그러나 이런 상황을 예상한 아키텍트들이 컴퓨터 칩을 예비 부품으로 엄청나게 많이 비축해놓았다. 조심스럽게 절약하면 수백 년은 갈 것 같았다. 그리고 그들은 나중에 디지털 문명을 다시 시작할 계획이었다. 그들에게는 간단한 것부터 복잡한 것에 이르기까지 여러 가지 도구를 만들 수 있는 도구가 있었고, 적당한 때가 오면 용도에 알맞게 사용하는 법을 실은 사용 설명서도 있었다.

즉각 필요한 설명이 끝나자, 논의는 당면한 문제로 향했다. 모두가 모이라를 쳐다보았다.

"내 장비는 하나도 손상되지 않았어." 그녀가 말했다. "지난 3년 동안은 매우 지루했어. 나는 연약한 꽃 취급을 받았지. 그동안 나는 저 물건을 사용하는 법을 전부 글로 적으면서 시간을 보냈어. 내일 무슨 일이 일어나 내가 죽어 없어지더라도 여전히 실험실을 작동시킬 수 있을 거야."

"누구나 알다시피 우린 모두 여자야. 우리 일곱 명은 아직 아기를 가질 수 있어. 아니, 엄밀히 말하면 난자를 생산할 수 있어. 그런데 정자는 어디서 얻을 수 있지? 자, 지구에서 올려 보낸 유전자의 97퍼센트는 하드레인 첫날 일어난 재앙 때문에 파괴되었어. 살아남은 것들은 이미 다른 열 대의 아클렛에 분산되어 있었던 것들이고. 나중에 그 아클렛들은 열 대 모두 스웜과 같이 떠나버렸는데, 유전자 재료는 하나도 돌아온 것 같지 않아."

아이다가 끼어들었다. 테이블 맞은편에 앉은 줄리아를 노려보며 그녀가 선언했다. "다들 알다시피 난 스웜에 있었어. 열대의 아클렛에 있던 샘플을 모두들 잊고 있었다는 걸 얘기해줄게. 한 번도 그 문제가 논의되지 않았어. 누가 그것의 존재를 알고 있었다고 해도 염두에 두지 않고 금세 잊어버렸던 거야."

줄리아는 이 말을 자기 경력에 대한 공격으로 받아들였다. "우리에겐 전 세계 모든 민족으로부터 데려온 800명의 건강한 젊은 남녀가 있었어."

"있었지. 지금은 없잖아." 아이다가 말했다.

"꽁꽁 언 샘플 용기 몇 개를 유지하기 위해 얼마나 많은 노력이 필요한가를 생각하면 그만한 가치가……."

"그만." 아이비가 말했다. "우리가 아이를 낳을 수 있다면 그애들의 증손자쯤 되는 세대에 가서 그들이 그 기록을 자세히 조사하고 판단해 그때 무슨 일을 해야 하는지 논의할 수 있을 거야. 그러니 지금은 서로 비난할 때가 아니지."

"마쿠스가 인간유전자보관소를 헛소리라고 했던 회의에 나도 있었어." 다이나가 말했다. 그 논쟁에서 자기가 줄리아 편이 되었다는 것이 약간 재미있었다.

"같은 실수를 다시 할 수는 없어. 바보짓을 하고, 비현실적인 헛소리를 믿는 실수 말이야." 아이다가 말했다.

"살아남은 일곱 명의 가임 여성들에게 갑자기 모든 것이 짐지워질 줄 알았다면, 건강한 남자들 모두에게 자위를 시켜 실험용 튜브에 넣어놨겠지. 지난 3년 동안 우리는 그걸 모두 냉동 상태로 유지하는 법을 찾고 있었어. 하지만 일이 이렇게 되리라고는 전혀 상상도 못 했지." 아이비가 말했다.

"그 결과의 질이 어떨지도 분명하지 않아." 모이라가 끼어들었다. "방사능 노출 수준을 고려하면 샘플의 유전 물질들을 많이 수동회복시켜야 할 거야."

"수동회복이라니?" 줄리아가 물었다.

"따옴표를 인용해 설명을 덧붙이자면," 모이라가 양손을 위로 뻗고 손가락을 구부리며 말했다. "물론 문자 그대로 손으로 하는 건 아니야. 하지만 여기 있는 장비들로……." 그녀는 고갯짓으로 실험실 쪽을 가리켰다. "정자나 난자 하나를 떼어내 그것의 게놈을 읽을 수 있어. 당연히 자세한 부분은 많이 건너뛰고 설명하는 거야. 하지만 중요한 건 내가 그 DNA의 디지털 기록을 얻을 수 있다는 점이야. 일단 그것만 손에 넣으면 나머지는 소프트웨어 연습문제나 마찬가지야. 그 데이터는 평가를 거친 후 실험실에서 쓸 용도로 배에 실은 거대한 데이터베이스에 비교될 거야. 그렇게, 어떤 염색체에서 원자로의 방사능이나 우주 방사선으로 DNA가 피해를 입은 위치를 알아낼 수 있어. 그다음에는 거기에 원래 무엇이 있었나 합리적으로 추측해 부서진 부분을 연결하고 수리할 수 있지."

"엄청난 일인 것 같은데요." 카밀라가 말했다. "여러분 짐을 덜어드리고 나도 쓸모 있는 사람 노릇을 할 수 있는 일이 있다면, 뭐든 시키는 대로 하겠어요."

"고마워. 무슨 특별한 일이 일어나지 않는 이상 우리는 모두 몇 달 동안 그 작업에 매달려야 할 거야. 달리 할 일이 거의 없거든." 모이라가 말했다.

"잠깐 실례. 하지만 작업할 정자가 하나도 없는데 이런 논의를 하는 의미가 뭐야?" 아이다가 물었다.

"정자는 필요 없어." 모이라가 말했다.

"임신하는 데 정자가 필요 없다고! 거 참 새로운 소식이네." 아이다가 신경질적으로 웃음을 터뜨리며 말했다.

모이라가 차분하게 말을 계속했다. "처녀생식이라고 알려진 과정이 있어. 문자 그대로 처녀가 아이를 낳는 거야. 일반 난자에서도 단위생식 배아를 만들어낼 수 있으니까. 동물 실험은 거쳤어. 아무도 그걸 인간에게 시술하지 않은 이유는 그것이 윤리적으로 의심스러워 보였을 뿐만 아니라, 기회만 있으면 기꺼이 여자들을 임신시키려는 남자들의 특성을 생각할 때 전혀 불필요했기 때문이야."

"여기서 처녀생식을 할 수 있어, 모이라?" 루이사가 물었다.

"방금 이야기한, 손상을 입은 정자를 수리할 경우 써먹는 속임수보다 근본적으로 더 어려울 건 없어. 어떤 면에서는 사실 더 쉬울걸."

"우리가…… 스스로 임신하게 할 수 있다고?" 테클라가 말했다.

"응. 루이사만 빼고 전부."

"내가 어머니도 되고 아버지도 되는 아이를 가질 수 있다 이거지……" 아이다가 말했다. 그녀는 그 아이디어에 푹 빠진 것이 확실했다. 갑자기 그녀는 더 이상 까칠하고 불안정한 아이다가 아니라 제비뽑기를 하는 동안 사람들을 매혹시켰을 만한 따뜻하고 열정적인 소녀가 되었다.

"실험실에서 좀 까다로운 일들을 해야 하겠지." 모이라가 말했다. "하지만 실험실을 안전하게 이곳으로 가져온 의미가 그것 때문이잖아."

그들은 모두 그 문제를 잠시 곰곰이 생각해보았다. 줄리아가 맨 처음 소리 내어 말했다. "과학 문외한이라는 내 전형적인 역할에 입각해 묻자면, 우리를 복제할 수 있다는 거야?"

모이라가 고개를 끄덕였다. '그렇다'는 뜻으로 끄덕인 것이 아니라, '당신 질문이 뭔지 알고 있다'는 뜻이었다. "거기엔 여러 가지 방법이 있어, 줄리아. 한 가지는 정말로 복제인간을 생산하는 거야. 모든 후손이 유전적으로 어머니와 동일해지겠지. 우리가 바라는 바는 아니야. 우선, 그건 남자가 없다는 우리의 기본 문제를 해결해주지 않아."

카밀라의 손이 올라갔다. 이야기 중에 자꾸 이 사람 저 사람 끼어들어 화가 난 모이라는 눈을 한 번 감았다 뜬 다음 그녀 쪽으로 고개를 끄덕였다. "그게 정말 문제가 되나요?" 카밀라가 물었다. "우리에게 실험실이 있고 복제인간을 더 많이 만들어낼 수 있다면, 남자 없는 사회를 유지하는 게 그렇게 나쁜 일일까요? 적어도 몇 세대 동안만이라도?"

모이라는 한 손으로 부드럽게 미는 동작을 해서 그녀의 입을 다물게 했다. "그건 나중에나 할 질문이야. 이런 종류의 처녀생식은, 다시 말하면, 모든 후손이 똑같아진다는 문제가 있어. 정확한 복제판일 뿐이지. 유전적 다양성을 어느 정도 확보하려면 자가접합이라는 걸 이용해야 해. 긴 이야기지만 그 가운데서 중요한 건, 일반적인 성적 재생산에서는 감수분열 중 염색체 교차가 일어나. 그건 DNA가 자연적으로 재배열하는 방식이야. 그것 때문에 아이는 어머니를 좀 '닮아 보이'지만 어머니와 완전히 '같지'는 않은 거야. 내가 쓰려고 하는 처녀생식 방식에서는 그런 재배열을 넣을 거야. 무작위 요소지."

"그럼 남자아이도 나오고 여자아이도 나오나?" 다이나가 물었다.

"그건 더 어렵지." 모이라가 인정했다. "Y 염색체 합성은 장난이 아니야. 내 예측으로는 첫 번째 아이들, 아니 처음 몇 번째 아이들까지는 전부 여자일 거야. 순전히 인구 수를 늘려야 하니까. 그 기간 동안 Y 염색체 문제를 연구해볼게. 나중에 사내아이들이 생길 수 있으면 좋겠어."

"하지만 그 여자아이들과 나중에 나올 남자아이들도 여전히 우리 DNA로 만들어지겠지?" 아이비가 물었다.

"그래."

"그러면 유전적으로 우리와 매우 비슷하겠네."

"내가 그 문제에 아무 손도 쓰지 않는다면 다들 자매 같겠지.

어쩌면 지금 생각하는 것보다 더 비슷할 거야. 하지만 같은 재료에서 더 광범위한 유전자형을 만들어내기 위해 내가 쓸 수 있는 교묘한 기술이 몇 가지 있어. 그러면 오히려 친척 같을 거야. 모르겠어, 한 번도 시도된 적이 없는 일이라."

"우리가 지금 동종번식 이야기를 하고 있는 거야? 그런 것 같은데." 다이나가 말했다.

"이형접합성의 상실이라는 점에서, 맞아. 연구하다 보니 그 문제에 대해 알게 되었기 때문에 내가 일반그룹으로 뽑힌 거야."

"검은발족제비 등등의 연구작업 말이지." 아이비가 말했다.

"그래. 이건 매우 비슷한 문제야. 하지만 다들 유념해주었으면 하는 지점이 있는데, 검은발족제비의 경우 우린 그 문제를 풀었어. 그리고 여기서도 다시 풀 수 있을 거야."

어찌나 권위와 확신에 차서 말하는지, 다른 사람들은 잠시 침묵한 채 그녀를 바라보며 말이 계속되기를 기다렸다.

모이라가 말을 이었다. "모두들 적어도 직관적으로는 이해하는 것 같은데, 맞아?"

그 질문은 줄리아를 겨냥한 것이었다. 살짝 화가 난 것 같은 줄리아가 다음 말을 물어뜯듯이 내뱉었다. "내 딸은 다운 증후군 환자였어. 내가 할 말은 그것뿐이야."

모이라는 알았다는 의미로 고개를 끄덕인 다음 말을 계속했다. "사람은 누구나 어느 정도 유전적인 결점을 가지고 있어. 대규모 인구 속에서 대개 무작위적으로 아이를 낳으면 이런 오류가 평균 법칙으로 수정되는 경향이 있고. 말하자면 모든 일이 잘 되는 거지. 하지만 배우자 두 사람이 같은 결함을 갖고 있으면 그 후손도 그 결점을 가질 가능성이 커져. 그렇게 시간이 가면 '동종번식'이라고 했을 때 다들 연상하는 안 좋은 결과를 흔히 보게 되겠지."

"그러면 당신이 세운 계획에 우리가 따르고, 몇 년 후 일곱 명의 자매나 친척 그룹으로 시작한다면……."

"그 질문에 답하자면, 이형접합성이 충분하지 않아." 모이라가 말했다. "예를 들어 모체가 어떤 질병에 대한 유전적 경향을 갖고 있다면……."

"우리 가계에는 알파 지중해 빈혈이 있어." 아이비가 말했다.

"좋은 예네." 모이라가 대답했다. "공교롭게도, 옛 지구는 파괴되기 전에 그런 질병에 대해 엄청나게 큰 데이터베이스를 만들었어. 여러분이 내게 난자를 준다면, 그런 결점을 찾아 처녀생식을 시작하기 전에 고칠 수 있어. 그럼 후손에게는 그런 결점이 없을 거야. 무작위적으로 일어날 수 있는 미래의 돌연변이를 몇 가지 차단하면 그 문제는 다시 생기지 않을 거야."

다이나가 손을 들었다. "내 남동생은 낭포성 섬유증 보인자였어. 난 검사를 받아보지 않았고."

줄리아도 손을 들었다. "숙모 세 분이 같은 형태의 유방암으로 돌아가셨어. 난 검사를 받아봤어. 나도 유전자에 그 결함을 갖고 있어."

"이런 모든 경우, 같은 해답이 적용돼." 모이라가 말했다. "어떤 병에 대한 유전자 테스트가 있다면, 정의상 우리는 어떤 결함 때문에 그 병이 생기는지 알고 있는 거야. 그걸 알면 고칠 수가 있어."

새로운 목소리가 대화에 끼어들었다. "양극성 장애는?"

모두 아이다를 바라보았다.

아이다는 친구 하나 없이, 심지어 다정한 대화도 나눠보지 못한 채 여생을 살다가 창조주에게 돌아가겠거니 했었다. 그래서 누구 하나 그녀에게 질문을 받을 수도 있다는 유연한 태도를 갖고 있지 않았다. 그러나 이 같은 질문을 했다는 사실은 그녀가 전에는 보인 적 없는 깊은 자기 성찰을 하고 있다는 뜻일지도 몰랐다. 모이라는 그 가능성을 염두에 두었다.

"조사를 좀 해봐야 할 거야. 어느 정도는 가족력에 영향을 받는 것 같아. 특정한 염색체 위의 특정한 위치로 추정될 수 있다면 다른 질병과 똑같이 다룰 수 있어." 모이라가 말했다.

"그래야 할까?" 아이다가 물었다.

모두가 자동적으로 루이사를 바라보았다. 그녀는 고개를 끄덕였다. "정신질환이 육체적 질병보다 사소하다고 생각하는 시대는 이미 오래전에 지났어. 내 생각에는 그런 장애를 같은 방식으로 다뤄야 할 것 같아."

"그렇게 해야 한다고 믿어?"

루이사의 얼굴이 약간 붉어졌다. "질문의 요점이 뭐야, 아이다?"

"나도 그 문제를 조사해봤어." 아이다가 말했다. "어떤 사람들 말로는 양극성이 유용한 적응 기제라던데. 상황이 나빠지면 우울해지고, 세상에서 물러나고, 에너지를 보존해. 상황이 좋아지면 엄청난 에너지를 가지고 행동에 뛰어들 수 있지."

"그럼 네 말은……."

"'내 의지에 어긋나는 방식으로' 내 후손들의 문제를 다룰 거야? 내가 양극성 아이들을 많이 갖고 싶다면?"

다들 당황해서 입을 다물었다. 그 침묵 속에서 카밀라가 말했다. "공격성은 어때요?"

모두 그 말을 제대로 들었는지 갸웃하며 그녀를 돌아보았다.

"진심이에요." 카밀라가 말했다. 그녀는 아이다를 바라보았다. "당신 질환이 일으키는 고통을 가볍게 볼 생각은 없어요. 하지만 역사를 보면, 공격성은 양극성 장애나 다른 질병들보다 훨씬 더 많은 고통과 죽음을 불러일으켰어요. 인간 정신에서 고통을 만들어내는 측면을 고친다면, 공격적 행동 경향도 없애야 하지 않을까요?"

"그건 달라." 모이라가 말을 하려 했으나 다이나가 그녀의 말을 가로막았다.

"난 공격적이야. 언제나 그랬어. 난 올림픽 축구 선수가 되려 했다고! 내가 뭐든 이룰 수 있는 방법은 내 공격성을 일로 돌리는 것뿐이었어." 그녀는 맞은편 테클라 쪽으로 고갯짓을 했다. "젠장, 테클라를 봐! 그녀가 공격적인 행동으로 우리 목숨을 구해준 적이 얼마나 많아?"

테클라가 고개를 끄덕였다. "그래. 다이나도 우주정거장의 규칙에 어긋나는 공격적인 행동으로 나를 구해줬어. 문제는 공격성이 아니야. 자기 규율이 안 된다는 거지. 사람은 공격적일 수 있어." 그녀는 다이나 쪽으로 고갯짓을 했다. "하지만 열정을 제어할 수 있다면 여전히 사회에서 건설적인 역할을 맡을 수 있어." 그러고서 테클라는 아이다에게 의미심장한 시선을 던졌다. 아이다는 작게 코웃음치고 눈길을 돌렸다.

"그럼 우리가 자기 규율과 자기 억제를 할 수 있는 아이를 낳아야 한다는 거야?" 아이비가 물었다. "내가 이야기를 제대로 따라가고 있는지 모르겠네."

"카밀라는 그냥, 어떤 인간 유형이 극단적으로 위험하게 가면 그 자체만으로도 정신질환만큼 나쁘다고 말하는 것 같아. 더 나쁠 수도 있고." 줄리아가 말했다.

"당신이 나 대신 말하는 건 바라지 않아요." 카밀라가 말했다. "더 이상 나 대신 말하지 말아줘요, 줄리아."

"난 도와주려고 했던 것뿐이야." 줄리아가 말했다. 그러나 옛날 J.B.F.라면 꾸짖듯이 말했을 대목인데, 새로운 그녀는 지쳐 보일 뿐이었다.

다이나가 그 사이에 끼어들었다. "자, 내 말은, 난 인류의 미래에서 제거해야 할 유전적 괴물이라는 꼬리표를 붙이고 싶지 않다는 거야."

"아무도 널 그렇게 말하지 않아, 다이나." 아이비가 말했다. "카밀라는 교육받을 권리를 원했다고 자기를 죽이려고 한 깡패 이야기를 하고 있어."

"그래서 당신 의견은 뭔데?" 테클라가 아이비에게 물었다.

"당신 의견과 비슷해. 공격성은 괜찮아. 통제하면 돼. 방향을 잡아줘야지. 하지만 그러려면 지성을 통해야 해. 합리적인 사고."

그 말을 듣자 아이다가 킬킬거렸다. "아, 미안. 스윔 생각이

나서. 우리 800명은 모두 지성과 합리적 사고라는 기준으로 주의 깊게 직접 선발되었어. 결국 우리가 생각한 것은 그들이 어떤 맛이 나느냐뿐이었지."

"우리는 아무도 서로 먹지 않았어." 아이비가 말했다.

"하지만 생각은 해봤잖아." 아이다가 미소를 지으며 말했다.

다이나는 손바닥으로 테이블을 내려쳤다. 그녀는 잠시 가만히 앉아 눈을 질끈 감고 있더니, 일어서서 방 밖으로 걸어나갔다.

"저 여자는 충분히 규율적이거나 지적이지 않아서 자기 공격성을 통제 못하나 보네!" 아이다가 농담을 했다.

"저건 자기 규율의 한 형태야." 테클라가 말했다. "그래서 그녀가 너를 죽이지 않는 거야. 이봐, 아이다. 그런 일을 '생각하는' 것과 '하는' 건 달라. 그래서 더 강한 규율이 필요한 거야."

"당신, 규율이 뭔지나 알고 이야기하는 거야?" 모이라가 물었다. "그 단어를 유전학적인 용어로 바꿔볼게. 낭포성 섬유증에 대한 유전자 표시라면 찾을 수 있어. 하지만 규율에도 같은 방식이 적용되는지는 잘 모르겠어."

"어떤 종족들은 규율적이잖아. 그건 사실이야." 테클라가 말했다. "일본인은…… 이탈리아인보다 더 규율을 잘 따라."

그녀가 아이다를 노려보았다. 누구라도 그 자리에서 당장 얼어붙게 하고 말 것 같은 눈길이었다. 그러나 아이다는 머리를 뒤로 확 젖히고 의기양양하게 웃었을 뿐이다. "로마 군단을 잊고 있는 것 같지만, 계속해봐."

"남자는 여자보다 더 규율을 잘 지켜. 그것도 사실일 뿐이야. 그러니 규율에 대한 유전자도 있겠지."

이 말에 또 한 번 침묵이 흘렀다. 결국 루이사가 그 침묵을 깼다. "내가 몰랐던 부분이 있었네, 테클라."

"날 비난해. 원한다면 인종주의자라고 불러도 좋아. 당신들이 무슨 말을 할지 알아. 그건 모두 훈련 때문이라는 거지. 문화 문제라고. 난 동의 못하겠어. 고통을 느끼지 못하면 고통에 반응하지 않지. 호르몬도."

"호르몬이 왜, 자기?" 모이라가 물었다. 그녀가 테클라에 대한 애정을 드러내 보여주었기 때문에, 방에 흐르던 긴장감이 어느 정도 덜어졌다.

"우리 모두 호르몬이 어떤 식으로 흐를 때 감정이 큰 영향을 받는다는 걸 알잖아. 다른 어떤 때는 덜하기도 하고 말이지. 이건 유전적이잖아."

"아니면 후성유전적일 수도 있어. 사실 그건 몰라." 모이라가 말했다.

"하여간," 테클라가 말했다. "내가 말하고 싶은 건, 수백 년간 양철깡통 속에서 살아야 하는 사람들에게는 질서와 규율이 필요하다는 거야. 위에서부터 내려오는 것이 아니라 안에서 우러나오는 그런 질서와 규율. 당신의 유전학 실험실에 이걸 더 쉽게 만들 방법이 있다면, 그렇게 해야 해."

루이사가 말했다. "지성이 관건이라는 아이비의 말 요점은 검토해보지 않았잖아."

"맞아." 아이비가 아이다를 흘끗 쳐다보며 말했다. "내 말이 도중에 끊겼어."

아이다는 손으로 입을 막고 연극적으로 킬킬거렸다.

아이비가 말을 계속했다. "우리가 정말로 후손의 유전적 개선이라는 닫힌 문을 열겠다면, 나는 다른 모든 것보다 우수한 한 가지 특성에 주목해야 한다고 봐. 그건 분명 지성이야."

"다른 모든 것보다 우수하다니, 무슨 뜻이야?" 루이사가 물었다.

"지성이 있으면 상황에 따라 필요한 규범을 왜 지켜야 하는지 알 수 있어. 아니면 공격적으로 행동하거나 그렇게 행동하지 않을 필요를 분별할 수 있지. 난 인간의 정신이 충분히 변할 수 있다고 생각해. 그래서 인간 중에는 카밀라, 아이다, 테클라가 말했던 모든 유형이 나올 수 있어. 하지만 우리와 동물이 무엇으로 구별되느냐가 가장 중요해. 그건 우리 두뇌야."

"지성에도 많은 유형이 있지." 루이사가 말했다.

아이비는 고개를 약간 저었다. "나도 감정지능이나 그 비슷한 것에 대한 자료를 전부 봤어. 그래, 좋아. 하지만 당신도 내가 무슨 말을 하고 있는지 잘 알잖아. 그리고 그 특성이 유전적으로 전해질 수 있다는 것도. 학문적 기록과 아쉬케나지 유대인의 시험 점수만 봐도 알잖아."

"세파딕 유대인(스페인, 포르투갈, 북아프리카계 유대인)으로서 말하건대, 기분이 참 착잡해지네." 루이사가 말했다.

"우리에겐 두뇌가 필요하다, 이게 핵심이야." 아이비가 말했다. "우리는 이제 수렵 채집인들이 아니야. 모두 중환자실 환자처럼 살고 있지. 우리를 계속 살아 있게 해주는 건 용기나, 맹렬한 활동성이나, 헐거운 사회에서 높은 가치가 있었던 다른 기술이 아니야. 복잡한 테크놀로지 기술에 통달할 수 있는 능력이야. 너드가 될 수 있는 능력. 우리는 너드를 낳아야 해." 그녀는 눈을 돌려 아이다를 정면으로 바라보았다. "넌 현실주의를 이야기하지. 이 여자와 그 주변 사람들에 대해서 네가 가졌던 불만은 엉터리 만병통치약을 팔아댔다는 거잖아. 현실을 직시하지 않고." 그녀는 줄리아를 향해 고갯짓을 했다. "좋아. 난 네게 사실을 말하고 있어. 우린 이제 모두 너드야. 그 사실에 익숙해지는 게 나아."

아이다는 조소하며 고개를 흔들었다. "인간적인 요소를 완전히 배제해버리네. 그러니 당신이 형편없는 지도자지. 그래서 당신보다 더 현명한 사람들이 권력을 장악하고 있을 때 마쿠스로 갈린 거야. 또 그래서 우리가 여기까지 온 거고."

"여기까지 왔지, 안전하고 멀쩡하게." 아이비가 말했다. "널 따르던 사람들이랑은 다르게. 그 사람들은 다 죽었어."

"그래." 아이다가 말했다. "그리고 난 살아 있어. 난 앞으로 어떻게 될지 눈에 훤히 보여. 당신들은 날 아클렛에 계속 가둬두겠지. 유전자 돌연변이 아기들을 낳게 한 다음 내게서 빼앗아갈 거야." 그녀는 갑자기 울음을 터뜨렸다.

"더 심해서 그렇지, 아이다도 나와 마찬가지 특성을 가지고 있어." 줄리아가 설명했다. "아이다는 여러 가지 결과를 예측해. 상황을 생각하면 대부분 암울한 결과지. 그다음 그 결과에 의거해서 행동해."

"당신 치고는 대단한 자아성찰인데, 줄리아." 모이라가 말했다.

"내 자아성찰 수준에 대해 뭘 알아." 줄리아가 되쏘았다. "나는 평생의 대부분을 우울증 환자로 보냈어. 그걸 고치려고 마약도 써봤어. 그다음 약을 끊었어. 약 때문에 내가 멍청해지고 있고, 멍청한 것보다는 불행한 게 더 낫다고 판단해서 끊었어. 난 이런 사람이야."

"우울증은 어느 정도 유전적이야. 당신 아이들 유전자에서 그걸 지우면 좋겠어?" 모이라가 물었다.

"내 말 들었잖아." 줄리아가 대답했다. "내가 내린 결정도 알고. 대의를 위해 고통을 감수하겠다는 결정이었어. 나같이 여러 가지 결과를 상상하는 사람들이 없다면 사회는 퇴보할 테니까. 여러 시나리오가 마음속에 마구 퍼지게 놔두면서 최악의 경우를 예상하고, 그걸 막기 위해서 조치를 취하는 사람들. 어두운 상상력으로 가득한 머리를 갖는 대가로 개인적인 고통을 낭해야 한다면, 그냥 그렇게 놔둬."

"하지만 당신 자손도 그러기를 바라는 거야?"

"물론 아니지." 줄리아가 말했다. "한쪽은 갖고 한쪽은 버릴 방법이 있다면, 불행 없이 선견지명을 가질 수 있다면 순식간에 받아들이겠지."

"이런 사고방식을 가진 사람은 많이 필요하지 않아." 테클라가 말했다. "너무 많으면 소비에트 연방이 생길걸."

"난 47세야." 줄리아가 말했다. "운이 좋다면 아이 하나 정도 갖겠지. 너희 나머지는 20년 동안 아이들을 찍어낼 수 있어. 산수를 해봐."

"우리가 이미 경쟁하는 입장에서 말한다는 게 놀라워요." 카밀라가 흐느꼈다. "내가 이런 이야기를 꺼내지 말걸 그랬어요."

날카롭게 톡톡 두들기는 소리가 방의 주의를 끌었다.

모두 바나나의 창문으로 머리를 돌렸다. 창문은 크지 않았다. 만찬용 접시 크기만 했다. 3년 동안 얼음에 파묻힌 바람에 모두 잊고 있었다. 그러나 이제 그 창은 좀 흐리지만 분명하게 바깥 환경을 보여줄 수 있었다.

창밖에서 회전하는 토러스에 카라비너를 걸고 있는 사람은 다이나였다. 그녀는 우주복을 입고 에어로크를 통해 밖으로 나간 것이다.

자기가 주의를 끈 것을 보고, 다이나는 손을 위로 뻗어 작은 물체를 유리에 던졌다. 철사들이 달린 진흙 덩어리와 전자 장치였다. 그녀는 그 장치의 버튼을 눌렀다. 10분부터 카운트다운이 시작되었다.

아이다는 웃음과 함께 비명을 지르며 박수를 쳤다.

"대체 쟤는 뭐 하고 있는 거야?" 줄리아가 물었다.

"저건 폭약이야." 아이비가 말했다. "다이나가 창에서 떼어 주지 않으면 우리 모두 지금부터 10분 후에 죽을 거야." 그녀는 돌아서서 방을 살펴보았다.

"그래, 저 여자는 무슨 말을 하고 싶은 거야?" 줄리아가 물었다.

"내 친구는 우리가 이 문제를 10분 안에 해결하지 못하면 인류는 존속할 가치가 없다고 말하고 싶은 것 같아." 아이비가 말했다.

모두 한 30초 동안 조용히 앉아 있었다. 그러다가 모이라가 말했다. "이건 어때? 모두 자기 난자를 어떻게 처리할지 결정하는 건?"

반대의 소리가 나오지 않자 그녀는 말을 계속했다. "아, 분명히 말할게. 진짜 질병, 책에 있는 질병, 의학 문헌에 정의된 질병이라면 난 육체적 정신적 장애에 차이를 두지 않고 고치겠어. 그런 조건이 여러분 하나하나에게 얼마나 큰 고통을 주는지 상관하지 않고. 다른 조치를 취하기 전에 전부 고칠 거야. 하지만," 그녀는 미소를 짓고 검지를 들어올렸다. "일단 그 조치가 다 끝나면, 우리는 각자 자기가 바라는 특성을 갖는 거야."

"자기가 바라는 특성이라니?" 테클라가 물었다.

"선택적으로 한 가지 특성을 변경, 아니 개선해서 자기 아이로 자랄 수정란의 게놈에 적용하는 거야. 자기 아이에게만. 다른 누구에게도 강요할 수 없어. 그러니 카밀라, 공격성을 없애야 인류가 개선될 거라고 생각한다면, 네 목표를 유전적으로 이룰 방법을 찾아 과학 저술을 다 뒤져보겠어. 나머지도 다 똑같아. 어떤 변화라도 인류 상태를 개선시킬 것 같다면, 각자 자기 아이에 적용하고, 스스로 선택해."

모두들 그 말을 생각하며 때때로 서로 흘끗 바라보고, 각자 다른 사람의 반응을 재어보려고 했다.

아이비는 바깥의 타이머를 바라보았다. "무슨 질문 있어? 8분 남았어."

루이사가 말했다. "8분까지 필요할 것 같지 않아."

아이비는 그들의 눈을 하나하나 바라본 다음 창문 쪽을 향해 엄지손가락을 들어 보였다.

창의 유리와 우주복 헬멧의 둥근 창을 통해 보이는 다이나의 눈이 거기에 집중했다. 그녀는 고개를 끄덕였다.

모이라는 미소를 지으며 엄지손가락을 들어올렸다. 이것도 다이나가 보았다.

그다음 테클라. 루이사. 카밀라. 줄리아.

이제 모든 눈이 아이다에게 쏠렸다. 그녀는 그들을 마주 바라보지 않았다. 사실 그녀는 아주 수줍었다. "무슨 상관이야." 그녀가 중얼거렸다.

"네 투표 결과를 다이나가 봐야 해."

"정말? 앞으로 7분 안에 엄지를 들지 않으면 내가 한 손으로 전 인류를 멸망시킬 수 있다는 말이야?"

테클라가 작업복 주머니에서 접는 나이프를 꺼내 칼날을 휙 펼쳤다. 그녀는 칼을 무릎 위로 낮게 내려 잡고, 그걸로 손톱을 청소하는 척했다. "그러든지." 테클라가 말했다. "아니면 인류 숫자가 갑자기 여덟에서 일곱이 될 수도 있지. 그러면 우리가 만장일치로 결정을 내리겠지."

미소 지으며 아이다는 손을 내밀었다. 엄지가 아래로 향해 있었다.

"난 저주를 선언하겠어." 그녀가 말했다.

루이사는 화가 나서 한숨을 내쉬었다.

"이건 *내가* 거는 저주가 아니야. 당신들 아이에 대한 저주도 아니야. 절대. 난 당신들이 생각하는 만큼 그렇게 나쁜 사람도 아니야. 이건 당신들이 이 일을 함으로써 스스로 거는 저주야. 나는 아니까. 이게 어떻게 될지 알아. 나는 악마야. 식인종. 순순히 찬성하지 않는 사람. 내가 어떻게 결정하든 내 아이들은 당신들 아이들과 영원히 다를 거야. 착각하지 마. 당신들은 새 종족을 창조하기로 결정한 거야. 새로운 일곱 종족. 그들은 모이라 당신이 아이비와 다른 것만큼 영원히 서로 고립되고 구별될 거야. 절대 단 하나의 인류로 다시 합쳐지지 않아. 인간성이란 그렇게 돌아가지 않으니까. 지금부터 수천 년 후에, 당신네 여섯 명의 후손들은 내 후손들을 보고 이렇게 말하겠지. '자, 봐. 저기 아이다의 아이가 있네. 식인종, 악마, 저주받은 자.' 그들은 내 아이들을 피해 길을 건너게 될 거야. 마주치면 땅에 침을 뱉겠지. 당신들의 결정은 이런 의미야. 나는 내 아이가, 아니 내 아이들이 — 나는 아이를 많이 가질 거니까 — 이런 저주를 짊어지고, 거기서 살아남아 지배하도록 만들겠어."

아이다는 방을 획 둘러보며 검고 진한 눈으로 다른 여자들의 얼굴을 하나하나 노려보았다. 그다음 창문을 보고 다이나의 눈에 시선을 고정했다.

"난 이렇게 선언하겠어." 그녀는 그다음 천천히 엄지손가락이 위를 가리킬 때까지 손을 돌렸다.

다이나는 창에서 폭약을 떼어냈다. 아이다가 방금 무슨 말을 했는지 그녀는 몰랐다. 딱히 신경 쓰지도 않았다. 보통 때 아이다와 마찬가지로 과장된 일일 것이다.

카운트다운 타이머에 몇 분이 남았다. 그녀는 간단히 타이머를 끌 수 있었다. 그러나 산책을 가고 싶어졌다. 방금 바나나에서 일어난 일은 별로 유쾌해 보이지 않았다. 다이나는 이 사람들과 같이 틀어박혀 있는 데 진력이 났다. 그녀가 사랑하는 사람들까지도 포함해서 전부 다. 다시 그들이 있는 곳으로 돌아가고 싶은 마음이 그리 크게 일지 않았다.

다이나는 카라비너를 벗기고 느긋하게 회전하는 토러스를 놓았다. 운동량 때문에 그녀는 크레바스 벽 쪽으로 날아갔다. 무중력 상태의 동작에 익숙해진 지 오래였으므로, 속도를 줄이기 위해 때맞춰 느리게 공중제비를 돌아 벽에 발을 붙였다. 그다음 자기 부츠의 자석을 켜고 크레바스 벽 위쪽으로 걷기 시작했다. 약한 중력 때문에 방향이 제멋대로 꺾였다. '수직으로 위를 향해' 벼랑을 걸어가는 건 협곡 바닥을 '따라 수평으로' 걷는 것과 좀 달랐다.

그녀의 헬멧 스피커에서 목소리가 들려왔다. 다이나는 음성 연결이 되어 있었다는 걸 깨닫고 퍼뜩 제정신을 차렸다.

아이비였다. "산책 가?"

"응."

"있잖아, 우리가 방금 깨달은 게 있어."

"응?"

"우리 모두 투표했어. 너만 빼고."

"음, 좋은 지적이야." 다이나는 카운트다운 타이머를 내려다 보았다. 명암 경계선 — 태양광과 그늘 사이에 그어진 칼날처럼 날카로운 선 — 과 가까워지면서, 위쪽의 밝은 협곡 벽이 반사되어 타이머 화면이 점점 더 잘 보이지 않았다. 자세히 보려고 기울이자, 막 60초 표시를 지나 카운트다운을 하는 것이 보였다. "괜찮아. 아직 결정할 시간이 일 분 정도 있어."

"음, 우리가 어느 쪽에 찬성했는지 알고 싶어?"

"너희들을 믿어. 하지만 물론이지."

"너와 마찬가지로 모두 아이를 가져볼 거야, 다이나."

"아주 재미있네." 다이나가 명암 경계선을 지나자 해가 떠올랐다. 그녀는 다른 한쪽 손을 들어 헬멧에 달린 선바이저를 휙 내렸다.

"모이라가 지금 그 작업에 착수하고 있어."

"그래서 아이다가 그 일에 그렇게 드라마 퀸처럼 반응한 거야?"

"바로 그거야."

35초.

"그래서 어떻게 결정했어?"

"엄마마다 자유로운 유전자 변이 하나씩."

"오 그래? 그래서 뭘 하려는 건데? 아주 영리한 스트레이트 애로우 비치[32]들을 만드나?"

"어떻게 알았어?"

"그냥 직감이지."

"넌 어때, 다이나?" 다이나는 친구의 목소리에서 불안의 꼬투리를 느낄 수 있었다. 그녀는 크레바스 속을 내려다보았다. 그 안에는 의지할 데 없는 인류의 요람이 자리잡고 용접되어 있었다. 그녀는 잠시 폭약을 그 위로 던지는 상상을 했다. 번개를 던지는 복수의 여신처럼.

마쿠스 생각이 났다. 그와 아이들을 가졌더라면 하는 생각. 그 아이들은 어떤 아이들이었을까?

마쿠스는 어떤 면에서는 멍청이였다. 그러나 그걸 통제하는

---

32 스트레이트 애로우 비치(Straight Arrow Bitch): 해군사관학교 때 아이비의 별명. 대쪽 까칠녀.

법을 알고 있었다.

그녀는 마침내 깨달았다. 정말 자신을 재촉했던 것, 몇 분 전 테이블을 내려치고 일어나 질풍같이 바나나 밖으로 나오게 만들었던 것은 아이다가 아니었다. 맞다, 아이다는 도발적이었다. 하지만 더 화가 났던 것은 카밀라가 공격성에 대해 한 말 때문이었다. 그 말은 화약처럼 서서히 타들어가 다이나를 폭발시켰다. 이제 다이나는 그 말이 자기보다는 마쿠스를 겨냥했다는 것을 알았다. 그녀는 카밀라의 목덜미를 잡아 화면 앞에 앉히고 마쿠스가 삶의 마지막 순간들을 어떻게 보냈는지 지켜보게 만들고 싶었다.

마쿠스는 영웅이었다. 다이나가 보기에는 카밀라가 영웅들에게서 인간성을 벗겨내고 싶은 것 같았다. 그녀는 공격성이라는 관점에서 말했다. 그러나, 그러면서 카밀라도 마찬가지로 다른 방식으로 공격적으로 굴고 있었다. 수동공격적인 방식이었다. 다른 교육을 받고 자란 다이나에게는 교활하다고밖에 보이지 않았다. 공공연하게 드러나는 다른 공격성보다 결국에는 더 파괴적인 공격성.

그녀를 그토록 동요하게 만들고 회의에서 자리를 뜰 수밖에 없게 만들었던 것은 바로 그 공격성이었다.

"다이나?" 아이비가 말했다.

"나는 영웅 종족을 낳을 거야." 다이나가 말했다. "카밀라 따위 엿이나 먹으라지."

"그거…… 재밌겠네…… 수백 년 동안 영웅 종족과 제한된 공간을 같이 쓰다니."

"마쿠스는 그렇게 하는 방법을 알고 있었어." 다이나가 말했다. "그는 바보였지. 하지만 규율을 갖고 있었어. 기사도라고 하는 규율을."

그녀는 위를 향해 똑바로 폭약을 던져 올렸다.

"방금 그러겠다고 투표한 거야?"

"응, 그래." 그녀는 그것이 별들 사이로 작아져가는 것을 지켜보며 대답했다. LED 타이머의 붉은 빛이 루비처럼 빛났다.

"우리 만장일치야." 아이비가 말했다. 다이나는 그 말이 아이비가 바나나에 있는 다른 여자들에게 선언하는 말이라는 것을 알았다.

'처음이자 마지막이셨시.' 다이나는 생각했다.

그 붉은 빛은 바늘 끝만 한 점으로 줄어들었다. 더 날카롭고 더 밝은 걸 빼면 화성 같구나, 하고 그녀는 생각했다. 다음 순간 조용히 노란 빛의 공이 하늘에 퍼지더니, 어두워졌다.

(3부에 계속)

인류사를 다시 쓰는 장대한 스케일의 본격 하드SF, 『세븐이브스』

닐 스티븐슨은 현대 SF문학계를 대표하는 1급 작가들 중 하나이다. 특히 과학기술적 묘사의 엄밀함에 중점을 두는 하드SF 분야에서 입지는 매우 탄탄하다. 그의 작품들에는 과학사, 수학, 언어학, 철학 등의 방대한 배경지식들이 폭넓게, 그리고 유기적으로 배어 있어서 SF시장이 그리 크지 않은 한국에서조차 적잖은 관심을 끌어 여러 편이 번역 소개된 바 있다.

1959년 미국 메릴랜드 주의 과학기술자 집안에서 태어난 스티븐슨은 보스턴 대학에 입학한 뒤 처음에는 물리학을 공부했으나 학교 컴퓨터를 이용할 시간을 더 얻기 위해 지리학으로 전공을 바꾸었다는 일화가 있다. 1992년에 발표한 세 번째 장편 『스노크래시』로 널리 이름을 알리게 되었으며, 2005년《타임》지가 1923년 이후에 발표된 모든 영문소설들 가운데 베스트 100편을 꼽을 때 『스노크래시』를 포함시킨 바 있다. 오늘날 가상현실 캐릭터를 뜻하는 용어로 널리 쓰이는 '아바타'라는 말이나 거대한 가상현실 세계인 '메타버스'도 『스노크래시』에 의해 대중화된 것이다.

『세븐이브스』는 다양한 분야에 걸친 학문과 교양을 씨줄과 날줄로 엮어 SF서사로 빚어내는 스티븐슨의 장기가 유감없이 발휘된 또 하나의 역작이다. 출간된 뒤 곧장 최고의 권위를 지닌 SF문학상인 '휴고 상' 후보에 올랐으며, 뛰어난 자유주의 SF 문학에 수여하는 '프로메테우스 상'을 받기도 했다.

『세븐이브스』에는 재건된 인류의 조상이 되는 일곱 명의 여성들이 등장한다. 인류학에 관심이 깊은 사람이라면 유전학자 브라이언 사이키스의 책 『이브의 일곱 딸들』을 떠올렸을 것이다. 인류의 몸속 세포에 들어 있는 미토콘드리아는 모계로만 유전이 되는 독특한 특성이 있어서 이를 역추적해 올라가면 이론적으로 '최초의 어머니'에 도달할 수 있다. 사이키스의 연구에 따르면 현재의 유럽인들은 모두 일곱 명의 어머니로부터 갈라져 나온 후손들이라고 한다. 이와 비슷하게 SF작가라면 누구나 한 번쯤은 새로운 인류의 기원에 대한 이야기를 써보고픈 욕구를 갖는데, 닐 스티븐슨의 『세븐이브스』만큼 높은 완성도를 보여주는 작품은 흔치 않다.

인류의 멸망과 재건이라는 주제 자체는 SF에서 드물지 않지만 워낙 방대한 서사를 전제로 하기 때문에 높은 설득력을 갖추기 위해서는 치밀한 설정과 디테일, 구성 등 여러 요소가 뒷받침되어야 한다. 아무리 작가 자신이 신선한 아이디어와 묵직한 주제 의식으로 출발했다고 해도 실제 작품으로 형상화시키는 과정은 정말 쉽지 않다. 그 점에서 스티븐슨의 『세븐이브스』는 타의 추종을 불허하는 경지의 완성도를 보여준다 해도 과언이 아니다. 미증유의 천문학적 재난으로 시작해서 지구 인류가 절멸의 길로 가는 과정, 막다른 운명 앞에서 필사적으로 분투하는 인간 군상들의 모습 등등이 첨단 과학기술 아이디어들과 어우러져 아주 정치하게 묘사된다. 빌 게이츠가 이 책을 추천하면서 말한 "내가 사랑하는 SF의 모든 면들을 되새기게 하는 작품"이라는 찬사가 전혀 과장이 아니다. 한국의 SF독자들은 말할 것도 없고, SF작가지망생들에게도 이 작품은 좋은 도전이 될 것이다.

박상준(서울SF아카이브 대표)

옮긴이 성귀수 음절배열자, 번역가. 저서로『정신의 무거운 실험과 무한히 가벼운 실험 정신』과『숭고한 노이로제』가 있고, 번역서로는『오페라의 유령』,『적의 화장법』,『아르 센 뤼팽 전집』(전20권),『팡토마스 선집』(전5권),『힘이 정의다』,『세 명의 사기꾼』,『O이 야기』,『침묵의 기술』, '마테를링크 선집'(전3권) -『꽃의 지혜』,『지혜와 운명』,『운명의 문 앞에서』 등 백여 권이 있다. 2014년부터 사드전집을 기획, 번역 중이다.

옮긴이 송경아 연세대학교를 졸업하고 동 대학원 국어국문학과 박사 과정을 수료했다. 지은 책으로『책』,『엘리베이터』,『누나가 사랑했든 내가 사랑했든』이 있고 옮긴 책으 로는『오솔길 끝 바다』,『로지 프로젝트』,『천년의 기도』,『뒤집힌 세계』,『무게』와 「어글 리」3부작, 「리치드」3부작, 「수키 스택하우스」시리즈, 「미스트본」등이 있다.

세븐이브스 2부 — 화이트스카이

초판 1쇄 발행 · 2018년 6월 16일
초판 2쇄 발행 · 2018년 10월 10일

지은이 · 닐 스티븐슨
옮긴이 · 성귀수, 송경아
펴낸이 · 김요안
편집 · 강희진
디자인 · 부추밭

펴낸곳 · 북레시피
주소 · 서울시 마포구 신수로 59-1, 2층
전화 · 02-716-1228
팩스 · 02-6442-9684
이메일 · bookrecipe2015@naver.com | esop98@hanmail.net
홈페이지 · www.bookrecipe.co.kr | https://bookrecipe.modoo.at/
등록 · 2015년 4월 24일(제2015-000141호)
창립 · 2015년 9월 9일

ISBN 979-11-88140-29-9 04840
ISBN 979-11-88140-23-7 (세트)

종이 · 화인페이퍼 | 인쇄 · 삼신문화사 | 후가공 · 금성LSM | 제본 · 대흥제책

이 도서의 국립중앙도서관 출판예정도서목록(CIP)은 서지정보유통지원시스템
홈페이지(http://seoji.nl.go.kr)와 국가자료공동목록시스템(http://www.nl.go.kr/kolisnet)에서
이용하실 수 있습니다. (CIP제어번호: CIP2018015890)

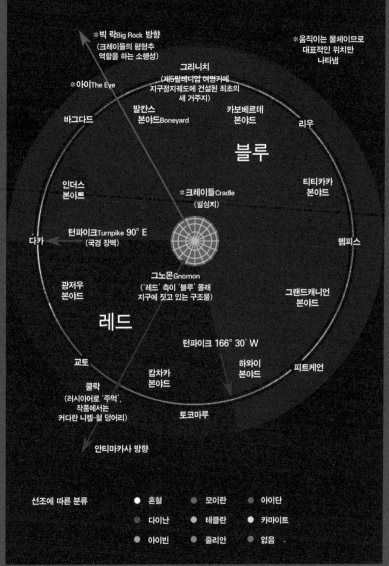

A+5000년경의 거주지 고리

※빅 락Big Rock 방향
(크레이들의 평형추
역할을 하는 소행성)

※움직이는 물체이므로
대표적인 위치만
나타냄

※아이The Eye

그리니치
(제5밀레니엄 여명기에
지구정지궤도에 건설된 최초의
새 거주지)

발칸스
본야드Boneyard

카보베르데
본야드

바그다드

리우

블루

인더스
본야트

티티카카
본야드

※크레이들Cradle
(빌싱지)

턴파이크Turnpike 90° E
(국경 장벽)

다카

멤피스

그노몬Gnomon
('레드' 측이 '블루' 몰래
지구에 짓고 있는 구조물)

광저우
본야드

레드

그랜드캐니언
본야드

턴파이크 166° 30' W

교토

하와이
본야드

캄차카
본야드

쿨락
(러시아어로 '주먹',
작품에서는
커다란 니켈-철 덩어리)

피트케언

토코마루

안티마카사 방향

선조에 따른 분류   ● 혼혈   ● 모이란   ● 아이단
                  ● 다이난   ● 테클란   ● 카마이트
                  ● 아이빈   ● 줄리안   ● 없음